没有结束的细菌战

南香红 著

生活·讀書·新知 三联书店

图书在版编目（CIP）数据
没有结束的细菌战 / 南香红著. -- 北京 : 生活·读书·新知三联书店, 2025.5 （2025.7 重印）
ISBN 978-7-108-07836-0

Ⅰ. ①没… Ⅱ. ①南… Ⅲ. ①纪实文学—中国—当代
Ⅳ. ① I25

中国国家版本馆 CIP 数据核字 (2024) 第 081667 号

责任编辑 唐明星
装帧设计 康 健 刘 洋
责任校对 陈 明
责任印制 卢 岳
出版发行 生活·讀書·新知三联书店
（北京市东城区美术馆东街 22 号 100010）
网 址 www.sdxjpc.com
经 销 新华书店
印 刷 北京隆昌伟业印刷有限公司
版 次 2025 年 5 月北京第 1 版
2025 年 7 月北京第 2 次印刷
开 本 635 毫米 × 965 毫米 1/16 印张 39.5
字 数 645 千字 图 172 幅
印 数 5,001– 7,000 册
定 价 88.00 元
（印装查询：01064002715；邮购查询：01084010542）

目 录

序

我看见，我记录

2002 年，因为执行《南方周末》的一个采访任务，我见到了中国细菌战受害者对日诉讼原告团团长王选。

我面前的这个女人很漂亮，但眼神里却有一种极度的疲劳和忧郁。

因为这次采访，我走进了人类文明史最黑暗的一页：在中国东北的日本 731 细菌工厂，强壮的中国男人体内被注入了鼠疫、霍乱、炭疽、鼻疽、破伤风、气性坏疽等各种病菌，成为培养细菌的活体，他们被关在秘密的牢房里，观察、取样，放血，然后被送上手术台解剖，最后被投进焚尸炉里烧成灰烬。而用他们的身体培养出来的细菌，却活着，被制造为致命的细菌武器，配合作战，撒播或投放到中国人口集聚的重要地区。鼠疫这种被称为“黑死病”的人类第一恶疫的细菌，被“死亡工厂”成批量地制造出来，用作战争武器，人为地引起恶疫流行，制造社会恐慌；霍乱被注射进水果和食物，分给饥饿的中国百姓和中国战俘，然后细菌制造者暗中看着他们挣扎着死去……

“看见了，就不能背过身去。”这是第一次采访王选时，她说下的让我震惊的一句话。

1995 年王选看到了一张照片，那是被五花大绑在一起的三个中国男人，他们即将被送去做人体实验的“材料”，在 731 细菌工厂，用作人体实验的人被抹去了名字，统一称作“圆木”，以一根一根来计算。这三个结实的中国男人，特别是那个剃了光头的只有 20 来岁的男孩，目光单纯，直视着镜头，似乎全然不知等待着他的是什么厄运。

王选接住了那男孩的目光，瞬时泪流满面。

“这是谁家的儿子？他们是谁的父亲？”她发出这个带有人性温暖的问

题，“他们的父母、妻子一定在等着他们回家吧？”

“看见了，就不能背过身去。”这个既感性又理性的女人决心要做些什么，从此调转了人生的船头。

2002年第一次采访的时候，我对细菌战全然不知，脑子里只有一点731部队人体实验的印象。我后来给自己找到理由：王选也是42岁才知道的，因为细菌战的历史已然被人为掩盖了近半个世纪，加上岁月的浮尘，记忆在消散中。后来在采访中我问过许多人，是否知道细菌战，只有少数人大约知道一点731部队的人体实验，而大多数人和我一样，对细菌战浑然不知。

2015年我沿着浙赣线采访，这里是日军当年实施细菌战的战区，我见了很多烂腿老人，他们从几岁时就开始出现溃烂，渐渐糜烂至骨头，烂了一辈子。他们中有的人因而终身未娶，孤独一生。这些疑似日军炭疽菌、鼻疽菌以及糜烂性毒气造成的溃烂，对这些老人来说，使得战争还在他们身上延续，使他们和平时期还在做着战争的噩梦。

我看见了细菌战受鼠疫害者心里的悲苦。亲人们在眼前一个一个不明原因地死去，身体变黑色并卷曲成一团，不明就里的人们称这种病为“乌煞”，以为是自己的行为触犯了神灵，或者上辈子积善不够。

我看到因为恶疫流行而造成的军政慌乱、社会失序和亲缘关系离间，谣言和真相一起四处传播。大战在即，敌军已经兵临城下，而疫病依然汹汹，危及军民生命，战斗和防疫该当何去何从？刚刚经历的非典和新冠，让我仿佛回到当年的疫病流行现场。某种意义上鼠疫、霍乱、新冠都是一样的，它们都是一场场的生物灾难。

日本侵华战争对于中国来说是一场国家民族的灾难，也构成许许多多家庭的灾难，然而这场战争中还有一场隐蔽的不为人所知的更残酷的战争——细菌战。

日本是首个被核武器攻击的国家，而中国则是首个被细菌武器大规模攻击的国家。原子弹在广岛、长崎的投爆，使核武器对人类的毁灭性危害成为举世皆知的常识，而生化武器的杀戮力，那如来自地狱的恶魔般邪恶，远不为世人知晓。细菌武器的危险较原子武器有过之而无不及，原子武器是瞬间的毁灭，细菌武器却无声无息，来去无踪；原子武器是精准定位、预先设定的毁灭，细菌武器却是无形中的传染，无休止的蔓延，在植物、动物、人类生命体之间传递着死亡，就像是打开了、再也合不上的潘多拉的盒子。甚至使用细菌武器的人都无法预知其会扩散到什么范围，造成多少死亡。细菌造成的污染把普通日常生活的空间、社会关系、自然环境变为杀人凶器，即便战争已过去80年，那些被攻击污染的地区还可以检测到病菌，仍然存在着威胁着人类生存的安全隐患。

2024年诺贝尔和平奖颁给了日本原子弹爆炸幸存者组织。核爆被害者的声音再次被世界听到，在诺奖的领奖台上，他们警示世界，今天核战争的威胁依然存在。而中国的细菌战鼠疫幸存者，崇山村的王锦悌，却在孤独和悲哀中死去，那是一个特殊的日子——2009年8月6日——与日本广岛万民举行遭受原子弹轰炸64周年纪念为同一天。王锦悌在生命的最后时刻什么也没有得到：正义、道歉、赔偿、抚慰甚至同情。他作为证人站在日本的法庭、媒体的镜头前，奋力向世界发出呐喊，但掩盖、遮蔽、遗忘的幕帐太厚太沉重，这声音显得极其微弱。

日军在中国战场大规模的细菌武器使用，是人类有史以来首次以中国人付出无数生命得来的经验和教训，应该作为警钟向人类长鸣：细菌生化武器的威胁在今天也依然存在，人类应该建立超越民族和国家的对细菌生化武器的共识，避免再次重蹈覆辙。

1940年代的中国依然是一个农业社会，青霉素还没有规模性生产，面对现代的生化战争（细菌），缺乏防御和抵抗能力。国民政府不得不在正面抗战之时，又打另一场艰难的细菌防疫战。而从战时到战后几十年，细菌战对个体生命的戕害、对社会造成的恐慌、对人伦关系造成的破坏等，还有待于系统地了解和认识。细菌战从来没有被细致地描摹过，也没有被系统地研究过，当然也谈不上更深刻的、更高层面上的认识。直到今天，细菌战仍然是日本国家最高层的“taboo”（禁忌）：不承认事实，不公开资料，不道歉赔偿，对受害者的诉求置若罔闻。

细菌战一直是一个巨大的历史“黑洞”。

作恶者总是借消灭历史来掩盖罪行，所以还原历史保存真实的历史，是反思并校正人类行为的起点和前提。

中日之间的历史纠缠，近代尤甚。中日战争一直是两国之间绕不过去的巨大沟壑，细菌战问题是其中犹在流脓的疮疤。被害者与加害者，细菌战问题如一块巨大的骨头，梗在中日两国的喉咙间。如何揭开历史真相，如何看待这场战争，如何面对和解决战争遗留问题，已经影响着中日两国的现在和未来。

对我来讲，这是另一种看见，是在历史事实之上的看见。这是我一而再再而三地持续写细菌战的原因，也是启动写作本书的一个枢纽。

731 细菌工厂和细菌战的残酷，已然成为历史。但细菌战带来的一系列问题，则一直延续到现在。从这个意义上来说细菌战仍没有结束，是仍在行进中的历史。作为一名记者，所能做的不多，唯有记录，也唯有记录能够永存。

始于 20 世纪 80 年代的日本反战力量的揭露反思，一点又一点材料的发现、发掘、拼凑（这个过程至今还在继续，新的材料还在发现中），使细菌战事实慢慢地显示出来；1997 年中国受害者加入，他们从控诉自己、亲人、家族的受害开始，成长为村庄、乡镇、城市受害历史的调查者，一沙一滴的力量，最终汇成修补历史的民间行动。

对日细菌战诉讼经过十年三审，虽然以败诉终结，但日本最高法院全面认定了中国 180 名受害原告举证的细菌战事实，第一次从法的层面认定细菌战的存在及其对中国的伤害，从而使细菌战这一日本国家秘密被披露、被认定、被世人所知。在此之前，日本是否在中国进行过细菌战，一直处于非确定状态；人类历史上第一次大规模的细菌战，一直没有历史定论。

日本立教大学历史学教授上田信在接受我采访时说："在日本有些人是希望随着战争亲历者的年高辞世，这件事就翻篇，成为过去。"赶在当事者日日老去，将记忆带进坟墓——"历史窗口关闭"之前，把事实记录下来就成为当务之急。崇山村的王锦悌，没有等到日本政府的道歉，但他和他的同伴调查出的 1240 人受害名单，已经雕刻在义乌细菌战受害者纪念碑上。纪念碑上的一个个名字，曾经是父亲、母亲、妻子、儿女，但却死于"日本人放的鼠疫"。这就是中国人的"哭墙"，细菌战第一次有了世界性的言说场合，有了"记忆场"。相比犹太人建造的战争受害纪念碑和记忆场，这虽然仅仅是一个开始，但却是一次对战争创伤的抚慰、宣泄和纾解，是一次战争创伤的集体治疗。

王锦悌人已不在，却留下了历史。

在这二十多年里，我看到了人性的极恶，也看到了人性的至善。我似乎触碰了那个调和善恶的永恒的东西，那种正在流失的、人类已经非常稀缺的东西：一种向着正义不屈不挠追求的精神，人们称中日民间这些农民、工人、家庭主妇、律师、知识分子为一群努力“啃掉中日之间历史遗留问题骨头的人”，或者说，这是一群心怀大爱的人。只有凭借这种大爱，人类才能化解仇恨，抵达没有战争的和平彼岸。

通天塔需要一点点垒上去。浩瀚的档案，纷繁的材料，无数的当事人，时间和空间的跨度，极考验写作者的体力、耐力、智力和学识。我需要做的是：还原历史，再现历史的场景和细节，发掘每一故事的意义，讲好一个个故事。细菌战到底是什么样的战争？我的一点“野心”是再现细菌武器的残酷性，不只我看见，也想让读者身临其境，感受到，并看见。

对于如何架构一部非虚构长篇，我没有多少经验。就像你了解烤面包的全部知识，并不等于你真能烤出一个好面包一样，当我下手建构这样一个长篇时却是各种的失手、无措和踌躇。尽管如此，有一点是我始终坚持和努力的，我希望读者在这本书里，不仅仅看到事实和事件，而是要看到故事——看到一个个生命的故事，看到每一个生命发出的、独属于它自己的光芒。

22 年前报社交给我的报道任务早已执行完，如今的写作是在执行我自己的任务。这是责任，也是使命，是一个记者无法推却、无法躲避的职业操守。

南香红

2024.12. 冬至

引子

被告：日本国

我们是站在对日本政府和日本人的战争责任进行深刻的自我批判的立场，站在彻底批判并检举揭发日本政府而对中国人民所犯下的战争罪责却拒绝道歉和赔偿的不正当行为的立场。根据这一立场，我们律师团决定全面地具体地协助崇山村村民并与村民一起共同进行这一伟大的、具有历史意义的活动……

这是 1997 年日本律师写给崇山村村委会和崇山村调查委员会的一封正式信函报告，宣告一场诉讼即将开始。

律师团确定首次起诉时间为 1997 年 5 月 30 日。一濑敬一郎负责律师团诉讼日常事务，他在东京都港区西新桥 2 丁目 3 番 8 号藤井大厦三层的律师事务所，成为诉讼的大本营。此时一濑敬一郎还没有盖起自己的律所，是与别人合租的办公地点。

律师团确定可以作为原告的条件是：由于细菌战而失去亲人（父母、兄弟姐妹、祖父母、外祖父母等），或由于细菌战身染疫病幸存的人。

崇山村原本想以全村名义为原告提起诉讼，但日本不能以集体名义诉讼，只能以个人名义，于是只能选出 30 个代表。随着调查的深入，浙江的衢州、宁波、江山、义乌有更多受害者要求加入，再加上湖南常德，最后将原告人数定为 108 人。他们是 191 位死于细菌战受害者的亲属和 3 名身染疫病而幸存下来的人。

义乌崇山村日本律师来了 8 次，调查团来了 4 次，会谈了 54 个家庭。每一次一濑敬一郎都是必来的人，其他律师视自己的工作安排轮流来。

他们一到义乌，每天 12 小时马不停蹄地工作，通常分三个组，分头工

1998年，崇山村原告合影

作。对每个人的问询，都要进行3遍，以反复对比确定真实性。晚上要连夜整理录音并把它们打印出来，核对发现有出入的，就重新来过，一次、两次、三次……直到合格为止。

原告与日本律师办理委任状，确立委托关系，一切按照日本法庭的要求进行。诉状中有日本律师开业的地址，律所的名称和律师本人的签章；每份诉讼材料，都有几十页，全部的内容要中、日双语呈现。包括受害事实文字陈述、本人照片、死去的亲人的坟墓所在地。为了利用日本法院对有困难的诉讼者减免费用的规定，律师团要求中国原告出具家庭经济、工作、收入情况证明，受害者在上面按上自己的手印。

1997年，中国的受害者收入之低震动了日本律师。在农村，王锦悌家全靠农业收入，家里只有他一个劳动力，儿子智障。王晋华家里也差不多，王晋华种水田，妻子在家里糊纸质的火柴盒，一个几分钱。城镇比农村好一些，常德退休干部丁德望每月工资是650元，而这已经是不错的收入了。[1]

最后一道手续，是要在当地办理死亡人员的公证。但无论是义乌还是常

[1] 丁德望诉讼材料，常德细菌战受害者协会提供。

德，公证机构均不给办理。无奈之下他们最后想了一个办法，由乡人民政府来加盖公章。

赤日如火的8月，水稻已经收过一季，第二季水稻的秧苗正在田里等待浇灌。王培根戴着草帽、骑着自行车在崇山村的田垄间边骑边喊："王选来电话了，王选从日本打国际长途来了！让你们去日本，官司要开打了！"

正赤脚在水田里忙晚稻的王锦悌、王晋华抬起头，心里着急却半天直不起腰。王培根对着他俩大喊："快上来，你们的签证办下来了！"

王锦悌弓着身子缓缓走到田边，把一脚的泥在水里洗了洗，穿上放在田埂上的解放鞋。两人一脸茫然地交换了一下眼神。

这么快就要去日本了？！

实际上这已经比日本律师原定的时间拖后了。

王锦悌和王晋华被选为崇山村原告代表，去日本向日本法庭递交诉状，开启诉讼。从法律程序来讲，这一环必不可少。

细菌战诉讼原告第一次赴日本，森正孝等日本市民团体策划了一系列证言会。他们想让日本市民亲耳听到中国受害者的讲述，看到活生生的人。

临出发的前几天，王晋华突然不想去了。家里种的水稻要灌水，再不灌水就要被晒干了，晒干了一家人就没饭吃了。

自从20世纪80年代中期田地包产到户之后，种田就是崇山村每个家庭最主要的经济来源。庄稼都是要赶时节的，怎么能说扔下就扔下？再说去日本，心里还是慌得很。飞机，没坐过，再加上要在那么多人面前讲话，好怕！一连几个晚上睡不着觉。他找到王培根，说："我不去了，换个人吧，我有高血压的，高血压的人坐飞机听说是很危险的，我不能去。"王培根说："换人怎么能来得及！田里的水稻是你一家的生计，但诉讼是全村人的大事，哪个轻、哪个重还想不清？"

能够拿到去日本的签证已经相当不易。20世纪90年代出国难度很大，尤其是普通的农民。农民没有单位出身份证明，没有稳定的收入，无法证明自己有能力去日本。另外办手续的阵势也是农民们没见过的：进城照相，到政府开证明，从村里到镇里再到县里一层层的机关走流程。反反复复，一大堆材料在多个部门间转来转去，一日日的等待。日本方面，"日本细菌战历史揭露会"和森正孝也要给申请者提供各种担保及证明，传真及国际电话来来往往，手续极繁杂。

其他人办得还算顺利，唯独崇山村的王锦悌、王晋华的签证被日本外务省卡住。“搞不定时，一濑暴躁脾气就上来了，打电话到外务省一阵咆哮后，签证才下来。”王选说。

除了崇山村的王锦悌、王晋华，宁波选了何祺绥，常德选了何英珍。首次赴日本的原告代表人选，是王选与日本律师团充分讨论后确定的。“一定要选细菌战直接受害者，要苦大仇深的，另外还要身体能够走动并且头脑清楚的。”王选说。

四个人每一个人都是活见证，每一个人都有一脑子的惨痛记忆。

崇山村鼠疫大流行时，王锦悌还是一个 6 岁的孩子。他家是崇山村最贫苦的人家，因为没有土地，父亲王化炳是村里的抬棺人，凡有丧葬之事都去抬棺。鼠疫发生后，由他抬出去的死者达 80 多人。王锦悌的伯父伯母一家 4 口、一个叔叔和一个 5 岁的弟弟共 6 人死于鼠疫，其中伯父全家死绝。

王晋华家死了伯父、伯母、叔叔和堂兄 4 个人，堂兄 9 岁，叔叔刚成年还未娶亲。王晋华的这个叔叔叫王樟高，正是他逃到邻村塔下洲找在那里酿酒的父亲，把鼠疫带到了塔下洲，致使全村死了 103 人，成为受崇山村鼠疫牵连最严重的村庄。

何英珍当年家住湖南常德市东门外水巷口，几天内家里鼠疫死了 4 口人：嫂嫂、姐夫、弟弟、侄女。远在江西的伯伯、叔叔赶来奔丧，一到常德两人立刻染疫死亡。何家原本是一个四世同堂 18 口人的大家庭，家境殷实。父亲在常德城里开中药材铺，从祖籍江西进货，这次打击使何家从此败落。鼠疫之后的大轰炸又炸死了何英珍的哥哥，炸毁了家里的店铺，父亲从此一病不起。何英珍上不起学了，从高中退学回家，在废墟上搭一个棚子摆地摊，卖药材、辣椒支撑生计，养活父亲、母亲、小妹妹、两个婶婶和侄子、侄女一大家人，饱尝艰难与辛酸。直到 1952 年常德市政府招干部，有高中文化的她才停止摆地摊的生活，拿到了每月 34 元的工资。但白天工作，晚上依然要帮助母亲记账、整理药材才能维持一家人的生计。

何祺绥来自宁波。父亲在宁波中山东路 266 号经营一家叫作元泰的酒店，1940 年 10 月 27 日麦子和着黄色粉状的东西纷纷扬扬地落下，有的人很惊慌，何祺绥 24 岁的叔叔何福林却走出来捡起了麦子，放在嘴里咬了一下，向旁边的店员说：“没什么呀，是麦子！”叔叔何福林是店里的会计，初中毕业，刚结婚，年轻力壮。当天夜里就头昏脑涨，不能料理账务了。店员用藤躺椅抬他去看病，医生只认为是一般头痛脑热，开了点儿药回来，但是“病”越来越重，11 月 1 日暴死。元泰酒店遭受鼠疫横扫，青年伙计一下死了 6 个人。店员钱贵法也患了鼠疫被送到隔离医院，他成了宁波仅有的被救活的患者。

1997 年 8 月 4 日，王锦悌、王晋华抵达大阪机场。他们因为签证而耽误了部分证言会行程。站在机场到达厅里，放眼寻找王选，但只看到一个来接机的叫森正孝的日本人，两人走路立即就哆嗦起来。

“王选呢？王选呢？王选怎么不来？”王锦悌、王晋华互相用崇山话嘀咕着。森正孝听不懂，他不知道为什么这些人脸上的肌肉瞬间僵硬了起来，没有一点笑容。

礼貌客气、满脸笑容的森正孝行鞠躬礼，腰弯到 90 度。他准备了干净、气派的汽车，但两人上车时局促得不知先抬哪一条腿。

他们平生第一次坐这样好的车，宽阔的高速路，汽车跑在上面轻盈无声。葱绿的田野，片片稻田，不见一片裸露的泥土，干净得不像是农村。还有东京，这个布满高楼的城市，和崇山村比，那些房子真是盖到云彩里去了呢！

他们从来不曾想象过那个给自己带来永生灾难的日本是什么模样，他们惊讶得张大了嘴巴：这就是侵略我们、用鼠疫杀死我们亲人的日本？他们现在发达了，成了这个样子？！

王锦悌内心自有他的骄傲和自足。对日本的这一切，惊讶归惊讶，但说此生只想种好崇山村的水田。“过好自己的日子，不是因为细菌战，去小日本干什么！”他的这一生，曾去了朝鲜，参加了那场战争，伤了一条腿。

到了福井县，他们一眼看到了王选，冲到王选跟前，拖着长腔叫：“王选，王选——你原来在这里呀！”一脸僵硬的肌肉都放松下来，连皱纹都笑起来。旁边一路陪同来的森正孝，有一种无法加入的失落和感慨。

加上王选，一共 5 名原告。

王选原本只是调查团成员，有一天大家一起在一濑律师办公室准备起诉材料时，有人提醒：你们家也死了人，你也可以当原告啊！王选的身份自此一变，成了原告。

他们的到来撞开了一扇坚闭的大门。他们是细菌战的受害者，战后 50 多年来细菌战被严密包裹隐藏，现在，这些活人，来讲述他们的经历。

他们来得太迟了。战争这一页，在现代日本已经被“翻过去”了。他们的到来，亲身的讲述，又要把战争的历史图景重新带回来。

在正式递交诉状之前，5 位原告被分成三组，前往横滨、大阪、京都、神户、名古屋、静冈等城市进行证言演讲。王选陪着王锦悌和王晋华。

在福井，他们被安排了去电视台讲。

“王选，我们说啥嘛？”

“就说你自己家的事，谁死了，怎么死的，不知道的不说。”

“普通话讲不好哎……”

“你讲普通话他们也听不懂，不如干脆就说崇山话吧，有我呢，我来翻给他们听。”

“难为情哎，心慌、紧张……”

“别怕，怕的应该是干了坏事的人。”

他们像是怕走失的小孩子，紧跟着王选。两个人穿着出发前买的新衬衫、黑裤子，但新衬衫与晒成古铜色布满皱纹的脸对比强烈，新得不自然。王晋华圆脸；王锦悌则面相极瘦，额骨、颧骨向外凸出，嘴里黑洞洞的，因为没有了牙齿而面颊下塌、下巴翘起。

主席台上，“证言者王锦悌、王晋华”几个汉字放大到一米左右的尺幅。他们坐在上面，双手夹在两腿之间，眼睛不敢抬起。

王选坐在他们身边，她用眼睛牢牢地盯住他俩，并将整个身体倾过去。看得出来她心里很急，尽管背地里教过多遍，但她还是捏着一把汗：他们从来没有在这样的公众场合讲过话，而且是在日本。

中国细菌战受害者在战争结束半个世纪后，第一次作为证言者出现在日本，向日本民众讲述自己家族的经历

王晋华刚一开口，身体轻微一震往回缩了一下。他被话筒里的金属音吓住了，愣了一会儿，一直低着头的他开始了讲述。

“我开始讲话。我感觉喘气变粗，胸口闷得慌。我看得到听众席上的人眼睛都盯着我。我必须要说话，不能不说。”

“我想起小时候听到‘日本佬’这几个字就心惊肉跳，听到‘日本佬’来了就躲到地里的生活。我的眼前出现了崇山村死气沉沉、连鸡叫声都绝了的情景，我记起那时候所有的人都不敢穿白色的和红色的衣服，怕太显眼招了‘鬼’。想到我一个个死于鼠疫的亲人。这是我们的国家，我们的村庄，我们的家，谁请你们来了？你们不请自来还杀人放火、放鼠疫，真是欺人欺到家门口了！我感到了愤怒。我突然明白我是带着愤怒来日本的，今天我要把这个愤怒吐出去，我就不怕他们了。”几年后他对笔者回忆说。

市民证言会，记者招待会，王锦悌、王晋华一辈子都没讲过那么多的话，没见过那么多的人。

在东京地铁站，王选带着他们去坐新干线。一个中年妇女注意到两人指甲开裂、满是老茧死皮的手，上来问：

“你们是做什么的？”

“农民，种水田。”王锦悌答。

这个妇女一下子哭起来：

“战后我们也是这样种稻子的，很贫困，很辛苦。但是，现在全日本再也没有这么辛苦的农民了，你们还是那样啊！”

在这人潮涌动、熙来攘往的车站，中国农民和曾经的日本农民相遇，彼此的境况已大不相同。

战后半个多世纪，依然没有摆脱战争创伤的中国农民，与日本人碰在一起，同理心拉近了双方的距离。加害国的人第一次看到他们加害的结果，听着活生生的讲述，日本人也惊讶得睁大了眼睛。

中国的受害者看到不同的日本人，感受到了日本对待战争的不同的看法。金泽，一个出了很多 731 部队核心成员的城市，证言会正在举行，外面高音喇叭声一度压倒了演讲。“他们车子开过来捣乱，两个大喇叭说些什么我也听不懂，但我知道他们是不怀好意的，这是看得出来的。我就问王选，这是怎么了？因为那个地方是石井四郎的根据地，是很有基础的。王选说不要理他们，都是些右翼分子，是来捣乱的。”王晋华说。

而在另一个城市名古屋，一个 60 多岁的人向王晋华跪下了。他举着父亲穿着日军军装的照片，说父亲是搞细菌研究的，回到日本后心里非常难过，本想到中国去谢罪的，但因为病了不能去，就叫他来亲自谢罪。

8 月 16 日，星期六，日本朝日电视台在黄金时间用一个多小时播出近藤昭二编导的纪录片《隐秘在黑暗中的大屠杀——731 细菌战》，这是日本电视台首次告诉它的观众：日本在中国进行了细菌战。

“日军在战争中实行细菌战杀害了大量中国人是真实的历史事实，但令人震惊的是，99.9% 的日本人不知道这个历史真相。这是日本政府从战争当时到战后自始至终掩盖 731 部队的存在及其活动内容的必然结果。”《中国细菌战诉讼原告团向日本最高法院上诉理由书要旨》如此表述[1]（在这之前，不论是森村诚一的纪实小说还是家永三郎关于教科书的诉讼，涉及的内容只是 731 部队和人体解剖）。

王选是这个片子的主角，镜头随着她走访细菌战的受害地和受害者。此时，王选带领的细菌战受害者正在日本向法院提起对这起战争犯罪的控告。

8 月 11 日上午 9 点 30 分，中国原告代表王选、何英珍、何祺绥、王锦悌、王晋华，在律师一濑敬一郎、西村正治、鬼束忠则，日本细菌战调查团团长森正孝，日本 731 部队图片展全国实行委员会会长渡边登，美国第一个揭露细菌战的记者约翰·鲍威尔的陪同下，来到东京地方法院民事诉讼接待处第 18 部递交诉状。

诉状的原告项中密密开列着中国 108 名原告的名字，被告项赫然列着：日本国。

诉状的封面上写着这样的几段话：

这次审判，原告们正是要为死者恢复被剥夺了的“人的尊严”。

法律的根本是正义和真理。这次审判将全面表明细菌战是怎样一种非人道的战争犯罪。

裁定战争犯罪，实现对受害者的赔偿正是法院的崇高使命。法院必须全面接受原告们的要求，证明历史事实，伸张正义。[2]

---

[1] 第二次起诉《诉状》，细菌战诉讼团提供。

[2] 第二次起诉《诉状》，细菌战诉讼团提供。

原告诉讼要求是：1. 被告向每个原告支付一千万日元，并且在本诉状提交的第二天开始五年内分期支付；2. 诉讼费由被告负担。

1997 年 12 月 22 日，原告又向法庭追加了一项诉讼要求：被告必须向每个原告提交由原告认可的谢罪信，并将谢罪信登载在官方报纸上。这封谢罪信作为诉讼请求的第一项内容被列入。

《诉状》指出：在人类历史上，人与人之间互相残杀的战争已有几千年的历史。而且这几千年来，人类对战争的看法在逐渐受到限制，违法战争的观念深入人心，并被当作国际法的原则。国际法之所以禁止细菌武器正是出于违法战争的观念。日本在认识到细菌武器违反国际法的情况下，却将之作为国家政策秘密开发并在战争中使用，这种非人道的暴行是史无前例的。

日本国不单犯下了细菌战这样严重的战争罪行，而且还犯下了隐藏细菌战这样的新的国家罪行，后者也是一个极其严重的事件。

细菌武器是针对所有生命体——人类、动植物——的最残酷的杀戮武器，其不分平民与战斗人员的集体屠杀方式，符合国际法认定的种族灭绝罪。

细菌武器，就是以鼠疫、霍乱等传染病的病原体为武器，让敌方的人感染，并杀死他们的武器。这种细菌武器既然是由国家发动的战斗行为的一种手段，就要受到国际人道法的制约。但是，细菌战却是以杀害大量非战斗人员的一般居民为目的的战斗行为。

不是从飞机上投下感染了鼠疫的跳蚤，就是使用阴谋诡计让中国百姓食用带霍乱菌的食物，残酷地杀害平稳生活着的中国老百姓。

国际法已经进步完善的今日，这种集团杀害行为称得上是国际法中的种族灭绝。

日本军队使用细菌武器的种族迫害，与纳粹的残暴同罪，实在是令人发指的残暴行为。[1]

《诉状》还指出，细菌武器不但掠夺了人类生命，还污染了人类生存的自然环境，并且这种污染到现在仍无法去除；细菌武器还破坏了人类的社会秩

[1] 第二次起诉《诉状》，细菌战诉讼团提供。

序，破坏了人与人之间相互信任、信赖的和谐关系，使传染病流行地区的人受到长期的歧视。

《诉状》列举了被告日本国的细菌战和中国的受害地区，其中，鼠疫：浙江省衢州市、宁波市、义乌市、崇山村、东阳市、湖南常德市；霍乱：浙江江山市。原告108人。

《诉状》指出：这次诉讼的受害者之中，有191名死者并不知道自己是死于日军的细菌战；另外有3名幸存者在至今的过去50年间，也没有明确地认识到自己所患的鼠疫是日军细菌战所造成的，这都是因为细菌战虐杀的事实被从历史上抹掉了。正因如此，这些被细菌战杀害或致残的人，被剥夺了人的尊严。

“平生第一次到法庭啊，紧张得就听见自己的心怦怦跳。”王晋华在向法庭递交完诉状后，又到日本国会大厦总理府内阁亚洲司外事审议室去请愿，递交《致日本内阁总理大臣桥本龙太郎的公开信》。

“当时我们要求出来接见的日本官儿，向他们的首相桥本龙太郎表达我们的意见。我被允许讲两分钟。在这两分钟里，我要把我们村里的整个受害情况说出来。王选在我身边用眼神鼓励我，有王选在我就不怕了，我知道就是我讲错了，她也不会翻译出来。”王晋华说。

这一天的下午，中国细菌战原告代表和辩护律师在律师馆举行记者招待会，到会各国记者有100多人。

“中国细菌战受害者起诉日本国”，“180名原告向日本政府索赔十亿八千万日元”的消息，出现在世界很多国家的媒体上。

第一部　看见

第一章　遇见鬼子的后代

一

卷曲的头发高高盘在脑后，白色棒球衫的领子竖起来遮挡阳光，蓝色的牛仔裤和旅游鞋，这是王选喜欢的穿法。她的身后常背一个大大的双肩包。

回崇山村的路是她再熟悉不过的。从上海火车北站，坐浙赣线铁路上的慢车，经过义乌，到官塘车站下车，然后走5里地就到了。

崇山村入口处

依然改不了边走路边东张西望的习惯。所有东西都熟悉而又陌生，一湾一湾的池塘，樟树的枝叶在阳光下漫天伸展，有点像细叶榕树。它们纠缠在一起，年久之后甚至分不清那些枝丫属于哪棵树。浙江中部密密的蔗林和一方方的水田，空气里充满了潮热和泥土的气息。远远看见高高突起的一块丘陵之上，密密布满着灰白色的农宅，那就是崇山村。

1994年秋，王选打工的日本公司派她回中国出差。借这个机会，王选回上海看望了母亲；之后，又动身去义乌的崇山村，那里还有一个让她思念的堂姑姑。

崇山村是父亲的家乡。当年父亲17岁到上海读书、工作、参加地下党，1951年结婚在上海安下了家。王选是第一个孩子，1952年8月6日出生于上海。

王选记得第一次跟父亲回家乡是1963年的春节。父亲王容海“右派”摘帽，从劳改农场回到上海，觉得一定要回家乡一趟，一是对家乡难以抑制的思念，再就是对家乡父老有个交代，以免亲人挂念。带着妻子和3个孩子，也是这趟慢车，每一站都停，整整坐一天火车，到官塘车站天已经黑了。父亲的几个堂兄弟提着灯笼来接，挑着一对大箩筐，把父亲带给亲戚的礼物放进去——肥皂、毛巾，这是城市里有乡间没有的东西；再把王选的妹妹放进另一头，挑起来往家走。

"大哥回来了！"这在家族是一件大事。大哥是家族唯一一个在外当官的人，又是长孙。堂兄弟一大堆人前呼后拥，打着灯笼，一脚高一脚低地行走在夜晚的田埂中。王选从来没有走过这么远、这么黑的路。

三年的困难时期刚过，对于常处于城市匮乏中生活的王选来说，乡村真是太"富足"了。每天亲戚排着队请吃饭，中午在谁家吃，晚上在谁家吃。一进门总要煮一双水扑鸡蛋，调料是香葱、猪油和酱油。有的是用白糖煮的，那是最高级的了。有时一天下来要吃十多个蛋，还有芝麻、花生、炒米糖。当时上海什么都要凭票供应，一周才能等来一张点心票。王选每天放学经过临街一家叫"艺林"的食品店，都要驻足停留，望着柜子里的点心，盘算着下周的点心票是买桃酥，还是白糖、麻花。桃酥香，最喜欢的是糖糕，可是几口就没了；白糖、红糖、麻花能啃一阵子。

11岁的王选还不懂，父亲回家，亲戚们拿出的是待客的最高礼遇：平时他们自己不舍得吃的东西悉数端出。

第二次回崇山村是1966年，王选初中二年级。"文化大革命"红卫兵串联，王选和6个同班女孩子决定步行去井冈山。她们沿着浙赣线一路前行，其间拐了一下，从萧山到绍兴，去看了鲁迅先生的三味书屋。然后，过兰亭，从诸暨往金华方向走，经过义乌，王选和周秋芳一起去崇山村，其他5个同学直接去金华。村子里的老百姓听说两个女孩是从上海走路来的，惊讶不已，纷纷跑来看。只住了一个晚上，两个女孩要再出发，王选堂叔叔把她们送到义亭车站，坚持要她们坐火车到金华。

这次，大了一些的王选，发现自己对崇山村有一种家乡的情感。

王选再回崇山村是1969年。作为"知识青年"，王选必须离开上海"到农村接受再教育"。可去的地方是黑龙江，但她只能去农场，不能去生产建设兵团。因为兵团属于军队编制，王选父亲是摘帽"右派"，政审不行。王选母亲动员亲朋好友，来劝一心想走得更远、飞得更高的王选：不要去黑龙江，去

插队时的王选

崇山村吧，村子里的人会保护你，会对你好。此时父亲还在被隔离审查，母亲给他送衣服被子时，看到他在里面扫厕所，一只耳朵被掌掴打聋了。王选听到这些，心里很痛，作为长女，她得为母亲分担忧愁。

1969 年 1 月 19 日，天寒地冻，梳着两条齐腰长辫子，穿了一件大棉袄，只有 16 岁的王选，还没有完成中学学业，就去了崇山村。

崇山村两个大队只有王选一个知青。王选住进了自己家的祖屋。同住的是堂姑姑一家和她单身的兄弟，他们家的房子被日本人烧了，于是就住在王选家的祖屋里。王选的日常生活由堂姑姑一家照料，在王选心里这个堂姑姑相当于母亲。

“王选来了！”一个上海姑娘来到乡间引起了好奇和轰动，家族的亲戚、父亲的表姐妹们，从十里地远赶来看王选。

大家一起下地劳动，女人不用耕地，但要挑担子。王选挑担子，大家就笑，个子太矮，力气太小，挑起来摇摇晃晃像只鸭子。一位堂叔叔说，他们农民劳动习惯了，看着王选干活就觉得可怜。生产队总是把最轻的活分配给王选，比如去晒场“看”麻雀。这成了村里的一件新闻，村里的小孩都来围观，看王选怎么“看”麻雀。

父亲在落魄挨整，但村里人没有歧视她，也不关心这个，每人省一口给王选吃。叔叔婶婶叫她去吃饭，每次都把锅底给她，香。每次给她兜饭时都说，上海的姑娘就是一只猫，兜一勺子饭就喂饱了。有一次和小队妇女一起干活，一位婶婶说：“王选长得真好看，可惜不笑，笑起来像桃花开了一样！看，王选笑了，笑了，笑了！”

出生在上海的王选，就这样和父亲的家乡崇山村有了千丝万缕的联系。在这个全村没有一本书、只有一份《浙江日报》的地方，和妇女一起收芝麻、晒谷子、榨蔗糖。劳动了一年多之后，王选当了村小学的民办老师。这个从一句义乌话都听不懂、更不会讲的上海妹子，学会了讲家乡话。

去日本留学之后，王选很少回国。留学生都很穷，舍不得路费，当然也没有回过崇山村。所以这次崇山村之行是早在思念和谋划中的。

行走在乡间的王选，已经不是那个 11 岁随父亲返乡、16 岁回乡插队的王选，而是在日本生活了多年的王选。

崇山村还是老样子，堂姑姑还是拿出留了很久的芝麻红糖给她吃。而此时，父亲早已去世，再加上几年异国的漂泊生活，父亲的家乡在王选心里更有了一种家的感觉。

当天一个叫王焕斌的叔叔，来找王选。论辈分，王焕斌和父亲都是王氏第 33 代孙，名字的中间都应该从“焕”字辈，只不过早年参加革命的父亲没有用这个字。王焕斌是父亲从家乡带到上海的，也是父亲从村里带出去的唯一一个人，王焕斌得以读书学法律，并有了正式的工作。王选到崇山村插队，他特意带着女儿从邳县到崇山村看王选，并要他在村里的哥哥照顾王选的生活。从此，斌叔叔的哥哥家里做了好吃的，都会叫王选去：用平锅烤了豆腐菜馅饼、裹了馄饨、烧了手切面等，家里就会有人来，请王选去吃。王焕斌长着和父亲一样清癯的面孔，他一脸严肃地叫了一声“选”。

“选”这种叫法，只有最亲的人才会使用。

“选，我们要告日本人，让他们对当年放鼠疫做出赔偿。村子里只有你在日本，又懂日本话，必须参与这件事情。”

“中国政府不是已经放弃赔偿了吗？”

“放鼠疫是老人们的说法，能证明吗？”

王选接连问。第一反应是 1972 年签署的《中日联合声明》，中国已经放弃了赔偿；第二反应是要告就得有证据。

王焕斌从口袋里摸出一张折叠仔细的剪报：“看，报纸上登了，说，国家放弃了国家的，老百姓的没有放弃。”这是一份《法制日报》，文章的标题是《国际法上的战争赔偿与受害赔偿》，作者为童增。

王焕斌说有两个日本人已经来过村里，他们是抗日战争结束后第一次来崇山村的日本人。他们带来的消息说，当年崇山村的鼠疫是日本人的细菌战，他们访问了很多当事人，还说会想办法帮助崇山村人打官司告日本政府。但两个日本人走了以后再也没有消息。

“你在日本，一定要找到他们，就说我们准备好了，请他们支持我们状告日本政府。”

崇山村村民要告日本政府！这个消息对王选来说极具震撼性，不仅在中国没有先例，就算世界上也没有听说过。

细菌战。鼠疫。

仿佛有模模糊糊的一扇门在远处开启，一些深藏而零碎的记忆浮出来，王选想起了父亲。

很小的时候，王选的下巴只有房间的窗子高。那是上海的一幢法式联排别墅，父亲站在窗前，望着外面的街景，说着他的小弟弟的死。

父亲的弟弟死于鼠疫。当时王选并不知道鼠疫是什么，父亲脸上极其痛苦的表情却刻进脑海。

“父亲再也没有说过这件事，但鼠疫成了我一个可怕的记忆。”父亲曾说过，当年，收到家里来信说奶奶病重，父亲不顾一切回家探望。道路已经被日军封锁，父亲就绕着道步行往义乌走，一直走了一个月才从上海回到崇山村。回到家，奶奶已经去世了。父亲说，当年村里的鼠疫可能和日本人有关。

一些在崇山村插队时的情景又从遥远的记忆里跳出来：“日本人很凶的，要剖肚皮的。”王选的堂姑姑说。村子里一讲起日本人的事，就说“日本人放鼠疫”“日本人烧屋”。

堂姑姑家的房子造好没多久，就被日本兵烧了。堂姑姑的父亲——三爷爷为造这所房子省吃俭用，刚完工就病倒去世。一家人没有房住，就借住在王选家的祖屋里。堂姑姑当时 15 岁，要照顾弟妹，就没有嫁到外村去，而是招了个做木匠的上门女婿。

农民们干完活，歇息聊天的时候，会讲一些故事，一些过去的事情。王选一直认为强奸、烧房子、杀人这样的事是真的，但“日本佬放鼠疫”的说法还需要证实。鼠疫怎么能是“放”的？

穿越半个世纪的时空，真相会偶然显露它的真容，但它一定会选择人和时机，让那些可以看见它的人看见。

斌叔叔让王选去做的事，王选一定会去做的。这个斌叔叔是小时候见了要扑上去拥抱的人。

关于斌叔叔的记忆是最温暖的。父亲被打为“右派”，家里的孩子也成了另类分子，作为长女的王选，要常去帮着妹妹弟弟出头打架。门可罗雀，以前常来常往的人都躲着走，到访的客人只有斌叔叔。每年春节前，从江苏工作之地回家乡的斌叔叔，会到上海停留，带来一些当地的土特产；从家乡崇山村回来，会再来一趟，又是一堆崇山村年货。这个高大英俊的斌叔叔在王选的记忆里全是温暖美好的。

王选记住了嘱托，但要在日本找到两个去过中国浙江崇山村却没有联络方式的人，谈何容易。

作为中国改革开放后最早出国留学那批人中的一个，1993 年王选拿到日本筑波大学的硕士学位，刚刚从紧张而艰苦的自费留学生活中解脱出来。丈夫早一年从筑波大学研究生院出来，与日本人合开了一家贸易公司，开始学做生意，王选也得重新安排家庭生活。丈夫的公司在日本兵库县西南部 H 市，租了一间 30 多平方米两居室的日式房子；王选在一家日本企业找到一份非日勤的工作，负责日方与中国的农业科技交流。

H 市是日本近畿地方西部的一座历史名城。从东京坐新干线，跨越东部漫长的海岸线，抵达 H 市时，首先映入眼帘的是一座高大的重檐建筑——天守阁。这座拥有高度发达防御系统和精巧防护装置的城堡，始建于 1346 年。

尽管在 40 岁的年龄启动异国生活已经有些晚了，但王选还是不大甘心。来日本留学是不得已的选择，当年美国硕士课程已经通过了入学，但签证却没有过，这成了王选的一个心结。一定要到英美攻读博士学位，她一直认为这座小城，并不是自己打算长期待下去的地方。

此时她还没有意识到，一根横出的楔子，已经嵌入了她的人生。

1995 年 8 月 3 日，王选翻着她订的英文报纸 *The Japan Times*，一下子跳了起来，一定就是这两个日本人！报纸上的一则消息称，中国哈尔滨召开首届 731 部队国际研讨会，日本的两位市民和平运动活动家发表了赴崇山村调查鼠疫的报告，提及 1994 年 10 月，义乌崇山村村民提出的“联合诉状”，要求日本政府就这场战争灾难予以赔偿。

这两个人，一个是教师森正孝，一个是医生松井英介。

这肯定是斌叔叔要找的日本人！王选打电话到报社要这两个人的联系方式，对方客气地说他们也没有这两个人的电话。王选看报道中说松井是日本岐阜大学的教授，便查了电话簿，找到了学校的电话，打过去，对方说人不在学校，家里电话涉及隐私，不能给。王选再三说明，终于要到了松井家的电话。

“我叫王选，是中国留学生。我是崇山村人，我要参加你们的崇山村鼠疫调查。我会尽我最大的力量支持你们的调查，这是我的义务。”王选在电话里用日语连珠炮似的说。

接电话的松井英介的夫人友好、客气，那时候松井医生还在哈尔滨。

松井英介惊讶极了，他根本不会想到有一个崇山村人在日本，并且会找到他的联系方式，把电话打到家里来。这都不符合日本人的交往礼仪，而且那么急迫。在他们以往前往中国的活动中，从来没有中国人主动提出要参与。

森正孝和松井英介是自己找到崇山村的。崇山村在什么地方，可能大多数中国人都不知道，但两个日本人却摸上了门。那时候中国刚开放不久，日本人每次都由浙江省外事办找人陪同翻译。但崇山村人一开口讲话，翻译就蒙了，这种方言语速快、发音又重，村民们说话都很大声，喊着说。几个人如果在一起说，感觉就像一锅炒得噼里啪啦的豆子。日本人听得头疼，中国翻译也难对付。他们没有想到的是，中国话和日语之间又隔着一个崇山方言。要找一个能翻越几座语言障碍大山的人，真不容易。

王选约了一个见面时间，未能如愿，松井英介在出差中。松井有时间，王选又要回国出差。这趟回国王选特意又去了崇山村，一是告诉王焕斌他们要找的日本人算是找到了；二是她想详细地了解一下情况，做到心中有数。

一个假日，两个日本人乘坐新干线来 H 市见电话里的中国女人。王选去车站接他们。森正孝瘦小的个子，留着长长的头发，走路时花白的头发会随风飘起来；松井英介戴眼镜穿西装扎领带，提着厚厚的公文包，是典型的日本医生形象。

在王选家里，三个人在榻榻米上席地而坐。这是王选租来的两居室房子，只有三十几平方米，一张餐桌，几张小沙发，几个书架。

他们的讲述让王选愤慨而惊讶，情绪越来越难以控制。两个日本人告诉她，他们的研究已经确定，日军在战争中对中国进行了细菌战攻击，但日本政府从来没有承认过相关事实。东北 731 部队进行人体实验是秘中之秘，731 部队和崇山村鼠疫之间的关系，有待进一步确认。崇山村的鼠疫到底是日本军队直接投放，还是蔓延所致，范围有多大，受害有多深，都需要进一步调查确认。至于日军的细菌战攻击在中国有多大范围，进行了多少次，每次如何实施，造成怎样的损失，更是未有全面的结论。

两个日本人说，他们正在组织日本民间和平人士，支持崇山村村民向日本政府索赔，并准备为诉讼调查取证，推动细菌战事实的查清。

“我怎么会在40多岁才知道这件事？是谁设置了历史的雾障？”王选感到自己的后背一阵阵发冷。

这么大的事怎么好像从来就没有发生过？从小学到研究生，教科书上没有，平时阅读的书里也没有。王选心里的疑问陡然而生，各种复杂的情绪在翻腾：无知带来的迷惑、茫然、羞愧；被蒙蔽带来的愤怒；残酷事实带来的震惊……

“我自愿加入你们的调查。”王选情绪激愤地表态。

两个日本人瞪大了眼睛，看着眼前的这个中国女人。

王选连夜把三个人会谈达成的共识总结了一下，用传真发到了森正孝家里。传真的内容是：作为一个共同努力的起点，一是要把崇山村日军细菌战鼠疫的历史事实搞清楚；二是在事实搞清楚的基础上，要求日本政府承认这一历史事实；三是在承认事实的前提下，要求日本政府就此承担责任。

两个国家原本互不关联的人，因为半个多世纪以前的那场细菌战，走到了一起。

二

王选算是新中国出生的第一代人，这一代人只是从上一辈口中听说过战争。就算是自己家族深受战争戕害，但对具体情况也所知甚少，战争已从日常生活中抹去。

森正孝、松井英介是“鬼子”的后代，虽然没有直接参加过战争，但他们是日本人。中国人不知道的是，这一代日本人是在战后日本的废墟上度过童年的，经济崩溃，百姓挣扎在贫困、饥饿和死亡线上，这些他们都经历过。

1947年11月日本曾发生过一个举国震惊的事件，一位30岁的法官山口良忠被活活饿死。他拒绝吃妻子从黑市上买来的粮食，誓言以清白的良心履行自己的职责，分担人民的苦难。而他的配额粮食无法维持生存，结果只能是饿死。[1]

---

[1] 参见[美]约翰·W.道尔著：《拥抱战败：第二次世界大战后的日本》，胡博译，生活·读书·新知三联书店2009年版，第71页。

这种绝望、悲惨的战后生活，森正孝和松井英介都有亲身体会。1941 年出生的森正孝，赶上了战争的尾巴，他的整个童年满是后战争时代的饥饿、贫困和精神委顿。他的父亲，战争期间在哈尔滨特务机关任职。

松井英介的经历更加惨痛。他和家人在美军大轰炸中东躲西藏，他永远不能忘记，他的弟弟妹妹在大阪防空洞里被活活踩死。战争的苦难让他们成为日本反思战争的第一代人：那场战争是正义的吗？我们为什么要打仗？战争的真相是什么？报纸上说的是真的吗？日本军队在中国做了什么？

森正孝知道细菌战，比王选早了十多年。

留着长发、脸庞清癯的森正孝在日本静冈中学教历史。20 世纪 70 年代末的一天，他突然不知道这历史课该怎么教了。困惑来自《朝日新闻》刊登的记者本多胜一的文章。这位记者在中国向日本打开大门的第一时间进入中国，进行当年战争的追寻和报道。在他的笔下，南京大屠杀、“三光”政策、平顶山惨案、731 部队的人体实验一一展现。

战时的日本媒体也沦为国家的宣传工具，成为战争机器的一部分，战争的真相被反复涂改扭曲。就算是战后，很多事实也没有澄清。

森正孝读着报道惊讶得睁大了眼睛：这和历史教科书上写的完全不一样啊！应该教给学生什么？

1980 年暑假，森正孝自费来到中国，他第一个想搞清楚的是南京大屠杀。一连三年的寒暑假，他都在中国南京，自费拍摄纪录片。为了更好地在中国进行调查，他甚至在上海复旦大学学习了一年中文。

当森正孝将镜头对准南京这个苦难城市的时候，大多数亲历者还活着，只不过从来没有人进行过这样的采访和调查，包括中国人也没有。整个南京城甚至没有一座大屠杀纪念碑。关于南京大屠杀研究材料的封面上，写着“极秘”二字。

森正孝把一年接一年积累的素材剪辑起来，他为片子起名叫《侵略》。是“侵略”，而不是“进入”，这是他经过多年寒暑假调查得来的历史真相。他把片子放给他的学生看，放给日本的市民看。到 1985 年，这部电影被制作了 450 多个拷贝，观众达 250 多万人。

在南京，一次偶然，他发现了日军荣字 1644 细菌部队的存在。这个神秘部队的旧址就在人流熙攘的南京中山东路 305 号，现在是南京军区总医院。森正孝发现这个部队和日军在华中地区实施的细菌战有直接关系。

细菌战，从此闪进了他的视野，但这仅仅是一只巨大怪兽的一片鳞甲。

日本瞥见这个秘密的人并不多，最早让细菌战跃入公众视野的是日本学者家永三郎。

家永三郎曾任日本东京教育大学教授，日本皇太子——后来的明仁天皇的历史教师。1946 年受日本文部省之任编纂历史教科书《国家的历程》，1952 年编写高中历史教科书《新日本史》。在教科书中，家永三郎写到了 731 部队："日军在哈尔滨郊外设立了被称为 731 的细菌部队，他们用抓到的数千中国人和一些外国人做活人细菌实验并加以虐杀，这种残忍的勾当直到苏联参战才停止。"

尽管记载简单而粗略，但在日本是第一次。这立即遭到日本政府文部省的反对，其对此的判定是：731 部队写进教科书为时尚早，全文删除。

另外，家永三郎因写南京大屠杀、慰安妇等问题，而被指责为"对民族爱得不够"，"把战争写得太阴暗，要写国民拼命支持战争的光辉形象"，要把"侵略"换成"武力进出"，要求修改之处达 290 个。

1965 年 6 月 12 日，家永三郎将文部省告上法庭，诉其违宪。审定制度违反了保障学术和表现自由的宪法精神，并且认为审定给作者造成了巨大的精神痛苦，要求赔偿损害。

1966 年，《新日本史》再审还是通不过，家永三郎向东京地方法院提出第二次诉讼，要求法院必须澄清南京大屠杀、731 部队、细菌战、日军暴行、侵略中国等 8 个历史问题。家永三郎的诉讼一共提出了三次，两次以文部省为被告，一次以日本政府为被告。

能够看见这只怪兽的人都是 731 部队的"有缘人"，因为只有很偶然的机缘它才会闪现，机会稍纵即逝。

日本神奈川大学教授常石敬一看见了。1981 年，他被自己的偶然发现惊住了：他确信 731 部队部队长（第二任）北野政次军医少将发表的学术报告，其流行出血热研究使用的有关"猿"的数据，并不是出自猿，而是人类，实验用人是中国人。更为惊悚的是，这些实验是在活着的人体上进行的。

石破天惊。

这是首次从 731 部队军官的学术论文里发现，实验对象是活人。常石敬一的《消逝的细菌战部队》一书成为第一部关于731部队的学术专著。

日本推理小说家森村诚一也看见了。1981年，他给《赤旗报》星期天版写连载小说《死器》，采访了31名原731部队的老兵，他们的讲述让他震惊万分。为此，他开始了长篇纪实小说《恶魔的饱食》的写作。

“那真是‘残酷的会演’，731部队活体之类的实验，是极其怪诞的。所以相比之下，奥斯维辛的毒气室，应该说是有些人性味了。”森村诚一之所以这样类比，是因为德国集中营里的虐杀是直接的种族灭绝，而731部队里是以科学的名义将活人作为实验对象，人在这里只是实验用的“猿”；奥斯维辛被解放时还有犹太人活着，而731部队撤离时，却将他们以代号“圆木”称之的实验对象全部杀害，因而没有受害者能活着揭露、证实731部队实验工厂的内幕。

《恶魔的饱食》一书在日本销售300万册，创日本单本书销售纪录。1982年、1983年森村诚一又出版了该书的续集和第三集，又是上百万册的销量。森村诚一以其在日本文学界的影响力和所描述的令人难以想象的事实，暴风般揭开了731部队黑幕的一角，撬开了日本731部队秘密的铅封。

更多的日本人从森村诚一的书里看见。

松村高夫就是如此。80年代初读《恶魔的饱食》时，他还是一名青年。如今已然白发苍苍，但他仍是日本“恶魔的饱食”合唱团男高声部歌手。这首歌一唱就是几十年。

“年轻人呀，唱起来吧，你应该用歌声讲述‘731’的罪行。不要轻声低吟，不要生活在历史的阴影下。正因为我们是人，为了不再重蹈历史覆辙，所以，我们要大声讲述；所以，我们要高声歌唱，为了未来！”

这是合唱团一首必唱曲的歌词。一声声呼喊，要把731部队的罪行讲出来，让世界上更多的人知道。自20世纪80年代起，“恶魔的饱食”合唱团已经完成了20回全日本巡回演出。2011年9月，笔者在东京聆听了松村高夫领唱的“恶魔的饱食”合唱团第22回在日本的巡回演出。

即使现在，只要问问日本50岁左右的人，几乎没有人不知道《恶魔的饱食》这部书。后来的日本细菌战研究学者、民间社团组织者和参与者，大都是这本书的读者。

《恶魔的饱食》的影响力在于唤醒了一批探寻者，向着那黑暗而深藏的秘密探究、发掘。

松村高夫细菌战学术研究的开启，是因为一次偶然的发现。

1983 年，松村高夫的学生在东京旧书店里发现了一批有关军事医学的文书。他任教的庆应大学图书馆将这批资料购入，装在纸箱内存放在地下室。有一天，松村高夫打开了这只箱子，他被震住了。

这是 731 部队军医少佐池田苗夫关于破伤风菌人体实验的论文，以及 731 部队在安达野外实验场，将“圆木”（“马路大”）捆绑在木桩上进行毒瓦斯武器实验的报告书。再经进一步查明，这些资料是战争时期的军医少佐毒瓦斯专家井上义弘的遗物。战后井上义弘先后在第一复员局、厚生省工作，后任日本自卫队卫生学校校长。松村高夫将他对这批资料的研究写成文章《731 部队与奉天俘虏收容所》，发表在《战争责任研究》季刊第 13 号（1996 年）上。

松村搞清楚了这些资料的辗转之路：它们曾经被美国人从日本交易到美国，后来美国返还日本资料时又回到了日本，保管在日本防卫厅。在自卫队任职的井上利用职务特权弄出来一部分，他去世后这些资料流落到了市场。

近藤昭二，前东京电视台记者。“一件事情要么别让我知道，知道了，就别想阻止我追问真相。”近藤昭二出于记者揭露隐蔽真相的本能，开始追寻细菌战。

“记者的本能是狼、是猎狗，如果一件事情完全处于未知状态，就是完全的自由，没有边界，一切都要看记者怎么动作。”近藤说。

为制作《隐秘在黑暗中的 731 部队大屠杀》（1997 年 8 月日本朝日电视台播放）这部总长近一个小时的纪录片，他积累了近 20 年的素材。

出生于 1941 年的近藤，比王选长 11 岁。第一次听说 731 部队的事情，是在他二十七八岁的时候，他的第一反应就是不相信是真的。

20 世纪 70 年代初，近藤从他的一个医科大学的好朋友处得到了一本“野书”，在点着灯的、昏暗的跳蚤市场地摊上买来的材料——日本陆军军队因准备和使用细菌武器被控案《伯力审判——12 名前日本细菌战犯自供词》。虽然这本书上印着莫斯科外文书局出版，但无法证实其内容的真实性，因为在日本所有的图书馆、书店等正式渠道里都找不到第二本，也找不到可以佐证它的材料。

近藤昭二就按照这本书上提到的 731 部队成员的名字，到图书馆里找一本老的全国电话本，一个一个地打电话，逐个地排除同名同姓的人。

“我很狡猾，想了很多办法去套他们的话。我会说你去过西伯利亚吧，那里是不是很冷很苦啊？有时可以听出他们的慌乱，但得到的回答总是：对不起，你打错了。”

近藤还是从中发现了线索：731 部队做过人体细菌实验的军医，战败后几乎都成了日本医学、生物科学、教育和企业界的“大人物”。这其中，就包括近藤的好友所在大学的校长吉村寿人。

近藤找到了这个人，并进行了采访：

“你是不是 731 部队冻伤实验班班长？”近藤问。

“有这样的事吗？虽然同名同姓，但我不是。”

这是近藤对吉村寿人的第一次采访。

十多年后，近藤证实了这个人就是 731 部队冻伤实验班的班长。他们将人衣服剥光，露出手脚，绑在零下三四十摄氏度的户外，直冻到手和脚敲击时发出“梆、梆”的响声为止，再将人拉到热屋子里进行解冻。解冻之后，放到室外再进行冷冻，以此找到人体冷冻之后最佳的解冻温度和方式。目的是为日本攻占西伯利亚计划，找到应对寒冷天气的方法。

一旦追寻便不可收拾。从 28 岁起，近藤昭二开始一个人一个人地寻找，在默然的摄像机镜头后，他的一双眼睛越来越冷静、锐利。

青年学生奈须重雄刚刚从明治大学毕业，正要展开他的人生。“自从知道了 731 部队的事，我再也没心往上爬了。”他的一生从此绑定在细菌战的研究上，成了一个没有头衔、没有正式工作的民间研究者。

深海怪兽只是偶露峥嵘，更沉寂的深渊在中国。大家紧盯着中国那扇渐渐打开的大门，很多人开始计划他们的中国调查之旅。

1972 年 9 月 29 日，中华人民共和国总理周恩来与日本国首相田中角荣，签署了关于实现中日邦交正常化的联合声明。中日两国终于在战争结束 27 年后，开始了历史性的交往。中国这个饱受蹂躏的国家，缓缓向世界敞开了胸怀。

森村诚一也开始了他的中国之行。

1980 年，对中国和日本来说，都是战后迟迟到来的第一个春天。

中国人就是在这时知道了日本的电视机、电冰箱，还有日本的那句脍炙人口的广告词：“车到山前必有路，有路必有丰田车。”

但是，中国开敞的大门，却过滤、忽略了中日之间的历史问题，更不用说还在重重黑幕掩盖之下的细菌战问题了。似乎中日两国友好了，相逢一笑，恩仇皆泯。

20世纪80年代日本掀起了以《恶魔的饱食》、家永三郎诉讼为代表的关于南京大屠杀、关于细菌战事实的热议，森村诚一遭到了威胁和指责。有人劝森村诚一不要冒政治风险，不如去继续写他的推理小说。这些争议在中国没有多少人知晓，中国知识分子那时的社会关注焦点是"改革开放"。

森村诚一没有停止。1982年冬天他来到哈尔滨平房，他的书中无数次提到的地方。他的这次到访，轰然推开了一扇早已被中国人遗忘的大门。

731部队的"恶魔之窟"，在中国"大跃进"和"文革"期间遭到严重破坏。731部队的房址被盖上了厂房和办公室，动力班的钢梁架子被拆下来炼了钢铁。"文革"时期，革委会响应"深挖洞，广积粮"的号召，调动3000名民兵、中学生，为寻找可利用的地下洞，挖地2米，731部队的地下设施被破坏得所剩无几。

森村诚一在北京拜会了当时的文化部副部长夏衍，讲述了他看到的731部队的状况：只剩下地下实验室了。他说，如此下去，这将是重大的历史遗憾。

为了迎接森村诚一的访问，哈尔滨市地方史志办9月组成了韩晓等"三人调查组"，对遗址进行了考察，并走访了平房周围数十名中国劳工和见证人。文化部的报告转中宣部再转中共中央书记处，中央书记处书记胡乔木做出批示："这类事情现在抓已经迟了一大步，如果再不注意，则有关文物将永远湮没，造成无可挽回的损失了。"[1]

森村诚一继续写《恶魔的饱食》续集、《恶魔的饱食》第三集，"一个作家应该关注社会问题，以反省历史来揭露社会弊端，追求人生真谛，这才是我的写作目的，是我生存的意义"。"我之所以坚定不移地追踪战后的731部队的足迹，不是追究个人的责任，而是为了揭露战争狂热的可怕和民族优越感的实质，不使此类错误重犯，在人类已经建立起来的和平基石上添加一块小小的石头。"他说。

中国在抗战胜利后40多年中，基本上没有出现如日本一样的反思战争的

[1] 参见韩晓：《关于侵华日军的细菌战罪行研究》，中国文史出版社2003年版，第18页。

声音和行动，也错失了与日本学界、市民组织等和平力量联手与会合的机会。

20 世纪 70 年代末到 80 年代，中国知识分子刚刚走出自身的苦难，就被动员用知识投身国家现代化建设，尚无暇顾及中日战争的历史问题。只有韩晓等东北学者发表了一些 731 部队和 100 部队的调查研究，直到 1989 年中央档案馆、中国第二历史档案馆、吉林省社会科学院联合编辑出版《日本帝国主义侵华档案资料选编》，其中有一册《细菌战与毒气战》，才为后续研究奠定了第一块基石。

三

中日战后一代人相遇，不是不会到来，只是要有适当的时机。

森正孝想看的中国，实际上都在王选身上有所体现：父辈经历了抗战和内战，刚从动乱和运动中解脱出来。家庭刚刚安定，父亲平反后重返工作岗位，王选能够重拾课本，再续不完整的教育。改革开放后有机会留学日本。王选能够到日本留学，也是个人机缘与中日友好这一大历史机遇的偶合。

王选是中国打开国门后的第一代留学生。这一代人从赤贫里突然沐浴到知识的阳光，已然错过了读书学习的最佳年龄，于是拼命抓住一线机会，出国留学，打工洗碗挣钱读书也在所不惜。

这是知识短缺年代的后遗症。一代人青年时代学农、学工、学军，投入政治运动，然后从城市到农村，"插队落户、接受贫下中农再教育"，青春里最缺少的是读书。他们中极少幸运者在国家回归正常之前的最后阶段，有机会通过推荐与考试被选拔到大学，成为"工农兵大学生"。

王选就是这样进入杭州大学学习，是中国第二批"工农兵大学生"。毕业一年之后高考制度恢复，"工农兵学员"成为历史。

王选遇到的不止是森正孝、松井英介，实际上是与日本一股反战的市民团体力量相遇。20 世纪 90 年代，日本社会党执政，村山富市任首相，日本民间社会反战力量井喷式成长，森正孝等人是当时大量的民间和平团体和市民组织的代表性人物。战后日本已经是民主社会，市民结社表达意愿自由。和森正孝差不多年龄的战后第一代，已经成长为日本政治、经济、社会生活中的中坚力量，他们已经有能力发出自己的声音。

火种溅落，等待山风。

1996年6月，森正孝、松井英介等在东京成立日本民间组织——“日军细菌战历史揭露会”。这是在中日战争结束51年，森正孝、松井英介组织日本民间细菌战调查团赴崇山村接连两次调查以后。一群人就这样聚在了一起：记者近藤昭二、西里扶甬子；律师一濑敬一郎、鬼束忠则、西村正治；学者松村高夫；民间和平运动人士、四野日本老兵山边悠喜子，在中国留学的水谷尚子……日本搞细菌战研究的人基本都来了。

王选是这群人中唯一的中国人，一个中国女人，加入到“日军细菌战历史揭露会”中来。对日本人来说，这是一张“新鲜”的面孔，不只是第一个参加进来的中国人，还来自中国细菌战受害地。这个中国女人眼睛亮亮的，很漂亮，很好奇，但所知不多，有点“幼稚”。

一次“日军细菌战历史揭露会”组织的揭露活动，安排了一个南京1644部队老兵，来讲自己在细菌部队的亲身经历。坐了一屋子的日本人，只有王选一个中国人。

一个普通的日本老人，眼睛低垂着走上台，不看台下的人，也没有什么谦辞，开始自言自语式的讲述。

我叫松本博，出生在熊本县八代一个农民家庭。1943年18岁时入伍当上卫生兵，从博多乘船到釜山，然后经陆路到达南京。接受数周步兵训练后，又接受6个月的卫生兵教育，工作场所在南京城内中山门附近中央大学医院的7号楼，当时是华中防疫给水部（1644部队）的办公楼。

7号楼是钢筋混凝土的坚固建筑，四楼呈长方形，中间有走廊，房间按“松”“竹”“梅”等字样编号排列。四楼尽头有处置室，安装有焚烧炉，楼梯处设警卫室，是出入的必经之路。

我负责“松”字室，长方形，大小如同我在农村小学的教室，房间内放有7个像鸟笼一样的笼子，长、高、宽各1米。“材木”（实验对象，731部队称“圆木”，1644部队称“材木”）以“根”计算，1个笼子关1根“材木”。我负责的房间里关押了7根“材木”，他们都是南京宪兵队抓来的。进入笼子后一律裸体，我想是为了防止他们自杀。因笼子很小，他们只能抱膝靠在笼子里，既不能伸腿，也不能站立。笼子里有个罐子当便器，每天倒一次。[1]

松本博讲的时候非常难堪。王选觉得有一只大手抓住了她的心脏，越攥越紧，让她难以呼吸。这是她第一次面对日本兵，一个日本细菌战的参与者，听他讲述。在场的很多日本人也应该是第一次听。

这些人被关入笼子两三天后，军医就开始给他们注射细菌，可能有霍乱、鼠疫、破伤风、瓦斯坏疽什么的。有时拿来装在试管里的鼠疫跳蚤，放在“马路大”的肚子上，让它们吸血。也有便痢者，如果出现了感染者更需要注意。因为不允许他们洗浴，味道很是难闻。

我见这些人年龄比我还年轻，如同孩子一样。他们对我没有攻击性的表现，我也表示一点小意思。我不吸烟，有时悄悄把配给自己的烟给他们吸，这如果被上司发现是要受严厉处罚的。他们很是理解，为了不让烟味飘出去，一点点吸，然后吐到便器内。另外，不能大家一起吸，一个人吸完后轮到下一个人。

我担心他们自缢或咬舌自杀，只要不大声喧哗，他们间低语只当不知。我们看守兵都穿白衣服，戴口罩，每天开始和结束都要用消毒水消毒。给“马路大”注射细菌后，每天要测体温，观察饮食，分别记录和报告。

当然，这些人总会一天天衰弱下去。根据菌种的不同，进行三四个月的观察，军官或军医判断细菌已经在“马路大”体内发生作用后就实行采血，把他们最后的一滴血也吸干。

每一根汗毛都竖了起来，王选觉得脖子后面僵硬，身体发冷。

采血的日子我们给“马路大”戴上黑头巾，带到处置室，让其躺在处置台上，手脚都用皮带固定，然后在头巾上滴几滴麻醉剂，让他数一、二、三，

---

[1] 松本博的证言来源：一是王选参加证言会上的讲述，二是日本记者西里扶甬子的《生物战部队731——被美国掩盖的日本军战争犯罪》《南京荣字 1644 部队罪行资料》文章。松本博的反省，让王选从极恶中看到了人性中善的力量。战后回到家乡后，松本博把在南京的“工作”告诉了母亲。母亲虽然是个没有文化的农村妇女，但在听后骂道：“真是家门不幸，你都做了些什么！你简直不是人！”松本博结婚前，觉得不该隐瞒妻子，也告诉了她。

一会儿就发出鼾声睡过去。接着给大腿消毒，军医切开腹股沟部位，用钳子拉出动脉，插进针头，一头是大口的瓶子，采血就这样开始。最初，血汩汩地向外流，以后血流慢慢变细，“马路大”遂产生很厉害的痉挛，连固定身体的床都嘎吱嘎吱地响动。更残忍的是，这时会有人穿着皮靴去踩“马路大”的心脏，于是吸管里出现血泡，这是最后的一滴血，采血这才结束。采后的血放到哪里，也许是培养室，或者其他什么地方，这是我们这级士兵不可能知道的。一个人的血液大体有4—6杯。尸体就丢进处置室旁边的电气焚烧炉烧掉。烟从烟筒冒出，外面不知道发生了什么，但臭味是闻得到的，油也滴在外面的马路上。剩下的骨灰在军官学校对面挖坑埋掉。

我在这里服役10个月，亲见有40—50人被全部采血。以人体作为细菌制造器，然后“收获”污染的血液，实在是恶魔的行径。

会场一阵骚动，松本博细弱缓慢的声音一直在回响、轰鸣。

最艰难的讲述过去后，会场有人发问：“这些人整天关在笼子里，在干什么？”

“在聊天。”松本博答。

会场发出一阵哄笑。

王选感到心脏剧烈疼痛，难以呼吸，起身出了会场。

在走廊里，王选再难抑制，双泪直流，她站在背人处，不愿意让人看到。松井英介从会场出来，走到王选身边。

“王选，你为什么要哭？是不是觉得受不了？”

为什么要这样问？难道听到这样的事不难过吗？

多年以后，王选才能慢慢品出松井莽撞而不合时宜的问话的意义：“日本人太不了解中国人了，当然，我们也不了解日本人。他可能想知道中国人的创伤到底有多深吧？”王选说。一群日本人，一个中国人，会场里发出的笑声，恍然间王选感受到了鲁迅当年的处境。

报告会结束，王选和一干人去了一濑敬一郎的律师事务所。对于新加入的中国人，一濑的夫人给了王选特殊的礼遇，拿出一本《世界》杂志给她看，上面登载着曾和王选一起去崇山村调查的西野瑠美子写的关于731部队的文章。

一张照片立即吸引了王选的目光：3个中国人将要被当作“马路大”（731

部队的称法）送去做人体实验。看到照片，王选感觉脑子里被重击了一下，身子不由得一激灵。

刊载于日本《世界》杂志的图片，3个被绑的中国人将被用于人体实验

黑白旧照片，3个中国男人，两个中年人，一个青年，一起被绑在一根桩子上，脚上戴着脚镣。青年有20来岁，绑在右边，圆圆的脸，一颗饱满的脑袋，剃光的头发青茬茁壮，显得非常健康。他的两眼睁大睁圆了正视着镜头，好像要看到镜头里面去。

坐在从东京回关西的列车上，王选脑子里一直回闪着这3个中国男人的面孔和松本博讲到的南京1644部队的笼子。

新干线列车快速飞驰在日本东海岸。这是日本最快的列车，是现代化的象征。车厢里安静极了，只有列车奔驰的声音。

他们被叫作“马路大”“圆木”“材木”。他们被剥夺了姓名，只有编号。他们被送进731部队在中国东北和1644部队在南京的实验基地，被当作细菌培养基，被解剖，被焚烧。

《世界》杂志上3个男人具体的脸和松本博的讲述一下子联结在了一起。这一下，那些笼子里的人模糊的脸有了具体的面孔，这些面孔就在王选的眼前晃动。他们的眼睛在看着她，这眼神像是锤子在将钉子砸入她的心脏，像是在传递给她某种消息，他们留在这个世界的最后的信息。

他们是谁家的儿子？叫什么名字？他们的家在哪里？他们的母亲没有了他们的消息，该多么焦急？

他们的身体里被注入细菌，被解剖，被推进焚尸炉，从他们身体里培养出来的细菌，会被制成细菌武器，用来攻击中国。霍乱、伤寒、鼠疫……他们，就这样白白地死了？

高速奔驰的列车，车厢里干干净净，体现着日本社会的礼节和秩序；每个人都悄无声息，读书的，打瞌睡的。这是日本干的？这个日本，这么干净、这么谦恭多礼，怎么会有这样的事？说出来有人相信吗？

照片上那个中国男孩的目光，多么单纯明亮！和旁边的两个垂头丧气的成年男人相比，他显然不知道什么样的命运在等着他。

一股热流涌入眼眶，她不想让它流出来，在日本公共场域这是不合礼的。但泪水冲决下来，湿了面部，被压抑了一整天的悲伤最终得胜了。从东京回家的三个小时车程里，王选一直在哭：那个中国男孩的目光盯上了她，就算闭上眼睛，那目光也从高处透下来，直戳心底。

叔叔的死，崇山村成百的死于鼠疫的人。怎么会有这样的杀人手段？这些人就这样不明不白地死了，没有人知道他们的名字，甚至没有人知道他们曾经在地球上活过。

眼泪在王选脸上纵横交错，她抑制不住自己，只能任其流淌。

“死于细菌战的活体实验，死于鼠疫，死于肮脏的细菌感染，多么屈辱，多么没有尊严，多么悄无声息！他们都曾是有名有姓有父母的人，都曾是一个个活着的生命。”

他们在看着你。

总要有人出来做点什么，不然他们真的就隐入黑暗中了。

“总得，总得有人为他们做些什么吧？！”

“总得，总得让人知道他们是怎么死的吧？！”

王选在心里诘问自己，也是在寻找答案。

“战争真的是可以看见的。那一刻，战争跨过时空，千军万马地向我奔来，裹挟着我，让我看到它残酷的一面。”王选说。

“看见了就不能背过身去！”

她忽然知道自己今后要做什么了。不只是做一名志愿者、一名调查者，而是要真正参与进来，为死难者、为幸存者做些事。作为一名中国人，一个崇山村人，一定要把细菌战真相调查清楚，告诉世界真相，让死去的人的冤屈得以伸张，恢复他们曾经的做人尊严。

王选后来才明白，就是这一刻改变并决定了她的命运。

看见了而不背过身去，不仅仅只有一个王选。几十年不辍进行研究追寻的人不多，但他们是一股不容小觑的力量，他们冲破沉重的黑暗，发出一声声呐喊。只不过这些人都散落在世界和日本各地，在他们各自的目力所及之处，看到的只是一只巨大怪兽的一鳞片爪，他们的声音孤独又散乱，难以汇集。

战争过去了半个世纪，秘密依然坚硬如铁。它等待集结，等待号召，等待沉默中的爆发，更等待一声吼，从胸腔里发出。

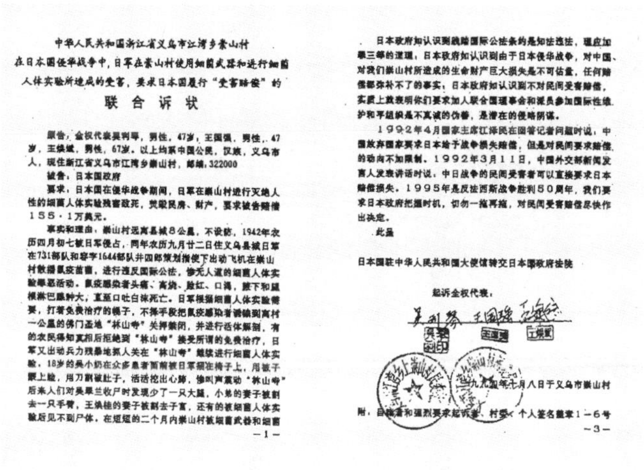

中华人民共和国浙江省义乌市江湾乡崇山村
在日本国侵华战争中，日军在崇山村使用细菌武器和进行细菌
人体实验所造成的受害，要求日本国履行"受害赔偿"的
联合诉状

原告：全权代表吴利琴，男性，47岁，王国强，男性，47岁，王焕斌，男性，67岁。以上均系中国公民，汉族，义乌市人，现住浙江省义乌市江湾乡崇山村，邮编：322000

被告：日本国政府

要求：日本国在侵华战争期间，日军在崇山村进行灭绝人性的细菌人体实验残害致死，焚毁民房、财产，要求被告赔偿155·1万美元。

事实和理由：崇山村远离县城8公里，不设防，1942年农历四月初七被日军侵占，同年农历九月廿二日住义乌县城日军在731部队和容字1644部队井四郎策划指使下出动飞机在崇山村散播鼠疫苗菌，进行违反国际公法，惨无人道的细菌人体实验罪恶活动。鼠疫感染者头痛、高烧、脸红、口渴，腋下和鼠根淋巴腺肿大，直至口吐白沫死亡。日军根据细菌人体实验需要，打着免费治疗的幌子，不择手段把鼠疫感染者诱骗到离村一公里的佛门圣地"林山寺"关押禁闭，并进行活体解剖，有的农民得知真相后拒绝到"林山寺"接受所谓的免费治疗，日军又出动兵力残暴地抓人关在"林山寺"继续进行细菌人体实验，18岁的吴小奶在众多患者面前被日军捆在椅子上，用被子蒙上脸，用刀割破肚子，活活挖出心肺，惨叫声震动"林山寺"后来人们对吴翠兰收尸时发现少了一只大腿，小弟的妻子被割去一只手臂，王焕桂的妻子被割去子宫，还有的被细菌人体实验后见不到尸体，在短短的二个月内崇山村被细菌武器和细菌

—1—

日本政府如认识到践踏国际公法条约是知法违法，理应加罪三等的道理，日本政府如认识到由于日本侵华战争，对中国、对我们崇山村所造成的生命财产巨大损失是不可估量，任何赔偿都弥补不了的事实，日本政府如认识到不对民间受害赔偿，实质上就表明你们要求加入联合国理事会和派员参加国际性维护和平组织是不真诚的伪善，是潜在的侵略阴谋。

1992年4月国家主席江泽民在回答记者问题时说，中国放弃国家要求日本给予战争损失赔偿，但是对民间要求赔偿的动向不加限制。1992年3月11日，中国外交部新闻发言人发表讲话时说，中日战争的民间受害者可以直接要求日本赔偿损失。1995年是反法西斯战争胜利50周年，我们要求日本政府把握时机，切勿一拖再拖，对民间受害赔偿尽快作出决定。

此呈

日本国驻中华人民共和国大使馆转交日本国政府法院

起诉全权代表：

吴利琴 王国强 王焕斌

一九九四年七月八日于义乌市崇山村

附：自愿者和强烈要求起诉者、村委、个人签名盖章1—6号

—3—

1994年10月，崇山村村民发起的联合诉状（细菌战诉讼）。日本律师团提供

第二章　崇山村，黑死病

一

“日本佬来了，王选带日本佬来了！”

抗日战争时期，中国北方将日军称为“日本鬼子”，南方则称作“日本佬”。

就像当年这位上海来的小姐被派到打谷场上“看”（赶）麻雀，引起全村人的好奇围观。这次的消息更具爆炸性，瞬间传遍了整个崇山村。

1995 年 12 月初，按和森正孝的约定，王选独自一人从日本回来。先到义乌找到斌叔叔，与他一起到崇山村向村民打招呼，说日本人要来调查；并与王焕斌、王锦悌、王晋华（后两人是崇山村两个生产大队的队长）商量如何行动。王锦悌、王晋华提出要成立崇山村索赔委员会，王选建议先不提“索赔”，先把事实调查清楚，搞一个“村民调查委员会”。然后王选返回上海虹桥机场，与省外办接待人员会合，把森正孝带队的日本民间细菌战调查团一行 20 多人接到义乌。

这是以支持崇山村人诉讼为目的的首次日本民间调查，团长是森正孝。此次前来的，大都是日本对细菌战问题长期关注并有一定研究的人，有学者、教师、记者、医生、市民各色人等，都是利用年末休假来的。松井英介夫妇也在列，省外办出了一辆大轿车。

森正孝对村民说，这次我给你们带来了三位律师：一濑敬一郎、鬼束忠则、西村正治。崇山村的老人们显得很惊恐，脸上的肌肉僵着，一双双眼睛默默地跟着他们移动。对许多老人来说，这是战后 50 多年再见“日本佬进村”。在他们心里，“日本佬”和所有的悲惨恐怖记忆相连，再见到这样的人，跟活着见到鬼差不多。小脚的老太太，还没开口说话就瑟瑟发抖。

1995 年 12 月，一濑敬一郎（右）和鬼束忠则律师在崇山村调查

1995 年 12 月，日本律师为准备诉讼到崇山村调查。左二为一濑敬一郎，左三为王选，左五为森正孝。律师团供图

又是冬天。53 年前，崇山村蒙难的日子也是冬天。

地处杭州湾南部浙江中心腹地，义乌崇山村的冬天有一种弥漫的、侵入性的阴冷，所有的景色都因为冷而一片萧瑟。日本人冷得缩着手，语言又不通。那些年长的、经历过战争的村民，记忆的铅封突然被说着叽里呱啦“鬼子话”的日本人强力撕开，整个村庄仿佛一下子坠入到当年的黑暗里。说着稍显生疏崇山方言的王选，是老乡们安稳情绪的依靠。一大群人，有问话的，有翻译的，有照相录像的，他们都不认识。只有王选，他们觉得是自己人。

崇山村在义乌是一个大村子。对于沿海而多水的浙江来说，它不属于典型江南水乡，更有北方山水的特征；而与北方相比，它又是坐山抱水的江南。正如它的名字"崇山"一样，整个村庄建立在一片山冈之上，道路节节攀升，房屋高低错落。一村人紧紧地围聚在一起，几乎没有能通过汽车的道路。村子内部唯一开敞之地是一方一方条石砌的池塘，池塘前的空地是公共活动的场域，常常伴有高大庄严的祠堂。

崇山村鼠疫感染幸存者王荣良。律师团提供

战争过去了几十年，村民的生活平静而安详。但平静之下有一种阴郁的东西流荡，使这个村庄显示出沉闷的基调。村里的道路弯弯曲曲高低不平，青石白墙黑瓦屋也随着地形起伏。江南的青岚和炊烟混合在一起，笼罩着半截村庄。村子的残破之处随时可见，枯草摇曳，露出处处倾颓的房屋。

几十个人在村里石板路的窄巷里行走，立即形成了拥堵。狭路相逢一位老人，叫王荣良，是鼠疫感染幸存者，一个死里逃生的人。当年他 9 岁，已经被扔到死人堆里了，往死人身上撒石灰的人发现他还有一口气，又被拖了出来。经义乌防疫站检测，王荣良现在还呈现鼠疫抗体阳性。

村里每一个白发老人都是一部活着的历史。

人们可以指出当年日军烧村子的界线，指认哪些房屋、谁家人得过鼠疫，谁家里死了多少人，哪些倾颓的瓦砾堆是日本人烧房屋留下的。有一些东西崇山村人轻易不讲。"崇山村的妇女很多被强奸，有的就在露天地里被强奸，但活着的人都不讲，耻辱！没有人讲！"这是整个村庄老人共守的秘密，就算是王选，也不会讲给她听。

调查团里的律师一濑敬一郎，长王选 4 岁。一濑的长相和中国电影《地道战》里的鬼子差不多：两道浓黑的倒八字眉下，一对小眼睛，在厚眼皮的掩盖之下，偶尔放出光来，有慑人的机警。一濑敬一郎除喝了酒笑起来露出一对可爱的兔牙之外，大多数情况下都沉默寡言。

走到哪里，王选都要向老百姓多解释一句：他们不是当年的"日本佬"，是现在的好日本人，是来帮中国人打官司的。

崇山村的中和祠里，排开一排桌子。日本调查团分几组，采访被找来的老人。律师一人到一个组，王选承担一个组的翻译。调查团有人录音、做笔记。

20世纪90年代初，崇山村的生活样貌。池塘是人们公共生活的中心，饮用水，以及洗米、洗菜、洗衣都在一个塘里进行。图片来源：[日]上田信：《鼠疫村——日本七三一部队细菌战被害者调查》，日本风声社2009年版

20世纪90年代，日本社会学者上田信看到的崇山村传统居住房屋

晚上调查团成员很晚才能睡，要把白天的录音整理出来，打印好，交给律师。祠堂外面渐渐围了里三层外三层的人，他们并不进来，只是踮脚往里张望。

“这让我非常吃惊，有那么多的人关心这件事。里面的人刚打开话题，外面就已经被包围了。”一濑敬一郎说。

“日本佬放鼠疫。”小脚的老太太颤巍巍地开口说。

在崇山村人心里，战争并没有过去，尽管政治家们已经握手言和了 20 多年。从战争结束到现在，从来没有人听他们诉说过，心里的伤痛没有地方释放。村民们也从来没有得到过物质和精神上的抚慰，整个记忆全部地、原封不动地闷着在心里酝酿、发酵，时间越长，越浓稠得化解不开。

作为一个崇山村人，王选也是第一次听到这些故事。每一句话都要经由王选翻译过去，每一个故事都极度悲惨，每一个细节都超乎想象。

战后中日两国的现实差异太大了，此时的日本已经是一个现代化国家，而中国才刚刚开放。中国的农民很贫穷，有人一辈子都没有离开过村子，也没进过城。王选在上海长大，在日本留学，就像是同时在一条裂沟的两岸，更清楚两边的现实，也更觉裂沟的深不见底。

1995 年的崇山村村民还较贫困，村民穿的老棉衣、老棉裤黑黢黢的，冬天也是光脚穿鞋，连双袜子都没有。而日本人穿的是在空调环境下的衣服，薄而鲜亮。中和祠古老而破败，没有门，更没有空调，日本人冻得受不了。

双方最大的困难是沟通。一濑敬一郎等三位律师，按照取证要求进行询问和调查，每一句话都要核实几遍。他们很快就发现，搞清楚一个人的名字、出生年月以及父母的名字、生日都是困难的事。小名、俗名、学名、官名，一个人的名字不仅有多种叫法，而且相同的音有多种写法。比如“崇山村”日文写作“松山村”，但“崇”在崇山话里就发“松”的音；王晋华、王锦悌，中间的字写哪一个都读差不多的音，写出来却是两个字。

日本人完全无法理解，常常以为，一个写出多个名字的人是假冒的；或者是翻译的问题，中国人有意不直译、打埋伏。这个有 600 年历史的村庄，还沉睡在传统农耕宗族社会的余光里，时间凝固静止在一个人的“一辈子”里，谁会去记哪一天出生？一个孩子，村里人都知道他是阿牛还是阿狗，名字怎么写，谁会去管它？整个村庄的记忆虽然是一团混沌，但那团混沌指向日本进村开始死人时，却是清晰明确的。村民们被问起父亲或母亲死于哪一年、哪一天时，得到的回答都是：日本佬烧村后死的。

这让一濑敬一郎很苦恼。日本早已是精确到分秒的社会，他完全不能理解，一个人会不知道自己的生日，不知道自己名字的正确写法。中国人的“大概”“差不多”“好多好多”等对事实的描述更是如此。他一遍遍地盘问，要受害者的名字、出生年月、死亡时间，坟在什么地方，还要人带着去寻找。

中国的传统女性，一般都只有姓氏没有名字，这也不符合诉讼要求。如果进入司法程序，诉状上每个人的名字必须与护照上的名字相同。中国当时刚有第一代身份证，身份证上的名字更是多有不准确的，出生年月错误也很多，而越追究越乱，越搞不清楚……又遇上较真儿的日本人，这对双方都是折磨。

鼠疫死者死于战争期间，都是乱葬的。小孩子一般没有坟墓。人民公社地改田，又把许多坟墓毁了。

质疑加深了双方的隔阂。

要把崇山村一团混沌的历史梳理出来，进入日本精细的司法程序，显然不是一件容易的事。

此后调查团在 1996 年 3 月、7—8 月、10 月、11 月、12 月前后，5 次到崇山村及周边的义乌、金华、衢州、江山、宁波等地调查。调查团人数多时有 30 多人，少时只有几个人，成员也各不相同。但不变的是，每次都有一濑敬一郎等骨干律师，每次都由王选陪同翻译，每次全体人员都是自费。

调查让崇山村时光倒流，回到了 50 年前。尊严和屈辱是一对双生体，屈辱有多大，尊严就有多高。王选越是了解自己这个有 600 年历史的村庄，越是被深深地灼伤。

村子里凡是 70 岁以上的老人，都是调查访谈对象。工作量极大，调查几天之后王选的嗓子就哑得说不出话来。不只是累，最主要的是心痛。战争中最恶的细菌战在村民的讲述中，如一只死去的恶魔复活，陡然站立直扑过来，王选觉得心脏随时会炸裂开来。

每日听着亲人、乡亲的讲述，作为战后出生的一代人，突然和战争打了个遭遇战，完全猝不及防。

二

1942 年 10 月 13 日一个叫王焕章的村民，推倒了死亡阵列的第一块骨牌，崇山村几百年来的平静轰然破碎。

王焕章是一个打鱼人，村里人不怎么叫他的名字，都叫他的外号“老壳皮”。他住在村子的边缘，会弄船只。王焕章老婆死得早，在村里随着他生活的有三个儿子、儿媳妇和孙子孙女等十几口人。除了打鱼，他还在村里王甲升家里帮佣，田里的各种活计他都帮着干。

王焕章的这个清早和以往一样，起床就开始忙碌。不同的是不到中午就感到全身发烫，腿根肿痛，舌根发硬，病势危急。王焕章家山墙对着村里的中医王道生家，两家房子接在一起，隔着窗户说话，两家都听得见。

王道生当然成为生病的王焕章第一个求助的对象。

王道生给他的邻居病人做了诊治，家人急忙抓药，喂他吃下。但是药毫不管用，晚上王焕章就死了。这一天是 1942 年 10 月 14 日。

王焕章刚去世，侍候他的儿媳就发病了。病势凶猛，次日也死了。

给王焕章看病的王道生，也没有逃过死神的追击。不久，王道生也发烧，口渴难忍。虽然家人不离左右用心照顾，夜里却发现他已死在马桶边上。家人猜测，可能是口渴，爬着想去找水喝。这一天是中国旧历的重阳日，1942 年 10 月 18 日，王道生终年 63 岁。

王道生是清朝的贡生，在崇山村有 20 多亩土地，农忙时雇人干活。年轻时王道生曾经在杭州新式学校里念书，是崇山村里少有的出门读书的人。19 岁时王道生的父母亲去世，由于没有其他兄弟，他便回到崇山村管理农田家务。他自学了中医，每月的集市日，在靠近崇山村的江湾镇药铺里坐堂行医。村中有了病人，他就去出诊，很得村民们的信赖。

王道生在当地很有名望，有 9 个子女，因此治丧隆重。

村里此时有两场“法事道场”，一场是王焕章的，一场是医生王道生的。王焕章死后停灵于家族公共祠堂，祭事、道场都在祠堂里做。

王焕章的儿子王基法（39 岁）眼看着父丧妻死，一下就病倒了，随即高烧不止，22 日挣扎了一天，也死去。接着王焕章另两个儿子，31 岁的王凤高和 25 岁的王基炉也死了。这些男人，一个个都好端端的，力气很大、身体很壮，怎么会一下子说死就死呢？

不仅如此，从 10 月中旬到 11 月中旬的一个月里，死亡在这个家庭接二连三地上演：8 岁的孙女王荣士、7 岁的王妹、4 岁的王仙莲、2 岁的王玉妹、7 岁的孙子王荣贵。

“得病之后，就会吐血，淋巴结肿大，头痛、口干，然后死去。我那时才 6 岁，和大家住在一起，看到亲人死去的情景，真的十分悲痛。尸体就埋在后山的曹村山。”王焕章的孙子王松良说。[1]

王焕章家，前后死了 11 人。

崇山村的老人还记得，王焕章的另一个孙子——大儿子王基法之子，经常跑到坟地里去哭，边哭边叫：“你们为什么都走了，扔下我一个人！”老人们都说那哭声很凄惨很凄惨。后来这个孙子由娘舅家收养，给人家看牛，被毒蛇咬了一口，也死了。

同在一个宗祠里、帮忙办王焕章丧事的人家，也开始生病死亡。

死亡如炸弹一样爆裂开来，还是在王道生的道场。

王道生家族在崇山村根深叶茂，子女多，家大业大，族人一支支地扩散在崇山村及崇山村周边的数个村庄。而王道生又是当地名医，不用号召，就有很多人聚集而来。

王道生 63 岁，妻子鲍春妹 55 岁，夫妻俩育有八儿一女。在他们身边生活的有 7 个儿子，五儿子王旌昌在外地谋生，大女儿王雪兰出嫁到别村。王道生的丧事，7 个儿子和女儿、女婿一家三口全部到场。

家里请来和尚，做三天三夜的法事。崇山村的丧俗是尸身大殓入棺，钉棺盖时，亲属要跪地，用头抵着棺材，一个肩膀承住棺底，以示“抵痛”。

恐怖的事，就在亲人的悲痛、神道法器香火之间接二连三地发生了。王道生的妻子鲍春妹首先发病，接着是照顾公婆的二儿子王旌善的妻子吴菊兰，很快暴死；王旌善还没来得及埋葬妻子，自己也暴死了。10 月 26 日，王道生最小的儿子王旌伦（16 岁）咯血，全身痉挛而死（疑似肺鼠疫的症状）。王道生的女儿王雪兰、女婿鲍小牛，赶快带着自己的儿子鲍弟逃回义亭鲍宅村家里，但没有几天，一家三口全部死亡。

面对突如其来的死神袭击，王道生一家人全蒙了。他们想起用最古老的办法躲避灾祸。当地人认为，只要过水过江，邪气就不会跟着来了。于是王道生的一个儿子，背着 8 岁的女儿连夜涉过一条江，奔逃到梅岭村女儿的外婆家。后半夜天还没亮，女儿还是死了。岳母家人怕村里人知道，连夜将小女孩埋在溪滩边上，连坟都没敢立。

---

[1] 王焕章的故事，在村里人的讲述中略有不同，此处以细菌战原告王松良的法庭陈述为准。他是王焕章的孙子，后来逃到 8 公里以外的亲戚家里，保得一命。

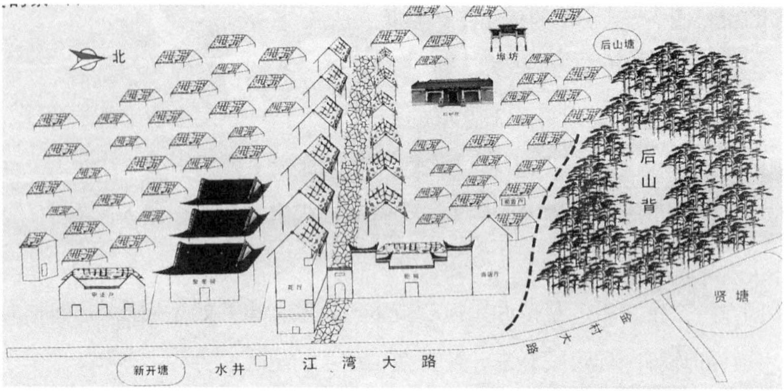

松树厅位于上崇山村（崇山村的一部分）右中部。不大的村庄里有奎祠、钜祠等多座高大的祠堂在宗族社会的崇山村。它的十多所祠堂，也是要论辈分排座次的。人伦的“伦”字，在这个古老的村庄，不仅体现在人与人之间，还体现在哪一辈修建的祠堂，供奉着哪一辈的祖先，这决定了祠堂的长幼之序。崇山村原告绘制

背女儿去梅岭的那个儿子也死了，还连带岳母家连续死了 5 口人。一时间梅岭村人惊恐万分，纷纷开始出逃，不多时全村人都逃光了。

崇山村形成了三个暴发点：一个在王焕章和王道生家居住地，崇山村的北部；一个在西部王焕章家的宗祠及附近；另一个是王道生停灵做法事的松树厅，在崇山村中部。

松树厅也是一个祠堂，它在崇山村是一个宏伟的存在。

在诸多祠堂里，松树厅的辈分不算是长的，但它的规模最大。它在崇山村人心里，仿佛是一个年轻的力士，高大、挺拔、俊秀。“大梁可粗了，上面可以摆一张八仙桌”。老人们会笑着拖着长音，毫不掩饰心中的骄傲和崇拜。也有老人说梁宽到可以在上面睡人，“就连日本佬想烧它都烧不起来，它太高了，他们就用‘烧夷弹’往大梁上打，打了好几弹，才烧起来呢！”

在崇山村关于松树厅还有一个传说。说是从塔下洲嫁到崇山村的一个媳妇，听说族人想建一座大祠堂缺少木材，便说自己可以想办法。她回到家里向爸爸要，因为她家里有一大片松树林，里面全是需要几人合围的大树。媳妇的爸爸不舍得砍树，又不好拒绝女儿，就说：“给可以，但你只能砍被风打掉头的树。”爸爸想，松树都长得好好的，女儿看到无树可砍，也就只好作罢了。

不承想，夜里突然刮起了一场大风，风大到把很多松树的头都打掉了，而且是越大越高的树，头掉得越多。爸爸想这也是天助崇山村，就同意女儿去

砍树。这个祠堂因此全部是用松木建起的，遂命名为“松树厅”。

松树一般不是建祠堂的好木料，因为松木容易被蛀，白蚁最喜欢松木。但这个祠堂好像真的有神意，松树厅建成200年，没有一点蛀蚀，全村人都称奇。

这样的一个工程做下来至少要5年以上，它是全村人的心血。大松木运回来要彻底晾干，再招来能工巧匠通体雕花、上桐油。松树厅耸立在崇山村最中心的位置，它成为整个村庄最高大华美的建筑，压过了那些600年以上的祠堂。它也是一个地方物华天宝、人力财力的汇集，体现着崇山村人的集体荣耀，承载着崇山村人的情感。

王道生的丧事安排在松树厅举行，不只因为他是全村及方圆百里有名的中医，更因为他在村里的辈分高。第一个生病的王焕章是“焕”字辈，王道生是“冲”字辈，相当于“焕”字辈人的爷爷，因此他的丧礼规格绝不会低于王焕章。人们聚在崇山村最大的公共活动大厅里，为其做法事，全村人差不多都去了。不幸的是，高大的松树厅被死神选作了殿堂，死亡高高盘踞在松树厅宽大的横梁上，扑杀着底下浑然不觉的众生。

王道生16岁的幼子后来被隔离在碑塘殿。有村民回忆说，这个孩子死得非常惨，口吐鲜血，四肢弯曲，如同“魁星踢斗”。王道生一家生活在崇山村的死了9人（王道生夫妻俩，二儿子王旌善、吴菊兰夫妻俩，三儿媳妇朱凤珠，七儿子王旌菊，八儿子王旌伦，孙子王兴汉，孙女王妹），加上前来奔丧的女儿一家三口及其他亲属，王道生家族在这次劫难中死了19人。

王道生的五儿子王旌昌，当时在江西省国军部队当看护，逃过一劫，活到80多岁，成为家族唯一的血脉传人。

崇山村125号，王旌昌的两个儿子王兴壁（71岁）、王兴强（69岁）还生活在那里。2015年笔者前去采访的时候，看到当年王道生看病坐诊的房子空着，院子里长满了荒草。从破朽的门窗朝里看去，两组大屋相隔着天井对列。村里见过王道生的老人说，王兴强长得最像爷爷了，简直一个模子刻出来的。因此，从王兴强想象王道生的模样并不难：一张典型的中国画中文人瘦削的脸，高眉弓下细长的眼睛，笑起来有一种质朴的善良。如果再配上三绺胡须，大概就是那个活着的清朝贡生王道生了。

1942年崇山村的“公共医疗”，就是靠王道生的中医行医。医生都死了，崇山村人没有了任何预防保护。大多数村民只知道这是一场连医生都医不好的

“瘟病”，但到底是什么病、怎么传染的都不知晓。

王甲法，崇山村最大的工商地主，在金华城里开有两个火腿作坊。他从小在杭州经商，杭州沦陷后回到家乡避难，被推举为江湾、崇山两村的防疫委员会委员。他在回忆材料中写道：“鼠疫流行时，死鼠特别多。老鼠因跳蚤传染患了鼠疫，发烧难当，到处找水饮，饮水后即死亡。因此，灶头汤罐边、面盆边、阴沟中死鼠成堆。王道生的左邻右舍更多。人受感染，腋下和腿根淋巴结肿胀，过一二天就死亡。”[1]

作为医生，王道生可能一搭病人的脉，就探得了此疫的厉害。王甲法说到一个细节，王道生为王焕章“诊脉开方后喟然叹道：‘余从此终了！’并把开方的毛笔和把脉的垫枕掷之于地”。也许他感觉到自己的生命已经受到威胁，但并没有想到疫病之猛烈及给家人带来的劫难。王甲法的二哥王甲禄，帮忙料理王道生的后事，也染病身亡。

匆忙成立的江湾、崇山村防疫委员会，集中了两村的族长和乡绅，王甲法是其中的主要力量。他们设立了几个隔离所，但能起到的作用微乎其微。崇山村人连续不断死亡，全村陷入极度恐慌，太阳还没下山，家家户户就关了门，躲在家里。有病的人怕染上家人，只得出门逃避；亲戚朋友家里不敢去，就躲到无人管的庙宇里，或者躲避到塘埂田里等死。

头几个人患病死亡，家人还隆重治丧。请和尚念经超度，想办法驱邪禳灾；买棺材成殓，请人抬出送葬。后来家人接连死亡，别说治丧，连棺材也无法去买，一块门板、一床被子裹了抬到山上挖个坑，草草埋了。再后来，连帮忙抬尸体的人也找不到了。人们甚至怕出门撞见抬尸体的，怕撞见“瘟神”。

住在后山背的王焕海全家逃到野外，留老母亲在家看家。不想老母亲得了鼠疫，发高烧口渴难受，爬出门去沿路讨茶水喝，但家家关了门不敢给她水喝。最后连她自己的独生儿子见了她都不敢靠近，眼巴巴地看着母亲爬着死去。

进入 11 月，疫病并没有因为气候寒冷而收敛，反而以每天死亡 5—8 人、最多时一天死 20 人的速度推进。不到三个月，就在 1230 多口人的崇山村，造成 403 人死亡（包括染病外逃死于外地的）。[2]疫病不分男女老少，死亡率高

---

[1] 王甲法：《崇山村鼠疫》，刊于义乌市政协文史委《义乌文史资料》第五辑，1992 年 3 月。

[2] 该数据来自崇山村调查委员会。

达 95% 以上。就算年轻力壮、体格强健者也十病儿死。崇山村有 150 人奔逃他乡，有的甚至漂流海外，不少人从此再没有回到家乡。

崇山的山依然是青山，水依然是绿水，却鬼影幢幢，万户萧索。

1942 年（民国三十一年）11 月 16 日（十月初八），崇山乡乡长王文格、江湾镇镇长王芝生以“快邮代电”的形式，给流亡永康大平的县政府章松年县长发了求救电报。电报行文如哀号、哭告：

> 义乌县县长章钧鉴：窃职区于本年农历八月二十日起发生疫病甚剧，每日死亡约在五人以上，总计死亡不下三百人……际此天灾兵燹，人力物力两感困难，虽经罗掘筹募，为数无几，恐无济于事。素仰钧长爱民如子，实不忍职区鼠疫扩大，迫不得已，敢请钧长鉴核，迅于呈报省政府派委治疗，并予拨款救济，以拯民命。临电不胜迫切待命之至。（铣电）[1]

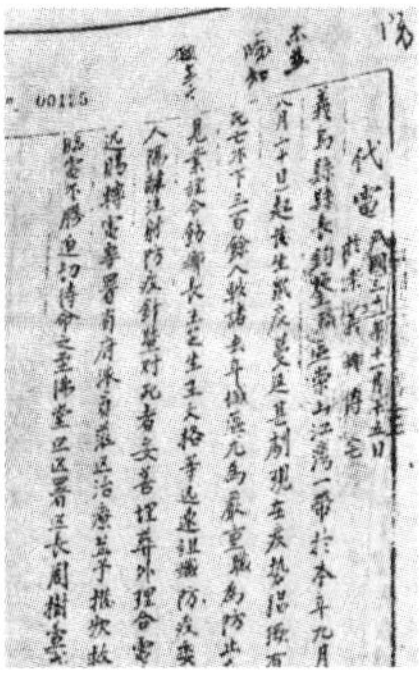

崇山乡乡长王文格、江湾镇镇长王芝生给流亡永康大平的县政府章松年县长发的求救电报部分图文

1943 年 3 月，鼠疫传染才在崇山村止住。义乌县卫生院院长杨尧震前去崇山调查，看到崇山附近的土阜上，坟茔累累。由于埋葬时害怕被日军发现拖尸肢解，众多坟墓都是草草挖个坑，施放尸体后，盖上几畚泥土，就匆忙离开了，没有墓碑也没有标记。经历一冬的风雨，坟墓大半塌陷，尸体被野狗拖出，满山狼藉。杨尧震将此情景报告县政府，要求拨款掩埋，以避免病原体扩散。但是崇山村因死难者众，活着的人又处于啼饥号寒的境地，根本无力掩埋亲人的遗骨。县政府只好命令乡公所，发动乡内其他村里的人去捡拾尸骸，加盖坟土。

[1] 义乌市档案馆馆藏档案，M334-001-126，127。

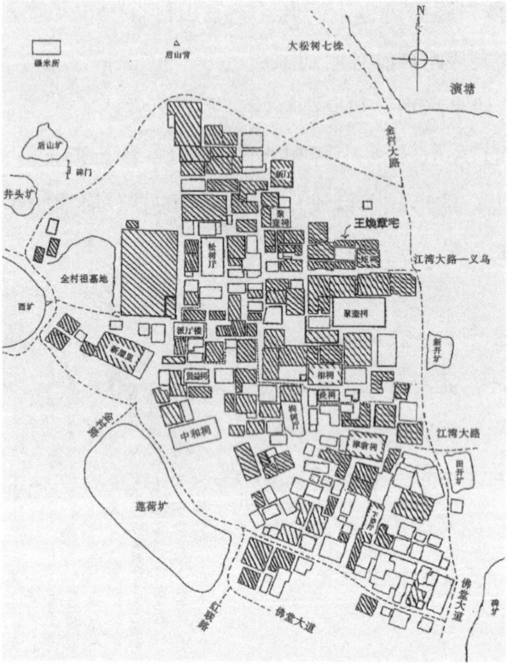

崇山村出现鼠疫死亡者住宅图。崇山村原告王锦悌制。此图作为证据材料递交日本东京地方法院

三

崇山村村民最恐惧的记忆不只是鼠疫夺命，还有日本人的活体解剖，以及烧毁他们的祠堂、村庄。活体解剖这种恶行，在崇山村人眼里，只有阴曹地府才会有，绝不可能发生在人间；而烧毁村庄，则等于毁了600年祖宗的积累，陷全村人于饥寒交迫之中。其对崇山村人心理和生活的影响，一直延续到王选与日本人前来调查时，很多人还寄居在亲戚家或者祖祠里，没有能力重新盖房起屋。被烧毁的宅基地，仍是一片废墟。

林山寺就是活体解剖的现场。林山寺原本是江湾、崇山两村防疫委员会设立的一个隔离点。

> 敌伪医疗队惨无人道，将染病未死的人强拉到野外僻静处，解剖化验。村人为此惊恐万分，但又无法逃避这种劫难。邻近村庄有亲戚的，也均得到命令不准崇山村人进村避难。外出没有地方可去，在家又恐敌伪医疗队得知遭难，因此得病的只好在离村较远的山垄和田塍下，搭个地篷铺栖身，以避检

查。这样办，病人增加痛苦，服侍的人同铺共住，易受传染，为此很有必要设立病人隔离所。我几经观察，选定在林山寺即主山殿为所址，这里四面空旷，只有一小山突起，与周围村庄相距颇远……与在田野间搭铺风餐露宿有天壤之别。寺内住有一个老太婆，身子尚健，可以照料茶水饭食等，服侍周到，宛如家中。既可避免敌伪医疗队的残害，又可免传染给他人。病人乐于住进去，还因为许多人有迷信观念，以为“主山大官”保佑，精神上增加抗病信心。[1]

王甲法的设想不错，但当日本人控制了这里，情况就发生了变化。1942年11月4日，一群日本人到了崇山村，宣示村民，他们在村边的林山寺建立了医疗点，有病的村民，可以送到那里。

生于1929年农历四月十二的王菊莲，现住崇山村的邻村江湾厅头里32号。小时候家在崇山村，解放后嫁到江湾。王菊莲的父亲叫王茂生，但她从来没有见过，她是父亲的遗腹女。当年家里就13岁的她和母亲过生活。

她是崇山村少数几个见过林山寺里情景的人。

看到林山寺日军活体解剖的王菊莲。本书作者拍摄于2015年5月6日

“我被大人派去给自己的堂姐姐送饭，她得了病被送到林山寺里。平时两堂姐妹年龄相仿，一块玩，关系很好。我带了饭走到林山寺。林山寺里有一道山门，进来后，前方一个主殿，左右手各有一个偏殿。

“我看到穿着白衣、戴着猪鼻子一样口罩的日本佬，把人捆绑在门板上，手里拿着刀呢！这个人两手戴着套到胳膊肘的手套，刀有这么长，弯的。还有人拿着刺刀在边上走来走去，我害怕死了。捧在手上的饭一下子扔在地上，我只想着逃。进来的门口有人守着，我就往里跑。记得迈过了一个门槛，里面都是躺在那里的病人，这些病人在喊叫，在哭。我看到院子一角的墙塌了一个洞，洞很小，我就从那个小洞钻过去。我往山下冲时，还听到有人在喊叫，在追，后来就没有声音了。”[2]

---

[1] 王甲法：《崇山村鼠疫》，刊于义乌市政协文史委《义乌文史资料》第五辑，1992年3月。

[2] 本书作者2015年对王菊莲的采访。

现存林山寺山门。山门非常矮小，并已处于破损状态。本书作者摄于 2015 年 5 月

从往林山寺里张望，到吓得扔掉饭碗，再到逃出院子，大概就是几分钟的时间，王菊莲记了一辈子。她一边说一边比画着，语调变得又快又尖利，两只手像做噩梦似的在空中乱划拉。

崇山村豆腐店王关富的童养媳、18 岁的吴小奶（囡，崇山村方言发音为“奶”）的故事为崇山村人所熟知，说起日军活体解剖，上了年纪的人就会把这个故事讲给你听。村民们描述的情景十分恐怖：吴小奶被捆在凳子上，全身蒙上白被单。吴小奶在被单底下一面拼命地哀求“先生，我的病会好的……”，一面大叫“妈妈救命……”。突然吴小奶的叫声变了调，撕心裂肺般的，好像不是人发出的声音。吴小奶的胸膛被活生生地剖开，血涌出来，染红了被单，日本人在剜割她的心脏内脏。[1]

另一个印证这件事的村民是王锦悌。王锦悌的父亲是承揽村里殡葬活计的人，当地叫“担棺材的人”。作为细菌战诉讼的原告，王锦悌有如下陈述：“我父亲当时负责捡尸，父亲收殓吴小奶尸体的时候，发现内脏都空了。”[2]

---

[1] 参见翁本忠编著：《细菌战受害与赔偿诉讼》，义乌市崇山村细菌战遗址馆 2002 年版，第 22 页。

[2] 参见中共浙江省委党史研究室、义乌市档案馆、中共义乌市委党史研究室编：《侵华日军义乌细菌战调查研究》，浙江人民出版社 2015 年版，第 229 页。

林山寺现在还在。山门低矮，宽不过农家的院门；白墙，黑瓦，石阶斑驳；门上一方匾额，上书“林山寺院”几个字。林山寺门前立着一块不忘国耻纪念碑，上书一副对联：

香烟缭绕佛门净地成屠场神人共愤

日寇肆虐炎黄子孙染鼠疫天地同悲

碑上黑字行书，已经有些斑驳。地面的塌陷，造成碑体有些倾斜，正是这块碑成为崇山村发起诉讼维权的源头。

仿佛是冤魂不甘，2011年“九一八事变”80周年纪念日，距离活体解剖遗址不足百米的林山寺后山坡，挖出了8个人类头骨与大量腿骨、牙齿、手骨等。遗骸是被胡乱埋葬的，头和身子都不在一起，非常散乱。可惜的是，工地现场很乱。当崇山村的老人们向上报告，公安部门派出民警、法医、市疾控中心工作人员赶到时，遗骨均已风化。

在崇山村细菌战受害者调查中，当年崇山村死于细菌战鼠疫的403名死难者，约45人是死在林山寺里的。其中20多人被抬回村中安葬，其余20多人尸骨至今不知下落。

到林山寺送饭不久，王菊莲也生病了。

“发烧，淋巴肿痛，口渴，难受得要死，后来就昏死过去了。我母亲以为我已经死了，就钉了口小棺材，把我放进去准备埋了。

“正准备埋时，听说那一天日本佬要来，母亲就把棺材放在柴房里，用柴火掩盖起来，逃出村子。

“母亲逃日本佬7天之后回村，去问了王兴——村里一个穷光棍，也为日本人干些活的——日本佬还来不来？听说不来，母亲就叫了自己住在塘头村的女婿鲍四兰来，让他去把放在柴房里的我埋掉。

“姐夫搬棺材时，突然听到里面有声音，打开一看，我在里面活了。

“在棺材里的7天，我完全没有记忆，痛啊、饿啊、渴啊，一点都不知道，人都是昏死的。现在想爬出来，姐夫很害怕，逃出柴房。听到我喊饿、喊渴，就从窗口塞进两根糖梗（糖蔗）给我吃，后来母亲给我弄了开水稀饭，吃了后才慢慢走出柴房。

“鼠疫真是太厉害了，就这样短短的接触，姐夫就染上了。在走回自己家塘头村时，竟然无力支撑到家，死在了路上。

“姐姐想把丈夫拉回村里安葬，遭到了村里人的反对。他们说塘头村还没有鼠疫，如果有人死了，就把姐姐王仙云拉出去活埋。于是姐姐只好将丈夫就地掩埋，没有把他的遗体运回村，也没有举行什么安葬仪式。姐姐后来改嫁，早早死去。她的三个孩子，两个男孩都没有成年就死去，只有一个女儿活了下来。”

这还不是王菊莲恐怖记忆的全部，她还被日本人抓去修了三个月的炮台，亲历了自己的小姐妹被日本兵强奸致死。

“成年人被抓后都送去做劳工，修炮台尽抓一些小孩子。大人一旦被抓了，日本佬就用铁丝穿过他们的锁骨，两人穿在一起，用枪押着他们，一对一对地赶到萤石矿上去做苦工。我亲眼看到的。我们 20 多个孩子，把沙子、石灰挑到炮台，日本兵自己砌。晚上我们被集中到炮台下面，没有床铺，没有席子，三个月里没有躺倒睡过，只能蹲着靠着睡。日本兵从上面往下拉尿，浇我们一头一脖子。”

三个月下来连累带饿，王菊莲几乎死掉。

最忘不了的是小姐妹的死。

“我们村里有五个女孩，都是同年龄的，我们经常在一起玩。那一天我们五个约了一起玩，我们四个已经进到房间里了，那个金华的姑娘刚进门，被日本佬看见了。我们四个钻到了床底下，大气不敢出一口。日本佬把那个姑娘抓住，拖到我们躲的床上面，我们在底下只看见一会儿枪扔在地上，一会儿刀扔在地上，水壶扔在地上，布袋扔在地上，接着是靴子、衣服统统扔在地上。就听见金华的那个姑娘哭啊、叫啊，哭声很凄惨的啦！渐渐地没声了。血流下来，流到我们身上。后来日本兵穿好衣服，把地上的东西拾起来，挂好，走了。

“我们从床下出来，发现她已经死了，满床都是血。我们也不知道是他们走时杀了她还是怎样，只知道到处都是血，很多血。我们叫她老公来，她老公看到后，发疯一样，嗷嗷大叫，抱着她边走边哭边喊，很悲惨的。

“我们姐妹四个伤心煞了！她是我们五个玩伴里长得最高、发育最好的，就在我们眼皮底下死了。”

活体解剖是崇山村人的一个巨大心理创伤，这个屈辱深埋在心里，竟无法讲出来。王选发现，有些事崇山村人就算是当着她的面也不说，更不用说有日本人在场。那个伤口太深、太丑陋、太痛苦，他们小心地护着，不愿意让别人看见。

王基旭（生于 1937 年）的奶奶就是被日本人剖腹的，但是他始终没有提起过。王基旭家与医生王道生家，只隔了两所房子。王道生家门牌号是上崇山村 189 号，王基旭家是 187 号。王道生家开始死人之后的两天，王基旭的姑姑就生病了。

“姑姑王小奶是家里最先感染的人。她本已嫁到石塔村，正好回娘家住，就染上了。右边腋下有淋巴，发烧烧得很厉害，不到 4 天时间就死了。姑姑死后，父母带着我们几个孩子逃到赤岸镇东朱村的一个祠堂里住下来。家里留下爷爷奶奶看家，奶奶就化装成要饭的人，整天坐在家门口，为的是让日本人看到这是一个穷苦的人家，家里没有什么东西，不要再进来抢。

“有一天有人喊叫：‘日本佬来了！日本佬来了！’我二姐拉起我就跑。姐姐大概是 7 岁，我只有 4 岁，实在太小了，跑不动，跌倒了，被姐姐拉起来再跑。跑啊跑，其实是没有目的地乱跑，结果二姐一脚踏进草泥火堆里。过去农村种田把草堆起来，用泥巴闷起来烧，烧成草泥灰，用在田里是好肥料。二姐只顾逃，没有看到草灰，两只脚一起陷进去。泥灰又很黏，二姐爬起来时已经晚了，两只脚都快烧熟了。她就那样天天疼得哭。一双脚烂了一年多，家里没有钱去治，就是每天哭，全家人都哭。

“姑姑死后第 7 天，奶奶就染上了病。那时候日本占领军整天宣传林山寺里有卫生队，免费给大家看病，家里人就把奶奶送到林山寺里。

“奶奶那时刚发病，还能自己走到林山寺去。第二天爷爷去林山寺里看她，结果大哭着回来。几天之后，爷爷的眼睛全哭瞎了。从此以后，爷爷再没有笑过，也不能劳动，整天坐着一语不发。

“草草埋葬奶奶之后，父亲带着一家人回到了崇山村。回村两天后，父亲也感染了鼠疫。为了救活父亲，母亲天天帮他用针刺淋巴，把毒挤出来，用白酒擦。但是拖了半个月后，父亲还是死了。

“父亲的身体非常强壮。当时日本人来了，逃难都是他挑着我和小妹妹跑的。一根扁担，一头筐里是我和妹妹，一头筐里是全家的重要物品。父亲没有了，全家的顶梁柱倒了。

“我们这个家族已经是几代单传了。爷爷的父亲是一子一女，爷爷也只有一个儿子、一个孙子。现在本来被寄予厚望的儿子壮年死去，留下只有 4 岁的我，能否活到成人还是问题。

“父亲死后，家里最大的姐姐只有 10 岁，二姐 7 岁，还有一个更小的妹妹，所有的田地就要靠母亲去种。母亲过去从来没有种过地，什么也不会干。加上小脚，也没有力气，但全家的活全部都得她来做。一年到头吃不饱饭，吃野菜，过年都吃不到白米。饭没得吃，房没有住的，所有的孩子都没有读过书。小的时候饿极了，我常常趴在地上捡鸡粪吃，什么能吃进嘴里都去捡了来吃。”[1]

王基旭的讲述一般都是至此为止。大家都知道他的奶奶是死在林山寺里，但并不知道具体的情形。直到细菌战诉讼经过多年之后，人们认为崇山村的情况都调查清楚了，再也不会有什么新东西的时候，有一次开大会，王基旭突然结结巴巴地说：“奶奶就是在林山寺里被解剖掉的。”大家听了大吃一惊，说你怎么到现在才说出来？

原来，对爷爷最沉重的打击是，他亲眼看到了自己妻子最不堪的一幕。头一天自己走着去林山寺的妻子，第二天已经是一副空躯壳，肚子里五脏六腑都被挖空了。爷爷当时就晕了，日后白天夜里都在哭，很快双眼就哭瞎了。

奶奶被日本佬剖腹，成了全家长久的耻辱。家里一直对此事保持沉默，不向外人提，在家族内部也不说。那次在日本集会举证的时候，王基旭泣不成声地讲了出来。他说这种倒霉的事，说了大家都会说这家人一定是“做人没有做好”“上一辈子做了什么缺德事”，加上那个时代女人的脚都不能给人看到的，身子被弄成这样，实在是太羞辱了！

村民的讲述渐渐拼凑起崇山村最黑暗的一天。1942 年 11 月 18 日，这一天日本人放火烧了崇山村。

黎明前的黑暗中，整个村子都在沉睡。100 多个日本军人分三路进村，敲门砸户，叫醒全村人，把大家都赶到后山背的山坡上。这里有一块平地，是个晒场，村民平日在这里晒稻谷。四挺重机枪架在小山坡上，防止被围起来的村民冲出去。

---

[1] 见作者多次对王基旭的采访。另见中共浙江省委党史研究室、义乌市档案馆、中共义乌市委党史研究室编：《侵华日军义乌细菌战调查研究》，浙江人民出版社 2015 年版，第 278 页。

王培根当年11岁，也被赶到了山坡上。

“我是被日本兵从被窝里赶出来的，完全是蒙的。我看到大家都那么害怕，不知道日本人又要搞什么名堂。我找不到父母，父亲出来时，躲在一个弄堂里，他知道日本人不会干什么好事，不愿意离家太远，他想护着自己的家。房子着起来时，父亲冲进火里抢出了两只箱子，是放母亲嫁妆的箱子。”[1]

当夜崇山村刮着大风。王培根在山坡的高处，清楚地看到日本人用稻草点火烧屋。三队日本人，三个纵火点，火从碑塘边、聚奎祠和松树厅三个部位烧起来。

“高大的祠堂不易着火，他们就用燃烧弹打。枪弹打到哪里，哪里就着起来。全村不多时就浓烟滚滚，遮天蔽日。那天风特别大，火势猛烈，一下子就连成一片了。山坡在崇山村的最高处，上面的人能看到自己家的房子着起来。那些‘当家的’都是跳起来哭的啦，一辈子甚至几辈子劳动所得的房产、财产都毁了！村民们撕心裂肺、捶胸顿足的哭声、喊叫声，房子燃烧的爆裂声，和日本人的骂声混在一起。日本人不让我们哭，用刺刀戳过来。”

崇山村被大火点燃的时候，读小学一年级的王希琦在江湾寄读，突然学校的天井变得墨黑，教室里也黑起来，学生们都跑到山上去看。远处的崇山村大火弥漫，一团一团的浓烟向天空翻腾上蹿。日本人的飞机在学校的上空飞来飞去，不停地向房顶俯冲。

大火烧村时，王菊莲家的房子也被烧了。她和母亲失散了，被日本兵赶到山背后。她想去找母亲，但日本兵只允许坐或蹲在地上，一站起来就会被刺刀指着。

“村民王荣森看到自己家的5间房子着起来，火蹿上来，势头很猛，冲出来救火。他拿了两只水桶，从水塘里舀了水，提了往家里跑。日本人远远地举起了枪，也不急，‘啪’的一枪打中了他的水桶，水就哗哗地流出来。王荣森也不管水桶漏，还是去救火，日本人又‘啪’地朝他打了一枪，王荣森的一只手被打断了，水桶一下跌落在地上，水流了一地。山上哭喊着要冲下山的壮年人，一下不敢动了。日本佬不把你打死，只打断你的手，示范给大家看，不准你去救火。

[1] 作者在2004—2015年间多次采访王培根。

“一个叫王荣琪的村民，天没亮就到远离村庄的南边田里干活。浓烟飘到了南边的田里，他想村里一定失火了，拿起锄头就往家里跑。日本人看到他来救火，就‘嘣’的一枪，打中了他的大腿，他仆倒在地，鲜血直流。他挣扎着，就是起不来，眼睁睁看着他家房子被烧，就是不能起来救，好可怜……

“原本想救火的村民，也只能眼睁睁地看着自家的房子被烧。村民们跳起来哭叫，日本人就四面开枪，不让叫，不准哭。我身边的一个村民气急过头，一头栽倒在地。这是我亲眼所见，他就倒在我面前，死掉了。最后连家里的一根稻草都没有拿出来。”[1]

被打伤胳膊的王荣森活了下来。他说当时烧房时，他是躲在家里的，看见房子火起来了，就拼命去救。但日本人发现了他，不让他救，一枪打中了他的右臂关节，右臂从此残废。他家的 5 间房全部被烧，而他的童养媳朱金芝，当年 17 岁，就在烧房的这一天死于鼠疫。

日本人放火的时候，王选的堂姑姑王丽君和她的母亲也在山坡上，可是她父亲和两个姐姐却还在家里没有出来。

“我哥哥刚刚得鼠疫死了，两个姐姐也发病了，父亲守在房子里不肯走，心里抱着最后一线希望：只要人在屋里，总不至于连人一同烧死吧。可是火还是蹿上来了。看到屋子已经冒烟了，父亲还没有出来，我和母亲都急死了。后来才知道，父亲让姐姐往外逃，可是两个姐姐病得走不动。火冒到屋顶上来了，到处都是燃烧的噼啪响声，皮肤感觉到了炙热，烟已经呛得人不能呼吸。父亲先把一个姐姐背出来，又冲进火海背出了另一个姐姐。

“父亲很怕两个姐姐被日本人带到林山寺去隔离，就把两个姐姐藏在了甘蔗地里。因为崇山村有传染病，所有的亲戚家都不留宿，我们也不敢去投奔亲戚。

“王化涛没有被日本兵围住。他们一家看到情况不对，就逃出了村。刚逃到西面的小山坡上，回望崇山村时，就看到村里升起大团大团的黑烟，把天空都遮住了，墨黑墨黑的，像要下暴雨一样。

“当时并不知道是哪些房子被烧了，回到家后才知道王化涛家边上的祠堂先着起来，然后延烧到他家。全家的房子都烧得精光，只留下一所放杂物的

[1] 作者在 2004—2015 年间多次采访王培根。

小房。”[1]

日军的纵火点也包括崇山村的医生王道生家。王道生的大院子里有10间房子，5间是王道生的爷爷盖的，另5间是王道生盖的。祖孙两代人造的房子衔接在一起，形成很长的纵深跨度。但仔细比较，王道生造的5间，显然要比爷爷造的高大得多，梁柱更粗大，雕刻也更繁复精致。从此可以看出，这个家族祖孙点滴积累，家势在逐渐走高。

遭遇了连续死人的巨大灾难，似乎老天爷此时也有不忍。王道生的大儿媳妇没有逃走，大火烧起来时，她用棉被泡了水往墙上、往房子上盖，保下了这10间房子。现在，房子的外墙还可以看出黑色的火烧痕迹，这也是崇山村保留下来的唯一一所遭遇火烧而没有被毁掉的建筑。家庭的悲剧、村庄的悲剧和国家的悲剧，在这一个小院子重叠并凝固了下来，成为至今留存不倒的历史证据。

烧村那天晚上下起了大雨，没有房子的人都在外面淋着雨。那个夜晚彻骨的寒冷，深深刻进崇山村人的记忆里。

王培根说：

“我家的5间房子全部被烧掉，一家人没有住处。我父亲人比较聪明，他找到离村300米的水塘边的一个庙，想要一间房子给家人住。这座庙很小，有三个和尚，和尚说大殿里有菩萨，人不能住。除了他们自己住的，庙里没剩下几间房，结果有11户人家来抢房子。

“那时候田野里都是枣树，树上的枣都没有收过。我们村有几千担青枣，可以加工南枣、蜜枣，是农民的重要收入来源，但当时都没有办法收来加工。无家可归的人就到枣树下面，用几个稻草包起来，用树拿来绞起来，支成两穴、三穴的草穴，搭成简易的茅棚。下面都是通风的，无非是把上面的雨水、露水遮盖掉。”

王丽君和父亲、母亲及两个姐姐，在野外的田埂里度过了又湿又冷的一夜。两个染上鼠疫的姐姐，在田地的泥土里痛苦地挣扎。下没有铺的垫子，上没有盖的被子，一家人什么都没有带出来，连一口锅一只碗都没有。

“父亲乘夜黑又回到烧毁的家里，挖开废墟找了一口锅、几只碗，找了张门

[1] 王丽君诉讼陈述和作者对王丽君的采访。

板给姐姐在野地里搭了张床。然后又乘着天黑将大姐背到山里，藏在看山人用的小屋里。等父亲安排好大姐，转回田埂里再看二姐的时候，二姐已经死了。”

王丽君和父母，在野地里过了整整一个饥寒交迫的冬天。大姐因为在山上的小屋里，或许是不至于像田地的棚子里那么冷，竟然慢慢熬过来，活了下来。

王菊莲有三天没有找到母亲，她哭了三天也饿了三天。当村子烧完后，她回到家，看到小脚而瘦弱的母亲在冒着烟的废墟上哭。“她瘫在那里，哭得很伤心很伤心，那个样子现在我都记得。”王菊莲说。

没有丈夫的母亲带着一个孤女，在田垄里住了三年。

“我们家两间房子被烧了。我们家原本是造不起房子的，这房子是祖父和父亲从别人手里买下来的。

“我和母亲住在天空下面三年啦，在田垄的沟里，用晒谷的簟围起来；从坟头里挖几块砖，搭成灶来烧饭，就这样过日子。

“冬天冻煞了，风刮过来刀割一样，我就去抱母亲，母亲就抱着我，两个人缩在一起哭。冬天大家都想去弄些稻草垫在下面，可稻草也没有那么多啊！冷啊！一个草棚一个草棚，里面天天都有人死掉。他们都口渴得很，都到沟里面去找水喝。但沟里也没有水，他们就趴在沟边上。也有的人往沟边爬着爬着，‘啪’的一下，就死在路上，再也不动了。

“母亲个头很矮小的，又是一双小脚，原本就不出门、不会种地的。房子和粮食烧没了，她不得不学着种地。我记得的母亲的样子，就是跪在地里用双手刨，踩水车时她也是双膝跪着‘踩’的，她的小脚根本没法站长时间。

“后来太公祠堂里的一间小房子，一屁股大，只能放下一张床、一只炉子，让我们租来住。我就是从那间破房子里出嫁的。我嫁了，就只有老太婆一人，在里面住了20多年啊！到死都没有搬出来，没有住进好房子。”

家境原本不错的王化涛就此中断了学业，上不起了。王化涛父亲家五个兄弟，除一个在江湾外，另外四兄弟的房子全部被烧掉了。王化涛家死了一个妹妹，四伯父家里死了一个儿子。江湾的兄弟拿来400斤大米，一家分100斤，帮助渡过难关。一家人收拾了杂物间，在那所旧房里住了十三四年，直到新房子造好。

崇山村的大火整整烧了一天一夜，共烧掉176户人家的420多间房屋，700多人无家可归。

松树厅烧了三天三夜。它太高大，用的木料太多了，加上又是松木，含油，所以尽管下了大雨，还是没有把大火浇灭。它就像是一盏天灯似的，熊熊地烧着，日夜不熄。松树厅西边一大片房子，共有 18 间也被烧。

崇山村人匍匐着扒开余火未尽的梁木，寻找着粮食和衣物，那是他们劫后唯一可以渡过难关的物资。

“空前之浩劫。”1942 年 11 月 19 日，崇山乡乡长王文格、江湾镇镇长王芝生联名，再次致电流亡永康大平的义乌县县长章松年，报告日军火烧崇山村的灾情：

职等已在竭力施加防疫工作，费尽心血。实于昨日上午 10 时许被日军将崇山村包围，焚毁二百余户，计屋四百余间，计灾民七百余人，损失一时难以调查。一般灾民啼饥号寒，哭声震天，为吾义空前之浩劫。[1]

王选的叔叔也死于鼠疫。

王选是从姑姑的口中，慢慢知道小叔叔死时的境况的。

姑姑和叔叔，逃到隔着一条江的江南村舅舅家躲避鼠疫。崇山村有一个叫吴翠兰的单身中年妇女，也感染鼠疫倒下，被放在祠堂里。叔叔和她感情很好，每天跑回村去看她。有一天叔叔一路号啕大哭回来，样子像是受到了极大的惊吓，一句话也不说，只是不停地哭号。后来才慢慢知道，这个孩子看到了最惨的一幕：祠堂里，吴翠兰的一只胳膊被日本人砍走了。

“当时我弟弟海宝看到这一情况，回来告诉我。他痛苦地流着泪。不料晚上我弟弟突发高烧，第二日早上发现他的右颈长了个硬块。我到处为他去觅草药，以便敷治，结果被乡人知道了，不让我和弟弟与乡人在一道。我去央求舅舅将弟弟抬回家，拆了一块门板，在田里搭了一个棚，背着弟弟住到棚里。”[2]

王选的姑姑说，那一夜的冷，一辈子都忘不掉。天黑得伸手不见五指，下着夹着雪粒的冻雨，14 岁的她和 13 岁的弟弟一头一个蜷缩在一张门板上。

---

[1] 义乌市档案馆馆藏档案，M334—001—0349—130。参见中共浙江省委党史研究室、义乌市档案馆、中共义乌市委党史研究室编：《侵华日军义乌细菌战调查研究》，浙江人民出版社 2015 年版，第 146 页。

[2] 王选姑姑王容仪的陈述。

弟弟身上烫得不敢摸，嘴里凄厉地嘶叫着他的伙伴的名字，不停地喊：等等我，等等我，我就来。这让王选的姑姑怕极了，因为她知道，这些人都已经死于鼠疫。

“棚搭得不严实，天又下着雪，一条棉被已经湿了，又没有东西吃，饿得难受。弟弟呻吟着喊胸口疼，我轻轻抚摸他。乡民知道我弟弟患了鼠疫，提醒我让我与弟弟分头睡，晚上我便睡在弟弟脚后。半夜时光，忽听到一声响，似有东西掉下，我在黑暗中定了定神，连叫：‘海宝海宝！’推他不动，使我更为惊慌。想起大人们说过，死了的人鼻子是冰冷的，于是我把脚伸过去碰碰他的头，岂知他的头已倒挂到门板下了。我哭着，立即起身，连鞋子放在何处都找不到了，赤脚在黑暗中的野地里直奔三婶的草棚边，连哭带喊：‘海宝死了，海宝死了！’我弟弟患鼠疫 3 天后，就这样死去了。天亮后我向伯伯借了些钱，请人把他埋葬。弟弟光着身子，眼睛睁得大大的，从棚内拉出来只用块破布裹了一下。看到这些情景，让我感到痛不欲生。”

多年之后王选才知道，叔叔去祠堂看的那个妇女，姑姑叫她翠兰伯母的，实际上是爷爷去兰溪做生意时带回来的一个女人。她长得清丽和顺，与爷爷没有法定婚约。爷爷去世后，奶奶和她一起照顾家里的生活。接着奶奶也去世了。王选的父亲是长子，在上海工作，家里只留下翠兰伯母和姑姑、叔叔两个年幼的孩子。翠兰对叔叔照顾最多，叔叔很黏她，所以叔叔才要到祠堂里去看她。这个情节，姑姑一直瞒着王选，因为要避老一辈人的讳。

在王选姑姑的回忆里，可以看到这个翠兰伯母不顾自己的安危，竭力保护王选姑姑的情节：一天，王选姑姑回村，看见晒谷场上四叔穿着单衣，跌跌撞撞地走着，他说四婶已死于鼠疫。王选姑姑急忙扶四叔到田地上，用糖秆枯叶把他掩护起来，不让日军发现。“我又去找伯母，因她也病重在棚里。隔壁棚里是四叔的两个女儿，两岁的一个，躺着死了；4 岁的一个，看到我就撑手哭着让我抱她。此时，伯母厉声叫我不要抱，让我马上离开。我没有办法，只得流着眼泪，无奈地走开。这三人两天内都死去了。”

“这个可怜的女人就这样死在了外乡，还被日本人肢解，拿走了她的手臂。她的家在哪里，谁都不知道，一生也没有留下儿女，村里人都叫她翠兰。后来我才知道她姓吴，叫吴翠兰。”王选说。

第三章　心里的战争

一

1998年5月，一个背着双肩背包的日本人走进了崇山村。

不高的个头，一张单纯的娃娃脸。最突出的是一双大眼睛，不停地东张西望。

“从义乌市中心出发，沿东阳江向前，经过因定期集市而热闹起来的江湾镇，就可以远眺崇山村。”[1]

他感觉到了崇山村的某种森严。它倔强地挺立着，颇似一个中世纪的城堡。

“盖着黑瓦的白墙遮挡着视线，外人无法看到村中的情形；在村路上行走，可以看到高墙要塞般地耸立着，威吓着外来觊觎者。只要提到曾经被附近乡亲们誉之为‘南门（义乌城南门。——作者注）以外第一村’的称号，如今还令崇山村村民们颇感自豪。”

这个日本人边走边看边打听。他会讲一点点中文，了解中国的民俗。他知道，他要找的对象，会集中在村里的老年活动中心，那是一座古老的祠堂。然而，一个词一个词蹦普通话，和七嘴八舌的速度极快的崇山话相对，立即就让这个日本人感到，“像捅了马蜂窝似的，要想进一步了解情况，就必须大声喊叫，相当消耗精力”。

崇山村在这个日本人眼里，充满了中国化的生活气息：“穿过村口的牌坊

[1]［日］上田信：《危机状况下的同族团体——以浙江省同姓村中的细菌战受难者为例》，《史林》2003年第3期。上田信的崇山村田野调查2009年由日本风声社出版，名为《鼠疫村——日本七三一部队细菌战被害者调查》。

就进了村，小路很窄，行人假如不肩碰肩，几乎就无法交会通过。路两旁排列着用涂了白色颜料的砖建造的房屋。一座房屋中住着几个家庭，甚至多到十几个家庭。从通道的进出口向内望去，只听到孩子们在庭院中奔跑的声音。在天窗射进的光线下，妇女们做着手工活。在黑暗的屋子里，老人们坐在藤椅上休息。如果是吃饭的时间，一定充满着被加热的油烟气味。”

日本立教大学文学部教授上田信。本书作者摄于2006年3月21日

他从开启一点缝隙的大门，看到家家户户都在加工小商品。糊纸盒子，做某个商品上的小零件，加工打火机、头花发卡，应有尽有。有的人家有了小汽车。忙着赚钱的人们，对公共事务似乎不太关心。中国的宗族社会正在最后的崩溃中，传统社会做着最后的喘息。

这个日本人叫上田信，是细菌战律师团和原告团从日本找来的，并由王选和一濑敬一郎陪同，到崇山村看战争的极端形态——细菌战——对一个村庄的影响。

对于上田信来说，他感兴趣的是崇山村这种由一姓村民构成村落主干的村庄，遭遇战乱后的社会学意义。战前由日本学者编撰的中国调查报告中，像这种村庄被称为“单姓村”，被日本学界认为“表现了中国村落的基本特征，而受到学术界的重视”。

上田信是日本立教大学文学部教授，专攻中国农村社会史，多次到过中国乡村进行社会学田野调查。

1998年，王选与一濑敬一郎一起，去上田信任教的立教大学的办公室拜访，希望说服他到崇山村进行社会历史学调查。

一间小小的办公室里，所有的墙壁从上到下码满了书，上田信整个人几乎埋在书堆里。王选一眼就看到这些书籍多是关于中国的，尤其是关于明代的历史。王选猜出上田信的研究与中国明代史有关。

“中国的学者吴晗研究明（代）史，他是义乌人。崇山村在义乌。”王选说。

“啊，崇山村，义乌。义乌是古代的越国，只不过是越国的边界，诸暨是越国的中心，那里出了一个美人叫西施。”上田信回答道。

王选惊异于这个比自己小五岁的年轻日本学者对中国历史的了解。王选后来才知道，他正在和日本老一代研究中国的著名学者尾形勇、砺波护编著12卷本《中国的历史》。毕业于东京大学的他，在日本史学界，年纪轻轻已博得盛名。12卷本《中国的历史》后来由日本讲谈社出版，是日本20世纪70年代之后第一部重新介绍中国历史的书（广西师范大学出版社翻译出版了中文版，上田信所著的那卷是明史《海之帝国》）。

上田信1976年上大学的时候，中国发生了很多事情：周恩来去世、毛泽东去世、唐山大地震、抓捕“四人帮”等。这些都引起了他强烈的兴趣，于是他就选择学习中文和中国历史。当时的东京大学中国历史90%讲的是毛泽东思想，老师也是“毛派”，在他们看来，马克思的社会主义国家比资本主义更先进。

“记得我一年级学的中文语言课本是《愚公移山》，二年级学的是《矛盾论》。日本的知识分子还在研究想象中的中国，并不了解这个国家所发生的一系列事件。我想了解普通百姓的生活，他们住在什么样的房子里，吃的是什么，穿的是什么，脑子里想的是什么。我想以后一定要到中国去。”[1]

1983年上田信获得了去南京大学的留学机会。就在他收拾行装要去南京的时候，一个好朋友提醒他：到了南京小心挨打，日本军队在那里杀了很多人。

与上一代学者一样，1983年前的上田信基本上是在资料里、历史书里研究中国。战争隔绝了两个国家，当时对于中国的猜测与误会大于研究，中国对日本也一样。

在南京大学，有一次同学之间研讨，有人提到了南京大屠杀。一个同学站起来说：“我的爷爷死在南京大屠杀中。”沉默了一会儿，有人站了起来，接着又有人站起来，气氛变得非常压抑。上田信第一次了解到普通人对南京大屠杀的感受，作为日本人，他感觉如芒在背，如坐针毡。

上田信说他自己完全没有想到，会和战争迎面相撞。

他们这一代人是“不知道战争的小孩”。年轻的时候有一首歌很流行，名字就叫“不知道战争的小孩”。他感慨，现在“不知道战争的小孩的小孩”都已经长大成人了。

---

[1] 来自作者2006年3月在上海横山宾馆对上田信的采访和2013年在日本立教大学对上田信的采访。

他自己和战争的唯一直接联系是他的名字“信”。他的父亲参加过日本海军，但没有参加过实战，也没有到过中国。父亲有一位朋友在战争中阵亡，父亲就以朋友的名字“信”为他命名，纪念这位死在太平洋战争中的神风战斗机驾驶员。其他能和战争挨上边的，是他的小学老师和大学老师，他们都是在战争中当过兵的人。但他们都不愿意说自己当兵时的情形，只有喝醉酒时会说一些，但都是战争中怎样苦、吃不饱饭、饿极了就吃土等。

在王选找到他的时候，他并不了解中日战争中还有细菌战这种极端残酷的方式。他想，或许这正是一个时机，以中国一个村庄为典型，走进那场战争，看一看中国人怎么想，思考日本怎么面对战争责任问题。

上田信在崇山村走家串户，看男人在田间劳作，吃女人烧的饭菜，和崇山村人交朋友。他感到某种熟悉和亲切，也有某种陌生和迷惑。

崇山村人的勤劳，和日本农人是一样的，他非常熟悉这种对土地的恭敬和投入。崇山村人一天到晚就是劳作、劳作，不停地劳作。男人年轻时一身黝黑漂亮的肌肉，年老时全部干瘪下去。男人肌肉的消长，也应和着自然四季的节律。秋季田地里糖蔗成熟，花生、豆子也成熟了，村庄里的人有吃的了。崇山村人因为嚼食糖蔗而脸腮上咬肌隆起，糖分让男人身上的肌肉渐渐丰隆。到了夏季双抢的时候，每天凌晨两三点下地割麦子，还有稻子要打出来、晒出来，地要耕出来再种下去，与行走的太阳抢分秒的耕种时间，肌肉就渐渐消下去了，最终长成了稻谷。

忙碌成了农人的习惯。一年要忙到大年三十，然后初一到初三出去拜年，算是休息。接着又开始劳动。

战后的崇山村一直没有得到休养生息。

人们告诉上田信：20 世纪 50 年代吃不饱饭，有的人被饿死。“大炼钢铁”把周围粗大的树全部砍光了。村民说，“崇山”实际上也是“松山”，村子后山背有七棵特别大的松树，都有 500 年以上的树龄。从浙赣铁路官堂站挑货运输的人，路过崇山都在松树下歇脚，松树成为崇山的标志，后来都被砍光了。家里的铁器都被收上去炼铁，如锄头、锅。100 斤铁，投入小炉里炼出来只有 20 斤铁疙瘩，都是没有用的东西，而砍倒的全部是大树。20 世纪 70 年代“学大寨”发展农业，“以粮为纲”，把南枣树全部砍光种水稻。崇山村中和祠往南，以前全部是郁郁葱葱的大枣树，出村口看不到别的，只能看见大片枣林。从此这个祖祖辈辈靠种枣、加工枣、贩卖枣补贴农业收入不足的村，再也没有了南枣树。以至于现在的老人们，对外来人讲南枣是一种什么枣、加工成什么样子时，怎么也讲不清楚，只能说祖祖辈辈种，树大、枣大，枣子掉下来会打破小孩子的头。总之，南枣成为崇山村人的一个美好记忆，而子孙后代却看不见、吃不到了。

当过生产队队长的王基旭说：

“当时真的是很穷很穷，1982 年承包到户之前，每天只要是能吃到一餐白米饭，去死都是愿意的。

“20 世纪 60 年代初期最困难，很多人得浮肿病，妇女多年不生育，吃糠后大便不出来。崇山村很多人逃到江西，女儿卖到杭州，或者送人以求活命，饿死了 20 多人不止。

“松树厅烧了，崇山村人的美梦破灭了。再加上饥饿、穷，日子真是太难过了！”王基旭幽幽地叹道。

战争期间房屋被大面积烧掉的崇山村，一直都是破破烂烂的。很多人家在屋里可以看到天，下雨就漏水。20 世纪 80 年代后期农村实行“家庭联产承包责任制”后，赚到第一笔钱的人家，开始在战争的废墟上盖房。但不少人家

没有人在这里再盖房屋，当年被日军烧掉的松树厅一片空地，它是崇山村人心中的伤疤。本书作者摄于 2015 年

还住在公共祠堂里，当年烧掉的房子的废墟，仍黑黢黢地倾颓着。

走在崇山村弯弯曲曲的小路上，上田信一边走一边以一个历史学学者的眼光仔细观察：

“走出‘老人之家’，从村西往北，首先来到祭祀崇山村始迁祖王成的花厅楼。现在虽然有人居住，但管理很差，显得破烂不堪。房屋的木材很粗大，柱子上有雕刻纹饰，勉强残留着祠堂当年的风格。

“穿过房屋的间隙向前走去，被日本人烧毁的松树厅出现在眼前。现已看不到了，但据说该建筑使用了大量的松木，修造得十分壮丽。在原址的一部分土地上建造了农民的房屋，大部分则作为广场遗留下来。据说这里还曾经搭建过一个舞台。

“被当地人视为上半村中心的是聚奎祠，建筑已经开始倒塌。虽然房梁和屋檐都是制作精美的工艺品，但解放后这里一直被当作仓库和养猪场，几乎没有进行过维护管理。

“下半村的仁翁祠也已荒废。下姜厅由于成了村民的住家，保存状态稍好一些。在石头上刻着两句对联：‘世德并崇山积厚，脉源来曲水流长’。对联中嵌入了王姓族人曾经居住过的崇山、曲水。

“最后我们来到枸树厅。里面堆放着猪饲料，屋顶塌了下来，房梁也因白蚁的蛀蚀而全是空洞。以上这些祠堂曾经是王姓人的骄傲，现在虽然大多已经衰败，但建筑都是三合院式的，院子中铺着制作精致的石板，房梁和屋檐都有镂刻木雕。如今，勉强保留着鼠疫流行前风格的祠堂，是被用作‘老人之家’的中和祠。只要看它用作柱子的木材的直径，就能够想象当年建造时投入了多么巨额的资金。”[1]

上田信注意到，崇山村虽然紧邻着靠小商品发达的义乌，却在整个生产加工线的最下游。村民们多数只是靠手工在自己家里制作一些小配件，供给上游商人，整个村庄还是很穷困。20世纪80年代中国农村改革一发轫，崇山村人积极响应，种田的种田，经商的经商，打工的打工，各家各户都在忙一件事：赚钱，吃饱饭，吃上白米饭。

[1][日]上田信：《危机状况下的同族团体——以浙江省同姓村中的细菌战受难者为例》，《史林》2003年第3期。

二

在崇山村，上田信认识了王选的堂姑姑王桂春。她的丈夫是个木匠，是招来的女婿，这种情况在村子里比较少见。这个身高超过 170 厘米的老太太，身体健壮，勤劳能干。三个儿子都在农闲时兼做木匠、石匠，全家人一个目标，守住祖上留下的农业，再以务工一点点积累，延续生产能力，延续家族血脉。

王选堂姑姑家，是村子里最早在被日本人烧掉的废墟上再盖起房子的人家，那是在 1979 年，房子被烧 37 年之后。而村里人大多数盖房是 20 世纪 90 年代左右，当时随着中国改革开放逐步推进，农民大规模外出务工，崇山村的村民们终于有了一些积蓄。

盖房子，是一个农民一生的大事。从房子在农村的重要性上，上田信了解了中国人“家”的概念，了解了“族”所蕴含的意义。

“住在一幢房屋中的各个家庭，基本上都是建造那幢房屋的人的后代。村中的人并非仅为自己的家庭而建造房屋，而是要考虑到今后几代人也能够在那里居住。他们以中庭为中心，设计了许多称为‘房’的居室，在儿子辈中几间、几间地分割。当有了孙子辈后，他们的父亲将自己名下的房间进行再分割。随着世辈下移，子孙家庭不断增加，最后一个房间里就住了一个家族。虽然同住一幢大屋，但子孙们并不是过着共同生活。每家都有单独的炉灶，一到吃饭时间，炒菜的烟同时从不同的烟囱中冒出。只有孩子们对家庭间的差别不太在意，堂兄弟、堂姐妹们在一起玩耍。由于挤在狭窄空间中吵吵嚷嚷，一点小事情也可能在各家庭之间产生矛盾。”

这就是中国人的家和族，血脉分枝发叉，可以很大，伸得很远，但底下的根系相连。这种以血缘相连，但不断分枝的关系，和日本大不相同。

日本是长子继承制，家里所有财产只传长子一人。他们希望家族的力量能够聚拢起来，一代代越做越大，而不是像中国这样多子共分。日本不能继承财产的其他儿子，只能离家去学习手工业，到市镇里去谋生。这就是日本家族产业一脉相承做成家族大企业，和日本城市手工业发达的原因。“日本是一个以集团为中心的社会，日本人隶属于某个组织、某个集团。日本人加入了某组织、集团，就会毫无保留地采纳集团领导人的意见。先参加的人称先辈，后参加的人是后辈，后辈理所应当地服从先辈。日本人一旦被组织抛弃，他就会迷失、自杀。”上田信说。

祖宗、家族在很长一段时间被丢弃、淡忘了，人们在为穿暖衣、吃饱饭的第一需求而各自奋战，顾不上其他。宗族社会经历了战争、土改、人民公社化、“文化大革命”、改革开放，已然瓦解。到了20世纪90年代，宗族社会更没有了凝聚力。自然村的形态经过一系列运动，已变为生产队，而不再是家族、宗族。

上田信与在新屋里度过少女时代的王景云聊了很多，王景云向他描绘了家族农历正月祭祀的情景。那是一族的大事，公堂中会悬挂起祖先画像。大年初一凌晨，天尚未亮时，由父亲带领子女向各位祖先进行祭拜，接着去花厅楼祭祀创建了崇山村的始迁祖王成。母亲则留在家中，因为她不是王姓。之后再去中和祠和翁祠等五六个祠堂，拜祭与王景云家族有关的祖先。

供奉祖先画像的条桌上排列着各类供品：水果、粽子、馒头、饼等。“可能因为是回忆起了自己的少女时代，王景云眯着眼睛慢慢地叙述道：由于祖先们在死后的世界中也能够烹饪，因此虽然不供奉烧熟的肉，但供品相当丰盛。只要去参拜，就可以得到猪肉馅的包子，那是令人兴奋的。穿上新衣服，与新屋里同一辈分的孩子们一起跳绳，互相比赛看谁的毽子踢得最久。”上田信写道。

新屋里大约建造于清代后期，距今已有150年左右。可能是“模”字辈或“炜”字辈的祖先，因为积聚了一些资产，于是下决心建造一幢拥有20个房间的新房（新屋里），三个儿子平分了这些房间。新屋里的祖先很有钱，除了在崇山村造房外，还购入了别村的土地，作为子孙们的共同财产。负责新屋里财产管理的是王景云的叔叔王文格。在稻谷成熟时他要通知佃户，要他们从农历七月到八月之间前来交纳稻谷。收入的稻谷总计有30多担，在新屋里堆积成山。这些就是祖宗公田的收入，它们将被用来支付这一族中的公共事务花销——资助子孙读书，供奉祖先，接济族中贫困者。

接着就到了祭扫祖墓的日子。

王景云的父亲王文权，带领族人去祭扫散布在小高地上的祖先坟墓。王文格负责具体事务，向前来祭扫的每个人发放馒头。馒头是半圆形的，两个合在一起构成一个球形。不管年龄大小，每人都可以得到这样两个馒头。

祭扫结束后，在新屋里的公堂前，以“模”字辈人物为祖先的人们聚集在一起，开始举行宴会。凡在学校念书的男子，每人至少可分得一碗重约半斤、切成三块的猪肉。其中小学毕业生可分一碗，中学生可分两碗，高中生、大学生再逐级增加一碗。就任官职的人则规定可分五碗。“这被看成是从祖先那里得到的、具有特别意义的恩赐，人们将这些肉带回家，由各个家庭慢慢享用。这也是难以忘却的一项乐趣。”

分到肉的子孙们会觉得是一种荣耀，它的指向很明确，奖励读书和做官的人，非常符合中国诗书耕读、齐家治国平天下的道德理想。

上田信认为，从社会学上来说，虽然新屋里分给了三个儿子，他们各自过着自己的日子，但他们共尊一个祖先，这就是“同族团体”。在这幢大房子里，始于一个祖先的子孙后代，逐渐形成了新屋里同族团体的各个下级分支。一个同族团体中的下级分支，习惯上叫作“房”。三个儿子从长子开始按顺序称为一房、二房、三房。但是，长房里的子孙在鼠疫袭来时全部死绝，于是这一房就全部断绝了。如同一棵大树有三个分枝，其中最大的一枝被彻底截断。

1998 年，上田信到崇山村时，新屋里旧屋衍生出 11 个家庭，34 人挤住在一起

长房没有人活下来，王景云家这一支几乎死绝，王景云成了孤儿。鼠疫发生时，王景云和父母住在另外一幢 14 间的大房子里，新屋里的房子用来堆放粮食和杂物。邻居五六户人家已死去 9 人，大家都很害怕，有时大家就睡在一起。11 岁的邻居王善余，前一天晚上还与王景云睡在一起，王景云还给他讲故事，结果第二天发病，第三天就死了。

王景云说：“为避鼠疫，我父亲整天泡在野外，很晚才回家，但也逃不出病魔。11 月 11 日，父亲也发病了，开始发烧，眼睛通红、头痛、怕冷，我去买了几副中药回来给父亲煎服，但无济于事。父亲的病情一天比一天严重。到 11 月 13 日的早上，他要起床坐坐，我母亲和哥哥将父亲扶坐在椅子上，大哥就出去找叔叔了。我刚跨出门外倒药渣时，母亲大哭起来，我赶忙进门，见父亲已经死了。他的口角流出了粉红色的血。当时我们怕日本兵前来解剖父亲的尸体，连哭都不敢哭。第二天悄悄地将父亲的尸体抬到野外，暂放在僻静处。晚上母亲也发起烧来，开始说胡话，到半夜母亲病情加重，脸色灰白，呼吸困难，看她非常烦躁不安，很痛苦，想挣扎起来，又起不来，在床上折腾着。当时我一个 15 岁的小姑娘家，哥嫂又不住在一起，真是叫天天不应、呼地地不灵。到了后半夜，母亲挣扎了几下也含恨离去了。那年我父亲才 47 岁，母亲 48 岁。”[1]

父母死后，王景云搬去和大哥一家住在一起。没过几天，大哥也开始发烧、头痛、怕冷，两天后病情加重，烧得全身发烫。眼看也活不成了，王景云和嫂子急得团团转，到亲戚家借了点钱买中药，治疗了一个多月，大哥才慢慢地好起来。

11 月底，王景云也感染了鼠疫。大哥治病欠的钱还未还，家中再也没有钱了。王景云就整天昏昏沉沉地躺在床上，吃不下饭，光想喝水，谁知十余天后竟不治自愈。徐村姑姑家的表妹赵银华来照顾王景云，回到徐村后突然发病，两天就离开了人世。她死后一个 3 岁的堂表弟，在大人不注意时爬到她尸体边，叫着要姐姐抱，三天后，这个堂表弟也染上鼠疫死去。

王景云的叔叔王文格，当时担任国民政府崇山乡的乡长，参加过崇山村的鼠疫防治工作，土改时被枪决。在那场大火里，新屋里的 20 间房子全部被烧光，一个兴盛的大家族就这样衰落了。

上田信看到的住在新屋里的人，是属于二房和三房的子孙。在这所破旧的房子里，几十年中又生发出 11 个家庭，男女老幼加在一起共 34 人，非常拥挤地住在一起。

上田信从新屋里人的讲述中，体会到了他们的“断臂之痛”。对于他们来说，长房里死去的人是他们的亲人，王景云的父母也是，在称呼上他们是伯伯、婶婶，是堂哥、堂姐。上田信拿出一张中国亲族称呼表，上面罗列了近百种血亲之间的称呼，他使劲地摇头，说到现在他也不能完全搞清楚上面的亲族之间的关系。

---

[1] 参见赵福莲著：《义乌细菌战受害者口述史》，上海人民出版社 2015 年版，第 165 页。

但他将中国社会这种组成结构，对应细菌战对崇山村的伤害时，被深深震惊了。他说，一个不了解中国的日本，怎么能够深层次地了解战争对中国人的伤害呢？

房子，是一个家族几代人，集合了所有农业产出的积累而建造，为了子子孙孙居住和繁衍的，是一个家族是否富裕的物质标志，是他们安放现世生活的场域。这也是崇山村人在烧村的一刻冒死救火、有人当场倒地气绝而死的原因。大半个村庄的人因此而在田野间风餐露宿多年，或者寄居于祖祠、亲戚之家，这成为刻入崇山村的共同记忆，在一代代人之间口口相传。

上田信相信他在崇山村看到的，不只是战争的残酷、日本人好与坏的问题，而是农业文明受到工业文明的冲击。600 年历史的崇山村，是农业文明的典型，这个冲击让崇山村从此凋零。

日本军队是崇山村历史上接触到的第一个来自外国的冲击力量，而这支军队使用的竟然是细菌武器——当时高科技成就代表的生物武器，它的攻击对象是还处于农业文明的崇山村，其不对等性，无异于使用弓箭长矛的古人面对手握长枪火炮的现代人。

三

上田信认为，比较确实的崇山村村史可推至 15 世纪中叶，一个叫王成的始迁祖。他出生在崇山村以东、步行仅需十分钟的江湾镇，该地古时候曾被称为曲江。王成生了属于“应”字辈的儿子。哥哥占据了村庄的西南侧，而弟弟则占据着村庄的东北侧，根据地势的高低，村庄被分成了上崇山村和下崇山村。

也就是说，崇山村至少有 600 年可考的历史。

一个宗族社会的庞大男性血脉体系出现在面前。宗谱成了上田信向历史深处攀援的一根绳索，他凭着日本人特有的做事的认真和仔细，沿着这留下世世代代人手写痕迹的族谱，一点点上溯崇山村的历史。

他从崇山村族谱里看到，王姓先祖早就预先确定了辈分排行。它们以一个人名字中间的那个字来分别：升、进、佑、成、应；尚、悌、相、炎、金；钜、济、模、炜、载；铨、冲、茂、焕、基；晋、瑞、理、贯、通……“属于相同辈分的子孙，名字中使用相同的一个字。这样一来，即使初次见面，只要相互通报姓名，就可以清楚地知道各自辈分的高低。在宴会上，人们根据各自姓名上的文字，坐适合自己辈分的位置。”上田信认识到辈分代表的人伦秩序。

上田信说，日本人无法了解中国文化中这么深层的东西。日本人没有这样的辈分概念，家的观念远没有中国人这么复杂和深厚。日本没有这样的命名法，因而对此现象有许多误解，日本人会以为这些汉字在当时可能非常时髦，因而普遍被采用；或者以为是，兄弟俩分别从父亲的名字中采用了一个字。

“就拿中国的儒学来说，儒家的主要观点是‘礼’，人、家庭、国家都有秩序。中国有一句话叫‘修身、齐家、治国、平天下’，中国人都是装在这个框中的。中国的儿童一出生就要了解‘辈分’，‘辈分’就像一棵大树一样，从一个根发出很多很多枝叶，每一个枝叶都是大树的一个组成部分。”

这就是一个宗族社会的特征，为什么我存在？因为我有祖先。一个村庄可能只有一个姓，以父系的血亲进行着几百年的传递。在这样的村庄里，每一个个体的人是不能独立存在的，他要隶属于某个祠堂、某个家庭。

上田信在这本延续了 886 年的祖谱上看到，对崇山村的两次重创，一次是太平天国，一次就是细菌战。

崇山村的百姓称太平天国为“长毛粤匪”。他们打入崇山村时是清同治初年，退出时是同治中期。崇山村的族谱上，许多人名字下面写着“失踪”二字。太平天国退出时抓走了很多崇山村的男丁，这些人一走就再也没有回来，家族里的人不知道他们去了哪里，是死是活。“长毛粤匪”时崇山村失踪了 200 多人。村庄里长期吓唬小孩子的话，就是“长毛来了”。

日军的细菌战几乎毁灭了这个村“冲、茂、焕、基、晋”字辈的五辈人。此时王氏族谱上，很多人名字下面空空荡荡，是秃的，在族谱一代代向下的血缘纵线上，他们像一截没有绿叶的干树枝。现在崇山村还活着的人有八代：冲、茂、焕、基、晋、瑞、理、贯。从“冲”字辈开始，“冲、茂、焕、基、晋”，五代人都有因为鼠疫而死亡的。现在“冲”字辈的人活着的不多了，就算活着也到了 100 岁以上的高龄。王选父亲是“焕”字辈，在祖谱上是第 33 代；王选是“基”字辈，第 34 代。

几个人组成一个家庭，几个家庭连成一族，沿着一簇簇生命树溯源，家族几代人的故事便鲜活起来。笔者在族谱上选了一个叫王侗的人，他是细菌战诉讼的原告，沿着族谱上的纵线上溯，触摸这个家族 200 年的故事。

王侗的祖上在崇山村是个大家族，但遇上细菌战，他家这一支只活下来他一个人。王侗家太公是兄弟两个，一个叫王大齐，一个叫王大运，家庭富裕，从小读书为赶考做官。在一次去赶考的路上，兄弟两个的命运发生了陡然变化，王大齐不知什么原因没有赶上赶考的船，王大运或许是真的走运，他乘船离开了家乡。王氏宗谱上写到“发逆扰境”，王大齐死于同治壬戌年（1862）八月的太平天国之乱。而王大运却一举中了进士，官做到浙江提塘守备兼管福建塘务。王侗家崇山村祖屋的那条街因此叫“旗杆下”，因为家里有人中进士，又做大官，所以家里屋前立有旗杆。20 世纪 80 年代在祖屋遗迹上盖房时，插旗杆的石墩子还在。

王大齐死于长毛之乱，没有后代，于是家族为他过继了一个男孩来延续，宗谱上记载着“过继”。这个孩子叫王福田，光绪戊寅年（1878）在义乌县试中考了第三名，后在省试中考了第九名，又钦加第五名赏戴花翎，一举中了举人。他身后也留下了两个儿子：一个叫寿星，一个叫立星。立星就是王侗的父亲。

王大齐断掉的血脉、功名都因王福田得以延续，这是一个再好不过的结果。族谱的大树上自此发出两大支，在崇山村发展。作为祖上产业的继承者和新时代的承上启下者，他们上了新式学校，自己也创办了新式学校，是有名的乡绅。但这是一个朝代的末世，也是一系列动荡、战争的开启。

寿星和立星对家族的子嗣贡献良多。立星生了三子一女，三个男孩叫侗、仿、佶，女孩叫青华，其中长子就是王侗；寿星所生的四个男孩，分别叫位、伀、倩、伯，他们的名字中都含着“人立”之意，三个女孩叫芝香、友香、点梅。

经过抗日战争、解放战争、抗美援朝、土改、反右、“文化大革命”等一系列的重大历史事件后，这些生命没有多少能够好好地活下来，实现祖上“人立”的愿望。

在崇山村鼠疫灾难中，寿星很好地保护了自己的家人。因为他懂中医，又略通化学，估计有现代医学对传染病的认识。崇山村开始死人的一个早上，寿星家空了，一个人也没有留下。他带着一家人早早地逃出了崇山村，甚至都没有和住在隔壁的兄弟立星一家告别，也没有向兄弟家预警危险的来临。

虽然躲过了鼠疫灾难，但解放后寿星的成分定得很高。大儿子王位差点被判死刑，后被发配去了新疆；老二王伀在上海一所大学里当美术教授，被打成了“右派”；老三王倩参加抗美援朝战死；老四在北京是地质部的工程师，后精神分裂。

立星这一支，王侗15岁；二儿子王仿染上了鼠疫，被送到林山寺里诊治，后来连尸骨也没有找到。只是听从里面逃出来的王菊莲说，看到王仿在林山寺主山殿里痛苦得双手挖地挖到十指出血。立星几次到林山寺去找这个儿子的尸骨，均未果。

立星个子长得很小，身体弱，还“不勤劳”（其孙子王建政对爷爷的评价）。三年困难时期时立星说“没有饭吃的日子，一天都过不了”，让儿媳妇——王侗的妻子把家里的米给他去金华做点生意，找到活路就回来，找不到就不回来。家里当时只有14斤米，他用竹篮子挑了就走了，从此再也没有回来。走时把家里的土地证全部交给了儿媳妇。接下来，王侗16岁的妹妹青华和母亲一起饿死。崇山村的人至今说起青华来，还叹惜不止，说她是一个个子高高、非常漂亮的女孩。弟弟老四王佶，1947年出生，虽然是男孩，但这个家庭却养不活他，送了别人。

父亲离家出走不知所终，母亲和妹妹饿死，一个弟弟死于鼠疫，一个弟弟送了人。王侗最终成了一个孑余于世的人。

王侗一生性格忧郁，沉默寡言，从来不和孩子说弟弟死在林山寺，也不在家里提母亲和妹妹饿死的事。他很难与人建立正常的关系，这可能和他没有亲人的孤独有关。

族谱王侗名字之下，排列着五个孩子。王建政是唯一的男孩，另外有云台、云英、巧云、雪珍四个女孩。

王侗为了养活孩子们，什么苦都吃过。他参加抗美援朝，成为一名卫生兵，是和寿星家的老三王倩一起去的，只有他活着回来了；退伍后在江湾开了家诊所，又遇到公私合营，他不得不交出诊所并入江湾医院，却因为很难融入当时的大潮流，终被合营的医院开除；为了生计远走他乡，跑到宁夏一所煤矿当采购员，回乡探亲时被人举报在外面投机倒把，理由是他竟然抽着带嘴的香烟，穿着牛皮裤子。当时国家政策不准人员外流，他被抄了家，工作证、复员证、工会证等都被抄走，看管起来不准再出去；他又重做了农民，听说长毛兔子皮值钱，就在家里偷偷养了30只，又被打成“走资本主义道路”；加上他对一则中苏友好新闻进行批评被人告发，获罪接受劳动改造，造水库，挑泥……

他做过农民、军人、医生、工人、小商品贩卖者，尝试了各种活下去的方式，孤独而倔强，三番五次倒而不死，一路跌跌撞撞困顿坎坷。他的儿子王建政说，他父亲性格很像王选，不是不明白，就是认死理，不愿意妥协，不愿意苟且，不愿意同流合污。

对王侗更大的打击，是58岁时患上了眼睑基底细胞癌，做了手术，挖掉了一只眼睛。对于疾患，他不服气地说："癌症就是他们治不好的病，才叫它癌症。"

王侗此时身高只有1.45米，45公斤不到。

1978年包产到户，王侗最先捕捉到新政策的气息。他推着小车到100公里外的兰溪，运水果做生意，往返皆步行。1984年，王侗终于有了些经济能力，他要把祖基上被日本人烧掉的房子重新盖起来。房子被烧后，一家人一直流落在外租房住。建新房时，当年的灰烬还原样不动地堆在那里。两间黑瓦的楼房在废墟上矗立起来，王侗一家人搬回了崇山村祖上居住地，回到了故园。

细菌战的控诉和调查点燃了黑瘦沉默的王侗，他成了被调查者，成了原告。埋在心底几十年的打击、侮辱、孤愤、痛苦，像一只鼓胀的大球，终于有了出口。

王侗的儿子王建政第一次听到父亲讲家族的故事，才渐渐明白自己家为什么亲戚那么少，父亲为什么一直郁郁寡欢，自己家为什么一直在外漂泊着租房住。儿时家里每换一个租住地，王建政就要转一次学；每换一个新学校，总被别人欺负，于是叛逆。读到初中就弃学学手艺，先是学木雕雕刻，21岁到广东打工制作木雕，直到38岁才回村里开工厂。

王侗家族这样苦难的故事，在崇山村并不稀奇。将近一个世纪的岁月里，每一个家族都经历了多重生死磨难，每个家庭能血脉延续都不容易，每个人都过得不好，心里都落满沧桑。

四

崇山村是一个由血缘组织起来的社会，恰恰是血缘成为传播鼠疫的线索和渠道，这让上田信始料不及。

上田信察觉出中国人和日本人躲避天灾战乱的情况很不同，中国是分散式，日本是聚拢式。日本人如果面对灾害，很可能会把灾害尽量设想到最大，从而巩固家庭间的团结，指望肩并肩地渡过难关，然而这种方法也许会导致整个家族都遭遇灭顶之灾。

中国历史上天灾、战乱非常多，形成的避免家族成员全部毁灭的对策是，沿着姻亲的关系将家庭成员分散到妻子的娘家去避难，或许兄弟之间有几个会死于灾乱，却降低了兄弟们全部遇难的概率。等战乱平定，生存下来的兄弟就返回本村，重建新的生活，再延续家族的血脉。

上田信看到，中国的亲族之间在日常生活中，比起同族团体成员的合作来，更为常见的是他们之间的对立。因此在危机到来时，能够保证个人安全的，并非父系的同族关系，而是姻亲关系。母姓一系大都来自其他的村庄而非本村，给这种分散躲避灾祸提供了地理上的空间。

这种在历史上形成的几乎成为中国人躲避灾难本能选择的行为，从来没有失效过。而这一次却恰恰相反。这一次的灾祸是生物战，鼠疫细菌会随着逃回娘家躲祸的行为而扩大流行。中国式的灾害躲避方法，带来相反的效果。而崇山村人对此浑然不觉，因为在他们所有的经验里，从来没有过这样的事例出现，再加上鼠疫污染了整个崇山村，相当于父系的生存空间全部被疫病占据，逃到外婆家成了唯一的选择。

崇山村中医王道生的第五个儿子王旌昌（1918 年出生）向上田信回忆说，小时候最美好的记忆就是每当春节来临，母亲带他们去外婆家拜年，在那里可以拿到压岁钱。在回家的路上，铜钱发出叮叮当当的响声，令人倍感快乐。

王道生去世后，王旌昌的母亲（鲍春妹）也去世。然后是哥哥王旌善、嫂嫂吴菊兰、弟弟王旌伦、弟媳朱凤珠、大哥之子王与汉，相继病逝。面对此情此景，四哥夫妇就逃去了四嫂的娘家、距崇山村大约 4 公里外的梅岭村避难。但是，他的女儿在那里发病，使五个娘家人受感染死去。于是，哥哥们就被赶出村子。七弟王旌菊逃到了江湾镇妻子的娘家。农历十月他听到日本军队前来放火的消息，返村打探染病，娘家的亲戚唯恐鼠疫在江湾镇蔓延，便将他移到林山寺，王旌菊就死在那里。王旌昌的姐姐王海妹当时已经嫁到母亲娘家的鲍宅村，回来参加父亲的葬礼，之后回到鲍宅村一家三口都死于鼠疫，并且引起了鲍宅村的大传染。

鼠疫沿着一条条姻亲线向四面八方扩散，涉及的村镇达 60 多个。

徐江镇塔下洲村就是受崇山村直接感染的村庄。塔下洲村周洪根说，当时村里来了一个崇山村的做酒师傅王樟流，给村里人家酿酒。他的儿子王瑞清自崇山村逃来寻父保命，不仅他自己命不保，还害得村里人接二连三地死去。“全村在一个半月的时间，竟被鼠疫夺走生命 103 人（男 40 人、女 63 人），占全村人口五分之一，全家死绝 9 户，妻离子散 13 户。在这场深重罪恶的灾难中，我家原来完整的由祖父母掌管的 15 口人，被鼠疫夺走 3 人，饿死 1 人，累死 1 人，活着的仅留 10 人，为了求生，去他乡当童工 2 人，当长工 1 人，真正成了一个家破人亡、妻离子散、无家可归的破烂悲惨之家。这场灾难使我的祖父家 3 人、二祖父家 4 人、大祖父家 5 人、堂太公家 4 人，共死去 16 人，占全村 103 个死者的 15%。”[1]

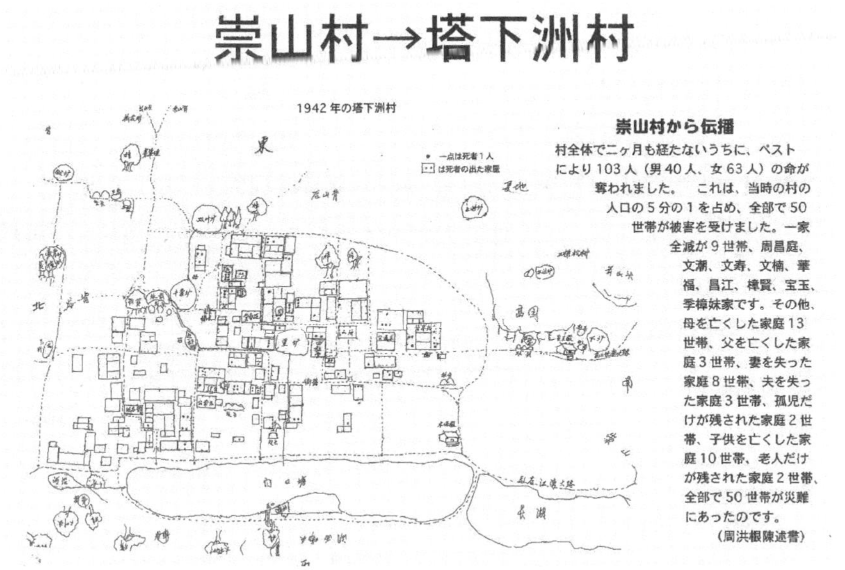

崇山村鼠疫对塔下洲村的传播。图片来源：细菌战诉讼证据材料

把致命疾病传染给别的姻族或别的村庄，使崇山村与邻村的关系彻底崩坏，崇山村人最后到哪里都不被接受。王选的叔叔和姑姑，就是被母亲一方的

[1] 引起塔下洲村鼠疫大流行的王樟高，是细菌战诉讼原告王晋华的叔父。王晋华在 1997 年 8 月，第一次在东京法庭上的陈述里讲到这一事件。另见中共浙江省委党史研究室、义乌市档案馆、中共义乌市委党史研究室编：《侵华日军义乌细菌战调查研究》，浙江人民出版社 2015 年版，第 258 页周洪根的陈述。

亲戚驱赶出村庄，用一块门板，将得了鼠疫的叔叔抬回崇山村，扔在野地里。年龄只有十几岁的姑姑，眼睁睁地看着自己的弟弟在冰天雪地里死去。

灾难面前人情薄。房子被日本人烧了，大家都去抢祠堂住。过去祠堂是不能住人的，现在分割成一块块的，来得早的抢到一块地方，来得晚的就没有地方可住了。邻村的亲戚们给一点吃的用的，但都不敢进村，把东西放在一个地点，然后就走人。崇山村人自己也很识相，不敢去亲戚家，怕传染给别人。

当面对的是疫病一类危机时，依靠姻亲关系进行的疏散，却成为对传染病的扩散。很显然，把致命疾病传染给别人的姻族，相互之间很难保持友好关系。所以崇山村在受到细菌战灾害后，生产资料和人口都急剧减少，战后的复兴十分迟缓。

在江湾镇曲江祠二进院天井里，仰头眼光就会和一块大匾额相遇，木质历经岁月泛出幽暗的光，三个烫金大字沉稳有力——叙伦堂。

对于曲江祠来讲，再也没有什么比这三个字更恰当合适的了。江湾镇曲江祠目前是包括崇山村在内的周边 68 个村庄供奉共同的王氏祖先的地方，上田信常常站立在天井里，久久地注视着那个“伦”字。对中国宗族社会了解越深，越能体会到“伦”字无穷无尽的含义。

“伦”是这座祠堂存在的全部要义，“伦”是 68 个村庄两万多人聚在一起的理由。“伦”是某种束缚，但又是组成社会的秩序；它有“德”与“法”的含义，但更高更广阔。“伦”无处不在，像空气，像阳光。在这高高的殿堂之下，一族人于此叙伦，举行大礼，其崇高性、神圣性无异于神殿。然而“伦”又是人间的，充满了人世情感和人性。

上田信发现，崇山村的祠堂也遵守着“伦”字，上下辈分秩序丝毫不乱。

祠堂的位置决定着村庄的格局，它们实际上就是看得见的族谱。那些高大的祠堂，就是崇山村人在大地上建造的实物历史。族人的生命每向前延伸，便会留下一座祠堂，一座祠堂就是一座家族的纪念碑。

因此崇山村成了一个多祠堂的村。

派厅楼是崇山村最古老的祠堂，大约是王氏第 19 代，也就是第 18 代王永招的后代为纪念他而修建的。时间大约在元末明初。第 20 代修建的是中和祠和聚奎祠，它们是明代由两个兄弟修建。他们是把崇山村分为上半村、下半村的两个兄弟。中和祠祭祀下半村始祖“应”字辈中的哥哥；聚奎祠祭祀上半村始祖“应”字辈中的弟弟。然后族系的大树越发越大，祭祀各自始祖的场所蔓延到松树厅、相祠等。

崇山村人最感骄傲的松树厅，修建于第21代，同时修建的还有枸树厅。其后，崇山村矗立起更多的祠堂，每座祠堂的建立，都意味着一棵大树发出了茁壮的新枝，一支人的血脉已经蔚然成势，他们有能力为自己的祖先修建灵魂的居所。它们有钜祠、相祠、炎祠、淳翁祠、下姜厅、新厅、贤益祠等。祠堂是活着的人为安放祖先的灵魂而修建的豪华的神殿，每次修建都尽了当时最大力量，每一座祠堂都是对“伦”的再次强调和确立。在细菌战劫难中，松树厅、贤益祠、相祠、重阳祠等被日本人付之一炬，加上解放后“破四旧”运动，许多祠堂被拆、被毁。变成生产队公产后，祠堂在不知不觉中颓败，以至崇山村的老人都说，不清楚某座祠堂由于什么原因不存了世，或者改作了什么用途。当年靠祖宗的血脉来维持一族的团聚、用祠堂的高大来显示一族荣耀的方式彻底瓦解。

如今崇山村保存最完好的是钜祠。它立在崇山村东面的村口，巍峨的门楼，白墙黑瓦形成的视觉对比，让它成为崇山村醒目的标志。在它旁边的墙上，是细菌战原告王锦悌为这个村制作的死难纪念碑，被日军烧毁的房屋、死于鼠疫者的名单赫然在列。黑色大理石上镌刻着白色的字迹，凝重肃穆，让进入这个村的每一个人都不得不行注目礼。

上田信恍然顿悟，他明白了崇山村为什么还会在几十年后要去打官司告日本，明白了这些忙完田里的劳作、义务来修祠修谱人的内心冲动和渴望。上田信想，在日本，一定有很多人不理解，为什么中国人会为了爷爷或者父亲去日本打官司，为什么这些中国人不能让战争“过去”？

为什么我存在？因为我有祖先。为什么我要替祖先打官司？祖先的苦难就是我的苦难；祖先的生存不安定，就会影响我的生存；祖先的战争创伤就是我的创伤，因为我们的根是一起的。中国宗族社会虽然经历岁月风霜，制度更迭，形式上早已崩溃瓦解，但精魂还在，一旦被激发，便会重新复活。

细菌战，这个全体王氏族人的共同劫难，足有力量激活宗族之魂，重聚四方族人。

“我在日本就说战争在中国还没有结束，很多日本人不认可。日本很多人都有这样的想法：过去了很多年的事情就让它过去吧。甚至有些日本人认为，随着经历过战争的人死去，战争就会彻底地消失，成为过去。所以有些人在等待经历战争的人死去。他们把这个期限定为今后的 20 年。”

“但是，中国人的看法却认为战争没有结束。并且，20 年后所有经历过战争的人都死去了，战争还是不会在中国人当中结束。”上田信说。

“心里持续的战争”，上田信想。

一群人被细菌战调查诉讼点燃了，他们个个都苦大仇深。这些行动起来的老人，在崇山村的一座祠堂前照了一张合影，青色棉袄棉裤老布鞋，一张张经过战争年代的、布满沧桑皱纹的脸。王选也位列其间，只有她的一张脸年轻而充满朝气，她也成了一名原告，为了自己死去的叔叔。

第四章　告日本

一

王焕斌

崇山村人的战争伤痛没有宣泄的渠道。日本鬼子被打跑了，开始打国民党的解放战争。打完国民党就抗美援朝，然后是人民公社、三年困难时期、“文化大革命”。“文化大革命”没结束，中日就友好了。就这样，日本人留下的仇恨闷在那里，一直酝酿发酵。受崇山村鼠疫传染、死人很多的邻村塔下洲村，有一座坟堆累累的山，葬的都是死于鼠疫的人，村民们直接称这里为“记仇山”。

崇山村的鼠疫受害情况，也没有进行过彻底的调查和整理。1965 年，中国人民解放军空五军“拉练”住在崇山村，解放军到村民中访贫问苦，听到的都是村民们诉说日本人放鼠疫、放火的事，于是进行了初步的调查。王锦悌作为志愿军退伍兵、大队干部，积极动员村民，协助解放军调查，当时统计出的死亡人数是 396 人。后来在义乌防疫站工作的王达，也进行了部分调查。

当有消息说可以告日本人时，就如干柴遇到了火星，燃烧爆发是必然的事。

最早把消息带到村里的是王焕斌。因为早年被王选父亲带出村，得以上学读书、参加工作成为干部，退休后回到了义乌，这使他成为村里有文化并关心外面世界的人。他发现北京有一个叫童增的人写文章说，中国的战争受害者可以向日本政府进行索赔，于是开始找童增的通信地址，一遍遍地给他写信。

童增是北京化工管理干部学院的教师。一天，《报刊文摘》（1990 年 4 月 17 日）第四版的一条小豆腐块文章引起了他的注意，标题是《欧洲重提战争赔款》。文章说：

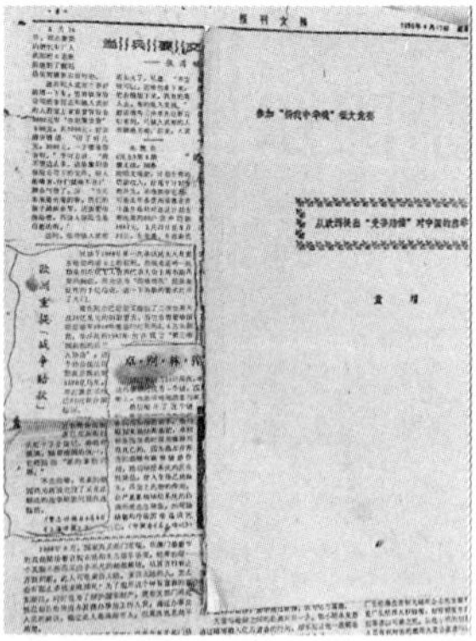

《报刊文摘》的文章和童增写的关于中国人向日本提出战争赔偿的文章

民德（东德）于1988年第一次承认犹太人有要求赔偿的道义上的权利。昂纳克还将一枚勋章别在犹太人世界代表大会主席布朗夫曼的胸前，并允诺为“困难情况”提供象征性的1亿马克。这一下为新的要求打开了大门。现在阿尔巴尼亚又提出了第二次世界大战20亿美元的赔款要求。芬兰也想要德国赔偿德军1944年撤退时打死的2.4万头驯鹿。华沙政府1987年允许成立“第三帝国剥削的波兰人协会”，这个协会提出的赔款总数达到5370亿马克，并打算在合适时向联合国起诉。同时万名纳粹受害者已经在南斯拉夫红十字会登记，南政府强调，随着德国的统一，他们将提出新的索赔问题。

如一束电光闪过，童增感到自己受到深深的触动。

戴着深度近视眼镜的童增，是典型的读书人。他想起自己年轻时“吃忆苦思甜饭”，农民们讲的都是地主老财如何狠毒，给人民带来的苦难，但为什么没有人去讲日本侵华战争带来的苦难？中国死了那么多人，难道就没有战争赔偿问题吗？

1986—1989年，童增在北大读经济法研究生。此间，中日关系并不平静。1982年，日本篡改历史教科书问题出现高潮。这年6月，日本的媒体报道说刚刚改订的日本中学、高中历史教科书，将日本的“侵略”改成“进入”，中国和韩国进行抗议。日本宫泽喜一官房长官做了解释并表示，政府将采取措施修改。四年之后，教科书问题再次发生，“保卫日本国民会议”编纂的高中日本教科书，通过了文部省的审定。1985年在中国是反法西斯战争胜利40周年，在日本是战败40周年纪念日，首相中曾根以明确的公职身份参拜了靖国神社，中国出现了反对和抗议的声音，北京大学“三角地”贴出了日军“南京大屠杀”的内容。童增是常去“三角地”阅读的人，他看到了这则信息。

“我震惊与惊讶极了！”

“这是我第一次知道‘南京大屠杀’，并且唯一的消息来源就是‘二角地’。我在大学四年的历史书中，从来没有读到相关内容，也没有看到相关书籍。”童增说。他感到很受刺激，他自认为是一个博览群书的人，怎么会没有渠道知道战争期间发生了这么大的事？

中曾根开了日后日本首相屡次参拜靖国神社的先河。但此次行动引起的波澜，也让包括童增在内的更多中国人知道了靖国神社，并开始关注日本政府看待战争的态度。至于靖国神社早在 1978 年 10 月，已经悄悄把 14 名甲级战犯合在一起祭奠的消息，是更晚一些时候才为部分国人知道。

日本首相中曾根“参拜风波”十年之后，又到了日本纪念战败 50 周年的 1995 年。尽管日本国内有激烈的批判和抗议声，小泉就任首相后仍大摇大摆地开始反复正式参拜靖国神社，而对中国和韩国的抗议，小泉以“内政干涉”为由不予理睬。在他的带领下，内阁成员排着队竞相参拜。从此靖国神社问题，成为中日历史问题最敏感的一根神经。

童增想去了解更多的他不知道的历史，于是骑着自行车去了位于紫竹桥的国家图书馆，申请去查阅位于图书馆馆藏大楼四层的“内部资料”。童增有大学老师的身份，他可以顺利地通过查阅申请。在那个时代，包括各地文史资料都属于内部资料的范畴。

大屠杀、强奸、抓劳工、大轰炸、在东北种植和贩卖鸦片、731 部队活体解剖等，都一一跃入童增的视野。从 9 月开始，他用了三四个月的时间泡图书馆。他说，当时唯一没有接触到的是“慰安妇”问题。他将他查到的资料归纳为五大类问题，想写一篇文章，将他的发现和思考说出来。

欧洲可以重提战争赔偿，中国人受了这么多的苦难，为什么不能？童增没有意识到，他的想法和当时一片友好的中日关系极不搭调。他所遇到的最大的障碍是，1972 年的《中日联合声明》里中国政府宣布已经放弃战争赔偿，事过近 20 年后，如何重提赔偿问题。

童增也没有想到，他的这篇文章，写了一万字才停住。他一边写一边不停地问自己：中国人可不可以提赔偿？怎么提？

国家是为中日友好而宽大处理了这一问题，但并不意味着民间的赔偿已经放弃。个人的权利属于每一个人。中国的战争赔偿问题，应该国家和民间分开。

日后再看，这可能是这篇万言书里最重要的一段话。也就是说，童增在文章里第一次提出了这样的看法：中国政府在 1972 年以善意姿态放弃向日本索赔的权利时，只是放弃了中国政府方面向日本索赔的权利，并没有放弃中国公民向日本索赔的权利。

在童增之前，从来没有中国人这样公开提出过。

在相当长的一段时间里，中国没有“个人”这个概念，个人和小家庭都是属于国家和民族的。国家放弃了就等于个人放弃，每个人的第一使命是听从来自国家的号召，并时刻准备着为此奉献全部，甚至生命。这是那个时代的最高哲学和行动指南。

童增从法的角度提到了“个人”，他把“个人”从国家剥离出来，让“个人”获得合法地位。从中国混沌一体的国家概念中抽出“个人”，考虑和顾及“个人”的受害与感受，考虑“个人”的权益诉求，这种想法的产生，童增把它说成是来自“灵感”。在写万言书时，这个想法突然冒出来，使他的“国家放弃了赔偿，个人还能不能再通过法律程序申诉”的困惑迎刃而解。

或许放在十年前，童增的“灵感”无论如何不可能迸发。个人意识的萌发始于 1980 年年初的改革开放，思想的解放最大限度地激发了个人意识的成长。再加上当时“依法治国”理念的提出，个人在法律框架中的位置，是学习经济法的童增再熟悉不过的。但在国与国的战争与和平、政治与外交中加入个人的视角，并从个人的角度来度量战争受害者的权益，而不仅仅是从国家民族的角度，童增是第一人。

王选说童增是“盗火的普罗米修斯”。

童增想把他的文章发表出来，却发现这并不容易。他的面前，似乎有一堵难以穿越的高墙。

寒冷而萧索的北京街道上，穿着绿色军大衣的童增骑着自行车转悠。他先找到《北京青年报》，编辑看了说，你这个想法非常好，但发不出来。童增马上骑车到《法学研究》杂志，这个杂志曾发表过他的文章，比较熟悉，没想到对方也是摇头。他又设法去找民主党派的杂志《探索》，对方说很感兴趣，但也没有消息……

童增像是着了魔一样不肯放弃。转年 1991 年 3 月的全国两会召开，童增将自己的万言书以《中国要求日本受害赔偿刻不容缓》为标题，打印了 200

份，骑着自行车找到位于北京南城的全国人大信访局，排队去递交。他认为两会期间，人大信访局会将材料递交到全国人民代表大会会议上。

排队窗口人很多。童增记得，他从一个下凹式的小窗口递进材料，里面的人立即注意到这不是一般的上访材料，让童增到旁边的一个小房间里去说话。工牌 502 的一位瘦高个的中年妇女接待了他，说你反映的问题很重大，会把情况反映上去的。

童增从里面出来，觉得自己成功了一半，骑着自行车都感觉轻多了。从此他便满怀着期待，天天在家里看那台黑白电视，等待消息出现在电视新闻上。眼看着全国两会一天天离结束近了，他决定采取一些行动。

他还是骑着自行车，穿着军大衣，第一天去堵西苑饭店的门，见了代表就去追。一个姓蔡的浙江省政协委员，戴个眼镜，态度很好，但第一反应是：不是放弃赔偿了吗？童增就反复讲他的道理，对方也觉得很有道理，但没有表示要提提案。第二天一个姓陈的学生，曾经是童增教的“法学概论”课的课代表，正好来看老师，听说老师在干这样一件事，当即提出和老师晚上一起去蹲守两会代表。这一次去的是京西宾馆，两人研究了代表们的活动规律：下午 6 点到 6 点 30 分，是代表们的用餐时间；6 点 30 分到 7 点，是他们散步的时间。只有散步这半个小时可利用，因为 7 点代表们都会回到房间去看中央电视台的《新闻联播》。

他们截住了甘肃人大代表倪安民、解放军代表马春娃、上海代表袁雪芬、山东代表吴克阳、安徽代表许学受。接着在国谊宾馆，他们又截到云南代表杨臻、贵州代表王录生。再一天又在北京饭店截到南京天文台的台湾省代表刘彩品。

童增后来和这些代表熟悉了才知道，其实这些比他年龄略长、生于三四十年代的代表，都或有战争记忆，或战争对家庭有影响，这个话题触动了他们深埋的感受和记忆。

不经意间，童增拉开了几代人战争记忆的闸门。

王录生打电话约谈了童增，诉说了他的遭遇。“七七事变”后，不满周岁的他和父母及两岁的哥哥成为逃出上海的难民，在钱塘江边上，难民们都在往一只小火轮上挤。母亲和哥哥已经登船，父亲一手抱着他，一手提着装有全家家当的藤箱，眼看着挤不上去了，情急之下，父亲向母亲大吼一声：接住！将王录生抛向船上的母亲。母亲怀抱着哥哥早已吓呆在那里，幸亏船上的难友，一把抓住了王录生的衣服。这个来自母亲讲述的细节，成为王录生永生的记忆。母亲说，父亲冒险一抛，是因为当年不满周岁的孩子离了母乳肯定是饿死。但那惊险的一瞬，却让父母惊惧了一生。

这一年“两会议案”提交时间已过，代表们只能提“建议案”，其中一份有关日本侵华民间索赔的建议案，是甘肃团19个代表联名提出的。

香港《明报》闻风而动，先发出了100字左右的消息。两会快结束时，《明报》设法拿到了童增的“万言书”，并整版刊登出来。

日本共同社驻北京记者站的主任，看到《明报》报道后采访了童增，首次在日本报道了童增提出的民间索赔问题。接着《每日新闻》《读卖新闻》《朝日新闻》都进行了报道。

童增还是想让自己的想法在国内报刊发表出来。他把自己的文章以《国际法上的战争赔偿和受害赔偿》的标题重新投稿，这一次《法制日报》做了首发，《人民日报》《文摘》等十多家媒体进行了转载。

1992年贵州省人大代表王录生、安徽省人大代表王工等在两会开幕之前就积极活动签名，准备提出正式议案。王录生和童增相约见了面。上一年的10月8日，王录生收到了来自外交部关于他们提出建议案的答复：

> 1972年中日两国实现关系正常化时，在日本政府表示痛感过去由于战争给中国人民造成重大损害的责任，进行深刻的反省，明确表示充分理解和尊重我在台湾问题上的立场的情况下，我国政府在中日联合声明中宣布：“为了中日两国人民的友好，放弃对日本国的战争赔偿要求。”1976年8月，五届全国人大常委会第三次会议批准的《中日和平友好条约》又确认中日联合声明是两国间和平友好关系的基础，联合声明所表明的各项原则应予严格遵守。因此，包括放弃对日本国战争赔偿要求在内的联合声明的各项条款是我业已承担的条约义务，具有法律效力，我国政府不宜对日本重提战争赔偿要求。[1]

尽管有此答复，王录生还是不甘心，他理解答复中提的是“我国政府不宜对日本重提战争赔偿要求”，但并没有说民间不能，于是决心要把正式的议

[1]《第七届全国人大四次会议第4182号建议案的答复》。

案提交上去。正式议案需要有 30 名以上代表联署，他电话联系童增说，要以最快的速度争取人大代表的联名。

1992 年两会之前，日本共同社打电话给童增，问今年两会代表是否会提出正式议案，童增担心媒体提早报道会影响议案的提出，就故意否定了此事。但日本共同社还是发出报道：中国人向日本提出要求赔偿 24 万兆亿日元（1800 亿美元）的民间赔偿。

为什么是 24 万兆亿？这是童增估算出来的一个数字。他认为根据战后国际惯例和其他一些国家关于赔偿数额的计算，1931—1945 年间，日本给中国造成的损失赔偿，理论上约 3000 亿美元，其中战争赔偿约 1200 亿美元，受害赔偿约 1800 亿美元。1972 年中国政府深明大义，宽大为怀，放弃了 1200 亿美元的战争赔偿。但受害赔偿这一部分，中国政府从来没有在任何公开场合下宣布过放弃。

王录生很快就拿到了 32 名代表的联署，他立即赶到大会议案组办公地点北京首都宾馆，以第 10 号议案成功提交。而王录生之前，安徽代表王工的议案获得 38 人联署，列入第 7 号议案。两个议案都以《关于向日本国索取受害赔偿的议案》为内容，代表 1931—1945 年日本侵华加害的所有中国人、中国公民、外籍华人向日本索赔，并明称这是政府之间放弃的战争赔偿之外的民间受害赔偿。

王录生上午刚向大会提交完议案，下午开预备会传达上面的精神：此事不要再提。

童增也没闲着，他在两会期间向 21 个代表团散发了他的“万言书”，在北京发起一万中国公民签名活动，呼吁一出，一下子得到了五万人的签名。在没有互联网，人和人之间联络只能见面或打座机电话的时代，五万人的签名几乎可以用一呼百应来形容。

童增在自己家里开了中外媒体新闻发布会，海外媒体争相报道。记者也向当时的中国外交部部长钱其琛提问，问题已然不容回避。

日本《读卖新闻》记者荒井说：“你（童增）提出来的问题，整个日本都蒙了。”

雪片一样的控告信飞往北京童增的案头。有的写信人根本不知道童增的地址，只是写着：北京，童增。但信还是辗转几家邮局，贴着多个退信条，最终出现在童增的案头。童增名声太大了，邮局都知道这样没头没脑的信怎么投递了。

还有受害者直接找上门来。93岁的天津师范大学教授项乃曦，是年龄最大的。武汉的陈忠义在北京四处打听，到北大、民政部等处去找，晚上睡在火车站的候车室，第六天终于见到童增时，抓着他的手不放，流着泪说：“你一定要帮我找到我妹妹，她被日本人抓走了，再也没有消息。”

全国雪片一样飞向童增的信。图中人为童增。图片来源：童增

1992年中日邦交正常化20周年，中日关系既甜蜜黏稠，又暗流涌动。来自民间的力量，首次在政治家达成的“1972年联合声明”之外，提出个人战争赔偿要求，民众的情绪难以压抑。双方政治家都感受到中日关系的复杂性，更着力于从政治层面推动友好“蜜月期”的长度和甜度。中国经历80年代末期的政治风波之后，日本第一个向被西方国家制裁的中国伸出了橄榄枝。日本在西方七国首脑会议上呼吁“不应孤立中国”，率先恢复对华日元贷款；1991年日本首相海部俊树访华，而中国对日本的示好也“心领神会”。

二

1992年5月，提交第7号和第10号议案的人大代表，分别收到了外交部的答复函。答复函比上次建议案的回复更加详细，其中第二条中说：“根据国际法，国家是国际法的主体，一国政府代表国家缔结的条约，对于该国及其人民都具有法律约束力。”答复函还说，我国政府的这一重大决策是符合我国人民根本利益的。

尽管外交部的态度明确而坚决，但童增盗来的天火，在中国与战争民间记忆的干柴相遇，已然成燎原之势，一个向日本索赔的时代从而开启。

“战争索赔的这扇门一旦打开，日本侵华战争许多遗留问题都显露了出来。”北京大学历史系教授徐勇认为，“中国近代史的学者们因此有了现实感。大家才发现在战争时期竟然发生过那么悲惨的事，而它们一直遗留到今天，使历史问题成为一个社会现实问题。”

崇山村，王选的斌叔叔最先察觉这一动向。1992 年 6 月 5 日他给童增写出了第一封信。

童增收到了 1 万多封受害者的控告信，在后来的几年辗转中，丢失了大约一半，余下 5000 多封信得到了整理归类和电子化。所幸的是，王焕斌的几封信都保留了下来：

信扫描序列号：s0477

写信日期：1992-06-05

写信地址：江苏省徐州市邳县

受害日期：1942-04（农历）

受害地址：浙江省义乌市

写信人：王焕斌

受害人：王焕斌及同乡

类别：细菌和化学战、其他（BC、OT）

童增首长：

您好！您去年向全国人民代表大会递交了要求民间对日索赔的意见书，代表了民间抑郁（压抑。——作者注，下同）已久的意愿，是伸张民族大义的举动，是激发热爱我中华、建设“四化”的巨大动力，在客观上附［和］（符合）国内国际法规准则。

我是浙江省义乌市江湾乡崇山村人。我的家乡 1942 年农历四月初七沦入日寇之手，日军以崇山村为中心用飞机散播鼠疫跳骚（蚤）。当鼠疫病（人）发生后，日军把病人和身强力壮的平民抓到离村一公里的林山寺分别隔离关押，秘密作（做）细菌战人体实验，有的被剖腹挖出内脏，有的被砍掉臂膀和腿部。在崇山村塔山下村义务（乌）北门被日军散步（布）的鼠疫苗致死千余人。又以防止鼠疫蔓延为名，被日伪军包围后烧毁房屋近二千间。在民间对日具有深仇大恨，近日当我在《报刊文摘》中得知您提议中国对日民间索赔意见书的报道后，在我家中乡亲们中引起强烈反响，要求签名，要求对日提出索赔，要求违反日内瓦协定及所规定禁止细菌战武器的日本战犯严厉承（惩）办。我要争取地方的支持，在本地区签名者达到数万之多，并列出要求日本赔偿的清单。

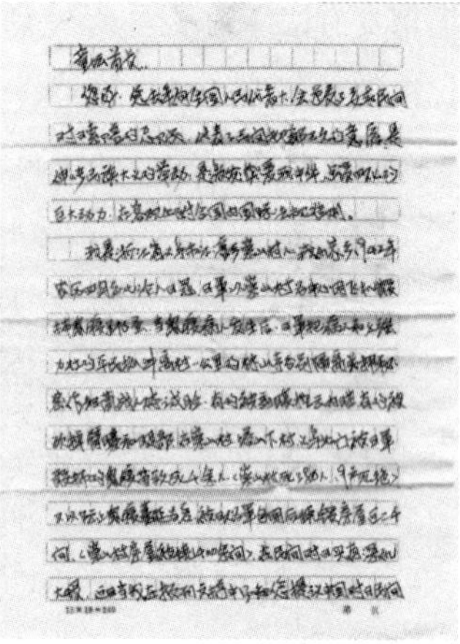

王焕斌写给童增的第一封信

我是崇山村人。1942 年 11 月 16 日天不明就被日军包围，我身穿单衣、单裤，鞋子也未穿逃出村外，家中 6 间房屋全被烧毁。要知道，求乞也得自备碗筷，可我一身全无，痛苦地在外流落多年。成年后与义务（乌）北门同样惨遭日寇散布的鼠疫苗之害、全家成员死 5 人、房屋被烧毁 31 间、从此失去母爱、生活上备受煎熬的女友结为夫妻，我们的痛苦和亿万受日军之害的同胞一样，恳请党和政府支持民间要求（向）日政府索赔，尤其是被日军作为细菌战武器以本（人体？）实验的同胞，首先要求日元（本）限期落实索赔。

战后日本某些人一直在篡改日军侵华史，掩盖歪曲侵华罪行，发展下去就会重犯以前的罪行，把中日两国人民推入苦难深渊。我的家乡受日军细菌战人体实验罪证确凿，去年 8 月 11 日，四位日本民间人士组团，依据日本国内收集有关日军在浙江、义乌、江湾乡崇山村实施细菌实验战的资料，来到我们家乡采访中，也再次充分证实日军不可推卸的罪行。日军侵华罪行必须暴露在日本人心目中，中国民间被日军受害者必须由日本政府作出赔偿，只有这样，才能得到教训，达到“前事不忘，后事之师”的目的。

童增首长，接信后请告知我如下几点：

1. 签名者是否要盖私章，按指印。2. 要求索赔的人员财物清单中，除具有知［名］度的人证明外，是否要地方政府或公证处盖章。3. 今后有关要求索赔的事向何单位报告联系。

我期待着您的回信。

此致

最崇高的敬意[1]

娟秀整齐的钢笔字，厚厚的一沓信笺纸，表达准确而节制。将童增称为“首长”，显然不知道童增只是一名老师、一介书生。

童增说，他至今记得王焕斌的字体和所用的信纸。之所以印象深刻，是因为写信人所反映的是细菌战，这在所收到的信件里是极少的一种类别，它有别于烧杀抢、轰炸、强奸的一般战争受害，反映的问题重大，涉及面广。更重要的是写信人表达清晰，显然是一个有文化的人。

信发自江苏省徐州市邳县水利局，这是王焕斌工作的地方。

在写出第一封信的半个月后，王焕斌又写出了第二封信，他收到了童增的回信。这一次是向童增汇报。他介绍了自己20世纪50年代初参加抗美援朝，而后在上海市人民法院工作，到公安学校学习后又在江苏省公安厅工作过，这些使他具备发起索赔的素质。他已经开始在家乡筹划发起调查和索赔行动。他向童增传达了一个信息：去年8月11日四个日本人（森正孝、槽川良谷、竹田昌弘、尾崎奈美子），已到崇山村调查细菌战受害情况。

我考虑对日索赔是一个长期而艰巨的任务，但日军违背公约、人权原则，因遭细菌战作（做）人体实验而人亡房毁的索赔可作为突破口，还需在较短时期为首要落实索赔。我确信在现代社会条件下，在共同或努力一定会讨回这笔血债。

王焕斌在信中写道。

一个月后，他向童增写出第三封信。王焕斌反映了地方政府不支持的态度，并担心会像“文化大革命”时期一样，被扣上破坏中日友好、破坏治安的帽子。但他还是自费到崇山村进行了调查，并征集到500多人的签名。他希望

[1] 尊重原录入信件，其中括号部分为本书作者加注。

得到童增的支持，寻找到向日本政府索赔的道路。他随信还寄了两块钱的邮票，希望童增能将这封信转寄给日本媒体。

在信的末尾，他又附上一笔：

我是持有伤残证的人，我爱人患脑血栓，经学练中国“香功”后，身体有较大程度的恢复，但写字难以工整，请谅解，不过我爱人的字还是比我易认。

从这个描述里，可以得知王焕斌和他的爱人身体都不好。写信能达到清晰明确的程度，对他们来说并不是件容易的事。

1992 年 12 月 20 日，王焕斌写出了第四封信。这封信长达 6000 多字，一笔一画分“日撒细菌瘟疫遍布”“佛门净地残（惨）作屠场”“围村纵火鸡犬无影”“陷魔突围死里逃生”“灾殃四方苦难延续”等十个方面，详细诉说了他调查的崇山村遭到细菌战的苦难。文章后附有受害者的签名和受害者代表的诉状，并再附“给日本政府和公民的一封信”，托童增将信转日本。

王选回到家乡参与调查，接触斌叔叔的时间多了，知道了更多的事情，才深刻理解除了国家、民族大义之外，为什么他一直坚持要告日本。她看到包括斌叔叔在内的崇山村人的内心，“实在是太苦太苦了，人就像蝼蚁一样，死了就死了，一点尊严都没有”。死的白死了，活着的在困苦生活中煎熬。满心的苦从来没有地方诉说，说了也没有人关心。这也是日后细菌战诉讼宗旨提出“让每个死亡者都留下姓名，让他们找回生命尊严”的原因。

斌叔叔夫妻俩是一对苦人。妻子楼月华家住义乌市北门街，是义乌的大户人家。在义乌县城里凡是姓楼的，大都以工商为主，是义乌的大姓。1941 年义乌出现鼠疫，楼月华年仅 45 岁的母亲朱荷凤，感染后四天即离开人世。母亲病中请来两名女帮工，也在两三天内相继感染去世。同年 7 月的一天，日军飞机在鼠疫区投下燃烧弹，当场炸死、烧死楼家男帮工王龙沄和吴金贵两人，烧毁砖瓦屋 10 间。屋毁人亡，家庭生活一落千丈，失去了生存支柱和寄托。楼月华的父亲不久离世，哥哥流落到外省谋生，她和妹妹也流浪他乡。楼月华患上了眼疾，致使右眼失明，留下了终身残疾。楼月华姨父孟九斤一家 13 口，全部得鼠疫死绝。

斌叔叔的妻子只有一只眼睛，又得过脑血栓。为了让控告材料清晰可辨，不管多长篇幅，都由她一笔笔抄写出来。战争在这些人的心里并没有成为过去，而是在一日日重复上演。

王焕斌的召唤在崇山村人心里引起一场风暴。和他一起积极投入摸底调查的，还有他同生于1928年的堂兄弟王达。王达是解放军的卫生兵，参加过西南进军和抗美援朝，退伍后在义乌佛堂医院工作，曾经主持过义乌防疫站的工作。义乌是浙江省的鼠疫防疫监测点，他们一家一户去摸底，怎么发病的，发病后的情况，什么症状，怎么死的，详细询问、登记、汇总。调查范围包括江湾乡（镇）内鼠疫流行过的一些村庄。这是自1965年解放军拉练初步调查后的再一次调查，时间隔了将近30年。

一场持续了10年、状告日本政府的官司，就这样以崇山村为核心酝酿发起。

第五章　辩护士

一

1995 年 12 月末，日本民间调查团降落在上海虹桥机场，王选先到崇山村与王焕斌等村民一起做了准备，再到上海去接机。

这是一次以诉讼为目的的调查，调查团里有三个日本律师：一濑敬一郎、鬼束忠则、西村正治。这些律师的目的很明确：实地调查，以确定受害事实是否经得起和日本政府打一场官司的考验。

第一个目的地就是崇山村。

“律师”一词在日文里，写作中国繁体汉字“辯護士”。

用言辞为他人进行辩护，使其脱离冤情免受伤害，“辩护士”这三个汉字，比“律师”一词更加形象。

1995 年，47 岁的一濑敬一郎已经是一位执业 14 年的“辩护士”。这一年的 8 月，他借到北京大学交流的机会，拐道去了哈尔滨。

一切都在计划之中。早在 6 月他就得知在哈尔滨的平房，要召开一个关于 731 部队的国际研讨会，这是世界上关心、研究 731 部队人的第一次大聚会。在这里他遇见了森正孝、吉见义明、松村高夫，得知浙江有一个村庄受到日本细菌战鼠疫的伤害，这个村的村民准备要告日本政府。

“那时候，王选还没有冒出来呢！”他为自己的早到而得意。

1995 年当一濑敬一郎和王选相识，并由王选从上海接到自己的家乡崇山村时，日本律师联合会通过竞选，选举出了任期两年的新会长：土屋公献。

土屋公献大正十二年（1923）4 月 3 日出生于东京市芝区（今港区）爱宕町，此时已经 72 岁。

如此高龄竞选日本律师联合会的会长，土屋公献说他的目的“只是为了实现真正的司法改革”。

土屋公献，摄于2000年前后。律师团供图

土屋把律师分为“有魂的律师”和“没有魂的律师”。他说律师必须是要“有魂”的，这是日本律师法第一条“律师以维护基本人权，实现社会正义为使命”所要求的。律师可以因为他的工作而获得报酬，但绝不是为了赚钱而工作，而是为了人权而工作。他说，律师也好，医生也好，即便成不了富人，袒护弱者，认真工作，生活是没有问题的。医生、僧侣、律师等都是圣职，绝不能把利益作为追逐目标，不能看到有经济利益就顺着委托人的意愿行事。

但土屋看到的是，追逐利益的律师，也就是没有“律师魂”的律师，在日本越来越多。一些人把排除万难坚持司法考试时的理想和信念渐渐忘却，一心到大企业去做顾问，而把扶助弱者丢在一边。他理解年轻律师需要社会地位、往上爬的愿望，因此，即使在东京银座开办律师事务所之后，他仍然接手远在四国小城的家庭纠纷案件，乘坐夜间大客车颠簸一个晚上赶过去，白天工作，晚上再坐一夜车回东京。接手一起位于德岛县三好町的德岛家庭法庭分所的案件，他这样坚持了三年。

“最后我对健康状况不太自信了，审判也即将结束，这个案件才托付给了当地律师。”土屋说，他这样做是想以老律师之身，拖拽着年轻律师一起不计成本去努力工作。但渐渐感觉到这样很麻烦，不如自己一个人去做。所以，每当他出现在简易法庭时，常常令对方的律师很吃惊：“土屋先生这样的前辈为何亲自到这里来？”[1]

日本的政治制度三权分立，但土屋认为，日本的司法越来越萎缩、空心化，高等法院对于国会和行政的违法常常以“高度的政治性”为由，放弃监督。他注意到，日本的行政案件中，政府的胜诉率达90%以上，民间胜诉率

[1] 参见［日］土屋公献自传《律师之魂》，王希亮译，聂莉莉审校，社会科学文献出版社2015年版。

只有百分之几。而德国与日本相反，民间的胜诉率达 60% 以上。

日本法官的人事，本来应该由法官组成的法官会议来决定，但在官僚制度下，法官的人事全部由最高法院事务局掌握。于是就出现“勇敢正直的法官，不服从最高法院判例的法官，是不能晋升的。有良心和正义感的法官，如果果敢地做出了正义的判决，这个人是不可能有前程的”。于是大多数法官都患上了“升迁提拔症”。

“今天的法院体系，从地方法院到最高法院都腐朽了。坚持正义立场，有良心的法官受到压制，最终只能做出违宪的判决。‘三权分立’成了表面形式，实际上三权并没有分立，这就是今天日本的司法现实。”他批评道。

土屋认为，律师联合会会长不应该是一个任期两年的名誉职务，做到期卸任了事，而应怀抱着日本应该实现司法改革、以解决现实中问题的理想。所以决心以自己的老迈之身，为维护日本的律师自治制度再做一些事，投身到竞选当中。

从 1994 年开始，土屋全力进行日本律师联合会会长的竞选，日本全国 52 个律师协会分会，他无一遗漏地全部走访到了。

中国和日本两个国家，因为那场战争，每到停战纪念日，总会有些“瘙痒”，1995 年也不例外。这一年正是二战结束 50 周年，战争遗留问题在中国如地火般涌出，与韩国等国家对日战后遗留问题汇合，劳工、“慰安妇”、南京大屠杀、细菌战等大规模的诉讼开始酝酿。

土屋公献走马上任新一届日本律师联合会会长。新会长在律师联合会主办的杂志《自由与正义》上发表新年致辞是一种惯例，这是新会长亮出自己的态度和思想，向日本律师界发表号召的方式。

新会长土屋的致辞，谈的是日本的战后遗留问题：“如果战后处理问题，一如既往持流行‘暧昧’一词的态度并把它丢进‘忘却炉’里，仍如此继续迈向下一个 50 年，那就很难说历史错误不会重演。”

以这样的态度发表日本处理战后遗留问题的看法，在前任日本律师联合会会长里前所未有。

就在土屋发表就任新年致辞，尖锐批评政府不正视历史、不顾来自国际社会的批评和劝告，是“铁面皮”时，一濑和他的律师同行，已在崇山村古老的中和祠堂里摆开桌子，开始了对受害者的调查访谈。日本律师联合会会长的呼吁和日本律师的行动，看似一种巧合，却一脉相连。

1995 年 8 月，第四届世界妇女大会在北京召开。土屋率领由四十多位女性律师组成的日本律师联合会代表团，向大会提交“日军战争中的性暴力慰安妇问题”。土屋是妇女大会唯一的一个男性团长。

日本律师联合会在这一年 1 月，就向日本政府和联合国妇女地位委员会提交方案，主张通过立法手段，解决受害者个人的国家赔偿问题。10 月，日本律师联合会又在第 38 届维护人权大会上，通过《战后 50 年·和平与人权宣言》，再次要求日本政府查明战争期间重大人权侵害事实，迅速采取切实可行的赔偿受害者措施；同时开展教育，把战争和殖民统治的真相告诉下一代。

“慰安妇”问题是土屋追究日本历史问题的着力点。

在土屋接触的韩国、菲律宾被充当日军性奴的女性中，给他印象最深的是韩国“慰安妇”李容洙。这位 1944 年 15 岁时被娘家带到台湾新竹海军慰安所的妇女，1992 年就公开了自己“慰安妇”的身份。每周她都会到日本驻首尔的大使馆门前去集会，讲述自己的经历。为了获得更多的法律知识，在将近 70 岁的时候，她进入庆北大学学习法律，并于 2001 年再次学习法律硕士研究生课程。

土屋每一次见到她，内心都不好受。日本律师联合会曾 4 次发出对日本首相的劝告：不要再否认加害事实，并尽快解决这一问题。

为了实现他提出的立法解决的目标，他和自己的高中老同学、茨城大学名誉教授荒井信一等人一起，组成了“为战后处理谋求立法之法律之家·知识人会”的民间组织，投入到立法运动中。

这个目标，土屋想在任日本律师联合会会长期间达到。“如今的日本，无论是国家财政还是企业，财源都是没有问题的。而且并非一次性支付，完全可以效仿德国的方式逐步支付。德国能够做到的，为什么日本做不到？”他认为日本经济发展到了可以一揽子解决战后遗留问题的时候。

一濑敬一郎的征程开始于细菌战。土屋公献和一濑敬一郎同属于东京第二律师协会，但是两代人。一濑在土屋面前毕恭毕敬，二人真正的同道感，来自他们对于战争责任问题的认识和行动。

日本律师是强制入会制，所有律师都必须加入律师联合会才能执业。而一旦被律师会除名，则意味着律师生涯的结束。这一制度是战后日本走向民主潮流中，由《律师法》制定的。这样做的目的，是要把律师置于律师会的特殊保护之下，而不受到法院和政府法务省的监督，为的是保护律师独立。当律师为了保护人权而必须与国家权力对抗时，可以不顾及来自权力的干扰。这就是律师自治。

在日本，全体成员都要加盟的团体只有律师会。因而走在国民的前面，呼吁反对战争、抵制日本进入战争准备体制的，就常常是律师。每当律师会发出反战声明，有人就说律师会是一个“狂妄的团体”，总是想方设法取缔律师会。

一濑敬一郎律师正是土屋所赞赏的那一类“有魂的律师”：袒护弱者，维护公平正义，认真工作，吃苦耐劳。

1978 年一濑通过司法考试，1981 年获得律师资格后，立即加盟成田机场附近的一家律师事务所，投入到在日本影响巨大的“成田机场三里塚征地诉讼案”的辩护中。1985 年发生抗议者与警察冲突、打死两名警察事件，政府抓了 400 多名抗议者。作为律师，一濑敬一郎几乎走访了所有被关押的抗议者。

20 世纪 80 年代日本警察权力膨胀，可以变换罪名，把嫌疑人关押拘禁最长 23 天，每天可以连续审问 10 小时。密室审问、不让睡觉、语言暴力等是家常便饭。长时间关押和心理战逼出的口供，可以直接拿来做立罪证据。作为律师有权力与当事人在无警察监督下见面，“我就利用这种见面激励他们，教他们用法律手段维护权利”，一濑说。

成田机场跑道被抗议拦腰截断，再也无法向前延长。如今 A 跑道的尽头，仍是一家农户的田舍。一濑敬一郎等日本律师代理的这场马拉松式的诉讼，一直打了 30 多年，至今仍有 5 起诉讼还在法院的审理中。

不挣钱、还要向外花钱的公益诉讼，占到一濑律所业务的三分之一。一濑把律所业务分成 A、B 两块：A 是不挣钱向外花钱的公益诉讼；B 是挣钱养活律所的业务，它们多是离婚、交通事故、遗产等民事诉讼。不做大公司、大财阀的法律顾问，是一濑坚持的原则。

三分之二的精力放在公益诉讼上，挣钱的业务就得挤占生活和休息时间。“每天 8 点钟起来，9 点钟工作，直到凌晨 3 点休息吧！”一濑说。他算是把 A 和 B 兼顾得很好的人，在独立执业两度租用办公场所后，2000 年开始动工在东京新桥 1 丁目 21 番 5 号兴建自己律所的四层小楼。新桥 1 丁目位于天皇皇居脚下，是日本律所的集中办公地。从这里向东北步行 10 分钟就是银座，向西北步行 10 分钟则是日本政务区——国会、法院所在地。

一濑律所灰色的小楼，挤在这条律所一个挨一个的街上。一层是会见当事人的会客室，二层是他和合伙人工作的地方，有一位合伙律师常住。90 多岁的老母亲住三层，他和妻子住四层的阁楼间。妻子既是家庭主妇，也是事务所的秘书。

就是这所近乎家庭作坊式的事务所，承接了日本和中国最著名的公益官司。成田机场土地案，进行了 30 多年至今没有结案；自民党总部纵火冤案，从 1984 年打到 1995 年；1995 年接下来的中国细菌战诉讼，一直打到 2007 年终审，期间又插入重庆大轰炸诉讼至 2017 年年底二审；再后来还有日、中、韩、荷等多国市民诉安倍参拜靖国神社违宪，和日本反对核电运动诉讼案。

一濑说，他 40 多年的律师生涯，其中有三分之一分给了中国战争遗留问题索赔案。

一濑敬一郎和前辈土屋公献交集于法庭。在自民党总部纵火冤案的诉讼中，发生律师与法官激烈的当庭对抗。法官对律师采取高压态度，并将第一辩护律师一濑驱逐出庭。一濑抗议的结果是被判监置处分一个星期，关入东京拘留所，此事一度成为日本新闻的爆点。为了争取当事人的权利，维持法庭程序正义，一濑申请法庭事务委员会到庭，监督法庭判案。法庭事务委员会的委员长恰好是土屋公献，土屋公献的到庭，为一濑等四位抗辩律师压住了阵脚。

接手细菌战诉讼后，一濑明白，这个官司非同一般。事件重大，原告众多，加害与受害因果关系难以证明，调查取证量大。更重要的是，细菌战是日本政府掩盖了长达半个世纪的密中极密，必将引起日本政府的全力反弹。

他想到了老前辈土屋公献。

1997 年细菌战诉讼开庭在即，一濑前往位于中央区银座 1 丁目 8 番 21 号第 21 中央大厦 6 层的土屋律所，请求相见。

一濑敬一郎说，作为晚辈，直接“闯进”前辈事务所，已经是一种莽撞行为；见面就直言不讳地提出要求，让一个老者承担重任——原告团的团长，不只是挂名，而是要直接参与法庭诉讼，承担大量具体工作，就更加不合常理。

其实一濑早就盯上了土屋。他知道，想请到土屋需要瞅准时机——土屋刚刚卸任了日本律师联合会会长，一濑认为他可钻的“空隙”来了。

结果在意料之中，也在意料之外。一濑自信想达到的目标一定会达到，就算一次做不到，也会寻找曲折之路，一定要请到土屋。执着甚至固执，是尽人皆知的一濑风格；意外的是他准备好的各种说辞，似乎没有用到多少，土屋就答应了下来。

事后大家熟了，谈起一濑的成功，土屋轻描淡写道："一濑君让人'上轿子'的水平实在是高。"

一濑嘿嘿直笑，眼睛眯成一条缝，一对兔牙露出来。

王选由此认识了土屋公献。她记得第一次相见时，74 岁的土屋公献一头银发，身材笔挺，这种身材在日本人里很突出。土屋每一次发言都高屋建瓴，充满浩然正气，让人不由得心生敬仰。更让人难忘的，是土屋对中国受害者的体贴入微。王选不由得感叹，自己认识了一位真正的绅士。

1997 年 8 月，细菌战诉讼时的诉状上只有 8 位律师。到 1998 年 2 月第一次开庭，细菌战律师团一下子来了 212（后来增加到 224）名日本律师。服务是免费提供的，这成为所有对日索赔诉讼中声势最浩大的一个律师团。这些律师所在地北至北海道、南到冲绳，遍布日本全境。他们虽政治观点不同、党派不同，但都会集在土屋麾下。他们自费到中国调查取证 9 次，敲定落实每一个细节，一个个制作了 108 名原告（后扩展到 180 名）的起诉书，每次法庭开庭审理均有 10 名以上律师出庭辩护。

1997 年 8 月 11 日，中国原告团向日本东京地方法院提交诉状后召开中外媒体发布会。前排左起：中国原告王选、王晋华、王锦悌；日本律师西村正治、土屋公献、一濑敬一郎、鬼束忠则；中国原告何祺绥、何英珍。后排左起：川村一之、藤本治、渡边登、松村高夫、萱野树、椎野秀之、约翰·鲍威尔、翻译、森正孝

土屋的律师事务所，在东京最繁华的商业街银座。王选在日本留学期间从来没有来过这里，更不会在这里吃饭、消费。开庭前，原告律师团的会议有时会在这里开，熬夜之后，大家常常在律所附近吃饭。王选最爱一家店的牛肉汉堡。“很贵、很贵，但很好吃，我自己是不会去吃的。”王选说。每次土屋都叮嘱，大家（日本律师）各买各的，王选的，我买单。有时候吃完饭兴致高，大家会“二期会”，找个酒吧去唱歌、喝酒。土屋的酒量很大，有时候大家联合起来想喝醉他，但从来没有一次得逞。十多巡酒过去，土屋依然保持着绅士风度，坐姿笔挺，头发一丝不乱。有时候酒兴高时大家请求他唱一曲，土屋便整衣端坐，为大家唱一曲《和歌哥泽》。

“哥泽”是江户后期流行的一种和歌，大多吟唱处于社会底层的游女忧伤、愚痴和相思，有点像中国的宋词。这是土屋的个人爱好，他为此还专门拜师学习过。在出任东京第二律师协会会长的新年会上，他还着正装在三弦琴的伴奏下演出过。

心驰身外鸿，
流水泛涟漪，
枕桨夜相会，
东白晓云曦，
鹃声婉约啼。

一曲唱罢，气氛轻松。因为战争、国家、民族、社会地位分隔出来的距离和障碍模糊起来，面前是一个个具体而生动的人。

这种时候土屋会讲自己的身世，讲他经历过的战争故事。这些故事里，蕴含着中国人疑惑的答案。不论是土屋还是一濑，他们到中国，总是被媒体和公众一遍遍追问：“你们为什么要替中国人打官司来反对你们的政府？你们是被允许的吗？会不会被抓？”在中国，这种行为无异于离经叛道，能这样想的人都寥寥无几。

“我经历过战争，上过战场，深知战争意味着什么。”土屋说。

二

土屋的故事深深震撼了王选。作为没有经历过战争的人，在土屋的故事里，她体会到了战争的残酷和真相——无论是侵略者或是被侵略者，加害者或受害者，在最终意义上都是战争的受害者。

1943 年 4 月，刚进入静冈高中后，土屋就赶上部队在学校招募“学徒兵”。[1] 战争进行到 1943 年，日本兵源不足，开始在高中生、大学生里招兵。这些还没有完成学业就开往战场的士兵，被称为“学徒兵”。

1943 年 10 月 21 日，明治皇宫外苑召开了“学徒出阵壮行会”，来自东京、神奈川、千叶、埼玉的大学、高中、专科学校 20 岁以上青年学生，在这里誓师奔赴战场。土屋公献没在这个现场，但在静冈高中里参加了同样的仪式。

学徒出阵的时候，唱着《同期之樱》《死了靖国见》《樱花枝头再相会》互相告别。土屋就是这样唱着走上了战场。

站在被统一了思想、统一了行动向天皇表决心、献忠的集体里，土屋内心知道上战场是不会有什么好结果的。但当时的环境下，他不可能对战争有强烈的质疑。作为一个热血青年，他的想法是，为了保卫日本的老人、妇女和儿童，身强力壮的年轻人就应该上前线，大不了拼上一条命就是了。一个男子汉，应该在这种时候为保护弱者挺身而出。

土屋评价自己“天生就有点血性”。小学六年级时，高年级的同学把操场上打棒球的低年级同学赶走，他看不过，就跑到操场上盘腿打坐。高年级的同学就用橡胶球狠狠地往他脸上打，但他仍然坐在操场上纹丝不动。从小学到高中他一直学习剑道，高中时达到了剑道二段。

在选择加入海军还是陆军的时候，土屋经过了一番思索：投入战场结果就是一个“死”字，加入陆军有可能抛尸荒野，而海军则可以与军舰一起葬身大海。他选择了海军。

经过半个月水兵基础训练，1944 年 12 月末，土屋被分配到第二鱼雷艇队。当时日本有两支鱼雷艇队，一支驻扎在千岛群岛，土屋这一支驻扎在父岛。

---

[1] 土屋公献的战争回忆参见《律师之魂》，王希亮译，聂莉莉审校，社会科学文献出版社 2015 年版，第 3—24 页。

土屋到达父岛一个月后，美军就开始对硫磺岛发起攻击。守备硫磺岛的日军全军覆没，和土屋一起参军、派往该岛的“学徒兵”都阵亡了。

土屋所在的父岛也受到美军的猛烈轰炸。美军战斗机及轰炸机用机枪向鱼雷艇扫射，土屋他们就要开动鱼雷艇，用机枪对美军飞机拼命射击。

“在鱼雷艇上，有些战友见敌机扑来就抱头躲避，我却站立不动。有一次被弹片划伤颌部。

“我身边不时有战友死去。如果是含笑而死，或者高喊‘天皇陛下万岁’而死，那该是多么漂亮的死法呀。可是，战友所中的子弹是从口中射入，贯穿头部和铁帽盔，眼球蹦出，血污从口中喷出来。”

战争的残酷、荒谬开始呈现在土屋眼前，死并不美丽。

让土屋一生难忘的，是他曾受命斩首美军俘虏。这段往事，是在与王选等中国人接触久了，才慢慢说出的。

这位美军飞行员，是飞机被击落后跳伞被俘的。一个中尉，叫瓦联鲍。父岛抓获了多名美军俘虏，全部用斩首的方式处死。一是怕俘虏逃走，泄露了父岛的军情；更主要的是，当时父岛的日军供应十分困难，根本没有养活俘虏的粮食。山里种的南瓜（土地贫瘠种不了粮食）被美军全部炸毁，美军还投下传单，用日语写着：“眼看到南瓜收获的季节了，你们高兴吧？”进行心理战。

土屋说自己也饱受饥饿和脚趾受伤之苦，伤口几个月都不愈合。时间越长，岛内可吃的东西越少。岛内养的狗不知不觉就失踪了，肯定是进了士兵的肚子。岛上的一种叫“绣眼鸟”的小鸟也被打光了，地上的蜗牛和合欢树籽也成了食物，虽然传说吃了这种树籽会变成秃头。

处决瓦联鲍的那天早上，作为值日军官的土屋看见两名扛着铁锹的士兵，一问得知，他们正准备去吃美军俘虏的死尸。一名士兵说，因为他的哥哥被美国兵杀了，他要去报仇，所以才去吃美国人肉的。土屋知道这只是表面的理由，实情是他们太饿了。他教训了他们，并把这事记录下来。第二天早上在向司令汇报此事时，没想到得到的回答竟然是：“为什么不让他们去吃呢？”

战后，日军父岛最高司令官立花陆军中将、海军特别根据地司令官吉井，以及部分军官、军医等，以残杀、解剖俘虏等罪名被处以绞刑和有期徒刑。土屋说，日军战场上食人肉之事不是空穴来风，而是真实存在的。

土屋被挑出来用日本刀处决瓦联鲍，因为他是剑道二段。虽然剑术和刀法不同，但也有相通之处。土屋说："当上级命令我执行斩首任务时，我并没有表示抗拒。我当时的心情是，反正也不能活着回去了，做什么都无所谓。"

但在斩首的前一天，一名K少尉提出申请（土屋讲述时，特意隐去了他的姓名），希望由他来执行斩首，因为他是剑道四段，技术比二段强。

"就这样，因为K少尉临时改了命令。第二天，K少尉果然非常麻利地一刀砍下了俘虏的头颅。斩首的瞬间，只听'咔嚓'一声响，坐着的俘虏，头颅落下，血浆喷出，扑通一声向后倒地。于是，士兵中间响起一阵叫好声。"

处斩当天，土屋是值日军官，负责保证日程顺利进行。他把被关在鱼雷艇上的瓦联鲍押到行刑现场，把他的眼睛蒙上，命令他盘腿坐下。

就在这等待的间隙，会一点英语的土屋与他进行了简单的对话。"我问他多大，他说22岁。我虚岁也是22岁，实岁21，他比我大一岁。我问他有女朋友吗，他回答说，还没有谈过恋爱，只有母亲一个人，每天翘首盼着他回去。听了他的回答，我觉得他真可怜。"土屋看出来他是一个正直的人，他就在想，为什么原本善良、没有任何罪恶之人，会驾着飞机来这里杀死这边许多人呢？而日本一方，为什么非要残忍地把他杀掉不可呢？

瓦联鲍知道自己的命运，他没有逃跑的意思。没有哭也没有叫，他安静地坐在地上，从容地被一刀砍了脑袋。这和有的俘虏被斩首不同，一般人知道自己将死，或是哭泣，或是本能地蜷缩身体躲避，让行刑者很难下手。有时一刀砍不下脑袋来，还要砍好几次，场面十分凄惨。"K少尉也因为利落的斩首而名气大振，被誉为男子汉，第二天在岛上走路的样子都和往常不同。"

突然之间战争结束了，以为自己一定会死的人却没有死。在运送大家回东京的船上，K少尉对大家说："拜托诸位保持沉默，那件事一定要保密。"大家都回答："那是当然。"土屋也在应答的人中，他心里在想，如果不是K少尉，现在这样恐慌求人的应是他自己。

战后美国宪兵队以虐杀俘虏的BC级战犯嫌疑，发出对K少尉的追捕令。并派出当地警察做向导，去他的家乡搜捕。K少尉正在东京复学继续大学学业，不知道他是怎么得知消息的，当夜，他乘坐夜车返回老家，在自家的庭院里割断颈动脉自杀了。

土屋听到这个消息无比震惊，觉得K少尉是替他担了那件事。如果不是他冲出来，斩首美军俘虏的就是他。在K的父亲活着的时候，土屋去K的坟前祭扫了几次。有很长一段时间，土屋心里一直对这件事过意不去。

第二次世界大战期间的土屋

“为了什么要去赴死呢？”土屋问自己。

“战争就是杀人和被杀！”

“像我这样在战场上与对手交战，因为手里握着武器，恐惧感尚不那么强烈。那么平民呢？那些四处逃难失去了亲人家园的人呢？那些成为孤儿的人呢？广岛、长崎被原子弹轰炸的人，东京被大火焚烧的人，中国的重庆轰炸中无处可逃的人，被细菌战悄无声息虐杀的人，他们应该感受到怎样的恐惧和悲伤啊！”[1]

土屋饱尝战争的恐怖和荒谬。他的那些死在战场上的战友，战死还好，实际上有相当数量的人是饿死或病死的，他们该是怎样地无奈与绝望？那些活下来的人，绝不会承认自己在中国大陆杀害了无辜平民，砍了他们的脑袋，强奸了妇女，而他们却还在享受着国家发给的“军人恩给”。

不想去上战场的人，就被视为“非国民”，不是日本人，是屈服于敌人的怯懦者，是国贼。谁要是应征了，周围的人都来送行。应召的人视入伍为天皇陛下的眷顾，大家一起唱“奉大君之召无上荣光，奔赴朝阳”，唱“前进，强者，日本男儿”。

“就算是应征者心里流泪，表面上却露出微笑，故意装作勇敢的样子，发出‘努力献身，绝不生还’的誓言。”

土屋说，日语里有一个词叫作“犬死”，用在这些死去的军人身上家属们会不高兴，但他们确实是毫无意义地死，绝不是值得尊敬的死法。

土屋说，国家称战死者是“英灵”，把他们供进靖国神社。国家制造各种蛊惑人心的口号、授予战亡者荣誉称号，其本质是要把普通日本人与战争捆绑在一起，给战争以正当性。

土屋在任何场合，都以最严厉的言辞，批评把日本导向战争的政府，因

[1] 土屋公献的战争回忆参见《律师之魂》，王希亮译，聂莉莉审校，社会科学文献出版社 2015 年版，第 3—24 页。

而他更加像爱护眼睛一样爱护司法的独立性。经过战争的他深刻地明白，司法不独立，非但不能监督政府行政，反而会成为政府推进战争的帮凶。日本律师联合会在战争期间的行为正是如此。

战争期间日本出台了《治安维持法》《国家总动员法》《国防保安法》，日本特别高等警察布下监视网，逮捕为“非国民”——反对战争者辩护的律师。律师会里召集一批志愿者，头上缠着印有“一亿一心，歼灭鬼畜英美”的带子，进行战争煽动；1933 年 5 月 1 日举行“全国律师购置武器募捐”活动；1937 年 8 月 9 日，日本东京律师协会又呼吁会员展开了“皇军慰问会一元捐款”活动，募集了 750 万日元慰问金；12 月 13 日，日本律师会召开“攻陷南京庆贺会”，当时南京大屠杀正在进行，而律师联合会在日本率先进行了庆祝。土屋认为，这种行为是不能容忍的，不能因为一句“当时是战时，属于特殊情况”而搪塞过去。

日本的律师自治，是经历战争的痛苦经验而产生的制度。如今虽处于和平年代，这一制度却遇到了危险和挑战。

土屋记得他的大学时代。1948 年战争刚刚过去，日本百废待举，土屋得以续上因战争搁置的高中学业，考上了东京大学法学部。当时，日本明治宪法已经废除，新宪法刚刚制定，土屋认认真真、一堂课不缺地跟随宫泽俊义先生研习了新宪法。

这部宪法第九条第一项，明确规定了日本放弃战争；第二项规定，不保持陆海战斗力，以及不承认交战权。课下土屋与老师讨论这一条，老师告诉他：“有人批判第九条过于理想主义，但是如果不这样去规定，今后的日本是无法重建的。”积极拥护第九条的宫泽老师对新宪法极尽赞美，说：“这在世界上也是值得骄傲的，将来所有国家都应该制定日本这样的宪法。”

土屋深受宫泽老师“没有战争的日本才会有未来”的思想感染，“我就是站在这个立场上拥护宪法，发自内心地希望实现这个值得夸耀的理想，并且这种立场和愿望成为我的人生观之基本点”。

“我经历过战争，在战后日本贫弱的经济条件下，有过饥肠辘辘的体验。我对教授们讲授的宪法第九条的意义怀有强烈的共识，发誓绝不能让战争重演，无论以什么冠冕堂皇的名义。”土屋说。

1950 年朝鲜战争爆发。1951 年 9 月 8 日，日本与美国在旧金山美国陆军第六军司令部签订《日美安保条约》。此条约不仅让美国占领军可以在日本全国部署，而且允许日本成立警察预备队和保安队，使日本重新拥有了军备。日本用“为了维持治安，但不是军队”这种打马虎眼的手段，组建了警察预备队。

日本大学中开始掀起反对《日美安保条约》的浪潮。土屋有一名女同学手风琴拉得特别好，大家就跟着她合唱：“阻止资本家再次点燃战争之火，站起来，亿万和平战士。”学生运动中学生与警察对峙，土屋和同学们抵住铁门不让警察冲进来。

年轻时追求的理想，土屋始终如一坚持：“我生来就血气方刚，如今已近暮年还是没有改变。”

“我是继五个姐姐之后出生的长子，起初被取名‘公一’。但是，父亲在去芝区役所报户口的路上，突发奇想，无论如何想在我的名字中取他的名字‘献吉’中一个字，所以便瞒着其他家庭成员填写了‘公献’。后来上幼儿园，老师喊我名字时叫‘土屋公献’，这样，家人才知道真相，闹了起来。就‘公’字而论，无论是作为抽象名词的‘公共’，还是‘公益’，只有‘献公’才在语法上说得通，而‘公献’却不通了。但后来人们还是理解成‘贡献于公的律师’，称是个好名字。的确，这种意识似乎一直萦绕在我的内心深处。”

东京大学是培养官员的摇篮，土屋毕业后也想着是不是进入政界，后来打消了念头。他觉得自己个性太强，在官场里肯定会因为某个问题而顶撞上司，于是他选择通过司法考试当一名律师。

日本律师资格考试十分严格，土屋两次都没有通过而不得不当了几年“浪人”。第三次司法考试通过后，同龄的人都比他早十年拿到律师资格了。初当律师不能独立开业，只能做一名居候“辩护士”——打工律师。五年之后他才得以成立了自己的律师事务所。

土屋公献属于东京第二律师协会，1992 年任东京第二律师协会会长，兼日本律师联合会副会长，是日本律师界德高望重的人物。

“9·11”事件发生后，美国宣布这是战争。日本紧跟着发布宣言，要全力协助美国进行战争。土屋严厉抨击这一将一个集团的犯罪定为战争的说法，从而越发地大声疾呼日本不要滑入战争。

“战争，是那些发动战争的国家领导层犯下的罪恶。普通人被他们拉入战争充当了牺牲品，被夺去生命或夺走他人的生命，再没有比这更荒谬的了。”

战争时期日本国民不能发出反战的声音，是因为当时的《治安维持法》，谁反战谁就会受到监视逮捕。但今天已经没有这样的法律，为什么反战的声音依旧发不出来？

“所以，我必须再重复一句：沉默是大罪。”

“有一条通往和平最近的路，而且是一条实实在在的笔直的永久之路，十分经济不需要什么成本的路。这是什么路呢？我们应坦率地面对过去的战争错误，从心里为过去的罪行谢罪，乞求原谅。能否得到原谅，那将由对方决定，但我们必须诚心诚意地谢罪。”

1995 年土屋主持日本律师联合会后，曾四次向政府提议，通过立法及国际组织的仲裁解决“慰安妇”问题。1996 年联合国人权委员会发表特别调查员报告《对女性的暴力》，督促日本政府对“慰安妇”公开谢罪，对个人赔偿。土屋响应联合国的行动，发表《关于联合国人权委员会战时军队性奴隶问题报告的声明》，并向参议院提交《设置战时强制受害者问题调查会法案》。但未获得审议，成为废案。1996 年，日本“慰安妇问题会”成立，土屋亲任会长。1998 年韩国、中国台湾、菲律宾的立法机构成员与市民团体，就“慰安妇”问题在东京集会，土屋是这次联合行动的召集人。1998 年 8 月，联合国人权委员会《日本政府对慰安所的法律责任》报告发布，日本民间组织“谋求立法会”成立，土屋再次出任会长。

此后多年里，土屋联合民主党、共产党、社民党议员向日本参议院提交《关于解决战时性强制受害者问题的法案》。一年不获审议通过，就再提；一次成为废案，就再动员、联合议员提交，屡败不馁。此一法案在土屋去世前九年里，共提交了十次。

土屋为朝鲜人总联合会进行诉讼辩护的时候，日本右翼在宣传车上用高音喇叭狂叫：“土屋是国贼，滚出日本去！”

“国贼”这个词，让土屋感觉回到了战争年代。那个时候，区别是否爱国的一个方法就是国贼和非国贼。“战争时代，‘国贼’或‘非国民’这类词语起到了压制民众的作用，为了不受如此指责，大家都战战兢兢地过日子。如今右翼们又操起了这些词语，莫非是那让人胆战心惊的时代又回来了吗？！”

“如今日本国民真是统统把这一切都忘却了，以为战争再也不会来了。但我们的下一代呢？依我看，我们这一代的孙辈，有可能会遇上。”土屋说。[1]

三

一濑是日本战后“团块时代”出生的人。所谓“团块时代”，是指战后日本出现的结婚、生育高峰。一濑的父亲 1946 年 6 月从中国战场回来，1947 年结婚，1948 年就有了一濑。

小时候一濑与父亲一起洗澡，惊奇于父亲身上的伤疤——腰部，弹片冲进去碰到骨头又弹了出来；右臂有一道长长的子弹贯穿伤，红色的疤——皮肤就像是被火烧过一样。

长大以后，一濑才明白，父亲作为一名大学三年级的学生，提前毕业被征入伍，编入第 58 师团（九州熊本鹿儿团，代号“广”）赴中国战场，参加了日军在中国战场上最艰苦的两场鏖战——衡阳会战和桂林作战。年老了之后，父亲总是爱和他唯一的儿子、又是长子的一濑说起战争。

“复员时父亲已经 30 岁，青春都放在了中国战场。他的很多同学都死在了战场，虽然他不是军国主义者，但让那一代人完全否定战争也很难。他们有一种很复杂的心态，比如在对待天皇的问题上。

“我们这一代就不一样了，我们和战争有距离感，就看得清。”

战后一濑父母回到了老家长崎。遭受原子弹轰炸的长崎万物皆废，父母无屋可居，一段时间租住在船上。后来母亲只得回自己的老家，夫妻长期分居，各自度过时艰。

在经历原子弹爆炸的城市长大，一濑自幼受到的是讲述战争残酷的和平反战教育。1967 年 4 月一濑考入庆应大学，不愿遵从家里让他成为一名医生的想法（母亲家族多是医生），执意学习社会和历史学，并立即拥抱了马克思主义。当时日本研究马克思《资本论》的大学者宇野宏藏，提出著名的“资本主义三阶段”理论，认为日本正处于帝国主义阶段，要防止帝国主义的日本追随美帝国主义再次走向侵略战争。一濑对此深以为然。他对共产主义深为

[1] 土屋公献的战争回忆参见《律师之魂》，王希亮译，聂莉莉审校，社会科学文献出版社 2015 年版，第 92 页。

崇拜，对新中国和毛泽东也充满向往。1993 年在毛泽东 100 周年诞辰的时候，他特意去了湖南湘潭。至此一濑才认识到："自己的眼睛一直都有些迷糊。"

一濑这代大学生，恰逢日本社会第二次反对《日美安保条约》的浪潮，再加上要求冲绳施政主权回归日本的斗争、反对越战斗争及成田机场三里塚抗议政府强征土地的斗争，直接承接了土屋公献一代追求和平、反对战争的思想。

"零，大学四年我的课堂学习是零。我们在社会的大课堂里学习，我们在街上抗议，在三里塚和农民一起战斗。"说起青春，一濑自己忍不住笑，"中国的红卫兵不是'造反有理'嘛，我们也是。大学里还在读书的人，被大家讥讽为蠢货。"

三里塚激烈对抗，后来转变为暴力对抗。自制的燃烧瓶和武器威力越来越升级，一部分激进学生参与其间，最后造成双方的伤亡。1968 年 10 月 8 日，京都大学学生山田博昭的死亡，让三里塚运动走向分裂：一部分人更加激进于武装对抗，一部分人反对暴力；一部分人从左派转而变成了右翼，另一部分人退出运动，回归正常生活。

就在学生运动退潮的 1972 年，一濑的大学时代结束了。

毕业后才发现一学无成。面对就业压力，他觉得自己要冷静下来想一想，于是回了父亲的老家熊本，晃荡着打一些零工。

两年以后他决定考律师，"用理性和合法的力量，来改良社会"。

从零开始，一濑用了五年时间自学通过了司法考试。而考试一通过，他立即加入代理成田机场征地诉讼案的律所，再一次回到大学时代战斗的地方。

"大学时代不是一个理想主义者，那么这个人是个蠢货；如果到了中年以后，还是一个理想主义者，那么这个人就真的是蠢货。"一濑"嘲笑"着自己，他不避讳自己的立场："我是一个新左翼，三里塚斗争的核心是反对政府强权征收土地，维护私权利神圣不被侵犯。"在一濑看来，政府的权力没有对抗者，没有制衡者，就会无限扩大，包括会出现思想

大学时代的一濑敬一郎（左）

限制、再编军队、重新走向战争。[1]

日本政界有股力量不愿意提过去，希望在战后 50 年把侵略战争这一页翻过去，进而使日本成为没有历史负担的“新国家”。而土屋却大声疾呼：“沉默是大罪！”并协同更多的律师，参与调查和揭露日本战争期间的罪行。有人把这种自揭其丑的行为称为“自虐史观”，于是，土屋、一濑就成了“自虐史观的典型代表”。

与他们站在一起的，还有日本反战市民团体、非政府组织。这些人大多来自乡野民间，影响范围有限，但他们仍然以各种方式揭露战争真相，想方设法募集资金，把中国的受害者接应到日本打官司，从而形成一股抵挡着“将历史的这一页翻过去”的民间力量。

日本市民团体众多，团体之间以及团体内部成员的阶层、职业、年龄构成各不相同，各团体所联系的政党以及政治派别也各有所异。有时候虽然大家都是奔着一个目标，但也有难以协调的时候，土屋是难得的黏合剂。

土屋无党无派，既无个人私利，又无党派利益，不偏不倚，光明磊落。土屋的“平民性”“在野性”成为他保持独立性的基础。他拒绝任何有损于独立性的名誉、地位和利益诱惑，为此他坚决地辞掉了“授勋候选人”的资格。[2]

在日本，每年政府都对有卓越社会贡献的人士颁发勋章。作为律师界的代表人物，土屋有资格被列入候选人名单，但是他主动拒绝了。他说，这样做是为了保持自己的独立性和批评政府的权利。正因如此，土屋有无形的凝聚力，成为各党派之间的润滑剂和调和剂。王选目睹日本人的争吵，常常感叹，没有土屋，就不会有这么多律师一起来工作，就不会有细菌战诉讼的顺利进行。

1997 年 11 月 16 日至 24 日，王选陪同 74 岁的土屋和一濑敬一郎等律师，到中国调查取证。沿着浙赣线，踏上当年的细菌战战场，叩访重点受害的乡镇街村，访问受害者。八天的时间，土屋走访了宁波、江山、衢州、义乌、崇山村等受害地。土屋说，这是一次十分艰苦的旅行，每天都在赶路，每天都要会见上百名受害者。

[1] 上述来自作者对一濑敬一郎的多次采访。

[2] 参见东京女子大学现代教养学部教授聂莉莉为《律师之魂》中文版写的序言。和平、人权、正义、在野是对土屋公献的一致评价。

这是土屋平生第一次来到中国，他受到极大震动。

在崇山村，这个受害深重，也是细菌战诉讼发起地的村庄，土屋在他的考察笔记中写道：

崇山村

11 月 22 日早 8 时前往义乌市郊外的崇山村，在佛教寺庙林山寺与包括原告在内的百余名受害者见面。崇山村分为上崇山村和下崇山村，由原告王锦悌（62 岁）、王培根（浙江省受害调查委员会成员）做向导巡视了全村，一路上还有孩子们伴随。村子里建造的住宅是密集排列的旧式建筑，村庄的周围是田地，一派纯粹的乡村景色，让人意想不到的是，连这样的乡村都残存着细菌战受害的痕迹。

1942 年 10 月，上崇山村首先流行鼠疫，死者接连出现。到 12 月上旬，尽管上崇山村的疫病基本得到控制，但下崇山村又有死者出现。疫情于 1943 年 1 月结束，因鼠疫而死亡者达 396 人（此后调查数字有所增加。——作者注），相当于当时全村人口的 1/3 左右。

土屋在崇山村调查取证时与受害者见面。律师团供图

同样，日本律师所到之处，也引起中国人的震动。访问崇山村当晚，在旅馆房间里土屋接受了义乌电视台的采访。记者直接问："日本律师为什么参

与中国人细菌战受害赔偿诉讼？”在常德，《常德日报》记者刘雅玲也向土屋提了相同的问题：“日本律师为什么要帮中国人？作为日本人为什么要反对自己的政府？”

把自己的政府送上被告席，在中国完全是不可想象的，而且还是免费替中国人打官司告自己的政府，这些日本的精英到底是怎么想的，为什么要这么做？

土屋说：“为受害者打官司，第一，作为律师是我应该做的。第二，作为日本人也是应该做的。这么做是为了日本好，是借助你们的力量去清理日本历史上的问题。形式上看，的确是日本律师在帮助中国受害者打官司，但是前者对后者，绝不仅仅是出于善意，也不是单方向的帮助，二者之间是为了追究违反人道的战争罪责而携手的协作关系。”

土屋不止在一个场合说：

“我的出发点是为了帮助日本政府负起责任。如果继续这样下去，不去解决日中的历史问题，中国人心中的痛楚就不会消散。今后，如果中国强大起来，挨打的该是日本吧！

“我是一名日本人，当然也想持有日本人应有的自豪。可是，扮演着无情、无耻角色的日本政府，对于本国军队过去所犯下的极端非人道的行为，尽管是不容置疑的历史事实，却采取了否定的态度和拒不谢罪的厚颜姿态。自诩精英的外务省官员，对来自国际社会的屡屡批评和劝告无动于衷。不能不说，他们是在耍小聪明，完全缺乏应有的道德。

“任何国家都会多多少少地美化自己国家的历史，以便照耀辉煌的未来。但是，那应该是有限度的。日本对亚洲的侵略，是记忆和记录都可以见证的、不容否定的历史事实，是不容抹杀的。不正视过去，日本就不会有未来。”[1]

土屋婉拒中国原告们的感谢。他对原告们说：“听到大家的感谢，我感到惭愧。请不要感谢我们，日本做了坏事不谢罪赔偿怎么行，这是很简单的道理。为你们辩护，也是我们日本律师应该做的。”“我们是战友，是为了人类的和平而在并肩作战。”土屋对王选一字一顿地说。

王选深受震动。从土屋那里，她感受到了一种坚强有力的道义力量的支

[1] 参见［日］土屋公献著：《律师之魂》，王希亮译，聂莉莉审校，社会科学文献出版社 2015 年版，中文版序及绪言部分。

持，超越了国家和民族，他赋予了细菌战受害者和日本市民团体携手的正当性和正义性。不仅仅是为了曾经的苦难，也不仅仅是为了深埋于心头的仇恨，而是为了人类记住自己的错误，不再重犯反人道的罪行。

200多名免费为中国受害者辩护的律师，在大义上都是为了和平。但细究都有各自的党派背景和政治倾向，土屋超越了所有这一切。

土屋的话，让王选如释重负。中国受害者和帮助中国人的日本之间不存在“受恩与施恩”的关系，所以，无论内心里存着怎样的深深感激，都不必再为这份情感所累。

2001年9月6日，土屋和王选一起参加《旧金山和约》50周年纪念会。会后有一个澳大利亚人走到他身边，他是二战期间被日军虐待的俘虏代表，他伸出手来说："土屋先生，在我的一生中，从来没有想过要同任何一名日本人握手，但今天我听了您的话，我想与您握手，可以吗？"

土屋的老同学荒井信一也是一个反思战争、批评政府者，始终对于权力保持着警惕。荒井信一评价土屋说，他是一个没有恒产却有恒心的人，其精神世界的恒定力量是在他当“学徒兵”出战时就抱有的信念："如果把弱者推到前面，而自己作为年轻人却逃掉了，那不是男子汉应当做的。"

不回避，不逃脱，土屋、一濑，几代日本律师携手，在诉状上写下自己的名字：

诉状

致 东京地方法院

案件名称 要求谢罪及损害赔偿事件

原告 中华人民共和国浙江省衢州市坊门街74号

原告诉讼代理人

104-0061 东京都中央区银座1丁目8番21号 第21中央大厦6层 土屋·高谷法律事务所 电话03-3567-6101 传真 03-3567-6110 律师土屋公献

〒105-0003 东京都港区西新桥2丁目3番8号藤井大厦3层东京日比谷法律事务所 电话03-3501-5558 传真03-3501-5565 律师一濑敬一郎

〒160-0022 东京都新宿区新宿1丁目1番7号 扩斯茂新宿御苑大厦5层东京共同法律事务所 电话03-3341-3133 传真03-3355-0445 律师鬼束忠则

〒102-0084 东京都千代田区2番町11-10町山王大厦606町综合法律事务所 电话03-3288-0481 传真03-3288-0480 律师西村正治

〒105-0055 东京都港区虎ノ门1丁目17番3号第12森大厦5层东京芝03-3355-0445 电话03-3591-3421 传真03-3591-3487 律师千田贤

（另200多名律师不一一列举）名（原告代理人名单另纸记载）

被告〒100-0013 东京都千代田区霞关1丁目1番1号日本国

代表：法务大臣 臼井日出男

诉讼要求额 7亿2000万日元[1]

1997年8月11日上午9点30分在土屋公献带领下，日本律师团、中国原告团、日本声援团代表向东京地方法院递交诉状。前排右起：日本律师一濑敬一郎、土屋公献、椎野秀之、西村正治；第二排右起：日本律师鬼束忠则，中国原告王晋华，日本律师萱野一树，中国原告王锦悌、王选等

[1] 见《细菌战诉讼第一次起诉诉状》，细菌战律师团提供。

第二部　追寻

第六章　撬开一张嘴

一

1997 年 8 月 11 日上午 9 点 30 分，中国细菌战受害者常德的何英珍，宁波的何祺绥，崇山村的王选、王锦悌、王晋华，来到日本东京地方法院，向东京地方法院民事诉讼接待处第 18 部递交一纸诉状。诉状的原告项中密密列着中国 108 名原告的名字，被告项列着“日本国”三个字。

同来的还有日本律师团团长土屋公献，律师事务局局长一濑敬一郎，律师西村正治、鬼束忠则，以及日本民间细菌战调查团团长森正孝、日本 731 部队细菌战展览筹划人三屿静夫、日本庆应大学教授松村高夫、美国第一个揭露美国政府掩盖细菌战的美国记者约翰·鲍威尔等。

一场诉讼开启。

一场诉讼开启，一场诉讼结束，同在 1997 年 8 月。

当王选带着中国的细菌战受害者向东京地方法庭递交诉状之时，历时 32 年的另一场官司刚刚结束，打官司的人已从青丝转白发。

新开启的诉讼未来要打多久，要消耗多少人的生命，王选并不知道。

家永三郎和王选，日本和中国，互不相识，隔着一代人。

32 年前，家永三郎起诉日本文部省对他编撰的中学教科书《新日本史》的修改。这本教科书，第一次涉及日军在南京的大屠杀、对妇女的暴行、731 细菌部队等。家永三郎认为日本文部省的审定，违背了保护思想自由和表达自由的日本宪法，1965 年提起第一次诉讼。官司他一共打了三场，两场以日本政府文部省为被告，一场以日本政府为被告。

诉讼是马拉松式的，从地方法院到高等法院，最后再打到最高法院，法庭激辩 32 年。这实际上是日本国内一场持续的关于战争真相、关于如何面对历史的辩论。1997 年诉讼终了，最高法院判决认为，家永三郎关于南京大屠杀、731 部队等问题的记述是合法的，文部省的审定违法，每一条赔偿家永三郎 10 万日元。但对审定制度，法院仍然认为合法。

东京有两场记者招待会。一场是庆祝官司胜诉的，家永三郎拄着拐杖出席。在中外记者面前，他缓缓打开一个仔细包裹的手帕，露出几本教科书："战争期间我就是老师了，就用这样的书教学生。虽然我没有杀过人，可是我的学生们有的在战场杀过人。我们是有责任的，因为我们用这样的书教了他们。"家永三郎开始他的演讲。

另一场记者招待会是宣示诉讼开始的。王选用日语、英语向在场的中外媒体说：

"我们是细菌战受害者代表，来自中国。

"我们要通过这个诉讼，证明细菌战受害者作为人的存在以及他们生命的尊严。

"虽然他们中的许多人是普通人，有的死了连名字都没有留下，但我们要通过这个诉讼，证明他们曾经在地球上存在过。"

这个卷头发、眼睛闪闪发光的女人如烈火般的演讲，气震全场。

这一年，家永三郎 85 岁，王选 45 岁，两人擦肩而过，无缘相见。家永三郎虽胜诉却耗尽一生；王选刚刚一头扎进来，前路漫漫未可知。

这是转场，也是承续。细菌战在日本还是一个秘密。

日本《朝日新闻》记者近藤昭二在发布会的现场，听到台上这个女人要"证明细菌战受害者作为人的存在和生命的尊严"，极为震动。

近藤昭二早在这一年的春天就注意到了王选。同是做细菌战研究的日本记者西里扶甬子向近藤昭二介绍王选，三个人一起吃饭。整个会面近藤昭二话很少，只是几乎目不转睛地盯着王选

土屋公献（右）和王选（左）接受媒体采访

看：“我当时就觉得，她就是中国的圣女贞德。我决定让她做我片子的主角，我的镜头要随着她的走动，去发现真相。”[1]

王选也需要发现真相。近藤带来他积累了20年的调查，王选帮他对接中国的受害地、受害者，当向导、翻译。王选和中国细菌战受害者的出现，让近藤知道，多年来他苦苦拼凑的细菌战图景，终于补上了重要的一块：细菌战攻击地和受害者。毫无疑问，这是这块拼图上的核心内容。中国受害者从来没有与施行细菌战的人直接接触过，这或许会是相隔50年后的加害者与受害者第一次直接对话。

王选在日本的寻访碰了钉子。

近藤拿出一张731部队航空班的照片，这是执行完鼠疫菌撒播任务之后的合影，上面有班长增田美保，队员萩原、铃木等人。他们身着飞行服，略昂着头，脸上满是胜利者的笑容。

王选拿着照片，一个个去找，去敲门。

增田美保家门前，王选轻轻叩门，用日语询问、自我介绍。玄关门开，王选走进去。

“我是来自中国浙江细菌战受害者遗属，战争期间，增田曾到中国常德空投了鼠疫菌……”

“没有去过。”一个老年女人回答，“丈夫去世才一年，正在悲哀中。”

王选再次说明，之所以来拜访，就是为了了解历史真相，希望能谈一谈。

“再不走，就要叫警察了。”声音强硬而无礼。[2]

也有人为王选打开了门，把自己当年所经历的事说出来。航空班的一个机械师接受了采访，对王选讲述了他参与的常德鼠疫菌投放的详情。

转眼进入炎热的夏天，王选带着近藤走访中国受害地。崇山村一所老房子前，近藤的镜头对着王荣良，他是一名鼠疫幸存者，身上鼠疫检测还呈阳性。打稻场上，王桂春、王锦悌、王晋华都围拢来，七嘴八舌的崇山话，王选

[1] 作者对近藤昭二的采访，2009年、2013年分别在近藤日本的家里进行，还有多次在中国的接触和采访。

[2] 资料来源：近藤昭二拍摄的视频资料。该视频资料由近藤昭二任编导编辑成纪录片《隐秘在黑暗中的大屠杀——731部队细菌战》，1997年在《朝日新闻》首播。

在旁边翻译成日语。接着马不停蹄地奔宁波、常德。

常德市鸡鹅巷，当年鼠疫流行最先死人的地方，近藤正在摄像机后拍摄，一个老者突然冲上来，抓住近藤的衣领大声吼叫。老者早看到近藤是一个日本人，一直跟着暗中观察，看他总是拍个没完，终于压不住心中的怒火："你们日本人和我们本是同根同源，你们怎么可以到常德来做那么多坏事，杀人，强奸妇女?!"

王选把老者的话翻译给近藤听。

近藤涨红了脸，向老者说："我不是能够有资格代表日本国家向你们道歉的人，但我作为记者，可以把我在这里拍下来的告诉日本人民。"近藤后来说，这是他记者生涯里最难忘的经历，老人的愤怒让他了解到受害国家人民的真实感受。

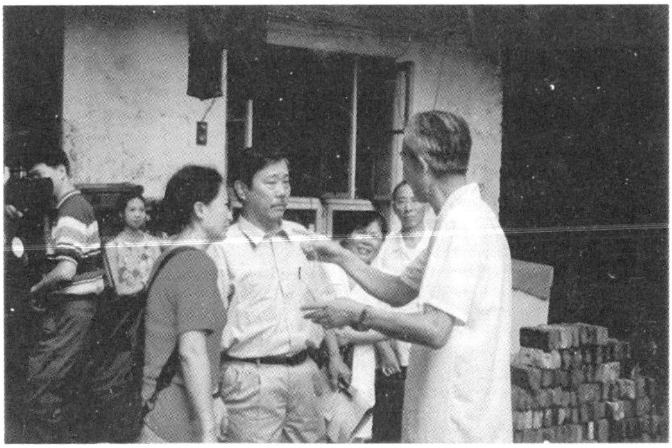

近藤在常德采访，被老伯教训。刘雅玲摄

他用双指在自己眼睛下比画，不好意思地说自己当时流泪了。

近藤的拍摄始于1989年，731部队成员嘴都咬得很紧，撬开并不容易。

用了30年时间，近藤昭二终于将在苏联克格勃档案里发现的人——伯力审判的供述者、731部队将掺和伤寒菌的饼分给战俘吃的"分饼人"，和在日本活生生的人对应上。此人还活着，在日本无声无息地生活了半个多世纪（因为当时正在设法让他开口讲出真相的缘故，近藤不愿说出这个人的名字）。

"这个人我一开始打电话就觉得是他，直到去年才得到确认，因为他的老爹往羁押他的苏联城市寄糖果，我查到了邮局的记录。"

但当近藤拿着复印证据去找他时，“他见了我就跑，一边跑一边说：‘我不是你要找的人……’”[1]。

30多年来近藤耐心地盯着说谎者。1971年，石川太刀雄丸也是这么回答近藤的：“我不是你要找的人。”当时他只是日本金泽大学的医学系主任，后来步步高升，出任该大学的校长。近藤就去找证据：高知县人，到金泽大学读书，后来去了731部队，还会有第二个人吗？他正是731部队人体解剖班的班长，解剖起人来干脆利索，从不手软，号称731部队的“快刀手”。731部队最黑暗、最惨无人道的活人解剖的秘密，全部在他的脑子中。

“野蛮、残暴的细菌战违反了国际法，但战后为了维护日本的国体，也就是天皇制，日本政府曾召集紧急会议，商量对策，最后统一了如下的口径：1.细菌战是日军总参谋部自己搞的，不需要向天皇报告，天皇根本不知道这是怎么一回事。2.有关人员关于人体实验和细菌武器攻击这两点是绝对不能讲的。”近藤说。

细菌战的真相是战后日本隐藏得最深的秘密，尽管几代日本人接续努力进行调查，但黑暗的盖子始终无法打开。

认识王选后，近藤昭二邀请她一起去看一个地方：日本成田机场东南面、千叶县山武郡芝山町的一个小村落——加茂。

当时中国飞东京，停驻的就只有成田机场。出机场是一条穿行在丘陵之间、连接东京市区的高速路，路两边是干净整齐的农田、绿油油曲线起伏的高尔夫球场。王选曾坐飞机降落这个机场，走过这条路，但从来没有仔细注意过这个地方，也没有想过这里和自己的联系。就算在日本，“加茂”这个地名也几乎很少有人知道。

小村落是731部队部队长石井四郎的故乡，他曾将他的秘密部队命名为“加茂部队”。他将他的乡民输送到设在中国东北哈尔滨的细菌工厂服役，从15岁的少年班成员，到木匠、泥瓦匠、瓷砖工匠、司机、餐厅厨师等，他们大多是村里贫穷佃农的次子和三儿子，人数超过100名。他们在中国东北的细菌工厂领取比日本国内多二三倍的工资，并把钱款汇到自己老家。石井用他的

---

[1] 本书作者对近藤昭二的采访。2003年3月作者首次在中国采访近藤，后又多次在日本与中国对他进行过长时间的采访。

亲二哥、三哥来把守细菌工厂最核心的秘密机关。

石井四郎的父亲石井桂是个大地主，拥有山林和田地。石井四郎是石井家第四个儿子，生于1892年6月25日。石井四郎的大哥石井彪雄在日俄战争中战死，那一年石井桂60岁，二子刚男和三男已满20岁，四郎12岁。

1938年时石井四郎全家照。后排右一起为石井四郎、石井三男和石井刚男。石井四郎营造731细菌工厂后，其二哥、三哥成为掌管731部队核心秘密的人

有一张石井家的全家福，是1936年前后在加茂村石井家大门口拍摄的。石井四郎站在两个哥哥边上，比两个哥哥高出半头。据说，石井四郎的身高接近一米八，这种身材在日本人里面很少见，特别出挑。“身材高大，长脸，面带威严”，村民们如此回忆。

石井四郎令人注目的不只是身高。在当地私塾“池田学校”就读时，就因成绩优秀而被人称道；因能一夜背出整本课本，成为加茂村的佳话。

石井四郎从金泽的旧制第四高中升学，进入京都帝国大学医学部就读。1920年从该大学毕业，升入陆军军医学校。

京都帝国大学与东京帝国大学一样，在日本是顶级大学。当时升入这两

所大学，以及其他国立大学医学部就读的学生，半数以上要参加军医学校的考试，但考上的极少，全日本也不足百人。石井通过了考试，成为陆军军医。

从这个小村子开始，石井四郎这个日本细菌战的始作俑者，从1931年到1945年的十几年间，不仅建立了哈尔滨平房区的731部队，还直接建设和领导了日本在中国北京、南京、广州的细菌部队，并开展人体活体实验，指挥对中国的细菌战攻击。

背着双肩背包的王选和近藤，行走在加茂村节节上升的山路上。雨后不久，地上还有水迹，王选穿了一件黄色条纹的圆领短袖衫，快步登上石阶。石井家的房子已经全部倒塌了，成了一片不小的空地，杂草在废墟的石缝里生长。石井四郎的亲戚一个也不剩，全部搬离了加茂村。王选通过与村民交谈得知，这个村有的老人仍把石井四郎尊称为“老队长”，尽管他已经死了多年，村里还有人认为他是为了国家利益而努力贡献的。石井家族与加茂村仍然紧密相连，盘根错节。

王选记得近藤昭二和她的另一次寻找——石井四郎在东京的家。在东京若松町的街角、一个为石井四郎剃过头的师傅那里，王选听到了这样的评价：“那是一个大人物”，语气里充满敬畏。

王选在东京打工教英语时，就住在这个十字路口的西北街区，东南角正是石井的家。东北角是日本陆军军医学校和陆军防疫研究所旧址，石井的细菌武器研究正是发端于此。这个神秘的若松町十字街曾是日本生物细菌学研究重地，当年出入的是包括石井在内的细菌学高级人才。如今，陆军军医学校旧址改成了户山公园，供人们休闲散步，王选也常在里面跑步。十字路口的东南角石井家附近，有个水果蔬菜店，里面的东西比较便宜，她也常常去。

王选惊诧于在东京与石井四郎为邻生活了几年，却浑然不觉。开始细菌战诉讼之后，她才得知，那个户山公园，曾在1989年7月，发现至少62具人体尸骨。共同社新闻报道说，一位曾在军医学校工作、后担任日本红十字会护士的女士证言，该地曾“埋过人体标本”。

据说，当年从中国带回来的细菌战资料和器材，有一部分用板条箱装着，在石井四郎这个东京住宅的花园里卸了货。然后，石井在报纸上编造了一个自己已经死亡的消息，请家乡加茂村和尚念经，给乡民们散钱贿赂，让他们说

“老队长”确实死了，他们见证了葬礼，以逃脱罪责。[1]

因为建设高尔夫球场，在加茂村的芝山上，发现过一座横穴式古坟，里面供奉着一座江户时期制作的石祠（石块制成的小祠堂、小庙，在日本用来祭祀祖先、供奉神社等），上面刻有“石井”姓氏。这说明石井氏是一个从江户时期就存在的当地世家。

近藤带王选找到了石井家族坟墓。墓碑横卧着，苍苔覆满，分上中下三段，最下方刻有“石井家”几个字，并刻有槲树叶双叶合抱的石井家徽。

王选站在墓碑前，心中如有潮水涌动。她想起她的村庄崇山村，那些男人女人老人孩子，不明不白地屈辱地死去，没有墓穴，没有墓碑，有的人甚至连名字都没有留下来。

在转身要离开石井家墓地的时候，王选突然站住，停顿了几秒钟，再次转身面向那座阴森森的坟墓：

“石井，”王选喊道，没有用日语里加敬语的称呼。

“你所犯下的违反人类文明的罪行，在日本人民和中国人民的努力下，将要受到审判！”

王选说，她之所以转过身来向石井的墓喊话，是因为突然觉得不应该就这么走掉，应该代表细菌战受害者向这个人说一下，告诉他自己为什么要来。

“我们是为了人类的进步，为了保护文明，所以必须对你犯下的罪进行审判！”

大声说完这些话，王选的泪水夺眶而出。当她转过身来，发现摄像机边上的近藤昭二，也是双泪齐下。[2]

这一次的加茂之行让王选相信，是冥冥中的一种力量悄悄把她带到了这个人类的恶魔面前，这是一种命运的安排，让她来做一件事，替成千上万逝去的生命，清算石井四郎的罪恶。

命中注定的事，总是无法逃脱。

---

[1]［日］青木富贵子著：《731——石井四郎及细菌战部队揭秘》，凌凌译，上海译文出版社 2010 年版，第 160 页。

[2] 王选多次对本书作者谈到这一情节。另参见近藤昭二任编导的纪录片《隐秘在黑暗中的大屠杀——731 部队细菌战》。

二

只有经历过，才会真正体会到揭开细菌战的秘密有多难。

找到第一个开口说话的人，是在近藤开展细菌战调查十年之后。这个人叫石桥直方，731 部队少年队成员。线索来自日本作家森村诚一的助手，当时森村诚一正在收集资料，准备写作后来出版的《恶魔的饱食》。

近藤找到了石桥直方的家。石桥直方成为第一个愿意面对电视镜头讲出真相的人。

电视记者与作家、文字记者不同的是，他必须用影像表达。2003 年 3 月 22 日，近藤在中国人民大学新闻系，放映了他编导的纪录片《隐秘在黑暗中的大屠杀——731 部队细菌战》片段，他说，这就是日本人要看的电视媒体报道。

他向中国新闻学院的学者和未来记者们解释——二战的时候，日本媒体在政府控制之下，完全变成了宣传工具，政府让怎么说就怎么说，不让说的就发表不出来。战后日本人就不相信媒体了。要我相信，好吧，拿出真实的事实。并且事实之间至少要可以从三个方面互相印证，电视新闻要有清晰图像、声音，甚至要当事人亲笔签名。

比如，一张照片上面有几个人，如果其中一个人需要在电视画面上出现，你不能用把其他人的脸遮盖掉的做法，这样观众就会说你的照片是假的。那么记者就要去找照片上的每一个人，征得他们的同意，才能使用这张照片。

近藤镜头里出现的 731 部队的老兵们，有的被家人朋友责备："这样的事怎么能对着电视说？"一个 731 部队摄影班的老兵，说了很多当年细菌战的事情，他儿子是日本一家大公司的社长，好在儿子知道后没有抱怨老人。

近藤也有因报道麻烦缠身的时候，"只有说对不起，不断地，低着脑袋说"。"对不起"，沉默。"对不起"，再沉默。"对不起"和沉默是近藤用于抵挡一切的一堵墙。

近藤说，现在日本拍这样的节目已经很难了。项目报给电视台很难获批，因为电视台要考虑收视率，要考虑成本和收益。过去关于中国的还不能做，但现在好多了，可以做了，所以要抓住机会做下去。

近藤说，日本也有战争宣传，从爷爷传给儿子，再传到孙子。中国也是，中国人叫日本人"日本鬼子"，到现在也是这样叫。两国人民之间有巨大的鸿沟，填补鸿沟的唯一办法是找出真相。

当石桥直方答应出镜时，近藤昭二觉得他的努力终于在十年后有了结果。

石桥直方曾在731部队看管秘密监狱。他看到一个抱着孩子的苏联妇女被强奸，并成了实验梅毒菌感染的试验者。

石桥直方为近藤画出了731部队哈尔滨平房7号楼、8号楼的平面图，那是细菌工厂里最核心的部位，是关押实验对象“圆木”的地方。

为了让更多的人“冒出来”，近藤怂恿他们开一个战友会。于是石桥直方向隐藏在日常生活中的“战友”写信，有一个叫筱塚良雄的回了信。这个人的出现出乎近藤的意料，因为在他搜集到的资料里，从来没有叫这个名字的731部队成员。后来近藤才搞清楚，这个人正是少年队的“田村良雄”，战后回国后入赘妻子家，姓了女方的姓。

隐在日常生活深处的人就这样一个个出现了，当年的少年都变成了白发老人。他们坐在一起，脸上一团衰老、和善，和一般的老人没有什么区别。当他们走入人群，你很难区分出他们。

“我和他们整夜地喝酒，喝得烂醉。你不能显露你的态度，你的态度只能是中立的，你只是一个记录者。如果你批评他们的话，他们就不会再说了。

“喝酒的时候，我就暗暗观察判断，谁是可以面对电视镜头说话的人。第二天一早起来，在笔记本上一个个地安排好时间，一个接一个地采访。整整一天下来，采访了15个人。”近藤说。

为了接近这些人，近藤想尽办法了解这些二战老兵以及他们的喜好。遇到爱花的人，近藤就和他们谈花、谈园艺；遇到爱动物的人，近藤就和他们谈宠物。

又过了十年，调查才有了突破性的进展。

1990年年初，近藤有机会到中国哈尔滨731部队原址拍摄。在哈尔滨，他见到了一个叫敬兰芝的中国妇女。她告诉近藤，她的前夫叫朱盈之，被抓到731部队，再也没有回来。

“听到这个消息，我有一种满足感。我再一次找到了证实伯力审判真实性的证据。在那本书上，‘朱盈之’们一律被称作实验材料‘圆木’，这些实验材料中，‘朱盈之’是仅有的几个留下姓名的人。”

在哈尔滨，近藤还拍摄到当年抚顺战犯管理所保存的731部队战犯的证词和亲笔签名。这些材料当时尚未公开，为了得到它们，近藤找当时的所长金源。“我说一定要拍到他们的亲笔签名，只有这样，拿到日本去才会有人相信。金源无法决定，天天向上汇报，我就天天缠着他。”

拿到签名，一回日本，近藤立即就去找 731 部队林口支队队长榊原秀夫，用镜头对着他问：

“这是不是你的供词、你的签名？告诉大家你说的都是真的！”

“榊原秀夫见了我就跑，拼命地逃，就是不开口说话。”

近藤昭二说，细菌战的报道如果失误，会引起很大的骚乱。

他用的是“骚乱”一词。

曾经有一张照片，让《恶魔的饱食》的作者森村诚一招惹上官司，并授人诟病他的书真实性的口实。

石井四郎的哥哥石井三男的妻子喜欢收集旧书旧资料，森村诚一经常去和她聊，她也经常拿出一些东西卖给森村诚一。有一次她说她有一个 731 部队图片集，其中一张照片被森村诚一的《恶魔的饱食》首次使用，BBC、NHK 等大媒体继而转用了这张照片。画面上是一个穿着全身白衣、只露出眼睛的人，在一张桌子前，将双手伸进一个人的腹腔，手上和台子上布满鲜血。媒体用这张照片证明日军 731 部队在进行活人解剖。

大约 20 年后的 2003 年，这张照片被指证是假的，画面与 731 部队的人体实验无关。731 部队队长石井四郎的嫂子，将这张照片上的重要标志涂去，充作 731 部队的照片。森村诚一被拖进了一场官司，名誉受到重创，并且累及所有揭露 731 部队的人。

“一张图片用错了，他们就说你所说的都是假的。”近藤从阁楼书房的书架上拿下一本发黄的旧书，指出那张图片的出处——《明治 43 年南满洲鼠疫防治写真帖》。1901 年到 1910 年中国东北发生鼠疫，图片记录的是当时的情景。近藤说，他花 15 万日元买到了这本书，是为了让自己记住这件事，一个错误会造成多大的损失。

一个无法绕过的问题出现了：怎么才能区分出细菌武器攻击造成的鼠疫与自然发生的鼠疫？而这与 731 部队的关系能否被确切证实？这个秘密部队的组织编制情况到底是怎样的？他们研发了哪些细菌武器？

近藤确信日军曾经使用细菌武器用于实战，但相关的证据一直找不到。

近藤想把731部队的编制情况弄清楚，进而弄清日军在华所有细菌部队的设置，以及这些部队在中国的作战情况。

“那是一个非常庞大和消耗性的工作。我就像在玩儿童拼图，一块一块地找，所有的资料都是被掩藏起来的，你要东找一块、西找一块地把它们凑在一起。”

近藤曾经与日本厚生省交涉，要求公开731部队的资料。但得到的回答是：“731部队番号早已改成了659，所从事的工作也不是细菌研究。”

“当时，拿出一份资料，只给我看一下封面，说是涉及个人隐私不便于公开。”近藤说。

反复交涉，只公开了一小部分资料。但许多人名的条目下，都是用黑墨抹去的。近藤只能如大海捞针般地去摸：美国国家档案馆、苏联档案馆、日本的零星材料、亲历者的口述……

突破很难，耗尽心力，但逆转的时刻已经到来。

王选出现了，从沉默的中国大陆冒了出来。她不是一个人，在她身后是成千上万的细菌战受害者、幸存者，还有活着的遗属。

王选已然成为一个焦点人物。近藤明白，这个女人身上聚焦了太多的故事，要抓住她，和她一起并肩作战，故事就会自然展开。

第七章　国家谋略

一

筱塚良雄

少年队成员田村良雄（后改名筱塚良雄）点头承认，并毫无保留地说出了他所知道的一切。他成为少数几个向中国人忏悔的731部队成员之一。

近藤和王选去拜访他，希望他对着电视镜头说出一切。知道王选要来，戴着眼镜、瘦小的筱塚良雄迎出家门，远远地看见王选就深深地鞠躬，王选也以深鞠躬还礼。面对王选，筱塚羞惭极了，脸涨得通红，眼睛始终看着地下，不敢直视王选的眼睛。

筱塚良雄讲述了半个世纪前，他第一次见到石井四郎的那一刻，他至今还印象深刻。[1]

那是在1939年4月上旬，一天，少年队成员在牛込区户山町陆军军医学校"防疫研究室"的两层钢筋混凝土建筑里集合。

一个40岁左右，身材魁梧，蓄着两端往上翘的髭须，穿军服挎军刀的军

[1] 筱塚良雄讲述的内容，来自近藤昭二编导的纪录片《隐秘在黑暗中的大屠杀——731部队细菌战》中对筱塚良雄的采访。另外参见，中央档案馆、中国第二历史档案馆、吉林省社会科学院合编：《日本帝国主义侵华档案资料选编：细菌战与毒气战》，中华书局1989年版，田村良雄口供；参见［日］青木富贵子著：《731——石井四郎及细菌战部队揭秘》，凌凌译，上海译文出版社2010年版，第77—96页。

官走了进来，目光犀利地扫视站在他面前的十四五岁的少年，井口第一句话就是命令副官："这些人中，有的脸色不好，对他们再做一次体检。别忘记做寄生虫检查。"

然后，他突然转身，摆正姿势，大声讲话："你们是石井部队的少年队员，如果努力学习，我也可以送你们进大学。哈尔滨是个好地方，行期以后再告诉你们。总之，你们先在东京逛一下，可以尝尝好东西。"

当时只有 15 岁的筱塚良雄，这才知道他就是这支部队的部队长——石井四郎。

筱塚是家里的长子，本来可以继续做农民在家乡种地。但当时战争气氛浓郁，学校里每天都在欢送参军入伍出征的同学，或者迎接遗骨返回故土，再或者就是进行军事训练。加上经济不景气，对日本青年来说，中国"满洲"有着巨大的吸引力，去那里是冒险、是开拓，有可能失败，也有很大概率成功。日本政府的宣传手册上写着"中国满洲是移民的乐土"。一位学长说，有一支部队在招人，部队长是自己家乡千叶县人，一定会照顾老乡的，劝他一起去。"听说了有这样一支部队，想都没想就报了名。"筱塚说。

部分少年队成员合影。图片出自［美］谢尔顿·H. 哈里斯著：《死亡工厂——美国掩盖的日本细菌战犯罪》，上海人民出版社 2000 年版

在筱塚出发之前，已经有和他差不多大的 35 名少年被送到了 731 部队，他们被称为"少年队"。筱塚是少年队第二期队员。

筱塚在陆军军医学校，学习了普通琼脂细菌培养基的制造等实验室知识，并学习汉语。他领到了自己的新制服：上等羊毛面料的土黄色西装和同色的领带，与军官制服材料是一样的，质量非常好；还有长筒皮靴、里子是兔毛的防寒服、防寒面罩和防寒手套，这些东西都是农家子弟平常见不到的。然后，少年队出发，先乘轮船到釜山，再乘火车沿朝鲜半岛北上，1939 年 5 月 12 日抵达哈尔滨。

在进入一幢哈尔滨郊区被铁丝网围着的建筑群时，筱塚良雄看到入口处立着一块警示牌："任何人未经关东军司令官批准擅入栅内，将严厉惩处。关东军司令官。"

"最初进来时，全然不知这是一支什么样的部队。崭新、漂亮、宽敞……有抽水马桶和中央集中供暖，水龙头能放出热水。这些都是以前从未见到过的，所以大家都十分好奇。"

少年队的第一课是保密，上课的是宪兵。

"这里被指定为特别军事区。"

"就是日本军队的飞机也不能从我头顶上空飞过。"

"不许看、不许听、不许说是部队的铁的纪律。"

"要是从这里出逃，将被处以等同于'临阵脱逃'的刑罚。"

"没有批准绝对不能登上'口号楼'的楼顶上。"筱塚良雄说。

筱塚良雄记得第一次听到"丸太"这个词时的情景：

一天夜里，少年队队员们被院子里的汽车灯惊醒，大家都跑到走廊看看发生了什么事。这时，宪兵和士官从楼上跑下来，大声喊叫：

"是搬运'丸太'，不许到走廊里去。"

"丸太"，日语的意思是"被剥去树皮的圆木"。筱塚后来知道，这是 731 部队对被做人体实验活人的暗称。这些人没有姓名，只有编号，以一根、两根来计数。这是少年们不能谈论的秘密。

少年队成员筱塚良雄不知道，这个神秘的地方在 1939 年他到来之前存在了多久，也不知道这个组织未来会做什么，等待他们这些少年的将是什么。

二

近藤发现，这个神秘组织 731 部队主要干部的名单，在美国人手里。战后美军调查人员拿到了 731 部队的情报，并把它们带回了美国。

近藤就去美国查档案。在盟军最高司令部法务局的档案里，他找到了一份 90 人的名单。

名单以日本的片假名排列，因此与现实中的人难以一一对应。比如，一个名字写成汉字"古都"的人，美国人的名单上标出的只是这个人名字的发音："FURUICHI"，怎么知道"FURUICHI"就是"古都"？又怎么能将这两个名字和一个真实的人联系起来？近藤只有找住在古都家的邻居，或者和他一起的队员，听到他们叫出他的名字发音，才能将汉字的“古都”和英文的“FURUICHI”与真实的人对上。

古都的父亲当年寄包裹到西伯利亚，近藤找到寄给古都的地址，再找到美国档案里古都的地址，一模一样，这样才能确定这个“古都”就是他要找的那个“古都”。

近藤想拼出731部队的组织、编制情况，使这个一直沉在黑暗水底的魔怪浮出水面。

1931年9月18日，奉天（沈阳）郊外发生了“柳条湖事件”。日本关东军自己爆破了南满洲铁路，制造事件并挑起了战争，这就是著名的“九一八事变”。

而在日本本土，日本陆军军医学校紧急完成了战时体制。军医学校防疫部动员大批临时雇员，加工生产伤寒、鼠疫、霍乱等各种疫苗和净水装置，应对日本野战部队在战场上的防疫和给水问题。日本人有喝生水的习惯，在日本没问题，但在他国作战时却成为野战部队感染疾病的一大原因。日俄战争中，有报告说日军战场死亡的只占死亡总数的22.8%，大多数死亡是因为军中疫病的流行。[1]

石井四郎充分显示了自己的才能，在防疫研究室大力研究“石井式滤水机”。这是一种能够为作战部队及时提供过滤净水的装置，以免前线部队受到霍乱、痢疾侵扰。日本陆军为其投入了巨额预算，一家名叫“日本特殊工业”的企业接受陆军的委托生产石井式滤水机，社长宫本光一从石井那里获得了无数合同。

1932年，日本在中国东北建立了日本的傀儡政权——“满洲国”，并大规模移民、屯垦、扩张。关东军的人数已经达到了6.1万人，靠着机械化的兵团迅速征服了整个中国东北的领土，并计划向更北的西伯利亚扩展自己的势力。

“有鉴于‘九一八事变’之前的世界形势及我国医学界现状，本校深感有关战场疫病预防的研究已刻不容缓。虽有部分人员正在研究，适逢此次‘九一八事变’突然爆发，战场疫病预防法的研究已经成为越发紧迫的国防上

[1] 参见［日］青木富贵子著：《731——石井四郎及细菌战部队揭秘》，凌凌译，上海译文出版社2010年版，第43页。

的重要课题。"《陆军军医学校五十年史》如此记载。[1]

日本陆军军医学校校门

伪满洲国建立一个月后，东京陆军军医学校成立防疫研究室，室长为石井四郎。研究室建在陆军医院一栋二层混凝土建筑的地下室里。地址就在现在东京的户山公园。

装有石井式滤水机的日军卫生车，主要功能是给野战部队提供干净水，以防士兵饮用不洁水而使部队减员[3]

《陆军军医学校五十年史》记载，1932 年 8 月石井四郎就和他的学弟增田知贞等一起，前往"满洲"出差。1933 年石井四郎再次去"满洲"，这一次从 9 月一直逗留到第二年的 3 月末，长达半年之久。石井四郎此次"满洲"之行，使用的是假名：东乡大佐。这是一个为保密而起的名字，随行人员也全部使用了假名。

他们选中了哈尔滨东南方向约 100 公里、五常县一个叫背荫河的小村庄。当时日本关东军新修了一条与哈尔滨至新京铁路平行的铁路，这条叫"拉滨"的铁路正好穿过背荫河，使这里成为既荒凉背阴又能很快抵达哈尔滨的地方。[2]

一支叫"东乡部队"的秘密部队开始在这里活动。东乡，来源于石井四郎崇拜的人物东乡平八郎，此人为日本海军上将，1905 年他以巧妙的海战谋

[1] 参见陈致远著：《日本侵华细菌战》，中国社会科学出版社 2014 年版，第 25 页。

[2] 东乡部队及背荫河秘密细菌工厂的建立，参见近藤昭二细菌战诉讼（日本东京地方法院 2001 年 2 月 5 日）的法庭证词《日本国家意志对细菌战的隐匿》。中译文见中国社会科学院近代史研究所近代史资料编译室主编：《侵华日军 731 部队细菌战资料选编》，王希亮、周丽艳编译，社会科学文献出版社 2015 年版，第 520 页。

[3] 参见陈致远著：《日本侵华细菌战》，中国社会科学出版社 2014 年版，第 23—24 页。

略为日本赢得了日俄战争。而1932年日本军中流行的派别是“北进派”，要与苏联进行再一次的战争，进而占领西伯利亚。东乡平八郎成为这些人的偶像和精神激励。

背荫河的建设焚烧了中国300多户农家，修建了一个当地百姓称为“中马城”的建筑。建筑四周围墙高达2.74米，布满电网，石井四郎要在这里做“在国内做不了的事”。

19世纪30年代初日本就开始了细菌、生物战的研究，并进行生物武器的开发。

石井对此很有信心。他在给日本公共卫生领域的政府官员演讲中提到，对于细菌战争的研究可以分为两类：A和B。A是攻击型研究，B是防御型研究。B类研究可以在日本国内完成，A类研究则必须到国外完成。[1]石井在背荫河进行A类攻击型细菌战武器研究的消息，很快传到了日本东京。1933年11月16日，石井的亲密朋友，亦是竞争对手的远藤三郎前往背荫河参观。远藤的新身份是石井四郎的日本军方督察。远藤三郎将在背荫河看到的情景，记在了日记里：

我同安藤上校、立原中尉一起参观了运输公司试验站（背荫河代号之一），并且观看了实验过程……第二分队负责有毒气体和有毒液体，第一分队则负责电气实验。两个土匪被当作活体试验品。实验步骤如下：（1）光氯气体（用于生化战的一种化学制剂）——实验对象在一间砖衬房里吸入光氯气体5分钟，在吸入这种气体之后依然活了一天，但却因为肺炎而生命垂危。（2）氰化物——实验对象被注入15毫克氰酸钾铝后，失去知觉20分钟。（3）2万伏电压——几次间歇性地用这 强度的电压电击活体，都没有使其毙命；不过，在经过长达数分钟的持续电击后，活体被活活烧死。死亡时间是下午1点30分。[2]

---

[1] 参见［美］珍妮·吉耶曼著：《生物武器——从国家赞助的研制计划到当代生物恐怖活动》，周子平译，生活·读书·新知三联书店2009年版，第73页。

[2] 参见［美］谢尔顿·H.哈里斯著：《死亡工厂：1932—1945年日本细菌战与美国的掩盖》，王选、徐兵、杨玉林、刘惠明、张启祥译，上海人民出版社2022年版，第97页。

看着“活体”死去的远藤三郎在日记里写道：

晚，与塚田大佐聊到十一点半，躺在地板上始终不得安睡。

但，“不得安睡”不是因为白天看到的内容太刺激，或者内心不安，而是为这个计划而激动。

远藤在 1932 年 12 月 8 日再次访问背荫河。那天一开始是晴天，石井和副官把他迎进兵营后，一会儿就开始下雪。远藤仔细地“视察了细菌试验所”，印象极为深刻。他笔下的试验所面积“达 600 平方米的大兵营，乍看就像一个军事要塞”。在日记里他高度赞美背荫河的实验室，说自己发现细菌战的研究“堪称出神入化”，“看来是需二十几万的经费”。[1]

由此可见，石井在中国的研究，真的是在做“国内做不了的事”，直接在人体上进行实验，世界科学家难以跨越的伦理道德底线，石井轻易就跨过去了。

远藤三郎曾受到毛泽东接见。1956 年日本反战同盟代表访华，远藤将他战时使用的军刀，双手递给了毛泽东。一个战败的将军交出战刀，成为和平大使，颇具政治象征意义。

关于远藤了解细菌战人体实验的事，是 1982 年日本记者宫武获得并公开《将军的遗言——远藤三郎日记》后，才为世人所知。更深的一层，远藤曾作为日本军方高层助理，出席 1925 年在日内瓦召开的关于禁止使用化学、细菌武器国际会议，是日本完全了解这个议定书内容的人。这一事实，知道的人更少。

《日内瓦议定书》的正式名称是《禁止在战争中使用窒息性、毒性或其他气体和细菌作战方法的议定书》，签署于 1925 年 6 月 17 日。第一次世界大战中，毒气作为新式武器被使用，造成的伤亡骇人听闻：百万人负伤，7.3 万人死亡。有鉴于此，欧洲各国决定禁止使用包括毒气在内的化学武器。同时，波兰代表提议，禁止使用未来可能用作武器的细菌武器。该提议之所以被采纳，是因为欧洲各国都在担忧微生物科学先进的德国会率先研制细菌武器。《日内瓦议定书》中为此多加了一条：严禁以造成流行性传染为目的使用细菌作为武

[1] 参见［美］谢尔顿 • H. 哈里斯著：《死亡工厂：1932—1945 年日本细菌战与美国的掩盖》，王选、徐兵、杨玉林、刘惠明、张启祥译，上海人民出版社 2022 年版，第 97 页。

器，如鼠疫或黑死病（14 世纪造成欧洲 2500 万人丧生）。世界上 135 个国家参加了这次日内瓦会议，日本也派代表与会，并与 128 个国家一起在该议定书上签字（日本实际批准该议定书的时间是 1970 年 5 月 21 日）。

有研究者认为，正是《日内瓦议定书》给了石井四郎致命的启发。这部界定了人类和国家道义禁区的协议，恰恰让石井四郎看到突破禁区的可能性。既然细菌武器是一种威胁，人类需要用条约来禁止使用，也正说明了它的有效性，那就应该研制。

石井四郎 1925 年就读到了有关《日内瓦议定书》的报告，报告由日本战争内阁委派参会的中尉原田执笔，说明日本签署的原因。日内瓦协议禁止使用生化武器，但并没有禁止研究或存储。石井四郎的想法就是要利用这个协议的空当进行研究，以掌握置敌于死地的利器。

1928 年，留下比自己小 13 岁的妻子，以及刚出生的长女春海，石井开始启程环游世界各国。他访问的国家和地区有新加坡、锡兰（即斯里兰卡）、埃及、希腊、土耳其、意大利、法国、瑞士、德国（含东普鲁士）、奥地利、匈牙利、捷克斯洛伐克、比利时、荷兰、丹麦、瑞典、挪威、芬兰、波兰、苏联、爱沙尼亚、拉脱维亚、加拿大以及美国本土。游学的前半程是石井四郎自费，后半程改成了公费。这种公费游学，对当时的日本陆军是不可想象的。

游学回来后，同年 8 月，石井就晋升为三等军医正（相当于军医少佐），被聘为陆军军医学校教官。

石井游历的国家，其中 14 个业已批准《日内瓦议定书》，并有毒气与细菌武器研究的项目。这一趟，实际上是细菌武器考察之旅。

日本开始细菌武器谋略和行动之时，希特勒还没有在德国掌权，人们远未预料到会有接下来的第二次世界大战。阿道司・赫胥黎在他的小说《美丽新世界》里预计，细菌战将发生在 600 年之后。那是一个失去人性的集权世界，恐怖行动正在实施，人造瘟疫到处流行。在那个世界里，炭疽炸弹爆炸的声音不会比一个纸袋子爆炸的声音来得更大，却能杀死更多的人；感染饮用水的技术，被认为特别巧妙，人们从受孕、出生开始就已经被划定阶层；在实验室的试管里，许多胚胎被故意缺氧，从而天生成为温顺、智障的劳工……作者哪里知道，他想象的 600 年之后的事，在他的书出版的那一年已悄悄实施。

为防止泄密，石井的秘密部队有很多名称，先是叫“东乡部队”，后来叫“加茂部队”和“石井部队”，后又被称为“关东军731部队”。然而，1934年的中秋节夜晚，背荫河的秘密爆炸开来：乘着日本人喝醉了酒，一位姓李的俘虏抢到了钥匙，打开了牢门，那些还没有因实验过度能跑动的人，开始了越狱行动。

那天天降暴雨，背荫河实验基地的电网和探照灯都神助般地失效。30个人中，有20个成功翻过高墙，之后4个人被抓回或击中，16个人逃了出来。而老李是在搭人梯驮人翻墙的最底部，他是最早被击中的10个人之一。[1]

逃出的16个人中，有12个人参加了东北抗日联军第三军，并向抗联告发。抗联第一师师长刘海涛于1936年向共产国际中共代表团发出了《关于满洲情况的报告》，指出“日本帝国主义专门设置了杀人场”，但消息并没有引起更多的注意。

1935年，背荫河被夷为平地。所有的实验室、军营、防卫墙全部被消除殆尽。

但是，一个更庞大的计划自此开始。

三

哈尔滨南部24公里的一块叫平房的土地被相中，从哈尔滨市区乘车只需40多分钟即可到达。这里原来的8个村庄1936年春被勒令搬离。关东军把这里圈定为“特别军事区”，所有的日本和中国市民未经特别许可不得进入。8月，东乡部队作为“关东军防疫部”，根据天皇的“陆甲7号命令”成为正规军，东乡部队不再是军医学校研究室的派出机关，而成为一支军队，隶属关东军统辖。

为了证明细菌部队是经过陆军中央部的正式编制而编成的部队，近藤昭二找到了至少6份铁证文件。其中有1936年的《满洲派遣部队一部的编成及编成改正要领决定案》、1939年的《编成（编制改正）详报提出之件的

---

[1] 参见［美］谢尔顿·H. 哈里斯著：《死亡工厂：1932—1945年日本细菌战与美国的掩盖》，王选、徐兵、杨玉林、刘惠明、张启祥译，上海人民出版社2022年版，第98页。

报告》等。[1]

正是这次根据最高命令的整编，1936 年秋“关东军参谋部”颁布“平房附近设定为特别军事地区之要件”（第 1539 号命令书），命令平房警察住在所，在一个月内必须将平房内的农民迁出，民房全部烧毁。当时地里的庄稼正待收割，但命令不得停留。为了扩大无人区，平房外的 4 个村庄也被强占，合围的土地有 610 公顷，平房建造开始了。[2]

石井四郎的老乡萩原英夫参加了平房核心区的建设，他是石井的邻村——多古村的村民。萩原的母亲原先是加茂村人，和石井家是远亲。据说，他叔父入赘到石井直次郎家做上门女婿时，媒人正是石井四郎的二哥刚男。萩原的母亲可以亲昵地称呼石井四郎为“四郎”。

萩原英夫家族，是典型的跟随石井四郎至中国东北发财的淘金者。早在 1933 年和 1934 年即伪满洲国初期，萩原英夫一家共计 5 人就来到了背荫河的细菌工厂。“我们听从了石井四郎的劝说，来到了中国东北，以石井部队的文职技师身份从事了各种业务，获得了相当数额的报酬。”[3]

叔父石井正雄担任锅炉工，舅父青柳雄当炊事员，瓜生荣二负责监视俘虏。1934 年 9 月，16 名被关押的中国实验对象成功逃跑，瓜生荣二在这次事件中头部负伤。瓜生荣二返回故里养好伤后又回到“平房”，成了监视“口号楼”俘虏“特别班”的一员。

从东乡部队返乡的石井的老乡们，都被授予“勋八等旭日勋章”。这个勋章有点特别，它是一张空白纸，因为 731 部队是保密的。萩原英夫的亲戚们都获得了一次性退休金，而负伤的叔父瓜生荣二获得的退休金最多。

---

[1] 参见近藤昭二细菌战诉讼（日本东京地方法院 2001 年 2 月 5 日）的法庭证词《日本国家意志对细菌战的隐匿》，见中国社会科学院近代史研究所近代史资料编译室主编：《侵华日军 731 部队细菌战资料选编》，王希亮、周丽艳编译，社会科学文献出版社 2015 年版，第 521 页。

[2] 参见日本庆应大学经济学部教授松村高夫细菌战诉讼（日本东京地方法院 2001 年 2 月 5 日）的法庭证词《从日、美、中、苏史料解析侵华日军 731 部队和日军的细菌战》，见中国社会科学院近代史研究所近代史资料编译室主编：《侵华日军 731 部队细菌战资料选编》，王希亮、周丽艳编译，社会科学文献出版社 2015 年版，第 521 页。

[3] 见萩原英夫 1953 年 4 月 15 日亲笔供述。参见中央档案馆、中国第二历史档案馆、吉林省社科院合编：《日本帝国主义侵华档案资料选编：细菌战与毒气战》，中华书局 1989 年版，第 23 页。

1938 年，21 岁的萩原英夫前往中国“满洲”，在平房的特设监狱建筑工地上工作。特设监狱后来被称为 7 号楼、8 号楼。

二战结束后，萩原英夫成了八路军的俘虏。他将在平房的所见所闻说了出来，并留下亲笔供述。[1]

萩原英夫来到哈尔滨郊外的平房时，731 部队外廊建筑已大致完工，正在实施内部建设和设备配套工程。萩原英夫看到：

灭菌器和其他研究器材在火车站台上堆积如山，快要进行内部设备安装了。……我们主要工作场所是人体实验所的 7 号楼和 8 号楼。我们到达这里时，建筑物内部只是在入口处和里面做了一些分隔，中央部分简直就像大礼堂，没有做分隔。7 号楼和 8 号楼被 3、4、5、6 号楼围住，从外面完全看不到。而且，入口处还有一扇沉重的铁门。在 3、4、5、6 号楼的三层楼各个角落，面向 7、8 号楼都安装上了照明灯。我们来到现场，建设班的工藤技术员传达了石井队长的命令：“本年内（1938 年）结束 7 号楼和 8 号楼的内部工程。”有关业务，纵然是内部人员也绝不可说。说了，将处以严罚。为了保守“国内不能做的事情”的秘密，平房设施内被隔离的特设牢房 7 号、8 号楼，石井四郎不放心交给别人来管理，没有人可以信任到把这个核心的秘密交给他，只有自己的二哥石井刚男。刚男在平房不使用石井这个姓氏，而是使用了假名，叫“细谷刚男”，他担任班长进行现场指挥。而他的三哥石井三男，则在 731 部队担任动物班的班长。每天出入 7、8 号楼的人员要向保密班报作业人数、作业人身份证明及接受身体检查等。[2]

作为佃农家中长子的 21 岁的萩原英夫，希望能够在东北多挣一些，在他这一代摆脱佃农身份成为自耕农。萩原英夫初到 731 时做勤杂工，日薪为 2.8

[1] 亲笔供述录于 1953 年 4 月中旬，萩原讲述了他和叔父、舅父、弟弟等亲戚共 8 人的履历，萩原的亲弟弟是第一期少年队前期成员。早在 1933—1934 年，萩原一家有 5 人已经来到中国东北。内容参见中央档案馆、中国第二历史档案馆、吉林省社科院合编：《日本帝国主义侵华档案资料选编：细菌战与毒气战》，中华书局 1989 年版，第 23 页。

[2] 见萩原英夫 1953 年 4 月 15 日亲笔供述。参见中央档案馆、中国第二历史档案馆、吉林省社科院合编：《日本帝国主义侵华档案资料选编：细菌战与毒气战》，中华书局 1989 年版，第 23—38 页。

日元，而木匠、泥瓦匠的日薪是3.5元和4.5元。当时在日本国内，一个木匠的日薪只有70分，在731能够赚到日本国内几倍的工资。

从家乡来的20个人被编成千叶班，萩原英夫的舅父青柳雄为班长。因为千叶班被当作“部队临时雇工”，只能领取固定工资并交给铃木负责的组安排，成员怨声不断，工程拖拖拉拉。石井就又从家乡招募来约40人投入工程，千叶班扩大成60人。新成员到达后，实行了承包制，萩原的工资也急速飙升。有时，日薪能拿到10日元至20日元，甚至有时候一天能领到30日元至40日元的高薪。

刚来时，萩原每月扣除伙食费20元，只能向家里汇款50日元至60日元。现在，他每月也能汇回100日元，并给自己购置了西装和其他衣物，星期天还能上哈尔滨的妓院等风月场所逛逛，去咖啡馆和日本酒馆小酌。据萩原说，他前后给家里汇款总额达到了1000日元左右。[1]

萩原英夫1939年在哈尔滨接受检查被征兵入伍时，7号、8号楼还没有完工。他决定从家乡入伍，1939年1月返回了日本。

俗称“口号楼”的731部队3、4、5、6号楼，是731部队细菌研究部和制造部，中间围着的是关押人体实验对象的特别监狱

7号、8号楼是一个特设的监狱，有20多个房间，最多可收容400名犯人，里面关押着中国人、苏联人、朝鲜人、蒙古人。关东军上层人物策划了以人为实验材料的“特别输送”，1938年1月26日以“关宪警第58号令”下达给关东军下属的各宪兵队。[2]

围着7号、8号楼的3、4、5、6号楼形成一个巨大的“口”字形，因

[1] 见萩原英夫1953年4月15日笔述。参见中央档案馆、中国第二历史档案馆、吉林省社科院合编：《日本帝国主义侵华档案资料选编：细菌战与毒气战》，中华书局1989年版，第23—38页。

[2] 参见近藤昭二细菌战诉讼（日本东京地方法院2001年2月5日）的法庭证词《日本国家意志对细菌战的隐匿》。近藤获得了时任关东军司令部警务部第三课长、直接负责“特别输送”的吉房虎雄的亲笔记述。笔述原文见中国社会科学院近代史研究所近代史资料编译室主编：《侵华日军731部队细菌战资料选编》，王希亮、周丽艳编译，社会科学文献出版社2015年版，第524页。另见张华编：《罪证——侵华日军常德细菌战史料集成》，中国社会科学出版社2015年版，第167页。

此被称作“口号楼”或“四方楼”，它们是三层的巨大坚固建筑，大小约 100 平方米 ×100 平方米。1940 年建成时，这里冷暖气设备完备，可以直接从围困在中间的 7 号、8 号监狱楼里提取活人，进行鼠疫、霍乱、伤寒、炭疽菌等细菌武器的实验。[1]

1939 年平房的设施完成，它的规模令人惊异。从平面蓝图上看，营内至少建有 76 栋建筑，包括巨大的本部楼房、研究室、文职人员宿舍、兵营、弹药库、实验动物用的小屋、马厩，还有解剖房、可全年使用的冻伤实验室、监狱、专用飞机场、发电站、处理人体和动物尸体的三个焚尸炉等。

除此之外，平房还有日本上流社会所需的从精神到物质的所有东西：一座神道教庙宇，几间饭店，一所酒吧，一间为 731 队员子弟提供小学和初中教育的学校，一座可以放电影的大礼堂，一个游泳池，几座花园，一座图书馆，以及为部队栽培果树和蔬菜用的大农场。农场里还配备了几个植物细菌武器实验用的温室。还有一些小型娱乐场所。

日本的科学家白天杀人做实验，晚上则享受着有声有色的生活。[2]

731 部队全景图

---

[1] [美] 谢尔顿 · H. 哈里斯著：《死亡工厂：1932—1945 年日本细菌战与美国的掩盖》，王选、徐兵、杨玉林、刘惠明、张启祥译，上海人民出版社 2022 年版，第 126 页。

[2] 同上注，第 125 页。

1952 年 1 月的《每日新闻》周日专栏发表了一个饱受良心谴责的当事人（真实身份至今不明），以“前日军上校板木千叶”为笔名的文章，披露了平房建成时石井四郎发表讲话的情景：

1936 年秋，在平房新建的大型行政办公楼会议室，石井向 60 多位从日本汇集而来的科学家发表演说。这间会议室有着日式的空旷与简洁，空气中飘着木头和油漆的清香。房间里的暖气开得让人感到很舒适，一只四角形的花台上，摆放着一盆怒放的菊花，它是这间房子里的唯一装饰物。石井面对这些日本一流的生物学家、医学家说：

作为医生，我们的天职就是去挑战由微生物所造成的各种疾病，去阻断所有入侵人类身体的道路，去战胜我们身体内的所有不速之客，去创造一套最有效的治疗方案。尽管，我们现在所从事的研究工作与这些原则相背，并可能使作为医生的我们感到有些许的痛苦，但是，我恳求你们进行这项研究，因为，它将给你们带来双重的激动。一是作为科学家，可以尽你所能地去探寻自然科学的真理，研究与发现那个未知的世界；二是作为军人，可以成功地研制出一种制敌的有力武器。而平房预备了世界上独一无二的丰富资源和自由处置权，除了在座的各位，其他任何人，就算在他最疯狂的梦境里，他能想到在这样的旷野中，竟有一间如此先进、杰出且有文化的实验室吗？[1]

所有违反人类伦常、道德的事在这里都可以开展，这里有最好的科研环境，不必为研究经费操心，并且不用顾忌“良心”这个东西。

四

20 世纪 40 年代初核武器还未出世，生物细菌武器的研发和使用，堪称集人类科学发展之大成，是一种高科技武器。日本因制造常规武器所必需的金属以及其他原材料匮乏，而选择了研发、使用细菌这种“新式武器”。

---

[1] 参见［美］丹尼尔·巴伦布莱特著：《人性的瘟疫——日本细菌战秘史》，林玮、邓凌妍译，金城出版社 2016 年版，第 60 页。

增田知贞，日本京都帝国大学医学部细菌学博士，石井四郎的校友。《陆军军医学校五十年史》——昭和十一年（1936）所出的一部校庆书籍——中记载，增田知贞发表论文 18 篇，是日本著名的细菌战理论家。而他的学长石井四郎的理论文章也不过只有 5 篇。

1942 年 12 月增田曾在东京做过一次秘密演讲，演讲的题目为《细菌战》，详细阐述了他的细菌战理论。战后的 1947 年 11 月，这个演讲稿被提交给了美国细菌战情报调查官。演讲稿被译成 18 页的英文报告，末页上，调查官亲手写下"Incredible"（难以置信）一词，以表达他对增田细菌战理论的惊讶。

王选、近藤经研究后认为，《细菌战》是增田对日军 1940 年在浙江衢州与宁波、1941 年在常德、1942 年在浙赣作战中大规模使用细菌武器的具体总结报告，其中对使用场合和效果进行了详细阐述。《细菌战》提到：

什么叫"细菌战"：

"我方为了获取更有利的（战略）位置，而对敌方使用致病性细菌，以破坏敌方有生目标的行为，称作细菌战。"

细菌战的特点：

"由于疫病的自然流行和人为暴发是很难区别的，因此细菌战具有隐蔽性，我们要利用细菌战去隐蔽地达到战争目的。"

细菌战的功效：

"细菌战不仅能用来杀死敌方军人，而且能用来破坏敌方领土内的人口、牲畜、家禽、谷物和蔬菜，还能用来针对敌方的同盟国家。"

细菌武器的种类：

1. 可以使用霍乱、伤寒、赤痢对给水系统进行污染。2. 对食物的污染，可以使用霍乱、伤寒、赤痢、兔热病等病菌。3. 对河流和海岸，霍乱、伤寒菌可以使用。4. 对公共场合和铁路，可以用结核菌和炭疽菌攻击。5. 对家畜和军用动物，可以使用禽流感 A 型菌、鼻疽、炭疽、兔热病等病菌。

细菌战的攻击目标：

"细菌战的攻击目标通常可有如下选择：（1）人口集中的战区；（2）重要的军政人物；（3）军队集中的城市；（4）位于交通沿线的城镇、乡村；（5）首都和重要城市；（6）军工厂；（7）航运和交通系统；（8）学校、剧院和人群集中地；（9）水源地；（10）内河与沿海的重要目标；（11）军马等军用动物；

（12）大范围供应的粮食等食品。”[1]

在此之前，人类历史上还没有将生物武器用于大规模正规战的先例。学者们认为，14 世纪蒙古人对克里米亚半岛的卡法城，可能实施了生物战攻击。在久攻城堡不下时，蒙古士兵将草原上死于鼠疫的动物和人的尸体，用投石器抛入卡法城堡之中，然后封锁城堡，等待。果然，卡法城里不久就疫病流行。当时鼠疫被称为“黑死病”，是因为死者在经历痛苦的折磨死去时，身体会呈黑色。卡法城靠近黑海，位于东方与西方贸易的大道上，鼠疫的传播流行，危害无数城市。

人类确凿的用细菌作为武器的行为，是北美英国人对印第安人的战争。这一灭绝印第安人计划的策划者，是北美殖民地总督兼北美大不列颠军队总司令杰弗里·阿默斯特爵士。

1763 年 6 月，阿默斯特写信给攻打自俄亥俄至宾夕法尼亚州沿线的亨利·布凯上校，让他用天花感染印第安人：“难道不能人为地把天花散播到那些不友好的印第安人部落里吗？在这种情况下，我们必须使用各种谋略来削弱他们。”“用来根除这一劣等民族。”

亨利·布凯便将天花病人使用过的物品赠送给了两位印第安酋长：“出于对他们的重视，我们给了他们一块毛毯和一块手帕，它们都是从医院里带出来的。我希望这能收到预期的效果。”亨利·布凯给阿默斯特回信写道。

对于北美的印第安人来说，天花是一种来自欧洲的“进口疾病”，因此他们对天花的免疫力为零。天花给印第安人带来灭顶之灾。短短几个月内，天花在印第安人中四处暴发，原住民一个部落一个部落地死去。而策划种族灭绝的杰弗里·阿默斯特却被奉为伟大人物载入史册，被英皇封为男爵，成为英国贵族。今天马萨诸塞州还有一个以他的名字命名的小镇。更有名的是阿默斯特文理学院，一所素有“小哈佛”之称的大学。[2]

在阿默斯特用天花攻击印第安人的时代，人类还没有发现天花的病原体，

[1] 参见李海军等编译：《侵华日军细菌战重要外文资料译介》，中国社会科学出版社 2018 年版，第 163—172 页。

[2]［美］丹尼尔·巴伦布莱特著：《人性的瘟疫——日本细菌战秘史》，林玮、邓凌妍译，金城出版社 2016 年版，第 109 页。

也不知道微生物可以导致传染病这一事实。

微生物世界对人类影响最大的两种疾病：一是天花，一是鼠疫。它们曾经肆虐了几个世纪。

天花因为疫苗的广泛接种被根除。1979 年天花最后一次暴发于埃塞俄比亚的农村，1980 年 5 月世界卫生组织宣布人类成功消灭天花。现在仅有的天花病毒被人类冷冻在盒子里，存放于美国和俄罗斯特别防卫的实验室里。而鼠疫，却不像天花已经被人类控制，今天鼠疫还在自然界、在老鼠身上活着。只要条件具备，鼠疫就有暴发的可能。

直到 19 世纪 90 年代，人类才真正发现了微生物世界。生物学家在显微镜下，发现人类眼睛看不见的一个世界，由此科学家确定，人类的某些疾病与这些微生物有关。

19 世纪 60 年代，法国一位酿酒师路易·巴斯德在显微镜下看到了微生物酵母引发的糖分发酵，人们学会了把不利于食物保存的微生物都杀死的方法——巴氏灭菌法。接着他又证明了引起家禽发生鸡瘟的细菌，引起牛、马和人共同感染的炭疽菌。

德国医生罗伯特·科赫的成就更引人注目。他在动物体外成功地从硬化了的孢子中，分离并培养出了炭疽菌；并于 1882 年发现棱柱杆菌是引发肺结核的原因。这一开创性的研究，带来了人类对微生物世界的重大认识。

此后的 19 世纪 80—90 年代，欧洲科学家发现了由细菌和原生微生物引发的伤寒、淋病、痢疾等。而人类也在学习如何利用隔离、检疫和提高公共卫生体系的行政能力，来预防和抵御流行性疾病。

这是一场人类与细菌、微生物的“战争”。当时人类可没有像现在的医生手中有那么多种类的抗生素。在日本细菌战研究科学家们不断找到更强大的鼠疫、炭疽、霍乱、伤寒等细菌武器的时候，当时就算是最先进的国家，人们用来抵抗细菌感染的药物也只是磺酰胺化合物，但磺胺类的药也只对几种疾病具有疗效。

1928 年英国细菌学家弗莱明爵士发明了青霉素，但当时是一般人用不上的，它的大规模生产方法，要到 1940 年才出现。

1940 年美国找到了大规模生产青霉素的方法，1943 年美国又找到了第二种强效抗菌药链霉素。但是，青霉素和链霉素直到第二次世界大战结束之前，都没有被广泛地使用于任何一种疾病的治疗中。也就是说，如果此时被生物武器攻击，基本上等于没有有效的药物救治。

现实也正是如此。中国被细菌战攻击之后的鼠疫、霍乱、炭疽病患者，除了磺胺之外，没有有效的抗菌药可用。就算是磺胺，也只有少数中心城市的少数患者可以用到。中国对于这种大面积的、多种细菌轮番进行的生物武器攻击，基本没有抵抗力量：仅有少数懂得西医的医生，完全是赤手空拳对待这场大面积的感染与死亡；战时的医疗防疫和公共卫生，完全不足以对付如此精细的细菌战谋划。

日本的细菌学研究兴起于1911年，那时为“大发展”前的现代国家。细菌学是日本从德国学来的，但很快超过德国，达到世界领先水平。

日本著名细菌学家野口英世分离出螺旋菌。两年后他在患者的大脑组织里发现了这一病菌，确定引发性传播疾病的梅毒正是螺旋菌。

另一位日本细菌学家留学德国，是德国细菌学鼻祖罗伯特·科赫的学生，名字叫作北里柴三郎。1894年，他几乎与瑞士裔法国人耶尔森同时发现造成“黑死病”的病原体细菌，成为鼠疫菌的共同发现者。这种细菌最初被命名为“鼠疫巴氏杆菌”，后来被命名为“鼠疫耶尔森菌”。

1898年，日本微生物学家志贺发现了导致痢疾的致病菌，国际微生物界用“志贺”来命名这种痢疾菌。

日本的研究引起西方世界的关注，欧洲学术界和医疗机构给日本微生物学家颁发了众多奖项和奖学金。[1]

石井四郎力图把平房打造成这样一个地方：在这里不用区分对与错，这里是研究“尖端科学”的地方，不受伦理制约。

1938年，石井四郎从日本京都帝国大学带来7名教员，担任平房主要项目的主任。就算是不愿意参加残酷的人体实验的人，到了这里也会被德高望重的前辈老师以“你不按我说的去做，就把你逐出师门”相威胁。[2]

---

[1]［美］丹尼尔·巴伦布莱特著：《人性的瘟疫——日本细菌战秘史》，林玮、邓凌妍译，金城出版社2016年版，第114页。

[2]［美］谢尔顿·H.哈里斯著：《死亡工厂：1932—1945年日本细菌战与美国的掩盖》，王选、徐兵、杨玉林、刘惠明、张启祥译，上海人民出版社2022年版，第120页。

狂热又狭隘的民族主义和爱国主义浸透了对科学成就的追求，使这些研究者认为用人体做实验，与用植物、动物做实验毫无二致。而日本人是人类中的“神选民族”，是“天照大御神的子孙”，天皇就是活着的神，用“劣等的中国人”进行实验，是让这些没有价值的人为一个更高尚的事业而牺牲，反而成全了他们。

“人体实验明明白白是件坏事，但是在 731 等地正是那些有思想、有辨别能力的医生在干。在通常的社会中，这些人绝不会去杀人。他们是那种即使是因交通事故伤害他人都会感到痛苦的人。”日本细菌战研究者常石敬一在他的《细菌战部队和两名自杀的医学者》一书中写道。

他们或者是儿子，或者是父亲，平常都是善良的人。但进入平房的体系里，便开始毫无良心不安地杀人了。

五

在许多日本军人的回忆里，石井四郎被称为“石井疯子”。

关东军副参谋长松村知胜在他的《关东军参谋长手记》里这样描述：“军医石井曾经是刚毅果敢、善于宣传、富有实干能力的军医，人们说，陆军里有一个名叫石井的疯子军医。”

松村知胜记道：大约在 1937 年，石井四郎突然闯进日本陆军参谋本部，展示他的“石井式滤水器”功效。他当众向滤水器里撒尿，品尝从自己尿中提取出的盐，喝了尿净化出的水。日军参谋本部在场的人都惊讶得差点掉下眼镜。[1]

如此怪诞的行为，据说石井也在天皇面前表演过。

“裕仁天皇显然也曾两次观看过石井的演习。一次是在 1933 年视察陆军军医学校时，另一次是在天皇例行的拜访活动中，在海军的军舰上。其中的一次据称石井在一个滤水机中撒尿，然后把过滤后的混合物恭恭敬敬地呈给天皇请他饮用，料想天皇是拒绝了，于是石井显然很高兴地把由尿变成的水一饮而尽。”[2]

石井这些怪诞和疯狂的做法，实际上都是为他的细菌战计划引发关注和

---

[1] [美] 谢尔顿 • H. 哈里斯著 :《死亡工厂 : 1932—1945 年日本细菌战与美国的掩盖》，王选、徐兵、杨玉林、刘惠明、张启祥译，上海人民出版社 2022 年版，第 103 页。

[2] 同上注。

争取经费。这是在日本全面卷入战争前夕，一个具有博士学位的知识军人的疯狂努力。

他娶到了京都帝国大学校长荒木寅三郎的千金清子小姐。“清子小姐肤色白皙，很有京都人的韵味。石井四郎迷恋上她，恳请校长允许他们结婚。荒木寅三郎是一个以开明著称的人，在他眼中，这个由陆军派送的野心勃勃的研究生或许是一个值得托付女儿的人吧。”[1] 石井四郎一跃成了京都帝国大学校长的乘龙快婿，也紧紧抓住了荒木寅三郎这一靠山。

在细菌战项目运作早期，他很难从政府那里拿到支持资金。为此，石井甚至上演过带着霍乱菌恐吓财政大臣的戏码。

1947 年 6 月 9 日，美国收集到的秘密情报[2] 刻画了一个惟妙惟肖的石井：

犬养内阁时代，石井还是少佐，他意识到，为了从和平主义者、大藏大臣高桥是清手里获得巨额的细菌武器开发研究经费，不能用寻常的办法，于是把霍乱菌放入长颈瓶内，然后去了高桥的私宅，想以此威胁高桥。岂料高桥没有屈服于恫吓，反倒把烧瓶里的霍乱菌都倒进厨房的下水道里。石井在“细菌作战”失败后变换了手法。在高桥的客厅里进行 24 小时静坐，口气也从威胁改为进行科学说教，讲述许多国家都在致力于细菌战研究，结果真的奏效，获得了一亿日元的秘密资金。

他从各地大学、研究所抽调了超过 50 名科学家和医生组建研究所，大量生产血清和疫苗，但更主要是为了军事目的而批量生产细菌。他还进行了低温

[1] 参见［日］青木富贵子著：《731——石井四郎及细菌战部队揭秘》，凌凌译，上海译文出版社 2010 年版，第 36 页。

[2] 1995 年“日本电视”在制作终战 50 周年特别节目的时候，雇用了一个美国人理萨查，他意外发现了《石井文档》。该文档收藏在美国国家档案馆军事史部《人名查询》文档中，1992 年解密。发现时文档金黄色的封面上写着“FOR OFFICIAL USE ONLY”（限定使用），“此文档从美军负责情报的副参谋长办公室借来，使用后务必归还马里兰佛得米德基地美军陆军记录文书保管所”等字样。文档记录从 1945 年直到 1950 年朝鲜战争爆发，美军追踪石井四郎行踪、调查和搜集细菌战关系者、告密细菌战部队残暴罪行者等秘密情报，归属驻日盟军总司令部参谋二部（C-2）对敌谍报部，共 131 页。

下的烈性病菌研究，为的是在满洲使用。[1]

“石井疯子”的细菌战设想，得到日本叫嚣军国主义最狠的人物响应和支持，如陆军鹰派人物板垣征四郎上校、梶塚隆二上校、铃木从道中校等；还有更高层的人物土肥原贤二少将，据说是他报销了石井的环球旅行费用。石井得到了当时日本最重要的军事科学家小泉亲彦的支持。小泉是一个狂热的民族主义者，支持日本的扩张政策，曾支持过化学战研究，被称为日本化学战之父。有了小泉撑腰，石井的计划自然得到了当时的陆军大臣荒木贞夫、实力派人物永田铁山的响应和支持。

随着 1937 年 7 月卢沟桥事变，日中两国进入战争状态后，细菌战就一跃成了日本的国家战争谋略。

1939 年筱塚良雄作为少年队第二期成员到达哈尔滨的平房时，正好赶上了日本细菌战突飞猛进的“大开发”时期。

少年队的队员每天早晨 6 点被起床号唤起，不洗脸就参加军事训练。回来后吃早饭。整个上午有各学科的授课。初来的第一天是讲授防疫给水部的任务、人体构造，而后是各研究室的班长讲授血清学、细菌学、病理学等。上痢疾课的是江岛班的江岛真平，上伤寒课的是田部班的田部井和，上霍乱课的是凑班的凑正男等。上毒物课时，给兔子注射硝酸士的宁、氰化钾、砒霜等，接受看着兔子痉挛而死的训练。如果有人闭眼，就要被鞭挞。

教科书大都是传染病研究所编写的书。那些教科书上标有号码，上课一结束全部收回。上课时绝对不允许记笔记，所有内容都要死记硬背。

下午便实习，少年们被分派到 3 号楼和 5 号楼二三层楼的研究室，洗涤试管，制作检查细菌用的培养基，学习处理活菌的器具使用法。之所以处理活细菌，是因为处理死菌，学员的注意力就会下降。而处理活菌则随时有被感染的

[1] 上述文字在《石井文档》中记录为 1947 年 6 月 9 日民间局鲍尔·肖拉报告。参见［日］西里扶甬子：《美军情报部所存的〈石井文档〉》，收录于中国社会科学院近代史研究所近代史资料编译室主编：《侵华日军 731 部队细菌战资料选编》，王希亮、周丽艳编译，社会科学文献出版社 2015 年版，第 326 页。

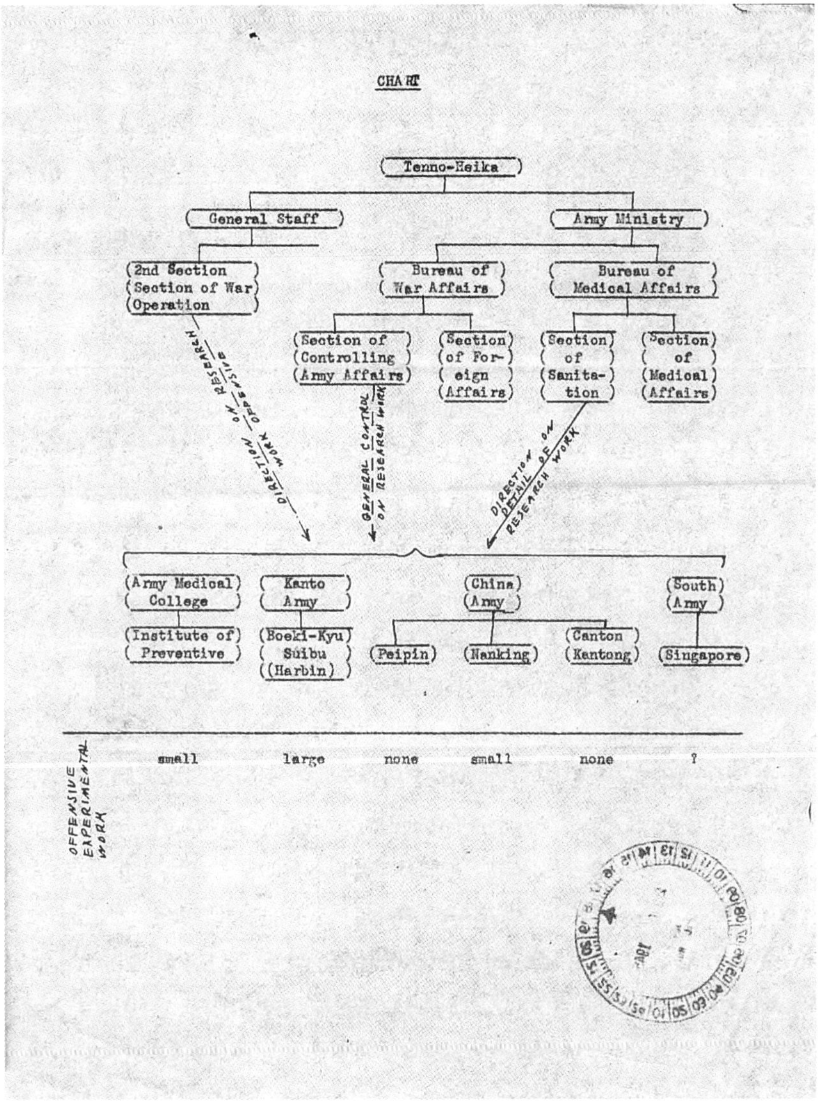

日本细菌战指挥系统图原件

防疫给水部·细菌部队指挥系统图

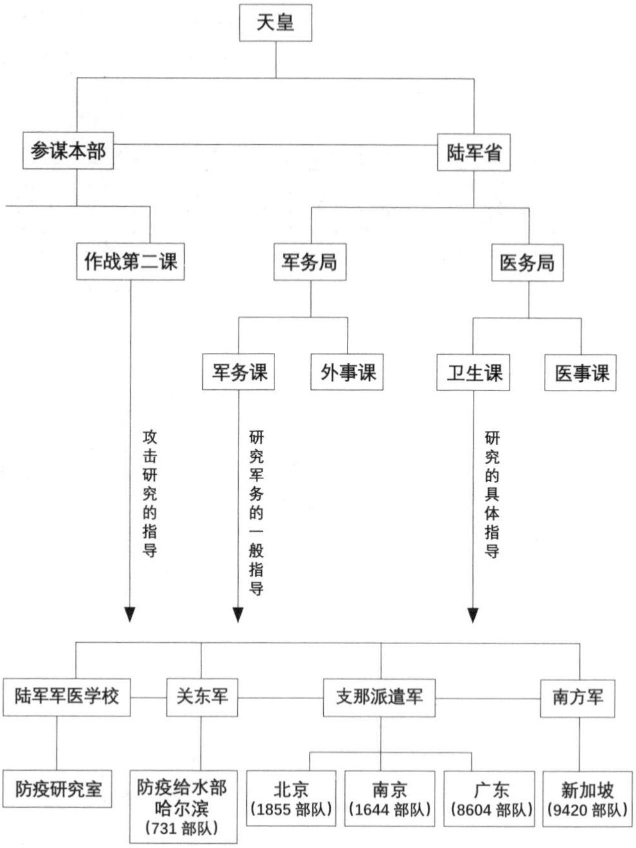

日本细菌战指挥系统图译图。原图为美国第一任细菌战调查官桑德斯中校赴日调查后提交的《桑德斯报告》中的内容。1945 年由石井四郎左右手、日军陆军军医学校防疫研究室内藤良一提供。收录于［日］近藤昭二、王选主编 :《日本生物武器作战调查资料》（全 6 册），社会科学文献出版社 2019 年版第 3 册，第 919 页。本图为中文翻译件，制作者王选、骆洲，收录于《侵华日军细菌战文史资料选编》，全国政协文化文史和学习委员会编，中国文史出版社 2020 年版

可能。[1]

1940年天皇下达密令，增加秘密部队的研究人员、实验室和武装人员的配备，731部队增加到3000人。近藤找到的1941年的《满洲驻屯陆军部队的编制及编制改正完成之件》等文件显示，正是基于天皇编制权的军令，确定了这支部队的编制和扩编。

“关东军给水部”处于关东军司令官统辖之下，分别隶属于关东军司令部第一（作战）部和军医部。实际上石井四郎可以越过关东军，直接与东京的参谋本部联络，寻求指示，而且他也常常这样做。外表上这支部队是为军队提供“防疫”“供水”，实际上是开发细菌武器并将其推向战争运用。在极秘密的情况下，这支部队每年会得到1000万日元的经费（1940年数额），经费是在对国会议员也保密的情况下支出的。为了达到保密的目的，731部队的编制及业务经费，被纳入关东军非常军事总预算中。这样议会中的议员问起来，就以部队秘密业务为由拒绝。[2]

12月2日，731部队增扩牡丹江643支队、林口162支队、吴孙673部队，统称659部队，沿中苏边境排开部署。在1939年关东军与苏联军队发生冲突的“诺门坎事件”中，731部队就在哈拉哈河上游的乌尔逊河里投了伤寒菌，以感染下游的苏联军队。

少年队成员筱塚良雄也忙了起来，他被派去各班帮忙作业，准备培育细菌和刮离细菌的工具，搬运用来培养细菌的菌株。

“诺门坎战役期间，我们生产了什么细菌，生产了多少细菌，就不得而知了。不过，当时菌株是放在试管里培育，每个金属丝筐里放60支试管。因此，从取菌株的场所和搬运的试管数量上来计算，我想生产的细菌有伤寒菌、副伤

[1] 筱塚良雄在细菌战诉讼的法庭证词。收录于中国社会科学院近代史研究所近代史资料编译室主编：《侵华日军731部队细菌战资料选编》，王希亮、周丽艳编译，社会科学文献出版社2015年版，第374页；另参见［日］青木富贵子著：《731——石井四郎及细菌战部队揭秘》，凌凌译，上海译文出版社2010年版，第77页。

[2] 参见近藤昭二细菌战诉讼（日本东京地方法院2001年2月5日）的法庭证词《日本国家意志对细菌战的隐匿》。原文见中国社会科学院近代史研究所近代史资料编译室主编：《侵华日军731部队细菌战资料选编》，王希亮、周丽艳编译，社会科学文献出版社2015年版，第375页。

寒菌、痢疾菌，每日生产 3 公斤多。”筱塚良雄说。[1]

7 月底，少年队成员被要求跟着全副武装的下士官搬运细菌。筱塚亲眼目睹了技师在玻璃的无菌室里用培养基溶解细菌，然后把溶解物装入石油罐大小的蛋白胨储藏罐里。储藏罐被焊锡过后，与干冰一同装入木箱，用草垫子包裹起来。然后，再用草绳捆扎，让少年队搬运。“一个木箱里放两个罐，所以相当沉重。”

细菌由部队汽车运到哈尔滨火车站，然后装上中国人乘坐的普通客车进行运送。少年队成员则坐在放在火车地板上的细菌罐子上，下士官经常来巡视情况。这是最安全的运送方法，不会引起注意。

诺门坎细菌战的效果无法评估，因为看不到苏联军队方面的任何情报。但有超过 40 名参加细菌战的日本军人，受到意外感染并不治身亡。

诺门坎战役之后，731 部队获得了来自关东军的特别奖励。1939 年 10 月 1 日，石井四郎的照片被刊登在《朝日新闻》上。1940 年 4 月 29 日，石井获得了三级金鸦勋章和旭日中绶章。

筱塚也因为参与向前线搬运细菌，获得了从军徽章和内部使用的代金券。

1939 年第二次世界大战在欧洲爆发，而日本则在中苏边境初试细菌武器。1940 年 9 月日本与德国、意大利结成了三国同盟，战争态势进一步扩大。日本在攻破上海、南京、武汉之后继续扩大侵华战果，中国的抵抗又使战争胶着化，呈现持久战状态，日本面临着兵员消耗和物资不足的问题。

细菌战在重武器中具有制造成本低、易于隐藏的特点，受到了军方的重视。于是日本细菌战部队如同一团污水，随着战争的深化而四处扩散。北京甲字 1855 部队、南京荣字 1644 部队、广州波字 8604 部队先后成立。这些部队都建立在日军控制的大城市里，并且就建在闹市区，一般是占用一所中国人或日本人经营的大医院，然后将此医院改成细菌工厂。这样做隐蔽性强，就算是与它比邻而居也根本不会知道它的存在。

同 731 部队一样，这些部队隶属于当地派遣军。南京和广州的细菌战部队再设若干个支部，分别控制所辖地区。明的业务是为部队提供给水和防疫，

[1] 筱塚良雄在细菌战诉讼的法庭证词，见《侵华日军 731 部队细菌战资料选编》，第 375 页。

暗中进行细菌战，其技术人员互相调动。731 部队与之保持紧密联系，石井四郎和平房的“科学家”频繁到各部队出差。一旦进行细菌战，各地给水防疫部队都直接参与，相互联动，协同作战。

1942 年日军占领新加坡，细菌战的污水立即扩展到这里，南方军防疫给水部（冈字 9420 部队）成立。哈尔滨 731 部队的内藤良一和贵宝院秋雄出任该部队的头目，架构控制新加坡各地的分部。

至此，从中国的东北一直到新加坡，日本的细菌战部队形成了一个纵贯整个亚洲的巨大网络。

据近藤昭二所述：日军 731 部队在 1941 年编制人员曾达到 3500 人，拥有十多种当时世界上其他国家未知的、人类毫无预防措施的细菌武器，从细菌实验到细菌武器制造，再到作战，形成了完整的建制。并且不断从该部队征调人员，作为骨干力量派遣到中国北京、南京、广州以及新加坡的细菌制造和作战部队中去。

“当我盯着看我制作出来的 731 部队编制图时，我感到恐惧，脊梁僵硬冰冷。我的眼前就出现了蒙克的画《尖叫》，扭曲而怪诞的星空下，一张大嘴在疯狂地尖叫。

“你满耳朵都是尖叫，却没有一点声音，你知道所有的恐怖，却不知道恐怖在哪里。

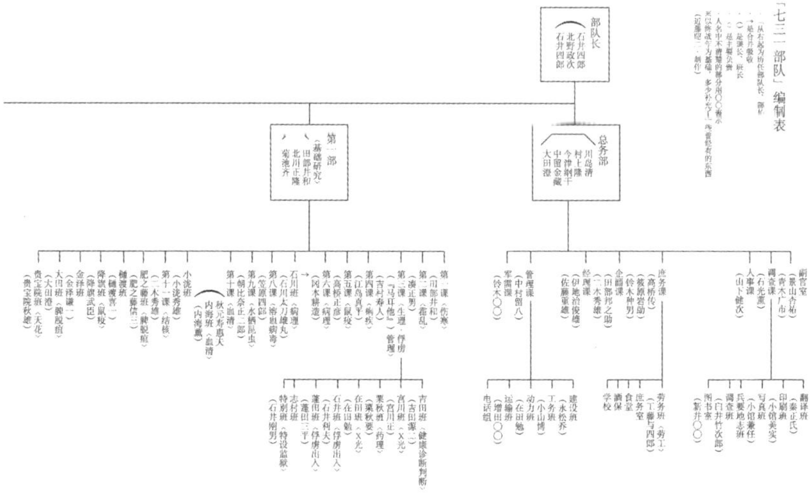

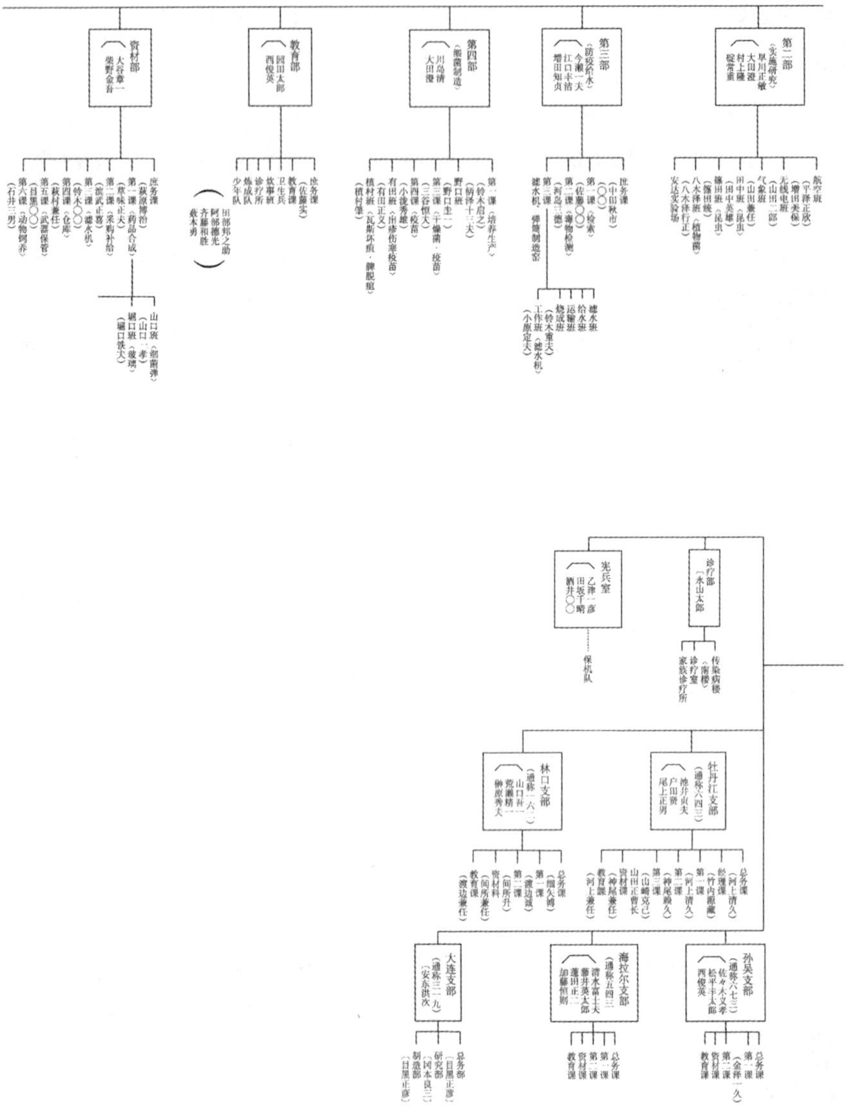

731部队编制表。[日]近藤昭二制作，刊载于《细菌战部队》(日)，七三一研究会编，晚声社，1996年。此表为近藤昭二最新修订版，中文翻译制作：浙江工商大学生化武器研究会俞乐诗。

“我觉得那是所有被731部队细菌杀害的人的灵魂的尖叫。”近藤说。[1]

“我是个细菌科医生，所以我在大量生产细菌时，知道这些细菌是用去消灭人命的。但当时我认为这种做法是身任日军军官者应尽的职责，所以我就尽力去执行上级长官命令我执行的任务。”[2]柄泽十三夫就是用石井的细菌战理论来说服自己的。这个原本立志要做一名仁医的清贫农家子弟，在“勉勉强强地参加到细菌战的准备工作后”，转变成对细菌战的笃信、崇敬，并保持着为“做大事业而献身”的高亢情绪。

短暂的心理不安之后，柄泽十三夫很快就说服了自己，毫无负担地投入到细菌制造中。

1941年少年队解散，筱塚良雄被分到731部队第四部第一课的柄泽班，月工资45日元。生化武器士兵还可领津贴25日元和部分海外津贴。柄泽班的班长正是柄泽十三夫，筱塚记得他的样子：个高纤弱，消瘦微黑，沉默寡言，显得比实际年龄老一些。

筱塚就这样接触到了731部队的核心部门——细菌培养课。

“由培养基生产出的细菌，感觉上几乎都是透明的，显得很漂亮。搅拌纳豆，一拉就会拉出很多丝，而鼠疫菌与之完全一样，也能拉出丝来。如果触到那种丝，那就会受到感染。”筱塚说。[3]

并不是所有的少年队成员都能到核心的部门，那些体力好而学习成绩不佳的人，就被分配去从事体力劳动。筱塚是学习成绩优秀者，这意味着他学习能力强，操作仔细合乎规定。毛手毛脚的人不仅给别人带来麻烦，还会给自己带来生命危险。

筱塚在柄泽班的任务，是给兽医技术员当助手。做得最多的事，是进行鼠疫毒力实验：“用吸液管来做。做好了鼠疫活菌计算后，为了方便稀释细

---

[1] 作者对近藤的采访。

[2] 1942年12月6日柄泽十三夫在苏联伯力审判中的受审记录。参见《伯力审判档案——日军细菌战罪行披露》，抗日战争时期中国人口伤亡和财产损失调研丛书，主编张树军、李忠杰，副主编蒋建农、霍海丹、李蓉、姚金果，中央党史出版社2016年版，第69页。

[3] 筱塚良雄在细菌战诉讼的法庭证词。见中国社会科学院近代史研究所近代史资料编译室主编：《侵华日军731部队细菌战资料选编》，王希亮、周丽艳编译，社会科学文献出版社2015年版，第378页。

菌，吸液管上有一个带有刻度的玻璃吸管，刻度相当细微。那是用嘴来吸取细菌的。”

筱塚仍然记得：痢疾菌气味像黄瓜；霍乱菌刮取时，有一种沙沙的感觉；炭疽菌有些混浊。鼠疫菌和炭疽菌是通过口腔感染的，工作时要戴口罩、穿白大褂和长筒胶靴。工作结束后，要经过消毒液喷雾，还得洗甲酚浴。即便是如此，也不知道什么时候就感染上了。

这是极其难以把握的工作，一旦过度，就会把细菌吸到嘴里。

29 人的少年队队员中，有两人因感染伤寒而死亡。

“自己的少年队队员感染了，也是要进行活体解剖的……”筱塚每每讲到这些，都痛苦得不断摇头，欲言又止，顾虑重重。“说是不能浪费了材料，这和他们的家人怎么交代啊！”

解剖完毕，就垒起一堆木柴，将尸体摆放在上面火化。而后，部队集中几个人，举办军葬。向家里报告，说是战死。[1]在 731 部队里的军医几乎全是大学医学部的毕业生，来自京都大学、东京大学这些名牌学校，也多是石井四郎的学弟。后来成为石井四郎得力助手的增田知贞初次任职时 25 岁，是石井的低班同学；负责病理的石川太刀雄丸，也是京都帝国大学医学部毕业，是最早作为石井的低班同学去平房的一名军医，出身于医学世家，他的父亲是京都大学名誉教授石川日出鹤丸，在日本有“生理学之父”之称；而石井四郎的心腹内藤良一初次任职时也只有 24 岁，石井四郎后来的继任者北野政次 26 岁，是东京帝国大学医学部毕业。他们组成了石井的嫡系。

筱塚对班长柄泽十三夫印象深刻。柄泽只是个委培的医专生（医学专科学校），级别比别人低多了。柄泽 1911 年 7 月出生于长野县小县郡一个名叫丰里村的小村落，父亲是小学教员。柄泽被分配到平房时 28 岁，母亲、妻子和长女随他同来，一家人安置在哈尔滨。“十三夫”这个名字是因他的家里孩子很多。柄泽有一个哥哥，但作为家中继承人的哥哥早逝，家里希望再有一个儿子继承家业，直到生第十三个，才是个儿子，就取名为“十三夫”。

---

[1] 筱塚良雄在细菌战诉讼的法庭证词。见中国社会科学院近代史研究所近代史资料编译室主编：《侵华日军 731 部队细菌战资料选编》，王希亮、周丽艳编译，社会科学文献出版社 2015 年版，第 378 页。

柄泽十三夫从年轻时就立志要当一名医生。但考入正规大学学习医学相当不容易，他经过很多努力才考入东京医学专科学校（即后来的东京医科大学）。当时日本陆军部有一种“委培生制度”，如果考进医科大学，在学期间可接受陆军部资助，但毕业后必须在陆军服役。柄泽接受了这种委培，东京医学专科学校毕业后，于 1936 年又考进陆军军医学校。在校读书期间，靠领取陆军省津贴生活。他属于贫苦人家的孩子想通过教育上升到精英阶层的一类人。

筱塚回想起他的这个班长。按身份，他可以在高等军官食堂用餐，但他总是自己带米来，用军官饭盒自己煮，默默地独自一人吃饭。身为军官，他总是穿着旧军服。当时，军官的军服要自己配置，他的新军服在举行礼仪的时候才会小心翼翼地拿出来穿。而且执行命令时柄泽也不会通融灵活，因此给人性格古板、拘谨的印象。

当日本战败筱塚被混编进中国人民解放军时，他的班长柄泽则被苏联人俘虏。

这是石井四郎的一个纰漏导致的错误。

1945 年 8 月 9 日苏联红军参战。日本陆军部命令，彻底摧毁位于哈尔滨郊外平房 731 部队的所有设施，并用飞机接回所有的军官。

柄泽十三夫是 1944 年 8 月接受命令，从平房 731 部队调遣到关东军第三方面第 44 军的。撤离的时候，石井四郎没有顾及 731 部队以外的细菌战医生，导致柄泽没能搭上 731 部队军医乘坐的专列或飞机快速从东北回日本。

9 月 1 日，他在奉天（沈阳）被苏军俘虏。

第八章　精选跳蚤　人造恶疫

一

当 1940 年日本细菌部队大扩张并进入实战攻击阶段时，英国才开始启动细菌武器研制计划，加拿大也响应英国开始了行动。一些不断传来的情报，暗示着希特勒、意大利和日本有可能进行生物战。英国支持生物战的军方人士认为，不得不进行准备，无论是防卫还是进攻方面。[1]

注意到日本的细菌战布局和收集到日本在中国进行细菌战的情报后，美国的细菌战研究也正式启动。1941 年 10 月 1 日，美国成立了由 9 名生物学家组成的 WBC 委员会。第二年该委员会向陆军部长提出报告，建议进行细菌战的攻击和防御方法的研究，被总统采纳。[2]

自此，生物战竞赛在大国间展开。

英国的实地实验到了 1942 年才正式展开。当年 7 月 15 日在一个叫格林亚德的无人小岛上，研究人员从当地村民那里购买了 155 只绵羊，用经过改装的 13.6 公斤重的炸弹装上 3 升的炭疽悬液，放置在距离地面 1.2 米的铁架上，遥控引爆。炸弹在地面产生肉眼可见的云团，随风飘散。7 天以后，距离爆炸范围 80—90 米内的拴着的羊差不多均已死亡。9 月，又用一架威灵顿轰炸机从 6400 米高空投下一枚炭疽炸弹，但落在一片沼泽中，对羊群没有产

---

[1] 参见［美］珍妮·吉耶曼著：《生物武器——从国家赞助的研制计划到当代生物恐怖活动》，周子平译，生活·读书·新知三联书店 2009 年版，第 24 页。

[2] 参见［美］谢尔顿·H. 哈里斯著：《死亡工厂：1932—1945 年日本细菌战与美国的掩盖》，王选、徐兵、杨玉林、刘惠明、张启祥译，上海人民出版社 2022 年版，第 297 页。

生影响。[1]

1943年，美国的生物武器计划进展迅速。美国的重点是高效炸弹的研制和试验，但实验仍在豚鼠、家鼠身上进行。英国利用细菌气雾室对实验室动物进行了炭疽和鼠疫媒介的试验，美国科学家改进和扩大了气雾室，使它们可以一次放进100只老鼠。[2]

相比之下，日本已远远把英美甩在后面。

石井部队在1936年成立时大约是300人的编制，到1940年设施最终完成时，平房的配备人员近3000人，已是原来的10倍。这个数字一直稳定到战争结束那年。另外已知的5个支部的人员，若平均以300人计，直属石井指挥的部队人员可能超过5000人。其中医师和研究者大概占10%，在300—500名之间；技术后援人员大约占15%，在600—800名之间。

而在后方的日本，几乎所有的细菌学者均与石井的研究有某种关系。为了支援细菌战研究，日本的大学几乎都被动员了：京都帝国大学、东京帝国大学、东京传染病研究所等。[3]

死亡在这里被工业化、大规模地制造。

平房是研究和生产的最前沿，设四个部。从事细菌研究的第一部，拥有当时任何世界级的研究所都羡慕的研究设备。主要装置包括4个制造细菌培养基容积各一吨的罐，14个培养基灭菌用的自闭缸（生物压力锅）。另外有可收纳100个细菌培养器的两个大冷库。这些容积的数字是如此庞大。"石井培养器"在满载时一次生产流程推算可生产"三京的病原菌（即30公斤），必要时甚至可以生产'四京'即40公斤的病原菌。在三四天内可生产出如此惊人量的病原菌，连关东军司令官山田乙三大将都感到惊异"。[4]

第二部是实战研究部门。下设有植物灭绝、昆虫研究和撒播细菌的航空班，主要进行各种细菌炸弹的开发和测试。在离平房140公里处，有一个叫安

[1]［美］珍妮·吉耶曼著：《生物武器——从国家赞助的研制计划到当代生物恐怖活动》，周子平译，生活·读书·新知三联书店2009年版，第42页。

[2]同上注，第52页。

[3]参见［美］谢尔顿·H.哈里斯著：《死亡工厂：1932—1945年日本细菌战与美国的掩盖》，王选、徐兵、杨玉林、刘惠明、张启祥译，上海人民出版社2022年版，第133页。

[4]同上注，第134页。

达的野外实验场，进行鼠疫菌、炭疽菌等炸弹爆炸后是否能感染人的实验。另外这个部也负责培育鼠疫跳蚤。第二部配备有两台容量两吨的锅炉、8个自闭罐（每个自闭罐可容纳60个培养器），以及为保存“产品”特别设计的两个冷藏箱，用于跳蚤生产。

第三部是制造石井式滤水器的机构。看似和细菌战没有关系，但实际上从1944年开始到战争结束，一直在负责制造细菌炸弹。生产在哈尔滨工业中心的一个工厂里进行。

柄泽十三夫所在的第四部是承接前三部的最后一个环节：细菌的培养与生产，也就是在前三部研究的基础上，从事用于细菌武器的细菌制造。

第二部部长川岛清（1949年接受伯力审判时）说：“生产部内装备有培制细菌的良好仪器，使我们每月能生产约三百公斤净鼠疫菌，或五百至六百公斤净炭疽菌，或一千公斤净霍乱菌。”[1]

实验是在活人人体上进行的。

平房从建立到被摧毁，人体实验从来没有停止过。“圆木”们的编号从101号开始到1500号。每个“圆木”的X光摄片记录中也用同样的编号。满1500号后，就意味着这些实验材料用完了，就再从101号开始重新循环。

平房的每个实验室里都挂有一块大板子，上面每天都有人更新数据资料：“某月某日；圆木3根，某号某号，注射某和某Xcc；我们需要肝脏的某个部位。”[2]于是，实验室的技术人员就去7号或8号楼，提取实验所需的“圆木”。

“圆木”源源不断地被运到731部队内设的特别监狱里。管理本部与监狱之间有一个秘密地下通道，“圆木”可以神不知鬼不觉地被带到这里。监狱还把实验室和处理死亡者遗体的焚尸炉连接在一起，第一部、第二部就从这里提取犯人进行活体实验，用完了之后直接送到焚尸炉里烧掉。

筱塚良雄也在其中，他是少有的讲出实情的人。

---

[1]《伯力审判档案——日军细菌战罪行披露》，抗日战争时期中国人口伤亡和财产损失调研丛书，主编张树军、李忠杰，副主编蒋建农、霍海丹、李蓉、姚金果，中央党史出版社2016年版，第59页。

[2]参见［美］谢尔顿·H.哈里斯著：《死亡工厂：1932—1945年日本细菌战与美国的掩盖》，王选、徐兵、杨玉林、刘惠明、张启祥译，上海人民出版社2022年版，第129页。

我以第四部第一科科长铃木少佐助手的身份，在第一部特别班里，对被关押的5名抗日地下工作人员，进行了活体实验，目的是进行活体御力及毒力实验。

对被关押在特别班的5名抗日地下工作人员，各取5CC血液，测定免疫价。第二天，对其中四人注射了四种疫苗［加温疫苗、混合疫苗、包装疫苗（原文如此，对照筱塚良雄向细菌战诉讼提交的法庭书面证词，应为“冻干疫苗”）、生菌疫苗］。一星期后又注射一次。然后将他们的血取出，测定免疫程度之后，又注射了估计含有零点零五瓦的鼠疫液1CC。其中三名三天以后死亡。在第一部笠原班进行了解剖，以后就在特别班附设的火葬场烧了。其他二位作为重鼠疫患者，提供给诊疗部做活体实验杀害了。[1]

一根“圆木”在731部队制造死亡的工厂流水线上流转，各部按照各自的实验目的进行注射、切割，要被多次使用，做各种各样的活体实验。

为了保证实验正常进行，“圆木”们会在短时间里得到精心的照料。石井的医生们，会为“圆木”治疗身上被宪兵拷问时留下的伤疤，为他们提供的食物也比日本本土一般家庭好得多，同时还得防止因为食物太好造成肥胖、糖尿病、心脏病或者其他疾病。“石井这些‘临时客人’得到的待遇，正如那些神户牛的饲主，为出鲜嫩的牛肉以不负神户牛的名声，而对牛毫不吝啬地爱护。据石井的一个技术人员回忆，1945年春日本军已节节溃败，一般国民只能吃野菜和糠，而这些‘圆木’的食谱却是：早晚都是白米饭，只有午饭里混些少量杂大豆……副食也充分保证营养，每天都有猪肉，不时地变换花样。”[2]

一支军队如果使用细菌武器，前提是自己的军队要有防疫能力，不至于被所使用的细菌武器感染。死亡工厂里用活人大量开发生产血清、疫苗。谢尔顿·H.哈里斯认为：731部队在平房一共生产出了18种流行疾病预防的疫苗；而作为攻击性细菌武器的研究，他们至少研究开发了12种不同的微生物

[1] 筱塚良雄口供，见中央档案馆、中国第二历史档案馆、吉林省社科院合编：《日本帝国主义侵华档案资料选编：细菌战与毒气战》，中华书局1989年版，第65页。

[2] 参见［美］谢尔顿·H.哈里斯著：《死亡工厂：1932—1945年日本细菌战与美国的掩盖》，王选、徐兵、杨玉林、刘惠明、张启祥译，上海人民出版社2022年版，第130页。

武器，包括鼠疫菌、鼻疽菌、炭疽菌、斑疹伤寒菌、霍乱菌等。

“美国人对细菌工厂的生产量感到震惊，平房每年生产至少 2000 万剂的疫苗。为培养一种型号为 R.P 的斑疹伤寒疫苗，每年要 5 万只母鸡和公鸡来生产受精蛋，还需要 5 万只老鼠，用来生产一种 R.M 的疫苗。”[1]

在各种细菌武器的研究中，炭疽菌和鼠疫菌是重中之重。

炭疽菌的散播方式研究颇费周折。一开始试着把细菌悬浊液填充在炸弹装炸药的位置，但炸弹爆炸产生的高温会造成细菌的死亡；后来又研究了专门为高空投放炭疽菌的一种薄壁钢壳弹，被称作“HA 弹”，内装有 1500 个浸在 500cc 炭疽菌乳状液里的圆柱小片；还有名为“宇治式”全功能或“宇治 50 型”的钢壳炸弹。这些种类炸弹的效能，都是在安达野外实验场用活人进行实验的。在五六年的实验期间，大约有 2000 枚宇治型炸弹被投到安达的活人身边，让它们爆炸并将炭疽菌喷溅到实验对象身上。[2]

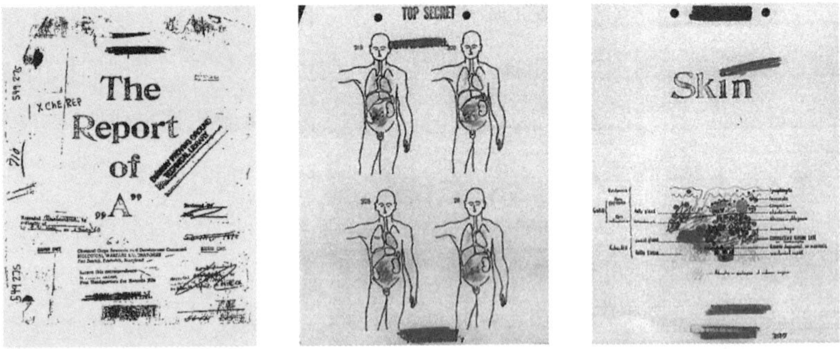

炭疽细菌武器的开发。战后日军细菌部队及石井四郎向美国提供的资料“A”报告，即为炭疽报告，报告中实验对象的编码共 33 人，年龄为 25—33 岁男性，通过注射、口服、散布等各种感染方式，实验对象的死亡时间为 2—4 天。资料来源：[日]近藤昭二、王选主编：《日本生物武器作战调查资料》(全 6 册)，社会科学文献出版社 2019 年版第 4 册

柄泽十三夫就亲自参加了两次这种实验。一次是为了检验炭疽炸弹的效

[1] 参见 [美] 谢尔顿 • H. 哈里斯著：《死亡工厂：1932—1945 年日本细菌战与美国的掩盖》，王选、徐兵、杨玉林、刘惠明、张启祥译，上海人民出版社 2022 年版，第 145 页。

[2] 同上注，第 146 页。

能，一次是为了实验鼠疫传染法。

当时在安达站打靶场上有系统地进行实验。我两次参加这样的实验。第一次是在1943年末，第二次是在1944年春。在两次实验时，第一次都把十个看样子是中国人的受实验者押到打靶场上来，在未进行实验之前，先把他们绑到栽在地里的柱子上，然后让装有细菌的炸弹在他们近旁爆炸。我听说这两次实验中第一次实验结果，是一部分受实验的人染上了炭疽热，我后来听说这些人都死掉了。[1]

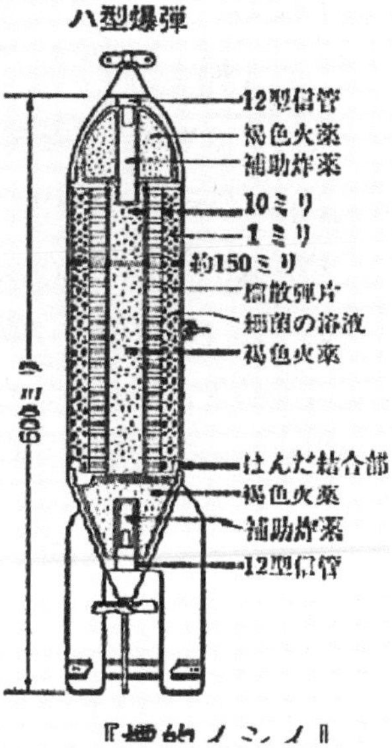

填装炭疽菌的炸弹（资料来源同上页图）

经过2000次以上的活人实验、4000次以上的不同飞行高度飞机投弹或者静止爆炸实验后，证明高温很难使细菌活下来。于是，石井便发明了一种外壳是陶瓷的炸弹，颜色就像是中国农村的咸菜缸，其残片也很容易被误认为陶瓷碎片。炸弹弹体长69.6厘米、直径17.8厘米，里面可装10.5夸脱液体，从空中投下去，陶瓷传热缓慢，细菌不会因为高温而死。另外一种叫作母女弹的，为了保护细菌不死，投下去后母弹先爆炸，再引发女弹炸裂。[2]

美国的调查结论是：日本在炭疽细菌武器上获得了巨大的成功。美国人拿到的日本炭疽菌实验内容达400余页，还有30例人体解剖标本图，18张心脏、肺、扁桃体、肝脏、胃的显微镜拍照图片，这就是“The Report of A”。

[1]《伯力审判档案——日军细菌战罪行披露》，抗日战争时期中国人口伤亡和财产损失调研丛书，主编张树军、李忠杰，副主编蒋建农、霍海丹、李蓉、姚金果，中央党史出版社2016年版，第70—71页。

[2]参见［美］谢尔顿·H.哈里斯著：《死亡工厂：1932—1945年日本细菌战与美国的掩盖》，王选、徐兵、杨玉林、刘惠明、张启祥译，上海人民出版社2022年版，第146页。

炭疽是一种可怕而难缠的细菌。炭疽菌孢子如果渗入地下，它致命的生存能力将污染这个地区。一旦条件合适，就会再感染人和牲畜，并形成一个近乎永久的感染源。

战后增田知贞在接受美国调查官讯问时，说在平房最后的日子里，他们销毁了 400 公斤的干燥炭疽菌。[1]

看着这个数字，王选感到头皮阵阵发麻。一般人不会知道这个数字意味着什么，“这意味着 731 部队解决了炭疽菌干燥技术和储藏技术。干燥的炭疽菌更容易携带散播，乔装的特务撒到河里、水井里神不知鬼不觉。400 公斤干燥炭疽菌储藏在那里，唯一的解释是作为细菌武器储藏，随时都可以拿出来使用！”

二

731 部队实验开发的最重磅细菌武器，是鼠疫。用来传播鼠疫的媒介，是感染了鼠疫菌的跳蚤。

随着王选和日本研究者的不断努力，残酷的真相一点点剥开。她明白了崇山村人的那一句话：“日本佬放鼠疫。”当鼠疫可以人为控制，可以定时、定点、定量投放时，鼠疫真的是可以“放”的，就像放出一头恶魔。

这一重大秘密被成功隐藏了 70 年。如果没有细菌战诉讼的推动，没有中日民间研究者的不懈挖掘，就不可能被揭穿。全世界都被蒙在鼓里，更不要说是王选。原子武器之恶随着广岛、长崎的爆炸而昭示天下，生物武器之残酷、黑暗却远不为世人所知。

731 部队成功地研究出鼠疫细菌武器时，世界上很多国家的生物研究所根本就不相信人类可以掌控鼠疫，使之成为细菌武器。鼠疫菌从空中投下去会死亡，根本达不到传染疾病的目的。这基本是当时世界生物学界的共识。

当年日军在中国多地，特别是在浙江和湖南常德使用鼠疫菌进行细菌战的消息，国民政府通过各种渠道向国际社会发布，但没有人相信是真的。英国

[1] [美] 谢尔顿.H. 哈里斯：《死亡工厂：1932—1945 年日本细菌战与美国的掩盖》，王选、徐兵、杨玉林、刘惠明、张启祥译，上海人民出版社 2022 年版，第 401 页。

以国防部和波顿·唐研究所为首的机构，认为通过飞机撒播鼠疫菌致使人类得病传染是不可能的。当时英国战时内阁，急于证实常德遭到日军鼠疫攻击情报的真伪，便将分析任务委托给伦敦卫生学校医学研究评议会的A.兰茨伯拉·汤姆森。他在1月6日的回信中指出："简直是无稽之谈。"[1]

实际上，石井四郎在更早的时候就认准了要用鼠疫作为细菌武器。

1946年柄泽十三夫在苏联接受审判时说："1939年的冬天……石井告诉过我，在1933—1934年间，他曾在满洲的马贼身上做过霍乱和鼠疫的实验，结果发现（作为细菌武器）鼠疫很有效。"

731部队是如何突破当时生物学界的"如从空中散布鼠疫菌，鼠疫菌就会死掉"的技术瓶颈，而成功做到实战攻击的呢？

731部队找到的方法，就是"感染鼠疫的跳蚤"。

让跳蚤感染鼠疫，是一个"天才"的想法。

鼠疫菌与其他细菌一样，如果只从上空投下单纯的细菌，由于空气的压力、气温的变化，细菌很可能死亡，从而失去传染性。石井和他的科学家们转换思路，想到鼠疫跳蚤。

731部队进行了这样的实验：把跳蚤放在注射了鼠疫菌的老鼠身上，让它们吸食老鼠的血成为感染鼠疫的跳蚤，再让这些染疫的跳蚤叮咬人。于是，在731"死亡工厂"的活人身上实验，他们得到了强制感染鼠疫的实验数据："MLD（能引起动物50%感染的最小量）50，皮下注射10毫克，口服0.1克即可感染；呼吸每立方米含有5毫克病菌的空气，呼吸10秒钟后，80%的人即可感染。"[2]

"潜伏期一般在3—5天，死亡从发烧开始3—7天，人工感染鼠疫产生腺肿而死亡的病例多见，死亡的3天前发生肺炎，显示出很强的感染力。"[3]

"鼠疫炸弹有不稳定性，不是令人满意的细菌武器，利用跳蚤传播鼠疫更

---

[1] 参见解学诗、[日] 松村高夫等著：《战争与恶疫——日军对华细菌战》，人民出版社2014年版，第171页。

[2] 参见 [日] 松村高夫细菌战诉讼的法庭证词：《从日、美、中、苏史料解析侵华日军731部队和日军的细菌战》，收录于中国社会科学院近代史研究所近代史资料编译室主编：《侵华日军731部队细菌战资料选编》，王希亮、周丽艳编译，社会科学文献出版社2015年版，第488页。

[3] 同上注。

为实用。”“结论是，使用跳蚤的方法，无论是对关闭在房间里的实验材料，还是利用飞机从低空喷雾式撒播病菌，都有极好的效果，通过各种实验，实验材料感染者达 30%—70%，死亡率至少 60%。”[1]

突破性的发现，来自日本民间细菌战研究者奈须重雄。一次奈须重雄与王选见面，王选提到日本 731 部队的科学家战后发表了很多论文，里面一定会有东西，应该仔细查阅一下。

奈须深以为然，于是开始大量查阅、收集战后日本科学家写的论文。这一查不得了，他发现大约 100 名科学家发表了超过 500 篇论文，平均每人 5 篇，内容是各种与细菌战有关的研究。这些科学家大多数是 731 部队的，少部分是其他机构受 731 部队委托的。

对应这 500 篇论文，奈须发现，有人只是在杂志上发一篇研究论文，就能得到一个博士学位；有些人则是把细菌部队的数据拿来再做一些分析研究，也获得了博士学位。细菌战研究居然成了研究者角逐学术地位的利器。

更让奈须惊讶的，是关于跳蚤的研究。

500 篇论文里，关于跳蚤的特别多，特别详细。有的论文的研究内容达到“变态”的程度。比如一篇论文是为了研究跳蚤的跳跃能力的，研究者故意制造一些“残疾跳蚤”，或者把跳蚤的两条前腿拔掉，或者把它们的两条后腿拔掉，测算它们残疾之后能跳多高、跳多远。论文的结论是，拔掉跳蚤的前腿关系不大，但拔掉跳蚤的后腿，跳蚤就没有跳跃能力了。

还有不同品种的跳蚤跳跃能力有何不同，能跳多高、跳多远，移动同等距离需要多长时间；运输跳蚤的方式，是大瓶子好，还是小瓶子好，哪种损耗更大；夏天和冬天的跳蚤会和老鼠身体保持多远的距离，结论是夏天跳蚤会离老鼠身体远一些，冬天则会紧贴在老鼠身上；等等。

一开始奈须不明白，为什么会有这么多奇奇怪怪的变态研究？后来他才恍然大悟，这些都是为了用跳蚤传播鼠疫细菌而做的专项研究。跳蚤的习性、跳跃能力、繁殖能力和不同品种的活力；它们的重量、寿命；以什么样的方法

[1] 参见［日］松村高夫细菌战诉讼法庭的证词：《从日、美、中、苏史料解析侵华日军 731 部队和日军的细菌战》，收录于中国社会科学院近代史研究所近代史资料编译室主编：《侵华日军 731 部队细菌战资料选编》，王希亮、周丽艳编译，社会科学文献出版社 2015 年版，第 488 页。

来饲养；从空中投下过程中，跳蚤受伤后是否还有跳跃能力；县全冬天紧贴老鼠皮肤的跳蚤能吸到更多的血，这些都是跳蚤传播鼠疫细菌、能造成多大范围感染的关键数据。而对这些特殊情况下跳蚤习性的掌握，则事关跳蚤如何作为细菌武器的大局。

奈须看到一份论文里一张跳蚤感染鼠疫的实验示意图。那是在一个桶里，上面放的是跳蚤，下面放着老鼠。在跳蚤和老鼠之间有一个隔层，隔层上有一些小洞，下面的老鼠层里有灯光，光会吸引跳蚤从小洞钻到下面空间里去吸老鼠的血。论文里的图像让奈须毛骨悚然：下层空间里被跳蚤过度吸血的老鼠，一只只都变得骨瘦如柴、无精打采，而跳蚤们一个个腹部滚圆、精神抖擞。没老鼠血可吸时，那些跳蚤便会彼此咬作一团……[1]

这是巧妙收集跳蚤的方法。跳蚤针尖一样小，跳跃能力又太强，人为难以控制，灯光和老鼠可以把跳蚤导向要它们去的地方。

鼠疫跳蚤是731部队精选出来的武器，筛选的方式也是进行活人实验。

筱塚良雄听到这样一种说法，病原体经过人体以后，人体免疫力会使弱的细菌死亡，生命力强的细菌则活下来。而活体解剖是为了获得这些更强的细菌菌株，人一咽气杂菌就会进入尸体内，影响实验效果，所以要在人活着的时候快速地拿出需要的器官。细菌主要集中在肝脏，解剖时不用麻醉药是因为麻醉会弱化细菌。[2]

筱塚良雄参加过一次没有实施麻醉的活体解剖，对象是一名鼠疫晚期的中国男子。

有一天早晨，被我浇上消毒药水的中国人，被安排进行解剖。中国人的脸紫胀着沾满了血，从担架上滴滴答答地流下来。“两剂樟脑液，”大木伸出两根手指命令我去注射。被注射了樟脑液（强心剂）、用脚镣手铐固定的中国人猛然睁开了眼睛，好像要弄清这次行凶情况似的转过头来。但是，身体不自由了，眼睛里充满气愤的泪水，凝视着顶棚。转着摸中国人脖颈的细岛，用左手

[1] 材料来自本书作者对奈须重雄的多次采访。

[2] [日] 青木富贵子著：《731——石井四郎及细菌战部队揭秘》，凌凌译，上海译文出版社2010年版，第89页。

的手术刀咔嚓一声，沿着中国人的颈动脉切下去，血流了出来。中国人因为鼠疫病和被宰割的痛苦，把头左右摆动。细岛用手术刀背敲击着中国人的心脏部分，叫道："樟脑强心剂两支！"随后便切断了中国人的血管。中国人留下一句满怀仇恨的话："鬼子！"就迅速地变了脸、咽了气。细岛倒拿着解剖刀，从上腹部到下腹部，再从下腹部向胸部洋洋得意地切割下去。拉开骨锯，切断肋骨，露出全部内脏。20分钟后，中国人的肉体被脔割了。滴着血的肉块散乱地丢在解剖台上。[1]

因为细菌战诉讼，王选和奈须重雄相识并成为好朋友。对事实真相的共同追索，让他们不放过任何一个细节。王选每到东京就约奈须逛东京的旧书市，淘资料。王选和奈须两人共同认识到：石井四郎的鼠疫细菌武器并不仅是鼠疫菌本身，而是感染了鼠疫的跳蚤，731部队经过多次试验，发现撒播鼠疫最稳定有效的手段，是用带鼠疫菌的跳蚤。鼠疫通过什么媒介来进行传播是非常关键性的一环，当年正是对这一环缺少认知，才致使世界上主流国家不相信鼠疫可以从空中散布。

三

1940年6月，距伪满洲国"新京"西北部约61公里的农安突然发生鼠疫。农安鼠疫在非常集中的县城区域内暴发流行，出现患者352人，死亡296人。而从农安向北的大赉也发生鼠疫，与农安县城不同的是，大赉是一片广阔的农村和草原，人口密度低。

同年9月23日，"新京"东三条街42号居住的一个日本军属太田安次突然发高烧，当即入住"满铁"医院，翌日转入日本陆军医院，29日吐血而死。病理解剖验证是真性鼠疫，接着太田安次邻近的人前后有7人死亡。"新京"就这样也突然流行起鼠疫来。[2]

---

[1] 郭成周、廖应昌著：《侵华日军细菌战纪实》，北京燕山出版社1997年版，第69—70页。

[2] 解学诗、[日]松村高夫等著：《战争与恶疫——日军对华细菌战》，解学诗《新京鼠疫谋略》，人民出版社2014年版，第55页。

农安、大赉与“新京”有一条京白铁路（长春到白城子）相通，三地连成一线。农安、大赉鼠疫与“新京”鼠疫到底谁先谁后，谁传染了谁，谁是最开始的疫源区，是什么原因造成鼠疫流行的，一直是一个谜。

1940 年 10 月，关东军司令梅津美次郎将当时的日、伪满“联合体制”撇在一边，直接发布“关作战第 699 号”，以军事性作战行动进行防疫。命令石井四郎的细菌部队“速以所需人员和材料担当防疫”，开始介入农安和“新京”的防疫。在“新京”的多个部队被纳入石井四郎的统辖之下进行防疫，整个防疫队伍总人数在 2604 名，投入农安的防疫人员为 1100 人以上。而石井四郎的 731 部队，出动了 200 名军医。[1]

防疫队伍可谓浩浩荡荡。从“新京”开出了三列专次列车到达农安站，第一、二次列车到达后，直接停靠在车站成为关东军防疫队的宿营车和器具专用车。满铁总局还奉关东军参谋长之命，派出了 15 辆卡车和 10 辆大轿车。设在农安中学的防疫本部下辖战斗司令部、防疫斥候班、检诊班、消毒给水班、犬鼠捕灭班、病理解剖班、检索班、宣抚班等若干防疫队伍。

防疫队一到，立即断绝交通，形成封锁包围。三个月来面对猖獗的鼠疫，农安居民早已成为惊弓之鸟。现在又突然杀来三列火车的日本人，只有二三万人口的小县城立即人仰马翻。

防疫队的斥候班开着四辆汽车，拉着关东军防疫队员在各地搜索疫情，抓捕患者；解剖班也有三辆汽车，将患者隔离或将死亡者尸体运来解剖。对鼠疫毫无经验和知识的农安居民，为了不被日本人抓捕，想尽一切办法逃跑。实在逃不掉的人，有的则在胳膊底下夹两颗白菜疙瘩，降低体温以便蒙混过关。

大规模的防疫也在“新京”开展。石井四郎将他的“关东军防疫给水部”的牌子制成一个巨大的条幅，从靠近关东军司令部的国防会馆三楼顶层，一直垂挂到底层。石井四郎本人高调亮相，与他的医生们奔忙于各个防疫现场。

然而，如此大的防疫架势刚刚拉开，石井四郎的防疫队便匆匆离去。10 月 20 日来，11 月 7 日撤离，同时在“新京”铺开的防疫阵势也一起停息。奇怪的是，鼠疫在两地的流行并没有停歇。

---

[1] 解学诗、[日] 松村高夫等著：《战争与恶疫——日军对华细菌战》，解学诗《新京鼠疫谋略》，人民出版社 2014 年版，第 58 页。

中国细菌战研究专家解学诗，一直对农安、大赉、“新京”鼠疫持高度怀疑态度。他提出这次鼠疫的疑点：一、疫源不清。根据当时日本方面的资料，首例患者的发生虽然清楚明白，但直接的感染途径不清楚，而“新京”从来没有发生过鼠疫，并非鼠疫的疫源地。二、暴发地点相对集中。这种特点相当令人费解。三、731 部队兴师动众地出来防疫，又迅速撤离，很不合常理。他坚持认为农安、“新京”鼠疫是非自然流行，与 731 部队有关。

1940 年“新京”、农安鼠疫发生和流行期间，防疫队的病理解剖是骇人听闻的，成为防疫恐怖之一。至今经历那次防疫的年长者仍心有余悸。

石井部队农安防疫支队病理解剖班干得更加明火执仗，他们奔走各处搜罗尸体和“隔离收容者”。在文庙的解剖室进行解剖时，还曾允许当地医务工作者参观。这里的要害是：当时的病理解剖，是单纯的防疫之需，还是另有图谋？回答应该是后者。[1]

答案在距平房约有 1.6 万公里的地方藏着，需要等 51 年后一个人出现才能解开。

美国犹他州达格威实验场，是一片飞沙走石的沙漠地带，没有什么人烟。这里的荒凉里，掩藏着美军生物武器研究的秘密。这个基地里建有一个科技资料馆，一度是极度保密的地方。1978 年，存在这里的有关细菌战研究的档案被解密，因为美国认为随着科技的进步、人类对细菌武器反制手段的增强，细菌战研究变得过时了。

1991 年美国历史学者谢尔顿·哈里斯来到了这里，他大概是世界上第一个来翻捡这些没用的“破烂”的人。在几个没有标记的箱子里，哈里斯发现了 20 多份报告，其中有三份是关于鼻疽、鼠疫和炭疽解剖的特别报告。这些解剖报告的篇幅分别在 350 页和 800 页之间，每份尸体解剖报告，都有数百幅由画家绘制的、各个分解阶段的彩色人体器官图。这些报告曾被指定为绝密文件，其中用大写字母标记的“Q”报告，即《鼠疫菌报告书》里，有 57 人

---

[1] 解学诗、[日] 松村高夫等著：《战争与恶疫——日军对华细菌战》，解学诗《新京鼠疫谋略》，人民出版社 2014 年版，第 74 页。

的解剖报告。每个人的解剖内容记载都相当详细，诸如：心脏、大动脉、扁桃体、咽喉、气管、会厌（软骨）、肝、胃……一直到睾丸、卵巢、皮肤，都有病变记载。这些被解剖者是谁？如此大规模的鼠疫解剖标本采集于何地？

2000年，日本学者松村高夫在庆应大学的地下室里，发现了《高桥正彦鼠疫论文集》，是关于“新京”和农安的论文，共计六篇。六篇论文都加了“密”字，论文里标注了“担任指导陆军军医少将石井四郎”字样，高桥就是靠这个论文集去申请的博士学位。论文里指出，人发生鼠疫的直接传染源是老鼠，媒介是跳蚤，鼠疫流行的条件是带有鼠疫菌的老鼠要占到老鼠的0.5%以上。

松村高夫把高桥论文集转给了解学诗。解学诗与哈里斯在美国达格威发现的“Q”报告对比，发现“Q”报告里的解剖标本，就来自农安、“新京”！57人中，39人来自农安，18人来自“新京”。报告中的英文字母序号，就是“新京”鼠疫死亡人名字的第一个字。就是说，高桥正彦论文里的研究对象与“Q”报告里的研究对象是一致的，他们就是农安、“新京”的鼠疫患者。

这些死者，无辜的鼠疫牺牲者，731部队对他们进行了解剖，他们身体的某个器脏、某块组织被制成了标本。这些标本战后被千里迢迢地秘密带回了日本，1948年又被当作了731部队与美国进行交易的筹码，秘密跨越太平洋，美国人把它们藏在美军的生物武器基地资料馆里。731部队第一部病理课的石川太刀雄丸，归国后曾在其论文中夸耀：“满洲国农安地区鼠疫流行时，发表者中的一名（石川）进行了57具尸体解剖，这个数字是世界纪录……”[1]

然而，这还不是真相的全部，更不是真相的核心和重点。真相还要等待更长的时间，以及最后打破内核的人出现。

四

距农安、“新京”鼠疫发生61年后的2011年，日本细菌战研究者奈须重雄经过8年时间，从日本国会图书馆关西馆所藏的50万份博士论文里，淘出

[1] 解学诗、[日]松村高夫等著：《战争与恶疫——日军对华细菌战》，解学诗《新京鼠疫谋略》，人民出版社2014年版，第75页。

《金子顺一论文集》。

《金子顺一论文集》揭露出被层层遮盖了 60 多年的黑幕，农安、大赉、“新京”鼠疫根本就不是自然流行，而是 731 部队派出专业部队进行的一次现场细菌战。

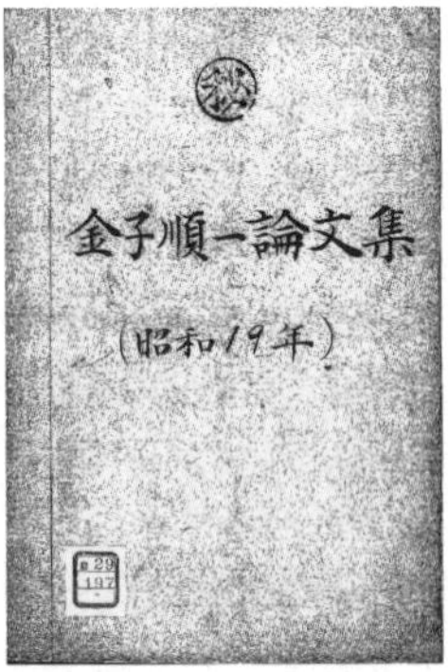

《金子顺一论文集》封面

鼠疫是人为施放的！

鼠疫菌被从 731 的实验室里带出来，秘密投放到人群中去；鼠疫暴发后，他们又以防疫为掩盖，追捕染疫者和搜寻死亡者尸体，将他们解剖以收集鼠疫菌投放后的效果数据。

这是从 731 实验室走向实战投放的关键一环。石井四郎明白，细菌武器的使用效果，与投放环境的条件关系重大，这一环节的实验数据不能缺少。

《金子顺一论文集》是细菌战研究史上第二次重大史料发现（第一次为《井本日记》）。金子顺一是日本陆军军医少佐，长期配属在 731 部队或与细菌战有关的“石井机关”，从事细菌战理论和系列化武器开发研究，是通晓细菌战内幕与真相的极少数核心骨干。

《金子顺一论文集》，绝大部分篇目被列为“研究报告第 1 部”，属于最高密级。用誊写版印刷，限制发行数量。第 1 部和第 2 部的区别在于，第 1 部论文大多为石井机关骨干执笔，多是有关实战的内容。在《金子顺一论文集》发现之前，属于第 1 部的研究报告只发现过五篇，而这本论文集里收录了八篇论文，其中七篇属于最高机密的第 1 部。

2010 年，王选与近藤昭二赴美国国家档案馆，查阅有关细菌战档案。在藏有《防疫报告：第 2 部》的美国国会图书馆，提出要求公开《防疫报告：第 1 部》，但未获答复。

找到《金子顺一论文集》的奈须重雄。作者摄于 2009 年 12 月 15 日

1943 年，金子顺一利用 731 部队在中国进行细菌战鼠疫实战攻击后各地引起人员死亡的数据，分析细菌战实战效果，为的是向日本高层汇报细菌战战况，为接

下来的细菌战计划提供实战数据支持。

按理讲这样的报告不应该泄露出去。但东京审判一结束，日本和美国交易完成，细菌战参与者全部被免责，金子顺一就像其他 731 部队科学家一样开始谋划其“战后日本医学界的地位”，行动之一就是利用细菌战的成果谋取博士学位。他将自己战时在陆军军医学校防疫研究室和 731 部队工作期间，从 1940 年 6 月至 1944 年 7 月所撰写的八篇细菌战研究报告，收集整理成《金子顺一论文集》，提交给东京大学。这份论文在 1949 年 1 月获得了东京大学教授审查委员会的审查，27 名教授一致通过，校长在上面签上了自己的大名，金子顺一得到了东京大学医学博士学位。

日本的博士论文都是可以公开查阅的。奈须重雄在王选提示之后，就开始了他翻阅公共图书馆所藏论文的“征程”。八年，50 万份博士论文一一检索，《金子顺一论文集》“撞”在了他的手上。

论文集里的一篇重要论文《PX 效果测算法》，是将日军 1940 年至 1942 年间，对中国进行的六次 PX（鼠疫跳蚤）实战攻击的死亡人数进行统计，并将鼠疫第一、第二次流行的死亡人数进行比较，以作为测算细菌战实战效果的基本数值。该数值与投放鼠疫跳蚤的量进行比较，再将数值套入石井四郎的细菌武器投放效果决定诸要素“ABEDO 理论”[1]数学公式，得出鼠疫跳蚤作为细菌武器攻击的实际效果。

论文所附“表 1”，是“既往作战效果概见”，赫然列有对农安、大赉的攻击时间、地点、使用鼠疫跳蚤数量和死亡人数。此外表中还列有对中国浙江省衢州、宁波，湖南省常德，江西省广信、广丰、玉山的实际鼠疫跳蚤投放量，及投放后所造成的第一、第二次流行的死亡人数。

从表中可以看出，1940 年 6 月 4 日，731 部队用地面散布的方式仅散布了 5 克感染了鼠疫菌的跳蚤，就造成鼠疫第一次流行死亡 8 人，第二次流行死亡 607 人。6 月 4 日至 7 日，又在农安、大赉散布了 10 克鼠疫跳蚤，这次造成第

[1] 王选对“ABEDO”理论的解释，见解学诗、[日] 松村高夫等著：《战争与恶疫——日军对华细菌战》，第 295 页。石井的“ABEDO”是一种假设理论，提出影响细菌武器效果的因素：A 外因、B 媒介、E 病原、D 内因、O 运用诸条件要素，细菌战的实战效果，需要纳入这些变量因素，以测算结果。

一次流行 12 人死亡，第二次流行 2424 人死亡。[1]

一克重量的跳蚤放在掌心不过一撮，它们会有多少只？

答案是 1700 只！

一克重量含有的跳蚤数量，731 部队是经过精确测算的：约等于 1700 只；十克跳蚤，约等于 17000 只。这些肉眼几乎看不见的小生灵，被放逐出来，瞬间四散跳开，寻找它们吸血续命的对象，不论是鼠类还是人类。它们身上携带的鼠疫菌，靶向精准地在人间传播、流行。

效果如此惊人！十克鼠疫跳蚤，带来的第二次流行，死亡人数就达到 2424 人，与第一次流行的 12 人死亡相比，是 200 多倍。

《金子顺一论文集》只统计了两次流行数据，实际上鼠疫流行远非两次就能结束，一旦一个地区受到污染，鼠疫就会反复流行。浙江衢州从 1940 年受到鼠疫攻击后，鼠疫年年暴发，一直到 1948 年才止住。

鼠疫跳蚤正是 731 部队要找到的决定战争胜负的撒手锏！作为一个资源贫瘠的国家，细菌武器就是日本能够投入少而获效大的“生物核武器”！

解学诗的疑问，哈里斯、松村高夫、奈须重雄、王选的寻觅，跨越大洋的拼接，一次细菌战攻击需要用超过半个世纪的时间，才偶然而侥幸地得以揭开，这在人类战争史上也是前所未有。

王选接到奈须从日本传来的《金子顺一论文集》，读罢心情久久难以平静。尽管已经是半夜 4 点钟，她还是拨通了解学诗家里的电话，她觉得解老苦苦寻觅了多年，肯定想第一时间知道这个真相。王选在电话这头大喊：“解老，你的推断没有错，农安、‘新京’鼠疫，就是 731 部队的鼠疫细菌战实战实验！”

日军是拿“新京”及周边百万以上居民的生命，来做这场实战演练的。731 部队实施农安、大赉鼠疫攻击，标志着日本细菌战谋略完成了研究开发阶段，达到了实战水平。

从人体实验开始，筛选最有攻击性、效果最好的生物武器，到对农安、大赉、“新京”的演练攻击，再到列入日本的战略计划，对中国重要军事、民

[1] 见《金子顺一论文集》表 1 和表 3。参见 [日] 波多野澄雄：《细菌战研究进入新阶段：〈金子顺一论文集〉中的“ホ”号作战真相》，解学诗、[日] 松村高夫等著：《战争与恶疫——日军对华细菌战》，人民出版社 2014 年版，第 285 页。

生目标进行实战攻击，这条完整的细菌武器链条，在 1940 年得以完成。

1940 年农安和“新京”流行鼠疫之际，731 部队进行了多角度细菌检索，即从患者身上检出鼠疫菌，并对死者进行了解剖，分别按各疾病（腺鼠疫、肺鼠疫）、各器官、各部位采取了标本，实施了显微镜观察和细菌的培养。还在流行地区捕获了老鼠，并从跳蚤身上分离出鼠疫菌。此外，还从患者和死者身体分离出鼠疫菌 71 株，从流行地区老鼠身上分离出鼠疫菌 29 株，从流行地区的跳蚤分离出鼠疫菌 9 株，从虱子分离鼠疫菌 1 株，另 2 株毒性鼠疫菌，存放在研究室进行比较研究。结果发现，1940 年在农安和“新京”流行的鼠疫菌形状、性质相同，而且与此前在 731 部队保存的菌类相同。

从鼠疫菌中提取抗原体，进行反应的研究，检查患者或感染者对鼠疫细胞性免疫的反应。在农安和“新京”鼠疫流行中，731 部队对患者和居民实施了血中抗体的测定和皮肤反应实验，并得出结论，即血中抗体如果呈阳性，2—3 周后发病，阳性率低时鼠疫感染的诊断性价值也低。[1]

日本东京医科大学教授、细菌学专家、医学博士中村明子，在中国细菌战诉讼法庭上作为证人出席作证时，提供了如上证词。

农安、“新京”鼠疫之后几个月，日军对中国的大规模细菌战悄悄展开，第一个受到攻击的是中国浙江衢县（即现在的衢州）。

衢县因为水上交通便利，自古是浙江、安徽、江苏、福建四省通衢之地，战时是第三战区战略要地，国军十三航空总站设在衢县，调度东南其他机场。

正与日本细菌战攻击战略要地理论相符，1940 年 10 月 4 日，衢县受到了细菌战鼠疫攻击。《金子顺一论文集》显示，这次攻击使用了八公斤鼠疫跳蚤。

第二个受到攻击的是东部沿海重要的港口城市宁波——中国战时通向海外的重要港口，时间是 1940 年 10 月 22 日和 27 日。《金子顺一论文集》显示，宁波被空投下鼠疫跳蚤两公斤。

---

[1] 日本东京医科大学教授、细菌学专家、医学博士中村明子在中国细菌战诉讼法庭上作为证人出席作证时的证词，作者几次在中国和日本采访中村明子教授。引言来自中国社会科学院近代史研究所近代史资料编译室主编：《侵华日军 731 部队细菌战资料选编》，王希亮、周丽艳编译，社会科学文献出版社 2015 年版，第 418 页。

第九章　美国掩盖了死亡工厂真相

一

美国第一次听到中国细菌战受害者的声音，是 1996 年 12 月。

斯坦福大学举办中日关系研讨会，王选和日本学者松村高夫、医生松井英介、律师一濑敬一郎的夫人三和女士、增田博光等前往。松井英介在会上报告了他在崇山村的调查，松村高夫报告了对 731 部队的研究。

松村高夫披露，平房死于人体实验的在 3000 人以上。日本战败时，平房监狱里仍有 400 人活着，但比纳粹奥斯维辛集中营还残酷的是，这些人全部被杀，没有一个活下来。

王选以细菌战受害代表身份，用英语发言："今天我来到这里，是要传达一个信息，这就是：我们是日本细菌战的中国受害者，我们整整被沉默了 50 多年，但今天我要让世界听到我们的声音：我们是人，也有作为人的尊严！那些连名字都没有留下的细菌'试验体'，那些成千上万死于细菌战的人，曾经在地球上存在过。"王选语调铿锵，全场起立鼓掌。

这是王选第一次来到美国。在这里，她遇见了当年从大陆去台湾的国民党后代。他们从世界各地赶来，很热心这段历史的保存和调查，成立了一个国际性的 NGO 组织——"世界抗日战争史实维护会"。

会场摆放的材料里，有一本美国历史学者谢尔顿·H. 哈里斯写的关于日本细菌战的专著《死亡工厂——美国掩盖的日本细菌战犯罪》。只有一本，还是别人用过的。

王选说："我对书的内容非常震惊，20 美元买下来。那时 20 美元对我来讲也是一笔钱，我有点不舍得，但还是买下来了。这趟美国行程，一半的钱是日本人捐给我的。当时就想着一定要把这本书翻成中文。”

翻译成中文的《死亡工厂——美国掩盖的日本细菌战犯罪》第一版封底，印着一张王选的照片，那是在旧金山的轮渡上拍摄的。风卷动头发拂在秀丽的脸上，但脸上没有一丝笑容，凝重得像天上的乌云。这张照片的表情，成为王选日后出现在媒体和公众面前的常态：脸蛋漂亮，但眉头紧锁，表情阴郁，紧张焦虑。

王选说，自从她看了这本书，她的生活再也回不到原处，胸中塞满了愤懑。

美国曾经是王选向往的地方。她留学申请的第一个志愿是美国，但因没有获得签证去了日本。之后一直想通过考博士再去美国。在她的印象里，美国是自由民主的国家，万万没有想到，在《死亡工厂——美国掩盖的日本细菌战犯罪》里，她读到了另一个美国。

731部队的人体实验，包括细菌战和非细菌战的专业实验，都非常完整细致地记录、保留了下来。文字、影像、数据，使整个实验在人体中从反应到死亡，可全部被观察到。美国意识到这些实验记录对未来战争的重要性，特别是大国冷战对峙局势形成，美国和苏联情报部门立即对这些数量巨大的细菌战资料展开抢夺。

美国以国家的名义与日本细菌战犯交易，以免除战争责任的条件，将细菌战资料收入囊中；而日本唯恐使用细菌战这一反人道的战争犯罪被追究到天皇头上，举国掩盖曾施行细菌战的事实。于是美国和日本一拍即合。

这不是将中国成千上万死于细菌战的生命弃之一边，将正义和人类文明踏于脚底吗？王选在给采访她的《纽约时报》记者的邮件里写道：“美国和日本的交易，会让相信民主的人产生一种幻灭感。”

王选下决心要让国际社会更多的人知道有这段历史，让国人知道有这回事。

再见到哈里斯是在1998年。9月在长春有个国际学术研讨会，王选并不是会议邀请的人，但她“自己闯去了”。“我就是那种脸皮厚，听说了就去。”

她对哈里斯说，她想翻译他的书。哈里斯笑着问她：“Do you have time？”

王选后来才知道，东北师范大学著名学者已经和哈里斯商讨过翻译出版的事宜，但有关方面说这个书不能出，出了日本人就不来投资了。当时，对于地方政府来说，吸引日本投资是第一要务。

哈里斯有犹太血统，个子高大，说话幽默，纽约大学学士，哈佛大学硕士，哥伦比亚大学博士，研究历史学。他说自己在一个“小小的大学”里教书，加州大学北岭分校。

20 世纪 70 年代后期，美国第一次公开了细菌战档案资料，包括部分人体实验报告。美国记者约翰・W. 鲍威尔首发《历史上被掩盖的一章》一文，揭开这些档案透露出的细菌战内幕。哈里斯作为一个历史学者，投入到研究中，搜集了当时能够找到的美国国家档案，于 1994 年出版了《死亡工厂——美国掩盖的日本细菌战犯罪》。

王选并不能肯定在中国能否出版这本书，但她执意要将它翻译出来，让更多的人看到。此时，近藤昭二也找到了王选，他正在将《死亡工厂——美国掩盖的日本细菌战犯罪》翻译成日文，需要王选的帮助。

从英文译中文，王选也需要人帮助，但译者实在不好找。在关注细菌战问题的留学生里，总算凑起两个人，一个叫徐兵，日本东京大学工科博士；一个是徐兵介绍的朋友，刘惠明，日本一桥大学法学硕士。因为大家都是留学生，徐、刘又是南京大学的校友，有亲近感，王选便拿着近藤拍的细菌战纪录片给他们看，动员他们一起干。

“我们三个因为业余，动手翻了，才知道为什么别人不愿意来。太难了！”“打电话来回探讨翻译中遇到的问题，把我家电话费单子足足打成一长条。徐兵把译稿来回改了三遍，我跟着改了三遍。刘惠明中途学成归国，大热天，又忙又拉肚子，送来一大堆手写的稿子。那时我还不太会打汉字，我弟媳每天下班回来给我在计算机上打，我在打印稿上改，改了再打印、再改。后来，连翻译稿带修改稿摞成一大堆。实在来不及打，就让我弟媳每天上班送打字店，下班取回家。”王选说。

后来，黑龙江省社会科学院历史学者杨玉林加入，翻译了第一部分后面五章。

哈里斯书中引用的中文档案、文献，当年美国人翻译得不准确；另有部分中文私人收藏文献，翻译也有不少错误。王选他们需要把书中使用的所有中国档案、文献全部找到原始出处，按照中文原始档案核对后再翻译。王选懂汉、英、日语，只有她能做到在三种语言中来回核查。

2000 年 10 月，上海人民出版社出版了中文版《死亡工厂——美国掩盖的日本细菌战犯罪》。出版社约定，没有翻译稿费，以书来抵。王选得到了一大堆书，徐兵把他的书也捐给了王选。

“喏，看去吧，美国人写的书。”王选以为有了《死亡工厂——美国掩盖的日本细菌战犯罪》的中文版，她就可以省去很多磨嘴皮子的力气，人们自己会去看书了解那段历史。

为此她让弟弟帮她把两大包书扛上火车，兴冲冲地驮到义乌。这里是她的老家、诉讼发源地，书一定会受欢迎。“王老师，这里都是做生意的人，这本书的名字晦气，书皮也是黑乎乎的，在这里卖不行的。”王选的一个学生说。

翻译中文版时，没有钱，没有人，咬着牙翻译下来，结果竟然这样。兴冲冲的王选，却被当头泼了一桶冷水。

王选开始到处去送书。从此，王选的行李箱里、双肩背包里，都塞满了这本书。

南京大学历史系教授张生对王选的印象，就是背着一个比她人还要大的包，里面装的全是书。她到南京大学演讲送书，在义乌卖不掉的书，都背来了。浙江师范大学、上海师范大学、华东师范大学、浙江大学、复旦大学，只要是能联系到的学校，王选都背着书去。近藤来中国，就拉上近藤一起去；哈里斯来中国，也拉上一起去。

“背上一包书到处去卖，还不算什么，费点体力，只要背得动。”“说是卖，但大多数时候是送。”王选说。

王选和近藤昭二一边翻译《死亡工厂——美国掩盖的日本细菌战犯罪》，一边推进一项研究：二战结束后，日本是如何以国家意志对细菌战事实进行隐匿的。此项内容也成为细菌战诉讼原告团要求被告日本政府承担的责任之一。“被告的责任（二）——对于被告对细菌战的隐蔽行为的要求赔偿损害的权利和要求道歉赔罪的权利。”[1]

此项责任和战争加害不同，它发生在日本战败之后，包括联合国军占领日本期间，并一直延续到诉讼之时日本政府一向的隐匿行为。细菌战诉讼团认

[1] 见细菌战诉讼一审诉状。

为，这等于是一直持续的犯罪。

近藤昭二将他多年来从美国、苏联收集到的档案，和日本能够找到的资料，汇成《731 部队 · 细菌战资料集成》八张光碟，由日本柏书房出版。自己又写成《日本国家意志对细菌战的隐匿》书面证词递交法庭，并亲自出庭作证。

这段被故意掩藏、被岁月遗忘的历史，渐渐清晰起来。

二

崩溃是突然到来的。虽然之前已经有种种征兆，但没有人知道它在哪一刻会到来，甚至石井四郎也不知道。

第二次世界大战进行到 1945 年 2 月，苏联明确参加对日作战。日本已经是国力、兵力衰微，补充到战场上的都是十几岁的“娃娃兵”。此时关东军和它的 731 细菌战部队，订立了大量增产鼠疫细菌武器的计划。大本营在谋划实施代号为“保号”的细菌战攻击作战计划，以夺回塞班岛和宫岛；同时进行的还有在菲律宾的莱特岛空投细菌弹的计划。石井四郎亲自参与谋划，但遇到了难题，“最大的制约条件是跳蚤和老鼠的生产能力不足与飞机的不足”。按照“保号”作战研究会的预计，鼠疫跳蚤的生产 1945 年 6 月会达到 135 公斤，9 月达到 300 公斤，12 月达到 800 公斤。1000 只老鼠能制造 1 公斤鼠疫跳蚤，若能确保每月 30 万只老鼠，就有可能生产 300 公斤鼠疫跳蚤。于是鼠疫跳蚤生产指标被分配下去，关东军领到 150 公斤的任务。[1]

1945 年 3 月，关东军司令部接到大本营陆军省发出的、关于扩大细菌武器生产的正式指令。石井四郎重返 731 部队任部队长（其间有段时间曾调离），部署增产任务。

一场捕鼠运动在伪满洲轰轰烈烈地展开。不仅 731 部队各支队组成了捕鼠专业队，伪满洲国政府也颁发了《康德十二年度兴农部、文教部、协和会中央本部军需活田鼠搜集要领》，要求年度内完成军需用鼠 30 万只的指标。

于是全“满洲”包括中小学生都被动员起来为 731 部队捕捉老鼠，“东北

---

[1] 参见［日］吉见义明、伊香俊哉著：《日本军的细菌战——陆军集结力量作战的真相》，中译文收录于《侵华日军细菌战重要外文资料译介》，李海军等编译，中国社会科学出版社 2018 年版，第 37 页。

铁路沿线各省、县，南从锦州省、北到北安省，城乡各地几乎到处是捕鼠的人。不论大中小学生，每个学生一次要缴2cc血粉、一只黄鼠、一只老鼠。很多学生因为捉不到或不能如数完成任务，就被认为‘国民道德’课不合格，甚至有的被以‘思想不良’或‘反满抗日’的罪名论处”。[1] 目击者庄振芳证实：“直到日本投降的前两天，还有装黄鼠的火车开进平房站。当时731部队的日本人都逃命去了，把这列车扔在那里不管了。”[2]

柄泽十三夫更不知晓崩溃会突然到来。此时他不在731部队本部，而是于上一年被派去关东军第三方面第44军帮助进行细菌生产。

“信使”是1945年8月10日中午前到达中国东北长春的。在伪满洲国首都“新京”军用机场的一座机库里，朝枝繁春——参谋本部作战课对苏作战参谋、中佐，对731部队长石井四郎传达来自参谋部长的命令：

> 贵部迅速全部地毁坏之，队员一刻不留地尽快返回日本本土，一切证据物件等，必须永远地从这个地球上消失。[3]

从地球上永久地消灭所有731部队的证据。

这个来自日本军部的命令，距天皇8月15日“玉音放送”吩咐他的臣民“忍所不能忍，受所不能受”还有五天时间。距9月2日东京湾“密苏里号”上的受降仪式时间更长。

为什么如此迅速地下达对731部队的指令？带着这个疑问，近藤昭二找到了当时传达命令的“信使”朝枝繁春。

1994年朝枝接受了近藤昭二的采访。面对电视镜头，他特意穿起了军装。

在日本参谋本部，作为负责对苏工作的人员，8月9日东京时间凌晨4点，朝枝繁春正在参谋本部作战课的桌子上打瞌睡。接到苏联宣布对日宣战的消

---

[1] 参见郭洪茂著：《东北第三次鼠疫大流行——1946—1948》。收录于解学诗、[日]松村高夫著：《战争与恶疫——日军对华细菌战》，人民出版社2014年版，第219页。

[2] 参见韩晓、辛培林著：《日军731部队罪恶史》，黑龙江人民出版社1991年版，第96页。

[3] 近藤昭二提交细菌战诉讼法庭的书面证词。见中国社会科学院近代史研究所近代史资料编译室主编：《侵华日军731部队细菌战资料选编》，王希亮、周丽艳编译，社会科学文献出版社2015年版，第544页。

息，他猛地一下跳了起来，一边看着台子上的中国东北地区地图，一边起草给关东军、北方军和中国派遣军的大陆令。“当时最苦恼和焦虑的是另一个严重问题，那就是与世界上绝无仅有的细菌部队——731 部队的相关问题。”[1]

他的第一反应是“这件事情败露会危及到天皇”。早在 7 月 26 日美、英、中三国敦促日本接受《波茨坦公告》投降时，日本内阁就是否接受该公告形成争议，但争议双方共同一致的目标是护持皇室和其统治权。日本东乡茂德外相提出："唯一提案，是护持天皇的安泰。"[2]

朝枝繁春紧急起草了一份电文，经上司批准，以参谋总长的名义给石井四郎发了电报。

关东军总司令官山田乙三在第二天下达命令："用爆破抹去 731 部队及 100 部队。"

接着，朝枝繁春从东京飞往“新京”，飞机落地就在军用机场的机库里，与石井站着交谈了一个小时。谈话是极秘密的，33 岁的朝枝向 53 岁的石井四郎传达“参谋总长的命令”。并向他强调，731 部队一旦落到苏联军人的手中，将会是一个巨大的麻烦。细菌战的真相会直接牵连到天皇，使天皇成为战犯，所以必须执行命令全部销毁。

“我意识到，731 部队如果落在苏联军队的手里，它的真相将暴露于世界，不久就会引发‘天皇是战犯’的大问题，这牵扯到天皇的根基问题。”朝枝后来在他的手记里写道。[3]

石井是不甘心的。石井说："朝枝中佐，一切都明白了，可是，部队积累到今天的可以夸耀世界的文献论文等研究成果，是不能烧毁的，如何是好呢？"朝枝用威胁般的语调说："你在说什么，请让一切永远从地球上消失！不这么做，要出大问题！"石井只好说："那好，我知道了，就按你说的做

[1] [日] 近藤昭二编导的纪录片：《隐秘在黑暗中的 731 部队大屠杀》，1997 年 8 月日本朝日电视台播放；[日] 朝枝繁春著：《追忆・52 年以前》，1997 年私家版，第 12 页。

[2] 近藤昭二提交细菌战诉讼法庭的书面证词。见中国社会科学院近代史研究所近代史资料编译室主编：《侵华日军 731 部队细菌战资料选编》，王希亮、周丽艳编译，社会科学文献出版社 2015 年版，第 539 页。

[3] [日] 近藤昭二编导的纪录片：《隐秘在黑暗中的 731 部队大屠杀》，1997 年 8 月日本朝日电视台播放；[日] 朝枝繁春著：《追忆・52 年以前》，1997 年私家版，第 12 页。

吧！”朝枝与石井谈过后，就乘坐一直等待的飞机飞向北方。[1]朝枝繁春传达的特别命令，还包括对实验对象的处理和科学家撤离，计划如下：

> 建筑物里的“马路大”用电动机处理后，投入贵部锅炉中焚毁，并将其骨灰倒进松花江。
>
> 贵部有细菌博士学位的53名细菌学医学博士，用贵部的军用飞机直接送回日本，其他职员、妇女、儿童利用满铁送到大连，再返回内地。为此，关东军交通课长已经同大连满铁本部电话联系，下达了指示，在平房站已有直通大连的特急列车待命，可运送2500人左右。[2]

后来的事实证明，石井四郎没有舍得把所有的研究成果全部销毁，而是将其中的主要部分带回国内，并成为和美国达成交易的重要筹码。

参谋本部对石井下达命令，要他防止部队军医被苏联军队捕获。匆忙中石井四郎坐轰炸机返回了东京，但对安排在苏联边境附近的分支队的军医没有照顾到。柄泽十三夫没有搭上运送医学博士回日本的专机或专列，和他一样远离731部队的细菌战研究专家多被苏联俘虏。

731部队军医大田澄，直接指挥破坏731部队建筑和掩盖罪证的行动。重点是731部队中心建筑“口号楼”及研究设备、实验用具、资料等。

冻伤实验班的吉村寿人和监狱看守特别班，负责处理7号、8号楼里的实验对象。先用毒气或毒药杀害，再由部队的现役兵和军属少年队在“口号楼”中部焚尸。骨灰装进草袋子里，同被破坏的监狱的铁门一起用卡车运走，丢进了松花江里。

近藤采访了负责尸体搬运和焚烧的大竹康二及运送骨灰的铃木。两人回忆说，当时监狱里还有404名实验对象活着，杀人行动一环环紧密相扣，一个人也没有活下来。404人：西洋妇女1人、英国男性1人、俄国人3—4人，

[1]［日］近藤昭二编导的纪录片《隐秘在黑暗中的731部队大屠杀》对朝枝繁春的采访，1997年8月日本朝日电视台播放。

[2]近藤昭二在细菌战诉讼的法庭证词，见《日本国家意志对细菌战的隐匿》，《侵华日军731部队细菌战资料选编》，王希亮、周丽艳编译，社会科学文献出版社2015年版，第545页。

其余都是中国人或朝鲜人，没有孩子。杀害的方式是，用送气泵往房间里面输送毒瓦斯，密闭门窗。尸体从二楼的窗户丢下去，浇上汽油焚烧。[1]

与纳粹的奥斯威辛集中营最后的大屠杀相比，731 部队的最后的屠杀更为残酷。奥斯威辛集中营毕竟有人活了下来，而这里，一个都没有。

除了“口号楼”，731 部队里还有 70 余栋建筑，全部由工兵爆破。16 日，平房全部家属和部队成员乘坐火车出发。731 部队向家属发放了氰酸钾铝药片，指示可以在不得已时用来自杀。石井的司机越定男战后写了回忆录《太阳旗上的红泪》，记录了这一刻石井四郎的形象：当越定男把妻子和还在吃奶的孩子，送上挂有 50 节车厢的 731 部队专用列车时，看到石井四郎站在一个煤堆上向家属们发表讲话。“石井像个力士站在煤山上，横眉立目，如同一下子要扑过来似的，大声喊道：走到哪里也要严守 731 部队的秘密，如果谁泄露了军事秘密，我石井，就追你们到哪里！”[2]

这就是石井四郎的“钳口令”：绝不可以向任何人泄露在 731 部队的所见所闻，就算到死，也要隐瞒你是 731 部队成员的事实。大部分 731 部队的成员都遵循着这一命令，不仅是军官，低层的部队人员也遵循封口命令，不能将自己属于 731 部队以及作为细菌战部队成员知道的事实，告诉包括家人在内的任何人。

731 部队残壁

战败后，为了隐瞒旧日本军军官以及 731 部队军官违反国际法实行细菌战这一事实，石井四郎等干部定期到下级队员家进行家访，确认其是否忠诚地遵循封口命令，并对生活困难的下级队员给付援助金。

16 日晚石井四郎前脚带着平房被毁坏的照片赶到“新京”，17 日大批的苏军就踏

[1] 近藤昭二在细菌战诉讼的法庭证词，中国社会科学院近代史研究所近代史资料编译室主编：《侵华日军 731 部队细菌战资料选编》，王希亮、周丽艳编译，社会科学文献出版社 2015 年版，第 546 页。
[2] [日] 青木富贵子著：《731——石井四郎及细菌战部队揭秘》，凌凌译，上海译文出版社 2010 年版，第 123 页。

进了平房。展现在苏联军队眼前的是一幅怪异而恐怖的景象：厚实坚硬的水泥建筑尽管经过强力爆破，残垣依然挺立；两根大烟囱没来得及破坏；废墟里冒着的烟里混合着难闻的怪味道；瓦砾里有数不清的老鼠到处乱窜，还有兔子、黄鼠狼，生着病的无精打采的骡马，几百只猴子漫无目的地游荡。

石井是乘飞机回国的，这得到了731部队航空班松本正一的证实。他认为，在日本被占领后，陆军中将竟能够乘日本的军用飞机在日本着陆，是不可思议的事。石井却可以坐着飞机在中国、朝鲜、日本之间来来去去。8月26日，盟军发出全面禁止日本飞机在空中飞行的命令。8月25日，松本在自己家附近的熊谷飞行学校机场，看到由增田美保驾驶的重型轰炸机"吞龙号"降落在该机场，石井从飞机上走下来。

石井的司机越定男回到日本后，就接到石井的命令赶往金泽，任务是用卡车将从东北平房带回来的、保管在金泽的物品运送到东京。越定男赶到时，发现金泽已经聚集了15名731部队的军官和队员，金泽医大仓库里的物品装了两大卡车，由731部队的菊池少将（第一部部长）、增田少佐、大田澄大佐等押车，运往东京。在翻越飞驒山时，一辆卡车从山崖上坠落，司机被树挂住，为了把卡车拉上山，不得不把物品丢入山谷。越定男记得，那些像是显微镜等器械往下掉落时，发出咔嚓咔嚓的金属声。[1]

越定男将物品按命令，分别送到石井东京住所若松町、军医学校等地保管，又把一些物品送到千叶县的增田知贞家。

当越定男到达东京的石井家时，"部队长正在若松町二楼上睡觉，对我的到来大吃一惊"。

"石井部队长躺着，房间里放着一架钢琴，部队长的女儿春海也在房间里。我小心翼翼地把几个捆扎好的行李搬进这间屋子，里面大概也有731部队活体实验的资料吧。"[2]

越定男感到心中有些不满，当时撤退时发布的命令是把所有的东西都烧掉，一人只准带两件行李。越定男夫妇把存款也舍弃了，空手回国。但他吃惊

[1][日]青木富贵子著：《731——石井四郎及细菌战部队揭秘》，凌凌译，上海译文出版社2010年版，第159页。

[2]同上注，第160页。

的是军官们却带回了许多东西，不仅有实验设备，还有他们丰厚的私财。

越定男 1983 年出版了他的《太阳旗上的红泪》，成为 731 部队大撤退时最生动的记录。

经过没吃没喝的艰难旅程，731 部队家属回到了日本。他们中有的人难以忍受饥饿和困苦，使用了出发前发给的药片，丢下年幼的孩子；还有的儿童因营养失调，患上脱水症死亡。但相比于遭到苏联人扣押的日本人来说，他们还是幸运的。

战后滞留中国东北、遭遇苏联人扣押的日本人据说有 160 万到 170 万。遭到苏联军队逮捕的日本军人，后来大都被长期扣在西伯利亚从事重劳役。[1]

三

“石井中将在哪里？”

石井的女儿春海 1982 年告诉《日本时报》记者，盟军司令官麦克阿瑟一降临东京的厚木机场，问的第一句话就是找石井四郎。

春海或许是在向记者夸耀她的父亲是一个大人物，连盟军司令官麦克阿瑟都关注到了他；或许她只是在表达一个事实——美国人急于找到石井四郎。

日本投降后，盟军接管先遣队乘坐“斯塔吉斯号”抵达横滨。第一批到达的人员，都担负着谍报等要职。其中有“美国陆军太平洋司令部科学技术顾问团”成员（简称康普顿调查团，团长是麻省理工学院的物理学系主任 E. 莫顿，顾问是该大学校长 K. T. 康普顿），该调查团肩负的使命是调查日本军事科学技术的研究成果，包括化学战和细菌战。

美国细菌战研究基地底特里克的桑德斯中校，也是调查团成员。出发前，桑德斯在 G–2（美参谋二部、情报部门）和科学技术部接受了长时间的任务交代，得到一张石井四郎手下最能干的人内藤良一的照片，这是他到日本需要找的人。

船抵横滨，一个人站在甲板的悬梯上张望。此人手里也拿着一张照片，

[1]［日］青木富贵子著：《731——石井四郎及细菌战部队揭秘》，凌凌译，上海译文出版社 2010 年版，第 141 页。

是桑德斯的。他迎上前来自我介绍："我是您的翻译，内藤良一。"[1]

20世纪80年代，桑德斯才开口讲述当年的惊人秘密。上岸后，内藤良一在饭店接待了他。同席的日本特殊会社社长宫本光一（承接石井四郎的"石井式滤水机"的生产者，并因此发了大财的日本商人）提出，每周付给他5000美元收买他。[2]

桑德斯没有拿到人体实验和细菌武器攻击方面的证据材料，也没有接触到石井四郎。始终伴随在他身边的翻译内藤良一的真实身份，是他回到美国之后很久才搞清楚的。内藤向他发誓称，绝对没有搞过人体实验，桑德斯相信了内藤的谎言。他向麦克阿瑟建议：为了查清731部队，必须保证不把他们当作战犯，否则不能顺利进行。这一建议得到了麦克阿瑟的认可。[3]

1985年，桑德斯在接受英国电视媒体采访时，对已经成为日本大制药会社经营者的内藤良一评论道："我以为他是个善意的人，但长时间受了他的骗。"[4] 1945年11月1日，桑德斯向国防部提交《桑德斯报告》，报告中涉及人体实验和细菌战，但没有确凿的证据。此时，东京审判大幕拉开，一批批战犯受到指控并被逮捕。盟国占领军总司令部，第一批指控原日本首相东条英机等39名战争罪犯，第二批指控11名战犯，第三批指控59名战犯，第四批指控9名战犯。这些人全部被逮捕，等待审判。

如狂风卷过日本岛，涉嫌战争犯罪的大人物为了逃避审判纷纷自杀。其中包括海军中将大西泷治郎，他是"神风之父"，让数以千计日本青年执行自杀式袭击任务，他用短刀刺进自己的腹部；陆军大臣阿南也用传统的方式剖腹；挑起1931年"九一八事变"的幕后主谋本庄繁大将，一开始选择日本古典的剖腹方式，但最后无法忍受痛苦，割开了自己的喉咙；陆军元帅杉山元用手枪轰出了脑浆，其妻子也跟随着自杀。东条英机在美国宪兵上门逮捕他的一

[1]［日］青木富贵子著：《731——石井四郎及细菌战部队揭秘》，凌凌译，上海译文出版社2010年版，第146页。

[2] 参见［日］西里扶甬子著：《日本细菌战犯免于起诉的背后》，中译文收录于中国社会科学院近代史研究所近代史资料编译室主编：《侵华日军731部队细菌战资料选编》，王希亮、周丽艳编译，社会科学文献出版社2015年版，第300页。

[3] 同上注，第301页。

[4] 同上注。

刻开枪自杀，被美国人救下并输入了美国人的血液活了下来。

活着的都在等待那场审判。

在这种形势下，731部队高级成员个个如惊弓之鸟。

1945年11月10日，日本报纸上发表了一个讣告：石井四郎死亡。在石井四郎的家乡加茂村，族人和村里的许多长辈都参加了为石井举行的葬礼，葬礼仪式上请来一帮僧人为他祷告。实际上加茂村的族人被石井买通，这是一次假死表演。

石井经过几次深夜转移躲藏，深居于东京新宿若松町的私宅里，一步也不离开家。二楼的窗户总是用黑窗帘遮盖着，石井偶尔会扒开窗帘向外面看看。这种潜伏生活长达四个月，在他的日记里可以看出，一家人当时生活艰难：

所有人要知道，已经无米可炊了，要节约！计划如下：

对于长身体的孩子，那是不得已，得让他们吃米饭。

大人们：早饭是7分马铃薯3分米，午饭一律马铃薯，晚饭是7分米和3分马铃薯。

他家里有包括母亲在内的12口人。[1]

12月6日新的战犯名单发布。16日晨，发动全面侵华及太平洋战争的罪魁近卫文麿服用氰化钾自杀。

石井面临的处境是：自杀或者上审判台。也或还有一条出路：与美国人合作。

关于这一情形，日本记者西里扶甬子采访到了石井四郎的女儿春海，并录下了她的声音：

春海：增田知贞当时带着氰化钾来对父亲说：部队长，请你死了吧，把家属也要杀死。于是我把氰化钾放在腰带里跑出去了。想起来真是一件可怕的事情。父亲说，如果让我交资料给对方我也有条件，所有部下一个不剩，要帮助他们全都不当战犯，这是条件。

---

[1] [日] 青木富贵子著：《731——石井四郎及细菌战部队揭秘》，凌凌译，上海译文出版社2010年版，第186页。

记者问：资料应该是交给美军了吧？

春海：我很清楚听说 80% 交给美军了。

记者问：其余部分在脑子里吗？

春海：是的。[1]

1946 年的形势对石井更加不利，厚厚的窗帘也难以遮住各种可怕消息传来。美国占领当局决定保留天皇制，麦克阿瑟建议天皇发表自我否认神格的声明。由盟军总司令部草拟了初稿，1946 年 1 月天皇发表去神格化的《人间宣言》。从此天皇不再是"现世神"。

东京审判近在眼前。

1945 年 12 月 6 日，由约瑟夫·季南率领的第一批 16 名东京审判美国检察官，乘坐国务卿专机"政治家号"抵达日本厚木机场。此前一直收押在大森监狱的甲级、乙级、丙级战犯重新关押到巢鸭监狱。季南给各位检察官分配的任务就是进行调查和审讯，制定战犯嫌疑人名单。

美国此时已经搜集到了情报，石井还活着。

美国搜集的石井情报《石井文档》，其中第一份情报是 1945 年 12 月 3 日，内容是报告 1945 年 11 月 10 日，发现石井在老家千叶县举行了伪装葬礼，石井并没有死。情报为编号 80—11 号的情报员提供，情报的信赖度为 B 级，为可信赖级。[2]

1946 年 1 月 9 日麦克阿瑟发出命令，由日本"终战联络中央事务局"送达日本帝国政府：日本帝国政府应立即将石井中将押送至东京，送交给总司令部。必须在 1946 年 1 月 16 日 24 时之前押送到，如果不能押到，必须要报告其所处地点、说明未能到东京的理由，以及到达东京的时间。

"终战联络中央事务局"回函总司令部，说找不到石井，也不能确定押送

[1]［日］近藤昭二编导的纪录片《隐秘在黑暗中的 731 部队大屠杀》中的音频内容，1997 年 8 月日本朝日电视台播放。

[2]［日］西里扶甬子著：《美军情报部所存的〈石井文档〉》，中译版收录于中国社会科学院近代史研究所近代史资料编译室主编：《侵华日军 731 部队细菌战资料选编》，王希亮、周丽艳编译，社会科学文献出版社 2015 年版，第 318 页。

的时间。[1]

1月19日麦克阿瑟公布《远东国际军事法庭宪章》，命令设立军事法庭，开始东京审判。要求押解石井的时间与军事法庭设立时间基本吻合，日本政府相当紧张。实际上盟军司令部的意思不是要把石井投入战犯监狱送上法庭，而是新一任的调查官、美国底特里克细菌战基地的阿沃·T. 汤普森中校已经到达东京，等着要见石井四郎。

汤普森1月11日就来到了日本。在麦克阿瑟的强势索要下，日本政府回复：石井将军已经返回自己在东京的住宅，但患了胆囊炎，只能在东京自己的家里接受讯问。

汤普森终于见到了这个“大人物”，并在2月5日至8日对其进行了多次讯问。

汤普森问，对于细菌武器的开发，是“天皇陛下的命令吗”？石井答：“没有上司的许可，是自己独断进行的。”

汤普森进一步问：“天皇接收到有关生物战的研究报告吗？”石井断然回答：“完全没有，天皇是仁爱之人，绝不会同意这样的事情。”[2]

2月6日，汤普森问到了在中国的细菌战。一问一答之间，石井四郎从容地撒着谎。

审问人：A. T. 汤普森中校

被审问人：原731部队部队长石井四郎中将

问：我们从中国方面得到消息，1941年，中国常德开始传染这种细菌，飞机从空中撒下有害物质，然后就发生了瘟疫。你知道这一情况吗？

答：不知道。

问：中方说是日本所为。

答：从科学角度看是不可能从飞机上投撒细菌的。

---

[1] [日] 青木富贵子著：《731——石井四郎及细菌战部队揭秘》，凌凌译，上海译文出版社2010年版，第204页。

[2] 参见 [日] 西里扶甬子著：《日本细菌战犯免于起诉的背后》，中译文收录于中国社会科学院近代史研究所近代史资料编译室主编：《侵华日军731部队细菌战资料选编》，王希亮、周丽艳编译，社会科学文献出版社2015年版，第303页。

问：从飞机上投下已感染病菌的老鼠、破布和小块棉花，之后中国人接触到，瘟疫就这样开始了。

答：从飞机上扔老鼠，它们会摔死。而且，一个人也不会恰巧就碰上从飞机上投细菌这种事情。

问：在日本是谁第一个下命令批准开始细菌战研究的？

答：没有人下命令同意进行细菌战研究。如果有命令的话，我们会得到研究所需的金钱、人员和物资。因为没有命令，我们只能在防疫给水部进行小范围内（1%—2%）的研究。

问：第一次官方允许开始细菌战研究是什么时候，是谁同意的？

答：没有官方批准。

问：这让人难以置信。[1]

结果，汤普森和桑德斯一样，没有拿到任何 731 部队进行人体实验和细菌战的证据。731 部队人员互相联系、通气，联合掩盖着他们的犯罪事实。

1945 年 8 月至 1946 年年底的一年半时间，美国派出的两任调查官都是铩羽而归。汤普森在报告中说出自己的感觉：从各个不同的情报源那儿，得到的情报竟然绝妙地首尾一致，显然情报提供者得到过指示，统一过口径，对美军提供的是虚假供述。

在一系列的隐藏和欺骗行为中，具体执行并与美军调查官周旋的关键人物，就是在码头上以翻译身份欢迎桑德斯到来的内藤良一。他的真实身份是：陆军军医学校防疫研究室的负责人、731 细菌战部队暨石井机关的骨干、设立在新加坡的冈字 9420 细菌部队部队长。内藤自己在外公开宣称是“石井的大掌柜”，日本细菌战核心秘密的掌握者。

既隐瞒了真相，又向麦克阿瑟成功地提出所有的细菌战参与者，都不作为战犯受到起诉的要求，是内藤的最大成功之处。他们抛出 731 部队的组织机构设置和部分研究资料钓取美国人的胃口，但绝不说出人体实验和细菌战。桑德斯晚年在接受《朝日新闻》记者采访时说：“内藤他们反复发誓绝对没进行

[1]［日］近藤昭二、王选主编：《日本生物武器作战调查资料》（全 6 册），社会科学文献出版社 2019 年版第 3 册，第 1077—1079 页。

过人体实验，我相信了。但最近才知道事情的真相，我极为震动。内藤已经去世，但我有被他背叛的感觉。”[1]

桑德斯感到窝火的是，内藤良一一再用还有更多的细菌战资料诱惑并让他向麦克阿瑟提出，免除细菌战参与者作为战犯的动议。在他的提议下，麦克阿瑟说：“好吧，你是负责科学研究的，只要你认为能收集到所有的情报，那我们也不能将他们绳之以法。你就对内藤良一说，‘已获得麦克阿瑟将军允许’，向他们许诺免于追究战犯罪责，然后命令他们将资料交来！”[2]

桑德斯晚年向媒体说出了部分内情。但汤普森却在 1951 年 5 月 8 日，用自用的 45 口径手枪对准额头在日本自杀，没有留下遗言。

对于他的死，外界猜测是由于离婚等家庭问题困扰。但日本记者西里扶甬子采访到的知情人说：“也许他知道得太多了，除了死没有他途。”[3]

四

“如果这场战争再打得长一些，美国会实施细菌战计划吗？答案是：恐怕是会的。”哈里斯在他的《死亡工厂：1932—1945 年日本细菌战与美国的掩盖》一书中自问自答。哈里斯或许是一人之见，但这种危险的确存在。

早在 1943 年，丘吉尔就收到他的科学顾问和心腹洛德·彻韦尔的信。信中说：

我们已经研制了在我们看来有效的储存和散布炭疽孢子的方法，即把 1.8 公斤重的炸弹放于普通燃烧弹弹壳中。如果均匀散布，六架兰开斯特式飞机携带药量看来足可以把 2.6 平方公里内的人全部杀死，并使之以后变为无法居住的地区。

这（生物武器）看来是一种潜力巨大的武器，几乎没有东西比之更可怕

[1]［日］西里扶甬子著：《日本细菌战犯免于起诉的背后——揭露美日间的龌龊交易》，中文版收录于中国社会科学院近代史研究所近代史资料编译室主编：《侵华日军 731 部队细菌战资料选编》，王希亮、周丽艳编译，社会科学文献出版社 2015 年版，第 275 页。

[2] 同上注。

[3] 同上注，第 309 页。

了，因为它比“管合金”（美国的核武器计划代称）要容易制造得多。看来亟须研究和做好对抗准备，如果需要的话。但同时在我们的武库中看来也不能没有N（炭疽菌代号）炸弹。[1]

1944年7月，战争进行到紧要关头，盟军对德国展开密集轰炸。英国细菌战专家制定了一项向德国6个重要城市，空投400万枚1.8公斤重炭疽炸弹的紧急计划。由一个重型轰炸机群携带40500只弹筒，每只弹筒里装有一个由106枚1.8公斤重的炭疽弹构成的集束炸弹，对柏林、汉堡、法兰克福进行投放。这个计划评估了杀伤效果：伤口感染和吸入炭疽热，可造成德国平民死亡数预计在300万。美国工厂一个月生产50万枚，8个月可生产400万枚，这些细菌弹全部投入，预计可造成德国目标城市50%的死亡率。[2]

丘吉尔向他的美国同盟，发出了订购100万枚炭疽炸弹的订单。丘吉尔指出这将是“第一批订货”。

美国加紧了炭疽弹的生产。征用工厂，建立实验场，修铁路专线，加大投入力度，向月产50万枚的目标努力。[3]细菌战计划，是美国历史上第二重要的战时科学事业，超过这一计划的只有“曼哈顿”计划。细菌战计划的研究经费国家全额提供，计划执行官可以随意调用任何人才。

美国特别计划处把研究项目分散到许多大学中。哈佛大学研制了针对家禽疾病的疫苗，以对抗肉毒杆菌的类毒素；芝加哥大学研究气雾；西北大学和加州大学旧金山分校，研究了甲壳类动物毒素；斯坦福大学研究了球孢子菌病病原体。

海军、农业部、国家医疗研究所和各公共卫生部门，也都有与生物武器有关的试验项目。

美国维哥细菌武器生产工厂，在战争结束时基本实现了它的目标。它使人相信，未来工业化生产规模性生物武器计划是可行的。“在理想的工序条件

---

[1] 参见［美］珍妮·吉耶曼著：《生物武器——从国家赞助的研制计划到当代生物恐怖活动》，周子平译，生活·读书·新知三联书店2009年版，第55页。

[2] 同上注，第58页。

[3] 同上注。

和对操作人员最大的安全保护条件下，一次运转可生产8000磅的浓缩炭疽菌激化物浆。”

二战末，美国在生物武器上花费了4亿美元。虽然与花费20亿美元的原子弹计划比不算什么，但这种投资在历史上已是空前的。[1]

尽管如此，三个关键领域仍是美国的弱项。那就是：第一，美国的研究是根据动物实验的结果，来推测人体对特定毒素的易感度。人体反应数据靠动物数据推测，某种程度上是猜。第二，美国的研究者们缺乏关于细菌武器投放系统的情报。这一领域的负责人承认，关于如何散播细菌武器的媒介物，他们没有第一手的资料，在没有背景知识的情况下只能推测。第三，美国的细菌战野外实验受到严格限制，但细菌战对各种可能的散布方式进行充分的野外实验，是绝对必要的。[2]

这三个方面正是细菌战的要害所在。美国收集到的情况表明，日本在这三个方面都取得了成果，也进行了细菌战的实战。解决这三个问题，只能去找日本人。

美国调查官接触到日本人的细菌战资料后认为：“显然，美国在大规模生产实用性武器方面，已经遥遥领先于日本。然而日本用人体做的研究是无价的，因为这些资料可与我们及盟军用动物做的研究资料参照利用。人体与动物实验发现结果的结合，会对我们开发实际有效的疫苗有重要的帮助。”[3]

美国人想要的，正是日本人最罪恶的研究：是以平房数千“马路大”活生生的人体实验得出的数据，是以中国农安、大赉、“新京”城乡居民生命做出的野外散布实验数据，更是被细菌战实战攻击、以受害地数百万计平民的生命为代价的数据。

尽管应付过了两批美军调查员，到1946年年底和1947年年初，石井四郎和731部队成员的日子没有那么好过了。更激烈的一轮交锋在苏、美、英等大

---

[1] 参见[美]珍妮·吉耶曼著：《生物武器——从国家赞助的研制计划到当代生物恐怖活动》，周子平译，生活·读书·新知三联书店2009年版，第63页。

[2] 同上注，第66、69、79页。

[3] 参见美国调查官菲尔回到美国提交的最初11页纸的“概要总结”报告。报告收录于[日]近藤昭二、王选主编：《日本生物武器作战调查资料》(全6册)，社会科学文献出版社2019年版第3册，第1167页。

国间展开，争夺的激烈也让石井等人意识到他们手中掌握的东西，可以成为救他们逃离战犯审判的稻草。因此寻机与美国人合作，已经是他们主动的选择。

1946年，冷战序幕已经悄悄拉开。原本已经降温的美国细菌战计划，在冷战的刺激下陡然复活。因为冷战对抗，再次世界大战的预期陡升，双方都担心对方研究掌握并使用致命的武器。共同结论是：对方有，自己的武库里也必须有。

日本投降后，美国底特里克营的工作人员迅速从2273人减少到865人，细菌工厂维哥的600项合同被取消。1946年美国化学战部的预算，从240万美元降到99.3万美元。但1947年冷战刚开始，拨款一下就回升到275万美元。[1]

在冷战氛围下，生物武器的破坏力被视作可以与原子弹相提并论，争霸的大国对之寄予很高的期许。英国参谋长委员会设想十年生物武器和核武器的对比，作战指挥部乐观地估计，有关计划能生产出一种炸弹，一颗能杀死城区8平方公里内半数以上的人。未来战争中，英国要做好三种武器的准备：核武器、化学武器、生物武器。

美国生物武器计划也随之发生重大改变，朝着接近核武器的规模发展。国会批准了设于阿肯色州的派恩布拉夫X-201工厂的建设，投资9000万美元，1950年到1953年建成，雇用1700名员工。美国在底特里克营建起了世界上最大的高达12米、455万升的霍顿实验球，用以在仓内引爆炸药，使关在笼内的动物通过孔口吸入感染。英国也于1948年建起一座庞大的实验中心，当时那是欧洲最大的砖结构建筑，为的是加深对吸入性感染的了解。[2]

在这样的大背景下，美国更迫切得到日本的细菌战资料。美国和苏联就细菌战问题展开了激烈的情报战，双方互不信任，都不想使日本的细菌战数据落入对方手里。苏联人利用占领中国东北的便利，宣布向美国人封闭“满洲”，美国人因此不可能到平房去进行实地调查。而美国收到的情报是，苏联将俘虏的731部队成员悄悄转送到平房，在苏联的监视下挖掘平房废墟的地下实验室。

---

[1] 参见［美］珍妮·吉耶曼著：《生物武器——从国家赞助的研制计划到当代生物恐怖活动》，周子平译，生活·读书·新知三联书店2009年版，第91页。

[2] 同上注。

在日本，共产党人的检举揭发信不断送到媒体和盟军司令部。尽管媒体受到管制，但还是有731部队的消息被登载出来，这给美国人很大的压力。

来自细菌部队内部的逼迫也在加剧。自称是石井部下的1644部队3名成员，联名给石井寄来一封信说，战后日子太艰难，过不下去了，希望两个月借款5000日元。在美国人收集的石井情报《石井文档》里，保留了原信复印件和英文译件："在南京6栋工作期间，受命恐怖的勤务，仍不顾一切地完成任务，战争结束后又把这些材料苦心地埋藏起来……"[1]6栋是1644部队第一课的建筑，是秘密的核心。所有的研究室、标本室和关押"材料"人体实验活人的笼子都在6栋。

另一股压力，来自盟军总司令部法务局的细菌战调查。原日本陆军军医学校防疫研究室主任内藤良一，在接受法务局调查时，已经开始主动小范围承认人体实验。

更让美国人感到急迫的是，1946年9月12日，苏联人捷足先登，撬开了在押的日军原731部队成员的嘴。向苏联吐露真相的，是细菌生产课课长柄泽十三夫和细菌制造部部长川岛清。一直坚守了一年多的防护堤坝一朝溃败，便一发不可收拾。

同在战俘里的参谋本部作战课朝枝繁春中佐，身为战俘仍不忘忠实地执行着隐瞒731部队的使命。在运送战俘的同架飞机上，他看到了关东军司令山田乙三等高官，他明白这些人都是熟知731部队情况的。飞机上有苏联人监视不好办，但飞机降落的当晚，他还是找到了机会，同山田乙三等20多个日军高官开了通气会："对于石井部队的情况，要一口咬定，不知道，或者不知详情。"

柄泽十三夫没有参加这次通气会，不过他很快就得知绝对不能说的命令。[2]

苏军的这些俘虏，被派到西伯利亚劳动。他们中的大多数人隐瞒了自己

[1][日]西里扶甬子著：《美军情报部所存的〈石井文档〉》，中文版收录于中国社会科学院近代史研究所近代史资料编译室主编：《侵华日军731部队细菌战资料选编》，王希亮、周丽艳编译，社会科学文献出版社2015年版，第328页。

[2][日]青木富贵子著：《731——石井四郎及细菌战部队揭秘》，凌凌译，上海译文出版社2010年版，第265页。

部队的番号，对细菌战忠实地保守着秘密。

朝枝繁春和山田乙三等，被关押在黑龙江沿岸的高级别墅里。40 多天里，苏联人不分昼夜地轮番带出审问。

所有的人口径都一致，苏联人毫无办法。

一年多来，柄泽十三夫这个在 731 部队公认的老实忠厚的人，一直三缄其口沉默不语。尽管他受到了连番的严格审讯，又受着十二指肠溃疡的折磨，精神和身体的压力极大。后来他发现，越来越多的 731 部队的人慢慢集中关押到这里，如他的上司第四部部长川岛清、他的下属佐佐木幸助（仓库保管员）。苏联花了大力气，对日本俘虏进行逐一调查甄别，将涉及细菌战的 100 多人，关押到哈巴罗夫斯克（伯力）市。审问人员审问时，手里拿的是新编的《731 部队词语手册》，审问的内容也越来越显得了解内情，感觉那层纸就要被捅破了。

在伯力受审时的柄泽十三夫（中，高个者）。资料来源：《死亡工厂》一书

“我将凭着良心说出一切。”[1] 柄泽开口了。

情报很快传到在日本参加东京审判的苏联检察官斯米诺夫那里，他感到极度震惊，立即将柄泽十三夫传唤到海参崴，亲自进行有关事实的核实，并将柄泽和川岛清所说的内容翻译成英文，交给占领军司令部，正式向美国提出引渡石井四郎的要求。

美国迅速通过所掌握的 731 部队人员，确认柄泽和川岛清身份的真实性。

[1]［日］青木富贵子著：《731——石井四郎及细菌战部队揭秘》，凌凌译，上海译文出版社 2010 年版，第 265 页。

当证实这两个人真实存在并是 731 部队的骨干时，这才发现尽管他们早就派出了两任调查官，但远远没有拿到核心材料。而柄泽十三夫和川岛清所说的人体实验和细菌战，都是第一次透露出来的详细情报。

苏联人的重棒一击，敲开了一只紧咬的蚌壳。731 部队的秘密泄露出来。

1947 年 1 月 15 日，苏联检察官与盟军占领军总司令部 G–2（情报部）军官会面，具体告知苏联在押 731 部队细菌制造部部长川岛清、课长柄泽十三夫有关人体实验、大量生产细菌武器的供述，提出要讯问石井四郎并说明必要性。在苏联人的穷追下，美国政府没有理由拒绝苏联检察官的要求，当时大家还是“盟友”。麦克阿瑟致函国内参谋本部，请示是否允许苏方讯问。经国务院、陆军部、海军部 三部调整委员会研究，允许苏联检察官有条件地讯问石井四郎等人。所谓条件，就是要保证重要情报不落入苏联人手里。

如果把石井四郎交给苏联人，就意味着美国将失去控制细菌战情报的主动权，这是美国人不愿意看到的。只要控制着石井及其同僚，美国人就能掌握主动。要先于苏联撬开石井的嘴，第三任调查官菲尔必须完成这个任务。

苏联人的要求，很快传到石井四郎耳朵里。石井等人当然知道如果落入苏联人手里，将意味着什么。石井和菲尔的心理战几个回合之后，就达到了相当的默契。对于石井来说，希望快点达成交易。只是如何把握火候，什么时候说，说多少，说什么，以及如何获得最大利益。

第三任调查官菲尔（N. H. Fell），被认为是美国细菌战研究计划中非常有影响的人物。菲尔在芝加哥大学取得博士学位，涉足微生物学的许多领域，尤其在传染病领域成绩斐然。他是被任命负责评估日本细菌战项目的首位重要细菌战科学家。

菲尔显然是个不好对付的家伙。1947 年 4 月 28 日、30 日与 5 月 1 日，菲尔连续讯问内藤良一、金子顺一和增田知贞。三个人被要求 4 月 28 日 16 点到达审问地点，并要提供一份书面的所知情报提纲。

三个人起初还很扭捏：“因为没有亲眼看到实验，我们很难写出报告，只能道听途说……我们真的不知道最近是谁向你们提供了详细的信息。”

“已经掌握了 731 部队细菌制造部部长川岛清、课长柄泽十三夫向苏军的供述。”菲尔提醒。川岛清、柄泽十三夫的名字像一把所向披靡的神剑，总能劈开沉默与谎言。

三个人一起交谈了几分钟。还是内藤良一，这个周旋在盟军占领军总司令部和美国两任调查官之间，一会儿是翻译，一会儿是情报提供者，一会儿是731部队代言者、被称为“剃刀一样棘手”的人物先说：“既然菲尔博士有了好主意，我们不妨全盘托出吧！”[1]

接着他提出了条件：“我们想合作，也知道应将实情告诉总司令部，但对朋友也负有责任。我们发过誓对人体实验一事保持沉默，也担心知情人中会有人作为战犯而受到审判。”“但是如果你能向我们提供书面豁免保证的话，也许我们能弄到所有的情报，别说是头目了，就是下属也都知道这些详情。”最后内藤还不忘威胁一下美国人：“如果我们联系上了共产党，他们可能会让苏军知道。”这一句也有点石成金的力量，美国人也对此心知肚明。[2]

1947年5月8日、9日、10日，菲尔讯问了石井四郎。

讯问在石井四郎的家里进行，地址是东京都牛込区若松町77号。石井四郎卧床不起，似乎重病在身。

“尽管声称带病，石井的表演可谓淋漓尽致。石井一身古风，他对菲尔一行的接待，就像他们是经封建君主的许可拜访这位阁下一样。石井穿着最好的和服，笔挺地坐在床上，并在他赐予美国客人的整个会议中保持着同样的姿势。”哈里斯在他的著作《死亡工厂》里写道。[3]

菲尔在讯问前告知对方几点：讯问是想获得科技情报，与战犯一事无关；来者知道石井先前提供的证词，所隐瞒的内容有重大意义，美国急需有关人体实验和在中国使用细菌战的情况；川岛清和柄泽十三夫已向苏联人坦白。

尽管如此，石井还是选择继续撒谎。他说没有听说过安达这个地方，也没有去过安达。他根本就不知道细菌战试验，他在中国报纸《申报》上看到过

---

[1]《菲尔报告》1947年6月24日：增田、金子和内藤的讯问，1947年4月28日、30日，5月1日。收录于［日］近藤昭二、王选主编：《日本生物武器作战调查资料》（全6册），社会科学文献出版社2019年版第3册，第1185页。

[2]《菲尔报告》1947年6月24日：增田、金子和内藤的讯问，1947年4月28日、30日，5月1日。收录于［日］近藤昭二、王选主编：《日本生物武器作战调查资料》（全6册），社会科学文献出版社2019年版第3册，第1185页。

[3]参见［美］谢尔顿·H.哈里斯著：《死亡工厂：1932—1945年日本细菌战与美国的掩盖》，王选、徐兵、杨玉林、刘惠明、张启祥译，上海人民出版社2022年版，第321页。

宁波鼠疫事件，但当时他在“满洲”，根本对此事一无所知。

接着石井抛出了他的要求：“我对平房的事负有全部责任。我不想看到我的任何上级或部下由于所发生的事惹上麻烦。如果你们能免去我和我的上级和部下的罪行，我会将我所有的信息告诉你们。”

他向菲尔提出要求：美国人需要给他一纸书面的负责保证。只要拿到书面保证，他将提供所有情报。

提出这个要求后，石井四郎开始表现得出人意外地“自告奋勇”。

他说：“我愿意受雇于美国，做细菌专家。”

他愿意为美国人提供他20年的研究和实验精华，以用于对苏联的作战。“我已对不同地区和寒冷季节使用的最合适的媒介做了研究，并能写出几册有关细菌战的书，其中涉及统计和战术使用方法。”[1]

第一天的讯问，以对石井四郎的警告结束。美国人通过翻译告诉石井：苏联军代表很快就要进行讯问了，对苏联人绝对不要透露人体实验、大量繁殖跳蚤、对中国军队使用细菌战等信息，更重要的是不能透露受到美国人的指使。

三天的讯问谈话，都是以石井索要书面承诺和美国人对石井警告对苏联人什么可说、什么不可说结束。三天下来，石井已经断断续续讲出了许多美国人非常想得到的东西，比如炭疽感染的死亡率、霍乱感染的最小剂量、黑死病鼠疫的类型研究、实验对象如何从腺型发展成肺型鼠疫等。

这是石井四郎抛向美国人的饵料，自然撩拨得美国人心里发痒。美国人想把石井隔离起来，阻止石井和苏联人见面。菲尔为石井带来了一个医生，以为或可以给石井找一个借口，但检查的结果是，石井的身体良好。医生说“没有任何理由不单独或和苏联人一起审讯他”。

医生的结论促进了石井态度的急转。他意识到苏联人真的不可阻止地要

---

[1] 以上相关情况见［美］谢尔顿·H.哈里斯著：《死亡工厂：1932—1945年日本细菌战与美国的掩盖》；［日］西里扶甬子著：《日本细菌战犯免于起诉的背后——揭露美日间的龌龊交易》；［日］近藤昭二《日本国家意志对细菌战的隐匿的法庭证词》；［日］近藤昭二编：《731部队·细菌战资料集成》；［日］近藤昭二、王选主编：《日本生物武器作战调查资料》（全6册），社会科学文献出版社2019年版第3册，《美国细菌战调查官菲尔等对石井四郎、增田知贞等人的审问笔录》等。

来了，美国人也挡不住。这一天的情形发生了大逆转。尽管菲尔提示石井，美国还没有对他的部下及他本人做出决定，但石井却表明“愿意提供你需要的一切”，并把原计划简短的会面扩展到两个多小时。

石井答应写一部他 20 年来的细菌战研究经验报告，提供一份他的生物战理论“ABEDO”的详细报告。当年菲尔没有解释石井的“ABEDO”理论的具体所指，后来的研究发现，这是石井的细菌战的核心理论，它是考虑到诸种影响细菌战效果的内外因素，对细菌战效果进行综合评估的理论。对于在中国宁波、衢州、常德的细菌武器攻击效果的评估，金子顺一用的就是这一理论。

菲尔会谈了 20 多位日本细菌战专家，对每一位都承诺免于对他们的起诉，为此他得到了 600 页有关自然及人为鼠疫整个研究领域的印刷论文；100 页印刷的有关细菌战和化学战某阶段的报告；获得了对中国进行 12 次细菌武器攻击地点的地图（这张图至今还没有找到，美国没有公开。我们现在已知的攻击也仅是几次。——作者注）；8 份关于细菌战的报告和文件等。8 月，又获得了 3 份报告和显微镜照片。

“到目前为止得到的这些资料，底特里克（美化学、细菌战研究基地）方面非常感兴趣。这些资料，对我们的细菌战研究计划将来的发展，具有巨大的价值。”“这些日本人被保证不牵扯到战争犯罪”，菲尔在他的报告中写道。[1]

《死亡工厂：1932—1945 年日本细菌战与美国的掩盖》的作者哈里斯认为，菲尔的这种行为，无论从任何意义上来说，都参与了战争犯罪。

菲尔拿到的情报，让美国三部协调委员会进退两难。委员会向麦克阿瑟司令部发的一份电报提出，必须进一步明确石井的战争犯罪状况，才能进而考虑石井的战犯免责要求。

化学战部队司令阿尔登·怀特少将对此感到惊讶。6 月 2 日他与一位东京的情报人员进行电话会谈，表明了自己的态度。该电话摘要被打印存档：

---

[1]［日］近藤昭二、王选主编：《日本生物武器作战调查资料》（全 6 册），社会科学文献出版社 2019 年版第 3 册，第 1246 页。1947 年美国 PP-E 部门主任 Feel 给美远东司令部 G-2 副参谋长的联络函，称此调查资料由情报系统掌握，不用于“战争犯罪程序”。

以下是军事情报的人与化学部司令之间电话会议的摘要……（原档案省略，下同）摘要内容表明所获情报资料的极大价值及问题暴露的危险……军事情报部的代表向国务院、陆军部、海军部三部协调委员会小委员会提议：提供给我部门的有关细菌战的情报，不要在战争犯罪审判中被揭露或使用……我（阿尔登·怀特少将）认为至关重要的是我们拥有上述情报，并保守这个秘密［如果战争犯罪审判被举行，就不可能了（原档案）］……目前为止的情报表明：调查正在取得极为重要的资料，值得我们以经费和其他任何方式的支持。[1]

1947 年 6 月 22 日，盟军占领军总司令部法务局向华盛顿提交了题为“石井细菌战”的报告。6 月 24 日，菲尔也提交了他的调查报告。同时将他的调查结果和建议送了一份给在东京的查尔斯·威罗比少将，菲尔写道：“调查中收集到的证据成倍地推进了这个领域各方面的先行研究，这是日本科学家花费数百万美元经过长年的研究得到的资料。……由于对人体实验良心上的顾虑，在我们实验室是无法得到的。到手的这些资料迄今花费总额 25 万日元，与实际研究成本相比只是九牛一毛。”[2]

菲尔的报告，还包括一份底特里克科学家感兴趣的项目的备忘录。备忘录第七段中记录如下：前一天美国陆军部、国务院、司法部的代表在华盛顿召开会议，会议代表们非正式地同意接受盟军最高司令官麦克阿瑟及化学战部队司令阿尔登·怀特少将的提议：调查所得的所有资料将保留于军事情报系统内，而不用于“战争犯罪项目”。

免于起诉的决定，至此基本上完成了。

然而美国不可能不担心，他们的行为会在将来的某一天曝光，成为美国的耻辱。在东京秘密举行的“三部协调委员会（美国国务院、陆军部、海军部）”小组讨论会上，其中一位决策者 R. M. 切塞尔坦提出：将来美国政府可能会因此而面临严重的窘迫，但是我们仍然坚信，这些信息是如此重要，以至于我们甘愿冒险去面对接下来的窘状。尤其是日本人答应最后给我们的信息，

[1] 参见［美］谢尔顿·H. 哈里斯著：《死亡工厂：1932—1945 年日本细菌战与美国的掩盖》，王选、徐兵、杨玉林、刘惠明、张启祥译，上海人民出版社 2022 年版，第 389 页。

[2] 同上注，第 363 页。

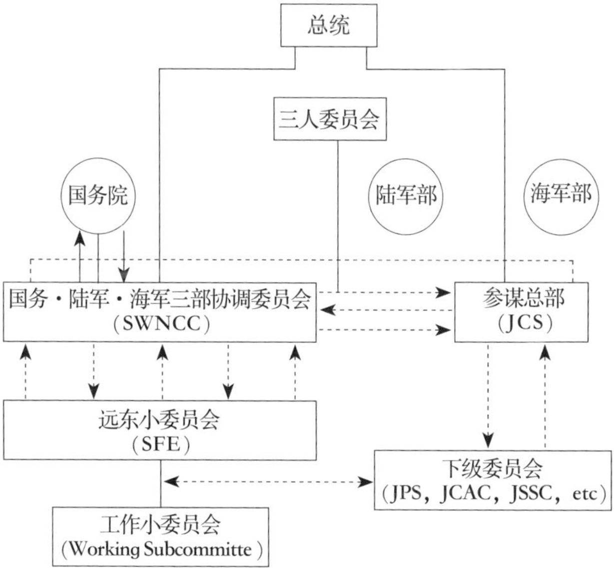

美国对日占领决策机构示意图。资料来源:[日]近藤昭二、王选主编:《日本生物武器作战调查资料》(全6册),第1册,第20页

它们将说明生化武器作用于人体之上的效果。[1]

很快,美国政府"三部协调委员会"远东小委员会就做出了判断:生物战人体实验资料比追究战争犯罪重要。8月1日,"三部协调委员会"远东小委员会秘书处海军中校J. B. 克雷萨普对远东小委员会通报:征求各部门对工作组"有关苏联检察官讯问某些日本人"意见SFE188/2的反馈,明确:石井等提供的细菌战资料保留于情报渠道,不作为"战争犯罪"的证据。在国家利益上,日本的细菌战资料的价值远远比追究战犯重要,不能让他国获得,所以美国将调查结论予以掩盖。[2]对石井等人的免责,也意味着对天皇的免责。在国体护持的大政方针下,石井既出于自保,也忠实地完成了这一使命。而美国人关心的重点,也并不是所谓的天皇责任,他们要的是人体实验的数据和细菌战实战的数据,双方一拍即合。

[1] 同上注,第408页。

[2] [日]近藤昭二、王选主编:《日本生物武器作战调查资料》(全6册),社会科学文献出版社2019年版第6册,第3351页。

苏联检察官们坚持提审石井等人，公开理由是为了将这些人补充进东京战争犯罪的审判中，但也不掩饰对获得细菌战情报的兴趣。美国人是在确信可以操纵会面的情况下，允许苏联人见石井四郎的。

讯问在美国人的陪同下进行。当年的记录资料至今没有找到，幸亏有日本记者西里扶甬子对石井女儿春海的采访录音。春海口述当年的情况相当具有戏剧性：讯问前（美国人同父亲）商议，这能说，那能说的。美国人很是亲切的样子，反反复复地叮嘱。

除了要隐藏人体实验、细菌战等核心内容外，当然也要隐藏受到了美国人的指使和操纵。一切都经过精心安排，不料还是出了一个小纰漏。

我家养了一只叫“太郎”的猴子，是从外地带回来的。“太郎”同经常来我家、穿着草黄色军装的美国军人很是亲密。这天，它突然跳到一位美国军官面前亲热起来，在场的美国人都很吃惊，连忙看苏联人的脸色。苏联人有3位，鞋也不脱咣当咣当就上了二楼。一位记录员是女性，那是夏天，穿着布拉吉，能透出乳罩和三角内裤，洒着浓烈的香水。

这只叫“太郎”的猴子暴露出和美国人很稔熟的真相，五大三粗的苏联人显然没有注意到，而春海却在旁边惊出了一身汗。

我在旁边的屋子里，讯问的都是关于研究的事。讯问过程中，美国军人总是插话，苏联人提出还想继续讯问父亲，好像被美国人拒绝了。[1]

春海对媒体披露，父亲告诉她：80% 的给了美国人，最重要的 20% 还在他脑子里。我们无法猜测这 20% 是什么，有一点很显然，美国人当年太过关注人体实验数据，而忽略了鼠疫跳蚤的开发和使用。相隔 60 多年的《金子顺一论文集》的发现证明了这一点。鼠疫跳蚤是日本细菌武器中的撒手锏，在细

[1]［日］西里扶甬子：《日本细菌战犯免于起诉的背后——揭露美日间的龌龊交易》，中文版收录于中国社会科学院近代史研究所近代史资料编译室主编：《侵华日军 731 部队细菌战资料选编》，王希亮、周丽艳编译，社会科学文献出版社 2015 年版，第 308 页。

菌战攻击中频繁使用，是其细菌战开发中最成熟的细菌武器。

1947 年 10 月 10 日，远东军事法庭首席检察官基南表明：天皇与实业界不负有战争责任。此项决议宣布不久，美国第四任调查官到达日本。

爱德华·V. 希尔是美国细菌战底特里克基地基础科学部部长、公认的细菌战权威。他的到来，是在底特里克基地的科学家们研究消化了菲尔拿回去的资料之后，有针对性地再一次补充关键性的数据和资料。

面对希尔，所有的日本人都很合作。只有一个人在讲到人体实验时有一点点犹豫，但还是毫无保留地提供了材料。而且在所有调查中，双方再也不用啰唆有关战争犯罪免除的问题。

希尔 1948 年 10 月 28 日来日本，12 月 12 日向美国化学战部队提交了《细菌战调查概要报告》。希尔得到的研究报告有关烟雾剂、炭疽、肉毒杆菌、布鲁氏菌、霍乱、毒气除毒、痢疾、河豚毒、气性坏疽、鼻疽、流感、髓膜炎、黏蛋白、鼠疫、植物传染病、沙门氏菌、孙吴热、天花、破伤风、森林扁虱脑炎、户冢虫、结核病、野兔病、伤寒、斑疹伤寒，并且还得到了以前向美国调查官提交的病理材料幻灯片的目录。由于幻灯片未经整理，所以目录十分重要。[1]

人体实验的情形也不再需要加以掩饰，细节出现在希尔报告的笔端："从发烧的男性取出血液……注射马体。潜伏期过后……在 15 匹实验马中，有 6 例出现了持续 5 到 7 天的发烧症状。把从发烧的马体抽取的血液再给别的马注射，有 1 至 2 例出现良性效果。反之，将从发烧的马身上抽取的血液注射到人体中，8 个实验人体中有 2 例出现发烧。""日本兵的孙吴热自然死亡率为 30%……但是，实验中死亡率是 100%，由于实验整个过程中要'牺牲'实验对象。"[2]

8000 多张实验的幻灯片提交给美方。还有鼻疽、鼠疫、炭疽的三大本解剖报告。其中两个是 300 页，一个达 700 页，可谓"鸿篇巨制"。

美国国家档案解密之后，哈里斯找到了它们。这是三份附有彩色的人体解剖图的英文医学报告书，分别是 Q 报告（鼠疫）、A 报告（炭疽）、G 报告（马鼻疽）。这三种是 731 部队开发的最成熟、威力最大的细菌战武器。报告部

[1] 参见［美］谢尔顿·H. 哈里斯著：《死亡工厂：1932—1945 年日本细菌战与美国的掩盖》，王选、徐兵、杨玉林、刘惠明、张启祥译，上海人民出版社 2022 年版，第 391 页。

[2] 同上注，第 391 页。

头之大、图解之详细让人惊异，而那些人体各个器官的详细病变切片更是让观者战栗。[1]

哈里斯写《死亡工厂——美国掩盖的日本细菌战犯罪》的时候，这些报告的全部意义还没有完全解读出来。

2011年奈须重雄公开他发现的《金子顺一论文集》，人们才恍然明白，日军731部队在1940年6月4日到7日两次对农安、大赉地面投放鼠疫跳蚤5克和10克，这微少的鼠疫菌剂量，引发二次感染流行，造成农安、大赉3000多人死亡。

而希尔提到的8000多张实验的幻灯片，美国至今仍未公开，不知道里面的内容会多么令人惊骇。

---

[1] 参见［日］近藤昭二、王选主编：《日本生物武器作战调查资料》（全6册），社会科学文献出版社2019年版第3册。［日］近藤昭二、王选主编的这部书，全书共6册，3400多页，收录了日、美多种有关生物武器作战的原始档案材料，其中包括“Q”“A”“G”报告。这些原始影印档案，得以首次在中国出版面世，填补了战后半个多世纪的一项空白。获得“教育部第八届高等学校科学研究哲学社会科学研究优秀成果奖”一等奖。

第十章　杀人医生的战后事业

一

1948年3月，东京审判已接近尾声，石井和他的同事们安然无恙。细菌战最终没有进入远东国际军事法庭的司法程序，石井等也没有站上被告席。

2001年，东京审判结束53年，细菌战诉讼一审接近尾声。这一年日本月刊《新潮45》8、9、10月号3期连载了一篇文章，题目是《731部队细菌战与美国的掩盖》，作者是青木富贵子，一个住在纽约的日本自由撰稿人。文章发表后，青木富贵子特意找到细菌战诉讼律师团团长土屋公献送上杂志，说里面详细写到了美国在远东国际军事法庭掩盖日本细菌战的细节，或许对正在进行的中国细菌战受害诉讼有帮助。

土屋将这个消息告诉了王选，王选赶紧去书店寻了一册。忙完东京的事，坐三四个小时新干线回到关西的家里，第一件事就是阅读青木的文章。

一个中国人的名字跳入眼中：向哲浚！

青木的文章提到，1946年3月，远东法庭检察官托马斯·H.莫罗（Thomas H. Morrow）大校赴中国调查日军生物战（细菌战）、化学战（毒气战），与他同行的是远东法庭中国检察官向哲浚及其秘书。

原来陪同莫罗调查的是向伯伯！王选一下从榻榻米上跳起来。王选记起20世纪70年代末，她还在义乌中学教书，父亲虽然“右派”还没改正，但已回到上海司法系统工作。王选向父亲说自己想学国际法，父亲想了好一会儿说，找向哲浚最好，他是远东国际军事法庭的检察官。

王选后来才了解到父亲与向哲浚的渊源。新中国成立前向哲浚是民国上海高等法院的首席检察官，父亲王容海是检察长主任秘书官。直到身份公开，向哲濬才发现自己身边竟然潜伏着两个共产党员，其中之一就是王选的父亲王容海。

一个冷天，王选找到向哲濬的家。她发现远东国际军事法庭的检察官已经是个和气安静的80岁老人，笑起来眼睛眯得很细。他见到王选也很高兴，关心地问候她的父亲。王选一直站着，有些紧张，急急忙忙地说完来意。他一边叹气一边说："我不能教你了，我很多年都没有搞这个了。"说到"很多年都没有"时，他略微低了头往下看，脸色也随着一沉。

老人语气温和，但是一字一句，意思很清楚。这句话包含的内容，王选也是后来才明白。

向哲濬1911年以全国第一名考入清华，1917年毕业并被选送美国留学，先后入耶鲁大学文学院、耶鲁大学法学院、乔治·华盛顿大学法学院学习，获得文学士及法学士学位。东京审判出任远东国际军事法庭中国检察官，归来请辞民国最高法院检察署检察长、司法院大法官不做，选择留在上海大夏大学及东吴大学讲授国际法。王选见到他时，已然经历了一系列运动、思想改造及"文革"的他，只能在上海财经学院（今上海财经大学）教英语，不能碰法律了。那个时代的惊涛骇浪，王选虽从父亲的遭遇里感受到一些，但更深的时代与命运的变迁感，父辈们都埋藏在内心，很少说起。

1996年11月王选在美国买了《死亡工厂——美国掩盖的日本细菌战犯罪》一书，读到了其中关于东京审判的内容，就马上回国，想再见向哲濬一面，当面了解远东法庭上的情况。这时她才知道，她去日本留学的那些年，向哲濬已经去世了。

读着青木的文章，王选再次痛感什么叫错过：20多年前见到向哲濬时，只知他是远东国际军事法庭的中国检察官，一不知日本在华实施了生物战和化学战，二不知远东国际军事法庭没有审判这两项违反国际法的战争犯罪。

国际学界主流观点认为，东京审判最大的意义是对"历史"的贡献。通过法庭审理，大量战争真相被调查、揭露、确认，包括"南京大屠杀"，世界借此了解战争的真相，尤其是日本人因此了解到被政府、军方掩盖的战争事实。

远东国际军事法庭，各国检察官的席位在法庭正中间。中国检察官向哲濬、法官梅汝璈以及他们的中国同事，为深受战争创伤的国家和人民举证、辩护已相当不易，更加上国内国民党军队正在节节败退。战后，从远东国际军事法庭回来的中国代表团，只有一人选择了去台湾。

“共和国成立后出生的几代人中，很少有人知道向伯伯，更少有人见过他。他们成为政治敏感人物，被封藏了。”王选说。

一个疑问在王选心里升起，远东国际军事法庭上，中国检察官就追究日军细菌战犯罪究竟做了些什么。国内有些学者认为：除了美、日掩盖之外，细菌战没有在东京审判中被追究，也与当时的国民政府不作为和在东京审判中的中国检察官提交的相关证据不足有关。事情果然如此吗？

王选开始检索东京审判的历史档案，希望找到答案：东京审判前，中国政府和远东国际军事法庭的中国检察官们，是否将细菌战列入追究日本战争犯罪计划？他们是如何收集证据，最终向法庭提交了哪些证据材料？东京审判期间，关于细菌战的问题究竟是怎样处理的？

1977 年和 1992 年，美国国家档案馆公开有关日军 731 部队细菌战及与此相关的美国官方档案文献后，王选与近藤昭二两次赴美查档。十多年的档案检索，最终汇成 6 册共 3000 页的《日本生物武器作战调查资料》，此史料集作为北京大学的科研项目“日本侵华决策史料丛编”的一部分，由社会科学文献出版社 2019 年出版。这是目前为止，有关日军生物武器作战最完整的历史史料集。

埋藏了半个多世纪的历史细节渐渐清晰起来。

王选找到了远东国际军事法庭国际检察局备案的、日本在中国战场实施细菌战证据材料 1895 号、1896 号。1895 号证据材料上，有中国检察官向哲濬秘书高文彬的亲笔签名。另外还发现当时的中华民国卫生总署代理总长方颐积出具的证明，证明后附有前卫生署署长金宝善博士的证词：《浙江省的鼠疫——日本在华细菌战企图》。包括附件 1、2、3、4、5，这些附件均为中华民国卫生总署的官方档案文件，内容为 1941 年日军对常德鼠疫攻击的证明报告。方颐积的证明和金宝善的证词提交日期，为远东国际军事法庭开庭前的 1946 年 4 月 4 日。这正是中国政府向远东国际军事法庭的举证行为。[1]

东京审判国际检察局的检察官们，早在 1945 年年末就开始了独立于美国军方的细菌战调查工作。

---

[1] 参见王选著：《远东国际军事法庭国际检察局备案证据材料中在押日本关东军战俘供词与伯力审判》，发表于“上海所见的亚洲太平洋战争”学术工作坊，2020 年 12 月 7 日。

东京审判国际检察局的16名检察官，被分成专题小组A—H开展各自负责的工作。检察官托马斯·莫罗和中国检察官向哲浚，在专题小组B里负责调查日本军队在中国的暴行。1946年3月2日，托马斯·莫罗向首席检察官季南提交了12页的备忘录，题目为：《中日战争》。报告提出了检方指控的范围，并提出必须从中国获取大量的相关证据。该报告最后部分第10—12页，是有关日军在中国战场实施化学战和细菌战的问题。莫罗将《中国手册》列为参考文献，[1]引用了中国卫生署署长金宝善1942年3月31日的报告，当时金宝善以官方身份指控日军飞机投放鼠疫菌：1940年攻击浙江衢州、宁波、金华，1941年攻击湖南常德。莫罗的报告同时抄送中国检察官向哲浚及其秘书裘劭恒（Henry Chieu）先生。

莫罗向季南报告："这个问题很重要，因为是国际法禁止的。细菌战这种被禁止的战争手段，不可能是单个战场或战地指挥官擅自所为，理应是按照东京总部的指令进行的。"[2]他要求审问石井四郎，并提出询问金宝善，准备让他出庭作证。

莫罗要求审问石井四郎时，美国第二任调查官汤普森刚刚结束对石井四郎的审问。在莫罗的强力要求下，汤普森还是与这位国际检察官见了面，但否定了莫罗的要求。

检察官们仍在行动。几天之后，向哲浚向重庆国民政府外交部部长王世杰发电报告，远东国际军事法庭检察长季南等，拟先后分赴中国及太平洋各地调查日军暴行，及破坏和平、违反战争法规情形，并搜集证据及其他资料。其中"违反战争法规"指的就是细菌战和化学战。

3月12日，莫罗与国际检察局美国助理检察官萨顿、中国检察官向哲浚及秘书等，从东京抵达上海。数日后，首席检察官季南一行也到达上海，与莫罗等会面，商定在中国的调查活动方针。他们的行程是北京、上海、重庆和南京。

---

[1] *China Handbook*，中文译名《中国手册》，为中国国民政府在1943年用英语编著，由美国出版社出版，并在国际上发行，全面介绍战时中国。莫罗在报告中引用 *China Handbook*，说明中国检察官方面已经向其提供。

[2] 参见1.王选著：《远东国际军事法庭国际检察局备案证据材料中在押日本关东军战俘供词与伯力审判》，发表于"上海所见的亚洲太平洋战争"学术工作坊，2020年12月7日。2.[日]青木富贵子著：《731——石井四郎及细菌战部队揭秘》，凌凌译，上海译文出版社2010年版，第223页。

这是一次对日军在中国暴行的全面调查：从 A 卢沟桥事件、B 日本计划并发动对中国持续的军事侵略、C 日本对中国的经济掠夺，到 H 违反国际法和人道，对中国平民实施暴行等八项专题调查。其中 E 项为“违反国际法，在战场上使用化学毒气”；F 项为“实施细菌战，散布带腺鼠疫菌物质”。

一个月的中国调查之后，莫罗、向哲浚于 4 月 12 日回到东京。4 月 16 日，莫罗向检察长季南提交了题为《中国旅行报告》备忘录。这份报告共有 16 页，报告中提到“同行的萨顿找到了金宝善博士，并与之见了面，获得相关资料”（萨顿具体分工细菌战报告，莫罗分工化学战）。一个星期后，萨顿提交给季南一份日军细菌作战调查详细专题报告——《来自中国的报告：细菌战》，共 37 页，其中提到 1940 年 10 月 27 日在浙江省宁波、11 月 4 日在浙江省衢县、1941 年 11 月 4 日在湖南省常德，日军空中撒播谷物等物质，以及随后当地鼠疫暴发流行。列举的相关证据，包括临床记录、流行病学专家的分析报告等。建议出庭证人有：金宝善，国民政府行政院卫生署署长；陈文贵，《常德鼠疫调查报告书》作者，中国军政部战时卫生人员训练总所检验学组主任、中国红十字会总会救护队部检验医学指导员；伯力士（Robert Pullitzer），国际联盟援助中国专家雇员、国际著名流行病防疫专家，在中国衢州、常德进行鼠疫检测及防疫；容启荣，中国卫生总署防疫处处长。

萨顿报告书第 18 页尚有一份浙江省卫生厅的数据，列举了 1940—1944 年间浙江省一些与日军“散布带腺鼠疫菌物质”有关的鼠疫流行地点与时期：宁波、衢县、义乌、东阳，并说明，义乌、东阳的鼠疫是由衢县传播的。[1]

国际检察局备案证据材料里（IPS Document No. 1896 : HATABA，Osamu）还有一位来自日军细菌战部队人员的书面证词，这个人叫榛叶修。

榛叶修是一名叛逃者，荣字 1644（南京）部队的工作人员。战争结束前他从 1644 部队逃脱，投奔了中国军队。榛叶修是当时日军细菌战部队 12000 名编制人员中唯一一个落入中国人手里的，他的证词至关重要。

榛叶修说，他的叛逃，是出于对 1644 部队所做之事的厌恶。

“我本人从 1942 年 5 月到 1943 年 3 月，在防疫给水部防疫课服役，当我

[1] 以上参见王选著：《远东国际军事法庭国际检察局备案证据材料中在押日本关东军战俘供词与伯力审判》，发表于“上海所见的亚洲太平洋战争”学术工作坊，2020 年 12 月 7 日。

了解到部队借着‘圣战’却从事着上述非人道的行动后，就从该部队脱逃了。”

这是一份6页纸、日文书写的证词，和一份手绘1644部队的概略草图。棒叶修的笔迹工工整整：

> 该部队（1644部队）制造下列传染病细菌是确实的，在部队里对一般士兵保密，只有相关的军官才了解这个秘密。截至昭和十七年（1942年）6月，部队制造了霍乱、伤寒、鼠疫、赤痢等细菌。参加者是防疫科的全员。散布细菌是在昭和十七年6—7月间，散布的次数、数量不详。散布区域是以浙江省金华为中心，为的是让中国军队迅速撤退。后来日本军队进至细菌散布地域，饮用、炊事时使用了附近的水，结果也出现了许多感染患者。
>
> ……[1]

证词落款日期是1946年4月17日，正是莫罗提交《中国旅行报告》之后、萨顿提交《来自中国的报告：细菌战》之前。

就在萨顿提交报告6天后的4月29日，国际检察局向远东国际军事法庭提交28名A级战犯起诉状。

这一天是日本天皇的生日。选择这一天递交起诉书，有着莫大的讽刺意味。东条英机等成了战犯，但天皇不是，起诉状就像是送给天皇的一个大大的生日蛋糕。

与天皇一样没有位列战犯名单的，还有石井四郎及其731部下。

1946年5月3日清晨，一片瓦砾之中的东京阳光灿烂。在这片战争的废墟中，唯有日本陆军省的大礼堂完好无损地兀立于清透的阳光之中。这座1937年建成的建筑，原本是日本陆军省和陆军参谋本部所在地。如今经过一番整修之后，曾经的战争策源地和指挥中心，成了东京审判的法庭，曾经在这里指挥战争的军人要作为战犯接受审判。

---

[1] 参见王选著：《远东国际军事法庭国际检察局备案证据材料中在押日本关东军战俘供词与伯力审判》，发表于“上海所见的亚洲太平洋战争”学术工作坊，2020年12月7日。另见[日]近藤昭二、王选主编：《日本生物武器作战调查资料》（全6册），社会科学文献出版社2019年版第2册，第5部分“远东国际军事法庭国际检察局调查”收录相关的调查报告及证据材料，见该书第760—768页。

一个颇具戏剧性的大反转。

然而，在这个由胜利者主持的对野蛮战争审判的法庭上，对于战争中极端残酷和反人类的细菌战，只提及了两次，两次都是匆匆而过。

8 月 16 日，伪满洲国的皇帝爱新觉罗・溥仪站到了证人席上，他的出庭作证，将日军对中国的犯罪审讯推向高潮，而其中重中之重是南京大屠杀的举证。

1946 年 8 月 29 日下午 14:45 休庭 15 分钟，15:00 开庭。萨顿检察官继续朗读检方证据 1706 号（法庭登记证据 327 号）：《首都地方法院检察处奉令调查敌人罪行报告书》，首都指的是中国南京，这份报告书是由国民政府南京地方法院检察官提供的，在"关于其他暴行的具体情况"的小标题下，萨顿朗读道：

"关于其他者：敌多摩部队将我被俘虏之人民，引至医药实验室，将各种有毒细菌注射于其体内，观其变化。该部为最秘密之机构，其因此而死亡之确数，无由探悉。"

如果对照报告原文，会发现当时萨顿省略了以下三个句子："夫供医药之试验，即以猫狗之不若也，可不哀哉！"[1]

"多摩部队"为驻扎南京的日军荣字 1644 细菌部队本部代号，正是榛叶修所在的部队。在集中对南京大屠杀的举证中，突然插入日军细菌部队人体实验犯罪的内容——"将各种有毒细菌注射于其体内，观其变化。"

这一天坐在法庭旁听庭审的合众社记者阿诺德・布拉克曼，在他的书里记述了这一刻：

在萨顿以沉闷的语调讲述不相关的事情时，威廉・韦伯爵士（首席法官，来自澳大利亚）打断了他。韦伯感到困惑和恼怒，"关于你所说的对毒血清反应的实验室测试，你是否准备向我们提供进一步的证据？"他问道，"这可是个全新的事情，我们从来没有听说过。你打算到此为止吗？"

---

[1] 1. 张宪文主编：《南京大屠杀史料集 .21 日军罪行调查委员会调查统计（下）》，凤凰出版社、江苏人民出版社 2006 年版，第 1721—1727 页；2. 王选著：《东京审判中的日军细菌战（1）——庭审记录中的日军细菌部队及其活动》，收录于《东京审判再讨论》，东京审判研究中心编，第七章东京审判和 B、C 级审判，第二十三节东京审判中的日军细菌战——庭审记录中的日军细菌战部队及其活动，上海交通大学出版社 2015 年版。

萨顿的回答出人意料："我们此时没有打算就这个问题提出新的证据"，然后他回到中国文件，继续列出已知在占领区执行"集体屠杀"中国人的九个日本陆军单位……

但是关于细菌战，尽管辩方也不知道，却认为对检方提到的这一点听之任之不予挑战的话会很危险。[1]

日本的辩护律师阿尔弗雷德·布鲁克斯打断萨顿的发言，提出反对。他推测，所谓日本用有毒血清做试验的说法，可能是与中国被占领地区的一个公共卫生项目混淆了，可能只是对中国人充满善意的公共健康计划。

日方的另一位辩护律师迈克尔·拉文立即利用了这个机会，他向大法官韦伯抗议，"庭长先生，我相信针对这类文件的使用，辩方应该受到某种保护"，他建议法庭，应该设定一些保护措施，以免公诉人再次引用类似缺乏信度的文献资料。

两位日方辩护律师的努力很成功，首席大法官立即同意了这项建议。他说：

我理解你所反对的证据，是提到可能用有毒物质在中国人身上做测试的文件。这还要看我的同仁们怎么想，不过依我看它只是一个没有任何证据支持的断言。[2]

得到大法官的支持，拉文再进一步，评论说盟国检察官在陈述这类事情时，对法庭、被告和公众负有谨慎行事的责任。韦伯再次表示认同，宣布法官拒绝没有依据的陈述作为证据。[3]

---

[1] 参见［美］阿诺德·C. 布拉克曼著：《另一个纽伦堡——东京审判未曾述说的故事》，梅小侃、余燕明译，上海交通大学出版社 2017 年版，第 187 页。此书作者阿诺德·C. 布拉克曼当年作为合众国际社记者报道了东京审判，是极少数获准到巢鸭监狱采访东条英机等囚犯的记者。为了写作此书，作者历时 25 年，行程超越 10 万英里，翻阅、使用庭审记录 49000 页，及自己的笔记、美国国家档案等，完成此书手稿后不久，作者就去世了。此书的翻译之一梅小侃是东京审判中国法官梅汝璈的女儿。

[2]［美］阿诺德·C. 布拉克曼著：《另一个纽伦堡——东京审判未曾述说的故事》，梅小侃、余燕明译，上海交通大学出版社 2017 年版，第 187 页。

[3] 同上注。

不光有证据，还有证人，检察官萨顿的表现，让当天旁听庭审的合众社记者阿诺德·布拉克曼大惑不解。

像法庭的其他观察者，我感到既困惑又好奇，在我这个外行眼里，法庭应当关注的正是这一类的事情，而不是在法律细节方面似乎无休止地辩论。然而我既没有跟进这个事件，也没有在当天的合众国际社电讯稿中提到它。原因并不复杂，像法庭上其他记者一样，我已被证词淹没了。庭审记录里的故事比一千零一个还多，只有《天方夜谭》里的谢赫拉·莎德才能把这些故事全部讲出来。[1]

至此，关于日本用中国人做人体实验的指控再没有出现在法庭上。

事情早就有了征兆。8 月 12 日，到中国进行过调查的检察官莫罗突然接到了命令被召回国。他是积极追究日本生物战和化学战的推动者之一，召回无异于釜底抽薪。

细菌战第二次在东京审判中被提及，是相隔一年多后的 1947 年 9 月 8 日上午的庭审。这次是出现在被告辩护证人证词，及相应的文书 2003 号（法庭登记证据 3113 号）中。当时的庭审，正围绕指控日本对盟军俘虏待遇恶劣，俘虏情报局高级事务官兼陆军省俘虏管理部高级部员小田岛作为被告方证人，向法庭提交辩护证词，证实关东军司令官梅津大将对俘虏的健康很关心，为奉天（沈阳）俘虏所配备或派遣多名卫生人员，加强卫生勤务，迅速恢复俘虏体力，援助指导收容所的防疫业务。

关东军防疫给水部！731 细菌部队在东京审判中消失一年之后，不经意间以这种方式又出现在法庭。[2]

此时，美国方面与石井等日本细菌战头面人物的“秘密交易”已经达成，第三任美国细菌战调查官菲尔已经于两个月前提交了报告回到美国，第四任调

---

[1] 参见［美］阿诺德·C. 布拉克曼著：《另一个纽伦堡——东京审判未曾述说的故事》，梅小侃、余燕明译，上海交通大学出版社 2017 年版，第 188 页。

[2] 王选著：《东京审判中的日军细菌战（1）——庭审记录中的日军细菌部队及其活动》，收录于《东京审判再讨论》，东京审判研究中心编，第七章东京审判和 B、C 级审判，第二十三节东京审判中的日军细菌战——庭审记录中的日军细菌战部队及其活动，上海交通大学出版社 2015 年版。

查官希尔也将于10月到达日本，做最后的日军细菌战技术资料重点式收罗。细菌战问题，已经绝不可能出现在东京审判中了。

这一不经意透露的信息暴露一个大问题：日本细菌战部队，是否在美国战俘身上进行过人体实验？美国人如何对待这一事件？是秉持美国一贯的人权原则，把细菌战人体实验真相抖出来，还是继续以“细菌战情报是美国国家利益”的说辞，牺牲掉这些美国俘虏的利益？

相当多的证据表明，美国当时已经掌握了日本人在美国战俘身上进行人体实验的证据。日本记者西里扶甬子到中国30多次，主要追寻关押在奉天（沈阳）收容所的美国俘虏有没有被充作实验材料的事实。

1942年在菲律宾的巴丹半岛上，与日军激战达四个月的英美盟军，最后因缺乏支援与接济，于4月9日向日军投降，78000人成为战俘，被强行押解到120公里外的战俘营。一路无食无水，又遭刀刺、枪杀，总共死了约15000人。

在这震惊中外的“巴丹死亡行军”中幸存下来的一部分人，有美国人，也有英国人、荷兰人、澳大利亚人。他们被从菲律宾一直押送到奉天（沈阳），一些人因为极度消耗、疫病而死在天寒地冻的奉天战俘收容所。于是，一队白衣人从哈尔滨731部队，来到奉天战俘营进行“某种目的作业”。他们到叠放着战俘遗体的棚屋里，在半解冻状态下进行尸体解剖，甚至支使其他俘虏，将活着的同伴搬到简陋的解剖台上。美国人弗兰克·詹姆斯和英国人萨穆·布鲁克斯就是搬运工之一。萨穆甚至在40年后，仍然怕听到关车门发出的“咣当”声，因为那和将硬邦邦的尸体放到解剖台上发出的声音一模一样。

弗兰克在1999年讲出了他看到的情景：“我们按照名牌找出尸体搬运到解剖台，为他们做解剖的准备。他们先切开胸，随即能够看到腹腔的内部，鲜红的冰溜子充满胃里，还没有融化，小肠也还冻着呢。然后用凿子敲开头颅，露出脑子，取出脑子样本；再切切拉拉身体的其他部位，摘除内脏，最后用刨牡蛎似的刨钩工具，将内脏等放进纸箱子里。”[1]

然后就是对活着的人的各种各样的注射，12个月间注射了16次，说是肠

---

[1]［日］西里扶甬子著：《日本细菌战犯免于起诉的背后——揭露美日间的龌龊交易》，中文版收录于中国社会科学院近代史研究所近代史资料编译室主编：《侵华日军731部队细菌战资料选编》，王希亮、周丽艳编译，社会科学文献出版社2015年版，第281页。

伤寒和副伤寒的混合疫苗。但这种疫苗在英国军队里 7 年注射 1 次，美国军队 5 年注射 1 次。注射之后战俘营里突然流行起腮腺炎。再就是每月的采血，战俘营里每人每月运出 50 毫升血样，1000 人就是 5 万毫升。英国俘虏鲍布・彼蒂少校是位军医，他避开日本人的监视，用只有自己能看得懂的符号，把看到的东西写下来，并带了出来。他说，当时没有能力了解真相，直到战争结束 40 多年后，才知道我们这些战俘，被当作了人体实验的对象。[1]

然而这个美国担心的问题，仅仅在东京审判法庭上冒出了一下，就被强行按了下去。

作为一名日本人，西里扶甬子分析日本医学教授对于解剖盎格鲁-撒克逊人极端扭曲的热忱时认为，面对亚洲人的自大和面对白种人的劣等感，让他们成为"变态虐待狂"。再加上对上级的无条件服从产生的仇恨和郁闷，使日本所有的俘虏收容所里，对俘虏给予人道待遇的例子，"一件也找不出来"。[2]

不仅中国成千上万的生命被刻意隐匿，这些盟军战俘的生命，也被白白牺牲了。

"这是插在美国喉中的一根刺。"西里扶甬子说。

二

1949 年 12 月 25–30 日，苏联在西伯利亚东部的工业城市哈巴罗夫斯克（伯力）对 12 名在押的细菌战有关的日军与战俘，进行了审判。此为"伯力审判"。

伯力审判是在美苏之间，为仍在苏联人手中的几十万日本战俘的命运关系极度紧张之时进行的。但情势又不像是苏联为日本战俘的遣返问题而搞的宣传攻势。如果那样的话，审判放在莫斯科势必影响更大，而伯力遥远、寒冷、偏僻，况且没有苏联政府的许可，外国记者很难到场。而克格勃（前身是内务部 MVD）对审判更关注，几名人员在法庭里，每天用电报将当日之事，向莫斯科汇报。

---

[1]［日］西里扶甬子著：《日本细菌战犯免于起诉的背后——揭露美日间的龌龊交易》，中文版收录于中国社会科学院近代史研究所近代史资料编译室主编：《侵华日军 731 部队细菌战资料选编》，王希亮、周丽艳编译，社会科学文献出版社 2015 年版，第 283 页。

[2] 同上注，第 280 页。

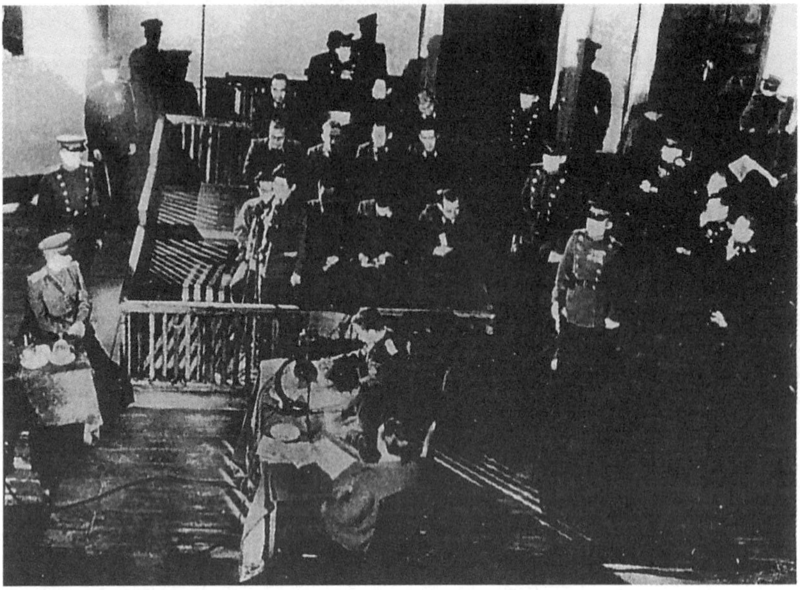

伯力审判法庭情景

12名被告为：

山田乙三 日本陆军大将。1912年日本陆军大学毕业，最后任职为日本关东军总司令。

梶塚隆二 医生兼细菌学家，军医中将。1914年东京医科大学毕业，最后任职为关东军医务队队长。

高桥隆笃 化学家兼生物学家，兽医中将。1914年东京帝国大学兽医系毕业，最后任职为关东军兽医处处长。

川岛清 医生兼细菌学家，军医少将。毕业于东京医科大学，曾任关东军731部队第四部细菌制造部部长，最后任日本关东军第一战线司令部军医处长。

西俊英 医生兼细菌学家，军医中佐。毕业于东京医科大学，最后职务是日本关东军731部队训练部长兼任驻孙吴支队长。

柄泽十三夫 医生兼细菌学家，军医少佐。毕业于东京医科大学。曾任日本关东军731部队细菌生产课课长，最后职务是日本关东军第二军团军医处工作员。

尾上正男 医生兼细菌学家，军医少佐。东京医科大学毕业，最后职务是日本关东军731部队第643支队长。

佐藤俊二　医生兼细菌学家，军医少将。1923 年东京医科大学毕业，曾任日军广州“波”字 8604 细菌部队部队长和日军南京“荣”字 1644 部队第 4 任部队长，最后职务是关东军第五军团军医处长。

平樱全作　兽医中尉。东京医科大学兽医系毕业，最后职务是日本关东军第 100 细菌部队工作员。

三友一男　军曹。农业学校毕业。最后职务是日本关东军第 100 细菌部队工作员。

菊地则光　上等兵。农业学校毕业，最后职务是日本关东军 731 部队第 643 支队卫生兵。

久留岛祐司　受过 8 年级教育。最后任职是日本关东军 731 部队第 162 支队卫生兵。

裕仁天皇被指控和细菌战项目有关联，秘密下令建造哈尔滨 731 部队和长春细菌部队的设施，指控石井四郎具体实施人体实验和细菌战，但他们都没有被列为被告而被起诉或缺席审判。

被审判的 12 名战犯，是从 60 万战俘中挑出的 100 人中再选出的。苏联对这些人进行了长达四年的审讯，“苏联人的方法和美国人不同，为了招供，运用刑罚”。[1] 审判提出的证据，是根据这四年收集的 18 册审讯记录和文件资料。法庭还成立了关于细菌和医学问题专门检验委员会，由苏联医学科学院大学士茹科夫等医学、细菌学、微生物学、兽医学学者专家出任。

12 月的伯力城寒冷异常，加上 1949 年共产主义和西方资本主义阵营间也冷风阵阵，更加剧了这场审判的冷清。审判仅进行了 6 天便告结束。

被苏联人羁押的 12 名被告一个一个地站到被告席上，承认起诉状中所指控的罪行，没有人提出无罪反驳，全体认罪并同意接受严厉处罚。

苏联国家公诉人认为：细菌武器，是日本实现“大东亚共荣圈”的撒手锏。日本的细菌战计划，苏联是他们的“第一号对象”，其次是中国、蒙古。

日本关东军总司令山田乙三、川岛清等日军高级将领的供述，让苏联人基本搞清楚了日本细菌战部队的建制、编制，组织状况，研究开发细菌种类，

[1] 王选著：《细菌战研究中文参考文献介绍》，收录于《侵华日军细菌战文史资料选编》，全国政协文化文史和学习委员会编，中国文史出版社 2020 年版，第 587 页。

细菌的投放方法和石井式炸弹的制造等重要事实。[1]

法庭医学检定委员会成员，对跳蚤作为细菌武器传播鼠疫做出了结论。他们搞明白了使用跳蚤来自石井四郎的理论，“细菌寄生在跳蚤体内，可以保护鼠疫菌的安全，使其有一种活的保护壳；跳蚤跳动使可感染面积扩大，只要叮咬了人，就可能将鼠疫传染给人”，“731部队培养跳蚤的能力是由那里所有用以繁殖跳蚤的四千五百具‘养蚤室’孵育器来决定的，这种孵育器能在短时间内孵育出几十公斤跳蚤，这就等于若干千万跳蚤，然后就使这些跳蚤染上鼠疫，以备用作细菌武器”。“731部队的实际生产率是在每三个月内生产四十五公斤跳蚤，必须指出，平均四十五公斤跳蚤，就等于约一亿四千五百万个跳蚤。”[2]

关于对中国进行的细菌武器实战攻击，伯力审判中透露出来的信息也已经相当完整。只是当时这些信息没有得到有关国家和政府的足够重视，也没有根据这些信息开展相应的调查行动。

川岛清在法庭上供述了731部队1941年和1942年派出的远征队，对中国浙赣地区和常德的细菌作战，采用的细菌是鼠疫菌、霍乱菌和副伤寒菌三种。柄泽十三夫交代了他负责生产的细菌的具体数量。美国对伯力审判保持着高度警觉，国务院每天向麦克阿瑟在东京的司令部发长篇特快电报，报告有关审判的情报。美国国务院很担心苏联会放出美国要“从日本朋友处获得细菌战的情报，这些情报将被用来将来对付苏联‘大家庭’的战争的说法，麦克阿瑟的部下被要求：无论美国受到如何非难，都要迎头反驳”。[3]美国对外界的口径是：“这是一个阴谋”，是为了使人们从战后日本人滞留苏联问题中转移视线而放的烟幕弹。《死亡工厂——美国掩盖的日本细菌战犯罪》的作者哈里斯认为，伯力审判的最终结果，证实美国人最初对审判目的的怀疑是正确的。

1950年，莫斯科的外文书籍出版局用多国语言向全世界发行该审判材

[1]《伯力审判档案——日军细菌战罪行披露》，抗日战争时期中国人口伤亡和财产损失调研丛书，主编张树军、李忠杰，副主编蒋建农、霍海丹、李蓉、姚金果，中央党史出版社2016年版，第435页。

[2]同上注，第435—436页。

[3][美]谢尔顿·H.哈里斯著：《死亡工厂：1932—1945年日本细菌战与美国的掩盖》，王选、徐兵、杨玉林、刘惠明、张启祥译，上海人民出版社2022年版，第426页。

料——《前日本陆军军人因准备和使用细菌武器被控案审判材料》，这是经过精简的一册书，苏联检察官起诉依据的 18 册原始材料，一直不向外界研究人员公开，成为苏联国家保有的细菌战秘密。哈里斯 1990 年曾向苏联当局请求准许查阅，但没有得到回复，日本记者近藤昭二曾向原苏联国家档案馆要求查阅川岛清的一份资料，这份资料是川岛清 1943 年 1 月起担任第 12 军军医部部长收集测试日野战部队对细菌武器耐受力的研究。1942 年日军在浙赣会战中使用细菌武器之后，日军野战部队出现大量病员。近藤昭二的申请也没有得到许可。

12 名被告仅被判处最低两年、最高 25 年的强制劳动，“从他们犯罪行为的严重性质来看，这样的处罚可以说是异常地轻微。他们虽然承认曾杀害无数的苏联人，但没有一个被判处死刑”。“这 12 个人以轻刑为条件，将自己所知的细菌战情报全部供给了苏联人的猜疑，不能说全不可信。”[1]

几年后，日文版的审判材料在东京神田神保町的旧书店出售。该书用劣质稻草纸印制，非常厚，超过 700 页，一时间被称为“伪书”。然而，书中所透露出来的、那些任凭怎么想象都想不出来的细节，那些如恶魔控制的世界里的情景，无论如何又不能不让人相信是真的。细菌战的真实情景，第一次在日本爆裂开来，东京审判后被严密包裹起来的魔怪，露出狰狞。

伯力审判中提到的对中国的“远征行动”即细菌战实战攻击，没有得到中国方面的进一步追究。当时，大陆和台湾都在为政权的稳定而忙碌，细菌战的重要性无法与之相比。1949 年年底，世界上发生了太多的事，转移了人们的视线：新中国成立，国际社会还没有从惊诧中反应过来，欧美国家还在犹豫是否要接受这个新生的政权；美、苏两国的冷战使世界秩序重新构建。

1950 年 6 月 25 日朝鲜战争爆发。美、苏之间角力，让台湾和日本的角色地位发生了变化。1950 年 6 月 27 日，美国派遣第七舰队开往台湾海峡，并发表《台湾海峡中立宣言》。麦克阿瑟在一次演讲中说，“如果台湾落入敌国之手，就会像一艘不沉的航空母舰或潜水艇一样，威胁我们的菲律宾和冲绳基地”，台湾在美国的战略布局中地位凸显。朝鲜战争也让日本从战败国地位得到了翻身的机会，作为美国东方的战略基地，美国必须让日本快速恢复起来。于是 1951 年

[1] [美] 谢尔顿・H. 哈里斯著：《死亡工厂：1932—1945 年日本细菌战与美国的掩盖》，王选、徐兵、杨玉林、刘惠明、张启祥译，上海人民出版社 2022 年版，第 428 页。

9 月 4 日，美国召集同盟国在旧金山召开与日媾和会议。在美国的强大压力下，许多国家被迫放弃了日本战争赔偿要求。48 个同盟国于 8 日签署了《与日媾和条约》，即《旧金山和约》。参加会议的苏联、波兰、捷克斯洛伐克反对条约的内容，拒绝签字；南斯拉夫、印度、缅甸受到邀请但拒绝参加会议；日本最大的侵略战争受害国中国、朝鲜没有受到邀请。

冷战的寒风，使伯力审判的信息刚一放出来，就被冷冻凝固了。对于什么时间、在中国什么地方、用了多少鼠疫跳蚤、攻击了多少次、效果如何等没有展开调查，也没有深入追究。时间并没有过去多久，这件极端的罪恶，就像没有发生过一样，被世人遗忘了。

伯力审判宣判之后，12 名被审判者被押送到莫斯科东北的伊万诺沃州第四十八收容所服刑。然而刑期并没有执行完，1956 年 10 月 19 日，日本鸠山首相与苏联签署《日苏共同宣言》，结束了两国的战争状态，苏联支持日本加入联合国，并遣返了全部西伯利亚战俘。

东京审判之后，榛叶修便在茫茫人海中消失了。没有人再提到他的证词，也不知道他的去向。近藤昭二一直没有放弃对这个东京审判细菌战关键证人的寻找，花了近 30 年时间，一直没有线索。唯一知道的是他是静冈人，近藤去过几次静冈，但也无从查找。

“花了 30 年的时间，一直找不到这个人。找到也非常巧合。我经常去一家酒吧喝酒，酒吧有一个打工的男孩，我无意中问他叫什么名字，男孩说，我的名字一般人写不出来。我说没有我不认识的，让他写下来给我看看。于是他就写在我的手掌上，我一下就读出来：shimba，年轻人很惊奇，他说这个名字一般日本人都不会读。他不知道我 30 年来一直在读这个名字，一直在找姓这个姓的人。对上话以后，他说他是静冈人，我心里一下就肯定了，他一定是榛叶修的后人。”近藤述说着这段奇遇，兴奋不已。他的夫人在旁边说，过去很多年，他经常会在梦中大喊这个名字。

近藤这才明白，当年中国人把这个名字的发音发错了，美国人也就写错了。榛叶修本人也没有告诉审讯官，所以一错再错，造成找起来很难的结果。

历史的烟雾太过浓重，细菌战又是秘中之秘，很多历史细节需要反反复复才能拼凑得起来。

三

在劳动感化营的柄泽十三夫更黑更瘦，也越发显得老一些。他的刑期是20年，比山田乙三、梶塚隆二、高桥隆笃、川岛清四人的25年略少一些。

柄泽十三夫的辩护员鲁克扬杰夫为他进行了减罪辩护，说他并不是主犯，也不是组织者。尽管他培养过大量致命的细菌，并被用到实战攻击，但他的职务是听命于他人；并提出他在预审时承认了自己的罪过，第一个说出了其他人的系列犯罪，帮助大家揭穿了日本当权集团罪行的情况，而他自己也有忏悔之意。

法庭最后陈述环节，所有的12名被告都承认自己有罪。但柄泽的忏悔是12个人中最真诚的。他回想自己奋力从小村庄里考出来，立志要当一名治病救人的医生，没想到所学医学知识却成为杀人的手段，这和自己的理想背道而驰。当他决心要讲出所知道的秘密的时候，他的第一句话是："我将凭着良心说出一切。"

不讲出来已经成为折磨他的强大的心理负担。"我了解731部队是个罪恶组织。因为它准备了用国际公法所根本上禁止的野蛮手段来杀害人的那种工具。"

他说他是罪恶的参与者，在人类面前犯了罪过，所以要受到处分。"我了解这点，因此自审讯开始时起，我就努力忠诚地、客观地揭穿细菌战的罪行，以及我个人在这方面的作用。"[1]

跟随着柄泽第二个开口的川岛清和柄泽一样，也是非常配合、态度极好。

相信苏联人的审讯攻势，没有多少人能够抵挡得了，但并不是没有"死硬分子"，佐藤俊二就是一个。苏联人掌握的日军细菌战有关人员中，佐藤为细菌部队最高级别的指挥官，担任过两个细菌部队的部队长。他从1940年12月起到1943年2月曾担任广州"波"字8604细菌部队部队长，从1943年2月开始调任南京"荣"字1644部队任部队长整整一年，可以说是一个掌握重大内情的人物。佐藤所担任的这两个细菌部队，是日军在中国进行细菌战攻

[1]《伯力审判档案——日军细菌战罪行披露》，抗日战争时期中国人口伤亡和财产损失调研丛书，主编张树军、李忠杰，副主编蒋建农、霍海丹、李蓉、姚金果，中央党史出版社2016年版，第556页。

击的主力。[1]1949 年 12 月 29 日，苏联国家公诉人最后陈述第 5 部分中提到："佐藤曾很久都拒不招供。只是当他面前已摆有各种证据之后，他才迫不得已承认说，他指挥过这两个专为进行细菌战成立的特种细菌部队。"[2]

任职时间最长的广州 8604 细菌部队的情况，佐藤在伯力审判中基本上没有提到，不知他是怎么熬过苏联人的审查关的。

掌握着大量的内情，但在供述时却是挤牙膏式的，在庭审当中，还当庭撒谎，拒不承认 1644 部队曾经进行过人体实验。

国家公诉人问：被告佐藤，请你说说，受你指挥的南京"荣"字 1644 部队，曾用活人进行过何种实验？

佐藤答：该部队未曾用活人进行实验。[3]

此后的伯力审判法庭，再没有就 1644 部队人体实验一事，继续追究佐藤俊二。至于他担任广州"波"字 8604 部队部队长时该部队的细菌战行为，也未供述。据原日军 8604 部队队员证词，1941 年香港沦陷后，大量难民涌入广州，佐藤下令将细菌投入收容所难民的饮水中毒死大量难民，剩下未死的 200 多名带菌难民，被移送到日军占领区以外的中国方面势力范围，以造成疫病大范围的感染。[4] 佐藤与其他 11 名被告不同的一点在于，他是士族出身。

出身贫寒穷苦的柄泽相对来说纯朴得多，他提到了自己的良心。在最后的陈述中他说要成为一个新人。"当时我把我个人和 731 部队的一切罪行都揭穿了。现在，我以一个寻常人，一个普通人的资格，来把我内心里沸腾着的一切统统说出来。"[5]

---

[1] 王选著：《细菌战研究中文参考文献介绍》，收录于《侵华日军细菌战文史资料选编》，全国政协文化文史和学习委员会编，中国文史出版社 2020 年版，第 591 页。

[2]《伯力审判档案——日军细菌战罪行披露》，抗日战争时期中国人口伤亡和财产损失调研丛书，主编张树军、李忠杰，副主编蒋建农、霍海丹、李蓉、姚金果，中央党史出版社 2016 年版，第 498 页。

[3] 同上注，第 329 页。

[4] 王选著：《细菌战研究中文参考文献介绍》，收录于《侵华日军细菌战文史资料选编》，全国政协文化文史和学习委员会编，中国文史出版社 2020 年版，第 591 页。

[5]《伯力审判档案——日军细菌战罪行披露》，抗日战争时期中国人口伤亡和财产损失调研丛书，主编张树军、李忠杰，副主编蒋建农、霍海丹、李蓉、姚金果，中央党史出版社 2016 年版，第 561 页。

这“沸腾着”的东西是残存的人的情感，而这或许正是害死他的原因。

日苏宣言签署第二天晚上，10月20日，是收容所例行的每周六电影放映时间。电影结束，人们发现少了一个人：柄泽十三夫。大家慌忙到处去找，最后在洗衣处发现了他，已经悬梁自尽了。

他或许常常在脑海里想象回到日本的那一天，当这一天突然这么快就到来时，他慌了。作为战俘遣返回国即在眼前，原本以为在苏联的劳动感化营里度过20年刑期，生命也就到了尽头，很多东西可以不去面对，现在一切都逼到眼前。

作为首先开口讲出细菌战秘密的人，回国后如何面临“叛国者”的指控？另外是否因为缺口从他打开，而受到731部队成员的威胁和压力？在感化营看不见的角落里，在战犯之间的交往中，威胁、鄙视或冷漠是否以某种方式传递？马上就要回家了而选择自杀，显然有让他回不了家的理由，只是没有人能够知道那是什么。

载着伯力审判被告回国的轮船上，有关东军司令山田乙三、柄泽的直接上司川岛清等，唯独不见柄泽的身影。这些没有显示“内心沸腾”的人，安然回国，并很快回归正常生活。

川岛清回国后写信给柄泽家，提出要帮助他的儿子和女儿读书，因为他知道柄泽在生前非常担心他子女的教育问题。此时的川岛清已经是千叶县八街市少年院的医生，开始了他的战后正常人生。

时隔69年后的2018年1月22日，日本NHK电视台播出纪录片《731部队——人体实验是怎么展开的》，首次公开了伯力审判的庭审录音。这部纪录片的资料支持正是近藤昭二。

电视记者的努力，终于打破了柄泽十三夫子女保持了半个多世纪的沉默，他们愿意出镜接受采访。

柄泽的长女明子和长子文夫，点头表示愿意倾听停留在70年前的父亲的声音。盒式磁带缓缓推进录放机，已然白发的明子闭上眼睛，微低着头全神贯注。电流的吱吱声里，一个男子的声音响起：

“我现在想以一个普通人的身份稍微表达一下心中真实的想法。（略停顿）我现在住在日本的有我82岁的母亲（哽咽），此外，在那里还有我的妻子和两个孩子。他们先前都是靠我所领薪水养活过着平凡的生活（停顿），但是我察觉到自己所犯的滔天大罪，因此每日忏悔，每日后悔（哽咽），如果还有来生，今生还能苟活的话（声音颤抖），对我所犯下的罪行，希望我转世之后，可以弥补人类。（哭泣）”[1]

全部被审判的12人在最后的陈词中，只有他一个人提到了家人：母亲、妻子和孩子。显然他心里牵挂着他们，担心没有了他的供养，他们如何在战后的荒凉中活下来。

明子出生于柄泽在731部队工作期间的哈尔滨，战争结束时，明子不过是一个5岁的孩子。如今，对父亲的记忆只剩下一张张老照片：那是在哈尔滨，明子4岁，父亲搞到了当时相当贵重的照相机，和女儿留下了合影。身着军装的柄泽直立着，一双细眼、轮廓鲜明的方脸，身着和服的女儿依偎着他，个头刚刚到他的膝盖。

在苏联关押期间，柄泽给家里写了63封家书，它们都被整齐地收藏在一个匣子里。明子小心翼翼地展开其中的一封，小小的纸面写满了字，不留一点空隙，字迹又密又齐，看得出相思太多、信纸太小：

“现在是忙农活忙得团团转的时候吧。上小学二年级的明子已经很聪明了吧。文夫应该6岁了，和我离家时完全不一样了吧。孩子妈养育两个淘气包应该不容易吧……”

在一封信里，柄泽提到了日本一位诗人关于椰果的诗：“什么时候才能回国呢？我现在深深体会到了这句话的含义。即便是椰果，随着海水漂浮，最终不也能到达目的地吗？……”

柄泽的遗骨没有返回到日本家人的身边。战后，作为长子的文夫，要按日本的传统迎接父亲回家。他们把遗骸放入木匣子，用白色的布包起来系挂在脖子上，抱着亲人回家。小小的文夫脖子上挂着白巾，但盛放遗骨的白色木匣子里，只装着柄泽生前戴过的一顶帽子。

柄泽没有像椰果一样随海浪漂浮回家，而是永远留在了西伯利亚。

久违的父亲的声音，想必是陌生而又亲切的。明子缓缓长叹一口气说：“虽然是在战争年代，这种事（细菌战）我至今无法想象。很吃惊。因为是负责人，虽然是他的工作。没想到战争是这样的！”[2]

[1] 参见日本NHK电视台纪录片：《731部队——人体实验是怎么展开的》，2018年1月22日播出。
[2] 同上注。

四

回到日本国内的细菌战科学家，战后都生活得不错。这些“回归”日本庸常生活的人在战后换了副面孔，变得温和有礼。他们是好丈夫、好父亲，渐渐老去而佝偻的身躯，让人们以为他们是那种即使是交通事故伤害他人都会感到极度痛苦的人，更不要说杀人。而且几乎毫无例外，这些人都过上了上等的、受人尊重的生活。因为他们不是在政府重要部门任职，如文部省；就是在军事部门，如自卫队、防卫大学任职；或在日本的大学、学界，成为大学者；还有在大的医药企业，如武田制药公司任要职；最差的也是自由行医，衣食无忧。

1947 年 5 月 21 日，根据盟军最高司令部的命令，日本政府成立日本国立卫生研究所（JPIH），该所对外是一个清白的机构，实际上却有隐秘的工作。其一半雇员来自东京大学的传染病研究所，他们都是原 731 部队成员。这个研究所自成立直至 1983 年，其每一任所长，都曾在细菌部队任过职，只有一位例外。这段时间被任命的 8 位所长中，据信有 4 人曾经做过人体实验。大多数副所长，也曾经在细菌部队受过训，其中大多数有确实证据曾在日本侵华期间要么对囚犯实施了活体解剖，要么进行了人体实验。[1]

内藤良一，731 部队骨干。战后成立绿十字制药公司，致使日本国内有 2000 人以上的血友病人感染艾滋病病毒

731 部队冻伤课课长吉村寿人。战后出任日本京都府立医科大学校长，南极学科研究带头人

石川太刀雄丸，前 731 部队病理班班长，战后任日本金泽医学院校长

[1]［美］谢尔顿·H. 哈里斯著：《死亡工厂：1932—1945 年日本细菌战与美国的掩盖》，王选、徐兵、杨玉林、刘惠明、张启祥译，上海人民出版社 2022 年版，第 447 页。

日本国立卫生研究所（JMIH）成立之初，就承接了秘密与原爆受害者委员会合作，对“被爆者”的伤痛进行观测。小岛三郎博士，一个曾在731部队系统里对中国囚犯进行过活体解剖的人，在一篇回忆文章里谈到，“我们这些智者和科学家一致认为，我们不能错过这个黄金机遇”，研究原爆对人体的医学上的效果，小岛是日本国立卫生研究所（JMIH）的第一任副所长、第二任所长。他们好像重新回到了哈尔滨平房一样，用威胁、强迫的手段，将“被爆者”的衣服剥光，拍照、拍X光、抽取血样。[1]

石井四郎安静地过着退休生活，到死之前一直以中将的身份从日本政府那里领取一笔可观的退休金。北野、内藤和其他几个在细菌战计划中有名的人物开始掌控政府资助的医学研究，另一些人则进入私人医药公司，赚取财富。

甚至整个日本战后生物医药化学科学的起飞，都源于这些应该站在战犯审判席上的科学家。他们对过去的一切只字不提，也没有人追究。他们甚至用不着隐姓埋名，过去好像真的没有存在过一样。

“这些应受严厉惩处的战犯，事业上风调雨顺。从一个侧面，揭示了战后日本的社会构成，也说明日本的‘历史问题’源远流长和根深蒂固。实际上，未受到追究的医学犯罪，在战后日本社会中继续产生影响，造成现实危害。”王选说。[2]

内藤在朝鲜战争开始之际，便设立了日本“绿十字血液银行”。他以在美国宾夕法尼亚大学留学期间购买回国的一台真空泵为样本，制造出了日本国内第一台真空泵，用于干燥人类血浆，在朝鲜战争中发了大财。20世纪90年代以后，绿十字公司药物致害更是丑闻不断。其所售药物，使许多日本人感染了C型肝炎，感染人数据说多达200万。其中16名受害者提出起诉，受害者律师团设立受害热线电话，一天之内接到2000多个投诉。2000年2月，几位绿十字公司负责人被判刑。绿十字公司遂被另一家公司收买，成百上千控告前绿十字和它的继承公司的诉讼，在日本法庭悬而未决。1982年和1983年，据

[1][美]谢尔顿·H.哈里斯著：《死亡工厂：1932—1945年日本细菌战与美国的掩盖》，王选、徐兵、杨玉林、刘惠明、张启祥译，上海人民出版社2022年版，第433页。

[2]王选著：《日本细菌部队医学者战后踪迹》，收录于《侵华日军细菌战文史资料选编》，全国政协文化文史和学习委员会编，中国文史出版社2020年版，第609页。

美国疾控中心（CDC）通报，关于未经处理HIV病毒的污染血液事件，并向绿十字提出过警告，然而绿十字公司一直向民众撒谎，宣称它的血制品是安全的，这至少使1500名日本血友病患者使用绿十字血液制品而感染HIV病毒，至2000年1月，493人死于艾滋病引发的并发症。王选在日本遇到日本众议院议员川田悦子，她的儿子就是绿十字公司污染血液的受害者。[1]

这个绿十字公司某种意义上，就是日本细菌战部队科学家的集纳营：731部队第二任部队长北野政次，为公司最高顾问、东京分社社长；731部队结核课课长二木秀雄，为绿十字公司创立者之一、股东；9420部队的大田黑猪一郎，是绿十字公司京都分社社长。绿十字和集纳了那么多原731部队成员的日本国立卫生研究所及在厚生省任重要职务的"老朋友"保持密切联系，不仅平时私下里给他们提供经济上的保障，而且等他们从政府部门退下来后，公司再雇用他们，这被称为"下凡"。[2]

还不止一家绿十字公司，战后很多日本大型制药公司都雇用了前731部队成员，并将他们放在关键岗位上，包括武田制药公司、早川医药公司和S.J有限公司等。

1989年东京出版的杂志*Days Japan*第六期上发表了一篇文章，赞扬战后创造日本经济奇迹的精英，长达15页，题目是《黑色血液和白色基因》。数十名科技人员的照片登载在上面，此外还有日本著名防疫药品研究所的9名前任所长的照片。这些人大都出身"高贵"，不是东京帝国大学，就是京都帝国大学。但细细考察，他们与731部队的关系暴露无遗。日本的东京大学、京都大学、大阪大学、金泽大学、昭和药科大学、名古屋市立大学等都有731部队的成员，或当校领导或是学科带头人。

731部队病理课课长冈本耕造，战后是京都大学医学部部长、京都大学名誉教授，后来爬到了第59届日本病理学会总会会长的位置；731部队的田宫猛雄为东京大学医学部部长、国立癌中心总长、日本医学会会长；731部队霍乱课课长凑正男、伤寒课课长田部井，战后是京都大学医学部教授；那个以解

---

[1]［美］谢尔顿·H.哈里斯著：《死亡工厂：1932—1945年日本细菌战与美国的掩盖》，王选、徐兵、杨玉林、刘惠明、张启祥译，上海人民出版社2022年版，第453页。

[2]同上注。

剖活人著称的、号称 731 部队“快刀手”的病理班班长石川太刀雄丸，成了金泽大学癌症研究所所长、医学院校长。

金子顺一等一干人马，则进了日本防卫厅、防卫大学和自卫队，成了军方人士。其中 731 部队大连支部中黑秀外之，是自卫队卫生学校校长；园口忠雄，731 部队宁波细菌作战运输指挥官，成了陆上自卫队卫生学校副校长；731 部队航空班班长，驾驶飞机向中国常德、宁波等地撒细菌的增田美保，成了防卫大学陆上防卫学教授。

在政界，731 部队气性坏疽、炭疽班班长植村肇，是文部省教科书主任调查官。可以想见他对 731 部队和细菌战写入教科书，会是什么样的态度。

吉村寿人，731 部队冻伤课课长，战后成了日本京都府立医科大学校长。出自他手下的学生成千上万，不知道他会如何教给学生医学伦理和对生命的尊重。当年日本，为了实现征服西伯利亚的野心，冻疮研究成为当务之急。吉村寿人得到一大笔基金，在平房给自己搭建一栋两层建筑，其中包括一个室内的人类冰冻实验室，这样他就可以在一年四季随时进行冰冻实验。在实验室里，医生们可以随意控制实验对象暴露的环境温度，甚至可以让他们遭遇零下 70 摄氏度的极冷环境。

反复的活人冰冻与解冻实验，最终得到冰冻人体组织重回健康状态，是在 37.7 摄氏度流动热水中解冻。水温低了或高了，效果就会适得其反。这个科学数据之后，是大量的活人饱受冰冻与解冻的折磨，他们或者因为冻疮而产生坏疽被截去四肢，或者因为坏疽而死去。拿 731 部队当年人体所做的实验数据，当战后占领政府、医学、教育、科学领域要职的敲门砖，一个规律显示出来：当年越是研究深入、杀人多的科学家，战后占据的地位就越高。而这样做的时候，没有人表现应有的反省和心理矛盾。

金子顺一在“东京审判”一结束，就把他在中国所做的研究论文，提交到东京大学申请博士学位。

如此行事的还有笠原四郎，731 部队病毒、力克次体课课长。在平房进行秘密研究的同时，他就担任北里大学的教职，是日本顶级生物学家之一。1941 年，他成功分离出了出血热的致病病毒。1943 年 4 月 2 日，日本主流报纸《朝日新闻》刊登题为《军医的又一声呐喊：可怕的出血热病原体今已查出》的文章，报道了他的这一发现。

出血热是中国东北的一种地方性流行疾病，是由老鼠身上的扁虱携带和传播的，笠原发现了出血热的致病源——一种寄生在扁虱体内的细菌。笠原将他的研究论文发表在《日本生理学刊》（日本顶级医学期刊）上。他在论文里，描述了一只实验室的猴子，发烧时体温达到40.2摄氏度。直到1985年，笠原在接受英国研究人员采访时才承认，论文中的种种病变，并不发生在猴子身上，而是发生在人身上。任何种类的猴子，都不可能有如此高的体温，只有人类有。

笠原的这一研究成果，来自他在中国平房的人体实验。

战后回到日本，他继续在北里研究所做研究，并出任副所长。

没有忏悔，更不要说公开承认自己所做的恶行。或许在他们看来那只是

細菌戦部隊医学者の博士論文

７３１部隊員や他の防疫給水部隊員は、部隊での研究業績を使って学位（博士号）を取得した。『陸軍軍医学校防疫研究報告』[以下『防研報告』]などを主論文や参考論文にして提出している。（一部のみ掲載）

細菌戦部隊員氏名	授与大学年月日	主論文名・備考
飯田貞雄	大阪帝国大学 1946.9.14	「除菌濾過器主素材トシテノ珪藻土ニ関スル実験的研究」『防研報告』の自著３９冊のうちの７冊を『飯田貞夫論文綴』として申請
伊熊健治	東京慈恵会医科大学 1944.5.17	「『マラリア』に関スル研究」（７冊）参考論文（７冊）陸軍軍医学校軍陣防疫学教室所属としている
池田苗夫	新潟大学 1959.11.2	「満州に於ける流行性出血熱の臨床的研究」参考論文に『関東軍防疫給水部研究報告』が５冊ある
岩瀬滋	日本医科大学 1948.1.6	「発疹チフス免疫ニ関スル研究」（４冊）元北支那防疫給水所属
大月明	京都大学 1945.7.7	「らいしゆまにあ・どのうあにノ生物学的性状ニ関スル研究」（４冊）参考論文に『防研報告』が５冊
大田澄	岡山大学 1943.7.27	「脾脱疽菌ノ生物学的性状ニ関スル実験的研究」
尾能吉一	金沢大学 1950.6.16	「霊菌ニ関スル研究」
春日亀助	慶応義塾大学 1947.7.11	「腸炎菌の菌株別に因る免疫」参考論文に『防研報告』１冊
金子順一	東京大学 1949.1.10	「雨下撒布ノ基礎的考察」『防研報告』８冊を『金子順一論文集』として申請
近喰秀大	慶應義塾大学 1953.12.26	「ケオピスネズミノミ」のペスト感染能に関する研究」中支那防疫給水部所属
佐々木建夫	九州大学 1959.4.4	「除菌濾過器ノ吸着性能ニ関スル研究」副論文に『防研報告』が４冊
柴田進	京都大学 1946.6.5	「『マラリア』ノ発生ト其ノ防遏ニ関スル研究」参考論文に『防研報告が１冊』
鈴木一男	東京帝国大学 1943.4.13	「東部ジャワに於けるアノフェレス蚊並に住民のマラリア罹患状況に就て」主論文２０冊のうち『防研報告』が３冊

部分日本细菌战部队人员靠细菌战研究获得博士学位

再正常不过的“科学研究”，或者可以把责任推到“战争状态”上去。正如石井的女儿评价父亲：“如果没有战争，没有选择医学这一条路，以父亲的天分也会在医学以外的领域，或许就是在政治方面有所成就，会成为一个独特的政治家。父亲作为帝国陆军的军医和军人，在职期间做的事情或是被迫的一切事情，以任何道德标准来衡量，都是应该受到谴责的。但即使这样，不能忘了这都是在极其异常的状况下发生的。当时是战争中。”[1]

这种说法不无合理之处。这些日本的精英科学家，如果在和平状态，很可能都是对人类健康事业卓有贡献的人物。但他们如何从日常的自我，安然转向了杀人的他者？在731部队，所有关于人性的认知都不见了，置换成可以若无其事作恶的“731部队模式”。因为是在特殊状态下，那个原本的自我，如何应该为他者的那个我承担罪责？

战争状态，我能怎样？在强大的国家、民族、正义事业的说辞下，个人处于被裹挟状态。但作为一个个体的人，又是如何跨过那道人性门槛的呢？

石井四郎在伯力审判开审时，又“失踪”了一段时间，据说是为了应对审判而采取的特殊策略。其妻子说，从那以后，他便痴迷于禅宗，每天到自家附近的月桂寺里听禅。此时的石井四郎已是白发苍苍，脸上的表情温良和善。东京审判的法庭离月桂寺近在咫尺，但审判的大幕早已落下，法庭里的法槌声再也惊不到他了。

石井的女儿说，石井临死前十天恳请时任上智大学校长的赫尔曼·霍伊费尔斯神父为他洗礼。忽而之间，他又成了一名天主教徒，洗礼名为约瑟夫。

1959年10月9日，石井四郎因患喉头癌去世，时年69岁。731部队第二任部队长北野政次，担任丧葬委员会委员长。在东京举办过仪式后，又在家乡千叶县加茂村石井家的宅院里举行了仪式。

“仪式非常盛大隆重，是这一带很少见到的。”近藤采访到的一位石井的邻居说。改头换面成天主教徒约瑟夫的石井，在女儿春海眼里依然是“天国里

---

[1][日]西里扶甬子著：《美军情报部所存的〈石井文档〉》，收录于《侵华日军731部队细菌战资料选编》，中国社会科学院近代史研究所近代史资料编译室主编，王希亮、周丽艳编译，社会科学文献出版社2015年版，第327页。

的强盗”。[1]

石井四郎死了，生物武器恶魔般的阴影不仅没有散去，反而更加浓厚。东京审判之后，生物武器虽然表面上销声匿迹，但都升级为各国的“国家秘密”。

说出秘密的人会面临什么？

受美国人权组织邀请，1998年6月25日，筱塚良雄与四名同伴一起抵达芝加哥奥黑尔国际机场。他们将在美国与来自中国的王选及学者、医生、律师、社会活动家会合，一起从芝加哥到加拿大的多伦多，再转到纽约、华盛顿、温哥华和旧金山等地，进行细菌战的巡回证言会。这将是参加过细菌战人体实验的日本老兵第一次站在美国人和加拿大人面前，讲述世界上最残酷的战争方式——细菌战。

王选在美国等待他们的到来，却不知筱塚良雄在美国芝加哥入关时遇到了问题。当筱塚的护照对准美国入关的检测器时，机器发出了尖利的叫声，电子屏幕上显示筱塚良雄是一个需要严加注意的特殊人物。

他被挡住，不能通关。然后被带到了另一幢大楼里，被命令等候。海关人员与华盛顿联系，请示如何处理这个特殊人物。三个小时后，他被告知，拒绝入境，将由下一个航班强制遣返。

等待筱塚良雄前来的细菌战律师团律师一濑敬一郎，进行了激烈的抗议，他试图冲进只能向外开不能向里开的机场出关大门。被制止后他被告知，这是一个单方面的命令，唯有执行。如果他再激烈抗议的话，他也将会被拘留，并被遣返回日本。

筱塚原路返回东京，媒体已经把机场到达处挤得水泄不通。他在机场人员的安排下，从另外的门出去，沿小路回了家。第二天，他发现报纸上刊登出了拒绝他入境的理由：“第二次世界大战中，（筱塚）涉嫌参与了反人道的残虐行为。”

《纽约时报》称，筱塚良雄已被列入美国司法部监视名单。这份于1979年制定的监视名单，是为了控制纳粹战犯嫌疑人，或剥夺他们的公民权，或把

[1]［日］西里扶甬子著：《美军情报部所存的〈石井文档〉》，收录于《侵华日军731部队细菌战资料选编》，中国社会科学院近代史研究所近代史资料编译室主编，王希亮、周丽艳编译，社会科学文献出版社2015年版，第327页。

他们驱逐出境，或禁止其入境。1996年，也就是筱塚出发去美国前两年，日本的战犯嫌疑人也被列入该名单。名单上列有6万人，有日本国籍的共33人。这33人的姓名没有公开，这一次美国司法部发言人在接受日本媒体采访时，宣布禁止入境战犯人数增为35名，筱塚良雄和老兵东史郎发现他们的名字在名单上。

"天皇都可以踏上美国的土地，为什么我不能？我只是一个小兵，一个小喽啰，我是奉天皇的命令进入南京的。"东史郎激愤地对媒体说。同样，筱塚也可以说，是奉天皇的命令来到731部队的。[1]

筱塚良雄成了历史上第一批依据战犯禁入名单，而被美国政府拒绝入境的日本人。"按军衔，论责任，日本战犯名单就是排到35000名，也轮不到筱塚良雄和东史郎。更不要说，他这次赴北美，是为历史作证，是以和平教育为目的。"王选说。

细菌战原告团和律师团都认为，筱塚之所以被美国挡在门外，是因为他业已承认曾作为少年队成员被派往平房731部队的事实。他能够讲出731部队的组织、人员，还有那些足以震惊世人的真相和细节。自从近藤昭二和王选找到他，他就开始面对电视镜头诉说，成为日本少有的站出来说出细菌战真相的证人。而美国是不欢迎这样的人的，因为战后美国和日本进行的交易，到现在为止仍然是美国不愿意提及的，是美国抹不去的一个历史污点。

筱塚良雄的经历颇为奇特。1943年3月，他被从少年队里征入正式军队，经过短暂的回国完成入伍程序后，筱塚再次来到"满洲"，成为关东军54师团军医部诊疗助手。1945年日军败退，中国人民解放军收复东北时，筱塚成为解放军的一员，参加了中国的内战。战后，他悄悄到了天津，在一家工厂做工生活。他会讲中国话，是个中国通。当他隐瞒身份时，这成了他最好的伪装。直到1952年，因为偶然透露了他懂得生物学知识，引起怀疑。在当年，一般的人怎么会懂得生物学知识？从而暴露了他在731部队的经历，然后被捕，被送到抚顺战犯管理所。1956年因中国政府免予起诉被遣送回国。

筱塚的家乡千叶县妙福寺里，安放着一块石碑，上面刻有"中归联"三

[1]［日］青木富贵子著：《731——石井四郎及细菌战部队揭秘》，凌凌译，上海译文出版社2010年版，第59页。

字。筱塚小心地护持着这块石碑，因为这是他晚年的归属，就像是少年时归属于731部队、成年后归属于关东军54师团一样。所谓“中归联”，指的是“中国归还者联络会”，这是他的一段特殊历史，一个新身份印记。

1949年新中国成立，1950年苏联将在押的969名日本战犯移交中国。同年6月，中国政府在原伪满洲国的一个监狱设立了抚顺战犯管理所，收容这批从苏联移送来的战犯，以及从山西省太原管理所移送来的140名日本战犯，共1109名。筱塚良雄在中国隐藏身份败露后，也成为这里的一员。

当时中国政府的政策意图，是要在抚顺战犯管理所，把这些战犯从“鬼”变成“人”。周恩来总理指示管理所：“战犯也是人，要尊重他们的人格。”这些人里什么样的战争罪犯都有，根据管理所的调查统计：在押战犯所参与的暴行，杀害的中国人人数达94.9万人。

筱塚良雄常常与王选说起那一段经历：原本以为中国人迟早要杀他们，就像他们虐杀中国俘虏那样。可是中国人不但让他们活着，还给予人道的待遇。筱塚记忆深刻的是，他们每天吃三顿白米饭，中国的管理人员一天吃两顿高粱米。在管理所他讲述了他知道的平房731部队，留下了口供。当时他的名字是“田村良雄”。

1956年，在沈阳军事法庭上，除45人被判有期徒刑外，其余1000多人全部被免予起诉，同年由中国红十字会送回日本。筱塚就是这样回到家乡的。当年他之所以隐藏在天津，确实是因为回国无门。日本战败后，海外尚有600多万日本军事和文职人员无法回国。

回到日本以后，这些日本军人成立了联络部，1957年正式成立“中归联”，从此开始了他们后半生漫长的反战和平运动。首任会长为原日军59师团师团长、陆军中将藤田茂。藤田是三代武门之后。

2002年“中归联”成员平均年龄超过82岁，他们宣布解散组织。

1000个抚顺战犯管理所的日本“鬼子”，有999个变成了“人”，前来中国调查细菌战的教师森正孝这样说。抚顺战犯管理所的战犯改造是一个奇迹，居然把战争犯罪者转化为和平的力量，成为消解战争带来的民族间仇恨的带头人。很多人被中国人宽大为怀，以人道战胜暴力的精神感动。但在日本右翼的眼里，事情完全是另一个样子，他们认为“中归联”成员被共产主义洗脑赤化了。

几十年来，“中归联”一如既往地感激曾经被他们伤害但宽大了他们的人，用各种方式把他们的“故事”告诉日本人。这队弃盔甲刀剑的武士，永远地摧毁了数百万军队以沉默护卫的大东亚战争的神话。

为了应对美国拒绝筱塚良雄入境，1998 年 8 月 17 日，日本与美国市民和平运动团体，分别在东京 KDD 电子电视大厅以及位于美国洛杉矶的犹太人大屠杀纪念馆——宽容中心的大型电子电视屏幕联动，举办了越洋同步的日本老兵与中国受害者证言会，以弥补筱塚良雄不能入境美国之憾。

东京的 KDD 场地租借费需要 100 万日元，由细菌战诉讼律师团团长土屋公献个人出资。电子信号畅通地跨越了太平洋，跨越了为所谓的“国家利益”而设置的障碍，筱塚良雄和一些日本老兵的形象，出现在美国洛杉矶犹太人宽容中心的会场。

王选也作为细菌战受害者诉讼代表，到场这次跨洋作证。看着这些白发老人，王选心中升腾着复杂的感情。眼前是真正的加害者，这个人解剖过中国人，并亲手生产了攻击中国的细菌武器。但奇怪的是，王选心里的怜悯之情却远远大于恨——凡人都有耻辱之心，对着成千上万的人说，“我杀了人”，“我强奸了妇女”，“我解剖了活人”，“我制造了细菌武器”，王选敏锐地捕捉到了这些老兵羞愧的表情。在那一刻，他们垂首顺目，半响难以启齿，白发颤抖，老泪纵横。

王选后来在《南方周末》写了一篇文章，称他们为“最后的武士”。

“中归联”的老兵，成为支持王选他们诉讼的最忠诚的“战友”。每次开庭，日本和平运动团体需要召集更多的人来，把法庭坐满以壮声威，“中国在日本留学生那么多，很少看到有人来。但只要当地有‘中归联’的人，一定风雨无阻，与日本和平运动人士一起坐在旁听席上。”王选说。

“天皇可以去美国，为什么我不可以？我只是一个小喽啰而已，我是奉天皇的命令进入南京的。”这是一个曾经效忠天皇的士兵的天问和反抗。

“他站在那里，像是要顶着他头上的那块天。证言会结束后，我们走到很近，但是我不知道应该怎么和他说话。对于我，他像是刚从黑泽明的电影中走出来的武士，身上的西服是时代的错误。”王选在她的文章中写道。

“1948 年（日美）达成的赦免交易，导致丧失了就生物武器对平民的威胁和需要对之加强限制的法律和其他措施进行讨论的重要机会。”[1]于是，关于使用这种武器的危害及伦理问题，一直没有成为公共话题。即便在西方民主国家里，在对原子武器和化学武器反思声讨激烈的时刻，生物武器也没有怎么被涉及。但在公众视野之外，生物武器的开发、试验一次比一次更精确，威力更大，更便于工业化制造。世界时时陷于生物武器危机，但大众却浑然不觉。

“马轭行动”，这是英国人 1948—1949 年在加勒比海小岛上进行的试验，目的是对城市地区生物媒介散播研究。随后美国也进行了多次海上试验，并且为“马轭行动”提供病原体和 1.8 公斤重的 E48.R2 炭疽炸弹。

“圣乔计划”是美国响应空军空中散布炭疽气雾、引起吸入感染的需求进行的试验，1953 年起对城市目标实行炭疽攻击模拟。这个攻击模拟研究，运用了美国新获得的科学知识。

“白衣计划”，美国终于突破了人体实验的禁忌，开始了秘密人体实验。“不使人体实际接触炭疽菌气雾而要证明人对剂量的反应是不可能的”，1953 年美国底特里克营开始这一计划——与七日基督复临会的长老签订非正式协议，由于宗教的原因，教会里有一些拒绝当兵的人。在计划的整个过程中共有 2200 名教徒参与其中，试验一直到 1973 年才结束。“白衣计划”对近 220 人进行了人体实验，主要试验的病种有野兔病、委内瑞拉马脑炎和皮肤性炭疽热。虽然参与者的身体都得到了很好的治疗，但他们对自己成为人体实验对象毫不知情。

生物武器的实地试验步伐更快。1965 年在纽约市的地铁；1968 年 8 月至 9 月在加利福尼亚沿岸；1964 年到 1965 年在得克萨斯、密苏里、明尼苏达、爱荷华等州的 6 个主要畜牧场针对动物的实验等。60 年代在越战的背景下试验更是大跨步的，112 项目是一个扩大的化学和生物武器陆海试验项目，参与者包括美国陆海空三军，加拿大、英国。该项目至少进行了 50 次试验，有些试验的资料一直没有完全公开。1968 年 9 月到 10 月间在马绍尔群岛进行最后也是最复杂的试验，得出的结论是：从一个气雾罐中散播的毒性感染媒介，可

[1]［美］珍妮·吉耶曼著：《生物武器——从国家赞助的研制计划到当代生物恐怖活动》，周子平译，生活·读书·新知三联书店 2009 年版，第 83 页。

传播 2600 平方公里。[1]

一切都准备好了，只需要等待上级的命令。

1969 年 11 月 25 日尼克松在白宫发表讲话，宣告美国放弃生物武器并限制化学武器的进一步生产。“人类手中已经掌握了太多自我毁灭的种子，我们今天做出了一个榜样，我们希望这将有助于创建一个所有国家之间和平与理解的气氛。”至此，人类才稍从发生大规模生物战的危险中得到喘息。然而另一种危机——生物武器被用于小规模恐怖袭击的危险却大大增加。

1972 年美国与一些国家签订《禁止生物武器公约》(Biological Weapons Convention)，这是首个全面禁止发展、生产、储存生物与有毒武器的公约，1975 年 3 月生效。美国也正式加入于 1925 年 6 月 17 日在日内瓦缔约的《禁止在战争中使用窒息性、毒性或其他气体和细菌作战方法的议定书》(《日内瓦议定书》)。

至此，在二战结束 20 年后，反对国家支持的生物武器计划以及限制拥有和使用生物武器的全面国际法准则才得以形成。

但是，生物武器退出历史的背景却是，英国和法国分别于 1952 年和 1960 年首次核试验成功，走上了核大国道路，对生物战的兴趣降低了。

1979 年美国决定根据《国家保密法》，公开生物武器开发研究的资料。生物武器开发试验在黑暗的幕布下进行了 20 多年后，才被阳光照到，走进公众视野。

但是苏联生物武器开发到了什么程度，外界仍一无所知。美国人怀疑，苏联会毫不犹豫地进行人体实验。直到苏联解体，人们才得知一二，苏联雇用了数千名科学家和技术人员，以大规模的工业生产为目标，最终是要用洲际导弹运载生物武器。到了 80 年代，苏联仍有生物武器实验污染事件发生，说明其开发研究仍没有停止。

1976 年，东京电视台播放了纪录片《心灵的伤害——恐怖的 731 军团》。一位叫吉永春子的女记者，追踪了五位参与日本这一绝密计划的成员，披露他们如何受到免责，及资料如何交给了美国。

---

[1][美]珍妮·吉耶曼著：《生物武器——从国家赞助的研制计划到当代生物恐怖活动》，周子平译，生活·读书·新知三联书店 2009 年版，第 55 页。

这是世界上第一部揭露战后日美细菌战交易的纪录片。吉永春子有一位年轻的助理，这个人正是近藤昭二。因为这部片子，近藤开始了他 40 多年的调查之旅。

在西方，1981 年美国记者约翰·鲍威尔二世根据美国公开的档案，发表了《历史上被掩盖的一章》的报道。这是西方世界第一次详细揭秘这一段隐秘历史。

约翰·鲍威尔父子同样有着传奇经历：父亲约翰·鲍威尔战争期间在中国办一份英文杂志，由于反对日本侵略的言论，被关到上海的集中营，两只脚冻伤截肢致残。东京审判中，他是为南京大屠杀出庭作证的 6 名证人之一。他的儿子小约翰·鲍威尔继承了父亲的英文杂志，50 年代发表一条新闻，说美军聘用“日本专家”，在朝鲜战场上使用细菌武器，方式与 731 部队研制的细菌武器极为相似。因为此报道，英文杂志被迫停刊，鲍威尔二世及其夫人被美国以叛国罪问罪，送交联邦法庭审判，多年之后审判才不了了之。

约翰·鲍威尔二世在上海期间，就住在王选父母家所在的街区。

1996 年 12 月，当王选在斯坦福大学大声说：“今天我站在这里，是要给世界带来一个信息，这就是，我们是人，也有为人的尊严！我们整整被迫沉默了 50 多年！”此时中国细菌战受害者才真正发出第一声呼喊。

第三部　恶疫与战争

第十一章　井本密语

一

一个叫糟川良明的日本人，给了王选一份日文材料。

那是 1996 年夏天，王选作为调查团成员陪同一行日本人在中国调查的途中，糟川良明也在此行中。王选以极快的速度读着这些日文材料，她感到一股血往上冲，忍不住跳起来：啊，浙江，我们浙江！

王选仿佛看到一块巨大的、裹挟着死亡的乌云，向着中国南方飘来。每一页记载，都是这个恶魔悄然推进的旅程。细菌战从谋划，到联络相关各方，到加班生产各种细菌，到特别运送，再到攻击中国城市，一一有迹可循。

这是根据日本中央大学教授吉见义明、日本立教大学讲师伊香俊哉发表的论文《日本军的细菌战——陆军集结力量作战的真相》整理的材料。[1] 调查团正是按照这份论文里摘录的《井本日记》里提到的中国地名，一站站一步步地找来的。

《井本日记》的发现是一个偶然。

1991 年，吉见义明因韩国“慰安妇”金学顺，向东京地方法院提出要求谢罪赔偿的诉讼，开始关于“慰安妇”的调查研究。一次，他在日本防卫厅防卫研究所图书馆检索有关资料时，偶然发现井本熊男大佐的业务日记（共 23

[1]［日］吉见义明、伊香俊哉的论文《日本军的细菌战——陆军集结力量作战的真相》，载于日本战争责任资料中心季刊，《战争责任研究》第 2 期，1993 年冬季号。中译文见李海军等编译：《侵华日军细菌战重要外文资料译介》，中国社会科学出版社，2018 年版。

册）、金原节三军医大佐的《陆军省业务日记摘录》（共35册）、大塚文郎军医大佐题为《备忘录》的日记（共13册）、真田穰一郎少将的业务日记（共40册）四种记于战时的日记。吉见义明发现，里面不仅有他们需要的“慰安妇”的一手材料，还有他们完全没有想到的内容：细菌战。

关于细菌战，保存于日本防卫厅防卫研究所图书馆及防卫厅机关的资料都不公开。不仅如此，就连所藏资料目录也是秘密。所以研究者根本无从知道有什么资料，存在什么地方。

防卫厅防卫研究所图书馆及防卫厅机关，是保存日本战时资料最多的地方。研究者们几乎都知道，20世纪70年代末，美国将战后转移到美国的、关于细菌战和731部队的大部分资料返还了日本。1989年又还了一部分。这年9月19日的《朝日新闻》报道：“关于石井的第一批资料返回日本后，最初放在外务省复员局保管。防卫厅成立后移交到防卫厅，该厅成立战史室后保存在战史室内。”但是，谁都没有见过这些资料。1982年12月，防卫厅防卫研究所制定《关于战史资料公开的内规》，将所有细菌战的内容，都以保护个人隐秘、国家安全、防止引起不利社会影响等理由，从公开的资料中剔除。[1]

这四种日记都有关于日军细菌战的内容，显然是漏网之鱼，尤其是有23册之巨的《井本日记》。

《井本日记》之所以在四种业务日记中关于细菌战的内容最多最详细，是因为作者井本熊男战时所担任的特殊职务。

井本熊男1903年生于山口县，毕业于日本陆军大学。1937年任参谋本部参谋，1938年升任少佐；1939年调任中国派遣军参谋，1941年升任中佐；1942年调任第八方面军参谋，1943年任大本营参谋，同年任陆军大臣秘书官，1944年升任大佐，任军务局副局长。

---

[1] 日本中央大学教授吉见义明2000年12月8日在东京法院的证词：《日本文档资料中记载的731部队和细菌战——井本熊男〈业务日志〉关于使用细菌武器的记载》，其在证词中写道：“防卫厅防卫研究所图书馆及防卫机关所存资料几乎都没有公开，除《华北防疫给水部业务详报》中的一部分业务关系资料公开外，其他都没有公开。而且连那里保存的资料目录也没有公开，所以不清楚这里究竟存有什么相关资料。”该证词收录于中国社会科学院近代史研究所近代史资料编译室主编：《侵华日军731部队细菌战资料选编》，王希亮、周丽艳编译，社会科学文献出版社2015年版，第431页。

“井本是日本陆军中的佼佼者，1945 年 8 月，作为第二总军参谋进入广岛，经历了原子弹爆炸。”[1] 吉见义明如此评价。

井本的整个军旅生涯，正好卡在日本侵略中国的当口上。而重要的是 1937 年进入大本营参谋本部作战课以后，一直担任 731 等细菌战部队与陆军中央之间，关于细菌战情报的联络工作。联络细菌部队实施细菌战是他的本职工作。因此，《井本日记》从 1940 年到 1943 年间，不断出现关于神秘的“ホ”“ほ”“保”等作战计划的谋划、考察。他来回从中国南京飞往东京，与石井四郎及大本营高官会面；从杭州飞往哈尔滨平房，考察 731 部队，进行所谓的“公务旅行”。

因为细菌战是秘密进行的，所以《井本日记》里用了暗语、代号，这显然是保密的需要。1940 年到 1944 年间日记中出现的中国地名，一个个地扩大、延伸——浙江、江西、福建、云南、广西、湖南，中国东部、南部、中部的广大区域，都被那个神秘的代号所覆盖：“ホ”号、“ほ号”、“保”、“保号”（神秘代号几种写法意思一样，音同“霍”。）

当吉见义明将“ホ”“ほ”“保”解释为细菌战的代称时，《井本日记》所记载的大部分内容都可以解开：这是一本详细记载日军在 1940—1944 年中，对中国实施细菌战攻击的一手资料。此外还有日军 1942—1944 年讨论对巴丹半岛、澳大利亚、夏威夷、中途岛、阿留申群岛、加尔各答、塞班岛、比亚克岛、关岛等军事、政治要地实施细菌战的内容。直到 1945 年战争结束，日本的细菌战计划才中止。

王选这才意识到，在这庞大的细菌战秘密攻击计划中，自己的家乡崇山村，只是一个被细菌战鼠疫攻击后，疫病传播自动杀伤过程中被意外击中的一个点。

作为历史学者，吉见义明知道这些内容意味着什么。他和立教大学的伊香俊哉一起，开始了手工抄录《井本日记》的工作。因为防卫厅的资料不能复印也不外借。

吉见义明清楚，如此大规模地透露日军细菌战作战计划、实施内容的资

---

[1] 中国社会科学院近代史研究所近代史资料编译室主编：《侵华日军 731 部队细菌战资料选编》，王希亮、周丽艳编译，社会科学文献出版社 2015 年版，第 433 页。

料，无论是从美国方面、日本方面还是从苏联方面都是首次发现。

美国公开相关档案后，美国记者约翰·W.鲍威尔、日本神奈川大学教授常石敬一、作家森村诚一等检索解密档案，寻访当年老兵等，揭开了731部队用活人做实验的惊天秘密。但用细菌武器实战攻击方面的内容，却几乎没有涉及。

《井本日记》某种意义上是公开出版物。1959年9月，井本熊男将业务日记寄给防卫研究所公开：《作战日志中的支那事变》（1978）和《作战日志中的大东亚战争》（1979）。日记出版时，井本熊男曾对媒体说，他的信念是，要尽可能把真相明确地保留下来，相信对于后世是有益的。

但看了全版23册的《井本日记》后，吉见义明发现，“真相”被修剪了，出版的日记里全然没有细菌战的事实。[1]

如果只看那两本出版的业务日志，完全看不出曾经有细菌战这回事，也看不出井本是一个细菌战的知情者，更不会知道他曾经参与过细菌战的全部过程。井本熊男军旅生涯中的重要一段：作为大本营作战课课员联络实施细菌战的内容，被全部删除抹去，隐藏了起来。

吉见义明的这个发现无异于石破天惊：日军在中国战场实施了细菌战攻击，而井本熊男本人参与并记载了这场细菌战。

吉见义明对《井本日记》的内容做出判断：这并不是井本熊男的私人日记，而是工作业务日记。这意味着记日记的目的，是撰写作战课机密日志，呈报给参谋本部。整个日记，没有一点关于个人或家庭生活情况的记载，也没有个人的行动、兴趣、游玩等记述，自始至终都是公务事宜。而且随着侵华战事的加紧和有了关于细菌战的内容，井本熊男对日记保密性的重视也越来越强。在1938—1939年他还在参谋本部作战课工作时，日志的封面题写的是“业务日志卷　”字样；到了1940年，日志封面则写上了“军事极密”字样。因此，吉见义明认为：“《井本日记》中关于细菌战的记载有极高的可信性，属于第一手资料，具有公文（档案）的性质。”[2]

---

[1] 中国社会科学院近代史研究所近代史资料编译室主编：《侵华日军731部队细菌战资料选编》，王希亮、周丽艳编译，社会科学文献出版社2015年版，第433页。

[2] 中国社会科学院近代史研究所近代史资料编译室主编：《侵华日军731部队细菌战资料选编》，王希亮、周丽艳编译，社会科学文献出版社2015年版，第435页。

1993年12月，两位学者将他们手抄的日志中细菌战的部分，以论文《日本军的细菌战——陆军集结力量作战的真相》发表；1995年，两人又出版了《731部队和天皇、陆军中央》一书（岩波书店，1995）。

历史真是吊诡！

战后探访细菌战战场的，是日本人；推开细菌战封锁了半个世纪隐秘大门的，是日本学者、记者；来中国倾听受害者声音、写下死亡者名字的，也是日本人。

现在，想将中国受害者带到日本去打官司、告日本政府的，又是一伙日本人。

王选陪同着这些日本人——森正孝、一濑敬一郎、松井英介、松村高夫、近藤昭二、糟川良明等，沿着《井本日记》提到的线索，一个地点一个地点地走访。仿佛一次次回到当年，一切都能得到鲜活的印证；仿佛一切都被冷冻储存了起来，只等待这一天的到来。

围绕诉讼证据收集而展开的事实调查，从1995年到1997年诉讼提起之时，共进行了九次。

1996年7月至8月，王选和一濑敬一郎、森正孝等从江西广丰开始，经过玉山，进入浙江的江山、衢州、金华，义乌的崇山与稠城。这条线就是王选常常乘坐的浙赣铁路线的后半段。小时候随父亲回乡，自己下乡、在义乌中学教书，上海与崇山村来来去去之间，走的正是这条路。

浙赣铁路是一条从浙江杭州通往江西南昌的铁路，为中国早期铁路干线之一，全长1008千米。浙赣铁路与沪杭铁路、湘黔铁路、贵昆铁路等共同构成了中国中南部地区东西向的铁路干线。1929年浙江省政府自行筹款修筑轻便铁路，将这条线延伸到江西玉山。当时能够筹集的资金有限，民国浙江省政府采用先通后备，边建、边运营的办法，分段修筑，分段营业，从而构成了完整的纵卧中国东南的大动脉。战时这条线东连华南沿海地区，西南至广西又与中国南北、东西铁路相连，构成当时的铁路交通网络。

如今的浙赣线，与战时甚至王选下乡插队时大为不同。当年的绿皮火车渐次退出，动车、高铁通达着北京、上海这样的大城市。坐在舒适的车厢里，看着两边飞速后退的江南景色，很难让人相信，铁路两边正是当年细菌战的战场。

细菌战是悄然发生的，疫病也是陡然而起的。甚至直到今天，也仍需要弄清楚受害情况到底如何。比如上饶、广丰和玉山，战时都发生过鼠疫，只要调查团一到，往事便如潮水般涌来。受害的事实长年被忽视遗忘，一经搅动便喷涌而出。

江山，正如它的名字，是一个山水相绕的东南丘陵地带。与福建毗邻，浙赣铁路穿过全境。在江山市道塘小山村与江西玉山县竹川村之间，有长约五华里的天然峡谷通道，古时就是由浙入赣的官马大道。民国十九年（1930），衢属最早的“衢江广公路”通车，两省交界处立有“赣浙省界”的界柱，站在这里，可“一步跨两省”。

如果不是调查团的到来，薛培泽永远都不会知道，自己姐姐家的几个孩子是死于细菌战的霍乱。

薛培泽说，日本人是在1942年6月到8月占领江山的。当时江山的民众都逃出县城，农村的人也都白天躲到山里去，晚上才回家。薛培泽住在离江山市七里路的郑家坞田篷村，日本人来的时候他14岁。

我被日本人抓了两次。我和我外甥在山上放牛，日军出来扫荡，看到牛要拖走。我不肯，牛也怕，跑进水塘里不出来。他们让我把牛赶上来，牛不肯上来，他们就用枪打死了牛，把我和我外甥给抓了去。都是小孩子，日军倒不大为难我们。打江山的日军可能都是朝鲜兵，有的人会说中国话。他们每到一个村都有探子，谁对这些探子不好，会在门堂上的对联上做个记号，比如要米要吃的不给，回头就会专找这家人报复。

当时江山天气很热，日本人不穿衣服，只穿相扑运动员式的屁股兜。他们每天早晨都会摔跤，胜利者会奖给巧克力（那时候我不知道是什么），有时候也会分给我吃。他们抓小孩是要我们给他们干活，给他们摇筛子选粮食，天热给他们扇扇子乘凉，或者给他们摇鼓风机乘凉。他们给我们这样的小孩也穿屁股兜，让我们睡在木板上。睡觉的时候，我看见有人给我的木板一周插上香点燃，不知道是做什么，后来明白是帮我熏蚊子的。8月下旬，一个被抓来当伙夫挑夫的大人认得我，对我说，再不跑就回不了家了。

一天，日本人让我和外甥看着牛碾大米，我们两个看没有人就一起跑。山上有个小亭子，我们要从那里穿过。刚到那里，日本兵突然出来了，用刺刀对着我们，问我们为什么在这里，我们俩就说是帮助你们去提菜。日本人信了。我俩就慢慢离开亭子，等到他们看不见了，就跑，跑不动了就往山下滚。就这样回到了家。

我们家有6个兄弟，3个姐妹，我排行老四。我大姐姐薛泉妹有4个孩子，两男两女，被抓的那个12岁，是老大。我们回到家，发现除了被抓的这个，三个外甥外甥女全部都死了。

日军来江山是借道去打仙霞关，进犯福建（的）。当时大家都“跑日本”，躲到山里去。我大姐姐岁数大（当时35岁多），带着三个小孩，没有跑。日军撤走时，就有人进村子里来发米粿，他们说自己是国民党军队来慰问老百姓的，说日本人要败退了。

那种圆圆的食物，日本人说是饼，我们叫米粿。我们把麦做的叫饼，米做的叫米粿。村里有的人拿到这些米粿，当时大家很饿，没有吃的，小孩子拿起来就吃了。结果就开始拉稀，呕吐。我大姐家的三个孩子都吃了，大姐因为不舍得，没有吃。三个孩子第一天下午吃的，第二天就不行了，痛苦地在床上爬来爬去，排泄物呕吐物满床满身都是，苍蝇蚊子到处飞。我的外甥女双兰，当时9岁，知道自己要死了，和母亲最后说的话，是让妈妈给她做一个小棺材盛她。我们村子里当时一次性毒死了83个人（村里有300多人，当时有些人还逃在外面不在家，在家的大多数都被毒死了）。以前我们这里从来没有得过这种病，老百姓说是“日本人放毒”，大家以为放的是砒霜，要“像毒死老鼠一样毒死我们”。

我和大外甥清泉在姐姐家里住了一夜回到我家里，也双双发病了。先是口渴，一直想喝水，喝了水后就肚子疼。那种疼是剧烈的、不能忍受的疼。然后就不停地拉肚子。

幸亏当时我家有个亲戚在城里开着中药铺，给我们开了中药。我们两人一直吃了一个多月的中药，才慢慢活了过来。

《井本日记》里说了，是日本人把毒放在米粿里，用的是霍乱菌。我才明白，那不是砒霜，是霍乱菌。我就问森正孝要那个《井本日记》，我说我一定要看看上面写的，他们是怎么干的。[1]

---

[1] 作者对薛培泽的采访。

二

日后再读《井本日记》，王选不再用初读时那种吞下去的速度，而是一个字一个字地抠。对照日记，对照调查走过的细菌战实战攻击地，一座座城市，一个个乡村，幸存者、受害者口述互相印证。作为日本军方证据材料的《井本日记》，证实了中国方面对战时日本使用细菌武器的指控。《井本日记》每天记载文字虽不多，但极精到、准确，每一个字都值得细细研究，每段记叙后面都藏着大谋略。

《井本日记》是决定性的加害方证据材料。细菌武器攻击是极隐秘的，《井本日记》就像掀开一张黑色的大幕，将细菌战暴露在阳光之下。

1937 年 8 月 13 日，日军开始进攻上海，长江流域的中国人开始感觉到战火燃烧到家门口的恐慌。

淞沪血战，经月不止。

中国军队调动海陆空力量进行不屈不挠的抵抗，伤亡比例高得可怕。三枚中国空军的炸弹误中上海繁华区，近 1200 人被炸身亡。浙江人赵彰泰亲眼目睹了上海大世界门口："刹时，尸首遍地，血肉模糊。摩登小姐，坐在黄包车上，只剩下长筒丝袜、高跟皮鞋，人头不见了……哭声震天，满目凄惨。"[1]

1937 年 11 月到 12 月末，日军在杭州湾登陆，占领了浙江最北的三个城市杭州、嘉兴、湖州，以围困中国淞沪守军。然后一支部队继续一路烧杀，占领了中国的首都南京。

伴随着这场集中对中国大城镇空中轰炸、地面占领烧杀的常规战争，另一场隐秘的战争也在悄然进行。而这场战争造成的影响，八年全国性抗战结束之后几十年还没有结束，这就是细菌战。

1938 年 3 月 22 日和 27 日，国民政府中央通讯社根据来自天津的情报，两次报道日军计划在山西和陕北用飞机撒播伤寒病菌。为此，时任国民革命军第八路军总指挥的朱德和副总指挥彭德怀，在 29 日的《新华日报》上发表谴

[1] [美] 萧邦齐（R. Keith Schoppa）著：《苦海求生——抗战时期的中国难民》，易丙兰译，山西人民出版社 2016 年版，第 14 页。

责声明。[1]

1940年5月31日，《井本日记》出现一个神秘的“ホ”符号。在这个符号的左侧，井本列举了参谋本部、陆军省、支那派遣军（日本对其赴中国进行侵略战争部队的称呼）以及关东军高层官员的名字。这些人有参谋本部次长泽田茂、陆军次官阿南惟几、支那派遣军司令官西尾寿造、总参谋长板垣征四郎、关东军司令梅津美治郎等一干人，这些都是为了推行“ホ”号作战——细菌战的各方面要人，是井本要联络协调的人。

1940年6月5日，井本与参谋本部作战课的荒尾兴功（中佐，当时军衔）、增田知贞（中佐，后在731部队升至少将）进行商议，将细菌战实施暂定为7月，攻击目标定为“浙赣铁路沿线城市”，实施部队的指挥直属中国派遣军司令部，负责人是石井四郎。具体进攻方法定为“从高度四千以上的地方”“雨下，跳蚤”。飞机起飞降落的机场为邻近南京的“句容”机场。[2]

从6月起井本熊男成了一个大忙人，[3]频繁从浙江飞往东京，从东京飞往哈尔滨，再飞到浙江，做着空中大三角式旅行。

6月28日，井本“为了与中央联系‘ホ’等事宜，紧急决定立即去东京”，他从南京飞往东京。《井本日记》第七卷中记载，7月2日，井本在东京的军医学校与石井四郎及下属，为确认有关决定事项，又一次进行了商谈。

7月21日井本又到了哈尔滨，“上午在石井部队商谈‘ホ’的事情后”，收到东京来电，要求马上回东京。井本飞回东京后写下“下决心彻底地侦察杭

---

[1]《敌将放毒屠杀我民众，朱德总司令通电呼吁全国、全世界人民抗议敌暴行》，《新华日报》1938年3月29日。参见中央档案馆、中国第二历史档案馆、吉林省社科院合编：《日本帝国主义侵华档案资料选编：细菌战与毒气战》，中华书局1989年版，第355—357页。

[2]见《细菌战诉讼一审判决书》。另见吉见义明、伊香俊哉：《日本军的细菌战——陆军集结力量作战的真相》。该文章中译文收录于李海军等编译：《侵华日军细菌战重要外文资料译介》，中国社会科学出版社2018年版，第5—6页。

[3]1940年6月5日《井本日记》第七卷，见《细菌战诉讼一审判决书》。

1. 时间	暂定（7月中）	解决□□问题
2. 机场	句阳（容？）	
3. 目标	浙赣沿线城市	
4. 实行部队的指挥	总司令部直辖（石井大佐负责）（略）	
ヘ. 高度四千以上		
ト. 种类、散布、跳蚤		

州”，第二天果然飞往杭州侦察，为细菌战攻击选择机场。这次考察让他“决定使用旧中央航空学校”作为前线进攻基地，并决定由石井部队人员编成“加茂部队”进驻该地。

而石井四郎接到准备细菌战的指示后，也立即从东京飞到哈尔滨 731 本部，组织远征队，集中人力加大马力生产细菌攻击需要的各种细菌。[1]

3 天以后的 7 月 25 日，关东军下达了《关东军作战命令丙第六五九号》，这是一项运送细菌战部队人员、武器、器材的命令。负责器材搬运的陆军军属石桥芳直在日记中记载，根据这个命令装载了“700 枚空投炸弹和 20 辆汽车的列车开到了南京对岸的浦口，之后被搬运到杭州笕桥的民国旧中央航空学校”。[2]

东北 731 部队本部，少年队的筱塚良雄开始加班加点。

1940 年 7 月中旬到 9 月下旬、10 月下旬和 11 月中旬，731 部队的生产人员严重不足，“编制了大量临时生产细菌队，从各部集中了大约 120 名人员，在两个细菌工厂里制造了大约 270 公斤伤寒、霍乱、副伤寒、鼠疫、脾脱疽菌”。[3] 筱塚良雄的上司柄泽十三夫接到明确指示：“1940 年下半年内，我所主持的一组人曾培养出 70 公斤伤寒菌和 50 公斤霍乱菌。供给由 731 部队另一部分人所组成，经前部队长石井将军正准备率领到华中一带去的特别远征队之用。除伤寒菌和霍乱菌之外，该远征队还使用过染上鼠疫的跳蚤去反对中国军队”。[4]

8 月 16 日井本到杭州市笕桥旧中央航空学校，向作为细菌战的实战部队的“奈良部队”传达“支那派遣军”总司令部的命令，其当天的日记以“在杭

[1] 参见吉见义明为中国受害者在东京地方法院作证的证词，该证词收录于中国社会科学院近代史研究所近代史资料编译室主编：《侵华日军 731 部队细菌战资料选编》，王希亮、周丽艳编译，社会科学文献出版社 2015 年版，第 431 页。另见《细菌战诉讼一审判决书》。

[2]［日］吉见义明、伊香俊哉：《日本军的细菌战——陆军集结力量作战的真相》，此文中译文见李海军等编译：《侵华日军细菌战重要外文资料译介》，中国社会科学出版社 2018 年版，第 6 页。

[3] 1954 年 10 月 10 日筱塚良雄的口供。见中央档案馆、中国第二历史档案馆、吉林省社科院合编：《日本帝国主义侵华档案资料选编：细菌战与毒气战》，中华书局 1989 年版，第 57—58 页。

[4] 参见《伯力审判档案——日军细菌战罪行披露》，抗日战争时期中国人口伤亡和财产损失调研丛书，主编张树军、李忠杰，副主编蒋建农、霍海丹、李蓉、姚金果，中央党史出版社 2016 年版，第 69 页。

州联络”为题，记载了联络的内容。[1]

日记的内容包括：命令传达、经费支付、目标的空中摄影、消毒药品的请领、兵要地志、使用细菌弹种类等。

此次细菌武器攻击选定浙江及浙赣铁路沿线城市，是因为浙江东连中国战时物资进口大港宁波、上海，又是中国西、南、北的交通枢纽。另外浙江还是中国著名的鱼米之乡，是战时粮食等物资的主要生产和集散地。再加上铁路、机场密集，军事战略意义重大。

按照日军的细菌战理论，细菌战的攻击目标通常选择“人口集中的战区”“重要的军政人物”“军队集中的城市”“位于交通沿线的城镇、乡村”“首都和重要城市”“航运和交通系统”“学校、剧院和人群集中地”等，几乎条条都高度吻合。从细菌战战略角度考虑，这是一次缜密而专业的挑选。在这里实施细菌战，显然效果要大于人烟稀少的地方；而疫病引起的混乱和扰乱军心、民心的作用，也会数倍于其他地方。[2]

日军统帅部之所以要实施这次细菌战，是因为战争从 1937 年到现在已逾四年，日本已经在大规模的城市占领中消耗了相当的实力，战争还要拖多久尚不明朗，而国际形势已然发生了变化。

1940 年希特勒在欧洲发动了全面进攻，英法因大战而无暇东顾，日本认为其向东南亚的扩张机会来了，于是想减少在中国战场上的兵力，从中国抽身，快速向南扩张。“要更加使政略、战略、谋略一体化，尽全力迅速使重庆

---

[1]《井本日记》摘要，1940 年 8 月 16 日《井本日记》第八卷。

1. 传达命令

6. 经费的出处（在总司令部研究是从哈尔滨还是从南京筹措经费）

12. 从空中对目标进行拍照

13. 申请消毒药

15. 驻军要地地志（到攻击目标之前）

17. ○弹 H15

资料出处：李海军等编译：《侵华日军细菌战重要外文资料译介》，中国社会科学出版社 2018 年版，第 7 页。

[2] 参见［日］增田知贞著：《细菌战》，此篇细菌战理论文章发表于 1942 年 12 月 15 日，增田为日本陆军军医学校教官、军医大佐。论文的英文原文收录于［日］近藤昭二：《731 部队 · 细菌战资料集成》，日本柏书房 2003 年版。中译文收录于李海军等编译：《侵华日军细菌战重要外文资料译介》，中国社会科学出版社 2018 年版，第 163 页。

政权屈服。”[1]日本陆军省、部会议决定：到昭和十五年（1940 年）末，在华武力大致保持现状，积极支援政略和谋略。

所谓“政略”为：由日本“中国派遣军”代表今井武夫，重新开启在香港与重庆政府代表宋子良的秘密谈判，即所谓的“桐工作”。日军统帅部为了配合这次谈判，在军事上向中国政府施加压力，采取了一系列军事行动：包括5—6 月日军第 11 军向中国第五战区发动的“宜昌作战”，集中 300 架作战飞机对重庆、成都连续数月的大轰炸，陆海军联合行动封闭中国华中唯一援蒋通道宁波港等。“谋略”则是决定在华东的浙江、江西等地进行“保号”细菌战，并把细菌战作为迅速使中国屈服的一个特殊手段。[2]

1940 年 8 月末，细菌战的战前准备基本完成。

整个 8 月下旬到 9 月上旬，井本忙于在细菌生产供应部队和细菌战实施部队之间来回穿梭联络。9 月上旬决定细菌战的攻击目标为宁波和衢州，金华作为候补。再后来攻击目标的候补地区，又增加了玉山、温州、台州等地。

9 月 10 日，井本接到攻击部队成员大田澄（中佐）和增田美保（大尉）的报告：根据空中搜索、摄像的结果，将浙江宁波和衢州作为攻击目标是适当的，并提出以金华作为候补。而细菌武器供应出现意外，弹药输送迟到，没有在预定时间到达。双方约定了细菌弹的运送方式，及必须在几天内到达的时间期限，细菌弹也从第一次攻击的“C”改为“T”。[3]

“C”“T”都是隐语，代表不同种类的细菌武器。根据日本学者的解读，“C”代表霍乱菌，“T”是伤寒菌。

自 9 月“ホ”号细菌战（浙赣作战）正式实施以来，日军加大了在浙赣地区的空中侦察。有战前对攻击地各种信息的收集，有攻击之后对效果的观

[1] 参见李力：《浙赣细菌战 1940—1944》，见解学诗、[日] 松村高夫等著：《战争与恶疫——日军对华细菌战》，人民出版社 2014 年版，第 96 页。

[2] 同上注。

[3] 9 月 10 日的《井本日记》：

10/9（9 月 10 日）
一、与奈良部队的太田（大田——译者注）中佐和增田大尉联系
1. 定于 9/10 搜索目标，把宁波和衢县作为目标是妥当的
（金华呢？）　　　　空中摄像（城市）

资料出处：李海军等编译：《侵华日军细菌战重要外文资料译介》，中国社会科学出版社 2018 年版，第 8 页。

察，9—10 月日军飞机在浙江侦察比平时增加了一倍。[1]

从 9 月 18 日的《井本日记》中，可以感受到细菌战魔鬼步步逼近的脚步声。

这一天，井本与实施细菌战部队探讨了“与战术有关的事项”。在检讨了细菌战一再被拖延的原因之后，决定细菌战弹药空运与陆上输送并行。细菌生产部门汇报了一天之内可以生产的细菌量：霍乱菌 10 千克、伤寒菌 10 千克以上。攻击的目标再次确定为宁波（或其附近地区），“宁波良好（附近村庄每平方公里 1.5 公斤），金华、玉山一平方公里 2 公斤”。

另外，日记中还记载了关东军参谋山本吉郎对有关事项的说明：“1.（细菌散布方式）分为大面积散布低浓度弹药和集中投放高浓度弹药两种。后者的目标选定温州（台州、温州、丽水）；2. 决定采用雨下法，需要使用降落伞，宁波海上方案……”[2] 另外决定攻击出发基地为笕桥机场，其间要避免其他部队使用该飞机场。借用一架航空摄像机拍摄现场攻击的情况，除了空中投放还使用谋略——即派遣特务到攻击地投放等详细事宜。[3]

1940 年 10 月 7 日的《井本日记》，记载了细菌战的进展状况。细菌战主要实施者奈良部队与 731 部队的成员山本吉郎（参谋）、福森宪雄（大佐）、大田澄、增田美保、金子顺一（大尉）等参加汇报。“1. 运输，迄今为止共 6 回（其中船运 2 回），空运当日到达，船运需 6 日，将来可用飞机；2. 目前为止攻击次数为 6 次，跳蚤 1 克约 1700 口；3. 期待效果的评定 密探。”[4]

---

[1] 根据国民政府军令部一厅二处编《全国敌机突袭资料次数统计表》，中国历史档案馆藏，787—16592，第 5—19 页。

[2] 参见李力：《浙赣细菌战 1940—1944》，见解学诗、[日] 松村高夫等著：《战争与恶疫——日军对华细菌战》，人民出版社 2014 年版，第 96 页。

[3] 9 月 18 日的《井本日记》：

1. 有两种使用弹药的方法，一种是大范围使用稀释半金属弹药，另一种是少次数使用高浓度弹药，选定温州为实施后项方法的地区（台州、温州、丽水）。
2. 为能决定使用下雨式投放弹药而使用降落伞的计划　　宁波的海上方案
3. 借用一架航空摄像机
4. 关于使用笕桥机场的事情，应避免其他部队使用该飞机场，还有其他联系的事宜
5. 递交地图的事情
6. 与战术有关的事项、关于其用法的事情　　[1940 年 9 月 18 日《井本日记》第九卷]

资料出处：李海军等编译：《侵华日军细菌战重要外文资料译介》，中国社会科学出版社 2018 年版，第 8 页。

[4] 资料出处同上注，第 9 页。

6 次运送细菌武器，对浙江选定的地点共实施了 6 次细菌攻击。第二天，井本又同增田知贞等人进行了商谈，井本记道："我想 C 不会发生，P 也许会成功。"也就是，霍乱可能会没效果，但鼠疫也许会流行。

这次会议会谈的结果是，为了增加细菌武器的效果："决定，重复攻击方法可。"

1940 年 11 月 25 日，日军参谋总长杉山下达"大陆指 781 号"，要求在 11 月末完成作战命令。

这个"大陆指"，是依据天皇下发的"439 号""大陆命"发出的。日本明治大学副教授山田朗研究认为：按照惯例，"大陆指"需要上奏天皇，所以天皇至少是知道细菌战的。[1]

"ホ"号细菌战酝酿准备了整整半年。6 月便开始秘密策划，由日本大本营动员了 731 部队等细菌生产部门、关东军、中国派遣军作战部门、航空部门等各个与细菌战有关的环节，到 9 月底 10 月初开始实施，11 月底接到结束的命令，12 月最终结束。反复多次的秘密攻击，使中国受到攻击的地区极大，从《井本日记》中可见的地点为：衢州、宁波、金华、台州、温州、丽水、玉山及杭州等。

令人震惊的是，此次细菌战选用的细菌武器不仅种类多，而且出现了"PX"。"P"代表鼠疫，X 是印鼠克蚤的代号，印鼠克蚤是传播鼠疫的最主要的跳蚤，"PX"则代表染有鼠疫的跳蚤。

《井本日记》载，感染鼠疫的跳蚤，1 克重量有 1700 只。美国第三任细菌战调查官诺伯特·菲尔在 1947 年的报告中认为，1 克重量的跳蚤会有 3000 只。经过几十年持续揭秘，人们才搞清楚这次浙赣细菌战有 8 公斤和 2 公斤的跳蚤被用飞机倾泻到衢州、宁波最繁华的街道上。如果按 1 克重量有 1700 只跳蚤计算，8 公斤则意味着有 1368 万只感染了鼠疫的跳蚤被投了下来。这支庞大的生物军团，在城市的街巷里跳跃前行，在人群里叮咬吸血，在阴沟暗角里潜伏，伺机对浑然不觉的人类进行一轮又一轮的叮咬攻击。

[1] 参见［日］近藤昭二向日本法庭提交的证词《日本国家意志对细菌战的隐匿》，收录于中国社会科学院近代史研究所近代史资料编译室主编：《侵华日军 731 部队细菌战资料选编》，王希亮、周丽艳编译，社会科学文献出版社 2015 年版，第 533 页。

鼠疫从天而降。

细菌武器鼠疫攻击，完全省略了自然界鼠疫传播从鼠到人的缓慢传染过程，直接被叮咬了就会发病，发病者成为病体再传染周边的亲朋；那些散布于各处的跳蚤，或找到老鼠、猫、狗等作为它们的新宿主，继续长时间存活，由动物得病再传染人。无论哪种方式，鼠疫不会一次性完结，而是一次又一次地来回在人间传播。

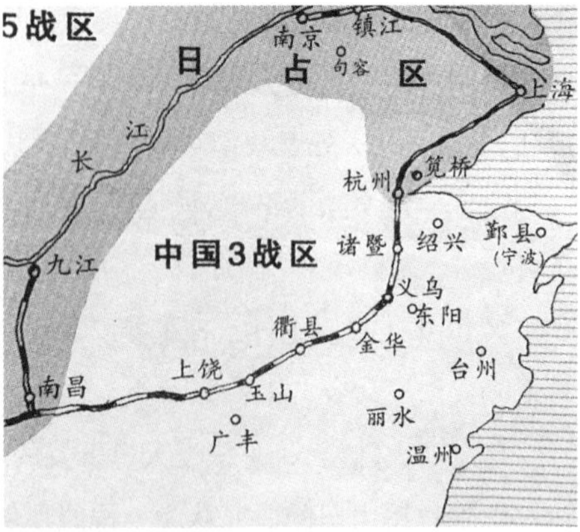

日军使用的中国衢州地图及根据此图绘制的简示图。衢州的战略地位一目了然。图片来源：陈致远著：《日本侵华细菌战》，中国社会科学出版社 2014 年版，第 136 页

事实证明，这种活生物的武器，比什么样的重磅炸弹都可怕。炸弹，甚至原子弹都是可见的、有形的、可测量的、可控制和可预防的。

但是，你能拿 1300 多万只跳蚤怎么办？

三

新年刚过，1941 年 1 月 5 日，《井本日记》就又出现了“ホ”字。《井本日记》第十卷记道：渡边参谋来联系“关于‘ホ’事，‘希望有媒介’，‘补给手段’，‘需要适当的容器（操作要简易化）’，‘实施时是运用航空部队还是运用特殊部队’，‘实施时是重型轰炸还是夜间攻击或是突袭方式’”。[1]

新的一轮细菌战攻击又在酝酿中。到 9 月 5 日《井本日记》出现“关于‘ホ’的联络”“基本决心实施”，9 月 12 日有“‘ホ’的事宜”“大体可行”，9 月 15 日“‘ホ’件决定”，16 日记载接到“‘ホ’的大陆指”。

由以上日记可知，9 月初此轮细菌战攻击就在推进实施当中，16 日正式发

[1] [日] 吉见义明、伊香俊哉著：《日本军的细菌战——陆军集结力量作战的真相》，罗玲译，聂莉莉校译，收录于李海军等编译：《侵华日军细菌战重要外文资料译介》，中国社会科学出版社 2018 年版，第 14 页。

布了关于细菌战的大本营陆军部指令。

这一次选定的目标是湖南常德。

11月25日，日记有如下明确记载：

一、长尾（长尾正夫，支那派遣军）参谋所报告的“ホ”号事宜

接到11月4日目的地方向的天气情况良好的报告，一架97轻型机出发［其后四个字被抹掉］

5点30分起飞，6点50分到达

雾浓　放低高度进行搜索　因海拔800附近有云层　在1000米以下实施（增田少佐操纵　一侧箱子打开不够充分　将其投在洞庭湖上）

谷子36公斤　其后岛村参谋进行搜索（一架日军飞机在常德附近撒布，凡触及者皆引起强烈中毒）

11月6日常德附近中毒流行　11月20日前后鼠疫流行越发凶猛　各战区收集卫生材料

判定

如果命中　确实会发病[1]

11月4日凌晨，36公斤混杂了鼠疫跳蚤的谷子，从天而降进常德繁华的街道，另外一侧箱子因为打开不充分，被扔进了洞庭湖。果然，12月2日井本接到宫野大佐提供的信息：“以常德为中心的湖南省，鼠疫极为猖獗。”（《井本日记》第十四卷）接着，22日，井本在日记里又记载道：

二、据增田少佐所述“ホ”

1. 部队士气高涨，对谷子有信心

2. 主要兵器　谷子第一

使用飞机　九九式LB　百型侦察机

---

[1]［日］吉见义明、伊香俊哉著：《日本军的细菌战——陆军集结力量作战的真相》，罗玲译，聂莉莉校译，收录于李海军等编译：《侵华日军细菌战重要外文资料译介》，中国社会科学出版社2018年版，第16页。

高空雨下时用航空炸弹

3. 实施期　明年　六月以后（八月）（十月）

4. 人员准备

可望得到 30 万只小白鼠，设备大体上没问题

［以下四行被擦掉］

5. 制作 20 公斤的装置现在马上可以使用

……[1]

这个汇报者增田，正是亲自驾驶飞机到常德进行撒播的增田美保，石井四郎的侄女婿。增田美保收集到的侦察内容证明，常德作战非常成功，散布十几天后在常德造成鼠疫凶猛流行。为此细菌战部队士气高扬，并对使用感染鼠疫的跳蚤效果非常有信心。

更疯狂的细菌战计划，就是在太平洋战争中使用细菌战。

1941 年 12 月日本卷入了太平洋战争，翌年 1 月担任对菲律宾作战的日 14 军占领了马尼拉。美、菲联军固守巴丹半岛避开与日决战，如何攻破巴丹半岛成了日军的一个大难题。

此时井本熊男到马尼拉了解战况，归国后在日记中写道："3 月 11 日与驻守马尼拉的南方军参谋部第一科长石井正美大佐协商'ホ'事宜"，18 日日记又对巴丹半岛"ホ"事宜有详细记载，概要如下：对美、菲军投掷 1000 公斤细菌（是否感染了鼠疫的跳蚤不详），共投掷 10 次，炸弹 300 枚，需要中型运输机（MC）或其他运输机两架，人员 10 人，必须给后方的马尼拉配备 50—100 名人员。中国东北的 731 部队和南京的 1644 部队生产细菌的能力小，不能满足需求，因此要在东京一个月生产 300 公斤细菌液体。

第二天的日记，是听取军医学校教官增田知贞对照地图做的说明。图上标出了攻击地点，要向攻击地点投放 30 公斤（菌液）的宇治炮弹，连续攻击一个月。东京的陆军军医学校一日生产 30 公斤细菌，以台北为中转站，3 天运输一次。另外在日本的埼玉、茨城、枥木、千叶饲养老鼠，仅埼玉到 8 月底

[1] 同上注，第 17 页。

ハルビン・平房の飛行場。94式偵察機の前で。左から731部隊航空班員の萩原、鈴木、増田、井出、桜永、整
士楢沢、松本

1941 年 11 月 4 日凌晨，增田美保（左三）和松本正一（右一）驾着飞机实行了对常德的鼠疫攻击。资料来源：日本律师团

就要饲养 20 万只。20 万只老鼠每月必需的饲料碎米 90 吨，打算从西贡、兰贡、曼谷转运过来……[1]

这个数目庞大的细菌战计划上被打了一个叉，并写下“发令取消”字样。因为日军 4 月上旬攻占了巴丹半岛，美、菲联军投降了。在日本千叶、茨城、栃木饲养老鼠的计划，又开会讨论了两次，计划让各补充 20 万只，共计 60 万只老鼠。一只老鼠每天吃 20 克饲料，由此估计 60 万只老鼠一个月需要 60 吨，一年需要 720 吨。[2]

巴丹攻击计划取消不久，1942 年 4 月 28 日，美国空军上校鲁姆斯・H. 杜利特尔从太平洋“大黄蜂”号航空母舰上起飞，空袭东京，作为对日本偷袭珍珠港的报复。16 架 B-25 双引擎飞机，飞越西太平洋，完成任务降落在中国。

美军轰炸机首次空袭日本本土，给了日本政府和日军极大的冲击。日本

---

[1]［日］吉见义明、伊香俊哉著：《日本军的细菌战——陆军集结力量作战的真相》，罗玲译，聂莉莉校译，收录于李海军等编译：《侵华日军细菌战重要外文资料译介》，中国社会科学出版社 2018 年版，第 19 页。

[2] 同上注。

看到中国浙江及江西的机场群，有可能成为美国将来对日本空袭的理想降落地。轰炸机航油难以支撑返回航母，但浙江衢州、丽水等机场距离正合适。

衢州机场是国民政府空军力量的核心区，是中国东南各省中最大的军用机场。全面抗战爆发后，国民政府航空委员会在衢县设立空军第十三总站，下辖丽水、玉山、建瓯等机场，形成一个互相联动、支持的机场群落。在这里国民政府建有永久性军事工事，驻有一个军的兵力。

为了保密，美国空军降落中国浙江机场时甚至没有和中国方面联络，他们是突然降临的。当天衢州机场浓雾，无线电归航信标失效，16 架飞机只能在没有信号引导的情况下飞向大略位置。其中 15 架飞机迫降在中国境内，飞行员在浙江和江西两省边界处跳伞；另一架在苏联境内安全着陆。

迫降在浙江、江西边界的 64 名美国飞行员，全部被中国农民营救并藏匿起来，最终护送到中国政府控制区域。另外 8 名飞行员就没有那么幸运了，他们降落在日本占领的上海南部地区，被捕后，被日本军事法庭以对平民发起攻击的罪名判处死刑，其中 3 名飞行员在上海被处决。另外 5 名飞行员后被减刑至无期，其中罗伯特・梅杰尔中尉由于极其恶劣的狱中生活死于脚气和营养不良，另 4 名飞行员在战后获释。

美国飞行员在浙江得以逃过日本的抓捕，但保护飞行员的老百姓却遭到残暴报复，村民被屠杀，涉嫌营救者连同家属被折磨致死。

日本统帅部决定，立即发动“浙赣作战”对突袭东京进行报复。摧毁浙江衢州、丽水和江西玉山各机场，破坏拆除浙赣铁路，缴获浙江的战略物资，以扼制中美的联合作战。

4 月 30 日日本军大本营发布“大陆命（大本营陆军部作战命令）第 621 号”，命令中国派遣军总司令官畑俊六：“尽可能地迅速展开作战，击溃浙江省方面之敌，摧毁其主要航空根据地，封杀敌人利用其基地空袭帝国本土之企图。”[1]

日军参谋本部决定将陆军的地面作战和细菌战结合起来，在地面部队占领机场、铁路结束破坏之后，细菌部队再用细菌武器把这些战略要地变成疫病流行的无人区，以阻止中国方面修复利用这些设施。

[1] 参见李力：《浙赣细菌战——1940—1944》，文章见于解学诗、[日] 松村高夫等著：《战争与恶疫——日军对华细菌战》，人民出版社 2014 年版，第 92 页。

作为参谋本部和细菌部队联络的井本熊男，再次忙碌起来。与他一起忙碌的，还有731细菌生产部队和参与攻击的作战部队。

在日军第13军发动“浙赣作战”的前一天——5月14日，日本陆军军医学校校长桃井直干，向陆军大臣提出整备作战资材的报告。报告申请建造更多的鼠笼，使老鼠的收容量从现在的2000只，扩大到1万只。[1]

对这个申请，井本在日记上注了“要处理”的字样。

5月27日《井本日记》记载，参谋本部举行了“ホ”碰头会，石井四郎少将、村上隆中佐、增田知贞中佐、小野寺义男中佐、增田美保少佐参加。明确了以下事项：

（1）注意保密；（2）具体地计划编成装备；（3）飞机使用带有新散布器的九九式双引擎飞机；（4）今年可使用的细菌C、T（生产情况一般）、PA（生产情况良好）、P（提高到1/1000万毫克）。即可使用霍乱菌、伤寒菌、副伤寒菌、鼠疫菌；（5）鼠疫菌现在的量为平房2公斤，南京1公斤（老鼠不足），其他1公斤，合计4公斤；（6）为了防止友军感染和保密工作，安排两个班。[2]

石井四郎特别提议：加强731部队的细菌制造部门；为实施细菌战增加中央机关编制，或让731部队的部队长能指挥全军的防疫给水部；不要理睬国际联盟；在中支那派遣军中配备军医学校和731部队的要员。此外，还提出了将老鼠、跳蚤放在气球上进行细菌战的方案。

5月30日，石井四郎、村上隆、增田知贞、小野寺义男、增田美保被叫到参谋本部，“参谋本部第一部部长田中新一少将传达了大陆指的命令和注意事项”。

细菌战作战指令正式下达。

7月6日，井本接到碇常重中佐的“支那的‘ホ’之事已经准备好，如果

[1]［日］吉见义明、伊香俊哉著：《日本军的细菌战——陆军集结力量作战的真相》，罗玲译，聂莉莉校译，收录于李海军等编译：《侵华日军细菌战重要外文资料译介》，中国社会科学出版社2018年版，第19页。

[2]［日］吉见义明、伊香俊哉著：《日本军的细菌战——陆军集结力量作战的真相》，罗玲译，聂莉莉校译，收录于李海军等编译：《侵华日军细菌战重要外文资料译介》，中国社会科学出版社2018年版，第21页。

天气允许，可随时施行”的报告。

7月26日，井本与石井四郎联系，认为实施细菌战的预定日期为“8月20日的可能性很大”。石井四郎指示：“在无人的旷野上”，或者在“桂林、衢州、衡阳等地，用航空部队将敌人制服后”，撒布“XP（鼠疫菌，或者是感染了鼠疫的跳蚤）、C（霍乱菌）、T（伤寒菌）等”。也就是，为了使日军不受感染，日军决定在“无人地带”及距离较远的桂林、衡阳等地进行攻击。[1]这一天的日记同时记载：“赣州、建瓯等从低空实施，与战斗机轰炸机同时行动。”可见，这两个地区已经实施了细菌战。

这一次的细菌生产是两个部队同时进行：东北的731部队再加上南京的1644部队。731部队少年队的筱塚良雄当然正在加班中：“1942年6月中旬至9月中旬，于第四部一课，奉班长命令约三十名队员及其他部门来帮助的十五名，共同制造了霍乱菌、副伤寒菌、伤寒菌，推定约有140公斤……生产的细菌逐次由航空班用飞机运往中国关内去，为细菌战使用。”[2]南京的1644部队则配合制造霍乱、伤寒、鼠疫、赤痢，制造者为防疫科全部人员。

8月28日，井本记载从长尾参谋处接到的题为“ホ的实施现况”的报告，内容是有关对江山等浙赣铁路沿线城市的细菌战，从江西省的广信、广丰、玉山，到浙江省的江山、常山、衢县、丽水都实施了细菌战。具体的攻击方法，例如，在江山，采用了将霍乱菌直接投入井中、黏附在食物上和注射到水果里的方法，攻击是在日军地面作战部队撤退后再开始的，由日细菌作战部队人员化装进入中国城镇村庄投放细菌。

广信 PX（1）毒化跳蚤

（2）给老鼠注射并放掉

广丰　（1）

玉山　（2）

[1]［日］吉见义明、伊香俊哉著：《日本军的细菌战——陆军集结力量作战的真相》，罗玲译，聂莉莉校译，收录于李海军等编译：《侵华日军细菌战重要外文资料译介》，中国社会科学出版社2018年版，第21页。

[2]筱塚良雄口供，见中央档案馆、中国第二历史档案馆、吉林省社科院合编：《日本帝国主义侵华档案资料选编：细菌战与毒气战》，中华书局1989年版，第60页。

（3）在米上附着干燥菌，目的是建立老鼠—蚤—人的感染

江山 C［霍乱——作者注］a. 直接投入井中

b. 附着在食物上

c. 注射在水果里

常山同江山

衢县 T、PA 蚤（T 伤寒，PA 副伤寒。——作者注）

丽水 T、PA 蚤[1]

薛培泽看到《井本日记》的这条记录后，才真的相信，世间竟然有用如此残酷的手段，来对付手无寸铁的百姓，残害无辜的、受着饥饿折磨的儿童的：日军将毒饼放在村头、百姓家里；化装成中央军，向刚刚逃回家园的百姓发米粿，说是来慰问的；直接投入井中，附着在食物上，注射在水果里。霍乱、伤寒等症，极难在战后半个多世纪找到证据并确证，正因为有《井本日记》这几句记载，薛培泽外甥、外甥女的受害事实才得到了日本法庭的认证。而更大面积的细菌战伤害，就很难搞清楚了。

对于进行细菌战，日本方面不是没有反对的声音。时任第十三军司令官、负责浙赣作战地面指挥的泽田茂中将，就陈述了反对意见。

泽田茂的《阵中日记》收藏在日本防卫研究所，1995 年被明治大学博士松野诚也偶然发现。当确认是泽田茂日记后，松野诚也又同发现《井本日记》的中央大学吉见义明先生一同阅览了这本复印件。这本亲历浙赣作战的中将日记中，有几段珍贵的细菌战情形的记录。而他对待细菌战的态度，也使他成为著名的反对细菌战的将军。

浙赣作战主要部队是泽田茂的第十三军。5 月 15 日战斗开始，第十三军从杭州沿浙赣线西侵。而总司令部设在汉口的第十二军两个师团，从南昌方向向浙赣线东进，对中国国民政府第三战区的部队形成东西夹击之势。

6 月 15 日，参谋本部作战班长辻政信到中国派遣军总司令部，讨论了细菌战。第二天泽田茂在他的《阵中日记》记载：“辻中佐称，大本营考虑要使

［1］［日］吉见义明、伊香俊哉著：《日本军的细菌战——陆军集结力量作战的真相》，罗玲译，聂莉莉校译，收录于李海军等编译：《侵华日军细菌战重要外文资料译介》，中国社会科学出版社 2018 年版，第 24 页。

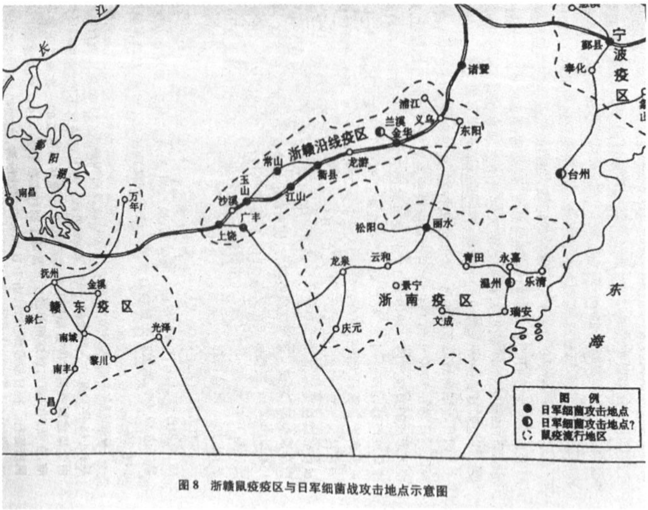

1942 年浙赣细菌战作战示意图。资料来源：解学诗、[日]松村高夫等著：《战争与恶疫——日本对华细菌战》，人民出版社 2014 年版

1942 年浙赣细菌战中，日军化装进入城镇村庄投放细菌。资料来源：[日]水谷尚子：《1644 部队的组织与活动》，见（日）《战争责任研究》第 15 号

用石井部队，（我）陈述了反对意见却被搁置，这将在日中关系上留下百年伤痕，而且不知利与害，给我方防疫上也带来麻烦，还将牺牲山区、田园百姓，何益之有？”[1]

---

[1] 参见[日]波多野澄雄：《细菌战研究进入新阶段：〈金子顺一论文集〉中的“ホ”号作战真相》，原刊载于日本季刊《战争责任研究》第 75 号，2012 年春季号，王选译成中文收录于解学诗、[日]松村高夫等著：《战争与恶疫——日军对华细菌战》，人民出版社 2014 年版，第 285 页。

6月25日，《阵中日记》又记载了相关内容："中国派遣军提了反对使用石井部队的意见，但大本营没有采纳，下发了'大陆命'。因为是命令，没有办法，但作战需要秘密。总长（指参谋总长杉山元）应该抑制年轻的作战课人员。这实在是遗憾，为了防鼠疫，部队下令焚烧了一部分房屋。"

泽田茂反对细菌战的一个重要原因，是担心自己的军队受到细菌的伤害。日军误入散布细菌的区域，很多士兵被感染。根据第十三军司令部"浙赣第四期作战经过之概要"记录，这次战争中生病人员是负伤人员的四倍。[1]为了不给日军带来感染危险，支那派遣军司令部决定"采取攻击无人居住地带"的办法，也就是在居民逃走后实施，日军撤退后居民返回时受感染；或者日本军队撤退时散布，等中国军队返回时感染的办法。于是，就有了将毒饼放在村头、百姓家里，细菌投入井中，附着在食物上，注射在水果里等残忍手段。

泽田茂对细菌战提出异议但对化学战完全接受，浙赣作战中日军使用了大量的毒气弹。生化武器是国际法严禁使用的武器，日军在中国使用的化学武器也在不断升级。

据松野诚也博士的研究，1938年日军在华使用的是绿弹，即催泪瓦斯，1938年4月参谋本部指示可使用红弹。红弹一号是喷嚏剂，浓度低时让人打喷嚏，咽喉、胸部刺激，使人站立不宁，可持续20分钟。中国军队因为几乎没有防毒面具，日军就乘中国士兵痛苦的时候冲上去杀死他们。原则上喷嚏剂不会直接致死，但日军化学战报告也有中国士兵因红弹而吐血窒息死亡的记录。

1939年5月，日本参谋本部将化学战再度升级，允许日军使用黄弹，这就是糜烂性巨毒瓦斯——芥子气。

泽田茂对浙赣作战中日军使用红弹极度赞赏。6月3日拂晓，日军22师团在大洲镇附近作战时，向两公里处投掷了"中红筒"1000支、"山炮红弹"400发，发射红筒450支。"红筒及红弹效果甚大，第一线两翼部队一举

---

[1]［日］吉见义明、伊香俊哉著：《日本军的细菌战——陆军集结力量作战的真相》，罗玲译，聂莉莉校译，收录于李海军等编译：《侵华日军细菌战重要外文资料译介》，中国社会科学出版社2018年版，第22页。

突破敌阵，进入预定区域。”[1]

战后一些参加战斗的军人写了回忆录，记述了日军虽然进攻，但中国军队的抵抗顽强和阵地坚固，一直无法突破。最后搬来迫击炮，发射毒气弹，才总算夺得了阵地。

泽田茂日记6月30日记载，一位指挥化学战的中佐，回来报告大洲镇战果显著，化学弹的杀伤力超过了日军的想象。日记中引述中佐的话："据该中佐个人所见，鉴于中国军瓦斯□□□，不仅使用类似红筒的□□剂，还应充分利用更有杀伤效果的（毒剂），中央应该下定决心，即在整个战场掀起瓦斯战。"

泽田茂日记关于细菌战的部分，被防卫研究所悄悄掩藏起来。在其战史部出版的工程浩大的"战史丛书"里，有一册是《昭和17、18年的中国派遣军》，以泽田茂的《阵中日记》为主要内容记述浙赣作战。但是关于细菌战和化学战，这套丛书里只字未提。战史部整理了一份《复制数据经过表》，里面记载，是在1968年6月17日从泽田茂本人手里借来了日志的原件。日记里所写细菌战、化学战内容，研究人员显然是读到的，但他们集体选择了隐藏。

常规战、细菌战、化学战轮番在中国战场上使用，对于中国军队来说，这是一场多么艰苦的鏖战。

四

《井本日记》关于细菌战的内容公开之后，在日本社会引起重大反响。《井本日记》从此被禁止查阅，不再公开。

细菌战诉讼开始后，要求《井本日记》公开并使之成为法庭证据，成为原告团和律师团的一项重要目标。律师团想尽一切办法，调动日本社会各界力量，促成日本政府公开《井本日记》，这些社会力量包括日本国会议员。

1998年细菌战诉讼一审第一次开庭后、第二次开庭审理即将到来前，4月7日，议员栗原君子在国会上提出关于《井本日记》的质疑。

---

[1][日]松野诚也著：《〈泽田日记〉记载的日军浙赣作战中的细菌战》，中译文见中国社会科学院近代史研究所近代史资料编译室主编：《侵华日军731部队细菌战资料选编》，王希亮、周丽艳编译，社会科学文献出版社2015年版，第361页。

栗原君子："在这个《井本日记》中，详细记载着731部队向中国中部地区的细菌战攻击的从计划到实施的过程（略）。政府认识到《井本日记》中有这样的记载吗？"

政府说明员大古："关于您所说的《井本日记》，我理解并不是所谓的公文书，只是个人的日记（略）。因有关个人隐私，从这个观点出发，现在没有公开。无论如何，从防卫厅的角度来说，对其内容没有评论的立场。"

推托。拒绝。

除了争取《井本日记》成为法庭证据，原告律师团还想争取井本本人出庭作证。

能够出面做井本工作的，只有原告律师团团长土屋公献先生。土屋公献是日本律师界享有至高地位的战后第一代律师，年龄稍轻于井本熊男，也是参加过战争的一代人。以他的身份、地位发出请求，分量很重。

1998年6月，土屋公献给井本熊男写了一封信，指出日记是证实细菌战事实的"正史资料"，也是诉讼的有力证据，务必请他协作，并请求与他直接晤面，听取他的意见。

时年95岁的井本爽快地答应了会面。1998年7月10日，土屋与一濑律师到他的私宅，会见了井本。两位律师的感觉，井本尽管已经高龄，但头脑依然很清晰，只是有些耳聋。

两位律师记载了井本的如下陈述：

"听说过社会上对此问题（指731部队活动）严厉批评。731部队与参谋本部协力，对支那（原述）予以残酷的打击。731部队作为正式的防疫给水部队进行了非常出色的活动，可是却搞细菌战，谁都要皱眉头。我听过不少人谈起对731部队的看法，真正赞成的军人并不多。"

对于他个人的参与情况，井本说：

"'井本'不是一个人，而是作为参谋本部、参谋总长属下的一个组织，和731部队一起工作。用一句话说，731部队干的那些反人道的事情，作为身为监督指导职位的人，我是了解的，对此也曾表示过反对。昭和十三年至十五年，我是参谋本部的工作人员，但在参谋本部作战课里不过是一小字辈，没有比我再年轻的课员了。

"我的工作是负责参谋本部与石井731部队的联络，也可以说是一个窗口，即接收 731 部队的报告、要求等，然后报告给作战课长。我只是听，向作战课长报告，没有任何权限。至于作战课长如何处理就不得而知了。”

他承认自己接到 731 部队的报告后，原样、不做任何改动地记载在了日记里。尽管他强调自己没有权限，但也承认参谋本部对 731 部队实施的监督和指导，承认陆军中央机关直接参与了细菌战。

土屋向井本提出向法院提交《井本日记》的要求，井本表示同意。他说：“这部日记你们看到了吗？向法庭提交了吗？反正已经暴露了，我想最好是提交出来。我与国家代理方商谈后再提交，如何？尽可能满足你们的意思。”[1]

会谈的结果令土屋公献满意，尽管井本说要向国家方面的代理人商谈，律师团也积极就《井本日记》能够成为法庭证据而进行工作。

10 月初，日本律师团向湖南常德发传真，希望常德配合争取《井本日记》的公开，组织细菌战受害者示威游行，并将游行照片寄给律师团转交法院，以给法官们施加压力。常德立即召开各疫点负责人会议，做了布置，并向当地公安部门做了汇报。

10 月 6 日至 8 日，接待处的工作人员全体出动，先后到石公桥、周家店、韩公渡等一些受害严重的疫点，组织受害者亲属和当地群众举行游行示威。每个疫点都有上百人踊跃参加，人们举着大型横幅标语，高呼口号。鼎城电视台和《常德日报》的记者，将每个疫点游行的实况拍摄成现场照片传真到日本东京。

10 月 12 日，一审第四次开庭，作为原告总代表的王选出庭。王选当庭表达原告的强烈诉求，要求被告日本国将《井本日记》原件提交法庭验证。

一场激烈的法庭辩论就此展开。原告方律师与被告方日本政府代表，围绕《井本日记》展开法庭辩论。原告方律师团认为，《井本日记》是遵循《作战要务令》的规定进行的记录，《作战要务令》里规定日本军人必须执行写战地日志并有提交的义务。有关数据显示，当年日本军人写的战地日志，在战后交给国家的有 3000 多册，但公布的只有 100 多册。有写的要求，有提交的义务，原告律师团认为《井本日记》是属于公文文书类别，并非政府所说是私人日记。要求被告向法庭提交 23 册《井本日记》全本。申请法庭从证据保全的

[1] 参见［日］土屋公献著：《律师之魂》，王希亮译，聂莉莉审校，社会科学文献出版社 2015 年版，第 130—132 页。土屋公献对这次会面有较详细记载。

角度，下达提交文书命令。

被告日本政府代表方，坚决拒绝提交《井本日记》。

一切都要等待法庭裁定。

斗争绝不止于小小的法庭内。井本与国家代理方见面后，突然变卦。他通过代理律师，向法庭提出一份不同意将日记提交法庭的书面材料。不知道井本与政府代表的会谈是在什么样的情景下进行的，井本是否受到了某种压力。他在答应了土屋先生之后，又反悔了。

不久井本便离开了人世。

土屋公献在法庭上向法官提交了与井本会谈的记录，强烈要求法官批准证据保全手续，但法官以被告日本国强烈反对为由，拒绝履行。“不过，在与井本会面交谈时井本谈到的事实，应该说对法官给予了很大的冲击。所以一审判决书中承认，‘细菌武器的实战使用……受陆军中央的命令’。”土屋说。[1]

《井本日记》至今仍然是日本不可示人的秘密。

---

[1] 参见［日］土屋公献著：《律师之魂》，王希亮译，聂莉莉审校，社会科学文献出版社 2015 年版，第 130—132 页。

第十二章　浙赣细菌战：鼠疫从天而降

一

1996 年 7—8 月，江南最炎热的时节，王选随日本律师、市民调查团首次来到了衢州。

这是沿着《井本日记》的线索找来的。岁月倏忽已过 56 年，第一次有人前来寻访 1940 年的往事。

20 世纪 40 年代的衢县城，坐落在衢江之东，有六座城门，空中俯瞰像一只卧伏的老龟。

衢州古貌依然，被战争破坏的部分城墙，虽然已是颓垣，但威然之气仍在。当年的行政名称“衢县”已改为“衢州”。

今天在经济发达的浙江，位于西部的衢州，是一个“落后”的地方，经济在浙江地级市里倒数。但在 1940 年，衢县有人口 101 万，凭借水陆运输，号称“四省通衢”。陆上有浙赣铁路贯穿全境，水上有衢江通航，连接江山、常山、兰溪和杭州；公路可经江山、常山到江西上饶，经龙游至金华，是中国东南部的大城市。

王选带着日本律师来衢州调查细菌战，让杨大方回到了 50 多年前，发生在衢州的那场不为人知的隐秘战事，是他父亲的死亡和家庭悲剧的缘由。

杨大方曾是中国空军飞行员、战斗英雄，从部队转业到衢州体育局工作。一次与日本人交流，杨大方无比震惊地得知，当年他第一次飞起来的地方，居然是日本 731 部队的机场，跑道、设施都是当年的。日军投放细菌武器的飞机正是从这里起飞到达浙江，细菌武器也是从这里运送到他的家乡的。那架装着鼠疫菌的飞机起飞的一刻，即决定了他后来的人生。

他有一种大梦初醒的感觉。战争让他家从富足的城市市民，到财产尽失、家破人亡。衢州作为当年国民政府的航空枢纽，遭受加倍的突袭轰炸、细菌战鼠疫攻击和陆上夺城厮杀。作为一名军人、一名空军飞行员，他似乎能听到战场的回声，感到某种命运的召唤。

邱明轩是杨大方的同班同学，知道同学家的悲惨遭遇。邱明轩以中国防疫学家的身份参与到细菌战调查中来，并到日本出庭作证。

在王选的印象里，邱明轩总是抱着一个大大的文件夹。他总能变魔术般地从文件夹中抽出一张，告诉他们，这是某年某月的国民政府档案，飞机撒下物品的第一落点，第一时间出现死人的地方，房子烧了多少间，死了多少人，等等。这是他从尘封的档案馆里找出来的国民政府原始档案。日本律师都知道，衢州拥有材料最多的人，只有一个，就是邱医生。

邱明轩是1931年生人，衢州被鼠疫攻击时他9岁。虽然家里直系亲人中没有直接死亡的，但看到衢州城的惨状，他立志长大做医生。高中毕业考入华东军政大学医学院，毕业后在衢县和衢州卫生防疫站当医师，一直干到防疫站站长，兼任浙江省防治地方病技术指导组成员。

邱明轩关注细菌战，除了对传染病有职业的敏感外，还有一个更重要的原因是他的父亲。战争前他的父亲在上海发展，日军占领上海后带着家小逃回家乡衢县，并创立了《衢州日报》，自任总编辑。在衢县他父亲是有名、有地位、有钱的文化士绅。鼠疫发生后，《衢州日报》成为政府防疫信息的发布平台，父亲也投入到防疫之中，成为防疫委员会的成员。解放后父亲进了劳改农场，在改造中吐血而死，从此父亲和这一段解放前的历史被邱家人秘藏不宣，唯恐躲之不及。但邱明轩从小就知道这份报纸，这成为他60年代就悄悄开始收集疫情资料的初始。1990年衢州编纂地方志，他负责医药卫生篇撰写，开始收集翻阅民国时的档案，成为新中国最早注意到细菌战并进行研究的人。

杨大方和邱明轩，成了衢州细菌战受害调查最早的积极呼应者和推动者。先是从衢州城里调查，然后跑衢州所辖的开化、常山、江山、龙游等地，寻找受害者，收集资料。骑着自行车跑乡下，自带着干粮。在他们的带动下，一批批受害者被找到，一个个受害地点得到确认，尘封于档案馆的报纸和档案被梳理出来，包括找到杨大方父亲死亡时国民政府登报的死亡者名录、政府的防疫报告等。

衢州的时间被拨回到1940年10月4日。

这原本是一个橘香满城的金秋，但“敌机一架低飞盘旋，掠屋而过。待敌机去后，柴家巷王学林家、罗汉井三号及五号院内均发现敌机所掷下的小麦、乌麦（较普通小麦小，而其色黑紫）、粟米等物品，并于柴家巷王学林家、罗汉井五号两处金鱼缸内及三号水池内发现跳蚤甚多”。国民政府浙江省卫生处处长陈万里报告。[1]

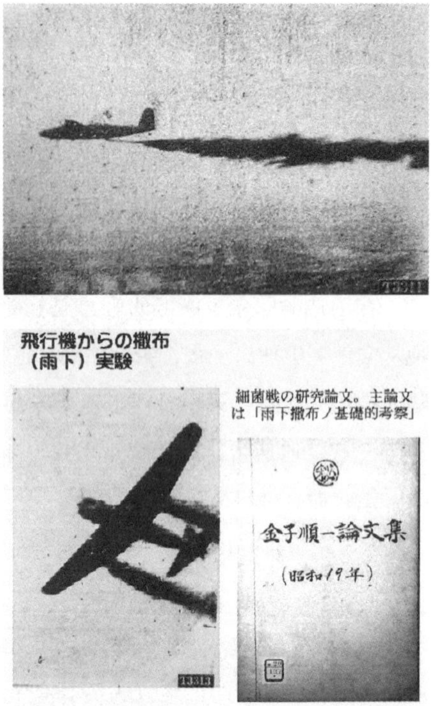

《金子顺一论文集》中展示的日军“雨下法”进行细菌战攻击的图片。鼠疫跳蚤就是用这种方式撒向选中的城市中心的。资料来源：［日］近藤昭二、王选主编：《日本生物武器作战调查资料》（全6册），社会科学文献出版社2019年版第2册，第407页

衢县市区罗汉井5号，是一个叫黄权的地主在城里置下的房产。一座大宅院，建有一栋三层楼房，天井中间有金鱼缸，是衢县的最高建筑。

现在住在3号的黄运兴老人，是这座大宅院黄家的后人。他说：“黄权的大小两个老婆，把飞机投下来的东西扫起来喂鸡，想试试是不是‘毒物’。不到一个月时间，大小两个老婆，还有住在他家的9个房客，全部都死了。黄权本人有事外出，幸亏未传染上。”[2]

民国衢县防疫部门的登记册上，有为防疫焚毁了黄家3间平房、3间楼房外加6间自搭建房子，赔偿金额600元的记载。

---

［1］参见《陈万里等对敌机在金华宣传空掷物品检验结果的说明》，见中央档案馆、中国第二历史档案馆、吉林省社科院合编：《日本帝国主义侵华档案资料选编：细菌战与毒气战》，中华书局1989年版，第272—273页。

［2］邱明轩编著：《罪证——侵华日军衢州细菌战史实》，中国三峡出版社1999年版，第8页。

罗汉井5号留下一个驼背的后人、几间残破的房子、一口“罗汉井”。调查团看到，那口井还在，方石凿出的井台磨损得圆润光滑；井口不大，往下望，一汪静水映着天光云影。

被撒下鼠疫跳蚤的罗汉井5号中庭。本书作者摄

调查团循1940年10月4日日军飞机飞行的线路穿街走巷，这是沿城市靠衢江一面从北向南的投撒。飞机是731部队航空班的，从杭州笕桥机场起飞，到衢城上空盘旋一周后迅速俯冲下降到200—300米的低空，来回撒播了两次：西安门、下营街、水亭街、罗汉井、美俗坊，都是当年衢县的繁华街区。

当年的罗汉井至今仍在。本书作者摄

1940年的杨大方，是一个富足钟表匠最小的儿子，深受父亲宠爱。但转眼之间，这个家便家破人亡，他也沦为细菌战的小难民。

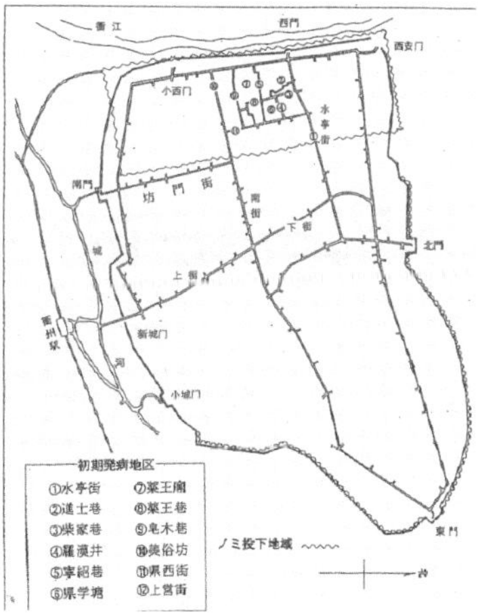

衢县1940年10月4日被鼠疫跳蚤攻击后鼠疫发病街区示意图。资料来源：邱明轩编著：《罪证——侵华日军衢州细菌战史实》，中国三峡出版社1999年版

杨大方保留着一张拍摄于1939年的全家福，这是杨家唯一的遗产，也是最后的全家福。自此之后，这个家再也不全了。

照片上，父亲杨惠风坐在最中间，并不是那种正式的坐姿，而是随意地把长衫下的一条腿翘起来跨在高处，微侧身体。他微笑斜视着上方的镜头，那目光像是在表明他可以接受任何挑战。他的妻子则有些胆怯地躲在他身后，穿着一身黑衣，尽管生过六个孩子，她依然显得瘦小年轻。孩子们分两组，杨惠风的左手边是三个儿子：大儿子杨寅生背手站立，白色短袖衬衫黑长裤，已经是

杨大方家全家福。杨大方供图

翩翩少年；二儿子千里、三儿子良臣站在大哥的前面，杨惠风右手边妻子身边，揽着的是四儿子杨大方—— 一个6岁的孩童；两个更小一些的女孩静芳和春芳，穿着小旗袍，弱弱地依着母亲。

那时候的中国人，大多数没有照过相。能够全家一起照一张全家福的，一般是生活在城市里、家境好的人家。而且通常是家庭出现了值得纪念的事情，才会隆重地全家出门照相。当年的衢县是一个被称为“四省通衢”的繁华之地，而杨惠风又是这个城市最繁华街市上的老板，他们生活安定，衣食无忧，供着几个儿子读书。

1939年的杨惠风正值人生盛年，方头大脸，两颊丰腴，梳着三七分的头发。最突出的是两只大眼睛，炯炯有神。他表情轻松，充满好奇。尽管战火此时已经燃遍浙江并烧到衢县，但战争似乎没有给杨惠风带来什么恐慌。看得出来，这个时年37岁的男人对于未来充满信心。

杨惠风在衢县南市街开的钟表店，以他的名字命名：惠风钟表店，出售、修理钟表与眼镜。衢县三面城墙，一面朝向衢江，南市街是衢县最繁华的地方。钟表、眼镜在当时是稀罕物，是少数人用的奢侈品；修表是一个技术活，几乎没有竞争者。杨惠风生意兴隆，一连开了三个门面。当时一家人分住在两处房子里，杨大方和父亲、母亲一起住在店里，哥哥和妹妹则跟着祖母住城里南街棋坊巷4号。

日军空中撒播细菌七天后，一些街道开始出现死老鼠（自毙鼠），同时有李明江、陈从德等居民突然死亡。衢县卫生院根据死者家属描述，死者均有高热、畏寒、腋下淋巴肿大等症状，初步判断为“疑似鼠疫”。

到11月12日，柴家巷3号的居民吴士英（女，12岁）发病；下午，罗汉井5号的黄廖氏（女，40岁）、郑冬香（女，40岁）相继发病。她们都在发病的三四天内死亡，症状是高烧、头疼、腺体肿大、呕吐。经县卫生院分别对患者穿刺取淋巴液染色镜检，均发现革兰氏阴性杆菌，初步诊断三名患者均为鼠疫。[1]

鼠疫之焰非常炽烈。22日，衢县警察局向县政府报告：“衢城罗汉井、水亭街、宁绍巷已有8人先后患鼠疫死亡。”同日浙江《东南日报》报道：“衢发现鼠疫，死亡人数已达10余人。”12月1日，水亭街居民蔡曾初发病，次日死亡。其死亡一小时后，驻衢县的省卫生处技佐吴昌丰及福建省防疫专员柯主光赶到，立即抽取死者淋巴液，经显微镜检查、细菌培养、动物接种等专业流程，确认为鼠疫。这是衢县最早用鼠疫细菌学常规检验程序，由专家确认的首例鼠疫患者。衢县即被省政府确定为鼠疫疫区。[2]

这场正面战争之外的战争，中方毫不知晓、全无防备，直到疫病暴发。

蒋介石得知衢县发生鼠疫的消息，大约是12月6日。见第三战区司令长官顾祝同发给蒋的电报：

行政院长蒋钧鉴：

密查敌机近在浙省境内散布毒物，业经该省卫生处检查确断为鼠疫杆菌，则以后继续散布污染堪虑，敬请转饬卫生署所属中央防疫处生物学研究所赶制大量鼠疫疫苗及血清，以应急需。[3]

衢州从来没有过鼠疫流行，也不是疫源区，鼠疫就这样从天而降。

鼠疫在11月出现第一波大流行，第二年的二三月又气势汹汹来了第二次大

[1] 邱明轩编著：《罪证——侵华日军衢州细菌战史实》，中国三峡出版社1999年版，第8页。

[2] 同上注，第9页。

[3]《第三战区司令顾祝同致重庆委座（蒋介石）电》，见邱明轩编著：《罪证——侵华日军衢州细菌战史实》，中国三峡出版社1999年版，第97页。

鼠疫蔓延開了！
昨日又死兩人!!
成立防疫處加緊防治
獎勵滅鼠
活的捉、死的報
每隻給獎五百元
每隻處罰金一千元
浙贛路春
限明年

《东南日报》对衢县鼠疫流行死亡情况的报道。资料来源：邱明轩编著：《罪证——侵华日军衢州细菌战史实》，中国三峡出版社 1999 年版

流行。如此不断反复流行，每年都卷土重来，直到 1948 年，鼠疫才在各种防疫措施面前停歇了。

空投之后的当年，杨大方的父亲一直没事。杨惠风对自己的身体很自信，他不相信自己强壮的身体能够染上疫病。

鼠疫第二年春天再一次大流行时，他病了。

日军空投细菌之后，惠风钟表店一直没有歇业。钟表店所在的南市街，与鼠疫流行的核心街区美俗坊隔着一条路，相距 300 多米。这里没有出现死人的情况，因而没有被划入首批隔离封锁区。

3 月下旬的一天，杨惠风突然不思饮食，接下来就发烧、淋巴结肿大，尤其是以大腿根两侧最重。“急得我母亲到处求医，我也曾见过县卫生院的医生到店里来诊治，但没有好转。母亲听说用烟油，就是从抽大烟的烟筒里刮出的油治有效，就去找来治。”杨大方说。[1]

发病不到一周，平时身体非常强壮的杨惠风，在店内二楼的卧室里痛苦地死去，死时还攥着他最心爱的小儿子杨大方的手。此时是 1941 年 3 月 28 日上午，杨惠风 39 岁，一个饱满的生命陨落了。

[1] 本书作者对杨大方的采访。

杨大方不能忘记父亲在病床上挣扎求生的样子。“我当时9岁了（虚岁），他临死时一双眼睛紧盯着我母亲，却说不出话来。我明白他那眼神的意思，他不想死啊，他放心不下。”[1]

衢县城里鼠疫横行，很快死亡就扩散到乡下。吴世根家是衢县城郊陈家村的农民，由于不堪日军整日对衢州的轰炸，父亲带着一家逃到城西的外婆家。不久，吴世根的弟弟、妹妹开始发烧，医生说，是染上了城里的鼠疫。弟弟、妹妹随后相继死去。

1942年7月的一天，日本军人将吴世根的父亲陈发标和邻居吕根生抓住，让他们带着进村抢东西。在一户人家，日军押着陈发标上了阁楼，发现一无所获后突然用刺刀刺向陈发标，陈被刺后倒地求饶，日本人并未罢手，上来又刺一刀，接着第二个军人也上来刺。楼下的吕根生撒腿就跑，逃回来后告诉家人陈发标被刺死的情景。陈发标死时才36岁。

吴世根的表妹土香，一个13岁的女孩，1942年8月的一天被两个进村的日本兵强奸。表妹的妈妈求饶，被日本兵踢晕过去。可怜的小表妹，自此发呆不语，不久后就死了。

弟弟、妹妹得鼠疫而死，父亲被日军刺死，表妹被日本兵轮奸，房屋被日军烧毁。吴世根的母亲和两个孩子无以为生，投奔到廿里镇石塘背村一个吴姓人家。跟着母亲改嫁的吴世根和妹妹，从此改姓吴。

吴世根一生都没有忘记父亲的死和自己失去的姓氏，每年春节除夕，一家人吃团圆饭时，他都要讲这段往事。讲着讲着就涕泪不止，把一家人的节庆喜日，过成悲日。[2]

日军空投细菌半个世纪后，杨大方见到了衢州市档案馆保存的中华民国三十四年4月4日《衢州日报》，上面有一份警察署统计的城区染疫死亡人员名单。父亲杨惠风的名字赫然在列。

父亲死亡的当天，等不及家人处理后事，惠风钟表店便被县防疫部门查封。杨大方和母亲被送到城西西安门外停在衢江江面的隔离船上。他和母亲与父亲有亲密接触，是否感染要隔离观察，15天内不能上岸，不能和家人接触。

[1] 本书作者对杨大方的采访。

[2] 本书作者对吴世根儿子吴建平的采访，另参见吴世根细菌战诉状。

在隔离船上每天看着岸上灯火，不知家里怎样、亲人身在何处，他和母亲心如火焚。

当他们解除隔离回到家时，发现店里所有物品被洗劫一空，父亲的遗体也不知所终。“后来有人告诉我们，父亲的遗体被防疫人员用白布一裹运往城西花园岗埋葬，但究竟葬在哪里，我们到现在也不知道。这么多年来，祭拜父亲时只能对天遥祭。”杨大方说。

惠风店的财物是如何被洗劫一空的，杨大方也说不清楚。他太小，母亲又是小脚无力追查。鼠疫及战争带来的社会失序是可以想象的。再后来日军大轰炸，将惠风钟表店的三间门面房全部炸飞，什么都没有剩下。从此父亲多年积累的财富烟消云散。

父亲的死引发了这个家庭的巨大倾覆。老祖母因儿子的死一病不起，不久就去世了；和杨大方的父亲一同在店里工作的叔叔逃回乡下，不久也死了，很可能也是染上了鼠疫，只是没有防疫部门检查确定；杨大方的二哥杨千里患上了烂脚病（疑似细菌战炭疽感染），活活烂死。

婆家连续遭难，杨大方的母亲只好拖着几个孩子回娘家。但娘家也正在死人，杨大方的四舅母和舅母家的祖母、父母都染疫死亡。[1]

二

在衢县被鼠疫攻击之后，宁波又成为另一个不幸的城市。

宁波古称鄞县，东临大海，处于甬江下游的西南岸。日军占领上海、广州之后，这里就成了中国连接海外的唯一海上通道。1940 年年初，日军军舰堵在宁波港口，切断了宁波港国际战争援助物资的进出，并疯狂地从空中轰炸宁波。1940 年 4 月，日军还从海上向宁波发动进攻，但被中国军队击溃。中国方面为保卫宁波，在该地驻有陆军第 194 师等正规军。

连续数月不断的大轰炸突然从 9 月 13 日戛然而止。

“1940 年时，我 14 岁，在开明街元泰酒店当学徒。就在 10 月 27 日晨

[1] 本书作者对杨大方的采访。另参见杨大方细菌战诉状。

七八点钟左右（那天是阴天），突然发出空袭警报。一架日机在市区上空盘旋，之后即向开明街俯冲。日机上见到太阳旗。但只见撒下许多传单，上面印着日、德、意国旗和两手相握表示‘中日亲善’的图样。”

不扔炸弹只撒传单，让开明街元泰酒店学徒钱贵法很诧异。

“当天下午 2 点左右，日机再次入侵宁波，这次撒下大量麦粒、粟米和面粉。只见到一片黄色云雾，听到‘色拉拉’的响声，这一带居民引起了惊奇……”钱贵法说。[1]

住在开明街 70 号的胡贤忠也看到了同样的情景，“飞机上往下扔的东西像雾一样散开”。当时胡贤忠是一个 8 岁的小童。[2]

美国加利福尼亚传教士阿尔奇·R. 克劳奇也是目击者。当时他和妻子住在宁波的一所老房子里，有一个两岁大的儿子爱德华，他的妻子艾伦刚刚生下女儿卡罗琳。他在回忆录中写道[3]：

> 1940 年 10 月 27 日。空袭警报的笛声尖叫着，提醒我们日本飞机的轰炸即将到来。自从我把家搬到中国宁波，几个月来共有 250 次警报，但这一次与众不同。这次日本发起的空袭是在黄昏之前，而其他空袭时间全都

昨晨敵機一架 飛甬投荒謬傳單

鄞鎮沿海有敵艦四艘

（本埠訊）昨晨六時四十七分，舟山發現敵機一架，本埠當發空襲警報，旋該敵機侵入本埠上空盤旋，並散發荒謬傳單，旋向慈谿、鎮海衛、餘姚、諸山、百官、向西北逸去，本埠於七時五十二分解除警報。

（本埠訊）昨日十時四十六分，觀海衛聞機聲，本埠當發空襲緊急警報，旋敵機經向慈谿南面消逝，本埠於十一時十分解除警報。

（本埠訊）昨日下午二時二十分，海門由南至北，發現敵機一架，本埠當發空襲警報，至二時廿七分，該機經寧海時，本埠續發緊急警報，旋該敵機經本埠上空，過慈谿，向龍山出海而逸，本埠於二時五十分解除警報。

1940 年 10 月 28 日宁波《时事公报》。资料来源：黄可泰、邱华士、夏素琴主编：《宁波鼠疫史实——侵华日军细菌战罪证》，中国文联出版公司 1999 年版

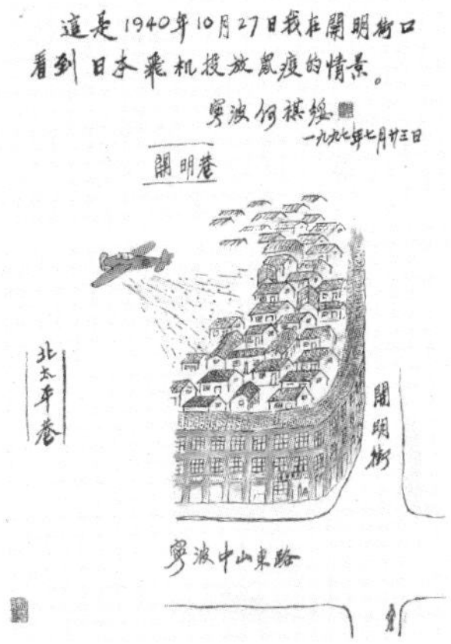

宁波细菌战原告何祺绥画出的自己目睹的日军飞机撒播细菌情景。资料来源：细菌战诉讼原告团提供

[1] 黄可泰、邱华士、夏素琴主编：《宁波鼠疫史实——侵华日军细菌战罪证》，中国文联出版公司 1999 年版，第 83 页。

[2]《胡贤忠细菌战诉讼意见陈述书》，细菌战诉讼原告团提供。

[3] [美] 丹尼尔·巴伦布莱特著：《人性的瘟疫：日本细菌战秘史》，林玮、邓凌妍译，金城出版社 2016 年版，第 153 页。

是在白天，一般多发生在上午十点到下午三点之间。这次空袭日本派出的只是一架单座飞机，它在经过城市中心时飞得很慢，盘旋了几分钟，却对我们的生活造成了远比此前所有空袭更恐怖、影响时间更长的巨大破坏。很快，我们就发现携带黑死病毒的跳蚤比起携带炸弹的飞机小分队，对平民和经济的负面影响要更为恶劣得多。那天快到傍晚时，我们一家人都在宁波的家里。几天前，我们的第二个宝宝卡罗琳才刚刚出生……警报响起之后，我们把最基本的食物和衣服都用小袋子包好，以便有所不测时，可以迅速逃离。我担心炸弹爆炸造成的冲击波击碎玻璃，会伤到人，就把屋子里的所有窗户都打开了，忙完了这些，我走到门外，抬头看看飞机在什么地方，并在心底暗自猜想，它会选择哪里进行轰炸。

可是很奇怪，在飞机飞到市中心之前，我都没有听见任何异样的声音，那架单座飞机飞得非常低，这同样也是不寻常的。因为轰炸机一般都是成批来的，三架、六架或九架……这架飞机机身之后，好像拖着一股子浓烟，那烟在不断地翻滚着。我原想这一定是飞机着火了，但是，那股黑烟竟飞快地下降，随后就消失了，就像是夏天里伴随着雷暴而来的骤雨。然后，飞机就飞走了。

我大惑不解地回到屋子里，妻子艾伦正在给爱德华读故事，我就告诉了她刚才我所看见的情形。几分钟之后，空袭警报就解除了，我们的紧张也随之而消散。于是那个秋天的午后和晚上，我们的生活一切如常。我们没有意识到仅一架飞机出现意味着什么，直到几天后，黑死病症状首次出现在市中心的居民身上。

飞机屁股后面的黄色烟雾里除了麦子、粟米、破棉絮，还有更可怕的东西：

当鼠疫发生后，那些在隔离室里的病人对我说，当日机飞来时，只见有许多麦子和粟子一起落下来，还有许多跳动的小东西。后来我穿了白色防蚤衣和油布短统靴在疫区里工作后出来时，下半身爬着很多颜色红红的、比平常较小的跳蚤。凡是落麦最多的人家，就死人最多，像宝昌祥号死了14人，元泰酒店死了6人，他两家所落麦子就是最多的。

当时担任宁波临时防疫处消毒队副队长的钟辉证实。[1]

钱贵法病了。“我染上鼠疫时，已神志不清，被送入设在同顺提庄的甲部隔离病院隔离。把我抬到地上，周围地上看到垂死的人就更可怕了，大约有十人，使我毛骨悚然，好比到了一座阴惨惨的人间地狱。面相有的像公鸡，有的眼睛凸出；有的病人全身颤抖像跳舞，有的讲胡话，还有的病人因口燥而去吃沟水，这情景痛苦万状，惨不忍睹。还有的母亲刚死，孩子也死了。对于死人，因为棺材供不应求，有时只好把两具尸体合殓。在我们元泰酒店死了6个人。”[2]

和衢州一样，王选与日本律师的到来，搅起了散落尘封的记忆。宁波元泰酒店的学徒钱贵法还活着，他的口述正好和宁波国民政府档案的记载对接起来。档案记载，宁波从疫情发生到最后一例病人在医院死亡为止，共流行了35天，死亡109人。而开明街患病被救活的，仅有一人，就是钱贵法。他成了死里逃生的活证人，后来成为细菌战诉讼的原告。

然而钱贵法办理好护照，一天天等待着日本法庭开庭时，却病倒了，他把护照压在病床的枕头下面，经常伸手去摸一下，盼着自己能站起来。钱贵法去世后，他的妻子范小青以及胡贤忠成了在日本法庭上宁波灾难的继续讲述者和见证人。

胡贤忠家在开明街有房产出租，还开着一家制作和销售骨牌的店，是当地的富足人家。家里第一个感染鼠疫死亡的是胡贤忠的姐姐胡菊仙。“那年11月初，我姐姐先是头痛、发烧，脸色越变越红，然后意识蒙眬。同时，大腿上的淋巴也肿起来了。”

姐姐死后不到10天，胡贤忠的弟弟、父亲、母亲也相继死去，胡贤忠成了一个孤儿。“我弟弟是一个非常可爱的孩子，我无论如何都不相信弟弟会死去。不久，我的父亲感染上了，他和死去的姐姐、弟弟症状一样，非常痛苦。不久，戴着白帽子、穿着白衣服和长靴子的防疫人员来到我家，他们把我的父

[1] 孙金鉐、倪维熊：《宁波鼠疫的发生和经过》，见《宁波文史资料》第二辑，1984年10月，第175页。

[2] 黄可泰、邱华士、夏素琴主编：《宁波鼠疫史实——侵华日军细菌战罪证》，中国文联出版公司1999年版，第83页。

亲收容进只收容重病患者的甲部隔离医院。我每天祈望着父亲不要死，可是没多久，母亲就一边哭一边对我说：‘你父亲死了，我们以后可怎么办啊？’很快，母亲的病情也加重了，腋下肿起一个硬块。母亲对我说，‘我也要被送进那家隔离医院了，也就要死在那里了吧！’真的，没过多久，我母亲就被收容进那家甲部隔离医院。后来，我是从邻居那里听说母亲死亡了的事情的。”[1]

10月31日，开明街66号滋泉豆浆店赖福生夫妇双双暴亡；次日同一条街上又有71人暴亡。为了防止疫情扩散，当时的鄞县政府在采取封锁疫区、设立隔离医院、消毒灭蚤等措施后，开始追查病人，市民们都想办法迅速逃离。

对于这场突如其来的鼠疫，1940年11月5日《时事公报》刊出防疫专辑，头版以“巨祸！”称之。

2015年，一个笔名叫“水银”的人公开了他收藏的25张开明街鼠疫的老照片，人们才直观地看到当时恐怖的情景：饭店、商铺的招牌徒然地高悬着，街上却空无一人；砖砌的隔离墙耸立，依墙行走的唯有白帽白衣白靴的防疫人员。他们或者抬着棺木去掩埋死者，或者孑然独立于墙下担任警戒；防疫乙部

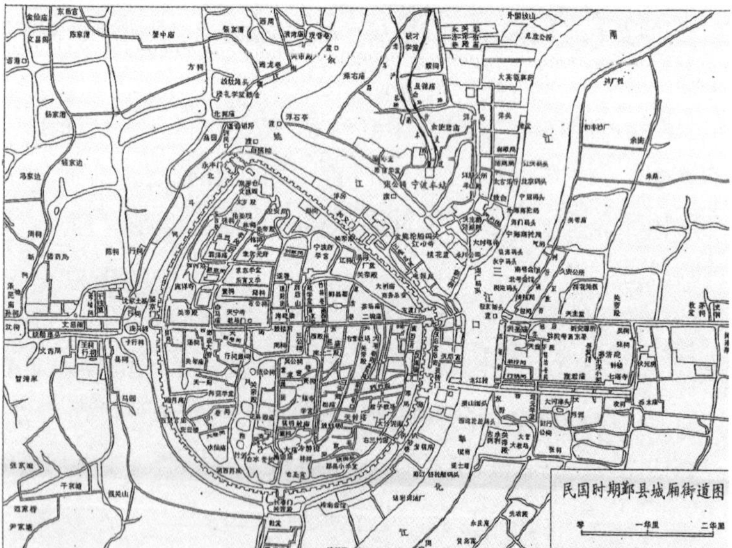

1940年宁波街市图。细菌战诉讼律师团提供

[1]《胡贤忠细菌战诉讼意见陈述书》，细菌战诉讼原告团提供。

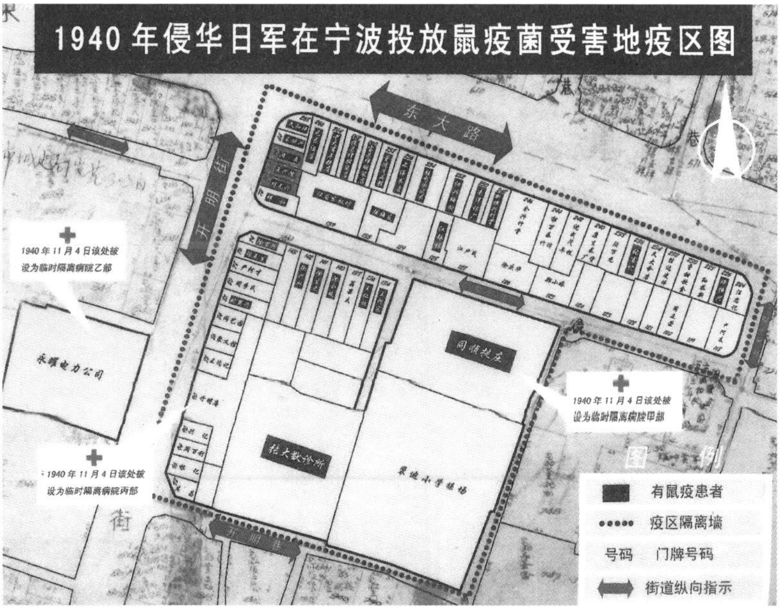

日军投放鼠疫跳蚤后的疫区示意图。细菌战诉讼律师团提供

隔离医院女病房——所谓的病房，就是地上铺着一张张草席，十余人沉默着靠墙蹲坐在草席上，每个人的脸上都带着愁容。乙部隔离病房是和鼠疫病人有接触，但暂时没有发病迹象的隔离区，他们需要时间来断定是否被感染了鼠疫。

乙部隔离医院自 11 月 4 日到 26 日，共隔离民众 193 人。其中有两人经留验后发现感染鼠疫症状，送到甲院治疗，但都亡于甲院。

为控制疫情，1940 年 11 月 30 日，鄞县政府忍痛烧毁疫区的所有房屋，大火整整烧了 4 个小时，疫区内 5000 平方米中 115 户被焚，137 间房屋就这样付之一炬，只留下一片瓦砾废墟。胡贤忠家的 3 间楼房及屋内财产也全部化为灰烬。

无论是衢县、宁波、金华还是常德，日本人的飞机空投都发生在城市中心区。城市经过几百上千年的自然生长，有自己的秘密，有些地方不知道为什么会成为繁华的城市中心，从此就一直延续下去，城市最核心的生活都在那里：繁华的、密集的、活生生的。撒播鼠疫细菌偏偏挑这样的地方。

宁波是港口城市，是战时海外战略物资进入中国的通道。日军用细菌武器攻击半年之后便拿下了宁波，随后便封锁了宁波港这个战时中国的海上出口，实现了对中国的全面封锁。

衢县不仅水陆铁路交通发达，还统辖江山、丽水等几个机场，占领空中航道；金华是浙江的心脏，与战时中国统帅蒋介石的家乡毗邻。它们均符合日本细菌战理论的诸多选项。

鄞县乙部隔离医院病房饭堂（女部）。资料来源：水银编著：《宁波鼠疫纪实》，宁波出版社、中国文联出版公司1999年版

1941年4月20日，日军从空中拍下了宁波这座半年前他们用鼠疫攻击过的城市：甬江两岸是密集的城市居落，但其中赫然出现一块菜刀形的空白区，这就是约5000平方米的疫源区。为了防疫，一把火烧出了这一片空白。宁波人把这块东大路以南至开明巷以北、东太平巷以西到开明街以东的区域，叫作“鼠疫场”，如一块难以愈合的疮疤，一直存在于宁波市中心。直到战后半个多世纪，王选他们前来调查时，宁波人还是把这里叫作“鼠疫场”。

1941年4月20日，日军攻击宁波后从空中拍摄的宁波。图中红圈中空白部分就是宁波为防疫而焚毁的区域，也就是被宁波人称为“鼠疫场”的地方。资料来源：水银编著：《宁波鼠疫纪实》，宁波出版社、中国文联出版公司1999年版

三

一则刊载于1942年6月3日（日本昭和十七年六月三日）《朝日新闻》的新闻照片被奈须重雄找到，他迅速把照片传真给了细菌战诉讼律师团。

这是一张黑白照片。画面中心是三个全身上下用防化服包得严严实实的人，其中两人一前一后抬着一副担架，另一个护在旁边。担架上的人，中式衣服，看体形是个壮年男子。照片气氛紧张而阴森。最突出的是三个日本人的穿戴，一体化的防化服有猪鼻子一样的呼吸口罩和突出的白色边框护目镜。衣服包括手套、长靴都是胶皮质，这让他们完全与外界隔绝。

图片说明是：日军浙东作战防疫给水挺身队队员，在浙江义乌发生鼠疫后，不顾危险，深入灾区救治鼠疫病人。照片由日军浙东战线义乌特派员白泽拍摄于义乌，图片背景是一座牌楼和不远处隐约可见的小山坡。

奈须重雄找到的照片。图中日文意为：这次浙东作战，防疫给水班组织了新的鼠疫扑灭队，作为第一线的部队挺身而出，活跃至今，令人热泪盈眶，在大陆的如此炎热中，全身包裹在橡胶的作业服里，为扑灭鼠疫挺身战斗，此辛苦超过语言所能表达的。在浙东战线义乌拍摄，白泽特派员，昭和十七年六月三日《朝日新闻》

一直盘桓于心的疑问再次涌上王选心头：崇山村的鼠疫到底是怎么来的？日本人为什么要在崇山村的林山寺里，以治病的名义进行活体解剖？为什么要肢解病人的尸体，甚至要把埋进土里的尸体挖出来？为什么要烧毁崇山村？为什么对外报道说他们是在防疫？

2007年，奈须重雄来到义乌，王选与他及央视记者郭岭梅一起，按着照片隐约显示出的背景，前往寻找照片拍摄的地点，以确认当年的情景。

义乌城已经发生了巨大的变化。家住义乌城区原东门的细菌战诉讼原告张曙，凭着小时候的记忆，认为照片上牌楼和小山坡应是在义乌老西门处，只不过牌楼早在“文革”时被毁，小山坡也成了住宅区。经过现场查证和老住户们的回忆，初步确认照片上的地点在义乌市西门街117—121号店面地段。

义乌档案里，有鼠疫是从衢州传来的记载。衢州被日本人从空中撒播了鼠疫菌之后，第二年鼠疫再度大流行。义乌最早发病者是家住义乌县稠城镇（县城）北门街的36岁男子郦冠明，1942年9月2日在正流行鼠疫的衢州被感染后，9月5日乘火车回家，9月6日死在家中。郦冠明死亡的同一天，县城北门郦家所在的十三保，出现相同症状死亡者6人，死亡者的家中同时发现10只死鼠。到了11月上旬，义乌就发生了“真性肺鼠疫”。而这一波鼠疫的传播，最终使义乌县城周边60多个村庄染疫。距离义乌只有7公里的崇山村，不幸落入疫圈中。

一个住宅密集的村庄，一旦被波及，居然造成如此剧烈的传染，成为细菌武器不可控的、恶魔般杀伤力的一个佐证，其巨大的、经年连环不绝的复发传染，连日本的细菌武器研究专家都没有完全预料到。

从1940年、1942年浙赣细菌战的大局来说，崇山村不算是投放的中心，也不是重要的城市和战略要地，其所受的影响理应不为日军细菌部队关注。那么日军的细菌战部队来崇山村做什么？还有，来的又是哪一支细菌部队？

1993年一个日本老兵进入生命的最后时刻，他知道自己姐姐的孙女水谷尚子正在中国上海复旦大学攻读近代日中关系史研究生，就嘱咐家人，把水谷尚子叫回来，他有话要讲给这个研究中日关系史的外孙女听。

老人叫石田甚太郎。在病榻前，石田说，他是日军南京细菌部队1644部队的老兵，见过世间最残酷的事。

石田甚太郎1911年出生于日本爱知县热田。战前是一名小有名气的插图画家，战时成为一名随军美术兵。1942年被分配到1644部队，从事绘画和编写该部队机密文件的工作。

1644部队美术纪要兵石田甚太郎

“荣”字1644部队旧址，在今天南京市中山东路305号南京军区总医院内。“当时‘荣’字1644部队分四科，一科担任的任务是最重要的，进行生物化学武器生产；二科对兵器进行管理，负责供水、运输；三科生产疫苗；四科行政管理。”

“当时没有彩色照片，也没有拍摄细胞和细菌照片的技术，所以需要配备专门的画兵（即美术兵），当场画出病理解剖和病理试验相关图形并着色，附在报告上。”石田甚太郎说。

作为一名画兵，他的任务就是在实验室里画各种细胞的速写，描画因毒素反应而造成的细胞异常现象；画感染了细菌的虱子和跳蚤的解剖速写；有时深夜里还在解剖室里画人体骨骼标本、头盖骨，以及活体经解剖后浸在酒精里的标本。从 1942 年到 1945 年战争结束，他一直都在做这一工作。

“有时工作时，头颅滚到地上，发出一股难以言表的臭味。在三楼有一些特别的房子，里面放着几个笼子，囚着供人体实验用的活人。三楼朝南的大房间里经常放着 5 个笼子，在西面的小房间里放着 2 个笼子。这些笼子就像动物园里关狮虎的笼子一样，大小只有一张 3 尺床铺那么大。有一天带来一个脸上还留着几分天真的年轻女子，我觉得奇怪，私下里打听。据说她大腿内侧藏着一把手枪，怀疑是共产党间谍。这位女子就被当作人体实验的材料了。”

水谷尚子从舅公断断续续的讲述中，逐步了解这支藏在中国首都南京的细菌部队。舅公告诉她，之所以讲出来，是不想把这样的事带入坟墓，让她在以后的历史研究中，把真相公布出去。

水谷尚子这才明白了舅公战后为什么放弃绘画，以贩鱼为生。晚年患病后，也拒绝住院治疗。原来是在逃避，不想触碰这一段地狱般的记忆，内心里充满对以医学、科学名义进行杀戮的厌恶。

水谷尚子开始了对“荣”字 1644 部队的追寻。这支细菌部队为什么要设在南京，以及它在华中做了什么？舅公说起过，战败后上级命令他负责销毁所有相关记录数据，并命令凡是带菌物，从跳蚤、老鼠直到活人体全部放入焚尸炉内焚毁。活人体用氰酸钾毒杀焚烧后，将囚笼拆除，再把房间改装成娱乐室。他亲眼看见士兵销毁埋在院内的尸骸。尸骸有一百几十具，因为是夏天，腐烂的人体尸骸散发出刺鼻的臭气，一连烧了好几天才全部销毁。

1644 部队存在过的证据就这样被抹去。

几年之后，1997 年 6 月的《浙江学刊》第 6 期、总 107 期发表了水谷尚子的论文《崇山村鼠疫流行与 1644 部队》。她采访了还活在世上的、当时驻扎在义乌的日军 22 师团 86 联队军医佐佐木义敏、连队卫生兵吉冈林一、曾担任

1644 部队义乌分遣队卫生兵的"T"；检索了关于 1644 部队的数据，找到了 22 师团 86 联队军医林笃美的日记，拼凑起了 1644 部队在义乌、在崇山村活动的情景。

王选结识水谷尚子是 1996 年夏在中国的细菌战调查中，两人都参加了这次调查。水谷来王选的房间，拿着相关的材料，王选心中的疑问才现端倪。

驻义乌 22 师团 86 联队军医林笃美 1977 年去世，1978 年家人将其遗稿和日记自费出版，名为《医心点滴》。其中有林笃美写于 1953 年的一篇题为《华东的鼠疫》的文章，成为解开崇山村鼠疫的第一手资料。

松山村（松山村即为崇山村）死了很多人。于是，林笃美与从防疫给水部来的人员，以及护卫的士兵都穿着白色的鼠疫防菌衣和长统胶鞋，只露出两只眼睛，开进了鼠疫发生的村落。这是一个在华东地区常见的村庄，人口密集，有二百户人家。

（患者）得的是腺鼠疫疑似症。[1]

林笃美的日记中说，因为义乌在崇山村鼠疫前一年发生过鼠疫，作为驻扎联队的军医，马上安排部队防疫。整个 1942 年的 10 月，联队都在根据师团的要求，进行防疫工作：

10 月 9 日（星期五） 阴 微寒

下午 2 时始预防接种兼每日例行检查。

10 月 15 日（星期四） 晴 稍热

下午 3 时至 4 时预防接种。

10 月 24 日（星期六） 晴

将一名由自治会长安排好的男子（义乌地区）自情报部带来诊断，询问

[1] 林笃美日记摘录，见［日］水谷尚子：《崇山村鼠疫流行与 1644 部队》，原刊载于《浙江学刊》（双月刊）1997 年第 6 期。

去年流行的鼠疫情况，似乎确为事实，不能过于乐观。[1]

义乌在1941年9月暴发鼠疫后，浙江省卫生处派出专员柯主光前来督导防疫，但疫情发展极其炽烈。中国红十字312队队长刘宗歆紧急驰援，带来特效鼠疫药200粒。尽管如此，11月上旬，鼠疫仍迅速由腺鼠疫转化为肺鼠疫。也就是说，鼠疫从接触或跳蚤叮咬传染，转为了空气传染。这是鼠疫最烈的传染阶段，传染极其迅速，而且难以控制。

1941年12月31日，红十字队刘宗歆队长在检查病人时不幸染疫身亡。

日军86联队是1942年5月侵入义乌的，9月浙赣战役结束后实现占领，对义乌上一年发生的鼠疫流行的具体情形似乎并不完全掌握，但马上进行了部队防疫。

情况在11月4日这一天发生了变化。1644部队金华支部属下的义乌分遣队高山中尉及两名队员来到86联队，林笃美记道，他们是“为收集鼠疫情报而来到本部队”。

11月7日日记记载：

据高山中尉的调查所获得的情报，在距义乌西南10公里的松山村附近似有鼠疫患者出现，今日早上8时30分出发。向四中队要了队长以下5名护卫。12时抵松山村。这是一个典型的中国农村村落，很大。见到部队人员后很多村民先是逃走，过一会儿又渐渐靠拢来。向他们进行了各种调查，了解到最近一个月来，出现了一种伴有高热、淋巴腺肿胀的流行病，在患病后的二至七天内死亡，大致可判断为鼠疫。在村民的引导下来到了一户农民家，为其妻子诊治。在左侧腹股沟部及股淋巴腺处有鸡蛋状肿大。在两周前开始出现疼痛。恐怕是……（有数字无法判读）下午6时30分归队。向R长（连队长）报告。

86联队第二天一早就召开鼠疫预防委员会会议，决定切断发生鼠疫村落附近的交通，要求防疫机构派遣人员参与防疫。而高山中尉，则返回向师团报

[1] 林笃美日记摘录，见［日］水谷尚子：《崇山村鼠疫流行与1644部队》，原刊载于《浙江学刊》（双月刊）1997年第6期。

告鼠疫情况。

1644部队本部很快收到报告。林笃美日记记到，在高山中尉返回的第二天，也就是星期一的傍晚，南京防疫给水部本部的近喰大尉（本部细菌战研究机关“一课”的部长。——水谷尚子注）、伊藤大尉等20人突然来到本队。有军官3名，宿军官安排宿舍，弄得手忙脚乱。

来自总部的人果然不同寻常，从崇山村回来，在归途中调查班从新坟中挖出了尸体，切取其肝脏部分制成了显微镜标本。

林笃美是一个基督徒，他在日记里说，这一天夜里他没有睡好，头很昏沉。第二天，11月18日凌晨，1644调查班和86联队执行了命令，崇山村被烧毁。这一天的日记没有实质性的内容，没有对他们行动的记载，也没有烧毁村庄的描述，只留下一段对上帝的祷告：

甘受苦难者将会登上最后的阶梯。在那里上帝会直接地对我们轻声耳语。上帝是爱。上帝能承受世上巨大的苦痛。上帝真诚地怜爱着我们，会真诚地拯救我们。上帝犹如会将自己的独生爱子赐予世人一般地爱着世人。[1]

1644部队调查班在崇山村干了些什么，86联队的人并不知道详情，尽管他们配合调查班多次去过崇山村。水谷尚子采访到的86联队军医佐佐木义敏说：

在村落中心稍稍往北的地方是一大片民居。开进村落的有我们军医部派出的几个人和出于警备的原因从县城的联队本部中调来的二个分队（约20人左右），此外还有来自防疫给水部的二三名军官和卫生兵共计20人左右。调查班长是来自南京本部的近喰（秀太）军医，联队的随军军医并不知晓详情，调查的领导权完全掌握在防疫给水部手中。[2]

86联队一大队驻扎在义乌赤岸镇，联队随军卫生兵桐生贞雄也来到崇山

---

[1] 林笃美日记摘录，见［日］水谷尚子：《崇山村鼠疫流行与1644部队》，原刊载于《浙江学刊》（双月刊）1997年第6期。

[2] 同上注。

村与来自县城的林笃美会合：

我们在现场穿上下一体的类似宇航服的防菌衣，在村里一家家地去巡视。见有死在床上的人就将其抬出来，然后从尸体中抽取血和大小便。专职的防疫给水部来的人却未同我们一起从事这项工作，我觉得很奇怪。他们好像是在别的地方做其他事情。烧毁村庄的那天我未参加，但86联队中有人参加了这件事。[1]

林笃美是少有的知道详情的人。在烧毁崇山村那一天，日记里出现的那段对上帝的祷告，应该是在他目睹了残酷的真相后向上帝发出的求助。

林笃美在86联队当卫生兵的部下吉冈林一，向水谷尚子讲述了如下内容：

有一天在义乌，我留守在事务所里，这时在受鼠疫污染的村庄做调查的林军医回到了事务所，神情极不愉快。因我未参加焚烧村庄的工作，不知道详细情况。但是战后有一次在信州举行的战友会上，喝醉了酒的林笃美对着同是86联队军医的某人诘问道："你那时为什么要做活人体解剖？"并大声叫道："你回去！"我那时才明白林笃美当时何以情绪很坏的原因。战友会结束后，在火车站的候车室内林又对我说："他辩解说是师团军医部的原军医少校要他这么干的，事实不是这样。因为他是陆军军医学校毕业的高才生，是一个在细菌学专业的研究上劲头很足的职业军医。"[2]

在崇山村的鼠疫患者或病死者身上提取出的鼠疫菌，被命名为"松（崇）山株"。1644细菌部队一课的近喰秀太——当年崇山村活体解剖者和病死者尸体肢解者，在他的鼠疫实验室里，用"崇山株"在印度老鼠身上进行感染实验并用来培养跳蚤。他认为"崇山株"鼠疫细菌威力更大。1950年，他将他的

[1] 林笃美日记摘录，见［日］水谷尚子：《崇山村鼠疫流行与1644部队》，原刊载于《浙江学刊》（双月刊）1997年第6期。

[2] 同上注。

“研究”以论文的形式在军事专业杂志上发表。

整个崇山村的百姓都被当成了实验品，从他们身上培养出来的鼠疫菌，被再次投入到毒害更多的中国人的战争中去。

真相在 70 多年后大白于天下，王选已然出离愤怒，心里涌动的是深深的悲伤，为自己的亲人，为崇山村的乡亲，为石田甚太郎、林笃美这样的日本人，也为人类。她一度陷入长久的抑郁，身体如沉在冰海里一般，而内心却煎着火焰。恍惚间常常能够听到一个个冤死的灵魂在向她哀告，这哀告又成为一种裹挟的力量，让她像一个上足了发条的机械人一样，不得休眠。

崇山村鼠疫发生的高峰是中秋节，正是浙赣会战后日军占领义乌时。作为驻防义乌的 22 师团 86 联队，曾经为了联队日军不至于遭受鼠疫感染而进行过一些防疫措施，并为村民进行注射。这一情况，王选从收藏于义乌档案馆的档案中得以证实。这份档案是崇山乡乡长王文格、江湾镇镇长王芝生的报告。

火烧崇山村后，日军开始在村民中进行预防注射，总计有两千余针（内有一人注射两次）。王文格等担心是日军“毒化消灭整个民族”的诈计，特地暗中留下接种预防液 1 瓶，申请县政府检验液体到底是什么。浙江省卫生实验所为此出具了检验报告，鉴定为：“该预防液与鼠疫预防液之条件似尚相符。”[1]

1644 部队人员出现的目的则完全不同。1644 部队金华支部下属义乌分遣队高山中尉及两名队员，是调查日本细菌战部队细菌攻击之后效果的：疫病是否流行，流行到什么范围，效果如何。正如林笃美所说“为收集鼠疫情报而来”，因此才挖坟割取死者的肝脏做标本。而 1644 部队本部一科的近喰秀太大尉等，没有打招呼突然到来，并且将 86 联队军医部排斥在外，秘密进行活体解剖等行动，是发现崇山村正是其细菌作战的直接后果，并且崇山传染之烈、死人之多，让他们也感到震惊。

崇山村鼠疫之剧烈也从另一个侧面得到证实。义乌县卫生院院长杨尧霞 1942 年 11 月 29 日报告县政府，他曾于 11 月 6 日携带预防疫苗 4 瓶，潜

[1]《崇山乡乡长、江湾镇镇长关于对日军“接种预防液”进行化验给义乌县政府的报告》（1942 年 11 月 24 日）及《浙江省卫生实验所检验报告书》，见浙江省委党史研究室等编：《侵华日军义乌细菌战调查研究》，浙江人民出版社 2015 年版，第 146、150 页。

入崇山村（当时日军控制）实地调查，查其症状系肺鼠疫，于两周间死亡共计 97 人……当时寇兵守防甚严，无法实施工作，只有向其附近民众宣讲预防须知。[1]

肺鼠疫为鼠疫传染中最剧的类型。1644 部队本部挖坟、活体解剖等，都是为了获取这种最烈的鼠疫细菌。从崇山村获取的鼠疫菌又生产了多少细菌武器，用在了中国的什么地方，仍然是一个无法破解的秘密。

"林笃美在 1942 年时是 31 岁。从日记中我们可以感受到他的痛苦。在日军的军医中也有像林笃美这样的人物，这使人感到一丝欣慰。"水谷尚子的这个说法王选颇有同感。

然而相对于细菌战的残酷，林笃美内心的挣扎显得极其微弱。

1998 年，南京市北京东路 42 号建筑工地，在地基下挖 1.5 米后，突然发现大量人类的骸骨。它们被乱七八糟地堆放在一起，并且都被肢解开来。鉴于骸骨发现地是 60 多年前 1644 部队的"血清疫苗制造厂"，即九华山细菌战剂工厂所在地，解放军军事医学科学院有关专家专程来南京，会合史学、法医、医学专家以及公证人员，历经 3 个月的研究、检测考证，确定这些遗骸就是当年 1644 部队用于实验的人体尸骸。

虽然深埋地下长达 60 年，这些遗骸仍然散发着刺鼻的气味。后经过国际通用技术确认，遗骸中含有霍乱菌、肠毒素等。显然这些无名的生命，曾遭受难以想象的戕毒和残害。[2]

[1] 义乌市档案馆馆藏档案《义乌县关于崇山鼠疫复发及调查给县政府的呈文》，见中共浙江省委党史研究室、义乌市档案馆、中共义乌市委党史研究室编：《侵华日军义乌细菌战调查研究》，浙江人民出版社 2015 年版，第 147 页。

[2] 参见北晚在线。https://baijiahao.baidu.com/s?id=1711330530222763196&wfr=spider&for=pc

第十三章　桃花源里生物战

一

1942 年，法国作家阿尔贝・加缪因病退居法国南部山区帕纳里埃，但是燃遍欧洲的战火追赶着他。当德军占领巴黎长驱法国南部时，阿尔贝・加缪的休养地便成了被战争围困的孤岛。四处是汹汹战火，千万人在死去。加缪开始了他的长篇小说《鼠疫》的创作。他需要找到一个寓言体，来言说法西斯这个人类自身的痼疾和人类面临的困境：

到处蔓延的鼠疫病毒。

被鼠疫围困的城市。

在绝望中挣扎的人类。

于是一个虚构的、法属阿尔及利亚“相当丑陋”的奥兰城——“鼠疫之城”诞生了。

阿尔贝・加缪不知道，就在此时，在地球的另一端，在中国的浙江和湖南，有真正的鼠疫之城——海港城市宁波、四省通衢之地衢县、江南富庶之地义乌和八百里洞庭湖之滨的常德。

黑色的死亡之神横扫城乡，随机地挑选着牺牲者。光天化日之下老鼠奇怪地踯躅着，死神悄然走进家门成为统治者，于是一家人被突然袭来的剧烈高烧和淋巴肿大攫住，痛苦而扭曲的身躯变成黑炭色。封城，一城人共处绝境，过去的家园变成死亡的墓园。亲情让人冒死也要把亲人弄出城，于是鼠疫翻墙而出，疫病如四溅的烈火点燃山野乡村……

虚构同样可以达到至高的真，从这一点来讲，想象中的奥兰和真实的常德，完全一致。

但是，即便是世上最伟大的作家也无法虚构：中国的鼠疫来自“死亡工厂”的人工制造，来自阴谋的投放，是一次次滥杀无辜的战争谋略。

1996 年 11 月 13 日，王选与日本细菌战调查团来到《井本日记》中记载到的、被投下“谷子”36 公斤、鼠疫猛烈暴发的常德。“日本人”“细菌战”“鼠疫”，成为常德的大新闻，消息不胫而走。

从 1996 年 11 月开始第一次调查，到 2002 年 5 月将第一批死亡名单递交日本法庭，常德共用了 7 年时间，拼接挖掘那段隐秘的历史。调查发现，日本军队在常德市中心的细菌投放所引发的鼠疫流行，涉及常德周围 10 个县、56 个乡、486 个村，确定有名有姓的死亡者为 7643 人。

2001 年东京地方法院第 21 次开庭审理，丁德望作为常德受害代表出庭作证，将这一死亡数字提交到法庭。

蔡桃儿是个不出 12 岁的女孩，她的梦里有鸟儿，轻盈翻飞。

今天的常德城，已找不到这个叫蔡桃儿的女孩。如果想找她，可以到常德的沅江江堤上，那里有一道 3 公里长、刻着 8000 多首文人骚客书写常德的诗墙，上面有一首名为《蔡桃儿》的诗，写着这个 12 岁女孩的故事。

她还来不及长大成人，也注定做不了妻子和母亲。

1941 年 11 月 12 日，12 岁的少女蔡桃儿，由母亲背着来到常德教会医院广德医院。她在前一天夜里出现高烧恶寒、头痛恶心，全身或局部淋巴肿痛，“一夜呻吟不止，烦躁不安”。

广德医院的副院长谭学华医生，给她做了检查：“华氏 105 度（40.5° C），脉搏 115 次，看上去她患有急症，处于神志不清状态。”[1]

蔡桃儿家住常德关庙前街，家中开有一个“蔡宏盛木炭店”。蔡桃儿并不是第一个死于鼠疫的患者，但她是第一个被确诊、解剖，并留下珍贵病理报告的患者。南京中国第二历史档案馆和伦敦国家档案馆，还能查到她的尸体解剖

[1]《湖南常德发现鼠疫经过》（谭学华医师来函摘要），《湘雅医院学刊》，1942 年 3 月。湖南省档案馆藏，67—333。见张华编：《罪证——侵华日军常德细菌战史料集成》，中国社会科学出版社 2015 年版，第 29 页。

记录。[1]

当时我因其来自死鼠较多的关庙街，故疑为鼠疫。但必须先除去恶性疟疾，所以当时要化验员汪正宇作白血球计算及查找疟原虫。检验结果，她的白血球计数在一万以上而中性细胞亦增高，并未发现疟原虫，但却在涂片上发现有少数两极染色较深的类似鼠疫杆菌，和日机所投下的谷粒检验时的发现极相似，因此我们初步诊断为鼠疫，并收入隔离病室治疗。[2]

这是当年常德教会医院广德医院副院长谭学华做出的诊断。

2015年5月，在浙江临安市，笔者找到了他年近80岁的儿子谭家麟。他收集到父亲写于当年的一篇论文，和一份1972年写于劳改农场的手写材料。这些材料对当时的诊断过程，有详细、科学的描述。

到了深夜，蔡桃儿的体温飙升到华氏106度（41℃），脉搏116次。一夜的艰难煎熬之后，第二天早晨，“蔡桃儿的皮肤开始发绀，全面陷于危急”，谭学华记录道。

冬天的太阳，沉重地爬上位于常德东城门外的广德医院二楼，蔡桃儿没有看到。

8时，医生报告了死亡的消息。从发病到死亡，鼠疫留给蔡桃儿和医生的时间只有36小时。

1941年常德“奢侈地”拥有这座有近100张床位的西式广德医院，医院里有一台极为珍贵的、从美国带来的博士伦牌显微镜。这台显微镜被认为是中国第一台。这也是鼠疫菌被观察到，蔡桃儿的病被诊断、记录的原因。

早在1897年9月，美国长老会向中国派出了罗感恩医生，主要目的是传教。当时在中国内陆城市，传教并不是容易的事，而办医院救治病人，往往能

[1] 包括蔡桃儿在内的5名鼠疫患者的临床记录，在陈文贵报告（1941年12月12日）的正文和附录里有详细记载，其英文译本藏于南京中国第二历史档案馆和伦敦国家档案馆。见张华编：《罪证——侵华日军常德细菌战史料集成》，中国社会科学出版社2015年版，第41页。

[2] 谭学华医生除了在1942年3月《湘雅医院学刊》发表《湖南常德发现鼠疫经过》外，还于1972年在劳改农场手书《关于日本帝国主义强盗在常德施放鼠疫的滔天罪行情形》，收藏于常德市档案馆，5—13、249—57。

够让人看到“神迹”。每周两个晚上，教堂开堂传教并开诊行医。此后的继任者是巴天民牧师和涂德乐医生，他们经历并见证了常德鼠疫。

1899 年 2 月，常德东门外一所破旧的房子被装饰一新，一间做小教堂，一间做诊所。开业当天，诊所里人爆满，药品免费发放。但从来没有见过西医的常德人，并没有把药品带回家，而是把它们扔到了大街上。

西医在常德不断传出奇迹。一个瞎眼的乞丐经过治疗，摇身一变成为走街串巷的货郎；一个农妇从身体里切出几十斤重的大肿瘤。最传奇的是，有一次行刑砍杀两名土匪。刽子手挥刀下去，第一人身首分离。但是第二个人头却没有完全掉下来，人们把他送到了广德医院。几个月后，这个人竟然神奇地走在街上，脑袋在脖子上牢牢长着！[1]

1939 年，常德遭到日军疯狂轰炸，死伤成百上千。已经有 55 张床位的广德医院另辟地方，建立 100 张床位救治伤者。

広徳病院

20 世纪 80 年代仍存在的广德医院。资料来源：常德细菌战受害者协会

40 多年过去，从简陋的诊所，发展到住院病房，教会培养的第一代中国医生谭学华也已经担任主要的医疗工作。广德医院的医疗设施和水平，超过了

[1] 巴天民牧师的女儿[美]菲利斯·班南·伍德沃斯（巴玉华）将这段事情写成了《广德三杰之——我的父亲巴天民》一书，李楠芳、向灵君译，湖南科学技术出版社 2020 年版。从中可以看到一个世纪前的中国西南小城常德的世俗景象。

当时国民政府卫生机构设置的常德卫生院。卫生院只有门诊而无病房。

蔡桃儿应该是在广德医院二楼那座全玻璃顶的手术室里被解剖的。这座手术室是广德医院的骄傲，它建得又大又漂亮。手术室里特地升起一个高台，这是为了让病人家属在门外能观看到手术进行的整个过程。不知道蔡桃儿的妈妈有没有从这里看到自己的女儿，尽管医生们反复做工作，她坚决不同意对女儿进行开胸解剖，只同意开腹。这一天一向创造奇迹的手术室，不再是起死回生之地，而是让人难以接受的对死者身体的解剖。

解剖由谭学华医生和红十字救护第二中队队长钱保康共同执刀：

解剖时，腹腔内没有积液。肝脏肿大，少部分有出血。肠内有若干出血，脾脏相当于正常大小的两倍，有出血部分。肾脏呈红色，骨盆有出血部分。心脏和肺未经检查，以脾血做涂抹片，见有多数两极染色杆菌（鼠疫杆菌）。两人均诊断为鼠疫，同时向重庆的卫生署发出电报。[1]

蔡桃儿死前，就曾进行了血液涂片检查。当时涂片上，“布满了鼠疫细菌”。[2]

常德发生鼠疫死者的消息被传递了出去。

蔡桃儿是第一个被记录的鼠疫死者；第二个是25岁的工人徐老三；第三个是58岁的聂述生；第四个是27岁的蔡玉贞。

蔡玉贞家住东门外常清街，11日发高烧，13日死亡。此时，广德医院将死者“开肚剖肠”的消息已经在城内传开，蔡玉贞的家人准备将她运出城悄悄埋掉。在去乡下的路上，中国红十字会医生肯特拦住了棺材，询问死因后一定要开棺检查。死者被强行抬到广德医院解剖，结果是肝脏和脾脏的涂片上都发现鼠疫菌。

四份尸体解剖报告被记录下来。谭学华将记录进行整理，发表在母校国

---

[1] 谭学华1972年在劳改农场手书《关于日本帝国主义强盗在常德施放鼠疫的滔天罪行情形》，收藏于常德市档案馆，5—13、249—57。见张华编：《罪证——侵华日军常德细菌战史料集成》，中国社会科学出版社2015年版，第157页。

[2] 同上注。

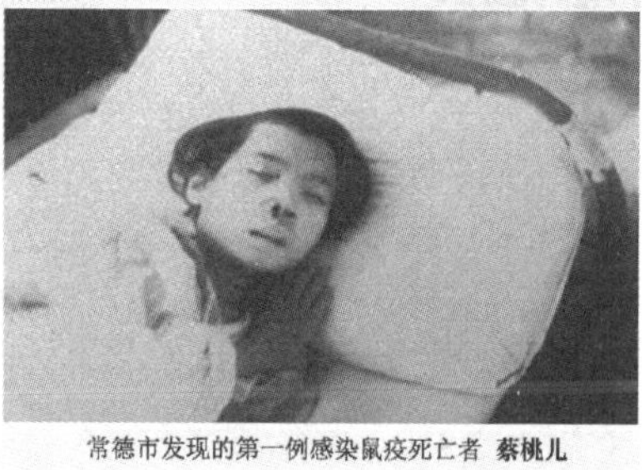

蔡桃儿生前和死亡后照片

立湘雅医院的院刊上。这是自 1940 年以来，日军在中国浙江、湖南等地进行细菌战攻击后的首次学术记录。

蔡桃儿死亡后的一张黑白照片，被留在档案里。她侧躺在医院白色的床单上，没有长大的小脸上一副极度疲倦的表情，看得出经历了非常的折磨。她闭着眼睛，似乎深深地睡着了。

谭学华的儿子谭家麟在接受采访时说，谭学华新中国成立后被错判为贪污犯，劳改了 10 年。他在 1972 年写于劳改农场的材料中说，蔡桃儿的死是他的终身遗憾。当时对蔡桃儿的病只用了支持疗法、强心剂和呼吸兴奋剂，注射葡萄糖等，因当时没有磺胺噻唑和链霉素。“而且我对鼠疫更无经验，以前从未见过。”[1]

二

1941 年 11 月 4 日，星期二，大雾笼罩着洞庭湖和湖畔的常德。

6:50，空袭的警报突然响起。毫无准备的人们拖儿带女、哭喊着往外跑时，飞机已经在常德的上空了。

这是一次奇怪的空袭。从 1938 年就遭受日军空袭的常德人，从来没有经历过这样的空袭，以至于措手不及。

---

[1] 谭学华 1972 年在劳改农场手书《关于日本帝国主义强盗在常德施放鼠疫的滔天罪行情形》，收藏于常德市档案馆，5—13、249—57。见张华编 :《罪证——侵华日军常德细菌战史料集成》，中国社会科学出版社 2015 年版，第 157 页。

它来得太早了！

一般空袭是在早上 9 点至下午 5 点之间。经历 3 年不间断猛烈空袭的常德，人们的生活样态已经被空袭塑造，一种新生活在常德城形成：做生意的在早上 7 点到 9 点之间开门，第一声警报响起，就关门出城往乡下跑；下午 5 点警报解除后，再回城开门营业。

但是，今天它一大早就来了，人们甚至都来不及跑。

“当时没有拉疏散警报，而是敌机临空了才拉紧急警报。部分人来不及穿衣服和鞋袜，也来不及跑远。因为天还未亮，加上浓雾，看不见有几架日机，只听得到轰鸣声。”张礼忠说。当时他 9 岁。[1]

大雾天它也来！

这是第二个异常之处。一般雨天雾天，空袭警报不会响起。因此整个常德城的人都盼望这样的天气，可以安心地待在家里过生活、做生意。

更怪异的是只有一架飞机来！这在几年的空袭里绝无仅有。所有的空袭，日军飞机都是以编队进行。9 架飞机为一个编队，通常是 2 组、3 组，最多时是 64 架飞机同时来袭。

这一天更怪异的是，这架飞机丢的居然不是炸弹！

1938 年 10 月起，常德便成了日军的新目标。猛烈的空袭，炸弹和燃烧弹在城市的居民密集区炸响。对于四处逃窜的人们，日军飞机则低空扫射。仅 12 月的一次空袭，就有超过 1500 人死亡或受伤。

1939 年 6 月 19、23、24 日，更猛烈的空袭来到常德。

我躲在路旁的篱笆里，看到炸弹在常德的主要商业中心爆炸了。燃烧弹和烈性炸药纷纷投掷而下，常德城瞬即变成了一片火海。当时正吹着猛烈的南风，而且因为这片区域的消防员——数量太少——形势变得无法掌控。炸弹投掷的时间大约是下午 6:45，而火势一直持续到次日中午。人们迅速挖了一条穿越常德主干道的防火带，长约 1.6 公里，宽从 180 米到 360 米不等。死亡人数达约 200 人，另有 60 人受伤……上个星期，常德又再次受到火的洗礼，这

[1] 本书作者对张礼忠的采访。

次死亡数量更多，当然房屋也损毁严重。23日，一大群飞机，没有人知道确切数目，但是我想有27架——再次造访常德。

时任美国长老会教长的巴天民在他的日记里写道。[1]

对于空袭，常德是一个无处可躲的城市。这个城市被水环绕，没办法挖许多防空洞，一挖，地下水就会冒上来。空袭来时，人们只有往乡下跑，或者躲在树下。于是现在80岁以上的老人嘴里有一个词，叫作“跑日本”。

“跑日本”时家家都准备一个“警报袋”。张礼忠老人说，那是一种用蓝、灰、黑色布料做成的简易布袋，每家都备几个，放好钱财、衣服、食物、必需品在里面，警报一响，背起就跑。

“我现在还清楚地记得常德遭轰炸时的情景。警报一般拉两次。首先黑山嘴的观察所发现敌机后，会拉响长短相间的警报，这是‘空袭警报’；接下来在德山乡的观察所发现敌机后，会拉响连续短促的‘紧急警报’。老人和孩子基本上听到‘空袭警报’就开始往城外跑，年轻人和男人们多是听到‘紧急警报’响起后才往城外跑。有时候遇到下雨天等天气不好的时候，观察所没能发现敌机入侵，等飞机接近了才直接拉响‘紧急警报’，想出城也来不及了。”生于1927年的李光中说。

“1939年端午节后的初七初八，日军飞机分6批来轰炸，还丢了燃烧弹。初七这天，我父母抱着半岁的五弟国成和徒弟2人一起去天主教堂防空洞躲警报，洞里人已满，只好躲到一小砖房内。一颗炸弹正中防空洞，洞内200多人全部遇难。”张礼忠说。1941年秋，他和父亲一起跑警报，“一颗炸弹飞到长沙毛笔店爆炸了，老板和家人全被炸死。我亲眼看到毛笔店老板的头被炸弹削去了半边。我的左小脚也被弹片炸伤，血流不止。我几乎吓破了胆，拔腿就跑。跑出后门，冲到街上，一边哭一边跑。一直跑到城门外七八里地的姻缘桥，见到祖母、母亲等人，才止住跑。又抱着母亲大哭一场”。

“下午警报解除回城后，看到墙上粘有人血人肉，电线上挂着人的五脏和手、脚残片。街上到处是残缺的尸体，防空洞内外死了不少人，可怕极了。我

[1]［美］菲利斯·班南·伍德沃斯（巴玉华）著：《广德三杰之——我的父亲巴天民》，李楠芳、向灵君译，湖南科学技术出版社2020年版，第224页。

腿上的伤口在乡下搞了一些烟丝包扎，后来感染化脓，双腿都烂了，臭不可闻，直到1950年才好。”1933年出生的张礼忠，当时只是个八九岁的孩子，留在他记忆中来自空中的袭击，是炸弹、机枪扫射和燃烧弹。

但这一次完全和以往不同。

大雾天一大早，一架飞机独自飞临常德。它飞得很低，低到离地面只有20多米。它从西边进入城市，沿着繁华的法院街、关庙街、鸡鹅巷到东门外五铺街、水庙街；然后又折回，在中心区低空盘旋了三周，扔下些什么东西，就飞走了。

在常德的文美莉牧师，正坐在一辆重型水运驳船的露天甲板上。

> 她和同伴循着声音往上空看去，能清楚地看见两个人，身着白色服装，坐在飞机的驾驶舱里。这架飞机在东门附近贫民区盘旋，之后，扔下了什么东西就飞走了。这显得非常之神秘。[1]

居住在常德城内五铺街的杨志惠和母亲、弟弟没来得及跑。母亲听到飞机响，二话不说拉一张桌子到房中，又抱几床棉被铺在桌上，三人躲在桌子下面。“不久，听见由远而近的飞机声，接着听见飞机尖利的俯冲啸声，似乎是什么东西落在屋上、街道上。这时，母亲面色沉重而紧张，不说一句话。”

“飞机去后，我们看到在五铺街一带的大街小巷、屋顶上到处是谷、高粱、麦粒、破布、烂巾等东西。”[2]

“当时是秋天，阴历九月十六，日照时间短，六点半钟后天才亮。因此大街上投下的物品，天亮后才被清道夫随同垃圾扫走了大部分。小巷子遗留最多，时间最长。清道夫摇铃铛收每家的垃圾，大家都围着这些东西看，猜测日机扔下的是什么东西，议论纷纷。”张礼忠说。

一位充满好奇心的男子很有头脑，他在这些东西被清扫完之前，留了满

---

[1] [美]菲利斯·班南·伍德沃斯（巴玉华）著：《广德三杰之——我的父亲巴天民》，李楠芳、向灵君译，湖南科学技术出版社2020年版，第224页。

[2] 细菌战诉讼杨志惠口述材料。另见陈致远著：《纪实：侵华日军常德细菌战》，中国社会科学出版社2015年版，第103页。

满一簸箕，并把它带到教会医院。

我们用无菌生理盐水洗涤这些谷子，用离心沉淀，取其沉渣作涂片染色，在显微镜下（油镜头）发现有许多杂菌，其中亦有少数两极染色较深的革兰氏阴性杆菌，类似鼠疫细菌。

谭学华回忆。[1]

为了排除敌人“使用精神恐怖战术”，谭学华决定进行细菌培养。

但是，当时条件有限，很难找到培养细菌的培养基。谭学华和技师汪正宇，从住院的肝硬化病人腹中抽取了30cc腹水，在无菌的状态下分别装入3个试管，在2个试管中装入收集来的粮食，在另一个里装入粮店里的粮食。经过24小时的培养，再做涂片观察。

24小时后，3个试管从外观上看有明显不同。粮店粮食的试管很清，收集来的粮食试管很浊。

取此种浊液再做涂片，在显微镜下发现多数革兰氏阴性两极着色之杆菌，及用测微器测量大小，平均为1.5×0.5兆分……因此我们的疑虑更深。

汪正宇技师回忆当年的情景。[2]

“日军飞机撒下的粮食里有类似鼠疫细菌的存在，而粮店取来的粮食对照，则无此等细菌发现。”谭学华写道。

为了进一步确定其致病力，在没有试验用小豚鼠的情况下，“故只好以现有白兔两头，供作实验。虽知其对于鼠疫不易感染，然姑一试之”。于是，一头注射了浊液，一头注射了清液。接种2—3天后，接种培养液的兔子出现发

[1] 谭学华1972年在劳改农场手书《关于日本帝国主义强盗在常德施放鼠疫的滔天罪行情形》，收藏于常德市档案馆，5—13、249—57。见张华编：《罪证——侵华日军常德细菌战史料集成》，中国社会科学出版社2015年版，第157页。

[2] 汪正宇：《敌机于常德首次投掷物品检验经过》，原载重庆医药技术专科学校《医技通讯》，1942年12月。见张华编：《罪证——侵华日军常德细菌战史料集成》，中国社会科学出版社2015年版，第31页。

烧反应，但恢复了健康。对照用的兔子完全没事。

第二天上午，由市防空指挥部出面召开警察局、卫生院、县政府等人员的座谈会上，谭学华提出此次空投极为可疑，鉴于曾经有日军在浙江衢县、宁波、金华等地空投物引起鼠疫暴发的消息，提出四点建议：1. 由警察所负责组织居民收集、打扫空投物并用火焚之；2. 在报刊上宣传鼠疫症状及防御方法，并开展灭鼠；3. 立即打电话给湖南卫生处，要其派鼠疫专家来；4. 找一合适房子做防疫医院，一旦流行，可作为隔离处。

谭医生的建议只得到了部分落实。省里迟迟没有回电，到了 8 日再报，则要求“切实查明据报”，没有派专员来。实际上省里将消息报往民国政府，但得到的回电是：“事关国际信誉，不得谎报疫情。”防疫医院由常德卫生院落实，但因为“该院院长怕负责任，未能及时做到”。谭学华说。[1]

三

东西长 100 多米的鸡鹅巷是常德城的平民区，往东是关庙街。死亡始于这片有着窄窄巷子的区域，蔡桃儿的家就住在这里。当年的鸡鹅巷、关庙街，现在已经成为常德和平西路的一部分，是常德城里最繁华的地方。其位置相当于北京的王府井、上海的城隍庙，已经完全不见当年的模样。只有仔细找，才能在一条小窄巷子的墙上，看到一块豆腐块大的牌子，标着“鸡鹅巷”三个字。

83 岁的张礼忠，用一张手绘图复原了当年的鸡鹅巷。这张图背后，是常德细菌战协会老人数年的走访调查。当年鸡鹅巷的南北两边，各排列了十来家小吃、杂货店。北边有义兰香牛肉馆、景春饭店、双胜羊肉馆、同兴酱油园等；南边有林沅兴杂货店、罗伯林茶馆、余盛祥槟榔店等。鸡鹅巷的北部，是南北向的更窄的巷子，分割着纵横交错的居民区。

在这片大约 13200 平方米的区域里，同兴酱油园和德丰祥酱园占去了四分之一的地方，他们有 250 多口大酱缸，敞口向天，接受太阳的自然酿造。

---

[1] 谭学华 1972 年手书《关于日本帝国主义强盗在常德施放鼠疫的滔天罪行情形》，收藏于常德市档案馆，5—13、249—57。见张华编：《罪证——侵华日军常德细菌战史料集成》，中国社会科学出版社 2015 年版，第 157 页。

20 世纪 50 年代的鸡鹅巷。资料来源：常德细菌战受害者协会

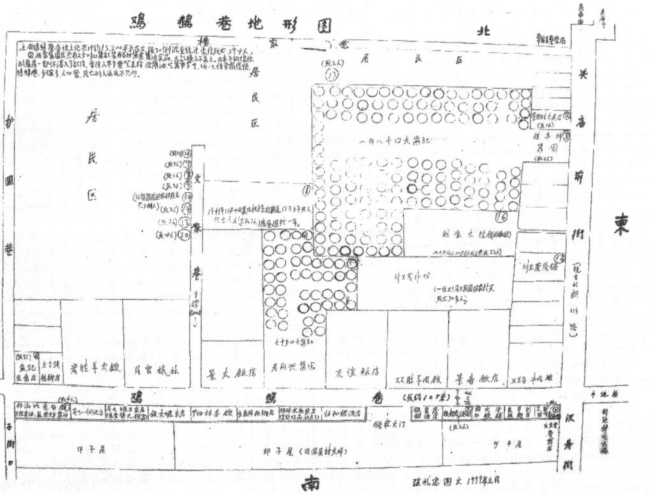

常德细菌战原告张礼忠手绘的鸡鹅巷店铺和居民布局情况。资料来源：常德细菌战受害者协会

死人发生在同兴酱油园西边的程家大屋。“程家大屋程志安之妻张桂英 21 岁，产后九个月零十天。11 月 8 日 9 时许，为了增强乳汁，要丈夫去鸡鹅巷买了一碗饺子面来。张吃后几个时辰，突感不适，高烧、抽筋。全家看到张氏突发疾病，惊吓得不知所措。公公程星吾虽为名医，事发突然，对此病既无认识，也无主张。第二天不到中午，张桂英死亡。”张礼忠说。

程家是中医世家，父亲程星吾和儿子程志安都坐诊行医，在常德城里很有名望。张氏娘家来人，看到女儿“面色乌黑，口挂血泡”，认定是被程家下药毒死，告官不说，还要将 9 个月 10 天的小孩陪葬。官司一直闹到常德专员欧冠那里，后法医和广德医院医生共同鉴定，张氏死于鼠疫。

程、张两家从此绝交，几十年再没说过一句话。张氏留下的女儿程启秀，直到 1996 年才见到自己的姨妈张桂丽。解放前夕，张家人去了台湾。“母亲死后 54 年，我才又见到了母亲娘家人。”程启秀说。两家人因为亲人突然离世造成的仇恨和误解，经过半个多世纪的时间，才慢慢消解。

鼠疫在鸡鹅巷里汹涌起来。据张礼忠等常德细菌战调查者走访统计，鸡鹅巷里的死亡者达到 294 人，这个数字远远大于国民政府档案中的死亡数字。在档案里，整个常德城里有姓有名、登记在册的死亡人数为 36 人。

鸡鹅巷里的“聂皮匠”聂家林，当年 6 岁，他记得程家大屋里死人的情景：尸体横在院子里没有人收，人们好奇又害怕，只是远远地围观。他说祸起于那 250 多口大酱油缸。因为所有的酱油缸都是敞口向天的，日军的投掷物直接落在了缸里；并且酱油园里老鼠多，初起的发病人大都吃了酱油园周围小餐馆里的东西。

这是鸡鹅巷鼠疫流行的民间版本。

1942 年 1 月中旬，大个子、高鼻梁、灰白头发的伯力士又回到常德。

伯力士一来常德，首要目标就是老鼠。很快常德发出号召，让人们抓老鼠送到广德医院来。不仅如此，城内提供老鼠者还会受到奖励，“只要发现一只老鼠并交到医院就会得到 1 块钱，人们口耳相传，大量的老鼠被交到医院，一共有成百上千只！”[1] 不仅如此，他还要求各保甲的保甲长，每天必须送活鼠 100 只给他。而他每天做的事，就是埋头于实验室解剖这些老鼠。伯力士当时的

1921 年在东北防疫总处工作时的伯力士。资料来源：伍连德：《鼠疫斗士——伍连德自述》，湖南教育出版社 2011 年版

[1] [美] 菲利斯·班南·伍德沃斯（巴玉华）著：《广德三杰之——我的父亲巴天民》，李楠芳、向灵君译，湖南科学技术出版社 2020 年版，第 235 页。

身份，是国民政府卫生署外籍专员、国际联盟卫生组织防疫专员。此前他正在福建、浙江省参与鼠疫调查和防疫，宁波、衢县、义乌、东阳、金华这些鼠疫发生地，他都跑遍了。常德疫情暴发，便被调到常德。

有关伯力士的零星资料显示，伯力士是一名奥地利犹太人，毕业于维也纳大学医学系。1920 年他就来到中国，当时中国东北正暴发鼠疫。在哈尔滨，他取代一名逃跑了的细菌学专家，成为中国鼠疫专家伍连德最得力的助手。国际联盟卫生组织出版的伍连德《肺鼠疫疗法》一书中，有相当一部分英文内容都是伯力士撰写的。东北鼠疫之后，他与国际联盟卫生组织建立联系，成为"国联"的中国鼠疫专家，直到 1949 年。

鼠疫在欧洲被称为"黑死病"，曾经祸害了欧洲近半数人口。在常德发生鼠疫的当时，西医刚对鼠疫有一些认识。而中国大多数人包括医生，对鼠疫的传播途径和感染方式却不甚了解。

日本人记录中国东北鼠疫的《康德二年满洲国防疫概况》一书里，日本专家总结鼠疫病的类型有：腺鼠疫、败血症鼠疫、肺鼠疫、皮肤鼠疫、眼鼠疫、脑膜炎型鼠疫、肠鼠疫、扁桃体鼠疫、无症状咽喉鼠疫、痘鼠疫等。各类鼠疫中主要以腺鼠疫、败血症鼠疫、肺鼠疫为主，其他类型不多见。

自然鼠疫发生时，第一步是在鼠类动物之间传染，第二步是鼠类传染到人类。一般是鼠类身上感染了细菌的蚤类叮咬了人，就将鼠疫传染给人；或者，人类接触到携带病原体的动物及动物毛皮而传染。此阶段发生的多为腺鼠疫，特征是高烧、腹股沟或腋下淋巴肿大疼痛等。流行病学上将此称为"动物型流行"，是动物对人的波及，以局部地区性流行为主。

人间最可怕的鼠疫，是肺鼠疫。它越过了从动物到人的阶段，成为人和人之间通过空气和飞沫传染的疫病。它没有明显的地区性限制，会随着人的流动传播四方。虽然肺鼠疫一般起于腺鼠疫之后，但它扩散、发病和死亡极快，几乎不给人类防备与救治的时间。伯力士参加过的 1920 年的东北鼠疫防疫，当时长春的数万名患者基本上死于肺鼠疫。并且，在其后整整十年的时间里，肺鼠疫在东北每年都卷土重来，极难扑灭。

伯力士在常德解剖研究老鼠，实际上是在捕捉鼠疫传播的动向、死神行走的速度以及到达的范围。

"研究安排得非常好，他雇用一些人每周必须捕捉 3 只老鼠，无论是死的还是活的，一美元一只跳蚤或一只老鼠。但是捕捉老鼠非常困难，这使我们没有足够的老鼠来进行研究。”王诗恒写道。[1]

伯力士发现，这些老鼠身上都携带了一种叫作“印度跳蚤”的寄生虫（印鼠客蚤）。“伯力士医生让我们在显微镜下观察这些寄生虫。它们长着好看的流苏披肩似的硬毛，然而却是鼠疫细菌的携带者。之后这些跳蚤被淹死，老鼠被解剖并进行检查。”[2]

通常人们认为老鼠是传播鼠疫的主力，伯力士告诉大家，实际上跳蚤比老鼠更危险。跳蚤不仅是昆虫里最重要的病菌扩散者，更主要的是，它们可以携带鼠疫菌存活很长时间。

1942 年 1 月，他解剖了 24 只老鼠，发现其中有 5 只染疫，染疫率达 20.03%；2 月解剖 168 只，染疫鼠 32 只，染疫率达 19.04%。

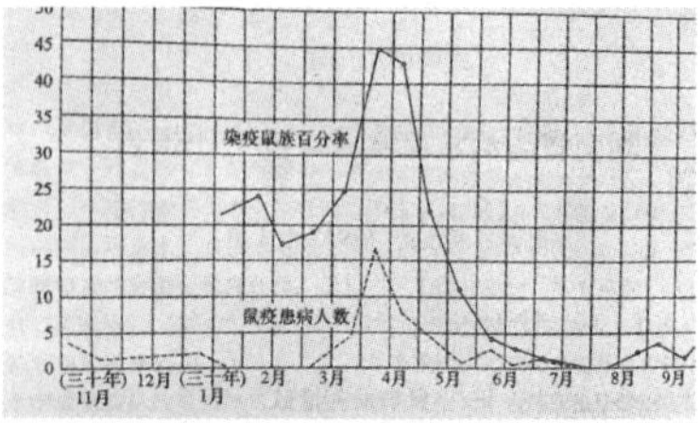

常德鼠疫患病人数与染疫鼠百分率比较图。资料来源：《防治湘西鼠疫经过报告书》，容启荣，1942 年 10 月

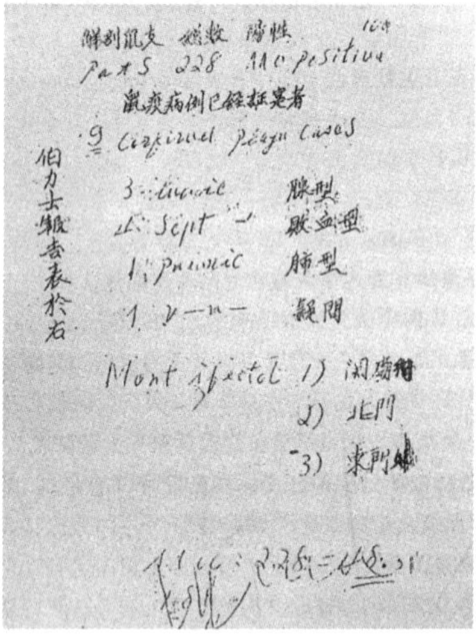

伯力士报告手迹。资料来源：《常德防疫处三十一年度第三次会议记录》，常德市武陵区档案馆藏，100—3—171

“当这些老鼠 17% 携带感染了鼠疫菌时，一场流行病马上就要蓄势待发了。”[3]

尽管 1 月、2 月的染疫老鼠已经超过了界限，但是一切静悄悄的。1 月 13 日死亡的胡嫂，似乎是上一年鼠疫的余绪，整个 1 月、2 月都在平静中度过。

3 月，伯力士解剖了 810 只老鼠，发现染疫鼠 181 只，染疫率达 22.35%；

[1]［美］菲利斯·班南·伍德沃斯（巴玉华）著：《广德三杰之——我的父亲巴天民》，李楠芳、向灵君译，湖南科学技术出版社 2020 年版，第 235 页。

[2] 同上注。

[3] 同上注。

4月解剖359只，染疫的老鼠达到了159只，染疫率高达44.29%！[1]

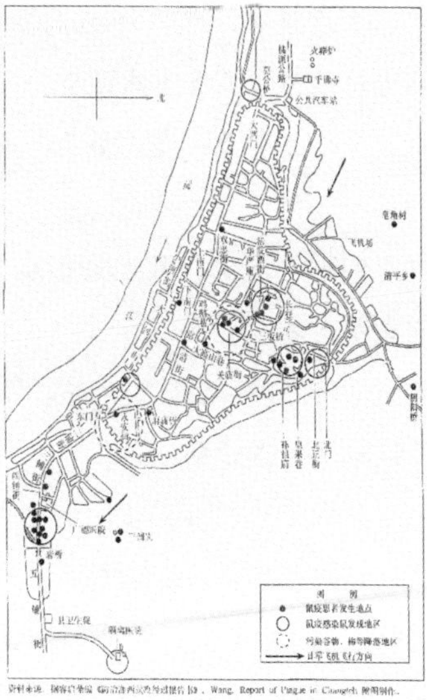

常德鼠疫病例分布情形图。资料来源：《防治湘西鼠疫经过报告书》，容启荣，1942年10月

3月13日傍晚，伯力士在常德防疫处三十一年度第二次会议上报告说，老鼠中的鼠疫传播，已经由沟鼠传到家鼠，而家鼠因为是和人类同居一个屋檐下的老鼠，所以是将鼠疫传给人类的主要鼠种。并且疫鼠已经遍及整个常德城，也就是说，鼠疫随时随地都可能暴发。[2]

死神的羽翼已经张开，只等风来。

国民政府中央卫生署接到伯力士的报告后，3月17日紧急派出医疗防疫部队第二卫生工程队，携带灭鼠工具和消毒器材，赶往常德。

3月20日常德城内出现第一个生病者。向玉新，男，50岁，商人，住在华严庵，24日死亡，败血性鼠疫。22日、23日、30日连续有人死亡。4月发病和死亡的人更多，都是败血性鼠疫和腺鼠疫。

4月6日，一住在法院西街34号的33岁主妇陈刘云发病，4月9日住院治疗，11日死亡。在她身上，第一次出现了烈性鼠疫的传染——肺鼠疫。

军警迅速封锁了法院西街。整条街都用滴滴涕灭鼠消毒，34号的居民全部被送到隔离医院留观。

这天下午6时，常德防疫处召开了紧急会议：

[1] 国民政府战时联合办事处处长容启荣：《防治湘西鼠疫经过报告书》，后附湖南常德鼠类结果统计表。《防治湘西鼠疫经过报告书》刊登于国民政府战时防疫联合办事处编《疫情旬报》第1号。中国第二历史档案馆藏，476—198。参见张华编：《罪证——侵华日军常德细菌战史料集成》，中国社会科学出版社2015年版，第81页。

[2]《常德防疫处三十一年度第二次会议记录》（1942年3月13日），常德市武陵区档案馆藏，168—00070。参见张华编：《罪证——侵华日军常德细菌战史料集成》，中国社会科学出版社2015年版，第7页。

主席报告，昨日法院西街三十四号发现最危险之肺鼠疫，此项疫患可由病者说话与呼吸及飞沫传染，死亡率百分之百，换言之，即凡患此疫者都无幸免。幸检疫得力、发觉尚早，否则由一人可传至千万人而无止境……[1]

伯力士提出，凡是疑似病人，一律送隔离医院检验；捕送死鼠必须用瓦罐密封，每只加发奖金到 1.5 元；其他各自的死鼠，要用开水烫、再用火烧灭；学校停课，旅馆、浴室、饮食店、妓院停业一星期以观事态；征用民地以筹建鼠疫死者公墓。

三天之后的 4 月 14 日，常德防疫处第三次会议上，伯力士报告："解剖鼠只总数 228 只，阳性 110 只，染疫率 48.3%。"[2]

常德鼠疫流行 6 个多月后，最严峻的时刻到来了。

这是鼠疫的第二次来袭，虽然人间传染比鼠类间传染迟来一个多月。伯力士在常德期间，解剖的老鼠达到了 6000 多只。他绘出了一条老鼠染疫曲线，在逐渐上扬高抛的曲线最高点上，人类的鼠疫和鼠类的鼠疫重合在一起——4 月、5 月，大量的死鼠伴着不断发病死亡的人一起到来。

四

伯力士在常德工作了差不多两年时间，直到常德战役打响，全城疏散之前才离开。

他教常德人如何防治鼠疫。他举办了由保甲长、警察等主要防疫力量参加的培训班，传授防疫知识，写成了《鼠疫检验指南》一书。谭学华医生一直协助他工作，把《鼠疫检验指南》译成中文。

伯力士最担心的是鼠疫外溢，而这又是极有可能的。常德是水路交通要

---

[1] 1942 年 4 月 11 日《常德防疫处设计委员会第二次会议记录》，常德市武陵区档案馆藏，100—3—171。参见张华编：《罪证——侵华日军常德细菌战史料集成》，中国社会科学出版社 2015 年版，第 11 页。

[2] 1942 年 4 月 14 日《常德防疫处三十一年度第三次会议记录》，常德市武陵区档案馆藏，100—3—171。参见张华编：《罪证——侵华日军常德细菌战史料集成》，中国社会科学出版社 2015 年版，第 16 页。

冲，因为坐拥沅、澧二水，侧依八百里洞庭湖，其水路相通于长沙、汉口、上海，是中国中南部重要的商业贸易中转中心。

从西边来的货物主要有各种类型的木材、茶叶、兽皮、油、芝麻、水鱼、五倍子、靛蓝、油脂、蜡、清漆、绿矾、朱砂、布料和纸张。而从汉口运来的则有纱线、布匹、煤油、盐、糖、火柴、肥皂、窗玻璃、海藻和其他日常杂货等。[1]

战事向长沙、汉口等城市推进，常德城里一度拥满了逃难的人。人口随着战局而剧烈膨胀和收缩。常德一度从常住人口 10 万，猛增至 20 万；又随着人们再向西逃，骤减至 5 万。

“印度跳蚤”极容易随着大米、棉花等物资的转移而携带鼠疫菌转移；加上人口的流动，会让疫病流散各地。伯力士在防疫计划中提出以下对策：一、群众卫生宣传，但考虑到大多数贫民不识字和为生计忙碌，只进行报纸宣传、集会宣传是不够的，要进行逐户的讲解宣传。二、预防接种。这一项在常德也是极难推进的工作，常德人基本上没有过打针，很惧怕，民间谣传打针会导致妇女流产和孩子死亡。伯力士为减轻群众抵触，特意放宽至 2 岁以下儿童、孕妇和结核病、心脏病等重症病人可不注射。[2]

1942 年 3 月 13 日常德防疫处第二次会议决定，常德城的保甲长一律进行防疫四小时训练，以协助军警进行防疫，抗不从者要严惩。预防注射，保甲长要预先通知居民；故意违反不注射的，要封闭其住宅，押解至附近医务机关注射，并查明原因分别惩处。病家、保甲长、中西医均应随时报告疫情，违者严惩。

1942 年 4 月 14 日常德防疫处第三次会议，是研究第六战区司令长官陈诚指示：“至万不得已时，遵照电令烧毁居民房屋而在所不惜。”陈诚关心的是：

[1] [美]菲利斯·班南·伍德沃斯（巴玉华）著：《广德三杰之——我的父亲巴天民》，李楠芳、向灵君译，湖南科学技术出版社 2020 年版，第 62 页。

[2]《常德防疫处三十一年度第二次会议记录》（1942 年 3 月 13 日），常德市武陵区档案馆藏，100—3—171。

“常德为产粮区域，关系本战区军食至巨。”[1]

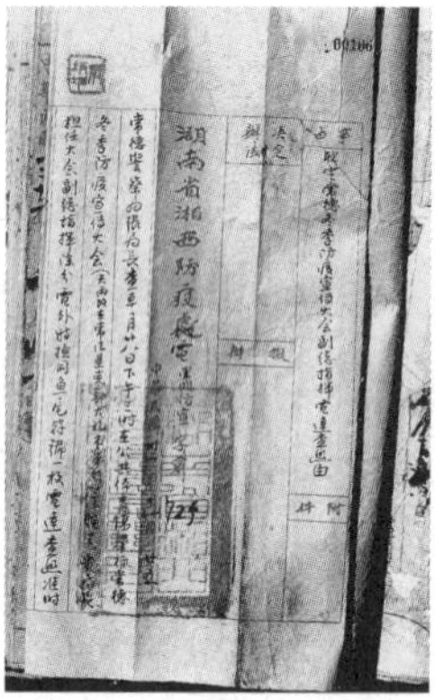

湖南省湘西防疫局电常德警察局在体育场召开防疫动员大会的命令

于是，所有从常德运出的物资都要进行检疫和城外保管，水警严禁船舶靠岸停泊。军警在常德城的皇木关、落路口、北门、小西门等关卡处设检疫站，检查旅客过街的行李，并进行强制防疫注射。只有接受注射的人，才可出入常德城。

预防接种并不能一劳永逸地对鼠疫产生免疫力，但大范围的接种能减少人们感染的机会；就算是感染了，接种过的人也或多或少地能产生对鼠疫的抵抗力，况且在当时并没有更好的办法。但战时的困难，是制造大量的疫苗，和运输、保存这些疫苗。疫苗的保存和运输，对时间、温度条件有比较高的要求，战时大量的疫苗运入常德，本身就是一件难事。并且，鼠疫疫苗的免疫力只有3—6个月，注射一针疫苗是不行的，还需要进行第二次加强注射。民国三十二年三月七日下午4时召开的“湖南湘西防疫处座谈会”记录里，有一段对疫苗注射的特别安排，读来或可了解当时的情形。

现在时当春令，为防止鼠疫再度暴发，是应再行普遍注射，以策安全。中央卫生署对湘西鼠疫情形极为注意，所以此次送来的鼠疫疫苗等项药品，价值昂贵，约在百万元之谱，际此欧亚战争激烈之时，来源缺乏，运输困难，且此项药品，有时间性，故须及时应用，以期无负中央关怀湘西鼠疫之盛意。[2]

所有的防疫措施，到4月6日出现肺鼠疫后更加严厉。通往常德临近县的道路实行交通管制；江中船舶一律不准靠岸；沿江边设置船港口十个，以离

[1]《常德防疫处三十一年度第二次会议记录》（1942年3月13日），常德市武陵区档案馆藏，100—3—171。参见张华编：《罪证——侵华日军常德细菌战史料集成》，中国社会科学出版社2015年版，第7页。

[2]《湖南省湘西防疫处座谈会记录》（1943年3月7日），常德市武陵区档案馆藏，100—3—171。参见张华编：《罪证——侵华日军常德细菌战史料集成》，中国社会科学出版社2015年版，第13页。

岸二丈为合格，通岸跳板中间须置防鼠设备，夜间则将跳板拆除。军队驻扎常德地区时，需离城五公里以上。运送的军粮需检查其中是否有鼠后方可启用。关庙街、鸡鹅巷、法院街等重新封锁。常德向驻常德部队借兵 200 人，交伯力士培训后上岗。5 月，卫生署防疫处处长容启荣也带着疫苗和器材赶到。

尽管在所有的医疗机构、常德城的 6 个城门、水陆码头站点等进行预防接种，但到了 5 月鼠疫暴发最炽烈时，接种也只达到 28.6%，于是 8 月只得改为逐户接种。

在伯力士的督导下，常德东门外约三华里的徐家大屋建成了隔离医院。隔离医院四周挖成一丈五尺深、一丈二尺宽的壕沟，沟里灌满水，只以一面吊桥与外面相通，这是为了防止带病菌的老鼠进入医院。医院里面设三个病房，每个病房容纳 40—50 名病人。

隔离医院“戒备森严，俨然一个魔窟，人们望而生畏，任何人不能接近，也不敢接近。只有医务人员身着防疫衣，全身心地救治鼠疫病人。这个隔离医院先后收治过两百多例病人，在这期间城里很多人染病后不但不报疫情，更不愿送被隔离医院治疗，就是死了也不报死讯”。[1]

经历了“非典肺炎”和“新冠肺炎”的中国人，现在能够理解隔离医院对于传染病的重要性了。但在半个多世纪之前，国人根本没有这方面的知识，在常德一切紧急措施，均难得一般民众谅解。甚至受过高等教育的人，也不接受防疫注射等措施。

鼠疫传染至烈，尤以肺鼠疫为最危险。染疫者必须强制隔离以防蔓延传染，此紧急措施无识及自私之徒反对至甚。又因患者就医救治无方，遂多归罪于隔离医院。

国民政府卫生署防疫处处长容启荣在其《防治湘西鼠疫经过报告书》里说。

然而隔离医院的真实情景，恐怕只有从里面活着出来的人才能描绘，但从里面出来的人少之又少。国民政府留下的档案中，常德鼠疫患者共 42 人，

[1] 邢祁、陈大雅主编，龚积刚、张军、魏权胜副主编：《辛巳劫难——1941 年常德细菌战纪实》，中共中央党校出版社 1995 年版，第 17 页。

其中只有5人治愈出院。20岁的杨志惠（当时名为杨珍珠，“文革”时改为杨志惠）就是其中之一，并且在事隔半个世纪后留下了口述。

当年杨志惠与13岁的弟弟杨彼得及母亲，住在广德医院对面一间没有地板的木板房里。因为信基督教，父母给两个孩子取了教名“珍珠”“彼得”。两年前父亲被日军飞机炸死，一家人靠母亲在家门口的街上摆香烟杂货摊活命。

“1942年4月的一天，我和弟弟放学回来，忽然同时发病。两人的症状一样，高烧、抽搐、淋巴起包，病势急重。当时常德流行瘟疫，急重病人都送入隔离医院，我家左边隔壁一崔姓邻居（开棕索绷子铺）和右边隔壁一罗姓邻居（开香肠店铺），见我母亲无能力，就把我和弟弟抬到隔离医院去治疗。”[1]

杨志惠进去的时候，隔离医院里大约有200名患者。一堆堆人裹着破衣烂衫痛苦地蜷缩一团，一阵阵撕心裂肺的哭喊声，一盏盏鬼火幽灵似的马灯，映照着一张张憔悴恐怖的面孔。在徐家大屋建起来的隔离医院极其简陋，室内地面上铺着稻草做病床，一间房里容纳几十名病人。

“进隔离医院头天，我的神智还有点清醒。环顾四周，时不时看到有人被抬了进来。有七八岁的小孩，也有四五十岁甚至六七十岁的老人。有男的，也有女的。耳边经常听到哪个哪个被芦席裹着抬到郊外烧掉了。死者的亲人在地上哭得打滚。

“其中有一个惨状我仍记忆犹新。那是我到隔离医院的第二天，我拖着沉重的病体匍匐着去找医生，只见前面一堆人正痛哭欲绝地在讲着什么。我抬头一看，大门外有几个用竹床做成的担架抬了过来，人群中发出阵阵叹息声。担架越来越近，上面是黑乎乎的一堆。担架到了眼前，顿时吓得我脸发白、心乱跳。原来，竹床担架上的死者烧成焦炭，形体扭曲，各种很难形容的怪异姿势，只剩了类似人体的轮廓。站在我身边的一个胖女人，惊叫一声，用双手掩住面孔哭泣起来。听人群说，这些烧成焦炭的人，是被他们的亲人们从郊外焚尸堆中抢出来的，然后回家掩埋。我忽然想呕吐，一阵头痛，就昏过去了。”

杨志惠的母亲，不断去找同是教会教友的广德医院副院长谭学华，求他救救她的两个孩子。谭学华将姐弟俩从隔离医院转到了广德医院，这是他俩能

[1] 陈致远、柳毅：《常德城区细菌战受害者口述历史调查12例》，刊于《湖南文理学院学报（社会科学版）》第31卷第2期。

够活下来的最根本的一个决定。在广德医院，姐弟俩都被安排在隔离的小房间里，不与外面接触。两人不停地高烧、抽筋、昏迷，每当抽筋时，母亲就把毛巾塞在姐弟的嘴里，防止咬断舌头。后来，杨志惠的腹股沟长出一个巨大的黑色肿块，“谭医生对我母亲说，这是鼠疫菌造成的糜烂性淋巴腺肿大，给我和弟弟（弟弟长在耳朵后面）做了手术，病情才好转”。经过 6 个月零 9 天的住院，姐弟俩才从死人堆里爬了出来。

人们或许难以想象一个传统的，平时只靠草药、郎中疗病的农业社会，遇到现代细菌武器攻击时的恐慌与失序，这之间巨大的落差好比弓箭盾牌遇到了原子弹。

日本人是挨了原子弹之后，才理解这种无力与无奈感的。战败一周年之际，日本著名漫画家加藤悦郎的一幅漫画，描绘了原子弹在日本爆炸后的民众心情。画面定格在 1945 年 8 月 15 日，收音机里正在“玉音放送”着战败的声音，一对夫妻瘫坐在地上。女人穿的是战争年代的雪袴，头戴着防突袭火灾的头巾；男人则穿着破烂的军服，手里不是拿着枪而是抓着一根竹竿；地上扔着救火的水桶。插图的说明是“以竹竿做的长矛来对抗原子弹是多么愚蠢”。[1]

日本面对原子武器的茫然、惊恐与农业社会的中国面对生物武器的状况何其相似！

伯力士难以理解，他提出的防疫常规的解剖研究、隔离、注射疫苗等手段，为什么会在常德老百姓中引起巨大的恐慌，使他们调动所有的办法来逃避、对抗。

常德城西门外、千佛寺边上的三座焚尸炉，就是恐慌的来源。为了阻断传染链，规定凡是鼠疫病死者，必须火化，而且必须由家属自备烧尸用的柴火。

张礼忠老人根据记忆，画出了焚尸炉的样子。当时 9 岁的他出于好奇，与小伙伴们去观看火葬，但有军队守卫，只能远远地看。

焚尸炉是用旧砖砌的。炉子高大约在 3.5 米、宽 1.5 米，深 2.5 米；分上下两层，上层是烧尸体室和烟囱，下层是骨灰室。每天下午 4 点开始烧，到第二天早上 6 点结束。每具尸体需要用松木劈柴 200 斤，烧两个小时。

---

[1] 约翰·W. 道尔著：《拥抱战败——第二次世界大战后的日本》，胡博译，生活·读书·新知三联书店 2009 年版，第 36 页。

常德人从来没见过这么恐怖的东西，这简直比鼠疫死亡更可怕。这不是活生生的地狱里的火刑又是什么？！ 40年代的常德，虽然被战争扰乱，但还是沉静的农业社会。坐落在洞庭湖西南一隅，或者说蜷缩在川黔高原的脚下，靠水路连通世界。山水田园，静美如画。离常德不足百公里的桃源县，据说就是当年陶渊明所记的桃花源。那些避秦之乱的人，与世隔绝，过着怡然自得的日子。“土地平旷，屋舍俨然，有良田美池桑竹之属。”出贵州省云雾山的沅江，流至常德附近，如一条蛟龙般打滚腾跃，流出多个“几”字形。在沅江一个弯道处，常德城弯成月牙状，沿着北边河堤东西绵延。常德城的6个城门，随着晨钟暮鼓开启闭合，城内没有马车，甚至没有黄包车。整个城市长不过3公里、宽不过1公里。

人类文明的发展，某种程度上是认识死亡，并发展出一整套丧葬文化、对死亡及其仪式赋予意义的过程。中国农业社会最大的礼俗，就是人死入土为安。湘沅流域，本是楚文化之源，人们普遍重鬼神、喜巫筮，“人死饭桶开，不请自拢来”，哪家死了人，亲朋好友都会来吊孝，请道士做法事也要几天几夜。

“因此，人们一想到火葬，那滋味如同人活着被火烧烤一样。人们心中害怕，偏又好奇，往往火葬尸体时，总有好些人围观。看到的人，就把尸体在火葬炉里，如何皮炙肉燔的情景加以渲染，于是恐惧情况传得更远。”[1]

亲眼看到过焚尸的满大启老人，1997年8月留下了口述。[2]那一年他读中学，他家所在的常德大西门外的满家大院被征作湖南省第四行政专员公署和常德保安司令部的办公地，因此和保安司令部特务排的文国斌班长熟悉起来。满大启要求去看烧尸，但文班长一再说怕传染而拒绝。一天，文班长说有一个兄弟请假，多出一套防疫服，带他悄悄去，但一定不要声张。

于是，满大启看到了眼前的情景：“当我们到来时，地上已摆了七具死尸，

[1] 邢祁、陈大雅主编，龚积刚、张军、魏权胜副主编：《辛巳劫难——1941年常德细菌战纪实》，中共中央党校出版社1995年版，第18页。

[2] 满大启：《我所知道的火化鼠疫死尸的情况》(1997年8月)，原载于《武陵古今》1997年第5、6期。参见张华编：《罪证——侵华日军常德细菌战史料集成》，中国社会科学出版社2015年版，第167页。

常德细菌战原告张礼忠画出的焚尸炉。资料来源：常德细菌战受害者协会

每具死尸用旧棉絮或被单从头到脚严实地裹着，外加绳索捆牢，分不清男女。从身体长短上看，五具是成人，两具是儿童。这是鼠疫防治隔离医院送来的。

“文班长与护士交接完手续后，下令士兵开始工作。士兵们将死尸装入炉中，在其周围填满柴火，浇上汽油，将炉火引燃，然后扣上炉门。一会儿，三座火炉发出呼呼的声音，接着又吱吱作响，一股浓烟从烟囱里喷出。由于烟囱不高，有时一阵猛烈的旋风将浓烟卷下来，使我嗅到像烧焦的猪头的气味。”

当第二炉开始点火的时候，文班长告诉满大启，现在烧的是第 168 具。而实际上死亡的人多得多，家属多半夜偷抬到郊外埋葬了。

以后只要见到文班长，满大启都要问烧了多少人，然后记在一个小日记本上。到农历十月十八返校时，日记本上记到了 257 具。再到 7 月中旬从学校返家，文班长已经调到了传令班当班长，满大启特意找到他问火化的总数，“他掏出日记本，翻开一看说，‘四月中旬，化尸工作停止，共焚化 309 具尸体’”。

怕死后被解剖，更怕被火烧，鼠疫加上防疫造成的恐慌愈演愈烈，人们想尽一切办法逃离。常德各城门都设有岗哨，整个城都被封了起来。尽管这样，还是阻止不了人们逃离的脚步。

一开始，谁家死了人还能听到哭声。后来人们不哭了，因为哭声会引来军警和防疫人员。人死先想办法把尸体藏起来，然后再想办法运出城去。

于是死尸开始“逃离”常德城。

当时的防疫措施，是死者家属必须在隔离医院内设的留验所留验，留验时间要满 7 天。但留验所设备不周，感染鼠疫的危险成倍增加，因此没有人愿意送亲人去隔离医院，更没有人敢于接受留验。剩下的选择只有一个，全家协助患者逃离常德，或者藏匿死者。

当年在常德市东门外水巷口的何英珍家，18 天内死了 6 口人：嫂嫂、姐夫、弟弟、侄女以及从江西老家前来奔丧的伯伯、叔叔。但这 6 个人都不在政府防疫部门的死亡名单上，原因就是生病之后不敢声张，更不敢送医院。人死在家里后，母亲便等到深夜，通过家里的后门，招呼一个小船来，把人背到船上，给船夫两块银圆，运到河对面的德山悄悄埋了。国民政府卫生署防疫处处长容启荣后来也承认：尽管火葬是阻断鼠疫传染的最好办法，但常德在实行火葬时“布置未周”。焚尸炉有时候是几具尸体一起烧，或者用同一炉再烧死亡的老鼠。如此对死者不敬的做法，“遂引起死者家属之怨恨及一般民众之反感”。[1]

焚尸炉在发生一件事后不得不停止。一次在烧一名孕妇时，炉子突然发生爆炸，瞬时塌了一半。此消息在常德城不胫而走，人们认为这是一个凶兆，常德要遭更大的劫难了。一时间民怨沸腾，谣言四起。

“当地民众反视卫生防疫人员为寇仇，竟有殴打防疫工作人员者。同时谣言四起，有谓常德鼠疫系卫生人员所伪造，以骗取防治经费；有谓检验尸体因外籍医师伯力士，欲挖割眼睛及睾丸以制造汽油；亦有谓得病身死之人系因曾被强迫接受所谓“预防注射”。凡此种种无稽谣传，其影响于防治工作之推进甚大。”容启荣报告道。[2]

伯力士认识到火葬造成的恐慌严重干扰了防疫，而且随着疫情的发展，三座焚尸炉也不敷使用，于是建议放弃火葬，改建鼠疫公墓。4 月 18 日，在常德东门的隔离医院边，一座鼠疫公墓建立起来，所有死者经过消毒后一起深埋安葬。

---

[1] 容启荣：《防治湘西鼠疫经过报告书》，中国第二历史档案馆藏，476—198。参见张华编：《罪证——侵华日军常德细菌战史料集成》，中国社会科学出版社 2015 年版，第 81 页。

[2] 同上注。

五

李宏华清楚地记得1942年5月6日的那个早晨。他帮助爷爷李佑生赶着一群猪从家里出发，前往常德。[1]

他们沿着田间的小路走，20多头猪走得很慢，还容易走散。从常德桃源县马鬃岭莫林乡，到盘塘再到石板滩再到常德城，有45华里路。李佑生常走这条路。家里田里的稻、棉收完了，要挑到城里去卖；乡里没有的盐、煤油，也要从城里挑回来。这一次他赶在稻子成熟之前的空闲，贩了一些生猪，赶到城里交易。

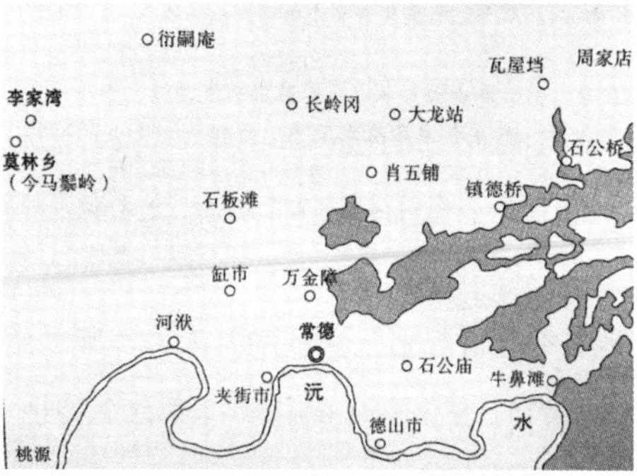

据20世纪30年代地图绘制的桃源莫林乡李家湾地理位置图。资料来源：陈致远著：《纪实：侵华日军常德细菌战》，中国社会科学出版社2015年版

走过旱路到水码头的时候，爷爷让李宏华回去。猪上了船后，就一路到常德了，不会再走散了。

李佑生是第二天半夜里回来的。早晨李宏华再见爷爷时，发现他有点没精打采，没有像往常一样早起下地劳动。早饭后，上午在稻田里劳动时也没精神。“下午爷爷一头栽在床上，动不了了，高烧。爷爷当时50岁不到，正壮年，从来没有这样过，一家人慌了神。奶奶为他烧纸钱，撒鬼饭，一点也不见效。”

5月9日见弟弟的病愈发沉重，住在隔壁的李佑生的哥哥李耀金责怪侄儿们不带父亲去看病，侄儿说自己也全身无力难受。李耀金见此二话不说，背上弟弟，走了十几里的山路，到漆河镇去看郎中抓药。又翻山越岭地背回来。但回来之后不但没效，还更严重。

“样子非常吓人，剧烈咳嗽，口吐血泡沫。爷爷的两个儿子，一左一右跪

---

[1] 本书作者对李宏华的采访，另外参考李宏华家族细菌战诉状。

在身边，给他擦血沫。10日上午9点左右，没有说出一句话，就咽气了。全身紫一块黑一块的。”

又是哥哥李耀金帮着张罗丧事，办棺木、穿寿衣、请道士。就在李佑生的新坟前，主持丧事的哥哥李耀金突然一头栽倒在地上，嘴里连喊："拐哒！拐哒！"（常德方言：糟了。）

抬丧的人刚抬出一个死的，又抬回一个半死的。他的样子和死去的弟弟一模一样，5月13日发病，15日就暴死。

爷爷李佑生去了趟常德，到底撞见了什么鬼？

李家请来的做道场的道士，说是妖邪太重了，加紧坐坛念经吧！后来从常德与爷爷做生意的人口中，李宏华慢慢凑起爷爷在常德这一段的经历：分手之后，爷爷的船傍晚才到常德，就在常德大西门莫老板的屠宰行把猪交了。这是爷爷经常赶猪来交货的熟人，当晚在莫老板家吃了饭，找了一家旅店投宿。

当时的常德城6扇城门都有军警把守，需要注射证才能出入，没有证的需要接受注射。李佑生害怕打针，就花了一块钱，买了张注射证。此时的常德正是鼠疫流行最炽烈之时，肺鼠疫暴发已经20多天了。

李佑生在城里转了一天，想买些货物带回来。

"下午就感觉到身体不适，想出城门回家，但看到军警持枪把守，就回来绕着城墙走了一段，买了一根绳子，找到一个城墙缺口处，乘着夜色翻墙出城，沿河急走，连夜赶到家中。

"奶奶起床给爷爷煎了两个鸡蛋，炒了一碗棉油饭，爷爷扒了几口饭，觉得口味不好，又要祖母给他倒一杯米酒来喝，便脚都懒得洗就上床睡觉了。

李佑生兄弟二人的死只是一个开始，接下来和他们有过接触的人接二连三地倒下。

这就是1942年5月，常德桃源县马鬃岭李家湾鼠疫大流行的开端。常德军政联合严防死守，想把鼠疫控制在常德城墙范围之内，却不想这样一个农民的行动，把肺鼠疫带到了平静安宁的乡里。

李佑生的行为，基本上符合当年中国农民的行为范式。对李佑生来讲，大概一生听都没有听说过鼠疫这种病，更不可能知道会有人作为战争手段而有目的地投放。李佑生的一生当然也没有打过针，见到打针自然怕，他根本不知道这一针的重要性，于是选择逃避，翻墙回家。对于他来讲，回到家就安全了。家是他熟悉的、可以掌控的地方。

容启荣的《防治湘西鼠疫经过报告书》里记载了这一事件：

因检疫工作未臻完善，于本年五月初蔓及桃源县属莫林乡。先是有该乡李家湾居民李佑生于五月四日在常德染疫，潜返故乡，于十日身死。因系由腺鼠疫所转成之肺鼠疫，能直接由人传人，故其探视之亲属、邻居，相继染疫死亡者共十六人。

此次桃源莫林乡肺鼠疫流行，所有病例，均经详细调查并施行细菌检验证实，其中有患者数人病势极重，于两三日内，肺炎症状（如咳吐血痰）未及显现即已身死，民国十年哈尔滨流行时亦曾见之。[1]

桃源县即是陶渊明笔下的“桃花源”，魏晋战乱时代人们理想中可以躲避战祸的美好地方。它成功躲过了冷兵器时代的兵刃刀剑，一千多年后，却被生物战的鼠疫细菌击中，虽然不见硝烟战火，死亡却成倍地恣肆席卷无知无觉的生命。

背李佑生去诊病，又帮着穿衣办丧事的李佑生的哥哥李耀金，于15日死亡；与李佑生亲密接触的妻子、李宏华的奶奶陈梅姑，19日死亡；第三批死亡的是李佑生的次子李新陔、李耀金的妻子朱菊英、李耀金的次子李宗桃，他们都是侍奉生病的丈夫、父亲死在家中的；21日这天最惨，死了5个人：上午九、十点钟是李宏华爷爷的第三个儿子、16岁的李惠陔，晌午刚过是爷爷已经嫁出去的女儿李春香，她是听说父母病了赶回家看望的（18日得病，20日送回夫家第八保谢家湾，死在夫家）；下午6点是李耀金的幺子李元成、李耀金50多岁的姐姐李月英和74岁的姑母李玉姑。死亡一直持续到30日，一圈圈地向更大的范围扩散：李家的隔壁邻居、回家探望父母的出嫁女儿、前来探视的亲戚、参加葬礼的亲朋。

平静的乡村姻亲联系网，成了鼠疫传播的路径网。因为一家之主李佑生的死亡，亲戚邻居们聚在一起，传染变得快捷方便。李佑生带回来的是肺鼠疫，人和人通过接触、呼吸、飞沫传染。鼠疫从一个中心暴发，然后随着姻亲

[1]《防治湘西鼠疫经过报告书》，中国第二历史档案馆藏，476—198。参见张华编：《罪证——侵华日军常德细菌战史料集成》，中国社会科学出版社2015年版，第81页。

血脉向四方扩散，血亲越近的人感染的可能性越大。这种传播方式，对于中国以宗族而联系在一起的社会的打击，几乎是毁灭性的。

巫俗、土法诊疗、土葬、死亡仪式等古时楚地遗留下来的习俗文化，延续至常德桃源县莫林乡李家湾，成为鼠疫扩大的助长剂和催化剂，成为细菌武器的帮凶和连锁杀戮中的一环。

从10日李佑生死到30日，李家本家、姻亲以及邻居向国恒家，一共死亡16人。这个名单记载于容启荣的报告书。但报告书里少了一个人，就是来自临澧县王化乡的道士。

这个方圆几百里内都很有名的道士，在李家做法事捉鬼做到一半，突然一阵风将祭坛上的灯齐刷刷地灭掉。道士被此情景吓呆，扔下祭坛逃走。回到家中，没几天就死了。他至死可能都认为是遇到了魔力强大的鬼怪，自己反被妖捉了。

李宏华的姑姑——李佑生最小的女儿李玉仙2013年去世，活到95岁。她留下了一段口述，讲述他们10个人死里逃生的经过：

> 我母亲死后的第二天，灵柩也没有出，我已哭得再没有泪水流了。我自己也病倒了，人事不省。我丈夫陈海燕（于1962年病故）怕我死在娘屋里，一肩把我背了回去。我丈夫把我这个“死人”作活人诊，请来了老中医杨春柏。他来我们家后，将冰糖、甘草、雄黄、石灰、山茶熬成药水，先给我灌了两碗。仍不见效，便用一根竹竿往我鼻子里吹这种药水。倒也怪，到第三天，我真的苏醒过来了。又过了几天，便可以坐起来吃饭了。此后，我那奄奄一息的丈夫陈海燕（他后我10天发病），及我二哥李松陔等10人，都是杨春柏用这种往鼻子里吹药液的土方子治好的。后来，我们都叫杨春柏为“活神仙”。[1]

当年的马鬃岭属于地广人稀的乡村，李家湾也只有10来户人家。李家湾的死人情况被当地的保甲长发现，报告了县里，县里再报告到常德。25日，24名防疫队员和一个排的士兵来到李家湾，发现李家已经没有人收尸了。防

[1] 李玉仙口述见《辛巳蒙难记——幸存者李玉仙的惨痛回忆》，收录于邢祁、陈大雅主编，龚积刚、张军、魏权胜副主编：《辛巳劫难——1941年常德细菌战纪实》，中共中央党校出版社1995年版，第82页。

疫人员连忙掩埋了尸体，封闭病家，就近建立隔离留观所。

国民政府的防疫在这里起到了至关重要的作用。卫生署防疫处处长容启荣、湖南省卫生处处长张维和、第六战区长官部卫生处处长陈立楷等，随后前往陬溪（现为陬市镇）及桃源县督导防治。伯力士和防疫队到达李家湾，抢救患病的人，莫林乡一个不漏地进行疫苗注射。此时民众看到了疫病凶猛，均能比较合作地接受注射了。

李家经鼠疫沉重打击，从此人丁稀落。伯父死了，没有子嗣，李宏华被过继了过去；叔叔李惠阶，当时没有结婚，在咽气前，把李宏华的弟弟李安谷过继给了他。在这个农业社会里，一个男人死后没有子嗣被认为是断了香火，没有子嗣就没有年年的香火供养，在那边的世界也是孤魂野鬼，不得安生。

2013 年 9 月 2 日，李宏华（右）在日本讲述自己家遭遇鼠疫灭顶之灾的经历。本书作者摄

“我们是一个农耕之家。母亲织布，我白天看牛，晚上帮母亲踩纺车，一天下来母亲能纺 2 斤棉花。父亲种地，自己的地不够吃，就租人家的田种。家里出事后，我们穷到没饭吃，办丧事欠的账只能卖地还，仍无法偿清。李家大屋被人围住，强行将大梁拆去抵债。”李宏华说。

当地民众把鼠疫叫作“发了人瘟”，人得病是“犯了煞”。什么是“煞”？反正是不好的东西，至于是什么谁也说不清。常德民间有一种传统，人得了病是丢了魂，晚上点上灯去为病者叫魂。持灯人一边敲打着山林草丛一边叫病者的名字，跟着的人要一直不回头地往前走。李宏华就经历过这样的叫魂。李家湾当时鬼多人少，这种夜晚凄惨叫魂的声音，能渗到人的每一个毛孔里去。

六

李佑生翻墙逃防疫，造成莫林乡李家湾肺鼠疫大流行，是一个典型。恶疫并没有被锁在常德城，而是由常德向四面八方传播。常德城近百公里范围内，所有乡镇几乎没有一个幸免。

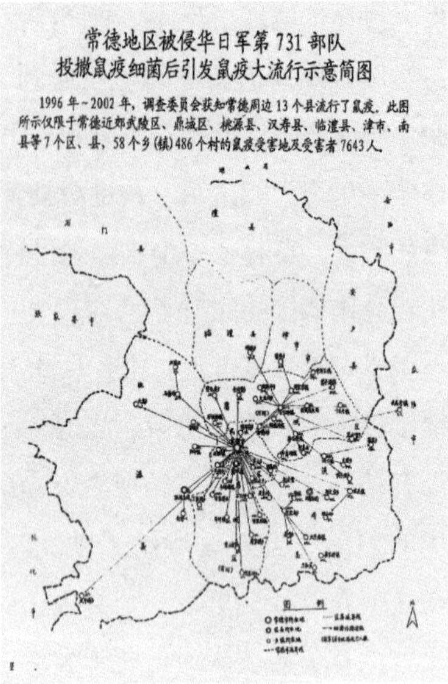

日军细菌战后，攻击常德后引发的鼠疫大流行示意图。常德细菌战调查委员会制

乡村基本上是防疫的空白区。从国民政府留下的防疫工作档案中，看不出当年政府注意到了这种情况，并积极进行了防治。防疫工作的重点仍放在县城、城镇和少数重点集中暴发的区域。鼠疫发生50多年后，常德细菌战调查委员会的老人们一个个县、一个个乡镇、一个个村地走访，大致摸清了当年的鼠疫流行路线。从他们手绘的常德鼠疫流行图上可以清楚地看到，从中心城常德，鼠疫向四面八方扩散开去，常德周边5公里范围内的乡镇无处不染疫。然后新的染点又形成了新的放射点，再向更远的地方迸射。中心城市、次中心城市、乡镇和水陆码头、人流物流较多的繁华地方形成染点，再从这些地方向较大的村和聚落点传播。

如蜘蛛结的一张大网，大网的四周边，有次等大的蜘蛛继续结网。并不是越远的地方网结得越小，有时越僻远的地方网结得越大。几十个大大小小的“蜘蛛”，最终织成一张巨大的死亡之网。常德周边13个县、70个乡镇、486个村落尽皆落入这张网中。[1]

常德城周边的南坪岗乡、芦山乡、德山乡、鼎城区、河洑镇等，自北、东、南、西环绕常德城。乡民们多以常德这个大的中心市场为生，或挑或背，一天之内在常德与乡里往来易市。田里、湖里的物产要在城里经销，家族的人亦商亦农地过着两栖生活。穷苦的人则在城里找一份工，好一点的当学徒学门手艺，差一些的做苦力，挑水、扫街、干殡葬业，做一些城里人不愿意做的事，一如现在中国的城乡生态。

[1]《常德地区被侵华日军第731部队投撒鼠疫细菌后引发鼠疫大流行示意简图》，见常德市细菌战受害者接待处编：《侵华日军细菌战十年诉讼记》。

兴合村属于离常德城只有4里地的河洑镇，村里人全部姓李。最早染病的是卖酒的、48岁的李伯生，他常到常德城里去进货。一次进城后回村不久就死了，之后一家人纷纷生病死亡。堂兄李高生帮忙料理后事，他家也开始死人，一家8口竟死了6口。再接着是做法事的道公、挖坟的亲戚与邻居，一个1942年只有54口人的小村，死亡17人。

德山乡茶叶岗村村民王吉大（1931年出生）的母亲，1942年农历七月十九去常德城里看姐姐。姐姐不敢留她，说城里发瘟，快点回家。只住了一夜，第二天赶紧回家，当天晚上就四肢无力，头痛发烧。因为家里正是收稻农忙时节，母亲强打精神做了早饭，中午不到就手脚抽筋不省人事。"我妈就这样死去了。死得好惨，口鼻流了好多血水，手脚痛苦地蜷曲着。我婶娘（已故）给我妈穿衣时，费了好大劲儿。放进棺材时，我叔父和请的丧夫使劲扳压，才把我妈的手脚弄直。我妈死时才36岁。"

母亲葬了不到两小时，37岁的父亲也抽搐死亡。接下来是4岁的弟弟吉云和两岁的妹妹冬枝也相继死去。最后一家6口人，只剩下王吉大和一个5岁的妹妹桂枝。[1]

常德城西门外约5公里处的岩桥林（老地名叫岩桥寺，现河洑镇政府所在地），三代同堂的牟氏大族，正要收割田里的稻谷。一家之长牟兴隆（60岁）动身到常德城里买些鱼和肉，为请来收割稻子的工人做餐食。从城里回到家后，牟兴隆突然发病，次日清晨就死了。他的老伴杨秀英坐在丈夫身旁哭丧，哭着哭着栽倒在地，当天下午也死了。两个暴死的老人刚刚安葬完毕，牟家大媳妇、二媳妇同时染病。当家人哭着将先死的二媳妇埋葬后，回到家发现一对孙儿孙女已经死在屋前的台阶上了。三天时间，全家有6人发病，5人暴死，只有大媳妇高娥娥口渴难忍，爬到屋旁水沟里饱喝了一顿污水后，竟奇迹般地活了下来。

活下来的牟兴隆的长孙、高娥娥的长子牟春华留下了口述。当他讲述这段家族痛史时泣不成声。这一年他们家金黄的稻谷就都烂在了田里，连收获的人都没有。在户户有死人的乡里，甚至有这样的场景，亲人们会对得病的

[1] 参见聂莉莉著：《伤痕——中国常德民众的细菌战记忆》，刘云、金菁琳译，中国社会科学出版社2015年版，第83页。另见王吉大细菌战诉讼陈述书。

人说 :“你得了这个瘟病，反正是活不了了，你就快点死吧，死得早还有人给你收尸，死晚了恐怕没有人埋你了。”[1]

在由常德城传出的第一个疫圈里，南坪岗乡死亡 38 人，芦山乡死亡 218 人，德山乡死亡 419 人，河洑死亡 43 人。

石公桥镇属于第二个传染圈。这个圈里是位于常德二三十公里外的乡镇，也即所谓常德“十大名镇”，它们是石公桥、镇德桥、周士乡、河洑、蒿子港、黄土店、牛鼻滩、斗姆湖、石门桥、石板滩，这些当年卫星一般拱卫着常德的乡镇，都成了鼠疫传播的第二阶梯。

石公桥镇如今看上去，是一个杂乱的中国普通乡镇。但在水运交通时代，这里东连洞庭湖，北通澧水，南达沅江，一水能行武汉、上海。而本地又盛产稻米、棉花和各种水产，自然成为一座常德县东北、洞庭湖西岸的商埠。

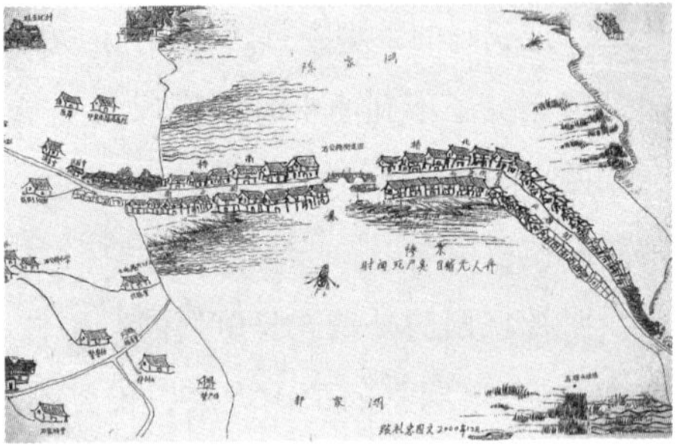

石公桥旧貌示意图。资料来源 :《常德细菌战原告黄岳峰手绘图示》，常德细菌战受害者协会编制，2014 年 11 月 4 日

20 世纪 40 年代初期，石公桥镇上大约有大小店铺和居民 400 家，人口约 2000 人。据黄岳峰和王华璋老人回忆，有经营油、盐、香、砂糖、烟酒的南货铺 20 来家 ；有粮、鱼、山货、花纱行 25 家左右 ；他们的货物有来自本地、销往外地的，也有从武汉进货的绸缎、布匹等。有 20 席以上的大酒店五六家，此外还有猪行、屠户、理发、银铺、铁铺、赌场、剧院等行业，一个城市的种种需求应有尽有。

1942 年 10 月，这里暴发了鼠疫。从时间上来说，它似乎是常德 1942 年 4—5 月第二次大流行的接续。

石公桥的鼠疫流行，可以查到 5 份民国档案资料，是了解那场灾难的基本史料。日本方面目前尚没有历史档案被揭露出来。

[1] 牟兴隆的故事来自常德细菌战诉讼原告丁德望的法庭陈述书。

"本年1月间，常德城内关庙街胡姓了，于城内染疫回新德乡石公桥（距县城45华里）之家中，发病，继之其家中女工亦染疫致死。曾经卫生署医疗防疫部队第十四巡回医防队派员前往处理调查，以后即未再发，更未见有疫鼠。"1942年12月上旬编发的国民政府战时防疫联合办事处第26号《疫情旬报》记载。

到了10月，情况大变，每日都有死亡。至11月20日，共计发现35例，死亡31例。此外，距石公桥10华里的镇德桥，于11月20日亦告死亡2例，至25日止共死亡9例。[1]

石公桥鼠疫从常德传入大有可能。这两个城市以水相连，石公桥的人生意做大了就去常德发展，常德人的家乡或许就在石公桥。石公桥镇鼠疫传播，引起国民政府防疫部门的注意。战时防疫联合办事处判断，乡间流行意味着鼠疫已呈向外扩大之势。11月14日，湘西防疫处调第一批防疫人员，赶到石公桥、镇德桥设防疫临时办事处。建立石公桥隔离医院两天后，常德防疫部门的技术督察长施毅轩和伯力士带领的第二批人员赶到。伯力士被赋予督导一切的职责。

伯力士的到达为时已晚，石公桥已经是鼠疫的领地。死人前，这条长街上开始出现死老鼠，特别是鱼店、肉店、米店、油店、酱油店、食品杂货店等处。当时正元堂药铺老板丁为桂对医生聂胖子说，这是鼠瘟，会危及人。他们把死老鼠装进撮箕里，埋到河边，在店周围撒了很多雄黄。

老人们的记忆里，最早死亡的是30岁的石冬生，就病了一天多时间。因为是暴死，人们怀疑是不是有冤家放毒仇杀，目标集中在石冬生哥哥身上。兄弟俩没分家，平时不睦。

石冬生死亡事未平，隔壁鱼行张春国的妻子又发病，第二天早晨暴死。接着石冬生的母亲染病死亡。死神再次交替到张春国家，他18岁的大儿子张伯君还在读书，准备放寒假后结婚，从学校回家来，立即染病不起，也是暴死。就在全家为长子张伯君的死悲痛欲绝，尸体还没有入殓埋葬时，张春国自

[1] 国民政府战时防疫联合办事处《疫情旬报》1942年第26号，中国第二历史档案馆藏，476—198。见张华编：《罪证——侵华日军常德细菌战史料集成》，中国社会科学出版社2015年版，第132页。

己和女儿又同时染病，父女双双惨死。张家全部死绝，尸体摆满厅堂，无人料理丧事。[1]

张家人死绝之时，隔壁花纱行丁长发家也开始死人。先是丁长发的妻子鲁开英，之后女儿丁月兰，祖母丁刘氏，管账先生魏乐远，丁长发本人，两个弟弟和弟媳，雇工鲁方新、贺第卿等人，一个接一个在一周内全部死亡。

石公桥丁家传出的噩耗，让丁家未过门的长媳李丽枝惶恐不安。“我自己也十分困惑，难道是我的八字太恶，过门前就克死了婆婆吗？”

李丽枝没有想到，只有她成了丁家惨剧的见证者和诉说者。

防疫队在丁家隔壁解剖了张家长子伯君的尸体，并决定疫尸一律火化。“我公公怎忍心让老母亲和心爱女儿被剖腹挖脏呢？他们乘夜用船将两位亲人的尸体悄悄运到离镇一里地的荒郊埋葬。奶奶死后，公公也身感不适，继而高烧，神志不清，公公也死了。”

当时的桥南街上，有几位青年，惊闻丁家花纱行的人全部殁命，十分同情，决心冒死为他们安葬。于是他们跑到防疫站打针，领取了“注射通行证”；又听说酒能杀菌，便喝上一碗烈酒，壮着胆子来到丁家门前。满屋死人的情景，吓得他们倒退几步。一个星期前还是人来客往、生意兴隆的花纱行，如今凄风飒飒，就像是一座人间地狱。

李丽枝的未婚夫丁旭章正在常德求学，得到家人惨死的消息，连夜跑到李丽枝家，拉上她往家里跑。一跨进门槛，李丽枝看到：“大厅里横躺着 6 具亲人的尸体，两位雇工也已是奄奄一息了。面对这悲惨的情景，我的心已碎了。想哭但又不敢哭，唯恐防疫队的医生来取死者的内脏化验。我看了看公公的遗体，手脸发乌，两眼半睁。听人言，死者的眼睛睁着，只要一抹就闭上了。可谁也不敢把公公的眼睛抹一下，怕染上这可怕的瘟疫。旭章呆若木鸡，脸上涨得发紫。”

周围的人阻止丁旭章久留，他没有打预防针，很容易传染。众人劝他，如果真行父母之孝的话，就是早早离开，留下丁家的一条根。

李丽枝说丁旭章平日里最为孝顺，听到这话，便拉未婚妻，向父亲拜了

---

[1] 参见邢祁、陈大雅主编，龚积刚、张军、魏权胜副主编：《辛巳劫难——1941 年常德细菌战纪实》，中共中央党校出版社 1995 年版，第 98 页。

三拜，匆匆逃离。“灵堂三拜成了我和丁旭章的结婚仪式，因为这天就是我俩的婚期，11 月 12 日，农历九月二十四。”[1]

丁旭章自此以后，成了一个一生郁郁寡欢的人，有时不经意间会透露出对别人兄弟姐妹众多的羡慕。20 世纪 60 年代，他以自杀结束了自己的一生。

作为社会、经济活动的集中区，所有来石公桥的人都被卷入了这场灾难，并成为新的病菌携带者，将死亡传到更远的地方。两个从湖北汉口来的汉剧团演员，住在益寿堂药铺里，染疫而死；王商成家刚从农村来的挑水工死去了；从湖北易市来的鱼贩，因为帮助丁国豪鱼行埋葬死者而感染，回家后不久就死了；一个前来买棉花的人，死在回去的路上。

1943 年 4 月湖南省卫生处撰写的《防治常德鼠疫工作报告》，附录了一份《常德新德乡石公桥、广德乡镇德桥鼠疫病人登记表》，列出了死亡 36 人的名单。另据第 38 号《鼠疫疫情紧急报告》：施毅轩大队长 12 月 3 日电告，石公桥共发现疫死 40 余人。[2]

1993 年，常德文史办从新华社消息里得知日本发现《井本日记》，并看到日记中关于对常德投放鼠疫菌的记载，立即在石公桥镇召开座谈会了解情况。参会的黄岳峰、李丽枝、贺凤鸣等人均 70 多岁，头脑清晰。他们都是亲历者，或患鼠疫幸存，或有家人死亡，不计无名无姓者，只计叫得上姓名的人，几人就说出了 160 多名死亡者。[3] 细菌战诉讼调查开始后，常德细菌战调查委员会的调查，让这一数字增加到 1017 人。

日本东京地方法院 2002 年 8 月 27 日一审判决认定：“据‘常德市细菌战受害调查会’极其深入和广泛的调查，常德的鼠疫患者死亡人数达 7643 人。”此为常德及周边乡镇鼠疫死亡者总数。[4]

石公桥鼠疫什么时候结束，防疫队什么时候撤离石公桥，目前都找不到档案记载。

---

[1] 李丽枝口述。

[2] 湖南省卫生处《防治常德鼠疫工作报告》，1943 年 4 月，湖南省档案馆藏，74—3—6。见张华编：《罪证——侵华日军常德细菌战史料集成》，中国社会科学出版社 2015 年版，第 107 页。

[3] 参见邢祁、陈大雅主编，龚积刚、张军、魏权胜副主编：《辛巳劫难——1941 年常德细菌战纪实》，中共中央党校出版社 1995 年版，第 100 页。

[4]《东京地方法院就侵华日军细菌战国家赔偿诉讼案一审判决书》，细菌战诉讼团提供。

石公桥很快就成了一个新的传染源，向它周边的乡镇扩散：镇德桥镇（死亡329人）、白鹤山乡（死亡31人）、大龙站乡（死亡30人）、双桥坪乡（死亡152人）、周家店镇（死亡1537人）、中河口镇（死亡21人）、蒿子港镇（死亡20人）、韩公渡镇（死亡347人）等全部染疫。

于是这些第三阶梯的疫源再向第四阶梯传染。如韩公渡镇，从周家店染疫后，又传到牛鼻滩（死亡31人）、贺家山（死亡1人）、洲口镇（死亡139人）。洲口镇又成为第四阶梯的传染源，再传到第五阶梯的文蔚乡（死亡30人）、鸭子港乡（死亡78人）。这些疫点之间互为疫源，随着人、物的流动而多向交叉传染。[1]

2015年4月23日，笔者在周家店镇见到了83岁的向道仁，他是周家店鼠疫的调查、统筹人。一见面，他便用一口纯粹的常德乡音吟出一句民谣："路上寻尸骨，湖中哭亲人。时闻死尸臭，目睹无人舟。四野无农夫，百里少人烟。"因为他和几位老人的调查，周家店这个常德鼠疫传播第三阶梯的典型样貌才展现出来。

更多的死亡，发生在洞庭湖边的流浪渔民中。

周家店东是800里洞庭湖的西汊，沅江和澧水的汇合处。这里湖汊勾连，荒洲萋萋，有一个2.8万多亩的大湖，叫毡帽湖，有1万人口。湖边有很多沙洲，水退时露出水面，涨水时全部隐于水下。每到秋、冬、春三季水退洲长时，成群的银鱼、野鸭在这里聚集，流浪的渔民也会聚来打鱼、割苇。这时周士乡便会临时设4个保，管理3000多名渔樵与江渚之上的渔民。

向道仁的祖父和外祖父都是渔民。1942年10月，外祖父谢永祥与哥哥向道福一起去石公桥丁国豪鱼行卖鱼，染疫后竟然无力驾船回家，双双死在一个叫涂家湖的河汊边。两天以后，家里人找到他们，发现尸体发黑腐烂，无法搬运回家，只好用船作棺埋葬了两人。

荒洲湖泊里渔民们染疫越来越多，越死越快，荒洲上遍地人尸、兽尸、鸟尸、鱼尸，臭气熏天。"死了多少人根本无人知道，一家家、一船船地死。一开始还登记了几个人，后来根本找不到埋尸人，政府向大户募捐，埋一尸给

[1] 以上数字均为常德细菌战调查委员会提供，参见常德市细菌战受害者接待处编：《侵华日军细菌战十年诉讼记》。

三斗谷。”向道仁说。

当年的国民政府周士乡乡公所经济兼兵役干事萧宋成（1912—2002），在向道仁等的调查中留下了口述，为当年的情形作证。

作为乡民事干事，萧宋成说他埋葬过无人认领的疫尸数百具。当时雇请零工，每埋一具尸体，工钱是三斗谷。乡政府没有力量拿出这么多钱粮，便向当地商家大户募捐。“向道同家派捐一百担谷，高家马老板绸缎铺光洋二百块，唐炳煌自捐光洋一百块，我自己捐光洋八十块，还有一些有名望的人十担八担谷、二三十块光洋不等，总共捐资光洋五百七十块、谷三百八十担，均用于掩埋尸体，乡丁、保卫费，及一些防疫性药物。”[1]

萧宋成不仅掩埋乡人尸体，经他亲手掩埋的亲人竟有12位。他的妻子染病后，半岁的小女儿还在哺乳中。母亲得病，孩子吃了母乳，结果母女两人双双死去。8个月前，表兄一家6口来周士乡捕鱼，萧宋成借他30块大洋购置渔船，结果全家加上一个前来依附的表弟，全部死绝；萧宋成的另一个老亲田学良一家3口，也在荒洲上染疫死亡。死后埋尸烧房都是萧处理的。

萧宋成说，当时乡公所虽尽力处理，但无奈地域广大，疫病严峻，加上还在打仗，人心惶惶，很难顾及周全。据他估计，周士乡染疫死亡人数可达2000余人。解放后，此地每当治水修堤，就会挖出白骨。

死于河汊、沙洲里的渔民无人关注，亦无人收尸，引来无数乌鸦。向道仁说，一个叫涂锦荣的人路过这里，竟被乌鸦追逐，啄瞎了一只眼睛，回到家里两天就死了。从此方圆百里都知道这里的“水有毒，人有瘟”，整个毡帽湖空寂无人，连续三四年无人敢来打鱼、割苇。

周士乡的鼠疫死亡人数，常德细菌战受害者调查委员会的统计是1683人。一个僻静水域怎么会成为鼠疫为害的重灾区？主要原因可能是，当年防疫力量集中于城市而无力顾及农村。但向道仁高度怀疑那只被投入洞庭湖的容器。

当年日军鼠疫攻击常德时，飞机一侧装鼠疫跳蚤“谷子”的容器打不开，扔进了洞庭湖。虽然向道仁没有什么证据，但也不能说完全不可能。因为那个

[1] 参见聂莉莉著：《伤痕——中国常德民众的细菌战记忆》，刘云、金菁琳译，中国社会科学出版社2015年版，第165页。

丢在洞庭湖里的容器，究竟丢在哪里，谁也不知道。

七

他们还活着，是一个奇迹。

他们是成千鼠疫患者中的幸存者。他们说，像他们这样得了鼠疫没有死的人，在石公桥周家店这一大片区域只有 9 个人，而死去的是 3344 人。笔者 2015 年前去采访时，还活在世上的只有 7 个人了。他们中的 5 个人身体、头脑都很康健，与他们坐在一起，听他们讲述，也是一个奇迹。

生命穿过了悠长岁月，停泊在最后的港湾里，一起在洞庭湖边落日余晖里，回首曾经的惊涛骇浪。

王华璋，1922 年生，2015 年接受采访时 93 岁。世居石公桥乡王家桥村。

王华璋。常德细菌战受害者协会供图

王华璋现住在常德“和生源”尊老院里。他向笔者解释，是他自己坚持要来尊老院的。女儿因为要照顾上学的孙子，他一个人在家里，房子很大很空，住在这里大家都省心一些。

93 岁的王华璋是个瘦瘦的、和善的老人，行动还能自理。可能是因为中过风，说话有点拖长音。在尊老院打饭的铁皮车推过过道水泥地的巨大噪音里，他说：“日本死都不认账，安倍更硬，默克尔的风格我很赞赏。”他是想和我讨论德国总理默克尔的日本之行。

“所有的国外首相对战争的看法，我都关心、都知道，我看电视。”93 岁的他头脑清晰，精神矍铄，掏出一个巴掌大、磨损厉害的小本子，上面用很小的字写着，默克尔劝日本首相安倍晋三就历史问题认错的内容。他说，对他来说，细菌战，只要他还活着，就不会成为过去。因为日本人没有道过歉。

“1941 年日本人在常德空投鼠疫的时候，我 19 岁；第二年石公桥鼠疫大流行时，我 20 岁了。什么都记得清清楚楚。

“石公桥离常德 30 公里，日本飞机偏一下就到了我们这里，投了谷米、棉絮。1942年九月（农历）深秋时，石公桥出现好多死老鼠，白天天气晴朗时，它们也在街上缓慢爬行，不晓得躲人。米店、鱼行里死得最多，拿撮箕撮，当时不知道是鼠疫。

“我家原来住在石公桥西北4公里的乡下。1942年时家里有5个兄弟、两个妹妹。读了几年私塾后，母亲安排我习商，到石公桥北横街的熊三顺绸布南货店做学徒，那一年我13岁。几年出徒后，就到同一条街上的‘大德昌’绸布店当采购先生。我虽然年轻，但不打牌不喝酒，得到老板彭佩陔的信任。我把一船船的稻谷运到长沙、武汉卖掉（一船一千多石），换钱采购上海工厂里出的哔叽（一种当时流行的高档机织布料）、纺绸运回来，老板很信任我。

“10月中旬的时候，北街开始死人。那一天吃过晚饭，街上突然沸腾起来，和我们在同一街的丁长发鱼行里，家人加上雇工一共11个人（一个儿子在外上学幸存下来）都死了，成为一时奇闻。街上的人都去看，我也去了。

“丁老板鱼行围拢的人不少，但又不敢进屋，我也是隔门往里张望。屋里横一个竖一个，倒了六七个人。死人皮肤是黑的，眼睛都鼓出来。

“没有人敢去收尸。当时刮南风，一阵风吹在我身上，那种感觉特别怪，现在也没有办法用语言形容，反正不舒服。我赶紧回自己的店里。

“第二天一大早，我就精神不振，身上软得起不了床。大德昌的老板很厚道，让我回乡下多休息两天。我走了8里路，回到乡下自己家时，就不行了。人昏昏沉沉的，不停地口渴，要喝茶，那是在高烧。左大腿根起了坨（淋巴肿大），很疼。

“母亲守了我一夜，可能是她看再不想办法我就会死吧，天不亮就敲邻居的门，央求他们送我去石公桥看郎中。当时我根本不能走路，两个邻居一个叫丁来亭、一个叫丁进堂，就用毛竹竿捆了个架子，抬着我。我母亲小脚，在后面跟着一路小跑。快抬到石公桥时，正巧遇见了我们保里的政务干事周文善，他对我母亲说，我可能得的是鼠疫，现在县里在石公桥南的邓家庄设有医院，到那里治可能能救你儿子一命。

“就这样我住进了邓家庄的隔离医院。当时医院已经有很多病人，医生进进出出的。一个个子很高、50多岁的大鼻子外国人让人抽我胳膊上的血，抽出来抹在玻璃片上。大个子的外国人会讲中国话，但讲得很慢。他告诉我：

‘你幸亏来得及时，迟一天就无法救活了，你得的是鼠疫。’

“后来我才知道，这个人叫伯力士。他给我一天打三针，吃两种药丸，一种是黄色的扁圆的，一种是白色的。一个星期以后，我渐渐地有精神了。

“到冬天后，死人少些了。防疫队在镇上灭鼠，打预防针，还把我们的被子衣服拿到樟树山用蒸笼蒸。我记得春节时防疫队还在石公桥，第二年3月他们才走。

“没有我母亲遇事果断，没有巧遇周文善，没有伯力士他们来石公桥防疫，我也活不到今天。73年时光如水，把很多东西都冲淡了，但用细菌杀我们的事怎么能冲淡呢？虽然年深日远，但永远也不会忘记。”

熊善初，1929年9月24日生，2015年接受采访时86岁。世居常德市新德乡熊家桥村仲仙坪。

熊善初。常德细菌战受害者协会供图

熊善初身体很好，花白的头发，不说年龄，完全看不出已经86岁了。2015年5月在常德细菌战受害者协会的办公室里，向笔者讲述他的故事。

“1942年的时候，我家8口人，三代同堂，住在新德乡熊家桥村仲仙坪，以种田为生。父亲熊大川、母亲鲁多姑都已年近六旬。大哥熊用楠31岁，嫂子陈双英30岁，二哥熊八生28岁，他们3人是家里的主要劳动力，是支撑家庭生活的顶梁柱。大哥大嫂有一对可爱的儿子，大的叫熊绍武8岁，小的叫熊绍平5岁。我是父母的幺儿，时年13岁。当时家里有3亩地，又租别人8亩种，每年收成不错，家境富裕。所以能供我在石公桥小学寄宿读书，在学校吃住，不是假日不回家。当时我读到了六年级。

“当年10月，大哥每天驾船去砍柴，中午在石公桥上岸吃碗面。有一天他听说鱼行丁长发家正在死人，成了镇上的轰动性事件，大家都去看，他便也去看了一眼。大哥砍柴火砍到第四五天的时候，就病倒了，头痛高烧，后来又四肢抽搐。那病厉害得很，不到天亮他就惨死了。第二天，我得到大哥暴死的消息，从学校赶回家中，看到大哥尸体皮肤乌黑，而我的父母亲和大嫂哭一会儿便昏死过去一次。

“大哥死后，在村里乡亲们帮助下，埋葬在熊家桥村的坟地里，他的坟今天还在。我大哥丧事刚办完，谁知第二场悲剧又发生了：我大哥5岁的小儿子熊绍平病倒了，接着我大哥的大儿子8岁的熊绍武也病倒了，病情与我大哥一模一样：高烧、头痛、抽搐，两三天内两人相继死亡。这还没完，接下来我二哥又以同样的症状发病，3天后死亡。

“就这样，我家在10天内被鼠疫夺去4名亲人的生命，还专挑我家的壮年人。大哥二哥整天种稻田，身体多好啊！还有两个侄儿，正是成长的少年，怎么说死就死了呢？我家就像天塌了一样，我的父母失去了两个儿子、两个孙子，我的大嫂失去了丈夫和一对孩子。此后，大嫂被迫改嫁另找归宿。

“我二哥死了之后，父母眼看着我们家只剩我这根独苗了，生怕我也抽搐暴死，绝了后代，断了祖宗的烟火，便督促我赶快回学校去。其实他们不知道，正是石公桥镇流行的鼠疫，让我大哥得病，并把病菌带回家的，而我大哥只是去看了那么一眼。

“我回学校不久就发病了，头痛、发烧，身上觉得很不舒服，食欲严重减退，吃东西乏味，但还没有发展到我两个哥哥那样四肢抽搐的程度。学校的走读生大都回家了，我们班上的另外几个寄宿生也开始发病。我们班的班主任丁介南老师，就把我们送到了设在镇上的简易医院。这是常德城里的医疗防治队设立的，专门收治鼠疫患者。医院设在乡公所旁边的一个天主教堂里，医生给我抽血，一个外国医生来给我做的检查。查完了之后说，病情还不算严重，治疗还来得及。我是后来才知道这个医生叫伯力士，是个外国来的鼠疫研究专家。我们几个患病的学生被医疗队隔离在学校的一间学生宿舍里，每天给我们打两次针；每天发药丸，每日服三次。接连打了7天针后，我的病便开始好了。此时学校也全校停课了，学校直到第二年年初才重新开学。开学一看班里少了不少人，那些走读的孩子，得了病回到家里，没有送到防治医院来治，很多都死了。和我同在学校被隔离治疗的同学中，还有一个女同学现在还在世，住在常德城里，她可以作证。

“现在回想起来，我算是不幸者中的万幸者。令我终身痛恨的不是鼠疫这种病菌，而是撒播这种病菌的日本军国主义者。我们一家人死了4口不说，帮我家办丧事的人也被传染而死。村里不像石公桥，有防疫队，只知道死人却毫无办法，也不知道到底死了多少。我是参加细菌战调查后，才知道当时全村120多户人家，有73户染疫死了人。”

曾晓白。常德细菌战受害者协会供图

曾晓白，1940年10月11日出生，2015年接受采访时75岁。世居常德市周家店镇柳溪湾6组。

曾晓白在乡间是一个有文化的人，初等师范学校毕业。他在周家店镇柳溪湾他家乡的瓦屋垱中学教了一辈子的书，直到退休。曾老师教初中孩子的语文和政治35年，但他告诉我，他从来没有向他的学生教过日军在中国、在他的家乡使用细菌武器的内容。因为教材里没有写，他没有机会教。直到2000年开展细菌战受害者调查、中国受害者赴日诉日本政府后，细菌战才被写进了本地“乡土教材”。乡土教材是高考不会考的辅助教材，曾老师结合自己的受害经历，给学生们讲了这段历史。但此时他已经退休了。

“1942年，周士乡向家榨房的向资行家发生了鼠疫，他的儿子向道华、女儿向兰英、孙女向淑兰3人染上鼠疫后仅两天就相继而亡。此后，鼠疫便迅速蔓延流行到附近村寨的许多农户。我母亲的姑母胡友姑、舅奶熊再姑、表弟蔡坤生祖孙3人染上了鼠疫，不到5天时间就发病身亡。

“那时，我刚刚两岁，还没有懂事；我母亲23岁，还是一个年轻的小媳妇。当时母亲带着我回周家店集镇的外婆家里，外婆家得知亲戚家发生了瘟死了人，我外祖父母和母亲就带着我前去吊唁。之后，我母亲和我身体都感到不舒服，头疼、时冷时热，当时把全家人都急坏了。我祖父曾贵白急中生智，说在石公桥有医院，听说外国医生能治这个病，当机立断，叫人把我和母亲送往石公桥医院。经伯力士医生检查是鼠疫感染，便连忙打针吃药，才转危为安。

“我和我母亲都活了下来，真是太幸运了。我们柳溪湾这个小小的村子，当时只有489人，短短20天，就死了158人。我当时小，不懂事，后来参与调查才知道有多惨。村里的曾广达，是一个武学教头，在家里办了个武学馆，学生有来自石公桥、镇德桥、大龙站的20多人。曾广达作为教头天天舞枪弄棒，身体是全村里最强的，可是鼠疫偏偏发生在他家。先是他的儿子曾绍生，两天之后是他老婆，再接着是他，只得病一天，就死了。就这样，人传人，户传户，村传村，只有十多天，就死了31人。年纪最大的曾广茂70岁，最小的曾妹芝只有2岁。不仅人死，猪、牛、狗也死。死人之快，死人之惨，真是无法言表，真正是一场空前之浩劫呐！”

陈建国。常德细菌战受害者协会供图

陈建国，1931年3月出生，2015年接受采访时84岁。世居石公桥镇周士乡瓦屋垱下。

陈建国和他的妻子、76岁的王凤兰，都是教师。陈建国解放前高中肄业，1949年开始教书，后来在周士乡瓦屋垱中学当校长，从教41年。妻子王凤兰中师毕业，在乡村小学里教了31年书，当了31年的校长。两人退休后除了调查自己乡里细菌战受害情况，就是写诗。石公桥周家店有一个响亮的名字"中华诗词之乡"，还办有一本农民诗刊。陈建国和妻子平日里互相写诗唱和，或是为了一朵盛开的花，或是为了生活中的一些情景感发，有的也发表在那本农民诗刊上。诗让两个白发老人的生活有一些特别的情趣。问他们为什么喜欢写诗，他们回答：这里是屈原的家乡啊。屈原投的汨罗江离这里不远！

"1942年10月石公桥流行鼠疫时，我11岁。在石公桥高小读六年级，是寄宿生。石公桥一条街，鼠疫先发生在北街，我们学校在南街。开始死人时我们还在上课，后来死人多了学校就放假，我就回了家。

"回到家里，发现村里、家里都在死人。我的伯伯克铣的女儿卯香先得病，也就只有两天的工夫，就死了。我和我的三个姐姐梅香、文香、桃香，叔叔克权都生了病，发烧、头痛，身上淋巴肿大。我是家里的独苗，我父亲到了三十四五岁时才生了我这一个儿子。父亲当时就急了，背起我就往石公桥镇跑，送我去医治。谁知半路上都设了卡子，石公桥作为疫区被封锁了。我父亲又背着我回来，雇请了一只小船，乘夜色沿水路把我送到了石公桥。当时石公桥小学校已改成临时医院和隔离所，我们的教室，都变成了病房，上下铺，一个教室里住着20多个人。我住的教室门口冲着一条大街，我躺在那里，看着大路上每天不停地有抬死尸的经过，有的时候同时过几组。但我们教室里的病人死得很少，大都康复了。

"我回到家才知道，我住院后，我的叔叔和三个姐姐都死了。唉，我父亲重男轻女啊，那时候女人的命不值钱。当时也是条件太差了，我父亲送我到石公桥还是偷偷摸摸的，再送三个姐姐就不太可能了。我活了，我的三个姐姐却都没了，当时治疗不要钱，要是能送她们去，一定也能活下来的。可乡下送不到镇上的医院里啊！

“复学了以后，我才知道给我从颈部抽血化验、我们叫他俄国佬的高鼻子的医生，是伯力士。他救了5天，我才脱离危险。我的生命是伯力士医生给的，我要感谢伯力士医生再生之恩。”

向道仁，1933年5月21日出生，2015年接受采访时82岁。世居常德周家店镇。

向道仁。本书作者摄

2015年5月一个春日上午，在周家店向道仁的家里，见到了穿着棉袄、身体极瘦，精神还很矍铄的向道仁。他的客厅的墙上贴着一张大红纸写的“寿”字，是他80岁生日时亲友的相赠。向道仁有严重的肺气肿，5月之前刚刚住了两回医院。

他两眼放光地盯着我说，“八百里洞庭湖啊，我的家乡是个真正的鱼米之乡，‘白银上面插竹竿’，是说稻米好得像白银一样。他们怎么能在这样的地方撒细菌？”他的语速很快，好像急着把一切都告诉我，让我了解。一激动，就上不来气，要跑进卧室一会儿。原来是去吸氧，出来再接着说。

一个月后，再去常德采访，得到的是向道仁已经去世的消息。

翻开采访本，上面还留着他的手迹。当时因为听不明白他时而铿锵、时而拖调的常德方言，便让他写在我的笔记本上。这是一首他作的词，词牌为《浪淘沙》：

东亚共荣圈，换日偷天。日军空投细菌弹，杀我同胞千百万，苦不堪言；
血债要偿还，漫道雄关。世界风云多变幻，同仇敌忾审恶魔，历史公鉴。

他说这是2002年，听到对日细菌战诉讼一审败诉消息时，悲愤难抑，脱口而出的一首词。那一天他们一直在等从东京打来的电话，当听到败诉的消息时，他几乎“气炸了”。

我问他解放前上过几年学，平时作词吗？他答道，只上过初小四年。这是平生第一次作词，因为熟悉毛主席的《浪淘沙》“大雨落幽燕……知向谁边”，就按那音韵曲牌“套了出来”。

毛泽东，湖南人；再加上屈原故里，那种倔强、火爆、不服输，心情顿挫抑扬、不平则鸣，甚至随时可揭竿而起闹革命的个性，全都体现在他身上。

“我家里当时有父母、一个哥哥和我，过着半耕半渔的生活。1942 年 10 月，我哥和我外祖父在洞庭湖里打鱼，每天收获了鲜鱼后，运到石公桥鱼行里出售。我当时 9 岁，住在石公桥响水垱村的姨父家里。

“我哥和我外祖父可能是在石公桥鱼行卖鱼时染上了鼠疫，他俩在驾船返回捕鱼地的路上，双双死在船中。家里几天不见人归，便去寻找，才发现他们已经在船里腐烂了。于是拆下船板，就地上岸把他们草草掩埋。而我在姨父家里并不知道消息，但鼠疫也追到了这里。就在我哥和我外祖父死亡的时候，我大姨父的侄儿易惠清和他的弟媳染疫，两人在同一天死亡。他俩在得病时，我帮助做了些护理的小事，死后我又帮着奉尸入棺。当天夜时，我就开始发烧、头痛，阵寒阵热。家里人怕我也会死，当夜把我往石公桥送，当时石公桥建了一所隔离医院。我被送到一所小学改的医院里，给我治疗的是一个外国医生，后来我是在进行鼠疫受害调查、查阅当年的防疫资料时，才知道有个外国的防疫专家叫伯力士，我想就是他救活了我。经过一周的打针吃药，我奇迹般地脱离了危险，才有幸活到今天。”

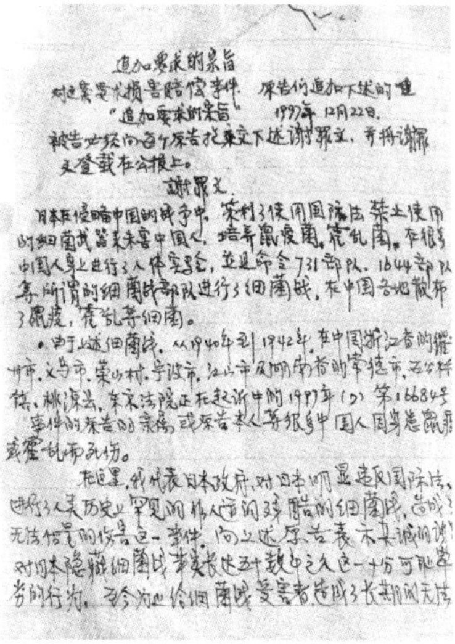
追加要求的宗旨
对该案要求损害赔偿事件，原告们追加下述的“追加要求的宗旨” 1997年12月22日。
被告必须向每个原告提交下述谢罪文，并将谢罪文登载在公报上。
谢罪文
日本在侵略中国的战争中，不顾了使用国际法禁止使用的细菌武器来杀害中国人，培养鼠疫菌、霍乱菌，在很多中国人身上进行了人体实验，并且命令731部队、1644部队等所谓的细菌战部队进行了细菌战，在中国各地散布了鼠疫、霍乱等细菌。
由于上述细菌战，从1940年到1942年，在中国浙江省的衢州市、义乌市、崇山村、宁波市、江山市及湖南省的常德市、石公桥镇、桃源县，东京法院正在起诉中的1997年(ワ)第16684号事件的原告的亲属或原告本人等很多中国人因患鼠疫或霍乱而死伤。
在这里，我代表日本政府，对日本明显违反国际法，进行了人类历史上罕见的非人道的残酷的细菌战，造成了无法估量的伤害这一事件，向上述原告表示真诚的谢罪。对日本隐藏细菌战事实长达五十数年之久这一十分可耻卑劣的行为，至今为止给细菌战受害者造成了长期的无法

向道仁手抄的要求日本政府的谢罪文。此文附在递交日本法院的诉状里。细菌战诉讼十多年，受害者没有得到日本政府对事实的承认和道歉，是他们心里过不去的坎

从幸存者的口述当中，可以发现，当年的防疫力量只覆盖到石公桥这样的中心乡镇。防疫对遏制鼠疫、挽救生命起到了很大作用，尽管鼠疫的死亡率极高，但还是有存活的可能。条件是必须在刚发病时，及时送到有防疫治疗力量的中心乡镇。

幸存下来的老人们的回忆，无法提供更多的石公桥防疫信息。或许是因为当年他们年龄尚小，作为一个被救治的小病人，不可能了解更多的情况。但

是他们都不约而同地提到的一个名字，就是伯力士。

尽管岁月久远，但提起他，老人们的感激之情溢于言表。相信当年在石公桥进行防疫的绝非伯力士一人，但奇怪的是，老人们提到的只有这一个名字。或许是他的大鼻子的长相太特殊了，他是这些幸存者所见的第一个外国人；又或许是石公桥的防疫就是围绕着他来展开的，他是最权威的专家。

但是，中国留下的有关伯力士的资料非常少。当笔者就此采访湖南文理学院历史学系教授、细菌战罪行研究所所长陈致远时，他说："伯力士是中国抗日战争期间对中国帮助最大的外国专家，贡献绝对超过白求恩，这一点是没有疑问的。但是，大多数中国人却不知道他。"他转身从书架上拿下厚厚的一大部《中国抗日战争大辞典》翻开，在里面寻找："你看，这里面收录了白求恩，却没有收录伯力士，也没有收录中国专家陈文贵。"

伯力士在中国服务了将近40年，是一个奥地利犹太人，在维也纳学医。一战时在部队当军医，被俄国俘虏，押送至西伯利亚做苦工。20世纪20年代逃脱来到中国的东北，一度穷困潦倒到抑郁想自杀。在东北期间，正好赶上东北鼠疫大流行，当时的鼠疫防治专家伍连德向社会招聘医务人员，他前去应聘，很快就成为伍连德手下最受器重的防疫人员。1930年伍连德到南京，国民政府中国海关检疫部门的初创者中，就有伯力士。

1937年全面抗战爆发，伍连德离开，伯力士则留在中国，成为"国联"援华防疫团的专家。全面抗战期间，中国哪里有鼠疫哪里就有伯力士的身影。浙江宁波、金华、衢州，湖南常德等，日军投放鼠疫为害最烈的地方，他都前往防疫，制定防疫规范，进行技术指导，培训防疫人员，监视鼠疫的发展，预警鼠疫的流行，救治鼠疫病人，可以说是无所不为。在这之后的1943年福建、云南滇西鼠疫大流行，他又转战到那里抗击鼠疫。1945年抗战胜利时，他还在福建防治鼠疫。1948年全国解放前夕，他才离开中国，去了美国。后来，他在联合国卫生组织工作，是国际最权威的鼠疫防疫专家。有了在中国从南到北广大土地上、30多年防治鼠疫的经历，没有谁比他更专业了。

"伯力士在中国的情况我们就知道的不多，到美国后的一段我们就全然不知了。他是否写有在中国的回忆录，是否对中国应对细菌战鼠疫的防疫有相关的研究和记载，是否发表过中国鼠疫防治的论文，这些都不得而知。我们听说联合国卫生组织的关于鼠疫的防治规范，有很多都是伯力士写成的。我们特别想去美国寻访他的后人，其实不只是补上研究的空白，更主要的是以这种方式记住他、谢谢他。这是中国人一直欠他的。”陈致远说。

70 多年来政治立场的预设，导致中国史学界对为国民政府工作的伯力士、陈文贵等专家视而不见。从更大的方面来讲，这是对发生在国统区细菌战的漠不关心和调查研究不足，好在这一倾向已经被认识到。陈致远说他们或许会在所承担的“南方细菌战研究”国家项目里，加上一项“伯力士研究”。

第十四章　防疫！防疫！另一番苦战

一

几番神秘飞机空投，几番疫病流行，这使与日军展开常规战的中国，面临着另一种新的更大威胁。敌人是否使用细菌武器？各地的疫病流行，是否是空投的直接后果？

如果是，一定要找到直接证据，捉住那只黑手！

衢州、宁波出现空投物并发生鼠疫后，1940年11月27、28两日，日机再袭金华，散布白色烟雾状的东西。28日在溪下街溪滩上空散布的烟雾，三四个小时不散，并有黄色小颗粒落入水缸。这种金黄色的颗粒物发黏发臭，当地民众医院的沙士升收集并进行了检查，用革兰氏染色法发现阴性杆菌，颇似鼠疫杆菌。

此重大发现如果坐实，就等于捉到了隐藏在暗处狞笑的“鬼”。消息当即逐层上报浙江军政部门。浙江省卫生处处长陈万里、军政部第二防疫大队长刘经邦、福建省卫生处防疫专员柯主光等，先后于29日、30日汇集到金华。民众医院将一支管口用软木塞塞住、石蜡封固、里面装有22粒黄金颗粒的小试管交给这一干军政大员。

掷下物为黄色圆形颗粒，如蚕子状，径约一公厘，具黏性，投入生理食盐水，即在水面展开为膜片状，色变淡黄，稍加振荡，膜片破碎为大小不等之白色粉末状，游离水中。

颗粒（放大五十倍），呈黄色球形，表面凹凸不平。[1]

几双眼睛一丝不苟地盯着这个从空中来的“小怪物”，取一滴液体滴在玻璃片上，经过干燥固定，用革兰氏染色法检测。

所有的程序都是专业手法操作，并被记录。国民政府的应对应该说是及时、严谨的，派出了第一流的专家团队。

鼠疫杆菌为短小的革兰氏阴性球杆菌，两端呈浓染色，有荚膜。鼠疫菌最适温度为27℃—28℃，怕热不怕冷，在零下30℃仍能存活。在寒冷、潮湿的条件下不易死亡，在干燥的咯痰和蚤粪中可存活数周，在冻尸中能存活4—5个月；也耐日光直射。

涂片的结果是：“内中两端为浓染色体，形态学上确系鼠疫杆菌。”[2]

接下来是细菌培养检查——检测在温度、营养、pH值等适当的条件下，细菌是否有繁殖能力。这是和涂片检查的互相印证，也是进一步查实这些空投物是否有将鼠疫菌传染给人类的活力。但是，遗憾的是：“除了杂菌发育外，不能检得鼠疫杆菌及其他病原菌。”[3]

因为没有培养出鼠疫菌，所以下一步的动物接种实验也就没有做。

1941年1月，“国联”防疫官、细菌专家叶墨博士从贵阳带来两只天竺鼠，一只在腹部剖开一个小口将金华的五粒小颗粒置入，再用烙铁为之消毒，然后包扎起来；另一只用五粒颗粒制成的乳剂擦入剃去毛的小鼠的腹部，日日观察其变化。但是几天之后，小鼠没有出现异常。是不是接种做得太晚，上年保留下来的颗粒已经失去了活力？叶墨又将颗粒制成小到0.008厘米的切片，在显微镜下观察，发现小粒里面确有类似鼠疫杆菌的细菌。

证据链至此无法接下去。

战时的20世纪40年代，在明处的中国卫生与防疫专家，要查明躲在暗

[1]《陈万里等对于敌机在金华空掷物品检验结果的说明》，参见中央档案馆、中国第二历史档案馆、吉林省社科院合编：《日本帝国主义侵华档案资料选编：细菌战与毒气战》，中华书局1989年版，第271页。

[2]同上注。

[3]同上注。

处的敌人用了什么手段使疫病流行，是相当困难的。当时不仅人类少有应对细菌战的经验，更因为某种疫病的流行往往是由多种原因造成的，要锁定是细菌战，就必须排除各种发病原因，达到非此不可的唯一性。

鼠疫是人鼠共同可患的疾病，中间的传播媒介是跳蚤，其传播规律是从鼠到人，再由人传人。但宁波、衢县均找不到病源，没有外来的染病患者或者鼠类，有的只是从天而降的投放物和跳蚤。并且这种跳蚤是一种叫作“印度客蚤”的跳蚤，和本地跳蚤大不一样。

浙江省卫生处处长陈万里发出了一连串疑问：

试问为什么掷下这种印度蚤来？同时，发病地点为什么恰与敌机掷下物的落下地点相吻合？为什么鄞、衢两县在发生本病之先没有先发生死鼠（就是鼠的瘟疫）？为什么在流行本病的时候都没有找到死鼠？并且腺鼠疫的流行季节依福建之经验，四五月及七月至九月为流行最烈期间，为什么鄞、衢两县仅在冬季的十一月发现？[1]

这一连串的疑问，实际上并非来自陈万里一人。文件的最后，是陈万里、郑经邦、柯主光、郑介安、吴昌丰等中国防疫专家的共同疑问，文件由这五人共同签署。

我们可以说，敌人是先使老鼠人工感染得病，然后搜集在它身上所预先配置好的跳蚤。现在看是含有鼠疫杆菌的蚤，和着五谷之类（烟幕，或者吸引人们的好奇或注意，使之接近是种物品，便利跳蚤找到宿主）一起掷下，跳蚤跳开，找到宿主，当然人就先被感染得病，如此就可以说明，鄞、衢两县鼠疫的来源，是由于敌人从空中掷下含有鼠疫杆菌和人鼠共同蚤来传布鼠疫，是毫无疑义的了。[2]

---

[1]《陈万里等对于敌机在金华空掷物品检验结果的说明》，参见中央档案馆、中国第二历史档案馆、吉林省社科院合编：《日本帝国主义侵华档案资料选编：细菌战与毒气战》，中华书局1989年版，第273页。

[2]同上注。

推测在当时是相当大胆的，但凭什么来证明呢?

鬼，频频闪现，却捉它不着。

浙江细菌战发生60多年后，特别是2011年《金子顺一论文集》发现后，才将陈万里的推测坐实。人们发现，1940年前后，日本731部队研究出来的最成功的细菌武器就是鼠疫跳蚤。

石井四郎等人，一开始想填充细菌到炸弹内来传播散布鼠疫菌，但发现高温、气流等使鼠疫菌很难成活，于是改变思路……

“PX”，这个怪物出现了。

“PX”就是感染了鼠疫的跳蚤。

其实，石井四郎的细菌战研究团队，并不是一开始就想到用鼠疫跳蚤的方法，当时细菌武器效果的实证尚无先例，在实验了各种各样的病原体效果及有效的散布方法、媒介等后，确定了鼠疫菌是有效的细菌武器，接下来又突破了怎样才使不耐高温、寿命短的鼠疫菌潜入人体内部，起初投放充填细菌的“宇治型炸弹”被视为是有效的方法，可是试验并未取得预期效果。

常石敬一提出：“感染鼠疫跳蚤的开发，为石井15年来生物武器开发研究最大之成果。”

“无论如何，对于衢县的攻击，是日军最初使用大量鼠疫跳蚤实施的正式细菌战。”日本亚洲历史资料中心主任波多野澄雄在研究了新近发现的《金子顺一论文集》后如此写道。[1]

当常德再次出现空投物——鼠疫流行后，国民政府立即调动陈文贵、伯力士等专家前往捉“鬼”。常德11月4日被攻击，8天后蔡桃儿患病；20日，也即出现第一例病死者8天后，陈文贵奉命从贵阳出发。同行的是一个小分队，他们中有教官兼医生、检验技师，携带实验器材、疫苗，以及当时的鼠疫特效药磺胺噻唑，星夜兼程，于24日晚8点到达常德。

伯力士是代替陈文贵于12月21日到达常德的，并在常德滞留了一年多时间，为防治鼠疫而工作，同时也在寻找着这场鼠疫的来源。

---

[1]［日］波多野澄雄：《细菌战研究进入新阶段：〈金子顺一论文集〉中的“ホ”号作战真相》，原刊载于《战争责任研究》第75号，2012年春季号。中译文收录于解学诗、［日］松村高夫等著：《战争与恶疫——日军对华细菌战》，人民出版社2014年版，第284页。

抵达常德9天后的12月30日，伯力士即向国民政府卫生署署长金宝善写了报告，提出了常德不可能是自然鼠疫流行的四大理由：

1. 湖南没有流行鼠疫的记录。

2. 能够设想感染鼠疫的最近地点是浙江省东部和江西省南部，从其中的任何一地到达常德最少需要10天。因此无论从哪里来，在到达常德之前都将会发病。

3. 常德和浙江或江西处于完全不同的河川交通线上的地点，不可能由此传来。

4. 常德地区生产大米和棉花，所以认为感染的老鼠和跳蚤是随着上述商品从其他地区运进的想法是不合道理的。[1]

伯力士提出常德鼠疫一个可疑点：腺鼠疫在中国的流行，虽然不是全部，但其中大半在流行之前都曾出现过极其明显的当地老鼠死亡现象。而在常德鼠疫第一次流行时却没有发现老鼠减少，"我们无论如何也没有获得当地老鼠感染鼠疫的证据"。

这一点也正是陈文贵讲到的：在鸡鹅巷等最先出现死人的地方捕捉到200只老鼠，但没有发现这些老鼠有问题，一只都没有，尽管鸡鹅巷里又脏又潮湿又黑暗，是个不洁的地方。

常德鼠疫流行不合乎常理，也就是说缺少了老鼠之间流行的一环，呈现出一种异常的"反向流行"——人先得了病，开始了人和人之间的传染，后来才是老鼠、蚤类得病，老鼠、蚤类再与人交互传染。

人类先得病，病从何来？

无论是从北方的荆州、东方的岳阳，还是从东南方向的长沙到常德都非常不容易。在这片江河纵横的土地上，到达常德需要跨越湘江、长江几条大河，或要穿越整个洞庭湖。常德偏居于西南一隅，是一个离海滨1600多公里的内陆小城，它的水系自成一脉，不容易受到其他流域交通物流的干扰。再

[1] 伯力士1941年12月30日向中国卫生署署长金宝善所作报告书，见解学诗、[日]松村高夫等著：《战争与恶疫——日军对华细菌战》，人民出版社2014年版，第159页。

说，距离它最近的鼠疫疫源区，也有约 2000 公里。

病从天上来！

陈文贵是当时中国第一流的鼠疫专家。1936 年曾受国际联盟卫生部的邀请，赴印度哈夫金研究所从事鼠疫研究。哈夫金是当时世界上鼠疫研究最有名的研究所。1941 年陈文贵的职务是：中国军政部战时卫生人员训练总所检验学组主任、中国红十字会总会救护总队部检验指导员。解放后陈文贵出任中国卫生部防疫司司长，曾赴朝鲜调查美军在朝鲜和中国边境疑似使用细菌武器事件，并提出对美国的指控。

陈文贵到达常德后，翻阅了谭学华等进行的 5 例解剖报告，仍然坚持再亲自进行尸体解剖。这个要求甚至引起谭学华的不满。在他看来，陈文贵似乎不相信之前他们的检验和解剖报告。陈文贵要亲自进行调查，实际上他肩负着国民政府的一个使命：查实投放与鼠疫流行之间的关系，捉住那个“鬼”！

陈文贵走访了常德城内的发病区域，在病死人家房间里设置印度捕鼠器和特制的捕蚤笼，但都没有收获。亲自做解剖的愿望，在 28 岁的男性龚操胜死亡后得以实现。

陈文贵的报告书对龚操胜的病情和死亡做了详细描述：龚操胜，男性，28 岁，住关庙街前小巷 18 号；23 日夜里 11 时骤发高烧、头痛、疲乏等病状，24 日晨感觉右侧腹股沟疼痛，午后开始呕吐，病情加重；军政部第四防疫大队应召前去就诊时，发现龚已奄奄一息。

当时诊视病者患高热，右侧腹股沟淋巴腺肿胀及有触痛，按病历及病象颇似腺鼠疫，遂劝告送往隔离病院。但不料病者于未搬入以前，即在晚八时许死亡。[1]

龚操胜的尸体是在军警的强制下才送到县卫生院的。龚脾部的组织涂在小鼠腹部，32 小时之后，小鼠发病死亡。接下来，将死亡小鼠的心血、肝脾

[1] 陈文贵：《常德鼠疫调查报告书》（1941 年 12 月 12 日），中国第二历史档案馆藏，372—2—16。参见解学诗、[日] 松村高夫等著：《战争与恶疫——日军对华细菌战》，人民出版社 2014 年版，第 292 页。

及腹股沟淋巴腺等再接种到2号小鼠身上，经过47小时的潜伏期后，小鼠发病，挣扎了44小时后死亡。

陈文贵用排除法进行推断：在敌机投下谷类之前，常德没有发生鼠疫；腺鼠疫的潜伏期为3—7天，有时甚至达8—14天，常德6例病例中有4例自投下物后七八天发病，与投放高度吻合。投放之后即刻见效，只有一个方式，就是投放的是直接感染了鼠疫的跳蚤，跳蚤叮咬了人。

伯力士和陈文贵看法相同：空投物里包含着棉花、碎布、纸片和木片等，都是为了给跳蚤起保护作用。

伯力士认为，飞机投放的谷物是否被感染鼠疫菌，这个问题看起来很重要，但并非具有决定性意义。他大胆判断，飞机即便投下感染了鼠疫菌的物质，对人也不会有太大的作用。因为他们在印度的实验是，即使在条件最好的实验室，被鼠疫菌污染的非生物也很难将鼠疫感染给实验老鼠；甚至用这些东西大量喂食实验鼠，它们也没有得病，因为鼠疫菌很难在非生物上存活。而要鼠疫菌保持活力，就得有“活的”媒介，那么这个媒介就是跳蚤。

伯力士和陈文贵面临的问题是：常德收集来的谷物里没有发现跳蚤。“在粮食中没有找到跳蚤，在粮食的附着物上也未发现跳蚤。”[1]对此，陈文贵只能做出“市民没有经验未加注意，或者逃空袭警报回来收集谷物为时已晚，跳蚤已经跳开”的推断。在伯力士提交报告后的第二年，常德鼠疫再次暴发，伯力士才在常德的老鼠身上发现大量的跳蚤。这种跳蚤被认为是外来物，因为湖南不存在这种叫作“印度客蚤”的小寄生虫。[2]

跳蚤对中国人来讲并不陌生。在贫寒的家庭或者农村，家家都与跳蚤相伴。但人们见到的跳蚤通常是棕褐色的，而常德发现的这种“印度客蚤”是血红的，就算是没吸血，也是红的。

跳蚤的种类很多，不同的跳蚤在流行病学上的意义不同。印度客蚤对于

---

[1] 谭学华：《湖南常德发现鼠疫之经过》(1942年3月1日)，《国立湘雅医院院刊》第1卷第5期，湖南省档案馆藏，67—1—333。参见张华编：《罪证——侵华日军常德细菌战史料集成》，中国社会科学出版社2015年版，第29页。

[2] “伯力士在当地捕到的老鼠身上发现了印度跳蚤。人们一直认为湖南不存在这种印度跳蚤。”参见解学诗、[日]松村高夫等著：《战争与恶疫——日军对华细菌战》，人民出版社2014年版，第172页。

鼠疫传播来说是一种十分危险的跳蚤。一方面，它容易寄生在家鼠身上；另一方面，当它感染上鼠疫时，它的胃更易于产生菌栓。有了菌栓的跳蚤，吸血时血液不能进入中肠，吸入的血液冲刷菌栓后，又反吐到被叮咬的宿主的微血管里，从而形成加强传染。并且有菌栓阻挡血液进入跳蚤胃里时，跳蚤会始终觉得是饥饿的，于是它们更加拼命地叮咬宿主，客观上加速了疫病的传播。[1]

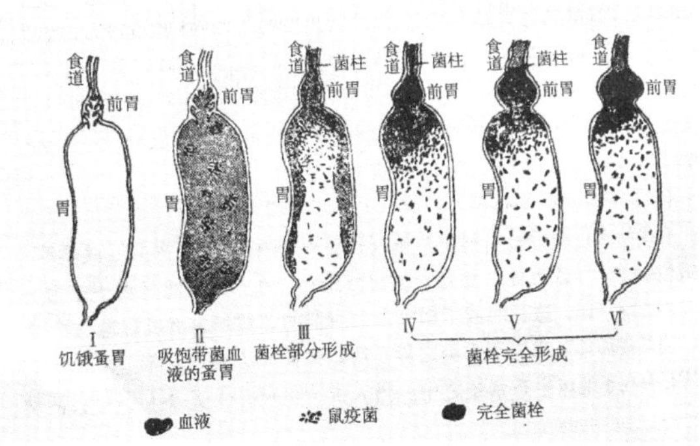

跳蚤胃部菌栓示意图。图片来源：纪树立主编：《鼠疫》，人民卫生出版社 1988 年版

陈文贵、伯力士知道这种跳蚤的危险，“因为跳蚤的幼虫不是靠血喂养而是靠米喂养的，因此它们在米店和仓库尤其丰富。随着大米的转运，鼠疫会从一个地方扩散到另一个地方”。[2]

常德整个城市，就是一个战时中国的大粮仓！陈文贵报告书是自 1940 年衢县、宁波、金华等地发生鼠疫后最权威、严谨的一份医学调查报告，成为当年鼠疫最重要的一份历史档案。国民政府向国际社会指控日本施行细菌战时，使用的就是这份报告。其中的 6 份解剖报告，特别是龚操胜的报告，从发病病历，到尸体解剖记录，到 24 小时细菌培养，再到动物接种实验，全部过程完备，从而在医学科学上确证了常德鼠疫。

遗憾的是，这份严谨的报告却没有接上那关键的一环：陈文贵将常德投放谷物带回贵阳实验室进行培养时，距离投放日已经过了 34 天。培养之后，他只发现有大肠杆菌、葡萄状球菌等，没有发现鼠疫菌。接种到小白鼠身上，小白鼠活得好好的，什么也没发生。报告的最后写道：“结论：细菌培养及动

---

[1] 参见纪树立主编：《鼠疫》，人民卫生出版社 1988 年版，另见张益清著：《抗日战争时期浙江省会云和——细菌战调查纪实》，中国文史出版社 2012 年版，第 36 页。

[2] 王诗恒：《常德鼠疫及控制方案的报告》，参见张华编：《罪证——侵华日军常德细菌战史料集成》，中国社会科学出版社 2015 年版，第 63 页。

物接种试验，该项麦谷等标本中，未发现鼠疫杆菌。”[1]

“鬼”，再一次从手指缝间滑脱。

二

1942年3月31日，中国国民政府卫生署署长金宝善，就日军向中国进行细菌攻击事件整理成报告，于4月上旬向全世界发布。

实际上，美国和英国早在金宝善报告之前，就通过各自独立的情报网，获悉日军在中国，特别是常德进行细菌战的情报。虽然对情报将信将疑，但各国对于在战争中使用细菌武器还是相当警觉。1941年12月5日，美国驻重庆大使馆陆军武官威廉·梅亚致函常德索要有关情报，湖南的基督教教徒及传教士联盟回复了有关内容；英国陆军部则于12月31日获得了情报，第二天情报便转至英国驻新加坡的机构。之所以向英国的新加坡机构报告，是因为此时正值新加坡遭到日军攻击约一个月前，日军是否在中国使用细菌战至关重要。[2]

英国战时内阁局的亨利·埃瓦利特接到情报后，立即委托伦敦卫生学校医学研究评议会的A.兰茨伯拉·汤姆森判断情报真伪。1月6日亨利·埃瓦利特收到回复："简直是无稽之谈，情况证据似乎并不充分。存在于大米或其他物质中的鼠疫菌可以说确实无害，只有投下疫蚤或已感染鼠疫的老鼠会导致病例出现，但那也只能是在最佳条件下才可能发生。"

亨利·埃瓦利特又将汤姆森回信复印件，寄给波顿·唐研究所的费尔兹博士征求意见。费尔兹回复道："关于这一问题，在未获得兰茨伯拉·汤姆森的专门性意见之前，我认为这一事件看起来是一大发现，而实际并无价值。"[3]

就在英国的专家矜持踌躇之时，英国《每日电讯报》2月28日刊发《日

[1] 陈文贵：《常德鼠疫调查报告书》(1941年12月12日)，中国第二历史档案馆藏，372—2—16。参见中央档案馆、中国第二历史档案馆、吉林省社科院合编：《日本帝国主义侵华档案资料选编：细菌战与毒气战》，中华书局1989年版，第292页。

[2] 参见解学诗、[日]松村高夫等著：《战争与恶疫——日军对华细菌战》，人民出版社2014年版，第171页。

[3] 同上注，第173页。该书作者松村高夫1992年3月曾访问过波顿·唐研究所。至此，其生化专家约瑟夫·尼达姆在接受访问时仍持从飞机上散布鼠疫菌，细菌会全部死亡的观点。

本发动细菌战》的消息，3 月 2 日《旗帜晚报》又刊登了伯力士解剖鼠疫老鼠的报道。媒体将日军进行细菌战的消息公之于世。

3 月 21 日波顿 · 唐研究所收到陈文贵报告，并在两天后拿出了分析结果。分析认为，虽然可确认日本飞机曾向常德投下物质和发生鼠疫的事实，但两者之间的因果关系未经证实。

根据对这一证据的分析，对于飞机曾投下某种物体并发生过鼠疫患者的事实不再怀疑。然而，从据称为投下的但未经证明的物质中，以及土著的老鼠中，都未曾发现鼠疫杆菌，而且也未发现跳蚤，所以在飞机和鼠疫病例之间显然不存在已经被证实了的关系。还有，看来证据也不使人确信附近没有自然发生的鼠疫。在上述情况下，虽承认其说明的可能性及其宣传价值（请参照林博士的夸大说法），但公正的读者将难以承认该报告会构成足以成为采取行动依据的事例。

波顿，实验局生物学部 1942 年 3 月 23 日[1]

如此饶舌的一番评论后，陈文贵的报告最后被判定为了“宣传目的”而写。当时的英国生化学界，普遍对从飞机上投下鼠疫菌的效果持否定态度。他们认为即便是从飞机上投下鼠疫菌，细菌也会全部死亡。

美国人一开始也不相信，认为日本人不可能造出细菌武器，应提防的是德国人。但后来美国人相信了，在常德受到攻击之后，美国即开展了大规模的细菌战研究。

细菌武器尤其是鼠疫，对于今天来说可怕性已经减少了许多。因为抗生素的方便获取和多种类大量使用，加上疫苗接种和公共卫生防疫监测系统的建立，使细菌战的危害效果成倍减弱。

20 世纪 30 年代，美国的军事战略家们不相信细菌武器能够作为一种战争武器来使用，其重要的原因就是，公共卫生体系的日臻完善，使美国国民有条件接受几乎所有病原体的预防接种。美国化学战部医疗部主任雷恩 · A. 福克

[1] 参见松村高夫《湖南常德细菌战——1941 年》收录于解学诗、[日] 松村高夫等著：《战争与恶疫——日军对华细菌战》，人民出版社 2014 年版，第 173—175 页。

斯少校，在 1933 年发表了有关细菌战的论文，他的观点是细菌武器作为战争武器是不可能的，这代表了美国军事战略家的主流观点。而当 1941 年美国人获得中国情报时，立即组成了由 9 名最优秀的生物学家参与的细菌战委员会 WBC，其思路是从所有的角度研究细菌战的可能性，做好减弱其效果的一切准备。[1]

细菌战的实际效果，受环境等外在因素的影响非常大。这一点 731 部队部队长石井四郎进行了深入研究，他提出的细菌战“ABEDO”理论，就是对影响细菌战效果的各种因素的总结。石井四郎发现，细菌武器的效果，不可能像炸弹效果那样进行严密的测算，有诸多因素会影响其效果。为了得到相对科学的效果评估，必须将相关诸影响因素作为变数，编入测算公式进行测算。“ABEDO”理论中的 A 为外因；B 为媒介；E 为病原体；D 为内因；O 为运用。金子顺一在战后向东京大学提交的 8 篇博士论文中的第三篇《PX 效果测算法》，就是运用“ABEDO”理论，对中国 6 个地点实行 6 次鼠疫攻击的实际效果，进行精密的数学测算。

金子顺一论文《表 1　既往作战效果概见》[2]

攻击	目标	PX（kg）	效果		1.0kg 换算值		
			一次	二次	Rpr	R	Cep
15.6.4	农安	0.005	8	607	1600	123000	76.9
15.6.4—7	农安、大赉	0.010	12	2424	1200	243600	203.0
15.10.4	衢县	8.0	219	9060	26	1159	44.2
15.10.27	宁波	2.0	104	1450	52	777	14.9
16.11.4	常德	1.6	310	2500	194	1.756	9.1
17.8.19—21	广信、广丰、玉山	0.131	42	9210	321	22550	70.3

这个表初看一定不知所云，但其中却含着惊人的事实。王选对这张表进行了解读：表中攻击栏下的数字为年份，15.6.4 指的是日本昭和年号，对应公

[1] 参见［美］谢尔顿·H.哈里斯著：《死亡工厂：1932—1945 年日本细菌战与美国的掩盖》，王选、徐兵、杨玉林、刘惠明、张启祥译，上海人民出版社 2022 年版，第 292 页。

[2] 同上注，第 478 页。

历为 1940 年 6 月 4 日；表中的“P”为鼠疫，“X”为印度跳蚤，PX 为感染了鼠疫的印度跳蚤；效果栏中一次、二次为第一次死亡人数和流行传播之后的死亡人数；表中的“Rpr”为特定时间、地点、季节换算成 1 公斤投放量的初次死亡人数；“R”为特定时间、地点、季节换算成 1 公斤投放量的流行之后的死亡人数；“Cep”为流行系数。

从表中可以看出，效果最好的是 1940 年 6 月 4—7 日农安、大赉施放的鼠疫，只使用了 1 克感染了鼠疫的跳蚤，第一次造成 12 人死亡，流行以后就造成了 2424 人死亡。金子顺一按此推算，假如用 1 公斤跳蚤的话，第一次可以造成 1200 人死亡，流行系数（Cep）达到 203.0，流行之后的死亡人数跃升到惊人的 243600 人。表中各个地方的死亡倍数相差比较大，排除季节、人口密度等因素外，地面投放和空中撒播也有巨大的区别，农安、大赉、广信等地都是地面投放，流行系数均达到 70 以上。[1]

六个地点，从中国的东北到中国的南方，从寒冷的地方到温带，从边境小城到人口稠密的大城市，中国几大地理板块和行政、社会区域尽被囊括其中。那么以这个“ABEDO”理论推算，就可以概算出特定的时间、地点、季节、城市规模、人口密度，用鼠疫进行细菌战打击的投放量和投放手法。比如，想让一个 500 万人口的城市死亡 100 万人，那么地面和空中投放的使用量大致是多少，是可以测算出来的。[2]

细菌武器极难对付的另一个原因是不同的病原体——鼠疫、霍乱、炭疽、伤寒等，传播方式、治疗方式、防疫方式等都大不相同；就算是相同的病原体，因为撒播方式不同，也有着非常大的变量。所以想做到预防控制是非常难的。

对照石井四郎等的细菌战理论，防疫只是影响效果的一个“外因”。但对于当时中国的防疫力量来讲，能起到的作用却十分有限。因为 1940 年，中国刚刚意识到战时防疫问题，一张防疫网才刚刚拉开。

战时国民防疫能力问题，在细菌战诉讼中被提了出来。中国没有人注意并研究这个问题，国外也没有。为了向法庭证明向毫无防备的城市、乡村和平民投放

[1]《战争与恶疫》第 292 页王选对波多野澄雄论文《细菌战研究进入新阶段：〈金子顺一论文集〉中的“ホ”号作战真相》王选译注。

[2] 同上注。

细菌武器的残酷性和反人类性，细菌战原告诉讼律师团只能寻找专家来进行专项研究，于是找到了江田宪治。

1998 年 3 月，江田宪治和其夫人江田泉在常德采访汪正宇。刘雅玲摄

江田是京都大学教授，研究领域包括东洋史和中国近代史，1955 年生人。他承担的题目是《中国政府的防疫战——1938—1945》。

中国的卫生防疫落后状况，并非一日形成。从旧帝制转变而来的中国，到了 1928 年才有了改变这一状况的可能性。江田宪治认为，1928 年蒋介石统一中国收回了关税自主权，这不仅使中国有可能改善通商关系，保护民族产业；同时也为解决另一内政问题——卫生行政的难题提供了机会。

在此之前，大量的传染病通过海外贸易传入中国，霍乱、鼠疫等传染率极高的疫病，很多是从海外传入而在中国内地肆虐的。例如，1901—1903 年间，广东、福建等沿海省份每年因鼠疫死亡的就有 5 万—8 万人。而有了关税自主权的国民政府，就可以对入港的外国船只进行检疫。1928 年五院制的国民政府成立时，在行政院中创设了卫生部。[1]

卫生行政之良否，不惟关系国民体质之强弱，抑且关系国家民族之盛衰。吾国对于卫生向多忽视。际兹时代，健全身体锻炼精神消除疫病，洵属要图。[2]

当时的国民政府有如是雄心。很快《卫生组织法》和《全国卫生行政系统大纲》公布，建立一个从中央到省到县市的一元化卫生行政系统成为一时目标。但是，这个系统尚未健全，1930 年 11 月国民政府改组，卫生部就被降格

[1] 参见 [日] 江田宪治著：《中国政府的防疫战——1938—1945》，见解学诗、[日] 松村高夫等著：《战争与恶疫——日军对华细菌战》，人民出版社 2014 年版，第 187 页。

[2]《中华民国国民政府令》，1928 年 10 月 30 日。参见解学诗、[日] 松村高夫等著：《战争与恶疫——日军对华细菌战》，人民出版社 2014 年版，第 189 页。

为内政部所属的卫生署。

在此期间，一些留学欧美的专家，取代了留学日德的专家，受到重视，哈佛大学医学博士刘瑞恒被任命为卫生署署长。国家顶层卫生机构得以逐渐建立，卫生署附属的中央医院、中央卫生试验所等扩大了规模；从事研制疫苗、血清的中央防疫处，也归卫生署管理；全国的卫生学校里有了助产士和护士的培养；另外公共卫生人员的训练班也运作起来。

但是卫生署的运途不佳，自被降格以来，不断地变换主管部门。1930 年属内政部，1935 年改行政院，1938 年又回内政部，1940 年又属行政院。一个三五年就有一次归属变动的机构，很难稳定下来图长期发展。

中央机构如此，各地的情况自不必说。直到 1935 年，全国省一级卫生机构，无论是名称还是权限均不统一。如江西叫省卫生处，陕西则叫省卫生委员会，湖南叫省卫生实验处，江苏、广西则叫省立医院，多数省则没有省级卫生机构。

而县级卫生机构的建制就更不尽如人意。就算国民政府所在的江苏省，1935 年全省 63 个县中，也仅有 27 个县设立了卫生院。1937 年卫生署力图推进中国县级卫生行政的建设，颁布了《县卫生行政实施办法纲要》。谋求在 5 万—10 万人的区设卫生所，0.5 万—1 万人的乡镇设卫生分所，并在各村设卫生员。这个纲要要求卫生经费应占县年支出的 5%；县卫生院应有门诊部和 20—40 张病床。[1]

日本对中国的情况早有研究。江田宪治查到的日本资料《事变前中国的卫生概要》中的数据是：

在全中国 2000 个县 10 万个村落中，有县卫生院的仅 74 个县；卫生所也只有 144 个。民国卫生预算仅占全国预算的 1.2%，国民政府对公众卫生的预算是非常少的。[2]

---

[1]《中华民国国民政府令》，1928 年 10 月 30 日。参见［日］江田宪治《中国政府的防疫战 1938—1945》收录于解学诗、［日］松村高夫等著：《战争与恶疫——日军对华细菌战》，人民出版社 2014 年版，第 193 页。

[2]《中华民国国民政府令》，1928 年 10 月 30 日。参见［日］江田宪治《中国政府的防疫战 1938—1945》收录于解学诗、［日］松村高夫等著：《战争与恶疫——日军对华细菌战》，人民出版社 2014 年版，第 192 页。

曾在北京协和医学院任教的雷诺克斯估计：1934 年中国约有医院 500 所，平均每 80 万人有 1 所医院；而同时期按人口平均，印度 42700 人有 1 所医院，日本 33500 人有 1 所医院，美国 18171 人有 1 所医院。中国医生与病人的比例，来自日本的调查数字是：1934 年上海、南京等繁华城市是 3000∶1，北京是 4800∶1。而早在 1927 年，美国医生与患者的比例就达到了 800∶1，英国 1490∶1。日本的另一项调查报告指出，整个中国的医生与患者的比例是 82000∶1。中国约有 65% 的患者靠中医进行治疗，有 26% 的人完全得不到治疗而死亡。[1]

这些枯燥的数字说明一个现实：战火在中国各地燃烧，不甚完善的医疗体系，平时应付国民健康尚且不暇，现在却要应付战争的伤亡，还要应对细菌战带来的疫病暴发。

1940 年 10 月 4 日日军向衢州空投 8 公斤鼠疫跳蚤时，国民政府才刚刚在 5 个月前建立起战时防疫体系。

1940 年 5 月，国民政府召开全国防疫会议，决定成立“战时防疫联合办事处”，将全国有限的防疫资源和力量集中起来，以应战时防疫之需。它由卫生署牵头，军政部军医署、后方勤务部卫生处、卫生署、红十字会总会等四个部门提供人员、经费组成，宗旨是“加强战时军民的密切合作，增进防疫效能，增进抗战力”。[2]

6 月，重庆政府开始刊发叫作《疫情旬报》的简报，汇总交流各地的传染病发病和防疫情况。同时“战时防疫联合办事处”开展调查地方的防疫措施，向传染病（主要是霍乱）发生地派遣人员和组织防疫。

一个全国性的、应对战争状况下的防疫体制，第一次出现了。

国民政府是 1938 年开始认识到战时防疫的重要性，并着力于防疫体系建设的。“此次抗战以来，军民迁调频繁，逃亡难民不可数计，……惟春令已届，疫症易于发生，各地方卫生医药设备素感缺乏，原在各地方之医事人员，亦多

---

[1] 同上注，第 192 页。

[2]《战时防疫联合办事处二十九年、三十年工作报告》，中国第二历史档案馆藏，37—703；参见［日］江田宪治著：《中国政府的防疫战——1938—1945》，见解学诗、［日］松村高夫等著：《战争与恶疫——日军对华细菌战》，人民出版社 2014 年版，第 197 页。

流散。”这是1938年春南京失守后不久，内政部卫生署设置医疗防疫队的公文内容。[1]另外战争爆发以来，不断发生的日军散布毒品、细菌的消息，或许已经引起国民政府的警惕。

1938年6月，卫生署创建军事编制的防疫队。防疫队由11个防疫大队组成，下辖25个中队，11个防疫医院，5个卫生材料站，1个细菌检验队和1个卫生工程队，分别布置于湖南、广东、广西、湖北、四川、江西、福建、浙江、贵州、云南等省，一旦发生疫情，即可派调赶往疫区。

另外行政院颁布的《医事救济工作计划》，要求中国红十字总会配合政府进行卫生防疫。在中国红十字总会救护部队下，组建37个“红十字救护队”。1941年改编为10个救护大队，下辖若干个中队和区队。每一个战区配置一个大队，进行巡回防疫。

军队方面也组建了卫生防疫体系。至1941年，军政部防疫部队共有9个大队和1个分队，之下有若干中队小队。大队分驻于各战区。

尽管看起来政府、军队和红十字总会有不少队伍，但所有的加起来，总人数只约1200人。这些人平时分散在各省各战区，一旦有地方发生疫病，就开赴到那里。[2]

日方是精密的细菌战战略，中方是仓促的救急、应对，1200人的队伍如何够用？往往是哪里发现疫情，防疫人员和物资就紧急调到哪里。还没有防出个头绪，别处又出现疫情，又只能拉起队伍前往扑救。

再加上日军进攻，就得丢下防疫后撤。宁波、衢州、常德皆如此。在大多数人的印象中，抗日战争是对付枪炮的战争，殊不知，其背后还有隐秘进行的生物武器攻击。在钢铁与生物的联合夹击下，中国大部分土地上轮番上演着城破家亡、生灵涂炭、疫病四起、百姓流离的人间惨剧。

---

[1]《内政部卫生署医疗防疫队　医事救济计划　行政院通过之原文件》，刊于《战时医政旬刊》第8期，1938年。参见［日］江田宪治《中国政府的防疫战1938—1945》收录于解学诗、［日］松村高夫等著：《战争与恶疫——日军对华细菌战》，人民出版社2014年版，第194页。

[2]同上注。

三

防疫之艰难，衢州堪为典型。

衢州从 1940 年开始进行防疫，直到 1948 年，一边打仗一边防疫，疫起即防，临战即停，整整八年。

八年的防疫战，其艰难程度不亚于正面战场的抗战。江田宪治将其称为“另一种连番的苦战”。

1940 年 10 月 4 日，尽管衢县政府、市民都没有应对经验，也不知道空投了什么，但当天中午 11 时县防护团总干事熊俊川、卫生院院长张秉权等，就带着医生、护士共 5 人前往察看，并收集了空投物。下午 1 时许，县长崔履坤就收到当面报告，并将此情况电话报告了省第五区行政督察专员鲁忠修。鲁当即指示对空投的峥嵘、鹿鸣两镇进行全面清洁和大扫除，焚毁一切空投食物和跳蚤。指令于下午 2 点下达。

11 月 12 日衢县城内发病死人，卫生院即确定是鼠疫。同一天，衢县发现鼠疫的消息分别由县政府向第五区专员公署、省民事行政处、省政府报告，省政府也在当天向第三战区司令部和中央卫生团报告。

对一个战时的政府，这一系列的行动可以说是迅速准确的。

将衢县定为鼠疫疫区经过了一段时间。从 11 月 23 日到 12 月 4 日，省卫生处技佐吴昌丰及福建省防疫大队技佐柯立正在衢县捕捉老鼠进行解剖，共解剖了 1588 只老鼠，获得了老鼠染疫率达 8.4% 的数据，衢县正式被宣布为鼠疫疫区。[1]

当时的衢县严重缺医少药。全县只有县卫生院有一架普通低倍显微镜；整个浙江省 1940 年日本占领区外的 71 个县，仅有 40 个县设立了卫生院；1941 年卫生预算只占省预算的 3.27%，1942 年倒退到 2.5%。

---

[1] 邱明轩编著：《罪证——侵华日军衢州细菌战史实》，中国三峡出版社 1999 年版，第 9 页。邱明轩的父亲为当时《衢州日报》总编辑，是衢州防疫委员会成员。邱明轩解放后任衢州防疫站站长，长期以来在衢州当地进行细菌战调查，收集大量民国档案、报纸、公告、文献，还原当年衢州抗击鼠疫的经过。2001 年细菌战诉讼一审第 19 次开庭，邱明轩作为中国防疫专家出庭作证。

中国战时统帅蒋介石得知衢州发生鼠疫的消息，大约是 1940 年 12 月 6 日，距衢州发现第一例死亡者已经过去 24 天，距衢州被确定为疫区也过了几天。电报是第三战区司令长官顾祝同发出的。这实际上是一封救助电报，请求赶制大量鼠疫疫苗和血清，以备急需。

衢县防疫第一次紧急会议是 11 月 22 日，也即出现第一例死者 10 天后。会议由浙江省第五区（衢州）行政督察专员兼保安司令鲁忠修主持召开。参加会议的有国民党县党部书记王德川、三民主义青年团县分团部总干事周正祥、团管区司令部王仲仁、县地方法院院长赵协增、县政府代县长崔履坤、空军第十三总站站长陈乃超、第 10 兵站医院院长徐先青、县卫生院院长张秉权、县警察局局长崔参等，还有县救济院院长、县商会会长、衢州日报社总编辑、中国银行县支行行长等。可以说，衢县当即就调动了党、政、军、地方、民间各个方面的力量。自此《衢州日报》开始成为疫情进展报告、县政府防疫措施通告、死亡者名单、烧毁房屋情况、对民众宣传等防疫舆论的平台。

会议决定成立“衢县防治鼠疫委员会”，推选专员鲁忠修为主任委员，与会全体代表为当任委员。成立应对鼠疫的各专业小组：总务、医务、掩埋、工程运输、警卫、筹募、宣传、给养等。

自成立之日至次年 5 月 31 日，衢县防治鼠疫委员会共召开两次紧急会议，18 次全体委员会议，执行省政府主席黄绍竑“严密封锁疫区，以杜绝蔓延”的电令。

但是，和鼠疫的这场战争，是一场没头没脑、令人沮丧的战争。你不知道病菌藏在何处，如何能够将它缚住。一开始，衢县以为“抱壮士断腕之精神，勇往以赴，庶可期疫势于短期内以扑灭”。但事实是，鼠疫总是比防疫跑得更快。这几乎是一场没有胜算可能性的战争，迁延时间之长，超过所有人的预料。

衢县防治鼠疫委员会在他们可能的范围内，执行了防治鼠疫的必要措施：

封锁

1940 年 11 月 23 日，封锁疫区的命令开始执行。一道道高 2 米厚半米的墙，矗立在发生鼠疫的县西街、水亭街、罗汉井等 8 条街道的出入口，禁止一切居民自由出入。得病的人家则实行强制锁门，病人和家属都要迁到设在衢江木船上的隔离所。[1]

被封在城里的居民一方面受鼠疫的生死逼迫，另一方面又受来自空中日军飞机的轰炸。过去敌机来炸，尚可跑出城躲避，现在只能等着来炸。其苦不堪言的滋味，恐怕今天的人很难体会到。

发现鼠疫实难控制后，防疫委员会决定对重点疫户的房屋进行焚毁。县警察局、卫生院、消防组与镇公所在军警的配合下，对水亭街和罗汉井的商户房屋点火焚烧。

在执行焚毁疫户住宅之前，县防治鼠疫委员会现场调查，对房屋估值，事后对疫户进行经济补偿。从一份当年焚毁疫户的档案看，这一次共焚毁 10 户 34 间房。其中罗汉井 5 号黄权家，也就是现在的衢州细菌战展览馆，有 3 间平房，3 间楼房，外加 6 间自搭建的房子，赔偿的金额是 600 元。其他户则多是租住户，赔偿两三百元不等。[2]

烧毁房子也没有阻止鼠疫的脚步。人们发现那些机敏的老鼠，在烈火中四处逃窜，或者大火未起，就已先知先觉地逃走了。

建病院

起初，衢县防治鼠疫委员会在疫区内借用宁绍巷的药王庙，建立了一个有 20 张病床的隔离病室。县卫生院院长张秉权等 5 名医护人员主管，收治了 14 名鼠疫疑似患者。很快 20 张床就不够用了，整个宁绍会馆都被征来做隔离病室。第二年，城北平民工厂的房舍，也被征来建立隔离病院，设 50 张床位。

隔离医院 1 月 15 日开张，2 月 8 日就爆满，不得不再在近郊赵家畈，新建一所土木结构病院。4 月底有 60 张床位的赵家畈隔离医院建好，由红十字会 312 医疗队队长刘宗歆率医生、护士 12 人前往主持。到 6—7 月，更大的流行浪潮到来，数以百计的患者嗷嗷待救。县临时防疫处再借衢城道贯小学校舍，建立一所 80 张床的隔离医院，由省医疗防疫大队抽调 15 名医生前往。

隔离病院某种意义上就是死亡集中营。送到里面的人，挣扎 35 天，都是

---

[1] 以下防疫措施资料来源：邱明轩编著：《罪证——侵华日军衢州细菌战史实》，中国三峡出版社 1999 年版。

[2]《衢县政府定期焚毁疫户　衢呈建字第 126 号》《衢县城区首批疫户焚毁房屋估价单》，衢县档案馆藏。见邱明轩编著：《罪证——侵华日军衢州细菌战史实》，中国三峡出版社 1999 年版，第 51 页。

死亡。普遍缺乏抗生素，医生对病人能用的，只是退热镇痛药。直到1942年后，中央卫生署陆续给衢县拨来少量的磺胺噻唑和磺胺嘧啶，住院的病人死亡率才从95.5%下降到75.8%。[1]

设隔离所

和病院一样，隔离所也在不断扩大中。隔离所主要收容鼠疫患者的家属，接触者需要强制隔离一个月进行观察，没有发病的才可以解除留观。隔离所一开始建在宁绍会馆，为了解决收容更多人的需要，又将隔离所设在衢江中心用锁链连成一片的船上，利用水的围困造成隔离。隔离船从50余艘，扩展到100余艘，浩浩荡荡地停在衢江江面上，但还是不敷使用，只得从一个月的留观期改为一个星期。最多的时候，这些船上住着5000人。人太多，以至于留在船上的人没吃没喝，县政府不得不每天组织数十人往船上送粮、送水、送菜。隔着留验船的甲板，军警把这些生活必需品接入船中。

衢州细菌战诉讼原告杨大方遥指当年设在衢江上的隔离所位置。他和他的母亲都曾被隔离在上面。杨大方供图

强制注射

第一次注射开始于1940年12月1日，由驻衢军政部第四防疫分队及县卫生院派出的预防小组进行。老百姓非常害怕，部分居民出现注射后发热、局部肿痛等反应，加剧了人们的逃避行为。[2]

这一次注射不甚成功。

防疫委员会转而要求机关团体公职人员和驻衢军队官兵首先带头注射，以带动居民。经过示范，居民愿意接受注射的人开始多起来。一个多月后，有9562人接受了注射，注射率从40%增加到70%。为了不遗漏地进行注射，衢县临时防疫处命令，各镇的镇长要按时组织保长按户口册进行注射，并要造册登记。1942年鼠疫炽烈时，临时防疫处组织了8支预防注射队，在城区进行

[1] 见邱明轩编著：《罪证——侵华日军衢州细菌战史实》，中国三峡出版社1999年版，第24页。
[2] 同上注。

逐保逐户的注射。临时防疫处还组织了一个宣传队，在各注射点进行化装演出，让居民了解注射的重要性，化解民众的恐惧心理。

追逃带疫者

为了防止患者逃往乡下，浙江省政府下达了《追回逃出疫区的鼠疫病人》通令。各保甲遇有鼠疫或疑似鼠疫病人，必须以最迅速的方法报告县卫生院。并且通令各乡镇不得擅自收容鼠疫病人借住，对于不报者，“有钱者罚防疫费，贫者罚拘役，由县警察局负责执行”。

至1941年4月29日，防疫委员会决定每天在《衢州日报》上公开通报鼠疫疫情及死亡者名单。

管制交通

1941年初夏，鼠疫已经突破8条封锁街，扩展到整个衢县和周边13个乡镇中的30个村。衢县防疫部门决定实行全城封锁，即在西、北、南、东四个方向的8个城门设检疫站，所有城乡居民、职员、军人全部都凭鼠疫注射证出入。凡乘火车、汽车的都要进行检验检疫，须持有专署、县政府、县卫生院签发的证明书。最严重时，浙赣铁路局下令封闭衢县火车站，不许旅客、货物上下。火车路过衢县时紧闭车窗车门，急驰而过。

灭鼠 灭蚤

1940年12月4日，衢县召开了防疫灭鼠动员大会。会上专业人员教给民众封闭鼠穴的办法：用石灰拌碎玻璃或碎瓦片封闭鼠洞，这样就算老鼠尖利的牙齿也无法啃动。

衢县城和各个城门处设置了焚鼠亭，动员市民将每天捕到的老鼠或者自毙的老鼠，送去集中焚化。城市大街的电线杆子上，挂上一种铁皮制成的小筒，内藏石灰，方便居民向里面投放死鼠。后来90只铁皮筒不够用，又增加了100只木质投鼠箱，分到各街巷。老住宅的天花板、地板等容易藏鼠的地方尽行拆除改建，居民捕老鼠成绩显著者会得到表彰奖励。

猫，变得一价难求。防疫委员会发出“出资收购家猫，殖猫捕鼠”的通告，每只家猫以法币3元以上的价格收购。以上各项措施，可以说无一不尽其极，目的唯有管住人员流动，封住疫区不使疫情进一步扩散，加大疫苗注射以期快速扑灭疫情。任何一项措施落实，都是对政府行政能力的考验，更何况这是在战时。[1]

就在衢州动员起来对抗鼠疫之时，10 月 27 日，宁波再遭鼠疫跳蚤空投袭击。

宁波也是第一时间对疫情警觉并采取措施的。当时鄞县（宁波旧称）县长等领导均离县去参加浙江省府的会议，只有县政府秘书章鸿宾在。这个警察出身的秘书，被 11 月 2 日一天死亡 7 人的情势震动，当天夜里 11 点，下令出动警察 120 余人，由防疫人员勘定疫区界线，工程队拉起铁丝网，内外两线，由保安警察佩枪把守，把居民全部封在里面。

相比衢州遭受投放一个多月后才开始采取封锁措施，宁波的行动可谓迅疾。封锁疫区的第二天，11 月 3 日，死亡人数突蹿至 13 人。一些有针对性的措施在当天发布：设立鼠疫临时办事处和隔离医院，其他医院不得接收疫区病人；有发热病人要求送诊；封锁区内 69 户住户、商店的板壁全部用白纸粘封，晚上起用硫黄熏蒸 12 小时，并将室内地板、沿街阴沟石板撬开浇石灰水；商店停市，学校停课，疫区寄宿生禁止返家；县府通告各乡，通报疫情，要求发现疫情迅速报告。

6 日章鸿宾主持县府会议，成立鄞县防疫处，调动全县行政力量防疫。在县长缺席的情况下，章主持了 9 次会议。县卫生院刊登《谈鼠疫之预防法》和《对于鼠疫之防治措置》两文，进行民众教育。

铁丝网仍然圈不住疫区民众，7 日鄞县防疫处决定开始搜索外逃者，并在疫区周围筑墙。高墙昼夜施工，三天即告完成。高一丈、厚十寸，中间以灰浆搪塞，墙顶加弧形白铁皮“帽子”，这样老鼠和跳蚤都不能翻越。

宁波街头开始出现掩埋工作队的身影。阒无一人的大街上，只有他们四人一组，身穿连体式白色防护服，靴子和手套都用带子紧绑，头戴有玻璃面罩的帽子，帽檐垂落至胸前，抬着死者的棺木或尸体，沿着新砌起的砖墙，穿过空无一人的街道，前去掩埋。[2]

宁波的防疫跑在了鼠疫肆虐的前面，章鸿宾居功至伟。

---

[1] 以上内容参见邱明轩编著：《罪证——侵华日军衢州细菌战史实》，中国三峡出版社 1999 年版。

[2] 参见 1. 黄可泰、邱华士、夏素琴主编：《宁波鼠疫史实——侵华日军细菌战罪证》，中国文联出版公司 1999 年版。黄可泰等人是宁波的细菌战调查者，黄可泰曾到日本法院为细菌战诉讼原告出庭作证。2. 水银编著：《宁波鼠疫纪实》，宁波出版社 2015 年版。

章鸿宾，字讯秋，浙江诸暨人，浙江省立法政学校、北京警察高等学校毕业。1930 年起任鄞县公安局科长兼秘书，1939 年起任县政府秘书。这些措施和动作判断之快、行动之果断，就算是现代政府面对疫情大考都未必能够做到，足见其见识、胆识与执行能力之强。

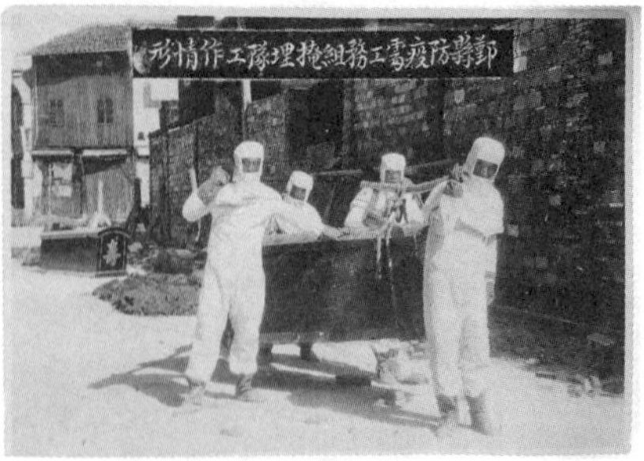

宁波防疫处工务组掩埋队掩埋尸体的情景。资料来源：水银编著：《宁波鼠疫纪实》，宁波出版社、中国文联出版公司 1999 年版

宁波这个东方大港的政商人士经济实力雄厚，见多识广，其行动能力远大于衢州。在衢州仍全力推行消毒住户、氰化钙消毒鼠洞穴、捕老鼠时，宁波防疫处做出一个重大决定：将疫区 5000 平方米建筑物全部焚毁。

鄞县疫区消毒情景。资料来源同上图

1940 年 12 月 1 日，市中心很快就沦为了一堆余温尚在的灰烬，而假定没有任何一只老鼠和跳蚤能够逃脱。医院和市政当局的下一步工作就是弄到足够多的抗瘟疫血清，并强制整个地区的人口都注射血清。日本当局引用了中国的报道，说宁波市共有 99 名瘟疫受害者死亡。[1]

在伯力审判的法庭上，前 731 部队生产部长川岛清受审时说：“石井中将曾拿一份中国医学杂志给我看，杂志上面记述着 1940 年间宁波一带发生鼠疫

[1]［美］丹尼尔·巴伦布莱特著：《人性的瘟疫：日本细菌战秘史》，金城出版社 2016 年版，第 55 页。书中引用美国加利福尼亚传教士阿尔奇·R. 克劳奇的日记。

流行病的原因。他把这份杂志给我看过之后又说，731 部队派出的这个远征队在宁波一带从飞机上撒放鼠疫跳蚤，结果在那里引起了鼠疫流行。”[1]

火烧之后，砖围墙之内的开明街一片残垣瓦砾。那里曾是胡贤忠的家，是许许多多宁波人的家，是几代人辛勤积累下来的资财，但它现在只有一个残酷的名字——“鼠疫场”。

宁波当年有官办、私立救火会共 18 所，1940 年 11 月 28 日鄞县第 20 次防疫会议记录安排全县消防力量参与全县焚毁房屋警戒。图为疫区焚毁之后的合影，拍摄时间为 1940 年 12 月 1 日上午。资料来源：水银编著：《宁波鼠疫纪实》，宁波出版社、中国文联出版公司 1999 年版

但是，一把火真的能把老鼠跳蚤全部烧光，鼠疫从此绝迹了吗？鄞县政府相信：是的。宁波政府发布疫情公告，宣布鼠疫终止。鼠疫死亡人数 109 人。

2011 年，相隔 71 年后奈须重雄在 50 万份博士论文里淘出了《金子顺一论文集》，人们才发现事情远非一把火烧尽那么简单：宁波还有第二次鼠疫流行，其死亡数字十倍于第一次鼠疫死亡人数。

《金子顺一论文集》中统计，1940 年 10 月 27 日对宁波撒播鼠疫跳蚤 2 公

[1] 参见《伯力审判档案——日军细菌战罪行披露》，抗日战争时期中国人口伤亡和财产损失调研丛书，主编张树军、李忠杰，副主编蒋建农、霍海丹、李蓉、姚金果，中央党史出版社 2016 年版，第 271 页。

斤，第一次流行造成104人死亡，这个数字与国民政府掌握的情况相当。但关键是还有第二次流行，论文集里统计出的死亡人数是1450人。

死亡超过第一次十倍以上的鼠疫大流行，国民政府档案里没有任何记载。自1940年起，鼠疫之火在浙江、江西、福建、湖南各地点燃，政府的防疫队伍如救火队一般，从此地奔赴彼地。浙江除宁波和衢县是重要疫区之外，还有金华、东阳、浦江、兰溪、义乌、丽水、云和、江山、温州、龙游等县乡染疫。这些地方有的是敌机撒播，有的是受传染所害，有的则来源不明。江西上饶、广丰疫情也很严重，浙赣两省鼠疫受害地区达38个县，多数地区鼠疫流行达十数年之久。[1]

四

鼠疫带来了巨大的、难以扼制的社会恐慌。

国民政府没有想到的是，除了应对战争、防治疫病之外，还需要应对民众对防疫的抵抗。这抵抗来自于对死的恐惧，对生的渴求，对细菌传染疫症的茫然无知，对未知命运的惶然。

为了躲避军警封锁，衢州甚至有的疫户趁夜色从下水道出逃。

> 当时有的疫户因逃不出疫区，家人患疫就隐瞒；有的疫户因害怕房屋被封和全家被隔离，以致紧闭门户，不去求医。时隔数日，当军警破门检查时，发现全家人都已染疫死亡。类似这样的惨剧，累见不鲜。

县防治鼠疫委员会总干事胡才甫，在《记衢州鼠疫》一文中写道。[2]

细菌战诉讼原告叶赛舟讲的母亲为了救得病的婆婆不顾一切出逃的故事，就是民众对抗防疫的一个典型案例。而在叶赛舟心目中，就算是以今天的眼光看，母亲的行为也是勇敢正确的。因为只要送去隔离，不仅只有死路一条，而

[1] 参见解学诗、[日]松村高夫等著：《战争与恶疫——日军对华细菌战》，人民出版社2014年版，第130页。

[2] 见邱明轩编著：《罪证——侵华日军衢州细菌战史实》，中国三峡出版社1999年版，第22页。

且还有违亲情孝道人伦。

当时我的奶奶和伯父一家，住在衢州城里的下营街，以开粮食杂货店为生。先是身体强壮的伯父得病死亡，继而是伯母和奶奶。噩耗传来，我父母急得团团转。母亲急中生智，立即把伯母身边 2 个侄女，大的 10 岁、小的 8 岁接到我们家来；又跑到衢江对岸龚家埠头村雇了一只小船，托人趁夜深人静时偷偷地把祖母抬上了船，伯母已经奄奄一息，帮忙的人不敢再抬了。然后把小船撑到衢江偏僻的地方。母亲不顾个人安危，孤身一人守在船上护理着疫病缠身的祖母，还从乡村土郎中那里买来退热的草药煎给祖母喝。夜里守一夜，第二天天蒙蒙亮，母亲从船上赶回家来煮粥烧饭，早饭后为我们准备好饭包又匆匆离去。当时我和我两个堂妹由父亲带着躲避日机轰炸，跑的时候就带上母亲准备的饭包。有一天晚上路过浮石渡时，父亲告诉我，江上那只隐隐的小船和微弱的灯火，就是母亲和祖母待的小船。我一步一回头，眼看着小船在夜幕中渐渐消失。

又一个早晨我们躲飞机时，发现小船不见了。只见前面溪边抬过一具棺材，我母亲跟在后面哭，原来祖母已经死了。这时城里又抬出一具棺材，两具没有颜色的白皮棺材朝着同一个方向走。事后我才知道，后面那具棺材里是我的伯母，她死得比我祖母还惨。尽管母亲费尽了力，但祖母还是没有活下来。[1]

民众感到死亡的威胁，感到恐惧，于是竭力出逃，而政府不得不追逃，民与官的关系紧绷到极点。

宁波宝昌祥服装店学徒蒋康华得鼠疫后，10 月 30 日悄悄逃回到家乡奉化县孔峙村，几天之后死在家里。他的母亲在葬礼之后来到宁波宝昌祥号，取儿子留下的遗物，暴露了儿子死于鼠疫的消息。防疫队知情后，尾随其母追到孔峙村，掘出蒋康华的尸体进行焚烧，再深埋。目睹这一切的蒋康华母亲，难以理解政府的做法，情感上也接受不了，不久之后发疯，也死了。[2]

---

[1] 2015 年 85 岁的叶赛舟在衢州接受本书作者采访。

[2] 宁波细菌战调查人裘为众的法庭证词，细菌战诉讼律师团提供。细菌战在日本高等法院二审时，裘为众以证人身份出庭作证。

东大街 254 号胜利昶成衣店卢桂生一家的经历更惨烈。疫情暴起后，卢家全家逃离疫区，躲在泥桥街 24 号的哥哥家里。四五天后，五妹良娣出现发烧，之后即死。卢桂生不忍女儿被焚烧，便用装西服的箱子装着女儿的尸体，运到码头，再雇船去镇海口，投入海中。接着卢桂生生病死去，卢妻叫来卢的妹妹和邻居，悄悄将卢桂生装入棺材，送到鄞县西乡的祖坟里埋了。第三个被击倒的是卢的妻子，这时家里才有所醒悟，急忙把重病的卢妻送回宁波的华美医院，但三天之后卢妻也死了。[1]

一份由张双龙提供、实物现存于台湾的“染疫者避居地图”，形象而直观地展现了当年宁波逃与追逃的情景。

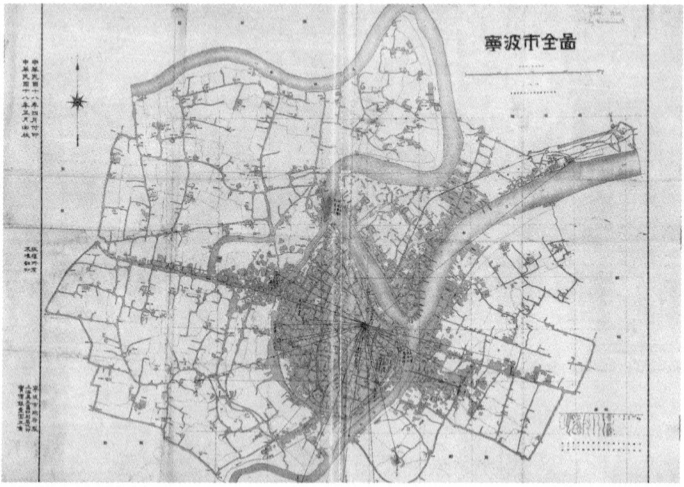

逃疫地图。资料来源：水银编著：《宁波鼠疫纪实》，宁波出版社、中国文联出版公司 1999 年版

这张图以宁波市政府土地登记处第三科 1928 年 7 月绘制的《宁波市全图》为底图，以宁波市中心疫区为圆点，向各个方向引出长短不等的直线；每条直线的终端，用红色钤印圈出；每个红圈，就是出逃者最终躲藏的地方。[2]

这是一张“残酷地图”，每一条直线都是鼠疫死神行走的路线，红圈则是死亡之圈。22 条线，对应的 31 个人名，没有一个人能逃离死亡的追击。出逃

[1] 参见水银编著：《宁波鼠疫纪实》，宁波出版社 2015 年版，第 41 页。

[2] 同上注，第 35 页。

者死了，但他们造成的影响却一圈圈扩大。由于疫区人员外逃，宁波在疫区外发现鼠疫患者和死亡者 32 人，涉及地点达 95 处，远的竟然到达奉化、慈溪、象山等县。[1]

鼠疫之烈，使政府不得不采取强硬的防疫措施，但这却和中国传统文化习俗产生强烈的冲撞。比如病尸的掩埋，政府规定必须埋到指定的地点，不许任何亲人送葬，由掩埋人员进行掩埋，并由军警把守监督。实行棺木管制和灵柩通行证发放，实行鼠疫病人和家属强制留验。如果有病人逃到农村，则要上门追回。

另外，为了筹措防疫经费，在省里拨款不足的情况下，政府不得不向当地富户摊派。

衢县殷商摊派数目以营业税额为标准，富户则以以前救国公债派额为标准，限一星期缴齐，收据由专署印发，在未筹款之前，由专署电请省主席转饬浙江地方银行先行借垫 1 万元。[2]

宁波也是如此。1941 年 1 月 8 日的《宁波民国日报》，刊登防疫经费筹募会的“逐日征收捐款清单第十二号”，累计收到捐款 30474.85 元，并通告。捐款有强制性，店家和店员要各缴纳一半。如此，更加重了官民之间的对抗和紧张。

1941 年 12 月 19 日，国民政府军政部部长何应钦致电重庆蒋介石，表达了对衢州防疫的不耐烦：“衢县之鼠疫，因浙江省卫生处采用姑息办法，以至于迁延不断，至今尚有散发……”[3]

这等于是告了浙江省的御状。

鼠疫疫情发展的速度，远快于防疫效率，这是事实。反反复复的防疫进行了近一年，仍然是疫情扩大，死人不断。而在何应钦看来，宁波的防疫就很得力，使疫情在短期内得到扼制。殊不知，衢县一个小小的县城被投放了 8 公

[1] 参见黄可泰、邱华士、夏素琴主编：《宁波鼠疫史实——侵华日军细菌战罪证》，中国文联出版公司 1999 年版，第 9 页。

[2] 参见邱明轩编著：《罪证——侵华日军衢州细菌战史实》，中国三峡出版社 1999 年版，第 54 页。

[3] 同上注，第 97 页。

斤鼠疫跳蚤，而宁波第二年的流行更为猛烈。

鼠疫防疫是一场耗人的持久战，岂是一场战役可以解决的。

何应钦的焦虑代表了当时政府的焦虑。衢县鼠疫久扑不灭，常德又再发更严重的疫情，同时福建、江西、桂林等地也有疫情传播，鼠疫疫情有燃遍中国中南部之势。这对于抗战形势来讲，无论如何都是一种重大干扰和掣肘。

1941 年 4 月，鼠疫疫情第二次传播更加凶猛袭来，衢县防治鼠疫委员会改组为“衢县临时防疫处”。国民政府“战时防疫联合办事处”调集防疫力量再次汇集，卫生署防疫队第四路大队、第 16 队、第 17 队、第 1 防疫医院、细菌检验队、卫生工程队、材料站等，当时中国最强的防疫阵容都摆在了衢县。卫生署防疫专员伯力士也到达衢县，并担任检验科科长。

6 月开始，死亡高发到来。6 月 1 日至 27 日，发现腺鼠疫患者 116 人，死亡 94 人。另外还发现肺鼠疫患者 1 人，检死鼠 77 只，发现疫鼠 20 只。伯力士报告老鼠身上的印度客蚤“指数甚为可观”，尤其是肺鼠疫的出现，使防疫形势更加紧张。

防疫工作相当繁杂，且需要民众的理解和配合。这些工作包括：环境消毒、灭鼠灭蚤、病尸检验、疫鼠检测、鼠蚤检测、断绝鼠粮、封闭鼠穴、房屋防鼠工程、全民预防注射、民众防疫知识灌输等。

从 1941 年 6 月起直到 1942 年 4 月十个多月里，衢县临时防疫处共召开了 40 次工作会议。起初一周一次会议，疫势稍减后改为两周一次。

1941 年 7 月 15 日第九次工作会议，通报“8 日至 15 日留验所又增 15 人，出所 13 人，隔离病院又死亡 2 人，其中疑似鼠疫 2 人”。[1] 7 月 29 日第十一次会议通报：“一周内防疫工程队已防疫消毒 4 个保、19 条街道、357 户，检查房屋防鼠 1349 间，鼠穴氰化钙消毒 1048 个，封闭鼠穴 1807 个；焚毁废物 2104 公斤；拆除天花板 152 平方米，地板 11005 平方米，夹墙板 866 平方米，限期改善房屋防鼠设施或自行拆除天花板、地板者计 59 户。”[2] 防疫工作

[1] 参见邱明轩编著：《罪证——侵华日军衢州细菌战史实》，中国三峡出版社 1999 年版，第 52 页。邱明轩从当年专署和衢县县政府残存的历史档案中收集到 89 次防疫会议记录，能够展现防疫的部分情况。

[2] 同上注。

之琐碎可见一斑。

就算这样，鼠疫仍难控制，老鼠、跳蚤、人都带着脚，四处扩散在所难免。

1941 年 10 月 14 日，衢县临时防疫处第二十二次工作会议，通报义乌县发现第 1 例鼠疫病人。该病人是衢县火车站员工郦冠明，9 月初在衢县染病，5 号乘坐火车回到义乌稠城镇北门街 5 号，次日死亡。

义乌成了又一个燃爆点。1941 年 10 月 9 日义乌县卫生院第 30 号公函通告，义乌稠城镇第十三保发现 1 名死者和 6 名疑似病人，及死鼠数十只。但义乌县卫生院没有检验设备，只能认定有鼠疫重大嫌疑。[1]

义乌是浙赣铁路线上的一个重要城镇，日军占领杭州后，使该地成为与日军对垒的前哨阵地。县城附近驻有陆军第 49 军、86 军等大量部队，国民政府认识到义乌疫情影响的重大性："义乌当浙江战线之前冲，驻军若偶一传及，影响抗战，实为重大。"[2]

义乌没有宁波和衢县的防疫实力，由于资金、人力不足，义乌只能实现对疫区的局部封锁，并且行动迟缓。封锁墙延迟到 14 日建起，而此时疫区的居民大都已经逃亡。被封锁在疫区的居民，纷纷将死鼠抛出高墙。这是民众绝望中的本能反应，以为这样就能把死神抛出墙外。[3]

衢县已经捉襟见肘，又要调防疫人员支援义乌。军政部第 4 防疫分队到达义乌后不久，又被调回衢县，因为衢县又告急了。于是又从福建调军政部第 2 防疫大队部分人员，10 月 15 日到达，但一周后又被调走，别处又告急。接着红十字 312 防疫队队长刘宗歆，奉命带 9 名专家和医师从重庆赶到义乌防疫。但刘队长在一次出诊中不幸染疫，12 月 30 日殉职，遗体安葬在义乌火车站东面的山上。这对义乌的防疫又是一个重大打击（1946 年 10 月，其弟刘钰

---

[1] 义乌市档案馆馆藏，M334—001—400—26、27。另见中共浙江省委党史研究室、义乌市档案馆、中共义乌市委党史研究室编：《侵华日军义乌细菌战调查研究》，浙江人民出版社 2015 年版，第 92 页。

[2] 参见解学诗、[日] 松村高夫等著：《战争与恶疫——日本对华细菌战》，人民出版社 2014 年版，第 120 页。

[3] 义乌防疫委员会第三次会报（1941 年 10 月 14 日）"（三）疫区住民常有将死鼠向外抛弃，应如何禁止请公决案决议：1. 责由各保甲长每日调查于三日报告一次"。见中共浙江省党史研究室、义乌市档案馆、中共义乌市委党史研究室编：《侵华日军义乌细菌战调查研究》，浙江人民出版社 2015 年版，第 99 页。

庭将其遗骨运回原籍安葬）。

为了控制鼠疫的蔓延，义乌防疫委员会采取了多种防控措施。1942 年 1 月的一份档案显示，政府承诺病人的医药费、病人家属留验给养等全部由公家承担。隐匿不报者，惩罚也相当严苛，有田者每亩罚谷 5 斤；有房者，罚一个月的租金或房价的十五分之一；无财产者，则罚劳役。[1]

尽管如此，仍没能阻止鼠疫的扩散。义乌的鼠疫一直流行到 1947 年，波及 60 多个村庄，其中包括崇山村。

衢县防疫的难处，在于战时难民的流动。随着日军的推进，难民大批地涌入衢城，人们认为这是个安全的地方，但不知道其暗藏的危险。

> 日军入侵，各地难民逃来衢州，城区借房的民众众多，环境困苦，污秽不堪。由本处函请县政府积极设法将民众移送无疫情之乡间居住，以防难民染疫，到处扩散。[2]

衢县还是驻军的战略要地。战时军队调动频繁，这也给防疫带来了难度。“军管处特务队已有一新兵染疫，由本处函请衢江警备司令部，建议今后城区不宜驻扎部队，防止部队染疫，影响抗战。”[3]

1941 年 10 月中旬衢县防疫部门，对驻衢城的空军第 13 总站实行全员鼠疫疫苗预防注射。第二年 3 月衢县临时防疫处报告，为衢县军队官兵实施鼠疫疫苗预防注射初次 3500 余人，二次注射 2335 名。

战时物资紧缺，防疫物资调集也很难。防疫疫苗大部分是美国保管在香港和重庆、贵阳的。其他物资常常需要到各省去拆借。衢县临时防疫处工作会议纪要里，常常有为调集物资而向上级、向临近的省发出的请求：

---

[1] 义乌县报告疫情奖惩办法（1942 年 1 月），见中共浙江省党史研究室、义乌市档案馆、中共义乌市委党史研究室编：《侵华日军义乌细菌战调查研究》，浙江人民出版社 2015 年版，第 136 页。

[2] 1941 年 6 月 27 日衢县临时防疫处第六次工作会议，这次会议首次报告发现肺鼠疫。参见邱明轩编著：《罪证——侵华日军衢州细菌战史实》，中国三峡出版社 1999 年版，第 65 页。

[3] 同上注。

检疫用染色精请省卫生处供给；灭鼠消毒必需之氰化钙由本处派员赴江西省卫生处办理；喷粉、喷雾用消毒器械太少，可致电福建省卫生处陆处长借用。[1]

1942年春天，疫情久防不止，另一场大战却迫在眉睫。

日军决定对美国空袭日本本土实行报复，发动“浙赣作战”，以破坏浙江、江西的机场铁路。进入4月，衢县每日遭受的空袭陡然升级，空袭严重干扰了防疫工作。

尤以每日的上午，居民疏散城郊，致使本处防疫工作受阻。隔离院本月3日被敌机轰炸，落弹四枚。

本月21日隔离院又遭敌机轰炸，一弹投入病室中，另一弹在院内尚未爆炸。现因未爆炸之弹尚未取出，损失无法估计。[2]

此时的衢县已经被战事和疫情拖得筋疲力尽，整个城市生活呈现出困难状况。防疫处员工的米食都成问题，县政府不得不为其每月拨食谷2195.5公斤，另外对防疫人员实行可免缓服兵役一年的优惠。

4月18日“浙赣战役”打响，衢州是日军重要的战略目标。第三战区司令长官顾祝同在衢州召开紧急会议，要在衢州与日军展开决战。

4月21日下午6点，衢县临时防疫处召开了第40次工作会议，这是战前的最后一次防疫会议。会上报告检验病人5例，发现鼠疫病人1例；检验死鼠149只，发现疫鼠25只。同时疫户消毒、熏蒸房间，氰化钙消毒鼠疫穴、拆除地板，投放毒鼠饼，灭蚤、改良居民食物储藏防鼠等，都各有详尽的统计数据，说明大战在即防疫工作还是“进行时”。

乘着敌机轰炸的间歇，防治鼠疫的模型展览照旧举行。为了避免聚集人群遭遇轰炸，宣传鼠疫防治的化装宣传演出放在了晚上，由演员们沿街边走边演。

---

[1]1941年8月19日衢县临时防疫处第14次工作会议。参见邱明轩编著：《罪证——侵华日军衢州细菌战史实》，中国三峡出版社1999年版，第69页。

[2] 1942年4月7日衢县临时防疫处第39次会议报告事项。同上注，第83页。

5月18日日军兵临城下，衢县临时防疫处暂时解散，随衢城机关、团体、居民紧急疏散到山区，一切防疫活动被战争阻断。

备受鼠疫重创的衢州城，又被选中成为双方主力部队进行殊死一决的地方。而这次战役的正面作战之后，配合的是细菌战的攻击。多种细菌被以地面、空中组合投放方式撒向浙赣铁路沿线，衢州再一次被选作细菌武器攻击的重点。

1942年8月20日，石井四郎带队的日军细菌战部队远征队（731部队120人、南京荣字1644部队36人）到达衢州，8月26日到31日的6天里，日军边撤退边撒播细菌：鼠疫、炭疽、鼻疽、伤寒、霍乱、疟疾、疥疮。细菌被投放在水井里、水塘中，米饼、水果被注入细菌放在百姓家中的桌子上……

1944年日军发起"1号作战"，衢州第三次成为日军争夺的主要城市。6月1日下午1时，衢县临时防疫处召开本年度第5次会议，报告"衢州各县又出现霍乱、伤寒、痢疾、疟疾流行，部分地区还夹杂着天花、脑膜炎等传染病，患者累计近万人"。[1]

这是战争来临前的最后一次会议。3天以后，防疫委员会再度解散，避居山区农村。

投入大量人力物力的防疫刚有成效，战争来了就不得不放弃；敌人退却后，暗中进行的细菌战攻击带来更多的疫病，又得投入更紧张的防疫。几经鏖战刚刚从混乱中理顺，防疫初有成效，战争又再次来临。等到家园收复，却又是满目疮痍，疫病四起，死尸遍野。

1942年12月11日下午1点，被"浙赣作战"中断的衢县防疫委员会举行第一次会议，恢复防疫委员会职能。县卫生院院长报告："8月下旬日军撤退后，衢州各地普遍发生伤寒、痢疾、疟疾流行，同期，江山、常山及华埠一带还发生霍乱、赤痢等传染病流行。最近衢县城乡部分地区再度发生鼠疫流行，为此，必须抓紧进行防治，以防蔓延。"[2]

---

[1] 1942年4月7日下午时衢县临时防疫处第39次会议报告事项。参见邱明轩编著：《罪证——侵华日军衢州细菌战史实》，中国三峡出版社1999年版，第86页。

[2] 同上注，第83页。

翻阅当时的浙江《东南日报》、衢州《大明报》，满是此起彼伏的疫情报告：

“龙游疫疠盛行，死者千余。”（1944 年 10 月 28 日《东南日报》）

“衢破石乡疫痢盛行，死亡相继，急待防治”；“五师生已先牺牲，疫势仍极严重”。（1944 年 9 月 12 日衢州《大明报》）

“常山的黑色恐怖”：“成千上万的垂死病人需要大量药品急救，全县死亡率已突破万人，稻弃于田收割乏人，疫势如火燎原……可怕的恶性疟疾，已在全县二十一个乡镇中的十多个乡镇蔓延开了，单就声教、宣风两个乡死亡统计已在四千人以上……”（1945 年 11 月 2 日衢州《大明报》）

“柯山乡疫势猖獗，城区昨发现四起”：“本县柯山乡，入秋以来，各处疫疠盛行，症状初起头痛、寒热，类似恶性疟疾，重者数日即毙命，轻者亦呻吟床第，难于健复。”（1946 年 9 月 4 日《大明报》）

“浙鼠疫可怕！今年死亡数百人”：“上月中旬，衢县鼠疫复炽后，省卫生处紧急派员携带药品前往协防，疫势现已稍缓”。（1946 年 12 月 16 日《东南日报》）

“常、龙各县，疫势严重，常山死亡达四千余人”：“疫势有如无羁之马，如今二十一乡镇无一片‘干净土’，死亡累累，厥状甚惨，兹据非正式统计，全县死亡数已达四千余人。”（1946 年 9 月 7 日《大明报》）

“田野无人迹，午夜多哭声！沿途只见抬棺材，开化境内疫疠猖獗，常山至开化溯江而上，九个乡镇疫情猖獗，空前未有，农村中到处疫疠恐怖。村民罹患恶性疟疾，一个月中死一千余人……身临其境男女老少十有八九面带病容，老少死亡较多；……家家门户紧闭……”（1946 年 10 月 11 日《大明报》）[1]

不知什么原因，1945 年的国民政府档案资料全部佚失，无法得知衢县防疫详情。1946 年的档案资料显示，衢县的防疫委员会还在工作，防疫仍在推进：

衢城今日起清洁大扫除，划定区域，分八日完成，……对办理清洁卫生与

[1] 参见邱明轩编著：《罪证——侵华日军衢州细菌战史实》，中国三峡出版社 1999 年版，第 119 页。

防疫工作成绩优异者，登报公布，并由县政府颁领奖状；各住户对扫除不力或有抗情事者，由本处警察局依法执行拘役七天至十五天。[1]

8天大扫除的第3天，天降大雨，但县长等一干人仍然冒雨督导扫除工作。1948年5月为了防治鼠疫，中央消防医院迁来衢州，开设了有病床50张的医院，并运来药品器材28吨。

从1940年到1948年，防疫整整进行了8年。这8年对于衢州来说，等于又打了另一场战争。

1948年，抗战已经胜利3年，但细菌战的疫病还在浙江流行。此时，远在东京的石井四郎和日本细菌战的主要成员，经过与美国机巧重重的3年谈判交易，全部被免予战争犯罪起诉。他们中的一些医学博士正重起炉灶，改头换面重建他们在战后日本公共卫生科学领域的显赫地位。

国民政府在衢县的防疫坚持到了1948年冬天，此时离国民党的大败逃已经不远了。12月1日，衢县卫生院与卫生部医疗防疫总队第一防疫医院，联合举行鼠疫疫苗普遍注射，计划15天完成，但解放军已经兵临衢县城下。1949年1月8日起浙江省医疗防疫大队、中央卫生部医疗防疫总队等纷纷撤离衢县。5月8日解放军开进衢县城。

改朝换代可能造就一片“新天新地”，但疫病却不会因为解放而自然消除。解放军接管原国民政府中央卫生部医疗防疫部队第一防疫医院及省立衢州医院和各县卫生院，开始了新中国的防疫。

12月，衢州地区新政府专员公署发布《预防鼠疫实施办法》，发动衢州各学校、居民、部队进行清洁大扫除。1950年春天开始动员民众捕鼠、灭蚤，进行鼠疫疫苗的注射，一如国民政府时的防疫措施。10月华东地区浙东鼠疫防治所在衢州成立，设有防治鼠疫专员28人，其中大多是当年国民政府的防疫人员。这一年检验了18507只老鼠，检出疫鼠169只。[2]

---

[1] 1942年4月7日衢县临时防疫处第39次会议报告事项。参见邱明轩编著：《罪证——侵华日军衢州细菌战史实》，中国三峡出版社1999年版，第91页。

[2] 1942年4月7日衢县临时防疫处第39次会议报告事项。参见邱明轩编著：《罪证——侵华日军衢州细菌战史实》，中国三峡出版社1999年版，第32页。

如果用一个词来形容细菌战的生物污染，那就是“肮脏”。

这和浙江的青山绿水形成极不协调的对立。这片江南水乡，大都以一条青绿的江河来命名，加上青葱起伏的丘陵，让人怎么也联想不到这里会疠疫纵横。

浙江许多地方从此成为鼠疫疫源区，而历史上这里从来没有鼠疫发生。疫源区的恶名一旦背上，就再难消除；被污染的土地，也再难恢复本来的清洁。

1940—2000 年，衢县中心城区柯城区进行过 38 个年度的老鼠带菌检验，其中有 8 个年度检获阳性疫鼠。解放后获得带菌鼠的年份为 1950 年、1952 年、1953 年。另外用鼠血清学的放射免疫试验法监测，1986 年至 2000 年在衢州柯城区采集到鼠血清 7410 份，检测全部为阴性。而义乌、东阳、兰溪等县市的鼠血清和狗血清却分别检出 62 份和 15 份阳性，阳性率分别为 0.39% 和 4.76%。[1]

蚤类的监测，衢州有 1940—2000 年 28 个年度的监测数据，其中 8 个年度查出有当年日军撒下的印度跳蚤。龙游监测点 1955—2000 年的 11 个年度里，共有 9 个年度检获印度跳蚤。特别是 1993 年以来，印度跳蚤的指数连续 8 年超过家鼠鼠疫流行的安全指数 0.02。这个指数被认为是鼠疫流行病学上的一个重要警戒信号。义乌、东阳、兰溪等地更高，1983 年竟然达到了 1.371。这意味着这些地区依然是污染区，鼠疫只要有合适的条件，就会再次回到人间。[2]

从 1950 年起新中国接管防疫至今，又是多少个十四年抗战？在战争结束半个多世纪后，仍然能检测到隐藏的危险，让人在暑热的夏天仍然毛发悚然，寒意遍身。

---

[1] 参见邱明轩著：《菌战与隐患——对侵华日军细菌战危害及后果的调查研究》，香港天马出版有限公司 2004 年版，第 61 页。这些数字来自战后 60 年的疫情监测，邱明轩主持了其中大部分工作。另可参见《中国地方病防治杂志》1992 年第 7 卷、1996 年第 11 卷。

[2] 同上注。

第四部　草民之讼

第十五章　原告，180

一

1998 年 1 月 12 日，大寒。

冬雨飞散，落地时已然成了冰霰，江南最寒冷的时刻。

义乌市人民政府废旧的第一招待所，一个没有玻璃的房间里，来自崇山村、义乌、衢州、江山、宁波的原告，与由湖南常德外事办副主任陈玉芳带着的常德原告第一次相聚，召开浙江、湖南原告第一次代表会议。

会议代表吃饭住宿的钱，是王培根化缘来的 4000 元，来自义乌香功协会的捐助。那是一种老年人为健体练的气功，当时在义乌很兴盛。日本律师团传来消息，2 月 16 日细菌战诉讼将在东京地方法院举行第一次开庭，需要有原告到场，王选将作为原告总代表作法庭陈述。

雪珠乘着风往房间里钻，冷得伸不出手，王选穿着一件大红羽绒服。这相当于战前动员，各地细菌战原告从来没有如此完整地聚在一起交流过。

“我们为什么要打官司，是为了钱吗？”王选挥舞着手臂大声问。

“赔偿”“谢罪”是以森正孝为代表的日本民间和平组织提出的诉讼口号，作为一场要号召民众关注参与的运动，需要有响亮的口号和目标作指引。

“赔偿必定涉及具体的金额，如何核定赔多少是恰当的？比如一个人的生命，死了，是怎么赔都赔不回来的。”王选说。

王选更认可战争责任和战后补偿的说法。

战后补偿是日本战后反思战争，一部分知识分子、左翼政党和民间和平团体掀起的日本应该承担起战争责任，对战争中受到日本伤害的人进行补偿的思潮。这股思潮成为日本社会中相当大的一股势力，被称为战后补偿运动。接引战争期间受害者到日本进行诉讼，包括韩国的“慰安妇”、中国的劳工等，都是这个运动的一部分。细菌战诉讼律师团团长土屋公献在担任日本律师协会会长期间，就发出过日本如果不解决战争责任问题，不对受害者谢罪、赔偿，就不可能取得亚洲国家的尊重和信任，也不可能“回到亚洲”的呼吁。随着日本的经济走向亚洲，在跟亚洲各国的交流中，日本人已经感觉到了因历史问题带来的融入困境。日本部分精英人士开始思考日本如何走出历史泥潭，翻开新的一页。

王选认为，诉讼应该是中日两国建立共同历史认识的过程，细菌战调查还在继续，并不是所有事实都搞清楚了。不搞清历史事实，不形成共识，如何赔？战争责任的追究必须要从搞清战争历史事实开始，历史上到底发生了什么，根据历史事实来确认谁有责任，有怎样的责任。在调查清楚事实的基础上，确定责任的大小。赔偿只是承担责任的一种方式，而补偿可以是金钱上的，也可以是其他形式。

细菌战原告出现在日本法庭，出现在世界面前，实际上是提出了一个问题：二战期间反人道的细菌武器攻击及战后细菌战问题被掩盖，都是造成受害者长期地被忽略，其精神上的痛苦、物质上的损害没有一丁点慰藉与补偿的原因。

现在，白发苍苍的细菌战原告站在世人眼前，这个问题就应该有一个回应，有一个解答。

细菌战原告们活着，这就是历史，是抹不去的历史事实。

2009年，日本民主党上台，对历史问题比较积极，某个场合一个日本基金会的负责人对王选说：“你们要有个范围。”王选明白他的意思，细菌战这么大一件事，受害者肯定不是原告团这一些人，也不止是原告们所涉及的区域，要日本人赔，你要拿出一个范围，到底要赔多少人，赔偿的总额是多少。这就引出一个更大的问题，细菌战究竟是怎样的？日军在中国进行过多少次攻击，攻击范围有多大，有多大的受害，受害程度怎样？

这个问题没有人能够回答得出来。如果不是这次诉讼推动的调查，让这些受害者“高光”面世，细菌战仍隐匿在黑暗中。细菌战诉讼的确能够推动细菌战调查的展开，但这远非一个诉讼所能涵盖的；细菌战诉讼虽能够引起世界对历史和现实的重视，但更坚硬的大门仍难撼动，细菌战最核心的资料仍然是日本的国家秘密。

“我们打这个官司的目的不是为了钱，而是让细菌战历史真相大白于天下，我们要借打官司将事实调查清楚，是还给死难者做人的尊严，是为了正义。”

“大伙同不同意？”

王选大声问一屋子的原告。

为了人的尊严，为了历史的真相，这些道理好懂，但具体到赔偿，接受起来并不容易。王培根作为基层共产党干部，深知老百姓过得很苦很穷，他也明白崇山村人心里的疙瘩。

“打官司不为钱为什么？很多人就是冲着赔偿来的。”“崇山村很多人被日本人烧掉的房子还没有盖起来呢，他打官司就是为了钱，想着赔了钱可以把房子盖起来，生活过得好一些。你说不为钱，他不好接受的。”王培根对笔者说。

王培根是经过大事的人，他的一生在义乌市各乡镇做党委书记，从南到北遍及义乌。不仅政治觉悟深入骨髓，而且和农民有广泛接触，了解他们的想法和生活。王选带着知识分子的理想，举起正义之旗，与农民是有距离的。这种时候，他的态度很关键。王选来自崇山村，诉讼发起于崇山村，王培根当然支持王选，王选的堂姑姑王丽君更支持王选。

宁波代表何祺绥、衢州代表杨大方表示同意王选的意见；常德的陈玉芳站起来说：“大家都听王选的，团结起来！”

细菌战诉讼20年后，回首往事，王选说，当年的这个倡议非常重要。它成了团结原告的一个核心、一个目标，也是中国原告向世界宣称的一个口号，它给了细菌战诉讼正当性和人道力量。真相、责任、正义、和平等普世意义的追求，让细菌战诉讼站上了道义的高地。但不得不说，他们也担起了更大的责任，而他们本身都是一群七老八十又饱经苦难的人，好在同行者，不只有受害者。

细菌战的调查和诉讼，不只是中国细菌战受害者单方面的运动，它也是中日民间共同“克服过去”的努力。日本一批人为了这个目标汇集在一起，尽管他们的党派、学派、观点不同，却为了这个目标而放弃争议，共同努力。

“克服过去”这个词来自德国。随着欧洲德国战争受害国家和受害者重新提起战争责任和赔偿问题，2000年德国终于做出了历史性的突破。是年8月，德国联邦议会通过设立“记忆·责任·未来”基金法案，基金的资金由企业和政府各出一半，共100亿马克用于战争赔偿。该法案的前言说："德国企业承认自己参与纳粹时代奴役劳工的不正义的责任，因此必须为伸张正义而采取行动"，"德国联邦议会承认对于牺牲者负有政治的和道德的责任"。德国在承认企业和国家双方责任的前提下，以"法的地位"给所有受害者伸张正义。根据这一法案，到2006年年底，德国对居住在世界上98个国家尚健在的1665690人支付了总额为43625万欧元的赔偿金，从而使支付赔偿金这一事得以完结。

细菌战特殊性在于它一直是被掩盖、遮蔽的，直到诉讼发起时，仍是日本的国家秘密，同时美国、苏联、中国部分相关的档案也没有解密。中国的受害情况，因为没有详细的田野调查，基本历史事实还没有搞清楚。

"细菌战诉讼面对着如一团乱麻的历史，不把历史搞清楚，怎么知道这是什么样的责任？是多大的责任？只有搞清楚历史才能确定责任，责任确定了该怎么承担就怎么承担呗。如果连事实都不承认，还说什么赔偿！"王选对原告们说。

诉讼，要向法庭进行事实举证，是搞清楚历史的一种方式。

实际对于诉讼诉求为何，达到什么目标，日本人之间也争论不休。日本和平运动从日本政治大局出发，从战争遗留问题入手，试图改变日本整个国家对战争的认识，虽然这个大目标一致，但落到具体事务和做法上分歧始终存在。

一濑提出要把细菌战诉讼做成社会运动，以细菌战受害者的愤怒声讨，引起国际社会对此问题的重视。"细菌战诉讼不能只限于法庭，而是要搞成一场社会运动，这场运动必须以否定侵略战争和殖民主义、打倒帝国主义的立场为出发点。"一濑说。这个想法与30年前一濑奋战东京街头，反对《日美安保条约》的信念一脉相承。他希望通过细菌战诉讼与中国民众联合，促使日本对战争问题进行彻底的自我批判，从而影响日本政治与社会。[1]

中国受害者的目标与此不尽相同。

王选认为中国对日索赔问题已经进入迫切需要解决技术性问题的阶段。细菌战问题更是如此，最终是不能赔几个人或整个原告团，而是要建立一个受

[1] 本书作者对于一濑敬一郎律师的采访。

害的认定系统。究竟有多少人受害，受害情况怎么样，受害认定的标准是什么，如果赔，怎么赔，是赔受害者本人还是赔家属？而这些都需要以调查清楚事实为基础，建立一个系统，远远超出了一场诉讼的范围。

因此，王选想要注册成立一个民间 NGO（非政府组织）——中国细菌战受害者调查委员会。各地再以原告为核心成立相关的调查团体，形成民间草根力量的联合，来推动细菌战的诉讼和调查。

成立受害调查委员会，早在崇山村人开始索赔时，王选就提出来了。当时崇山村想成立索赔委员会，王选提出不要把“赔”字放在前面。先成立调查委员会，先要把历史事实搞清楚，再谈索赔。

王选的这些看法，得到各地代表的认同。反复讨论之后，这次原告代表会议，定下今后的工作方针：“以本次对日索赔诉讼为中心，各地调查委员会是以抢救历史、教育后人为主的民间组织，原告团和各地的调查团相互依存密不可分，大家奉行的唯一宗旨就是团结，团结就是力量。”

在这个寒冷的冬日，细菌战原告代表们开始接受这一理念和诉求，尽管希望得到赔偿愿望依然强烈。

这一天，原告代表们讨论的第二个重大问题是诉讼的主体问题，又是王选将这个问题抛出：

“这是谁的诉讼？谁是诉讼的主体？是日本律师团？还是日本民间细菌战调查团？还是我们原告？”

“这是我们自己的诉讼，原告才是诉讼的主体。日本律师团是帮助我们打官司的，日本民间团体也是。”

“我们要有自己的主张，我们需要团结起来，我们不能是一个个个体，散落在各地，而是一个团体，应该有一个原告团。”王选说。

有原告团就得有团长，一个团体没有头儿不行，谁来当头儿？

大伙说，王选来当团长吧！只有你有能力在外面抛头露面，可以用日语、英语讲话。

“实际上，我就是要抓权。”王选对此不加掩饰。她说，诉讼必须要以受害者为主体，要让这起诉讼成为受害者自己的诉讼，受害者应该以整体的形象面对世界。

细菌战原告团由此成立，王选为团长，王培根为秘书长，主管浙江；陈玉芳为副秘书长，主管常德。

“这是我们自己的官司，我们要自力更生，不能总要日本人的钱。”

“日本人筹到的钱不可能支撑这个诉讼走到最后。”

“到日本打官司，我们原告要自己解决经费问题。我们浙江先想办法去找钱。”

钱，是王选抛出的第三个问题。

钱，的确是一个非常实际的问题。

中国原告以每月不到千元的收入，如何应对得了一次赴日本近两万元的支出？（后来机票降下来，一次需要 1 万元左右。）森正孝让江山的薛培泽去日本时，他说：“我不去，因为没钱。”薛培泽是一名地方文化馆工作人员。对农民来说更没能力。

原告团团长刚当上，晚上宁波的何祺绥就受老乡的委托找到王选，很为难地掏出车票问能不能报销。

“没有钱报销，能不能自己先垫上？”王选更为难。

“我们也不是不懂理，只是问一问。退休了，经济条件不好，不报也没关系的。”何祺绥的声音越来越小。

“等我们有钱了再报，好吗？这次开会如果不是利用关系揩油、拉赞助，我们连会都开不起来。原告去日本的经费，都是森正孝的揭露会替我们交的，等我们拉到社会捐助之后，再报销。”

2001 年王选、王培根、陈玉芳提出，今后浙江和常德各自解决自己的经费问题。实在困难的农民原告，想办法给他们找赞助；经济条件好的，鼓励自己出费用。要让每个人感受到这是他自己的诉讼，不是谁替他打或者要他打官司的。

接下来，王选将自己将要作为原告总代表在日本法庭上的陈述，逐句与各地原告代表讨论。

为了准备这个法庭陈述，王选已经整整 20 多天茶饭不思。

“在准备法庭发言的 20 多天里，像是着了魔一样，不知道困，不知道饿。白天黑夜只想一件事，在这样一个重大的历史时刻，我要代表中国成千上万的死于细菌战的人，还有痛苦活着的人，向世界诉说什么？”王选自己问自己。

王选感到自己脑袋里有一个大火球，风驰电掣般地来来回回翻滚，思绪潮涌一般此起彼伏不休不眠。她觉得必须完成对这次审判的准确认识，她必须要通过这个法庭向世界传达出中国细菌战死难者的声音。这让她焦灼不堪，坐卧难安，身体紧绷到极限，有被烧为灰烬的无力感。

一些想法在心里逐渐形成，她要向各地的原告阐述这些想法，要得到原告们的认同，要让原告真正认为，这些想法就是他们自己所思所想，王选不是一个人，而是他们的总代表。王选在法庭上陈述的，就是中国原告们想要说的。

她告诉大家，她在法庭上最先表达的，就是对这场诉讼的认识：这是一个迟到的、庄严的审判。

众所周知，50多年前，日军作为国家政策实行的细菌战，在当时即为国际法所禁止的战争犯罪。战争失败之前不久，日本政府掩盖了这一战争犯罪。战后，又由于日本政府和美国对这一战争犯罪的掩盖，在1946年东京远东国际军事法庭，应该受到审判的细菌战战争犯罪，没有得到审判。但是，正义必定惩罚罪恶。今天，细菌战的审判在日本首都东京开庭了。这是历史的必然，也是日本的进步。[1]

因此，她要代表原告要求日本政府拿出应有的态度来对待细菌战问题。

我们108名中国原告是二战期间日军在中国浙江省、湖南省进行细菌战的受害者以及受害者的家属。我们以日本政府为本诉讼的被告，要求日本政府作为日本国家的责任代表，正式承认细菌战的历史事实，向中国人民谢罪，并对这一战争犯罪造成的损害承担责任。

我们认为，日本政府在这场审判中唯一应该采取的立场是作为日本的责任代表，正式地承认日军细菌战的历史事实，承担战争责任，向战争犯罪受害

[1] 参见1998年2月16日《细菌战受害诉讼东京地方法院一审首次开庭原告代表王选意见陈述》，细菌战诉讼原告团提供。

者谢罪，挽回受害。[1]

中国和日本，一个受害国，一个加害国，在战后半个世纪重开这场审判，必须以历史事实为基点建立双方的共识，没有这个共识，一切将无从谈起。这也是王选反复向中国受害者强调不要把赔字放在前面，要把调查清楚历史，记录这段历史，还受害者做人的尊严，还历史以真相的理由。

我们以日本对中国的侵略战争作为两国的历史，两国人民应该持有共同的认识为起点，使这场审判成为揭露日军细菌战的历史事实的过程。

我们主张，日本和中国人民基于历史事实的，对于战争正确的共同的认识，是日本和中国相互理解以及真正的友好关系的前提。

我们原告团将和律师团以及支援我们诉讼的日本、中国和世界人民团结起来，伸张受害者作为人的权利和尊严，进而维护人类的尊严；揭露细菌战的罪恶，进而维护正义；控诉细菌战的非人道，进而维护和平。这是我们原告团在这场审判中所取的位置和将起的作用。[2]

细菌战诉讼不只是中国人的诉讼，它是中日两国爱好和平的人的共同诉讼。

日本法庭进行的各国战争受害诉讼，一般都由三个群体构成：第一是原告团，由战争受害者构成；第二是他们的诉讼代理人，日本律师团；第三是支援这个诉讼的日本市民和平运动团体，因而这是中日两国民间共同发起的诉讼。中国人怎么想的，中国人到底想要什么，一定要让日本人理解。王选特别重视这种交流沟通。原告团、律师团和日本和平运动团体，三股力量必须达成沟通和理解，汇成包括细菌战调查、诉讼、宣讲、揭露、研究的整体和平运动。

各地原告代表会之后，王选便匆匆回日本，参加律师团的会议。

她将中国原告成立原告团并推选她做团长的消息告诉日本律师团，将原

---

[1] 参见 1998 年 2 月 16 日细菌战受害诉讼东京地方法院一审首次开庭原告代表王选意见陈述。细菌战诉讼原告团提供。

[2] 同上注。

告团会议上通过的几项内容通报律师团。

二

常德人一开始见到日本人时，第一反应是这些“鬼子”是来搞阴谋活动的。战后几十年，常德从没见过这么多日本人，整个城市对日本人的印象还停留在战时。

1996年11月，湖南常德外事办副主任陈玉芳接到省外事办的传真，说有一个日本团体13日要到常德来。第二天省办又追来一个电话，说这个日本团体比较特殊，他们要调查了解55年前的常德细菌战发生的情况。

“常德发生过细菌战？”陈玉芳第一次听说细菌战，作为常德出生的人，她脱口问道。

一伙日本人出现在她的面前，尽管穿着西装，但在她看来一张张脸都能和电影里的日本鬼子对应上。访问团团长藤本治，是日本静冈大学名誉教授，细菌战研究专家；日本庆应义塾大学教授松村高夫，他是常德细菌战的研究专家；一濑敬一郎，东京日比谷法律事务所律师；鬼束忠则，东京共同法律事务所律师；西村正治，菊町总合法律事务所律师；山本志都，大学法律系实习生；手塚爱一郎，印刷厂主……这一行人先在义乌县城、衢州调查，后来到常德的，只有一张中国人的脸，王选，调查团成员兼翻译。[1]

团长藤本治说，根据研究，日本方面认为常德是细菌战受害地。他们此行的目的，是寻找受害证据，采访幸存者和见证人。并告知浙江崇山村的受害者已经委托日本律师准备起诉日本政府，问常德是否愿意加入。

“我们的受害者都不愿意见你们，因为当年受日本鬼子伤害太深了。我如果勉强要他们来，我怕他们说起往事会控制不住，会骂人，会挥拳头，到时先生们会说常德人不懂礼貌。”陈玉芳的话里满是拒绝。

王选一句句翻过去，日本人齐刷刷地站起来一个劲地道歉鞠躬：“对不起，我们先辈犯下的罪恶，作为日本人深感羞愧。我们就是要搞清历史事实，

---

[1] 参见常德市细菌战受害者接待处编：《侵华日军细菌战十年诉讼记》，第3页。

帮中国受害者打官司，向日本政府讨回公道的。”[1]

日本人真的是来帮中国人的，不是搞阴谋诡计的？日本人到来的当天，《常德晚报》记者刘雅玲写了一篇消息稿，上版时被毙。值班总编问刘雅玲：“你知道他们真正来干什么吗？”这一问把刘雅玲也问住了。1998 年律师团团长土屋公献来常德时，刘雅玲把藏在她心底里的疑问问出来：“作为日本人，你们为什么要反对自己的政府，替中国人打官司？”

反对自己的政府，难道不会被抓起来关进监狱吗？这真的不是在作秀？这些疑问不只是刘雅玲一个人的。

日本细菌战事实调查团在常德核对鼠疫菌投放地及疫病暴发地。刘雅玲摄

陈玉芳开始觉得日本人在作秀，因此对日本人没有好言好语。但看着头发已经白了的藤本治和松村高夫，大学教授，文质彬彬，似乎又值得信任。

第二天，日本人走访了鸡鹅巷、徐家大屋和广德医院旧址，记录了当年广德医院检验员汪正宇的口述。汪正宇身体健康，头脑清晰，他的讲述，让历史呼之欲出。

一濑敬一郎律师再问陈玉芳：“作为律师，我和鬼束忠则、西村正治很愿意免费为受害者打这场官司，如果你们愿意配合，请给我一个明示。”

“1972 年我们国家的周总理曾宣布我国放弃赔偿，我们还能起诉吗？”陈玉芳问。

在一边的王选先急了，她直接用汉语对陈玉芳说：“怎么不能！国际惯例战争赔偿有国家赔偿和个人赔偿，周总理放弃的是国家赔偿，老百姓的权利谁也剥夺不了。”[2]

陈玉芳表示，只要有权利，我们肯定不会放弃。但事情敏感，需要请示。

---

[1] 参见刘雅玲、龚积刚著：《细菌战受害大诉讼》，湖南人民出版社 2004 年版，第 185 页。

[2] 刘雅玲、龚积刚著：《细菌战受害大诉讼》，湖南人民出版社 2004 年版，第 186 页。另见常德市细菌战受害者接待处编：《侵华日军细菌战十年诉讼记》。

在请示湖南省外事办主要领导后，陈玉芳给了一濑敬一郎一个准确的答复：常德加入诉讼！

调查团得到了准信，约好12月再来调查取证，办理诉讼委托。调查团一走，常德市外事办即向外交部亚洲司日本事务处请示，得到的答复说："有关战争民间受害赔偿的问题，外事办不要介入和参与，民间团体可以搞。"[1]

常德外事办向市委、市政府写了《关于接待日本细菌战罪行调查团的报告》，提出由市党史办牵头成立民间团体"常德市细菌战受害调查委员会"，报告很快得到市党政领导批示同意。市外事办和党史办联合邀请司法局、卫生局、保密局、档案局、公安局、安全局，鼎城、武陵、桃源三个区县党史办等单位，开成立民间团体"常德市细菌战受害调查委员会"的协调会，并按程序向市委、市政府打报告，向常德市民政局进行社团登记，起草了协会章程，刻了会章。

党史办干部叶荣开牵头在常德城区五个街道办事处进行初步的摸底调查，第一批幸存者和受害者杨志惠、何英珍、马培成等被找到。调查再向常德周边的石公桥镇、桃源县马鬃岭等地推进，到12月中旬，又找到了30名幸存者和遗属。

12月25日，本是一年将尽兴意阑珊之时，常德外事办接到通知，日本人又来了。

又是十几个人，除一濑敬一郎、西村正则、手塚爱一郎上次来过外，换上的是一大群陌生的脸。之所以选在年末，是因为这些日本人平时有各自的工作，得利用假期才能成中国之行。王选仍然是调查团成员兼翻译。

一濑敬一郎再见陈玉芳，一下抓住她的手，说："一辈子会做到底，一直到死，请相信我。"鞠躬到90度。

"调查团一到，我们便派出律师羿保刚等人与一濑敬一郎等，座谈有关日本法院诉讼的法律以及原告代理人的权限等方面的问题，并进一步试探他们前来调查的目的和企图。在基本摸清了他们的底细之后，才比较放心地为他们提供有关常德细菌战的部分历史资料。"陈玉芳说。[2]

---

[1] 常德市细菌战受害者接待处编：《侵华日军细菌战十年诉讼记》，第4页。另据本书作者对陈玉芳的采访。

[2] 本书作者对陈玉芳的采访。

常德就在这样的怀疑和忐忑中，在日本人的推动下走上了诉讼之路，何英珍等成为常德的第一批原告。

日本律师团在常德调查取证，左二为一瀬敬一郎。刘雅玲摄

此次，在受害地常德市和石公桥镇，日本调查团的律师当面进行幸存者或遗属的口问笔录，摄像拍照，办理了13个受害者向日本律师的诉讼委托书。

1997年12月10日，常德武陵区政府大礼堂挂起了“常德市细菌战受害调查协会”的大红色条幅，130多人前来参会，他们有常德地区的党政干部，也有细菌战受害者。对于推动调查一年多的常德市地方志办公室干部叶荣开等人来说，这是一次非常重要的大会，他们觉得从此细菌战调查就“找到组织了”。然而大会即将召开的前几十分钟，会场气氛开始神秘起来，大红条幅被取下，主办会议的人员神色茫然。

有关部门的通知到了，“常德市细菌战受害调查协会”不得成立。为了解围，有人提议，成立大会改成筹备大会继续进行。

12月11日，公安部门发出《常德市日本侵华战争受害者调查协会自行解散》的要情通报，协会公章及登记证书等上交给了常德市民政局。[1]

民间组织成立受阻，但细菌战受害调查却像一团点燃的火，跳动、闪烁，引燃更多的火团。没有明文反对就是默认。日本人来常德更成了助推剂，只要日本人出现，作为外事办副主任的陈玉芳就会出来接待，并利用她在常德的人脉广开门路。

1997年至1998年诉讼发起前期，日本人频繁来常德，每一次十几个人。除骨干成员外，律师、大学教授、中学老师、公司职员、音乐家、记者等轮番加入，每一次都有王选陪同翻译。他们每一次来，对于封闭的常德来说，都是

[1] 常德市细菌战受害者接待处编：《侵华日军细菌战十年诉讼记》，第11页。

大新闻。“默许的宽容”里，常德广播、电视、报纸开始大篇幅报道而不再有禁忌。媒体的“广而告之”，再加上调查委员会具有中国特色的“60 岁老人座谈会”，使常德的受害调查快速向前推进。

一次报告会上，常德第一例确诊者蔡桃儿弟弟的孩子，听到了自己姑姑的名字，他恍然明白这场鼠疫与自己家的关系，回家就和家人说了。第二天一个叫蔡正民的人便找来投诉，说要为自己死去的姐姐鸣冤，他是蔡桃儿的弟弟。而此时调查委员会正好在湖南省档案馆，找到了当年蔡桃儿的尸检报告，历史档案和活生生的口述者，在 50 多年后重逢。

作为湘人，常德人其实大部分时间性格温和。他们走路的时候迈着方步，说话拖长腔并且尾音上扬，喜欢吃“锅子”——慢火煮食的钵子菜。“不愿朝中为驸马，只要炖钵炉子咕咕嘎。”围着锅子吃饭时他们会这样说。他们自称祖先不是湖南人，而是“北人”，方言里留存着许多北方词语。

常德人就像他们喜欢的钵子菜，起初不露声色，但长火不熄，其热力与持久性便无人能及。加上又是毛泽东的同乡，深受半个多世纪革命文化浸染，常德人身上有一股舍命干事的劲头。

日本人来调查细菌战，知道的人多了，常德城区、郊区及周边各县纷纷前来投诉。叶荣开向陈玉芳提出设立一个接待处，以便让投诉者知道上哪里去找。陈玉芳带他看了外事办的一间低矮的杂货屋。几天之后杂货屋就变了模样：石灰粉刷好了墙壁，报纸糊好了天棚，叶荣开、刘体云（西安航空发动机公司退休工作人员，志愿者）、李本福（常德武陵区水电局退休干部，志愿者）等挂出了“侵华日军 731 部队细菌战常德市受害者接待处”的牌子，第一个调查与诉讼的联络处落成。地方政府默许“挂靠”外事办，但没有任何固定的活动经费。

接待处很快就有投诉者上门。张礼忠、丁德望、王耀来、何英珍、徐万智等诉说完自己的家事后，转身就成了志愿者，成为进一步扩大调查的中坚力量。

家住常德城西新村社区的丁德望，是武陵区河洑镇人民政府退休干部。看了常德电视台播放韩公渡牛牯坡村细菌战受害调查的新闻节目，哭了一晚上，第二天拿着父亲死于鼠疫、自己成为孤儿的书面材料到接待处来投诉。刘体云一看，材料写得条理清楚，字迹整洁，便问细菌战诉讼有大量材料要写，愿不愿意来帮忙整理材料？丁德望当即答应。一张硬木办公桌，一张硬木椅，

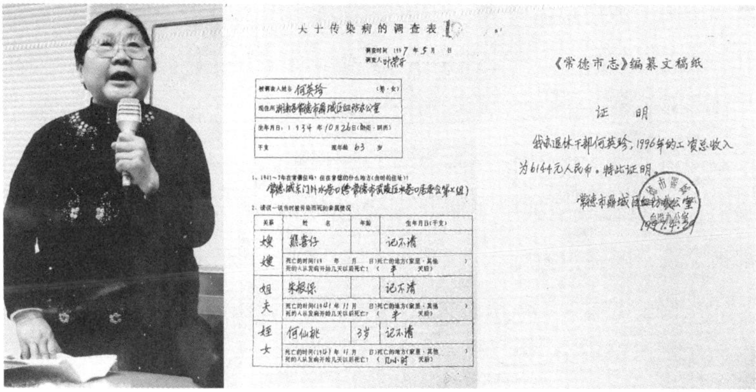

常德细菌战受害者何英珍和她的受害调查表。资料来源：常德细菌战受害者协会

每天早上准点来，脱下帽子，泡上茶，材料一写写了 20 年，常德数千人的受害材料很多都出自他手。实际上丁德望只上过两年的私塾。

何英珍家有 6 位亲人染疫丧命，她是被找到的常德城内第一批受害者。她天天到接待处做接待来访工作，直到 2005 年 5 月因脑血栓行动不便才停止。

还有徐万智，是个 1950 年代末的中专生，写一手娟秀整齐的钢笔字。他成了跑里跑外的联络人。一身灰暗的、总是辨不清颜色的衣服，一顶同样灰暗的棒球帽；一个磨损严重总不离手的包，包里装着各式各样的材料，只要有人要立即打开包将材料奉上。

徐家当年是没有分家的、农村 12 口人的大家庭。奶奶当家，爷爷、父亲、叔叔种田。但因父亲去了趟常德贩货，几天之内家里死了奶奶、父亲、叔叔、哥哥和堂弟 5 口人。父亲死时 31 岁，徐万智才两岁。

常德细菌战原告徐万智。常德细菌战受害者协会供图

常德电视台播放寻找细菌战受害者的广告，徐万智心里一动，立即回家问母亲父亲是怎么死的。果然时间、地点、传染路线、症状等要素和细菌战相符，这才知道一家人的死因。当时农村里把这个病叫

"乌煞"，因为人死后身体发黑，得病的人和家庭受歧视，人们把过错怪罪到做人不好，或者女人身上。徐家是母亲和婶婶活了下来，她们一生都背负着心理重负，认为是自己命不好，克死了男人。徐万智父亲去世时没有留下照片，他一生都不知道父亲长什么样。

突然的灾难让爷爷哭瞎了眼。讨债的人一个一个上门来，家里的农具、耕牛都被拿走，实在没有什么可拿的，就把房子上的瓦揭下来。这是农村讨债最厉害的一招：上房揭瓦。爷爷哭着求人，说，我还你不起，还有孙儿。这个孙儿指的就是两岁的徐万智。

为了提振家族，族中的人让母亲和婶婶两个寡妇招赘女婿上门。与徐万智母亲相配的是一个年龄很大的男人，母亲不肯，立誓不改嫁；婶婶入赘了一个男人。

在城里工作居住的徐万智开始更多地往乡下母亲处跑，听母亲絮叨家族的故事。幼时细碎片段的记忆，一点点补缀起来。徐万智最深刻的记忆就是饥饿，黄花菜、蒿草都采回来，挤去苦汁，搅在稀饭里。母亲说那不叫吃饭，叫"度命"。当时还遭了水灾，地主乡绅家开仓放粮，一天发两次饭，徐万智带只碗和一双筷子挤不到跟前，人长得太矮小了，排到他时饭却没了。记得一个本家的爷爷，看到一个小小脑袋尖上还举着碗，就把锅里的刮一刮，还有半碗锅巴。

徐万智来参加调查时刚 50 岁，因为工厂垮了而提前退休，加上妻子每月只有 300 块收入，但两个女儿都还没有工作。他放弃了出去打工挣钱的想法，全职参加调查。

不需要动员，完全是自愿和主动的，特别是那些自己家庭并没有受到细菌战伤害的人，刘述文、孙克富、王一新等，加入调查，完全是自愿行为，而且是源源不断地有人加入。[1]这场跨越国界的赔偿诉讼成为一个"历史的开头"。过去，这些深埋在内心的悲惨记忆根本就没有机会提起，个人也羞于向外人诉说。现在，徐万智、丁德望、何英珍们听从着自己内心的情感驱动。

"参加调查政府给你们发钱吧？"不少相识的人都问同一个问题。"政府

[1] 参见常德市细菌战受害者接待处编：《侵华日军细菌战十年诉讼记》，第 15—19 页。

一分钱不给，全是自愿的”，徐答。他的一生，第一次出于自己的意愿去做一件事。过去他一直听组织的，在单位里度过了大半生。

“莫要去打这个官司了，在强盗家里告强盗，强盗会让我们赢吗？再说要花不少钱。”老伴劝他。老伴姓唐，长得胖胖的、和和善善的，什么吃的都会做。葡萄自家种，葡萄酒自家酿，加点冰糖，喝起来比干红更绵甜；菜自己种，笋子、蒿子，两人炒两个青菜，下一碗面就是一顿。桌上摆着自己腌制的红豆腐、萝卜干，生活被节俭而仔细地打理着。

“要去，打不赢，站在法庭上把日本人骂一顿都解恨。”徐万智答得干脆。战争对他来说并没有走开，他的母亲的一生，还有他的一生都深受影响，心里还有一大块战争留下的阴霾。

第一次去日本出庭需要5000元（受害者自己承担的部分），徐向表弟在广州打工的儿子借了2000元，凑足了这5000元，带着一箱子方便面，在日本吃了一个礼拜。

没有经费，受害调查委员会的成员们，就骑着自行车、带着干粮去各个村落调查。叶荣开、刘体云、刘述文、李本福、孙克富、徐万智等调查者，骑自行车一天骑一百里地。从一个受害人找到另一个受害人，从一个疫点顺着鼠疫传播的路线找到另一个疫点；没有线索，就从自己在当地的亲戚朋友开始。常德是一级联络处，常德周边设立二级联络处，以当地的热心老人为主开展调查。镇、村设三级联络处。从市、县到乡，再到村，调查网络很快覆盖了常德及周边地区，各级调查联络员扩至160多人，确定疫情点58个。

1998年11月23日，在细菌战原告团和律师团第一次共同会议上，常德代表向首次来中国的律师团团长土屋公献面呈增加原告的请求。

土屋公献听完王选的翻译，以律师特有的腔调字斟句酌回答：“诉讼的影响越来越大，受害者遗属都站出来了，新的受害地被查出来，会有更多的人要求参加原告队伍，这个情况我们原先就预想到了。但第一批108名原告的第一艘船已经开出去了，坐不上去了。要增加新的原告就要准备造第二艘大船，这要做大量的准备工作，我们只有230名律师，而且真正出庭的只有十几个人，增加原告会增加很大的工作量，况且日本律师来一趟中国很不容易。如果中国方面有律师来配合做一些工作就好了，很可惜中国律师没有参加我们的调查取证工作……”

常德代表李本富腾地一下站起来，涨红着脸开腔："我不同意土屋先生说的第一条船已开走，后来者赶不上班的讲法。我们受害者是一个整体，本来就在一条船上，如果你们不同意增加原告，我现在就退席，会我不开了。我是军人出身，喜欢直来直去。"说完摔门而去。王选还没来得及翻译，土屋、一濑等日本人都愣在那里。

土屋君子风度，不愿意把话讲得很明白。但实际的困难摆在那里，日本律师鬼束忠则点出关键几点："一是增加原告日本律师要增加几倍才行；二是细菌战诉讼不仅是一个官司，还是很复杂的政治问题；三更为关键，日本市民团体已经为推动调查和第一批原告去日本出了不少钱，目前已经很困难了，如果增加人数，中国能否考虑经济承受的问题。"土屋接着鬼束律师的话："其实不一定要增加原告的，如果我们这第一场官司打赢了，以后的问题就好办了。到那时候取证工作中国律师都可以代劳。"

常德代表在返回常德的路上，都埋怨李本富摔门太鲁莽了。日本律师有他们自己的难处，而且增加原告必有费用问题，日本人的支持也是有限的。[1]

原本以为没有希望的事，1999 年 12 月律师团从日本来函，同意再增加 72 名原告，将原告人数增加到 180 人。此次增加，鉴于常德受害人数众多，特增加 31 人的名额，常德的原告数达到了 61 人。

180 人原告的细菌战诉讼，成为一条更大的"船"，开启了战后迟到半个多世纪的、对日本国家细菌战战争犯罪的诉讼审判。

三

细菌战第一次开庭审理定于 1998 年 2 月 16 日，此案起诉之时土屋公献已经被一濑敬一郎"抬轿子"请出，担任细菌战诉讼律师团团长。中国这边，王选为原告团团长。双方携手使得这次对日诉讼有了强大的阵容，一场法庭对决，拉开了架势。

1998 年 2 月 16 日早。

[1] 参见刘雅玲、龚积刚著：《细菌战受害大诉讼》，湖南人民出版社 2004 年版，第 236 页。

东京蛛网一样盘踞的地铁线里，一干人从各个方向向一个地点汇集——东京千代田区霞关路站 A1 出口。

王选带着来自崇山村的王丽君和来自宁波的胡贤忠到一濑律师事务所集中，大家排练一番，然后律师叫来出租车，送他们前往法庭。两位 70 多岁的老人脸紧绷着，很紧张；王选一夜未眠，脸上也满是焦虑。

土屋公献和一濑敬一郎都穿着领子浆得很硬的白衬衫和西装，一身正式出庭的打扮。一濑夫人三和女士，帮忙提着大包小包。

从霞关路地铁 A1 出口步行一分钟，就是东京地方裁判所（东京地方法院）。一队队人马从地铁口出来，大家碰到了互相打个招呼。一濑看人到得差不多了，就让夫人从带来的大包里拿出一条十来米长的大横幅，安排大家依次站在横幅后面，开始在裁判所前的大马路上进行法庭外的“揭露”和“示威”。横幅用日语写成，日文夹着几个汉字清晰明确：细菌战、被害者、谢罪、赔偿。

头发花白、身板挺直的土屋公献站在最中间，王选、王丽君、胡贤忠列于他的左右，十多个人一齐拉着横幅边喊口号边往前走。日本警察在前面开路，街道上的汽车停止前进，让出了整条马路。

第二次世界大战结束 53 年后，针对战时日本用细菌生物武器攻击中国，造成生灵涂炭，对其控诉与审判在日本首都东京开启。虽然石井四郎等细菌战的实施者早已作古，看不到这一场景，但实施细菌战的主体还在，这就是日本国。

1998 年 2 月 16 日，东京地方法院就细菌战案举行第一次开庭，土屋公献和王选带领细菌战原告准备步入法庭

王选明白，这终将是一场举世瞩目的审判。在她和两名步履蹒跚、满头白发老人，以细菌战受害中国原告身份步入法庭之时，就将开启一场已然延宕了半个世纪的审判。“重要的是已经打开了‘死亡工厂’的盖子，揭开了日本细菌战的黑幕，让公众了解事实真相，向世界传达中国受害者的声音。”

这一天的王选，特意穿着一身青黑色套装，头发用黑色发夹盘起。她要在法庭上以中国原告总代表的身份，做法庭陈述。

东京地方法院外，除了原告之外，到场的只有一个中国人，他是北京大学历史系在日访学学者徐勇。他听到 2 月 16 日将举行细菌战诉讼第一次开庭的消息，特地头一天从新潟赶来，找到东京都港区西新桥 2 丁目 3 番 8 号藤井大厦三层的一濑敬一郎律师事务所。

“我看到日本律师都在忙，包括一濑的夫人，根本没有人有时间和我讲话。一直到凌晨三四点钟，我实在盯不住了，就在一濑的办公室里拼了两张椅子躺着睡了会儿，醒来的时候，看到一濑房间的灯还亮着。”

“第二天在东京律师大楼见到王选，我发现她陷入了一种焦虑情绪状态，非常紧张，她的手脚开始发硬、发凉。我给她做手部按摩。”徐勇说。

法庭门外，已有不少媒体记者，但中国媒体没有到场。

开庭地点选在了 103 号法庭，这是东京地方裁判所最大的一间庭室，能够容纳 76 人，为了让更多的支持者进入，日本律师团特意申请了这间庭室。

1946 年 5 月 3 日，也是在东京，远东国际军事法庭举行第一次公开庭审。

东京最高的市谷山丘上（当时在这里可以俯瞰整个东京），有唯一一座没有被美军炸毁的高层建筑——日本陆军省大楼。它是一座巨大的碉堡一样的三层楼房，是整个侵华和太平洋战争的日本指挥中心。麦克阿瑟选它来做东京审判的法庭。

这个地点极具象征性，它高高在上，面对着东京的一片废墟。它是战争的策源地、指挥所，同时又是战败者的最后堡垒。用它作为审判战争犯罪的法庭，有着正义最终战胜邪恶的道德意味。

数以千计的盟国和日本工人，日夜不停地用了四个多月的时间，将它改造成一个宏伟壮观的法庭。楼上楼下可容纳 1600 多人，代表世界四分之三人口的 11 位法官肩负使命，整个审判历时两年半。419 位证人到东京出庭，其中包括中国的末代皇帝溥仪。庭审记录达 49000 页，另有呈堂的证据文件 3 万页，法官用了七个月的时间才写出长达 1218 页的判决书。

被告被指控 32 项破坏和平罪、16 项谋杀罪和 3 项危害人类罪。谋杀、灭绝、奴役、驱逐，法庭对这些暴行的陈述“经常令检方甚至同样令辩方震惊，旁听席上大部分是日本人，有男有女，他们面色阴郁、沉默肃静，当幸存者的诉说再现了南京的悲剧，缅甸—暹罗死亡铁路的修筑、菲律宾利巴的大屠杀、越南凉山的处决，像足球场一样大的法庭变得鸦雀无声”。[1]

然而这个高高在上、正义的法庭的指控内容，唯独少了恶中极恶的细菌战，这是一项可列为反人类、种族灭绝的罪行。被告席上，没有一个从事细菌战研究与实施者的身影；检方找到的有关细菌战的证人，竟然没有出庭的机会；而中国广大受害地区和受害者的声音，一丝丝都没有发出来，就像是世界上从来就没有发生过这种事一样。

50 年后，东京地方裁判所作为一个和平年代民主政权的法庭，每天都在开庭。民事的、刑事的、经济的案件来来去去，既没有东京审判的历史意义，也没有那种被刻意营造出来的崇高感。但被掩盖了半个多世纪的声音毕竟将在这里发出，年迈的原告们胸膛里发出的是正义的呐喊，尽管它迟到了整整半个多世纪。

这是对东京审判的弥补。

这次审判并非是战胜国对战败国的战争犯罪审判，而是一场真正的“草民之讼”。它不存在大国间政治利益的倾轧角逐，也不存在胜者对败者居高临下的道德心理优势，而是一群手里没有任何权力的民众，依据人类正义、公理的申诉。虽然原告与被告力量悬殊，但更为纯粹。尤其是中日双方民间共同发起、推动这一点，更表达了双方祈愿和平、反对战争的强烈愿望，这一切让这一天的法庭同样有一种庄严感。

细菌战不仅是一个历史事件，在中国它还是现实，正在进行，远没有结束。当年被投放鼠疫的地区，为预防鼠疫再发生，必须每年数次在当年被攻击的广泛区域内捕捉大量的老鼠和跳蚤，进行鼠疫菌检查。而检查结果是鼠疫菌依然在活动，老鼠身上的抗体阳性被检出，这些地区发生鼠疫的可能性仍然存在。

---

[1] [美] 阿诺德·C. 布拉克曼著：《另一个纽伦堡——东京审判未曾述说的故事》，梅小侃、余燕明译，上海交通大学出版社 2017 年版，第 2 页。

这是以生命和伤痛向当今世界发出的道德追问：为了人道，各方力量应该予以科学的调查，加害者应该承认事实、公开资料；为了文明，人类应该以此为教训，谨守人类的良知和文明底线……

“这么大一件事，中国在日本有成千上万的留学生，有无数的考察、旅行者，志愿来现场支持的，只有一个徐勇……”多年之后，王选每当回忆起来依然感慨不已，把徐勇称作“战友”。

王选的情绪慢慢放松下来，渐渐地进入一种表面平静的状态，王选特有的执着劲儿又回来了。

王选、王丽君、胡贤忠在日本律师陪同下，通过媒体摄像机形成的夹道，步入法庭。

法庭上，担任主辩护律师的土屋公献首先代表律师团发言。身经百战的他以稳健而洪亮的声音开场：“舆论认为，在日本司法中‘国家利益’优先于人权现象的倾向十分严重”，他督促日本法院记住自己在三权分立国家的责任，要“以公权力明确细菌战的加害事实和受害事实”。土屋同时告诫日本政府，“拒绝承认事实、回避一切责任的态度，这是不能被当前的国际社会所接受的。日本只有反省过去，承认曾犯下的反人道的罪行，明确历史问题的责任，向受害者谢罪，才能构筑与邻国及亚洲和世界各国的信任关系”。

“我强烈希望，本法庭诚实地遵守国际法的各项准则，从追溯数十年前的本案及其真相入手，恢复受害者作为人的尊严。”土屋最后说。[1]

辩护律师席上，除领头的土屋公献外，还有10名日本律师列席。

被告席上是日本政府法务省大臣派出的代表川口泰司、渡部义雄、前泽功、川上忠良、近藤秀夫等五人。

原告《诉状》[2]向法庭列举这起要求日本政府谢罪及损害赔偿案件的请求原因：日本的细菌战和因细菌战造成的中国浙江衢州、宁波、江山、义乌、东阳和湖南常德的损害（二审起诉受害地加入义乌塔下洲，受害地变为七个）；因为细菌战作为种族灭绝武器的残酷性和本案造成受害的重大性；因为被告日本政府的国家意志对细菌战的隐瞒和不履行细菌战损害赔偿立法而产生的新的

---

[1] 原告团提供细菌战诉讼文书。

[2] 所参考的《诉状》为细菌战原告团提供的刘惠明律师翻译修改版本。

加害行为，对原告造成新的、正在进行的损害。

《诉状》援引《海牙条约》(《海牙公约》）第三条，指出细菌战受害者个人有要求被告赔偿生命财产损害的权利和要求被告道歉谢罪的权利。[《海牙条约》，亦称“海牙法规”，法语为 Convention de La Haye，是 1899 年和 1907 年两次海牙和平会议（法语 Conférences de La Haye）所通过的公约和声明文件的总称。条约从 1910 年 1 月生效，日本于 1911 年批准该条约。]

关于战争被害的赔偿,《海牙条约》第三条做了如下规定：

违反前述规则的交战当事者，在造成损害时负有赔偿的责任，交战当事者对组成其军队的人员的一切行为负有责任。

第三条还规定，在军队的成员做出违反陆战法规的行为的情况下，受害者个人具有向加害者直接要求损害赔偿的权利。

《诉状》指出：《海牙条约》中与细菌战有关的是第二十三条，此条第一项有如下规定：禁止使用毒气或类似毒品的武器。因为细菌武器是靠细菌的剧毒和传染性能，造成人体的致命伤的武器，因此符合此规定。《诉状》还援引 1925 年 6 月签订的《日内瓦议定书》(《禁止在战争中使用窒息性、毒性或其他气体和细菌作战方法的议定书》)，各缔约国同意在战争中不使用窒息性、毒性或其他气体，以及使用一切类似的液体、物体或器件，即化学武器与生物武器。指出该决议书自 1928 年生效时细菌战已经被明文禁止，并作为国际惯例被确立，日本政府在决议书制定后签了字（1970 年批准）。

《诉状》认为，即使在当时，细菌武器的使用已然是违反国际法的行为，属于明确的战争犯罪。军队所做的一切不法行为的责任都应由持有军队的国家政府来承担。

《诉状》援引中国《民法》、日本《民法》提出细菌战受害者有向被告要求赔偿生命财产损害和要求被告道歉谢罪的权利。

《诉状》特别指出，除了细菌战战时攻击造成的损害外，被告日本国家还应承担战后一系列隐瞒行为的责任和立法的不履行的责任，因此原告有向日本国要求道歉和赔偿的权利。

《诉状》对战后日本隐瞒细菌战而造成的新的加害进行了着力阐述：“战后，被告一直隐瞒他们进行细菌战的非法行为的事实。不得不指出，战后 52 年才对本案提起诉讼的很大原因，也是因为被告这种隐瞒事实真相的新的非法行为所致。”

“事实上，到20世纪80年代，也就是战后40多年，日本国内才清楚（有细菌战这个事实）。”

《诉状》指出日本国家的隐瞒对细菌战受害者造成了新的加害，并使自战争而来的损害一直延续至今，“他们的每一个隐瞒行为，都使对细菌战受害者的被告的种种权利行使受到显著妨碍，甚至不可能执行而被取消”。[1]

“由日本军队强行进行的本案细菌战所造成的战争牺牲，灾难是史无前例的。这种非人性的、惨无人道的事件，和在第二次世界大战中发生的美国的投原子弹事件（广岛、长崎）、德国纳粹党的犹太人大虐杀事件（大屠杀）是一样恶、一样残忍的。但是被告国仍然继续长期隐瞒由于自身的细菌战而造成的前所未有的战争牺牲和战争受害，而且至今为止还继续否认自身的战争责任。”

基于此，《诉状》向法庭指出，尽管对本案细菌战受害者的赔偿的法律条文还不存在，但法院应该对此进行迅速地补救，根据相关法律条例做出明确的判决。

“如此悲惨的深刻的本案细菌战战争牺牲、灾害却以欠缺立法根据为由被放置一旁，束之高阁，这种做法是明显地违反正义，是不能被允许的。”

尽管是严肃严谨的法律条例列举和阐述，但从字里行间仍然可以感受到强烈的情感，这是人道主义的吁请，是对人类正义的呼喊。

接着，法庭程序继续逐项进行。原告方椎野秀之律师陈述《731部队的罪状》；萱野一树律师陈述《被告的细菌战所造成的中国六地区受害》；多田敏明律师陈述《细菌战犯罪逃避了战争责任》；西村正治律师陈述《发现井本日记的重大意义》；鬼束忠则律师陈述《本诉讼案所适用的国际法》；一濑敬一郎律师陈述《法院应依据事实彻底审判细菌战犯罪》。

各位律师详细列举了日军对衢州、宁波、常德、江山等地直接实施细菌战导致鼠疫、霍乱流行，以及由于对衢州实施的细菌战引起的义乌、东阳、崇山村的鼠疫流行，造成大量平民死亡，并给本案原告造成损害的事实。律师们指出，侵华日军在1940年到1942年间多次在中国实施了细菌战，实际受害地

[1] 所参考的《诉状》为细菌战原告团提供的刘惠明律师翻译修改版本。

区比本案原告所在地广泛得多。[1]

辩护律师陈述之后，来自浙江宁波的原告胡贤忠和来自崇山村的王丽君以亲身经历讲述他们家庭和亲人的遭遇。胡贤忠的姐姐、弟弟、父亲、母亲相继染上鼠疫死亡，8 岁的他成了孤儿，尝尽人间凄苦；王丽君的哥哥、两个姐姐和母亲死于鼠疫，家中的房子被日军烧光。

最后是王选做法庭陈述：

我叫王选，1952 年 8 月 6 日出生于上海，是本诉讼日军细菌战六个受害地之一——中国浙江省义乌市崇山村的原告。

崇山村是我父亲的故乡，1942 年，日军细菌战引起村子里鼠疫流行，396 个村民死于这场鼠疫。我祖父的家族中死去 8 个人，我叔叔也死了，当时 13 岁。[2]

一股热泪突然涌上来，盈满了王选的眼眶，滴落在陈述书上。

1969 年中国“文化大革命”的时候，我作为知识青年，从上海下放到崇山村，和村民们在一起生活了近四年。末日般的鼠疫的灾难，强奸、抢劫、撒毒、放火、活体解剖，无恶不作的日军的凶恶，埋在村民们记忆中的恐怖、悲伤和愤怒，是我——一个农民的子孙，在青少年时代，从他们那儿受到的历史教育。

1987 年，我为学习战后经济成功的日本，来日本留学，先后在日本的三重大学和筑波大学学习。这十年里，我一面切身地感受：在中国差不多的人都知道的战争中日军的种种暴行，在日本差不多的人都不知道；一面和日本人民一起经历了日本社会激荡的变化。

1995 年 8 月，战争结束 50 周年的时候，我和一些去崇山村调查细菌战受害的当年的日军的后代命运般地相会。从那时起，不分四季，与他们并肩一起，去崇山村以及其他细菌战受害地，进行受害情况调查，研究学习细菌战的历史事实至今。

[1] 所参考的《诉状》为细菌战原告团提供的刘惠明律师翻译修改版本。

[2] 1998 年 2 月 16 日，《细菌战受害诉讼东京地方法院一审首次开庭原告代表王选意见陈述》，细菌战诉讼原告团提供。

今天，我作为本诉讼108名原告的代表，在此陈述意见……[1]

从事细菌战调查三年来看到的苦难在王选心头翻动。这是直面战争残酷真相的三年，一个个家庭、一个个生命的屈辱经历，让人难以忘怀。甚至一闭上眼睛，王选就能看到身体蜷缩、皮肤黑暗的鼠疫死难者，看到一双双眼睛里的渴望与绝望。

他们是人，他们的权利和尊严应该受到尊重。是我第一个提出受害者人权问题的。

所以我说，这个诉讼也是对这些无数的受害者一个永久的纪念，让那些没有留下名字的死难者被人记住。

“人”在这个历史事件中被长久忽略。那些在731工厂被解剖掉、被当作实验材料的“圆木”没有留下名字。王选有一次在东京遇到来自中国的张可伟，他以74岁的高龄来日本为其父作证。父亲当年进行反日情报工作，1941年被日本宪兵抓捕送进了731工厂，成了一根“圆木”。在崇山村，还有许多人至死都不知道自己得的是什么病。在常德，面对肆虐的恶疾，人们认为是自己命不好，或者是上辈子做了什么恶事，在这一生遭到报应。

王选告诉法庭，细菌战在中国不只是历史，而是现实。

1940年10月，日军从空中在浙江衢州、宁波投放了鼠疫菌后，引起鼠疫发生并流行了13年。在同省的受害地义乌，鼠疫蔓延到全县，并传播到邻县东阳。细菌战鼠疫的受害地区，半个世纪以来，为预防鼠疫再发生，必须每年数次，在广泛的区域范围内，捕捉大量的老鼠和跳蚤，进行鼠疫菌的检查。半个世纪前善良无辜的人民被这些看不见的武器所杀害，具有数百千年文明的城市村庄被摧毁，最为悲剧性的是，对于现在生活在这些地区的人们来说，鼠疫仍是一个重大威胁，随时可能再回到人间。

日子一天天地过去，细菌战受害者也一天天地老去，能够见证这段历史

[1] 1998年2月16日，《细菌战受害诉讼东京地方法院一审首次开庭原告代表王选意见陈述》，细菌战诉讼原告团提供。

的人在王选身边一个个地滑向死亡的深渊。在他们离开这个世界时，仍然没有等来应该有的正义。巨大的悲凉和巨大的压迫如影随形般追着王选，让她喘不过气来。

78 岁的王荣良，崇山村细菌战调查的主要参与者之一，他在交出调查报告的时候倒下了。在医院里，他的喉部被切开，呼吸困难，心里仍惦记着细菌战诉讼，盼望着官司能赢。

宁波市的细菌战鼠疫唯一的幸存者钱贵法，一直盼着能有到日本法庭申诉的那一天，当他拿到去日本的护照时，却病倒了，他把护照压在病床的枕头下面，时不时伸手去摸一下。他一直盼望着自己可以拿着这本护照成行日本，直到去世。还有浙江江山市的细菌战霍乱受害者赖根水，原定他将出席这次开庭，但他也没能等到这一天。

战争胜利后，美国作为世界上最强势的国家，以地下交易的卑劣方式，一笔勾销了细菌战的全部过往。731 工厂里消失的生命，中国的细菌战被攻击地死亡的民众，都作为准备下一次生物战的秘密数据被隐藏起来。在国家和国家的利益交易中，受害者的生命，轻如鸿毛。

这让王选愤怒，不服！

“为了使这场细菌战的审判成为对包括钱贵法、赖根水在内的无数的细菌战受害者永远的纪念，我们原告团在此表示全体不懈努力到最终的决心。”

“我要表达，站在法庭上的不只是我自己，也不仅仅是我们原告团 108 人（第一次起诉人数，后增加至 180 人），而是代表全体死于细菌战的受害者。他们是一个个冤死的魂灵，他们没有出现在我们的名单上，但他们也是人，也曾经在这个世界上活过，他们也有生而为人的尊严，我要代表他们向世界发出声音。这不仅是受害者及其亲属多年压抑在心的愤怒的一次表述，更是中国公民为世界和平、为人权和民族尊严而进行的理性斗争。”

“王选是用日语讲的，她的语调很轻，但很感人。法庭上，王选在掉眼泪，坐在主审席上的女法官也在掉眼泪。”在现场的徐勇看到并记住了这一切。

王选和中国原告陈述的时候，法庭上鸦雀无声，每一个日本人都很仔细地听着。日本政府的代理人，也觉得问题很严重，脸色是灰着的，头也低着，没有一点笑容。

“他们也觉得这个问题非常糟糕，他们知道日本面临着一个很大的问题。

细菌战受害的事实也让他们感到震动，但他们是履行职务的公职人员，在整个过程中他们通常一言不发。”王选说，国内有的律师说他们在日本诉讼，法庭上法官态度怎么不好、怎么争执等。这样的事情，细菌战诉讼从来没有过，日本政府代理人也好，法官也好，都特别礼貌。细菌战是战争犯罪，那些日本司法省的官员，都知道这个利害关系，他们从来不提反驳意见。只是讲到法律问题，他们就把被告方日本国的法律文书提交法庭和原告方，一般都是通过书面来维护自己的立场，从来不在法庭上争执。

“当今世界上，环境问题在威胁着地球的前途已是常识，人权也是国际社会普遍的理念和价值，但是，同时至少有 16 个国家还持有生物化学武器。尊敬的审判官们，我们 108 名原告，以及日本、中国和世界人民都期待着这场审判能成为维持理性的秩序、道德的规律、真理的法则的审判。”

“这场审判是在审判本世纪最大规模的国家犯罪之一，在审判人类历史上没有过的残虐行为。这场审判将在举世关注之中，越过法庭，越过海洋，越过国境，越过时代，产生影响，所有与这场审判有关的人，在什么样的位置上，起什么样的作用，都将在历史上产生意义，在历史上留下来，受到历史的检验。”[1]

王选最后的陈述铿锵有力，法庭气氛极为凝重。

“我发言的时候声泪俱下，眼泪掉得我看那个（讲稿）纸都看不清楚了。两个法官都在掉眼泪，那个女的一直在掉眼泪。我觉得打动她的，就是一种共情。”在王选陈述后，针对原告《诉状》，被告日本政府的代表向法庭提交了《答辩书》。

日本政府《答辩书》请求法庭“驳回原告的一切请求”。《答辩书》说，根据《海牙陆地战法规和惯例条约》，原告没有直接请求日本政府赔偿的权利；本案不能适用中国法。在大日本帝国的宪法中，有“国家无答责”的原则，国家的赔偿责任不能被承认。还有，在日本民法第 724 条中，规定了 20 年的时效期限，第二次世界大战中日本军的违法行为已超过了 20 年，因此损害赔偿权已消减。

---

[1] 1998 年 2 月 16 日，《细菌战受害诉讼东京地方法院一审首次开庭原告代表王选意见陈述》，细菌战诉讼原告团提供。

法庭初步审理结束，宣布休庭，等待下一次开庭。法官们站起从身后的门退出法庭。

徐勇在诉讼开始前采访了一濑敬一郎，并结合法庭开庭情况写出了第一次开庭的报道。日本的中文版《中华时报》以《日本的全部问题都在于天皇制》为题登载了徐勇的文章；台湾的《中国时报》以《细菌战索赔诉讼日本跨世纪的考验》为题登载；此外香港的《信报》、美国的主流报纸都登载了这一消息。徐勇也将他的文章投到国内的《人民日报》《北京日报》等媒体，但都没有获得采用。

第十六章　人证

一

1998年2月16日首次开庭之后，告慰细菌战死难者的活动就在崇山村首先发起。1998年11月18日晨，初冬的雾霭笼罩大地，崇山村外的田埂上走来一群人，他们抬着花圈，每人胸前都戴着白色的纸花，穿过田野，向林山寺走去。这是战后半个多世纪第一次举行的对细菌战死难者的慰灵活动。王选、一濑敬一郎、王培根走在队伍的前面，义乌、衢州、宁波、丽水、江山等浙江各地的代表及湖南常德代表前来参加。崇山村附近三四十个村庄500多村民自动汇入这支队伍。林山寺，当年日军活体解剖鼠疫患者的地方，成了告慰他们亡灵的场所，他们被活着的后人纪念，并被告知对戕害他们的罪恶行为的审判已经开庭。伴随慰灵活动是“侵华日军731部队细菌战罪行图片展”，这套图片是曾在美国旧金山等城市巡展的图板，在王选的要求下，空运到中国，连续在义乌、丽水、江山、常德展出，这是中国民众首次接触到这样内容的展览。

1998年2月细菌战诉讼开庭，到当年11月，日本东京地方法院已经举行了5次审理，法庭交锋渐渐深入。11月23日，中国原告团、日本律师团首次工作会议在中国杭州举行，律师团团长土屋公献、事务局局长一濑敬一郎和律师西村正治、鬼束忠则、丸井英弘从日本赶来出席。这是一次总结以往开庭、计划今后工作的中日双方共同会议，全体与会者认识到，尽管几次开庭后细菌战诉讼的国际影响越来越大，但前路依然漫长，加害证据需要从日本方面挖掘得更多，中国方面受害证据依然要做到扎实充分，细菌战的受害调查，仍要进行，并在诉讼过程中随时补充进去。

原告团、律师团和日本民间声援团代表充分讨论，制定了四个诉讼目标：

第一，通过胜诉告慰受害者的在天之灵，恢复其被践踏的尊严；唤起日本政府的反省，通过使其真诚地谢罪和实施对受害者个人的赔偿，恢复中国以及亚洲人民对日本的信赖。

第二，通过公开审判，弄清过去被掩盖的历史真相；同时，通过旁听者和传媒的对外宣传，纠正错误的历史认识。

第三，通过法庭做出的有良心和勇气的判决，以确认日本司法的健全性和法庭的正义性。

第四，一旦日本国家的司法机关经过证据调查对细菌战的事实进行认定，这一认定就具有绝对的权威，以后任何人也不能否定、歪曲和掩盖事实真相。[1]

为了让法庭承认细菌战事实，以土屋公献为团长的律师团决定从加害证据、受害证据、因果关系和掩盖历史事实四个方面入手工作。

能够让法院承认细菌战是事实，显然是接下来的重中之重的工作。

鉴于细菌战的隐蔽性及流行疫病与细菌战的关系难以被直接证明，律师团和原告团进行了充分的商讨，最终以细菌战事实为主要着眼点，决定从六个方面向法庭进行举证：1.731 部队等实施的加害行为；2. 细菌战受害的发生；3. 加害行为与受害的因果关系；4. 原告们受到的损害；5. 细菌战的残酷性；6. 日本政府的隐瞒行为。[2]

关于受害方面，原告团和律师团联手协作，细致地进行中国原告的法庭意见陈述和受害证词工作。

这是相当烦琐的工作，量大、时间紧，又不能出任何差错。受害时间、地点、经过、受害人、死亡时间、亲属关系，一一要求明确清晰；受害者的意见陈述和证词要翻译成日文。中国受害者大多文化程度不高，意见陈述和受害证词要多次返工修改。衢州、宁波、义乌、江山、东阳、常德等地以“细菌战调查委员会—受害者协会”为依托，在王选的统筹下，有序进行这项工作。尽管各地的“细菌战调查委员会—受害者协会”均为筹备会，是非正式民间组

[1]［日］土屋公献：《关于 731 部队细菌战诉讼一审判决的批判探讨》，细菌战诉讼原告团提供。

[2]［日］一濑敬一郎：《七三一部队细菌战诉讼・东京地裁判决的意义及上诉审的课题》，细菌战诉讼原告团提供。

织，但原告们仍想办法克服各种困难、推进工作。

为了让法官对受害地有直观印象，律师团要求尽量制作能让法官一眼就能看懂的证据。原告们发挥自己的聪明才智，手绘了大量地图，包括自己家的位置、村庄的受害状况图等，其中大部分被日本律师整理、翻译后编入向法庭提供的受害证据中。

证据材料 146 号、151 号就是原告的手绘地图。146 号证据为义乌原告金祖池手绘，义乌鼠疫流行中金祖池家死了祖母、母亲、妹妹 3 人，哥哥金祖惠染疫幸存；151 号证据为义乌塔下洲村原告周洪根手绘，他家因鼠疫死亡祖母等 3 人。作为原告金祖池和周洪根成为当地受害调查的牵头人和见证人。这样的原告还有很多，如常德的张礼忠、黄岳峰等，他们为搞清自己家庭和所在城

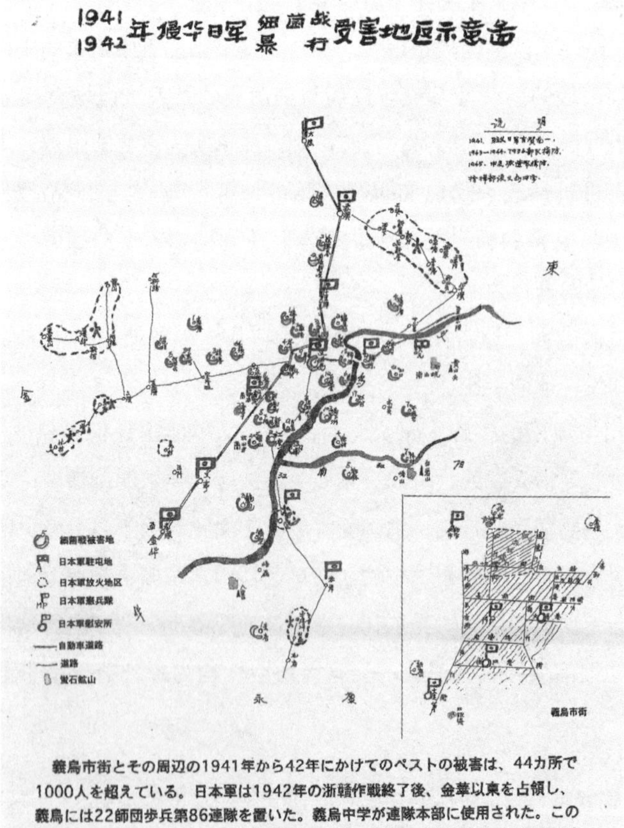

義烏市街とその周辺の1941年から42年にかけてのペストの被害は、44カ所で1000人を超えている。日本軍は1942年の浙贛作戦終了後、金華以東を占領し、義烏には22師団歩兵第86連隊を置いた。義烏中学が連隊本部に使用された。この図には、日本軍の放火地区、日本軍慰安所、鉱石を略奪した螢石鉱山なども標されている。

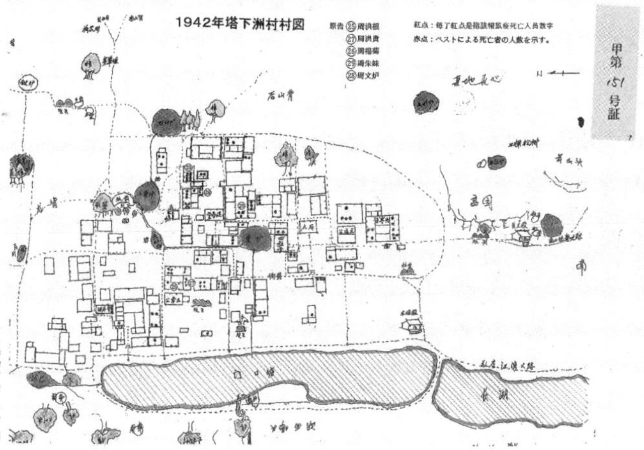

细菌战原告金祖池、周洪根、黄岳峰手绘的受害示意图作为证据材料提交到法庭

市、乡村的受害事实做出了贡献。

为了在法庭内让法官、在社会上让世人对细菌战的残酷性有更深的认识，原告团和律师团邀请两名学者到中国的受害地做独立的历史学社会学田野调查，他们是日本立教大学历史学教授上田信和东京女子大学文化人类学教授聂莉莉。两位学者分别在崇山村和常德进行了深入的社会学田野调查，上田信的田野调查最终出版《崇山村：鼠疫危机下的村庄》一书，聂莉莉的田野调查出版《伤痕：中国常德民众的细菌战记忆》一书。他们以自己的调查研究成果出

庭作证，证明细菌战对村庄、对城市的残酷破坏，给人类社会肌理带来的撕裂和在民众心头留下的久久难愈的伤痕。

律师团还选取两名中国防疫专家为细菌战受害作证，他们是来自宁波的黄可泰和衢州的邱明轩。他俩都是地方防疫站的站长，流行病防疫专家。黄可泰研究调查的是宁波鼠疫，邱明轩研究调查的是衢州及所辖区县的鼠疫流行。两人以防疫专家的身份，参与了战后至诉讼开始时中国政府为扑灭鼠疫再度流行而进行的防疫努力。细菌战污染了浙江的山山水水，几十年间流行瘟疫反反复复。解放后新政府进行了几次大型的灭鼠清洁运动后，虽然没有出现过鼠疫大规模流行，但当地的老鼠身上仍有阳性呈现，其再度流行的指标一直处于高危状态。鼠疫流行仍是新中国防疫工作者的心患。两人手里掌握有大量的数据和资料，他们的作证对细菌战长久的、现实的影响进行了揭示。“中国科学家第一次走上法庭，细菌战仍然在危害中国。”美联社、BBC 等媒体以头版头条对此进行了报道。

而最有力和生动的受害作证，来自中国的原告。随着诉讼的一次又一次开庭审理，他们来到日本法庭，以第一人称“我”讲述自己家族的受害情况，伴随着泪水，伴随着痛苦的记忆，让法庭上的所有人为之动容。法庭之外原告们参加了各种形式的日本市民证言会，让现在日本早已远离战争的人们了解真实的战争情景。

以下为日本东京地方法院一审中中国原告出庭作证人次：

1997 年 8 月 11 日细菌战诉讼起诉，原告崇山村王锦悌、王晋华，宁波何祺绥，常德何英珍赴日递交起诉书；研究者：宁波黄可泰、常德叶荣开同行；

1998 年 2 月 16 日第 1 次开庭审理，原告崇山村王丽君、宁波胡贤忠、王选出庭；

1998 年 5 月 25 日第 2 次审理，原告义乌金祖池、衢州杨大方、江山薛培泽出庭；

1998 年 7 月 13 日第 3 次审理，原告常德方运胜、黄岳峰、李安谷出庭；

1999 年 12 月 9 日第 2 次细菌战提诉，原告增至 180 名，原告常德张礼忠、江山郑科位出庭；

2000 年 6 月 19 日第 15 次开庭审理，原告常德向道仁、衢州吴方根出庭；

2001 年 2 月 28 日第 21 次开庭审理，原告义乌陈知法、义乌塔下洲周洪根和常德易孝信、丁德望出庭；

2001 年 3 月 21 日第 22 次开庭审理，原告衢州吴世根、宁波何祺绥、江山周道信出庭；

2001 年 11 月 19 日第 26 次开庭审理，原告义乌张彩和，常德何英珍、马培成，江山金效军出庭；

2001 年 11 月 26 日第 27 次开庭审理，律师团进行最后辩论，9 名原告最后出庭作证。他们是：王选，崇山村王锦悌、王晋华，义乌张曙、楼良琴，衢州杨大方，常德张礼忠、高明顺、李本福。

十多次、几十人的轮番接力赴日出庭作证，是中国对日战争损害诉讼中前所未有的。原告们有的自费，有的靠原告团自筹的资金来到日本，不仅在法庭内形成强大的影响，而且在日本形成社会和政治影响。

中国受害地的原告和民间细菌战研究者们搜集当年国民党政府的相关档案，一并作为受害证据提交到法庭。

以上受害证据举证，形成一个多层次、多角度的证据链，使受害事实不容辩驳。

土屋公献认为，法院对事实的审理还是非常热心的，“以彻底的态度进行了事实认证”。[1] 但土屋认为律师团想要具体地证实加害情节却不是一件简单的事。

审判之初能够证实加害事实的、具有决定性意义的资料是《井本日记》。律师团一面向法庭要求对《井本日记》进行证据保全，一面争取井本本人出庭作证。

在律师团和日本市民团体的参与、推动下，日本议员自 1997 年 12 月至 1999 年 2 月共举行了 4 次国会质询，要求政府有关部门公开 731 部队资料和《井本日记》，但政府每一次都撒谎、搪塞。

1998 年 4 月 7 日日本参议院议员栗原君子在国会质询中提出要求政府交出《井本日记》，但日本政府先借口《井本日记》是私人日记，涉及隐私不便公开，后直接否认。

---

[1]［日］土屋公献著：《律师之魂》，王希亮译，聂莉莉审校，社会科学文献出版社 2015 年版，第 126 页。

栗原："那么你承认刚才所说的这个《井本日记》中所写的事是事实吗？"

大古："作为防卫厅，从对自卫队起作用的观点来看，是在进行一般的战史研究调查。一般关于防卫厅保管的资料，不存在客观地来判断这是不是事实的立场。"

栗原："那么判断的立场在哪里？官房长官请回答。"

冈村（官房长官）："现在听了双方的发言，《井本日记》以及用什么手段在何处调查，现在我也不知如何回答。"

"现在，作为政府很难断定有关所谓731部队的具体活动内容。"[1]

为细菌战加害作证，律师团请了三位日中相关研究者上庭作证：松村高夫（庆应大学教授·社会史）用其学术研究证明731部队和细菌战的事实；吉见义明（中央大学教授·近现代史），他是发现《井本日记》的人，除了《井本日记》，他在证词中还提到了《大塚备忘录》，其中记载的日本细菌武器已经相当先进；辛培林（黑龙江省社会科学院研究员、日军生化战研究学者，出庭作证详述日本从开拓团就开始的对中国东北的侵略，向法庭揭露从1931年起日本在东北的细菌战谋略。731部队强占农田修建细菌工厂，强制中国农民劳役，用人体做实验材料，以及731部队的发展、建制和与日本最高层的关系。

除此之外，土屋公献认为一定要请到原日军相关人员出来作证，他们才是历史的活证人。为邀请井本熊男出庭，律师团做了大量工作，土屋公献和一濑敬一郎专程登门拜访。此外在名单上的还有大本营作战参谋朝枝繁春、731部队航空班飞行员松本正一、731部队细菌制造柄泽班的筱塚良雄等。

但，找到他们并说服他们站上法庭作证并不是一件容易的事。在平凡而日常的生活中把这些人一个个地捞出来，就像是使用高效显影剂，让早已沉入历史的水底的东西显形，这必须打破大家坚守半个世纪的沉默和默契，让他们抛头露面地站在法庭和媒体面前。

土屋公献是日本法律界不容忽视的大人物，一些重要的劝说工作需要他

[1] 细菌战诉讼文书《诉状》。

亲自出面。一濑敬一郎执行寻找证人工作。这项工作进展得非常迅速，一濑说他自己是一个用鹈鹕捕鱼的渔民，鹈鹕看准了鱼会迅速下嘴，渔民再让它把鱼完整地吐出来。“无论如何要请原日军与731部队和细菌战相关人员直接出来作证，他们只要站在法庭上，就是不可辩驳的人证。”一濑说。

为加害行为与受害的因果关系作证，律师团请到了东京医科大学客座教授、原日本国立预防卫生研究所研究员中村明子。她从生物学家的角度证明本次诉讼的细菌战事实与造成的疫病流行的关系，也就是从生物学的角度证明鼠疫是人为投放引起而非自然流行。

为国家隐瞒罪作证，律师团请到了记者近藤昭二。近藤昭二用近30年的追踪调查，证明日本国家对于细菌战的持续性隐瞒行为已经涉嫌新的国家犯罪。他向法庭提交了《日本国家意志对细菌战的隐匿》的证词。

就原告团、律师团向法庭提交的《采用证人意见书》，法庭最终确认了11名证人和7名原告证人名单。

原告律师在法庭上和被告代表就《井本日记》证据保全和井本出庭作证展开激烈的辩论，最终法院没有接受原告方提交《井本日记》和证据保全的要求。

2000年11月15日，东京地方法院进行细菌战诉讼第17次开庭审理，加害证人站到了法庭上。筱塚良雄和松本正一的讲述，将法庭上的法官、被告、原告、旁听者和媒体记者拉回到半个世纪前细菌武器攻击中国的时刻，将当年的秘密显形于法庭之上。

这是日本参与细菌战的人员首次公开为细菌战加害行为出庭作证（伯力审判中细菌战参与者以被告身份出庭）。

在此之前，2000年2月3日井本熊男突然去世；接着，承诺了出庭作证，并向法庭提交了陈述书的原日军参谋本部作战课参谋朝枝繁春也因病去世，加害直接证人又少了一个。

自第17次开庭审理到次年第27次开庭审理，证人一个个站上了证人席，将法庭审理推向高潮。

二

出生于1920年8月31日的松本正一，是唯一一个活在世上的731部队飞机驾驶员。一濑找到他时，他对于出庭作证很是犹豫。

731 部队航空队队员松本正一身着航空服正准备出发。图片来源：细菌战诉讼律师团提供

土屋公献亲自去埼玉县他的家里拜访。土屋比松本小三岁，属于共同经历了战争的那一代人。他们聊起了战争，松本拿出一张 731 部队航空班的合影，那是在完成了一次细菌武器攻击之后，6 名戴着航空帽、身着航空服的飞行员，站在 97 式轰炸机的巨大引擎之下，以纪念“作战成功”。这张照片松本正一从来没有拿出来过，此类的照片也从来没有出现在研究者和调查者的视野中，人们知道有 731 航空班的存在，但从来没有发现如此鲜活的材料。

在土屋的一再恳请下，松本同意出庭作证。1998 年 8 月松本和筱塚良雄一起返回哈尔滨平房，用 3 天的时间重温了他们在这里参与细菌战的经历，并把此行的体验讲了出来。此行的记录汇成《731 本部设施实地调查照片报告书》，呈交法庭。

松本正一（左）、筱塚良雄重返哈尔滨 731 部队平房旧址忏悔、谢罪。图片来源：细菌战诉讼律师团提供

2000 年 9 月 11 日，法庭第 16 次开庭，原告方申请松本正一和筱塚良雄成为法庭证人的请求被采纳。11 月 15 日，法庭第 17 次开庭，年过八十的松本正一站在了证人席上。

王选记得很清楚，当天是鬼束律师带着松本进入法庭的，他的头发刚剃过，光光的，脸涨得通红。王选走到证人席后坐在等待席位上的松本面前，蹲下去，自我介绍之后问他身体可好，让他不要紧张，告诉他很多中国人都来了，都期待听他作证，并十分感谢他。

短暂的交流之后，法庭审理开始。

731 部队开发的细菌武器有很多。最先开发的细菌武器是把感染鼠疫菌的跳蚤装进硬铝的箱子内，再把箱子挂在飞机两翼下面，在空中把箱子的前后盖打开，跳蚤就散布出去了。

还有一种我们称作“炸弹”的细菌武器，即把感染鼠疫的跳蚤放进茶色的瓷瓶里。因为很轻，所以在空中一边旋转一边下落。

1940年夏秋，我奉命在杭州实施了3个月的细菌战。我的任务是用飞机运输器材和在东京、南京、哈尔滨之间运送731部队的干部。飞机场是利用国民党建设的飞行学校机场。在杭州实施的细菌战，我虽然没有参加，但听其他队员讲过作战前后的情况。

1940年秋，增田（增田美保，731部队航空班班长）驾驶单发97式轻型轰炸机，卫生兵今村为投弹手同机，将感染鼠疫的跳蚤放在两个箱子里，箱子被设置在飞机的机翼下。攻击地区是衢州，称“衢州作战”。这次攻击的两个箱子中有一个在衢州上空打开，播撒了跳蚤；另一个箱子出现了故障，中途丢弃了。

宁波作战，基于前两次的失败，放跳蚤的箱子缩小，改成流线型，把五层左右的箱子平摞起来，里面装有跳蚤。投下时用电磁铁控制箱子的前后门，打开后，风力就把跳蚤吹落。

还有一次，在实施细菌攻击作战时，正要打开装有感染鼠疫跳蚤的箱子之际，箱子的后门却怎么也打不开，里面的跳蚤滚成了球，播撒得不理想。返回笕桥机场后，在机场草丛上打开了箱子，里面跳出大量的跳蚤，慌乱中消毒不彻底，结果造成了机场的污染。

1941年秋到翌年计6个月的时间里，从哈尔滨到了南京，731部队30余人几乎全部集中在南京，山口班也有相当数量的队员到了南京，并把派遣到南京的731部队称作“奈良部队”，航空班所有的97式轰炸机以及97式双发轻型轰炸机都调到南京，与南京的1644部队会合。航空班使用南京城内航空队的飞机场，这里有97式重型3架，另有AT轻型和重型轰炸机。

据我所知，731部队在南京进行了两次细菌攻击。航空班的平泽驾驶97式单发轻型轰炸机，在轻金属的箱子里装入大量感染了鼠疫的跳蚤。跳蚤是从哈尔滨空运过来的。攻击目标是常德，在常德约200米的地点播撒，事后听说取得了相当成功的效果。[1]

松本正一的证词和《井本日记》的记载完全吻合，一样的时间，一样的攻击地点，只是多了更多的细节。这些让历史鲜活起来的细节，过去只活在当事者的脑海里，现在在法庭上说出来，成了历史的一部分。

松本正一在法庭作证时说到，作为一名被征入伍的军属（被征为军队服务的民间人士），在 731 部队航空班执行的任务各种各样，有时候是从日本大量往 731 部队运送老鼠，这些老鼠是动员日本民众捕捉和繁殖的；有的时候是从哈尔滨往南京运送各种细菌；有的时候是在日本、哈尔滨和南京之间运送 731 部队军官。731 部队的飞机都比较老旧，在频繁飞行中松本正一曾前后发生过 6 次飞行事故。最后一次在哈尔滨驾驶轻型运输机，离地三五十米时引擎突然停止工作，飞机挂上高压线后坠落，他被磕掉了四颗门牙。

王选此时才明白，他的镶嵌了银座的闪闪发光的牙齿，是战争中九死一生的印痕。

松本作证之后，王选打心眼儿里感激这位 80 岁的老人。乘着诉讼的间隙，她踏上去埼玉县的列车，包里装着一份从中国带来的礼物，她想代表中国的原告们当面谢谢他，也是为了安慰正在为出庭作证而不安的他。

松本来应的门，出现在王选面前的，是一个农民模样的老人，操着口音很土的日语。“当他看清了我是谁时，他的表情和动作突然僵住了。”

王选是细菌战受害者的后裔，是细菌战诉讼的原告，这是受害者和加害者的直接见面——在日常生活中，而不是法庭上。空气在那一刻凝住。当王选掏出礼品送给他时，松本“扑哧”笑了，露出一嘴镶了银的牙齿，样子羞涩局促，但却很开心。“因为他觉得中国人会很恨他，会把他当恶魔，没有想到我会来看望他、感谢他。”

松本正一是埼玉县北埼玉西町松本家的第四代长子，有 3 个弟弟、4 个妹妹。青年时考入仙台的一所民间航空学校，学习驾驶飞机。

[1] 松本正一 2000 年 9 月 11 日细菌战诉讼一审第 16 次开庭的法庭证词。中译文收录于中国社会科学院近代史研究所近代史资料编译室主编：《侵华日军 731 部队细菌战资料选编》，王希亮、周丽艳编译，社会科学文献出版社 2015 年版，第 396 页。

正式入座后他对王选聊起，虽然他不是军人只是“军属”，战后回来却没有了工作。因为凡是731部队的，不准暴露身份，只好当了农民，不然也可以当个公务员什么的。他环顾着自己的房子对王选说，这个也是这些年刚建起来的。这是一所日本农村简陋的平房，王选看出盖房的料子都很薄。

“战争就是oobakashi（大愚行）。”松本对王选说，两个国家的两代人在这里找到了认同点，彼此的距离拉近了。

松本表达着对细菌战的鄙夷，表达着对被卷入细菌战的懊悔。虽然没有直接说对不起，但王选从中听出了深深的歉意。

三

2003年12月3日晚，中村明子踏上了K322次列车。列车原本是5:01到，晚点了半个小时。受王选邀请，中村明子在为中国原告出庭作证后，到中国沿着当年日本细菌作战的浙赣线，走一走，看一看。[1]

微微发胖的中村一路走一路回想着那一次作证的经历：“当时我是被细菌战诉讼团团长土屋公献先生找到，他们找我是因为我是搞细菌引起的传染病研究的，他们需要有一个这方面的专家出庭，从专业的角度做一些什么。”

2009年12月，中村明子（右一）和王选、一濑敬一郎、丽水志愿者庄启俭（后）在中国福建建瓯调查细菌战

中村明子是日本国立预防卫生研究所的研究员，在所里工作了40余年，是一位有公务员身份的研究人员。

[1] 本书作者跟随这次旅行，对中村明子进行了采访。

土屋公献曾经对王选说，在日本，要想找到能够利用细菌学和传染病学的方法，科学地考察加害和受害的因果关系，并能出庭作证的专家，绝非一件容易的事。但这样的证人对这场诉讼来说十分重要，因为细菌战的隐秘性，证明某地的流行病传播是人为造成而非自然流行，是整个证据链中最关键的一环。

中村的顾虑背后有深刻的现实原因，或许大家都心知肚明，只是不肯捅破。“我意识到从科学家的角度，我需要做到据实作证；但另一方面他们（土屋公献）也许没有意识到，我就是 731 部队教出来的，我的老师都是 731 部队的人，他们到死都不说，我是他们的学生，这不是要一个学生反叛他的老师们吗？”

日本国立预防卫生研究所战后的八任所长，七任是日本细菌战部队和机构的成员，其中一位副所长曾经在南京的 1644 细菌部队负责秘密鼠疫实验。

“在日本长幼辈分是很严格的。我一毕业就在日本传染病研究所，中国和日本打细菌战官司后，知道研究所的老一辈都是 731 部队的军官。其中一个人战后搞玻璃材料研究，曾经是细菌炸弹研究者，就是那种里面装了细菌，扔下来就会碎的炸弹。他们都闭口不言自己的过去，别人也无法知道。这里是国立的研究所，大伙都不说，都保持沉默。那些人也不干活，我们在他们的底下，他们是前辈，工资比我们高很多。”

“我向土屋说出了我为难的地方，土屋先生用一种很绅士、温和的语调说：‘作为律师，我也是很多大公司的法律顾问，大公司大多数不愿意我去做细菌战受害者的律师团团长，因为有的公司和战争也有利益牵扯。我总想把犯过的错纠正过来，科学应该是透明的、没有秘密的。’”

出庭作证的事，中村也与周围信得过的人商量过，大家都不让她去。中村说，最后让她下定决心的，是和王选的见面。

那是在东京，王选和中村两人并肩坐在电车上。中村说出了自己的顾虑：作为研究者，只是能够通过防疫学的研究方法、根据流行状况做判断。但当时留下的东西并不多，鼠疫现在也没有了，也许什么也证明不了，反而会对你们不利。

“我们不是要你为某一个人、某一群体讲话，而是只希望你作为一名科学家，从专业的角度进行分析，只讲事实。你只要从科学的客观的角度作证就行。”

“王选的这些话打动了我。她一双看向我的眼睛是透明的，在那趟晃晃荡荡的电车上，我们聊了很久。我从一开始的想逃走，到对一个科学鉴定真的感兴趣起来。”

中村明子开始了她的研究。她想到很多人说日本人在战争中没有用过细菌武器，那么就从这一点开始吧，日本到底有没有用过细菌武器。

她把研究的点放在常德。常德有伯力士的报告，他后来是世界卫生组织的传染病专家，是世界一流的鼠疫专家，其著作《鼠疫》里也提到日军在常德用鼠疫进行攻击。中村检索到伯力士留在世界卫生组织里的专题论文，其中记载了常德 100 名患者的情况，是迄今清楚地记载在世界性档案里的记录。常德还有广德教会医院，院长谭学华是美国耶鲁大学的博士，他和检验员汪正宇检出了鼠疫菌，留下了英文的文献资料。常德是档案资料最全的地方，中村明子从这些资料入手，用现代的流行病学实证理论，看看能否推断出因果关系。

中村学的专业是分子生物学，细菌性传染病，这是她研究领域的一部分。但年代的久远和当年的很多东西不可复原，中村并没有多大的把握。中村向土屋公献讲，测试计量学要算概率，自然科学有时候是非常狭窄的，也就是说投下细菌引起疫病流行的概率到底有多大，细菌战和传染病之间关系的概率到底能得出多少，并不可知。土屋公献淡定地告诉中村：只要有 70% 的概率就行。

中村研读了南京荣字 1644 部队司令官增田知贞的《细菌战论》。增田知贞说细菌战并不只是用来杀伤敌人的，而是引起社会骚乱，让人们慌乱，打破正常秩序，从而削弱敌人的战斗力。还有从日本庆应大学的地下室发现的 731 部队军官写的论文，里面讲到的策略、专用的技术和专业的术语，“看了这些，我立即就知道他们干了什么”。中村恍然发现日本的细菌学，特别是在传染病领域所积累的知识，多是在太平洋战争期间获得的。战后，随着科学的急速发展，忙于日常研究工作的细菌学、疫病学研究者几乎都没能从正面面对过去的问题，工作中大家都明白有些数据实际上是人体实验的数据，但是一直都在使用，大家都闭口不谈。

“作为一名科学家，我深深感到羞耻，细菌战让日本自然科学界蒙羞。”中村说。

王选也没有想到中村能讲到这种程度，“当年的人体实验数据现在还在使用中”，这样的秘密非了解内情的人说不出来。中村明子是那种比较冷静的人，平时话不多，性格极其温和，但说出来的话一句是一句。

本来是去法庭口头作证，但一濑敬一郎要求写出鉴定书提交法庭。

“要写成书面的东西提交到法庭，我大吃一惊，中间又想逃走。我这个人很固执的，谁也不能强迫我。和父母争执的时候，父母让我认错就是不认错的。我就这样被拖着拖了进来。”

为了鉴定书能赶上呈交法庭时间，“我差不多是被扣在一濑的律师事务所里，一濑负责吃喝全部的后勤。”

“我在72小时里一秒钟都没有睡觉，不停地写，写完后我问今天是礼拜几了？我真的是差点死了，回到家坐在浴缸里就睡着了，邻居打了30分钟电话我都没有听到，直到突然惊醒，发现自己已经喝了水憋了气，赶紧把喝进去的水吐了出来。”

中村明子的证词分量极重，她充分肯定了常德发生鼠疫后中国方面的处理。

根据伯力士的建议，在常德第二次鼠疫流行之时，王诗恒和容启荣写出了常德第二次流行鼠疫的研究报告，在他们的报告书里，记载了患者的住所、性别、年龄、职业以及发病日期、诊断结果、治疗内容等。直到今天，它仍然是重要的第一手资料。

在感染流行疾病的解析中，对初发患者的诊断是重要的，必须要有详细的诊断经过记录。而检验师汪正宇的检查记录，是判断常德鼠疫流行原因的重要证据之一。

常德在显微镜下发现了两极着钯阴性杆菌，中村说，“因为两极着钯阴性杆菌除了鼠疫菌外没有其他菌种，不能不推断为鼠疫菌，而且利用显微镜进行观察是早期诊断的重点，所以推断是充分的。”

“以上进行的程序完全符合‘培养检查’的规范。当然在20世纪40年代，检查室的设备以及检查材料不能说是完备的。尽管条件简陋，但还是想方设法通过培养证明鼠疫菌的存在。特别是在没有琼脂培养基的情况下，利用肝硬化患者的腹水，进行了细菌培养。另外，通过涂片检查发现多数的革兰氏阳性细菌，这是杆菌类无疑，……可以看出，他们第一阶段的涂片检查是对少数细菌的检查，而利用培养液检查则是对多数细菌的观察，再通过显微镜观察细菌的大小及染色体，推断是鼠疫菌无疑。”

“以今天的标准来讲，检查结果也是客观的，从细菌学的角度是能够站住脚的。”

对于1941年的科学条件和中国同人所做的努力，中村给予充分的理解，并为他们感到骄傲。

“如果考虑当代传染病学的常识，他们利用腹水代替培养基，在动物实验中又利用兔子代替老鼠，是存在不够精细的问题，但是，在1941年，他们在普通医院里进行细菌检查，付出了极大的努力，在检查中还始终贯穿客观精神，对此应该予以高度的评价。而且从检查的结果以及对检查结果的解释来看，担当检查和诊断的医师的技术水平也是不可低估的。”

“实施细菌战，很不容易确定其因果关系。在不知道是谁的情况下，因会传染他人，受害者往往会产生自己就是加害者的错觉，这是传染病流行时一个很严重的问题。人为播撒毒性极强的鼠疫菌，危害人类社会，而且之后在一个相当长的时间里，都会持续地侵蚀受害地区。从历史资料中可以清清楚楚地感到使用细菌武器的残忍。”

“细菌战最大的残酷性，也许就是造成区域社会的崩溃。”[1]

“对于细菌引起的疫病流行，法官也是不懂的，你得向他解释这种病是怎样流行的，前后的因果关系是怎么样的。”中村明子说。

“我的鉴定书已经写好，心里有数，不管从哪个角度提问，我都有办法回应，我自己非常自信。法庭上，土屋先生很聪明，他问问题时很巧妙，把我的话一点点引出来。”

2000年12月8日第18次开庭审理的法庭上，土屋公献作为原告方主辩律师，盘问中村明子：

土屋公献：鼠疫的传播，是老鼠身上的跳蚤叮咬人后人被传染而发生的，这个假设在常德能够成立吗？

[1] 中村明子2000年12月8日在细菌战一审诉讼第18次开庭审理的法庭证词。中译文收录于中国社会科学院近代史研究所近代史资料编译室主编：《侵华日军731部队细菌战资料选编》，王希亮、周丽艳编译，社会科学文献出版社2015年版，第403页。

中村明子：常德第一次鼠疫流行时并没有发现死亡的老鼠。否定鼠疫的流行是从老鼠传播到人这样的假设，是非常重要的工作。当时，中国政府曾告诉民众，如果发现死老鼠立即上交，可是没有发现的报告，说明老鼠间并没有流行鼠疫，而是突然在人之间传播开来。

土屋：那么，飞机丢下的、混杂在谷物里的跳蚤，又是如何依附在人身上的呢？

中村：落下的跳蚤接触到人身体后，经过一段时间的潜伏期，很快淋巴结鼠疫就会发病。常德的情况是，11 月 11 日，恰好飞机撒播跳蚤后第 7 天发现两名患者，第 8 天又发现两名，患病的 8 人中有 4 人是在鼠疫跳蚤投下后的一周左右发病。十分明显，这不是经由老鼠的传播渠道。

土屋：不是经由老鼠，那么，落下的跳蚤是直接附在人身上吗？因此人才染上鼠疫的吗？只有这一种可能性吗？

中村：是的。

土屋：请介绍一下常德第二次鼠疫流行情况。

中村：第一次流行期过去后，有段时间没有出现患者。但按照防疫专家的建议，作为防疫对策，继续对老鼠特别是感染老鼠进行了检查，一直持续地进行了两个月的老鼠调查。实际上在一个月左右时，感染老鼠的尸体数量开始不断增加，同时，又开始出现鼠疫患者，即第二次流行期开始。第二次流行是老鼠之间的传播波及到人。

土屋：最早患者是被跳蚤叮咬后死去，这些跳蚤不只叮咬人类，也叮咬老鼠，是这样吗？

中村：我想是这样的。

土屋：那么，老鼠感染鼠疫死了后，会发生什么情况呢？

中村：老鼠死后，跳蚤就会离开死老鼠，去寻找新的宿主，即新的动物，或者是老鼠，或者是人，人被叮咬后感染鼠疫并传播开来。

土屋：那么，所谓第二次流行，就是附在老鼠身上的跳蚤，或者是离开死于鼠疫的老鼠的跳蚤又去叮咬了人，于是不久，第二次鼠疫就流行开来。是这样吗？

中村：是的。[1]

这一段盘问，让鼠疫细菌攻击造成疫病流行的因果关系如板上钉钉一样确定明了。

原告方律师和证人中村明子法庭对质之后，被告方日本政府代理人放弃对证人的盘问，对于中村的证词，没有表示疑问。

中村明子唯一没有答应一濑律师的是在法庭审理完之后会见记者：“我和一濑讲了条件，出庭作证可以，但不参加记者会见，我作证完后几乎是马上逃回到研究所里的。”

之后，中村明子将她作证的证词以《中国发生的鼠疫同日军细菌战的因果关系》公开发表了出来。

四

松村高夫站上细菌战诉讼的证人席，意味着跨时长达40年的两场诉讼被连接了起来。松村高夫成为参与两场跨世纪诉讼的唯一学者。从1965年的家永三郎诉日本政府教科书诉讼，再到中国细菌战诉讼，他都是出庭证人。

20世纪80年代读《恶魔的饱食》时，松村高夫还是一名青年学者。1983年东京旧书摊出现了一批日本军事医学的文书，松村任教的庆应大学图书馆将这批文书购入，储存在地下室里。有一天，松村高夫打开了这些箱子。

2002年8月28日，日本众议院第二议员会馆内举行向日本政府提出建议座谈会，松村高夫向日本议员们展示细菌战证据材料。图片来源：细菌战诉讼团

这是731部队军医少佐池田苗夫关于破伤风菌人体实验

[1] [日]土屋公献著：《律师之魂》，王希亮译，聂莉莉审校，社会科学出版社2015年版，第138—139页。

的论文，和731部队在安达野外实验场将“马路大”捆绑在木桩上进行毒瓦斯武器实验的报告书。深受震惊的松村再进一步查证，发现这些资料是战争时期的军医少佐毒瓦斯专家井上义弘的遗物。战后井上义弘先后在第一复员局、厚生省工作，后任自卫队卫生学校校长。

这一发现将松村高夫带上了一条路——研究并揭露细菌战内幕。1996年，他根据对这批资料的研究写成《731部队与奉天俘虏收容》一文，发表在《战争责任研究》（季刊）第13号上。

60年代发起的家永三郎教科书诉讼官司打了近20年。1984年家永三郎提起第三次诉讼，内容是：一、关于南京大屠杀内容；二、中朝强制劳工问题；三、731部队和人体解剖；四、化学武器。这些内容尽管只是出现在教科书的注释里，文部省也不允许，要求删除。

20世纪80年代研究细菌战的学者在日本少之又少，松村因为偶然的发现并发表了那篇学术论文，被家永三郎找到，请求他出庭为其作证，证明731部队的存在。

“当时对于731部队是没有什么研究的，尽管大家知道这是事实，估计在诉讼上取得胜利的可能性很小。”松村高夫说。[1]

在此之前，家永诉讼请了日本著名现代史学家、爱知大学江口圭一做过证言，但结果还是家永败诉。松村成为家永新诉讼的出庭学者证人，要在1991年出庭。“我把这次出庭作证看作‘世纪对质’，就是要能经得起100年的考验，100年之后的人看到这个诉讼，觉得还是可以信任的，我们的后代都可以来检验这次诉讼的证言。”松村高夫为自己立了誓言。

但当时最难的是没有什么研究，没有研究也就拿不出过硬的证言。自从接受出庭作证的任务之后，松村高夫就开始拼命工作。松村的专业是社会学史，并不是研究战争史或者731部队的，为了补上短板，他和东京学艺大学的君岛和彦先生及8位辩护律师，每月开一次集体研究731部队的“学习会”。

文部省请的证人也是一位学者，叫秦郁彦。这个人在日本的学术地位很高，是日本知名历史学者、日本大学法学部教授、东京大学法学博士，研究方向是日本近代史、军事史，他的观点对日本学界有决定性的影响。

---

[1] 本书作者2009年10月、2013年8月在日本东京对松村高夫进行的采访。

法庭交锋激烈。

秦郁彦支持文部省的理由是，认为731部队全貌并不清楚，此时写入高中课本为时太早，应该有确切的结果后再写入。

原告方律师立即抓到秦郁彦的漏洞，举出之前秦郁彦公开发表的文章里说731部队的事实已经基本清楚的段落，攻击其法庭证词和学术文章言辞不一，秦郁彦当场说不出话来。

被告方律师也揪住松村高夫进行攻击，指出松村高夫是庆应大学研究英国社会史和劳动史的，不是研究近代史的专家，对中国问题也是外行，其向法庭提交的意见书可信度存疑。另外提出，森村诚一的《恶魔的饱食》，是小说不是学术专著，并且书中有瑕疵。

法庭当时坐了100多人，气氛紧张起来。

松村高夫说当时法庭的情景，日后做梦都会梦见。

“现在我可以透露出一些内幕了，说也不怕了，已经过去了几十年了。”

“看到被告方律师质疑《恶魔的饱食》，我和律师用眼睛打了个招呼，律师就直接追问对方，错误在书里的第几页第几行，对方果然一一指出，其实他不知道，我们这样做的用意是让法庭把他说的错误处记录下来。”

森村诚一采访了30名731部队的老兵，真实性没有问题。但书中也出现了一些错误，比如美国1945年至1947年派出4名调查官来日本调查细菌战，但森村诚一搞错了人数。另外书中对美国的调查报告使用也有混乱的问题。森村诚一也预感到政府方面会拿这些错误攻击其书的真实性，让他难为情。

为了堵上这个漏洞，律师给出一个办法：改写《恶魔的饱食》，出第二版，松村高夫和律师去找森村诚一。森村诚一说，书出版后就已经脱离作者的控制了，最后采取折中方案：森村诚一写一个说明，纠正错误，放在新版书中。

开庭是1991年的9月9日，新版书在8月31日赶印出来，但一直压到9月9日才上市售卖。

被告律师刚一完成诘问，原告律师就拿起桌子上的新版书，问：你们不知道新版书已经出来了吗？你们连这样的事都不知道吗？被告律师惊慌起来，互相之间交头接耳商量对策。讨论之间，规定的时间就到了，这个问题就此搁置，进入下一环节。

“后来森村诚一先生非常感谢我们及时修改了他书中的错误，保持了他的名誉。此后，每次他出了新的推理小说，都要送我一本，家里有一堆他的小说。我接到后一定要读，并仔细地写读后感寄给森村诚一先生。但他书写得太多太快，我都读不过来了。在‘恶魔的饱食’合唱团里见到森村诚一先生，我就向他抱怨，最近的研究做得不太好，都是读您的小说影响的。”

法庭上家永一方完全获得了主动，“新闻媒体甚至都事先写好了新闻报道，大家都认为我们会胜诉，但判决的结果却是出人意料的败诉。我们认为高等法院的判决太奇怪，就又上诉到最高法院。”松村高夫说。

1997 年最高法院判决家永三郎胜诉，这也很出乎意料。一般来讲，最高法院很少否定高等法院的判决，但这一次改判家永胜诉，有关南京大屠杀、731 部队的内容可以写入日本的教科书了。

“听到胜诉的消息，我想所有的辛苦可以到此戛然而止了，应该感到高兴，但我的眼泪却掉下来。为了这个研究，加上学校里的工作，搞坏了自己的身体。判决结束后我就病倒了，整整一年，医生说我不能出国，不能坐飞机旅行。”

一场诉讼结束，下一场诉讼又在等着他，为中国的细菌战受害者进行学术研究，将研究成果作为法庭证据提交，并出庭作证。

松村高夫开始继续新的探索，这一次他们把目光聚焦于 731 部队开发的细菌武器的使用——细菌战的实战攻击。研究成员中有庆应义塾大学讲师江田宪治和江田泉，他们是一对夫妇，也是松村高夫的学生；还有一位懂中文的长冈大学教授儿嶋俊郎。他们与中国的学者联手，从最基础的档案、资料和调查研究做起，将中日双方的研究互相对接起来。

1989 年中国当时唯一一部细菌战的资料集《细菌战与毒气战》进入江田宪治等人的视野，他们合力把这本书翻译成了日文，这也是对日本政府的一个反击。家永三郎诉讼中，文部省不同意写入教科书的一个理由，就是 731 部队没有相关的研究书和论文。常石敬一研究 731 部队的书《消失的细菌战部队——关东军第 731 部队》，因为书里没有使用注释，而被文部省列为非学术研究。森村诚一的书被称作文学，不是学术著作。为了反驳文部省的说法，学者们加班加点编译，他们对这部资料集详加注释，以三卷本《证言・人体实验》（日本同文馆，1991）、《证言・活体解剖》（同文馆，1991）、《证言・细菌战》（同文馆，1992）在日本出版。与此同时，又把大量的日文资料、档案翻译成中文，以便中国的学者能够检阅、使用。

数百万字的翻译，经年累月默默无闻的劳作，所有参与的人都用的是业余时间，他们的主业并不是细菌战研究。731部队的研究在日本被学术领域认为是不入流的，不是一流学者应该研究的题目。

松村高夫说他并不想得到所谓一流学者的认可，他只想搞清楚真相。他和中国学者解学诗取得联系，才得知细菌战在中国也是研究领域的冷门，学者们也得不到支持。这一下两人结成了盟友。

细菌战研究没有日文材料不完整；细菌武器的研究和细菌战都发生在中国，没有中国的研究更不完整。中日双方学者打破发现新材料不给对方看的学术界积习，互通有无，双方各用自己的文字写作，终于共同完成细菌战研究专著《战争与恶疫——日军对华细菌战》一书。1997年当中国的细菌战原告到日本起诉时，作为对诉讼的支持，赶时间首先出版了此书的日文版，出版社将书送到新闻发布会的会场。

出中文版时，出版社为了省钱，把注释简化了，这样书的印张会少一些。但这本书的学术性还是引起了日本媒体的注意，《每日新闻》刊出书评。日本学术研究方面的书，一般很少在全国性的报纸上得到介绍，但《战争与恶疫》这本凝结了中日学者心血的书，出现了例外。

《战争与恶疫》不仅是第一本研究细菌战的学术著作，更主要的是，它的出版恰当其时，为细菌战诉讼打下了坚实的学术基础。实际上在书出版之前，日本学者就参与到调查中来，松村高夫、江田宪治、江田泉等就多次到中国常德调查走访，并以他们的调研成果参与诉状的起草，成为细菌战诉讼的学术后盾。

参与两场诉讼，经历40多年的研究，松村高夫提出：史学研究和诉讼有一个共同点，都是以辨明事实真相为目的，研究和诉讼并不对立而能完美结合，互相促进。历史学者通过诉讼的程序，包括法庭审理对证据的严格要求，特别是在对方的挑战下，论证、解明重大的、极具争议的历史事实。这不仅可推动相关研究领域的发展，使社会上更多的人了解真相，还能为相关历史责任的追究，包括对于受害者的补偿，确立事实依据。

其后，松村高夫和矢野久合著了《诉讼与历史学：从法庭看731细菌战部队》一书。

松村高夫为中国受害者作证时，头发已经全白。他向东京地方法庭提交了长达6万字的证言材料，这个证言，实际上是他数十年所有调查研究的精华：事实证据条分缕析，严谨程度无懈可击。

他在证言中提出："细菌战的事实，无论是在日本国内还是在国外，特别是近十几年来，已经众所周知，是日本现代史上的一大污点。"

在法庭的最后发言中他说：

"原告方作为中国受害者的代表提出诉讼，如果曲解他们是出于对赔偿金的欲望，那是完全无视这一事件的本质。我曾多次到现场进行过调查，他们都表示要求的是人类的尊严，如果不承认日军实施了细菌战，原告是绝对不能够承受的，请法庭务必理解这一点。

"当前，日本在亚洲其他各国人民的心中，并不是一个值得信赖的国家，其原因就是日本政府对1945年以前日军的非人行为，从未明确表示过谢罪和补偿。这给日本在政治、经济、社会等方面同亚洲其他国家交往带来了一定的困难，而且恐怕还要影响到很远的未来。

"加害国的日本国民如何认识和弥补这段残酷的历史，将受到世界瞩目。"[1]

法庭作证完毕，"恶魔的饱食"合唱团正等着他。松村高夫站在合唱团最中心的位置，以男高音咏唱。王选在台下听过多次，每当歌声响起，王选就感慨不已。日本的知识分子知行合一，为真理长年跋涉不懈，为公义挺身而出，走在市民和平运动的最前列，这种精神让人敬佩，同时又让人感伤。在中国，这样的人真是太少太少，以至于王选总觉着自己形单影只，孤独少援。

五

2000年11月15日，东京地方法院细菌战诉讼第17次公开开庭审理，筱塚良雄站在证人席上，以一个当年亲自参与者的身份，为中国的细菌战受害者

---

[1][日]松村高夫2001年2月5日东京地方法院细菌战诉讼第20次开庭的法庭证词：《从日、美、中、苏史料解析侵华日军731部队和日军的细菌战》，中译文见中国社会科学院近代史研究所近代史资料编译室主编：《侵华日军731部队细菌战资料选编》，王希亮、周丽艳编译，社会科学文献出版社2015年版，第515—516页。

作证。

这使他成为历史上第一个在法庭上公开作证的原731部队成员。他是石井四郎的老乡。为严防机密泄露，石井在731部队大量使用了家乡人。

15岁的懵懂少年，受石井部队的劝诱，从千叶县的家乡出发，加入了731部队少年队，来到东北的平房。

进入731部队本部，第一眼看到的是，在入口处立有“未经关东军司令官许可，任何人禁止入内”的告示牌，但是，没有看到写有部队的番号的牌匾。我们到后的第二天，就敏锐地察觉到这是一支秘密部队。

我最初听说“马路大”这个词，是在加入731部队少年队后不久的1939年6月。一天夜里我们见到车灯光并听到响声，内务班长说：“不准去走廊，都回到屋里，这是在搬运‘马路大’。”以后我们渐渐知道了“马路大”是关押在部队监狱里作为实验材料使用的人。

活体解剖同时在几个班进行，晚上回到宿舍的浴池后，队员们就开始交谈：“喂，你们今天撂倒几‘根’？”“我们两‘根’。”为什么叫根呢？因为七号栋、八号栋关押的人都被称作“马路大”，“根”数就是活体解剖的人数。活体解剖被杀害的尸体，被丢进特别设置的高烟筒焚烧炉里烧毁，连骨灰也不会留下。

筱塚良雄讲述时法庭上鸦雀无声，一幕幕情景，像是在放映一部黑白的默片老电影，苍老的声音在旁边缓缓解说……

“我有一年过生日，是和一个原731细菌部队的老兵两个人一起过的。一般的中国人，不会想和一个从731部队出来的人一起度过自己的生日的吧！上天安排。”这是王选50（虚）岁生日，和她一起过生日的正是原731部队少年队的筱塚良雄。王选和他是老相识了。

王选的生日是8月6日。

2001年8月4日，细菌战诉讼原告团和日本律师团、支持诉讼的日本市民团体，在中国杭州召开联合诉讼工作会议。此时，细菌战诉讼一审证人出庭作证已全部结束，也算是一段非常紧张的工作告一段落。筱塚良雄也在日方代表当中，但他的中国之行的目的，除了向中国方面报告他出庭作证的情况，更重要的是他自己要向受害者、原告们做个交代。

他说，他是来赎罪的。

会议安排和以往一样，日本方面代表住的宾馆貌似比中国原告住的“高级”些，也贵一些，是王选托人拿到的优惠价。中国原告们住在离他们有一段路的更便宜的旅馆里。这一次日本律师团团长土屋公献提出异议，说以后不论开什么会，都不要特殊安排了，我们要和原告住在一起。从此以后，不管是中国人还是日本人，在中国开会就住同一个便宜的旅店。在上海住得最多的是古北路的上海工人疗养院和华东政法学院招待所。

3日晚，从日本各地来的代表都到达了，他们有的是诉讼团的律师，有的是关注细菌战的学者，还有从事和平运动的市民，即使在日本，这些人聚在一起也不容易，大家一起吃一个团聚的饭。

筱塚良雄站了起来，先是向在座的日本人深深鞠了一躬，一开口讲的就是自己是如何伤害了中国人，如何对不起中国人。饭堂的气氛为之一变，大家都僵着了，像是一下回到了法庭上。

“从1939年开始，在日本侵华期间，我一直在731部队服役。我所属的731部队是开发和制造细菌武器、实施细菌战的秘密部队，在这里，我参与了细菌和跳蚤等细菌武器的开发和大批量的制造。另外对作为补给材料的、被囚禁在部队监狱里的中国人，进行了人体实验和活体解剖。我作为731部队的一员，犯下了令人憎恨的、非人道的战争罪行……”

讲述者以一个罪犯的姿态，语调极其沉痛谦恭，低头等待审判。

所有日本人都停下了吃饭的动作，没了声响，大厅里只有筱塚良雄的声音在回响：“我参与解剖的第一位对象是中国人，男性。这位中国男性头脑清楚，有知识分子风度。这个人裸体被放在担架上，由特别班运送到解剖室。他闭着眼睛，直到今天我还清楚地记得，这个人是由我采的血……”

筱塚良雄颤抖的声音在空气中飘荡。

在场的日本人都神色惨然，有的人眼泪在眼眶里转。在日本每个人都很忙，很少有机会凑在一起，听一个原731部队老兵的讲述。对许多日本人来说，是第一次听到。第二天一濑把当时的情况转述王选。王选说：“平时多少有点傲气的日本律师，我从来没见过他们如此动容，更没见过他们的眼泪。日本人是很有耻感的，这样的场合让他们难为情，也很难过。想起来，那次的筱塚良雄讲的应该对他们触动很大，因为尽管因人而异，他们从那以来就是和以往不同了，对我们的态度也耐心起来。”

第二天，也就是8月4日的会议上，筱塚当着满屋子的中国人，包括媒体，介绍了自己的身份，又将昨天晚餐时讲的内容讲了一遍，然后鞠躬达90度低头来向中国人谢罪。

“我觉得，在场的许多中国人一听是‘731部队’的，还参与了这些‘事’，从心理上，甚至生理上对他有异样的感觉。日本人大都是很敏感的，我猜测筱塚良雄会从周围中国人对他的‘低头谢罪’的鼓掌中，本能地感觉到那些不能或没有用言辞和声音表达出来的东西。”

王选也是一个极其敏感的人，她能够从筱塚的身体形态和眼睛里看到过去对他的心理重压。她知道，在筱塚良雄的内心里甚至有一些盼望着这一次中国的谢罪之行，包括站在法庭上讲出一切，都是一种行动，就是在有生之年驱赶走那个在他心中不断反复、不断闪现的魔鬼，他在用为中国人做一些什么来换一些心灵的安宁。作为“中国归还者联络会”的积极参与者，筱塚来中国对中国人谢罪过多次，但对细菌战受害者，从来没有这样面对面过。他做过人体实验，制造过细菌，解剖过活人，这些才是他最大的心魔。这心魔掀起的风暴在他心里已经刮了半个多世纪。

8月5日会议结束，日本方面全部从杭州到上海，赶飞机回日本。临行前，律师团事务局局长一濑敬一郎对王选说，筱塚良雄觉得很累，快80岁的人了，这几天总是动感情，回不了日本了，要在中国休息两天，才有力气爬上飞机，坐几个小时回到东京，再搭车回家。

“我心想日本人真是冷冰冰的，完事了，只顾自己回家，把摇摇晃晃的老人一个人扔下，住处也没有，出了事怎么办。他是我们的证人，还得我管着。”王选于是就去问上海工人疗养院，有房间，就把筱塚良雄带过去，自己也在他隔壁房间住下，陪着他住两天，再送他上飞机。

那天筱塚显得很累，进了房间就躺下，一点动静也听不见。

王选一夜都很担心，常常侧耳听听动静，但一点声音都没有。

“我隔着墙，也能感到那种沉重、那种苦闷，应该还有寂寞吧，他的同胞们都回去了。”

从“地狱”滚一遍，活着爬出来，讲述在那里的经历，等于再回一次地狱。这和中国的受害者是一样的，大庭广众之下，每一次讲，都很痛苦，都会痛哭，哭得泣不成声还得忍住再往下讲。每讲一次身心都崩溃一次，很久缓不过来。这对人的极度消耗，王选最能体会。

8月6日，王选的50岁生日就这么来了。没有人来祝贺。天上倒是突然下起了倾盆大雨，吵吵闹闹地一直下。

早上发现上海工人疗养院的那栋房子被水泡了，一楼全在水里，整栋楼就像是“诺亚方舟”。

筱塚倒是有些“新鲜”了，一早来敲王选房间的门，但是雨水已经把两人困在楼上。王选觉得眼前的景象像是一个隐喻：8月6日是原子弹爆炸日，一个日本人，一个中国人；一个人经历了战争，一个人虽然没有亲自经历过战争，但天天和战争留下的创伤打交道。原子武器、细菌武器是两种足以毁灭全人类的非常规战争手段，个人、生命、战争与记忆，种种话题都近在嘴边。

一条船，两个人。

战争的特殊纪念日，个人生命的特殊纪念日，王选觉得这真是上天的安排。

封闭的环境，两个人面对面。筱塚良雄拿出一个信封，要给王选，说是一点用剩下的人民币，作为这两天的旅馆费用，也不知够不够。

王选一定不接，筱塚良雄坚持要给，说他回日本就用不着了，王选不好再推托，就决定把这个731部队老兵的信封留下做纪念。于是和他头对头，一起数里面的钱，一张一张，一枚一枚，一共731元。

聊天渐深。筱塚说，他怎么也忘不了第一个被他做人体实验的那个中国人的面孔和身体，记了一辈子。当他用自己培养的鼠疫菌去感染那个人的时候，那双看着他的眼睛，清澈无比，活生生的真诚，让他觉得自己无地自容地丑恶。这种感觉一辈子都没甩掉。

“我有罪，我杀害了他。”筱塚说最后把这个人送到手术台上去解剖的时候，他已经昏迷了。那个熟悉的身体，就这么被肢解成一块一块的了。

王选看他痛苦不支，劝慰道：“没有你，他照样要被杀害的。你只是一个工具。”

筱塚良雄说：“不，我作为一个人，不应该做这样的事情。”

“他们这样的人死去了，像我这样罪恶的人却还活着。”

“你要这么想，只有你下过地狱，见过他们，只有你能证明他们的生命的存在，你站在法庭上向全世界证明过了。你的证言已经被记录下来了。只要你还活着，这些人就能活在你的记忆里。你是为了他们活着的。”

王选和筱塚良雄四目相对，老人一字一顿地说：“你们的诉讼不赢，我就不死。”

在机场道别的时候，王选发现筱塚良雄的眼睛，不再是几天前的闪烁不定、充满阴霾了，而是有了一种雨过天晴的清亮。她想，老人心里背了半个世纪的负担，放下了。[1]

六

2001年年底，细菌战一审诉讼最后判决时刻终于到来。

从1997年起诉，1998年2月16日起第一次开庭，到2001年12月26日第27次开庭，跨越4个年头。每逢“大”开庭时，原告们要出庭举证，于是中国原告一次又一次到日本出庭；“小”开庭是律师们补充材料，办理事务。王选作为原告团团长、原告总代表，每次都要到场参加开庭，27次开庭，王选没有缺席过一次。

中国受害者对判决充满期待，为了让法官能够直接听到受害者的声音，许多浙江、常德的原告都向法官写了公开信，常德丁德望写了一首《浪淘沙》寄给法院：

> 致：日本东京地方法院
> 浪淘沙
> 屈指六旬秋，国难当头。
> 凶残鬼寇犯神州，惨绝人寰施菌毒，
> 滥杀无辜。
> 不共戴天，怎得甘休。
> 东瀛远涉诉书投，且看裁官公正否？

[1] 参见王选文章《别样生日》，刊于《环球时报》2006年6月23日第13版。

举世凝眸。

的确是举世凝眸。

2001年美国发生“9·11”恐怖袭击事件。一周以后的9月18日，美国又发生为期数周的炭疽生物恐怖袭击。以细菌或病毒作为攻击手段并非是遥远的过去，而就在眼前，炭疽邮件袭击事件将60多年前的日军细菌生物武器攻击带入现实。细菌战诉讼瞬间引得世界瞩目。

为了最大程度地争取胜诉，律师团的工作做到细之又细，工作强度也到了忍受的极限。

一濑敬一郎和夫人三和女士。照片拍摄于2009年12月18日。之后三和患了癌症，于2019年8月26日去世，享年71岁。本书作者摄

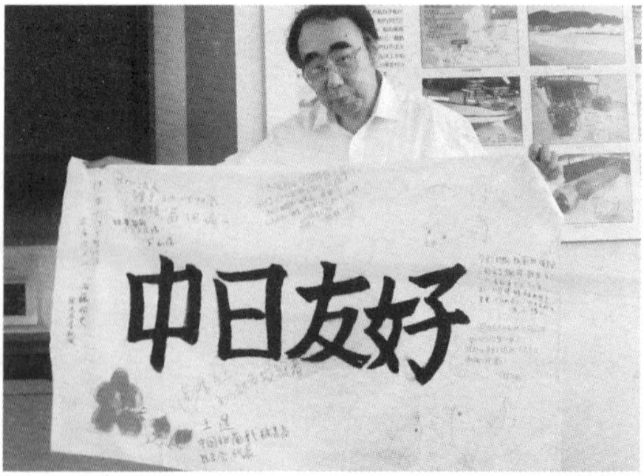

一濑敬一郎律师带着三和连夜手绘的条幅，和中国细菌战原告一起到日本参众两院争取议员签署。本书作者摄

在诉讼大本营——一濑敬一郎律师事务所，一楼会客室很快被细菌战诉讼的资料塞满。三面满墙的书架不够用了，又在中间加了个大书架；大书架满了，装资料的箱子沿着楼梯一路摆上去，只留放得下一只脚上下楼的空隙。家里的 4 台电脑、1 台传真机和 4 部电话满负荷工作。

一濑自己则经常忙到深夜两三点，甚至彻夜不眠。为他服务的夫人三和女士，瘦小的身子，深深弯曲的腰，没有一点声响但却在不停地工作。细菌战诉讼案的许许多多事务性工作都是她完成的，打印、复印、找资料、发传真、对外联络等。一濑工作到多晚，她一定要陪到多晚。这个瘦小的佝偻着背的身形默默地、悄无声息地活动在律所的楼上楼下，一会儿是茶水、果点，一会儿是纸笔，一会儿又递上来复印好的资料，点点头，笑一笑，悄然离去。每一个到日本参加诉讼的中国原告、受害者都受过她的照顾，喝过她递上来的茶水；每一个与此相关去日本的学者、记者、声援团的中国人，都得到过她的帮助。一叠又一叠的日本签证厚厚的材料都是她准备、复印并寄到中国来的。

游行示威时，土屋走在队伍前面，一濑跑前跑后与警察交涉、拍照，她就走在队伍后面殿后。王选说，一濑或许在别人眼里脾气太大有很多缺点，但在三和眼里，一濑永远是个英雄，她不计一切代价地为这个冲在前台的英雄做所有的善后工作。

原告团高度配合着律师团的工作，一濑与中国的热线电话常常在深夜一两点响起：法庭某次开庭在即，需要中国方面的支援。

支援是多种多样的：联名签署，向法庭施加压力。常德的受害者们四处奔走征集 100 万人的签名，三大箱子寄到日本，由一濑递交到法庭；组织细菌战受害者示威游行，拍一些游行的照片寄给律师团转交法院，常德立即召开各疫点负责人会议，并与公安部门沟通，石公桥、周家店、韩公渡等受害严重的疫点，开始游行，常德鼎城电视台和《常德日报》的记者将照片录像传真到日本。

12 月 26 日，世界各大媒体都把目光转向东京地方法院 103 号法庭，这是一审最后一次开庭。东京时间下午 1 时法庭门外，新华社、法新社、美联社、CNN、《朝日新闻》等媒体记者的摄像机、照相机把原告和律师围得水泄不通。长枪短炮的镜头分列成两排，原告团原告、辩护律师团、声援团市民在闪光灯和快门声中进入法庭，之后记者们匆忙存好机器，也进入法庭。还是那间最大的 103 号法庭，庭内座无虚席，此番和一审开庭时媒体到场寥寥已是两番情景。

这是原告最后一次到庭申诉，也是律师团最后一次法庭辩护，下一次开庭就是直接宣判，因此原告团、律师团要做充分的努力。

从 25 日起原告团、律师团就会同日本市民团体在东京日比谷公园游行示威。市民团体的志愿者早就为中国原告代表团每人制作了搭在前胸后背的日语标语牌，前面是“法院要判政府向细菌战受害者谢罪赔偿”，后面是“要求日本政府对在中国使用生物武器的事实进行调查”。常德组成了 14 人的原告、声

一审判决前细菌战原告团、律师团会同日本市民团体在东京日比谷公园游行示威。图片来源：细菌战诉讼律师团

援团，背来了3万人签名的百米条幅，大横幅徐徐展开，多人并排将其举在胸前。王选和白发的土屋公献站在中间并肩前行，带头喊着口号。

抗议引来了警察，一濑上前交涉，警察用步话机迅速调来警车，一辆在前面开道，一辆在后面扫尾。队伍从日比谷公园出发，沿皇宫、国会、外务省、高级法院等地游行90分钟。游行一结束，原告代表团在土屋、一濑等律师带领下，前往外务省请愿。外务省第一会议室，3名负责接待的外务省官员被几十名请愿者围得水泄不通。土屋公献代表请愿团陈述意见，原告李本福、杨大方、沈全忠、张礼忠等陈述自家亲人受害的切肤之痛。外务省接待者回答说："这桩案子以前都是首相府负责应诉的，最近才移交到外务省来。从外务省的调查中，目前还没有掌握731部队存在的确切证据。"

听得懂日语的王选立即表示抗议，浙江大学历史教授丁晓强说："从中日两国近年研究的大量资料表明731部队在中国从事了细菌武器研究，并实施了细菌战，铁证如山，不容抵赖。"[1]

之后进入法庭，王选、王锦悌、王晋华、张曙、楼良琴、张礼忠、杨大方、高明顺、李本福等9名原告一一做法庭陈述。王选、王锦梯、王晋华是1997年首次向日本法庭递交诉状开启诉讼的代表，4年过去，他们再一次站上法庭。原告发言都是声泪俱下，旁听席上发出阵阵唏嘘声。

一濑敬一郎律师向法庭递交了8大袋足有半人多高的补充证据材料，有原告声援团游行示威、请愿活动的情况和照片；有常德市8月15日举行抗议小泉纯一郎参拜靖国神社的集会情况和照片。在一审诉讼中，律师团向法院提交了苏联、美国、中国、日本4个国家的大量国家档案馆所藏历史资料，其中有数千页美国国家档案资料，包括战后美国掩盖日军细菌战的官方文件。这些证明和文件大都是第一次披露于阳光之下。

一濑敬一郎一份份地向法庭递交证据，人们看到那证据袋迅速地向上长，其长度、厚度和严肃性让所有在场者震惊。

王选作为原告团团长和原告总代表，做最后一次陈情。她向法庭表达180名原告的期望，呼吁法官做出"有良心的"判决。她说：

[1] 参见常德细菌战受害者接待处编：《侵华日军细菌战十年诉讼记》，第66页。

这次诉讼已开庭27次，直到刚才原告们还在陈述自己的意见。他们想讲的话应该都已经讲完了，法官们对整个案情也很明白了。从这个诉讼一开始，中国、日本以及这两个国家的许许多多的人向法官们寄托了如此多的期待和希望，这期待和希望的背后是信赖，也是那些被细菌战戕害而无辜牺牲的生命对法官的拜托，法官们的判断和决定能够改变许多人的人生。法官们的公正判决能使无数的中国受害者从他们积累了几十年的痛苦和压抑中解放出来，得到心灵的安宁，也能使像筱塚良雄那样的许许多多的旧日本军人把背负了一生的十字架卸下来，让他们在剩余的不长的人生中像普通人一样生活。做出公正的判决是历史赋予法官们的使命。这个使命具有神圣的意义，责任重大。我们原告团全体为了这个历史的使命和日本人民一起尽了微力，感到非常荣幸，从今往后我们衷心地期待法官们的公正判决。[1]

土屋公献发表最后辩护意见，督促日本政府承认事实并向受害者诚恳地道歉，承担正当的法律义务，还受害者做人的尊严。他指出，战后日本政府一直没有正确地对待这段侵略历史，总是以卑劣的手段隐蔽战争行为，甚至美化侵略战争，逃避战争责任，并且还盲目地认为这会对自己的国家有利，却不能认识到这样做使日本遭到了国际社会的轻视、指责，使自己陷入孤立。这种丑态持续下去将会给日本的国家利益带来更大的损失。

接下来他重点从法理的角度，分析中国受害者的要求符合国际和日本法的规定，更符合人权和世界公义，对日本政府提出的法条进行逐一驳斥。

法庭持续开庭至下午4点多，法官宣布休庭。在几个小时的证言、陈述、律师辩护中，日本政府的代表自始至终表情严肃，一言不发。

2002年8月27日，细菌战诉讼一审宣判日到来。

在中国浙江和常德，细菌战原告们都集中到有电话的地点，等待王选的越洋电话。

日本东京，还是103号法庭，260多人排队等候抽签进入法庭，中国声援

[1] 王选2001年12月26日细菌战诉讼东京地方法院《陈情书》中文版，细菌战诉讼原告团提供。

团只有35人中签，其余的只能在门外等待听消息。新华社、中央电视台、美联社、路透社、BBC、《朝日新闻》等世界各大媒体的记者也在门外等候。

上午12点，土屋公献、王选率律师团、原告团步入法院大门。下午1点40分，法庭开庭宣判。长达44页的判决书不到10分钟就摘要念完，法槌落下，法官起身从身后的门退庭。

中国原告代理律师荻野淳作为信使第一个走出法庭，打出写在白纸上的黑色大字："请求弃却"。

细菌战一审判决，日本律师跑出法庭打出条幅报告判决结果。条幅中"请求弃却"中文意为驳回要求。细菌战诉讼律师团供图

等在门口的人群一片哗然。

退庭下来，王选和律师们快速地浏览、分析着《判决书》。[1]

从1940年到1942年，731部队及1644部队等，如下列a、f、g、h各项所指，在中国各地实施了细菌武器实战。

a、f、g、h各项指的是《判决书》中关于731部队在中国的衢州、宁波、常德、江山实施细菌战的详述部分。《判决书》认定衢州的鼠疫传播到义乌、东阳、崇山村、塔下洲等周边地区，带来的伤害。

常德市细菌战调查委员会列举的常德细菌战造成7643人死亡的数据得到认定。《判决书》指出随着疫情的蔓延，总计超过万人死去。

这就是说原告《诉状》列举及诉讼期间补充的受害事实全部得到了认定。这是日本法院首次认定日本军队进行了细菌战实战攻击。这比家永三郎诉讼认定731部队存在更前进一大步。

[1]《判决书》全称为《东京地方法院就侵华日军细菌战国家赔偿诉讼案一审判决书》。

对于细菌战对社会和环境破坏的严重性，《判决书》写道：

本件受害区域均是人口聚集和人际关系往来密切的地区，鼠疫介于社会形态而传播，使患者接连死亡，招致歧视及相互猜疑，带来区域社会的破坏，给人们的心理留下深刻的伤痕。霍乱的传染力极强，接连出现死亡，也导致区域社会的歧视和相互猜疑。

对于实施细菌战责任承担方，《判决书》说：

细菌战用于实战，是日本陆军战斗行为的一个环节，是直接受陆军中央的指令而进行的。

《判决书》认定，日军的细菌战违反国际法。

以海牙《陆战法规和惯例公约》第三条规定为内容的国际惯例法，被告对于本件细菌战负有国家责任。由于本件细菌战给予受害者悲惨且重大的伤害，对日军的该战斗行为不能不评价为非人道的行径。

然而《判决书》却“驳回原告的一切要求。诉讼费用由原告承担”。也就是：一、被告向原告谢罪，并将谢罪文在官方报刊上发布。二、被告向原告支付1000万日元以及自本诉状送达的第二天起至该1000万日元支付完毕为止的年5%利息的要求。[1]

《判决书》运用的法理有三条：一、“国家无答责”。“战前，因公权力行使而造成的对个人的损害事件，没有承认国家赔偿责任的法律依据”。二、否定国际法上的个人请求权。海牙《陆战法规和惯例公约》第三条规定，并非承认个人请求权，国际法是国家之间的法律，个人不是法律的主体，因此受害者

[1] 参见[日]土屋公献著：《律师之魂》，王希亮译，聂莉莉审校，社会科学文献出版社2015年版，第141—146页。另参见中国社会科学院近代史研究所近代史资料编译室主编：《侵华日军731部队细菌战资料选编》，王希亮、周丽艳编译，社会科学文献出版社2015年版，第582页。

中国原告团在日本游行抗议。图片来源：细菌战诉讼原告团

中国细菌战原告杨大方怀抱着亲人的遗像在日本东京街头游行抗议。图片来源：细菌战诉讼原告团

个人不能直接向加害国家要求损害赔偿。三、1972 年的《日中共同声明》第五项中国政府宣布放弃战争赔偿请求权。

承认事实，但拒绝谢罪和赔偿。土屋公献当场斥责："这是厚颜无耻的判决！"王选的家乡崇山村在村里的中和祠拉好了高音喇叭线，原告们和媒体在静静等，越洋电话传来，原告们群情激愤，完全不能接受这样的判决。

原告团决定继续上诉。

日本主要媒体对此判决都用头版进行了报道，《朝日新闻》和《每日新闻》的标题是“731 部队诉讼，认定细菌战事实存在”。

《朝日新闻》8 月 29 日发表社论《视而不见就可以了吗？ 731 部队诉讼》，直指日本政府的抵赖行为。

社论指出判决承认了细菌战的历史事实，这是司法做出的首次判断。

奇怪的是，在审判过程中，国家对于是否实施了细菌战，既不肯定也不否定，将事实的存在与否束之高阁。另外，在法律辩论方面，始终坚持日本没有赔偿责任。

作为一个国家，对时间并不久远而且十分重大的行为束之高阁是不能被允许的。不明确地承认历史事实，不仅是对日本国民不负责任，对近邻国家以及其他各国，也会引来不信任的目光。

应该切实明确事实和责任之所在，认真思考如何才能帮助要求赔偿的人们，这才是负责任的国家的做法。只有正视过去才会有未来。我们要质问的是日本这个国家了。

《朝日新闻》社论是日本国内的对政府最鲜明的批评声音。

8 月 29 日，中国外交部发言人孔泉在北京回答记者提问时说：我们注意到了这一判决。二战期间，侵华日军以惨无人道的手段，大量实验和使用细菌生物武器，残害中国人民，这是铁的事实。日方应采取对历史和现实负责的态度，正确认识和对待这段历史。

同日《人民日报》海外版刊登新华社电讯《外交部发言人指出日方应正确认识和对待二战时使用细菌化学武器残害中国人民的历史》。

2001 年这一年是中日关系一个微妙的调整期。日本主要贸易对象国已经从美国易主到中国，这一年日本从中国进口首次超过了美国。相对于中国的快速崛起，日本经济则进入了低迷期，“日本方面尚未确定应该如何对待日益强大的中国，因此感到非常‘困惑’，对日本来说，中国是竞争对手还是伙伴？日本在亚洲应该怎么行动？”[1]

[1] 毛里和子著：《中日关系——从战后走向新时代》，徐显芬译，社会科学文献出版社 2009 年版，第 114 页。

日本首相小泉纯一郎的竞选诺言，是从 2001 年开始一直持续参拜靖国神社。这强烈地刺激了中、韩等亚洲国家。中国外交部部长王毅明确表示：日本接受了远东军事法庭的审判，对待祭奠着甲级战犯的神社的态度，是测试日本政府对侵略战争态度的试金石。参拜违背了日本承认侵略表示反省和道歉的基本立场，会使中国及亚洲和世界的人民失去对日本的信赖。

中国对此的态度不可谓不鲜明。

2001 年 10 月，小泉访华。此次中国之行，安排了到日本全面侵华战争爆发点卢沟桥参观。2002 年小泉纯一郎还是一如他的承诺参拜了靖国神社，这令中国大为愤怒，中国外交部对日本发表严厉的批评，中日关系进入僵冻。

中日间的历史问题再一次跃入现实，成为阻碍双方关系的重大问题。从小泉纯一郎参拜而引发的社会情绪，积累到 2005 年爆发出那场对双方都是极大伤害的“反日大游行”。

细菌战诉讼，伴随着中日关系的起起伏伏进行了 10 年。

从 1997 年诉讼提起，到 2002 年一审判决，历时 5 年；中国原告上诉到日本东京高等法院，2005 年 8 月 10 日判决，历时 3 年；再上诉到日本最高法院，2007 年 5 月 9 日最终驳回中国原告上诉，历时 2 年。

10 年，跨了两个世纪，日本三级法院共开庭 40 次，细菌战诉讼走完全部司法程序。

第十七章 “让日本沉没的女人”

一

一审判决前后，最忙碌的人是王选。面对上百家中外媒体，她得中文、英语、日语轮番上，常常顾不上吃饭，也顾不上睡觉。

判决结束后还有一系列社会活动，王选既是中国原告的总代表，也是应对各方的义务翻译。几天集中活动之后，将最后一拨中国原告送上回国的飞机，再和日本律师团开会讨论后续行动计划。

一切都消停，一个人拖着行李回关西的家。

一进房门，扑倒在榻榻米上，所有的疲劳仿佛约好了在这一刻一起发起袭击。刚闭上眼睛，电话突然响起，是来自美国的消息：哈里斯去世了。

那一刻，王选感觉到自己身体里发出“嘣”的一声响，有什么东西断裂了。

她一个人在房间里号啕大哭。

2002 年 3 月 1 日，王选邀请哈里斯到中国调查。他想将中国细菌战被攻击地的情况补充到《死亡工厂》第二版里。他带来了他的美国同人、医学史博士马丁·弗曼斯基和迈克尔·法兰兹布劳医生，一起走访浙江省的“烂脚村”。

“烂脚病”是王选的一块难以放下的心病。在进行细菌战诉讼调查时，王选发现在 1942 年日本军队生物武器攻击区域之内的村子，许多人身体的某个部位发生溃烂，最突出的是腿部和脚部的溃烂，从战时一直烂到现在。

2001 年美国发生邮政炭疽恐怖事件后，炭疽带来的疾病才被广泛注意到。皮肤腐烂是炭疽感染的特征之一，浙江战时出现的大量烂脚病人，是否与当年日军的炭疽攻击有关?

日军在中国肯定使用了炭疽武器，但用在哪里，损害多大都没法确认，炭疽武器损害也没有列入细菌战诉讼之中。“烂脚”成了王选心中挥之不去的阴霾，她想请哈里斯带美国专家来进行确认。

当时哈里斯已经差不多走不动路了，高大的身躯弯了，鬓发全白。但哈里斯坚持一个又一个村子走了 10 天，看到一双双腐烂到骨头的脚，烂到露出牙齿的脸，就在现场默默地抹眼泪。同行的人都沉默着，只有照相机的快门声“咔咔”响。

马丁·弗曼斯基和迈克尔·法兰兹布劳戴着手套触摸脓血淋漓的伤口，询问得病的历史，判断这些烂脚是受到炭疽还是鼻疽菌的感染而造成的。哈里斯等人的中国调查之行依然是按照志愿行动的约定，每一个人的经费由自己出。真实情况是王选没有钱，负担不起所有人的经费。王选先做了一个清单，每天早餐时和外国人算账，钱由王选的助手张启祥来收。哈里斯开玩笑说，天天有个小孩子来要钱，吃饭多少，住了多少。她不知道哈里斯已经患了癌症，是硬撑着来的。

细菌战诉讼开启之时，是哈里斯的《死亡工厂》让她知道了历史上那些黑暗的秘密，是哈里斯引领她探寻这个历史黑洞。她将哈里斯的《死亡工厂》翻译成中文，从此走到哪里都背着一个大包，里头装满了《死亡工厂》。1998 年 11 月 9 日一审第 5 次开庭，哈里斯从美国赶来支援，旁听法庭审理，和王选一起面对世界媒体。哈里斯在日本律师会馆发表演讲，王选当他的日语翻译。

哈里斯是王选精神的支柱，她从这位老人身上得到继续做下去的勇气。他以自己坚实的研究解答王选和媒体的问题，默默地站在她身后。

3 月西湖的柳绿桃红还在眼前，8 月已经是阴阳两世的隔绝。

那次感到身体断裂之后，“例假”再也没来，王选这才惊觉自己已经 50 岁了。

10 年，40 次开庭，中国原告们替换着轮番赴日到庭，却没有人可以替换王选的角色。40 次开庭她次次到庭，没有缺席过一次。

一审结束之后，王选在接受《纽约时报》记者的采访时说：“原告也没有得到中国的支持，中国不让他们组织起来。他们也没有得到美国的支持，美国担心疏远日本这个坚定的盟友。我们正在同时与日本、中国和美国抗争，我们需要无尽的时间来做到这一点，而时间已经不多了。”

王选一语道出了这场发自民间的诉讼的难处，也道出了她和原告们的孤独。

“自从这件事弄起来以后，我们家就没有太平过！”王选的母亲先用纯正的京腔说，“太平”二字语调高亢响亮。老太太在中日战争前是定居北京的回民，战争爆发逃难南下上海。“介大岁数了，还勒奔波，害得阿拉一家门不得安宁，阿弟、弟媳妇，连我都要帮伊做事体勒！”一转腔是一串的上海话，再一转又成京腔：“这么大一件事，民间搞，没有支持，怎么会有太平日子过！”

老太太可谓一语中的。

母亲的家里凡是空当的地方，全是一摞摞有关细菌战的资料，楼梯上，和一濑律师事务所一样，装满书的纸板箱从一楼楼梯一直摞到二楼。母亲从饭桌下面抱出一摞书，这些都被仔细看过，书页里夹着花花绿绿的即时贴。

那时王选在国内没有安家，回国就住在母亲家里。她一回来，电话就响个不停，家里人被搅得不得安宁不说，对着长长的电话单，母亲连连摇头，说自己一个月的退休金全部拿出来，也付不起这电话费。

丈夫说参加细菌战诉讼后，王选变了一个人，成了一个“24小时的革命家”。

“王选以前并不是这样的人。她有时候很静，并不那么善于表达，也没有表现出来什么‘领袖气质’。她只是比一般的女人更多地关心政治，关心大事，喜欢学习。细菌战诉讼完全改变了她，把她另一面的东西挖掘了出来，并且扩大。”

“她以前在众多的人面前讲话会脸红的，现在她完全是一个世界级的演说家。”

“你不能直接和她说出你的想法，你只能婉转地说，如果你直接说了，结果就是吵架。十多年了，我逐渐知道吵架是没有用的，就慢慢改变自己，忍受，接纳，认同。”

“别人也爱国，也搞这个，但并不意味着生活的全部都得搭上。加班也就是8小时的，或者10小时，再厉害的加班也就是12小时。但王选永远是24小时的，除了细菌战，她没有别的生活。”

“王选只有一个频道，就是细菌战。我是她最忠实的不能逃脱的听众。两人在一起，永远都是王选说、说、说。听多了也需要换一个话题吧，但她只有这一个频道。”

丈夫背着王选发了一通牢骚，但这样的话在王选面前不能说。

当上细菌战原告团团长的那个晚上，王选便将自己扳向了那个频道，从此整个人生都发生了改变。

在中国原告方，她必须要成为主心骨，她必须要带领好这些老人，她必须要成为一面旗帜。

在日本律师和民间社团方，王选代表着中国。中国人对这件事的态度、行动，就看王选的态度和行动。

近藤昭二称她是“中国的圣女贞德”，实际上她被架上了高台，没有退路。她不能畏缩，不能有一丝的游移，甚至不能表现出身心的疲惫，她必须时时把自己调整到最坚硬、最高亢的状态。

她是举旗人，她是号召者，她是践行者，她是冲在最前面的人。

2001 年一审第 22 次开庭，选出衢州原告吴世根出庭作证，王选提前来到衢州。

“没有文化，怕完成不好这个任务。”吴世根说。

“这不是有文化没文化的问题，你去日本是作为一个证人去揭露的，你应该有这样一个觉悟。”王选快人快语。

吴世根家饭桌上的家庭会，讨论去日本的问题。

“不是我们不支持，是觉得就算去了，也不会有什么效果。”

吴的儿女表达着态度。

“不是效果不效果的问题，这是为我们家庭死难者申冤的问题，你们应该有这样的觉悟。”老吴的回话，完全是王选模式。

老吴的身体不好，一天也离不开老妻的照顾，但话说到此，儿女也无法阻拦了。王选为吴世根找来去日本的旅行费，一个美国华侨捐的。这一次去日本参加开庭的，还有宁波原告何祺绥、江山原告周道信，三个人年龄加起来，有 200 岁。

来到日本，王选带他们去看 731 部队成员为纪念他们的战友修建的无名墓。墓园修葺得整整齐齐，墓碑高大并建有圆形的顶，很是肃穆庄严。看到这些细菌战部队的人被如此纪念，吴世根幽幽地叹了一口气说：“没想到他们的墓弄得那么漂亮，我们的亲人连骨头都没了。”[1]

---

[1] 参见郭岭梅编导纪录片：《讨还正义》，CCTV1-纪录片之窗栏目，2003 年播放。

又是一次法庭开庭。

人潮涌动的机场、地铁站，车水马龙的大街上，王选走在最前面，身后是一群七老八十行动迟缓的人。王选时不时停下脚步，数一数人头，看有没有丢下的，或者回头大吼几声，让落下的人跟上来。原告很多人一辈子没有离开过家乡，更没有坐飞机出过国，到了语言不通的日本，像是来到另一个星球。

每次开庭前王选或者回国带领原告出境，或者提前几天到达东京打前站接应——大多数原告不知道机场的通关程序。

浙江、湖南的原告们，要在国内舟车劳顿一天才能到达可以出境的上海机场，再飞日本。在机场把人聚拢齐了，第一件事要教大家怎样填表，怎样填写护照的号码。耳朵、眼神不好使的，或者不识字的，王选要代填。到了宾馆，要教大家怎么使用水龙头，怎么调节水温，教大家学会使用自动饮水机。当然，还有最重要的一条，教大家怎么过红绿灯，东京宽阔的十字路口，绿灯一亮，人潮奔涌，迅疾通过，中国来自田间地头的老人，如何应付得过来！

原告们都是自筹经费的，王选想的另一件事是要设法给大家省钱。一条线从机场到东京站前一站，下来换地铁要 3000 日元，换乘一次，省力很多；另一条线是慢车，车次少换乘多，且没有滚梯，行李要自己拎上去，要 2000 日元，王选带着大家走这条线，每人可以省 1000 日元。

日本地铁对这些老人来说太可怕了，地铁站里王选在一队老人前连吼带讲："快上快下，不要落了队。一旦落队没有乘坐上同一列地铁，那就千万要记住了啊，站在那里别动！我会回去找你们。如果你再上另一列地铁，我就找不到你了，麻烦就大了！"

地铁站通常是三四层，地铁、火车、快轨交织在一起，在这样的地方想找一个移动目标，基本上是大海捞针。地铁全是电子售票，要操作多次按钮才能完成购票。大家看不懂上面的文字，王选替大家买好票，需要报销的，替他们去窗口索要发票。

尽管多次嘱咐，还是经常有人掉队。

有时候王选一个人实在顾首顾不了尾，就调丈夫在队伍后面跟着照顾。还是有人会落下，就得赶紧回去找。有一次义乌的张曙人下了车，拉杆箱子来不及搬被地铁带走了，王选急了骂他："你这个粗心大意鬼，我没时间，你不要烦我！”张曙连连表示，不要了，里面就是方便面和衣服，没什么。但过一会王选怒火下去了，打了十来个电话，地铁公司把行李送到旅馆附近的饭田桥车站。在日本，东西一般不会丢，就是要去找、去取，很麻烦。

滚动电梯像不停息的运输线，中国老人从来没有见过这东西，到了跟前不知道先迈左脚还是右脚，站在那里犹豫，挡住了后面一堆人，王选急得汗一下子冒出来。上去后身体又常常不受控制地往后倒，王选在前面拉，大叫着让后面涌上来的人帮忙往上推。走一程下来，衣衫就全湿透了。

上法庭前，在宾馆的大厅里，王选一般要开一个会。用她的大嗓门讲一通，鼓舞一下斗志；反复叮嘱各种注意事项，包括提醒大家，不要随地吐痰，带走地上的垃圾。日本人的习惯是垃圾装在自己的口袋里带回家处理，中国人不能所到之处到处是垃圾。“那会丢中国人的脸的，记住了吗，咱们不丢下一片垃圾！”

原告团和声援团到达法庭，通常要在法庭门口进行一个小时的“揭露”活动，就是向停留或从法庭门口路过的日本民众演讲。原告们一个个地发言，义乌的、金华的、常德的、宁波的、衢州的各式方言，王选都要翻译成日语。

中午开过庭之后，王选带原告们去吃饭。一般是在地铁站上面三层吃快餐，600日元，好一点的900日元。王选给大家买来饭，教大家怎么吃日本饭，记下一天的明细账。到了晚上，将每个人的花销算出来。

打仗一样的一次开庭搞下来，王选通常都疲累至极。送原告们上了飞机之后，再返回东京参加律师团的诉讼工作会议，然后才能坐新干线回家。把行李搬上6楼，躺在自己小书房的沙发上歇一口气，就得起来收拾房间做家务。家里早就又脏又乱，积了一大堆活了。之后，瘫倒，昏睡两天。接下来收拾行李回国，分别去浙江和湖南常德，向原告们报告开庭和律师团开会的情况。说是汇报，实际上是再一次的鼓励与动员。

虽然累和麻烦，但王选说，有原告们一起来日本开庭，好像打仗有战友们一起顶着，感觉底气足了不少。但大多数开庭，只有王选一个人出庭。法庭上，就她一个中国人，律师团团长土屋公献、律师一濑敬一郎一左一右坐在她旁边，对面是日本国代表和律师，几位法官坐正中高位。“开这样的庭感觉是到地狱走一趟。日本人是很有耻感的，日本国过去干过这样的事，让他们感到耻辱，每一个人心里都不好过，大家都表情阴郁。”法庭压抑的气氛让她感到难受。

二

一个又一个的新年，都是在准备开庭或开庭中度过的。

2001 年 1 月 23 日是中国的大年夜，第二天法庭要进行第 19 次开庭，中国原告方专家证人黄可泰、邱明轩、辛培林出庭作证。这一夜王选与大家一起分工改诉讼材料，不断往国内打国际长途，核对细节，补充材料，不知不觉中除夕已过。

又是一个中国大年夜，王选在东京与律师们开诉讼团会议。关西的家，只有丈夫一人，闻一多的孙子闻黎明恰来拜访。家，这 40 多平方米的家冷得要命，用来取暖的煤油用完了。取暖用煤油要到附近加油站买，或者也可以让人送来，但王选不在，就没人弄。年夜总要搞点吃的，打开冰箱，里面是空的。

闻黎明说，在日本工作的中国人都是住租来的房子，但日子绝不会过成这样。在日本，人们不关心政治，只关心自己的小圈子生活。留学日本的中国学生，一旦找到工作后就和所服务的公司绑在一起。每个人都在打拼之余，开始为买房买车努力。这叫融入“日本式生活”，你这样做，才能被日本社会接纳。这个大年夜，两个大男人过得凄凄惨惨。

王选结识闻黎明后，总是问他：当年那么难，闻一多先生是怎么做、怎么坚持下来的？闻黎明每每听到这个就知道，王选一定又是遇到了难题，或者心里感觉到累了。

再难也得硬撑着，绝不能倒下去，王选暗示自己。

一次带近藤到中国各地做讲座，杭州、南京各处跑，王选发烧、剧烈咳嗽。《东方之子》赶到上海采访近藤，王选翻译完后，衣服全湿透了，现场的人都说王选看上去不行了，要倒下。果然倒下了，第二天是母亲打出租车从旅馆送近藤去虹桥机场的。另一次是 2003 年 9 月从美国查档回国，正闹“非典”，王选发高烧但不敢去医院，怕被隔离了，挣扎着在上海开了原告团代表会议。

2005年二审结束，稍微有了喘息时间，工选有一种做梦将醒未醒的感觉：“一些事情，想一想，是做了，但又像是梦游中。包括吃饭，吃的是什么，不记得；跑步，真跑了吗？感觉就像是在有意识与无意识之间发生的。”

我24日一早6点动身从关西的家到东京，睡一濑事务所一楼桌子上。26日一早回家。31日再从家去东京，参加辩护团会议，查资料，访问议员，会见学者，帮助一濑审阅已经收到的中国证人证词等。夜间的便宜长途汽车票去程已经没有座位，在等退票，订到了回来票。从神户出发，单程4300日元，加上神户到家的路费一共5000日元多一些。坐一个晚上。这样来回旅费差不多11000日元。坐新干线来回要3万日元。3万日元相当于一个人一个月在家里的伙食费，我家一个月房租的一半。太贵了，无力负担。

这是王选写给朋友的一封电子邮件。在她发出的上万封电子邮件里，很少有这样的关于自己个人生活的细节。

作为上海人的王选天生会算账，她会为了3万日元去费脑筋、受折腾，但有些钱花起来想都不会想。到美国查档自费，回来又自费1000多元人民币把带回来的公开的日本战争犯罪档案目录复印3套，一套给复旦大学历史系，一套给南京大学历史系，一套给北京大学历史系。

“50多岁了，还睡别人的办公桌，我有时候想我为什么会混到这样！”她会抱怨，“但我不会‘叫苦’的，只有跟最亲近的人，才说两句。”

一濑的桌子，一度是王选在东京的归处。这是一濑盖起了事务所的四层小楼之后的事，律所正式启用于2003年。事务所一楼是会议室，中间有一张大桌子。睡在上面，对王选来说已经很享福了。在这之前，王选睡过的地方，有中国留学生的宿舍，有以前在日本打工教英语的同事的家，有筑波大学日本同学的家，有日本西村律师的家，有中国学者殷燕军的家、聂莉莉的家、张宏波的家，甚至有过和别人同盖一条被子的事，这在后来成为朋友相见时讲的一个段子。

为了省钱在国内也是四处为家。到了北京，就到各位朋友家里打游击，所住的人家十个指头都数不过来。

其实王选到底在诉讼中投入了多少钱，她自己也说不清楚。成百次地往来于日本、中国，往来于家和东京，用的全部是自己的钱，没有用过原告团化缘来的，也没有用过日本人的钱。50 岁了还睡别人的桌子，是王选的窘境，也是所有参加细菌战诉讼人的窘境，是中国民间力量的窘境。

日本的和平运动，每个参加的人都是自愿并自费。王选在日本工作生活，自费大家也觉得理所当然。参加日本调查团到中国调查，飞机票自付；住宿和某个日本人分一个房间；吃饭在大桌上加个座。当然也要做翻译，给调查团省了请人当翻译的费用。

一次在中国社科院日本所的交流会上，王选说起留学时在日本餐馆里洗盘子，要洗好几天才能挣到 3 万日元，而这是从关西的家到东京来回一趟坐新干线的车票钱。日本所里在日本留过学打过工的研究员颇有共鸣。“留学打工的时候，再渴我都从来没舍得买过 100 日元的易拉罐饮料，都是拿办公室里的茶叶泡茶喝，日本同事都要笑我的。”

“为了诉讼的事情，我来回跑东京，就没有去算过钱！我们媒体的报道几乎都不写诉讼的经费是哪里来的，就是这么来的，大家自费！细菌战原告团的主体性是怎么实现的，那就是经济自理。用别人的经费，干什么、该怎么干就需要双方的意志了。”王选说。

国内没有日本这样的市民运动气氛，大家自愿自费来做一件认为有意义的事，并持之以恒。“有人对我说，王选，你真的很傻。我说，我觉得我傻得很值。如果一个国家，连几个傻得想了解自己国家历史的人都没有，那我们活着跟无头的苍蝇有什么区别？”王选说得气很壮，因为她自己正在付出行动。

在国内没有单位、工作的王选，多亏丈夫的公司为她交了上海市最低的三险一金，这使她在 55 岁之后领到了退休养老金。一个月不到 3000 元人民币，加上日本很少的一点年金，看病有社会医疗保险，生活算是有了保障。“你不用发愁我的生活。”她说，“养老金全部买保险存长期了，我一分不会用的，以防万一。”丈夫的公司需要王选翻译一些东西、写英文的信每个月给她开 5000 元工资，这便是她生活开销的资金。

三

在中国漫长的历史当中，战争受害者的个人权利很难得到伸张，个人生命长期处于被漠视状态，受害者自己也缺乏权利意识。中国人习惯靠政府和组织来实现权利而不是靠自己。王选让中国的原告自己去争取权利，她引导中国的老百姓走向国际，这样的工作在中国少有人做。她到农民的家里，动员农民们；她站在田野里，大声地宣讲和鼓动；她带着原告到日本、到美国，让他们向世界发出自己的声音。

来到义乌，王选人明显感到快乐很多，在火车上她就想跳舞、唱歌。于是就给义乌她的学生打电话，让他们带她晚上去跳舞。到了义乌，王选的疲倦就没了，下汽车已经是晚上 10 点，不吃饭，直奔唱歌的地方。她说她已经有 3 年没有这样唱过、放松过了。

王选是崇山村的子孙，加上又在崇山村插过队，大学毕业后在义乌中学教书，所以她在义乌有绝对的支持率和信任度。王选还没进曲江祠的门，白发老人们就迎出来，像是迎接一个“大人物”。

面对这些白发老人，给他们讲一次话、做一次动员，王选就像是消耗完的电池又充满了电。她动员了别人，鼓舞起别人的斗志，自己也就不能松懈，不能不往前走。她就这样往自己身上套着绳子、拧着弦。

2005 年冬天，哈气成霜，义乌周边十几个村庄里的受害者赶到江湾曲江祠堂里，白发皓首聚了一屋子。因为王选来了，有很重要的事商量。

在高悬着“叙伦堂”的匾额、修葺一新的江湾祠堂里，王选大声地向那些年长她许多的老人讲话：

“今天因为有记者在，我就用普通话讲了。7 月 19 日就要判了（二审），在判之前已经有四个案子判了。而且日本政府发了一个通知给法院，写得很简单，但里面的意思就大了！那就是告诉法院，这四个案子都判了原告败诉。一般情况下政府是不这样做的，现在这样做，又将我们的案子提前到日本争取加入联合国常任理事国之前判，是不是有意思，有暗示？”（停顿，目光扫视众人，众人聚精会神地盯着王选，等着她往下讲。）

“我们要（他们）道歉，要谢罪，要承认事实！”

“我们这样坚持是为了和平，是为了中日友好，是为日本不再犯这样的错误，是为了日本人好，是为了人类好。”

“如果败诉了，我们还告不告？”

“告！”一致的吼声直冲屋顶。

“所以就是败诉了，我们立即到联合国去申诉。从（19）95年开始到现在已经10年了，中国人的斗志不能懈。军队最怕的就是志懈，心散了战斗力就没有了。”

“因为细菌战至今还是被掩盖着的，世界上绝大多数的人都不知道，我们拿到联合国就是要让联合国知道，曾经有这样的事实。我们要自己整理出这段历史，我们自己不搞清历史，别人怎么能知道，怎么会同情？我们应该向日本人学习，他们广岛原子弹受害的历史，整理得让全世界都知道。他们钱多，文化高，更重要的是他们重视，他们搞得好，全世界都知道，到处都是他们的声音。”

“细菌战是真实的历史，是人类历史上很重要的事件，只有我们的声音传达出去，被听到了，第二步才能去讨回公道。你们说对不对？”

“对！对！”一致地响应。

“我们到联合国去之前要办一个培训班，我们不是去吵架的，也不是去旅游的。日本人可聪明着呢，他们怎么会不知道我们的想法？我们去打官司就是去打官司，去了就认真听，东倒西歪的，他们就问：你们中国人有没有心思打官司啊？你以为日本人会不知道！”（王选的语气加重起来，下面的人也神情凝重。）

“我们要注意仪表、行动、说话，不一定非要穿西装，你就穿你农民的衣服就好了，但要整洁。我们是去上战场的！”

“这次到日本宣判，能去的尽量参加，1万元人民币就够了。我们还要商量一下，败诉之后是不是要继续上诉，我们要上诉就要当庭表达意见，这样才有力度。但上诉不是强迫的，完全是原告的自愿，所以各村要逐个进行确认。”

“不要说没钱，在义乌说没钱是很不光彩的，义乌人没钱天下哪里还会有钱？！”

“我们是为了我们的尊严，你们大家说我说的对不对？”

下面大声应和：“对！对！”

从老人们胸腔里发出的沉浊的声音在古老的祠堂雕花木梁间回绕，滞重而坚硬。

义乌江湾镇曲江王氏祠堂被细菌战的原告们修复，并建成细菌战展览馆，义乌细菌战受害者们在这里聚会，王选在这里做动员。图片来源：细菌战原告诉讼团

中国社会科学院《抗日战争研究》杂志的总编辑荣维木劝王选不要做“职业革命家”。生活是生活，事业是事业，不能完全地牺牲和献身，不能把细菌战搅进自己的生活。

这位大王选半岁的学者，说话节奏很慢。王选不是不明白这句话的分量，但她深陷其中，身不由己。

一场官司，不仅消耗时间、身体，还需要花费，需要钱，需要强大的物质支撑。中国的原告们什么也没有，10年诉讼打下来，靠的是方便面支撑。

一大箱一大箱的方便面被带到日本。这是一审最后的开庭，2001年12月26日，中国原告团23名代表来到日本，其中9名原告出庭作证。每人都是一整箱袋装方便面、一个大搪瓷缸子——用来泡面。义乌的4名原告给王选也带了一大箱，但是没有给她带缸子。在日本上哪里去找这么大的茶缸子！旅馆里的杯子都只有一点点大。幸好，《金华日报》的记者带的是比较考究的纸包装碗面，王选吃了她一碗面，把纸碗留下来，洗干净，接着再泡面。

常德原告团和声援团不仅带来一箱箱的方便面，还带来家乡的大瓶小瓶的各种酱、酱板鸭、腊鱼、牛肉干等。湖南人的食品一个字：辣！这对浙江人王选来说“很不好对付”。

早晨的后乐宾馆，楼道里都是呼朋唤友打热水泡面的人。整个宾馆楼上楼下瞬间充满了泡面味，好像这里不是日本，而是中国的某个快捷旅馆。

从诉讼第一次开庭起，方便面就随中国原告来到日本。当听说日本一碗面要八九百日元，换算成人民币也要几十块时，原告们大呼：“什么鬼面，这么贵！”中国的方便面好得很，吃吃对付一下就行了。行李里不装什么东西，方便面能塞多少是多少，不约而同地，各地的原告到日本都吃方便面。

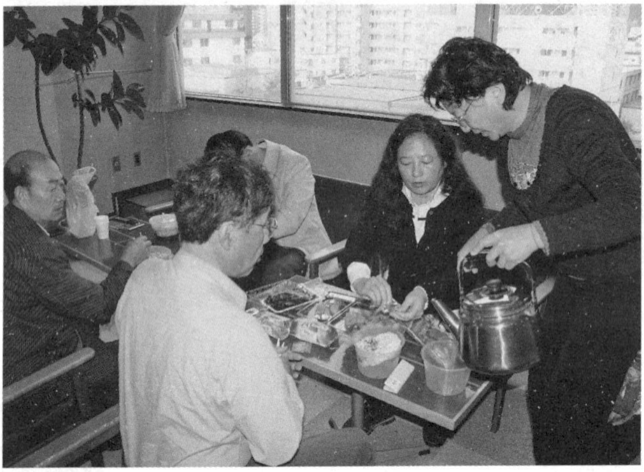

2009年10月26日早晨7点日本东京后乐宾馆王选（左三）和常德文理学院教授陈致远（左二）、常德原告徐万智（左一）、日本友人（前一）、中央电视台新闻纪录片厂导演郭岭梅一起吃泡面。本书作者摄

如果是从日本的家里去东京，王选会在家里炒一大缸曝腌青菜肉丝毛豆，带到东京给“老头子们”配方便面吃。如果从上海去东京，还要带一整行李箱的真空包装食品。有一次王选将一包红烧牛肉塞给王培根，他居然不舍得吃，塞行李箱里带回了家，说反正快回家了。浙江人，特别是义乌人太不舍得花钱了，王选让他们早上起来，去楼下旅馆饭店吃一顿中国早餐，喝点稀饭调调肠胃。不去，嫌贵。

中国原告的方便面让日本朋友也印象深刻。

2004年10月，衢州细菌战受害者方时伟参加声援团到东京，王选自己在上海准备了方便面，考虑到方老年纪大了，特意准备了各种各样真空包装的荤、素菜。诉讼活动结束，东西没吃完，王选和大伙儿就用这些“干粮”，在旅馆走廊里，第一次请那么多年来一直支持诉讼的日本朋友们吃“一顿饭”。料包加进方便面里，热腾腾的水冲进去，鲜红鲜亮油色泛上来，味道很足。很多日本人都是第一次吃中国方便面，边吃边夸，好吃，好吃！

2005年7月东京高等法院二审判决，王选又照例带了一整箱的方便面和食品。三个搞细菌战调查的学生，还有一个《浙中新报》的记者，跟着王选一起到东京，大家都靠这一箱泡面解决温饱。不仅如此，他们还用这些方便面“救济”了经费短缺的湖南经济台大型纪录片《常德细菌战》的两位编导。

各地带去日本吃的东西总是有多余，剩下来的都归王选。多的时候能整整装上一旅行箱，拿不动，只好从旅馆托运回家。一次突然想起，近藤昭二是个美食家，什么国家的风味都喜欢，就打了一个电话给他，问他要不要尝尝中国的方便面。他说好，王选就装了一大包送给他。不料，他特别喜欢。从那以后，每次开庭结束，王选都会送一箱剩下的泡面给他。一次，在街坊邻居的聚会上，近藤昭二用中国泡面招待周围的日本邻居，大家都说中国方便面的味道好极了。[1]

自从王选提出细菌战诉讼是中国人自己的诉讼，原告团独立自主的主张后，原告们去日本的花费就需要自己筹集了。旷日持久的诉讼也证明，如果仅靠日本民间人士资助，是不可能接引如此多的中国原告去日本法庭作证的。

20世纪90年代，原告到日本出庭一次人均旅费再怎么节省都得两万元人民币左右；后来机票便宜了，也需要一万元人民币。对于农村的农民来说，这是一笔无法支撑的费用，而对于城镇的月均收入千元左右的原告来讲（90年代末期），也相当困难。在浙江，王选动员那些家庭条件好的，自己出钱去日本，农民的费用则尽量帮他们在社会上筹集；常德则是陈玉芳活动一些政府资源，原告们有时会得到一半的补贴。

筹钱是一件难事。一次在一家单位的三层楼前，王培根说：“我上不去了，实在不行了。”他犯了严重的哮喘，几天跑下来后，上三层楼都变成了畏途。

王选架着他上了三楼，四家企业，一共筹了1.8万元，这是给三个原告凑的路费。王培根记得，第一次筹集到的是7.2万元，是从200户（个人或工商企业）集来的。几个人分了工，一家家地跑，50元、100元地凑起来。

“凑够一个人的飞机票是很难的。”王培根慢悠悠地说。哮喘让他说起话

[1] 参见王选：《泡面》，刊登于《现代快报》2006年9月12日。

来上气不接下气。

捐款支持不为名利的人不多，为名为利就要夹带要求。王选眼睛里揉不得沙子，不能接受以细菌战原告团的名义夹带的私货。有的时候双方意愿达成了，王选发现对方有其他目的，断然拒绝，给钱也不要。

一时筹不到钱，王选就先自掏腰包。

1999 年 12 月 9 日第二次起诉，两名原告常德的张礼忠、江山的郑科卫的经费是王选垫付的。王选带着他们到东京参加起诉，又到大阪参加日本战争责任国际会议并在会上就细菌战作证，路费也是她付的。这是一次大规模的国际会议，设东京、大阪两个会场。大阪会场外，右翼分子的汽车开着高音喇叭不停地喊口号。日本和平运动的朋友说，他们在给我们做广告，这么一来，大阪的老百姓都知道有这么个会了。会后，王选带着两位原告老人去见神户华侨总会林同春会长，林会长根据费用清单捐了 24 万日元，解了王选的窘境。

2000 年 5 月，原告常德向道仁、衢州吴方根到日本作证的费用没有着落，王选向律师团借了 30 万日元。直到 2003 年王选被评上 CCTV“感动中国 2002 年十大人物”，莱阳旅游局一姓邱男士看了节目，要给王选捐钱。王选的想法是：哪里捐来的，用在哪里。就跟邱先生说，山东正在调查 1943 年霍乱，捐给山东的调查吧！邱先生不依，一次出差到上海，把钱送到王选家里。王选对他说，把这钱还给日本律师团吧，借他们 30 万日元已经三年多了。

二审宣判需要更多的原告和支援者去，王选在义乌召开筹捐会。“为了张罗这一摊，可把我和常德的陈玉芳累苦了！钱从哪来？有时候买机票的钱都不够！一审出庭作证 9 位原告的经费是美国华侨吕建琳捐助的。”王选说。但再难也得去筹钱，这次日本律师团希望多一些原告到法庭讲述受害事实，游行起来也人多势众。

浙江主要靠义乌，去东京开庭，义乌原告去的最多。诉讼的资料复印，统一到义乌一家小店，义乌市政府办公室买单。于是整个原告团的资料都拿到小店复印，一次就好几百份。眼看着小店机器设备更新换代，小老板自己不做了，承包给外来打工的，王选他们还在那里复印资料。义乌是王选的大本营，这里有她的亲人，有她的同事，也有不少她的学生，很多人做着小生意挣着大钱，王选得靠义乌。

《纽约时报》在报道中说，王选的穿着打扮保持着和乡下人的不同，身上满是上海城里人的气息，有一种精英味道。王选对此并不认同，她说，村子里的人没有受过什么教育，战后一直都很穷，只有她在日本留学，“社会培养了精英，精英就应该反哺社会。我们对死去的同胞有责任”。

然而“伸手要钱”是王选最难拉下脸去做的。2003 年 11 月王选应一家网络公司之邀到宁波商谈捐款，组织者承诺有 100 位企业家到场，并商讨成立一个日常性的机构来处理各方捐款。而实际到场的寥寥无几，现场筹款不足 2000 元。开设在《浙江日报》的捐款账户的进账虽然有 1 万多元，但其中的 1000 多元是宁海中学的数百名学生的零花钱。

王选深受刺激，这是在经济发达的浙江，又是浙江发达地区宁波，为此她的心情多日愤懑难平。

王选郁闷在心，抱怨道：“中国十几亿人，怎么就我一个女的在这里喊？”

“受害者年纪大，受教育程度低，这是可以理解的。但是他们的后代，都受过良好的教育，有的人到国外留学，读硕士、博士，清华、北大的都有，他们应该来做啊，连他们都不做，那你就不能怪日本人，你就不能说他们对历史怎么不反省。”

中国和日本的态度反差对王选也是刺激。在日本，参加和平运动，知识分子和社会精英走在最前列。细菌战调查与诉讼需要专业知识，需要实证研究，需要传播。“我们在日本打官司，动员中国留学生来旁听，几乎都是不来的。中国精英阶层，普遍对我们做这些事不关心。很多政治精英，认为他们把中日之间什么都搞定了，你王选搞出一个民间索赔，好像是在找麻烦，在添乱。”

40 次开庭，一点一滴，原告团还是把 150 人次的受害者送到日本法庭出庭，他们每一次到日本除了法庭申诉和作证外，都在日本举行证言会，向日本民众现身宣讲，最大可能地让更多现代日本人知道细菌战的历史。

王选就是这样“拖着”她平均年龄 70 岁以上的原告队伍，走在漫漫诉讼路上。

“只有文明能够战胜暴力”，这是支撑王选的信念。

四

细菌战诉讼显然将王选性格中的某些东西强化了，让她的亲人们都觉得突兀、不适，比如说坚硬、刚强、执拗。

正如王选的丈夫所说，青年时代的王选，内心虽然好强，但外在表现却非常内向。

王选摄于 20 世纪 70 年代。图片来源：王选

一张在上海的一个公园里的留影，是她从崇山村返城时拍下的。照片上的王选梳着两条辫子，穿着布鞋，露着那个时代特有的青涩笑容。认识王选的人都说，那时她并不像现在这样愤激、暴烈、快语如刀。她总是很安静，不喜欢在人前讲话，讲话时先用手缠绞自己的辫梢，再加上长得个头矮小，一向不是人群中的主角。

王选的父亲王容海（1915—1985），出生于义乌崇山村，17 岁由表叔吴源带到上海。这位表叔曾任职于南京临时政府和北洋政府司法部，嗣后在上海执业律师。由此，1932 年王容海考入上海地方法院检察处任录事，于 1938 年秘密加入共产党并潜伏下来。1945 年任浙江省高等法院书记官，次年任上海高等法院检察处主任书记官。

上海解放后，王容海被委任为中国人民解放军上海市军事管制委员会政务接管委员会法院接收处接管专员、秘书长，负责接管上海地方法院、上海地方法院检察处、最高法院检察署上海办事处、司法行政部法医研究所等旧政权所属机构，受命组建上海司法体系。上海市高级人民法院成立后，王容海先后任刑事庭庭长、院办公室主任。此时的王容海壮志满怀，积极投身于新中国的建设和社会主义改造浪潮，为纪念即将颁布的第一部《选举法》，他将刚出生未久的女儿取名为王选。1957 年，王容海被打成“右派”，“文革”再受冲击。

王选 5 岁的时候，“右派”父亲赴浦头农村接受改造，王选和母亲去送他。一个 5 岁孩子的记忆，是父亲穿了一身灰色的中山装，风吹着他的裤角在舞动。这一形象永远定格在王选的记忆中，以至于成年之后在脑海里不断重复播放。

王选记得父亲清瘦而忧郁的面容，眼睛远眺着黄浦江对岸的远方，神情凝重。

“父亲去世的时候问我，‘记得当年你和妈妈一起去码头送我吗？’我说，‘当然记得’。然后我们都沉默着不再说话。”王选说。

父亲提到的“当年”，就是黄浦江边的一别。一个前地下共产党员，上海法院的高级干部，在政治失意的迷茫时刻，满腹委屈无处诉说，只能把深藏的心里话讲给妻子和5岁的女儿听：历史对与错的判断，不在于当下，他的预期是20年后。这话某种意义上也可以看作一个父亲对女儿的嘱托，背后的潜台词是：要默默在心里坚守，要相信一些东西，至少要相信自己的父亲。

王选当时未能领会父亲的深意，一切都在之后反复回忆中才体悟。每当王选苦闷而独自哭泣的时候，就会想起父亲，想起那个送父亲渡过雾锁的黄浦江的早晨。一部获奥斯卡奖的动画短片，讲的是一个小女孩在海边送走父亲，从此便天天在海边等，直到小女孩老去，父亲也没有回来。王选在想象里把自己换作了那个小女孩。

王选家住在上海淡水路7号的一条弄堂里，这里曾经是法租界，高大的法国梧桐遮蔽马路，一幢幢的三层小洋楼隐约其后，天主教堂和基督教堂一西一东高高地举着十字。几十年前民国上海外国人和精英的居所，入住了新中国的精英们，王选家列于其中，邻居有陶菊隐、郑苹如、邹韬奋等名家。但一夜之间，这个世界的秩序全乱了，精英居住区成了“右派”出得最多的地方。

父亲成为“右派”，加上“文革”，整整有十多年时间，家庭被阴霾笼罩，充斥了王选整个童年。失去父亲的照护，王选母亲难以承担家庭重任，加之单位里政治学习和工作的繁重，王选和弟弟、妹妹成了野孩子。“父亲不在，家里立即鸡飞狗跳了。我那时走路总要摔跤，长裤不出一个星期要蹭出一个洞来，就会被母亲骂。”

王选在家里是长女，开始承担起帮助母亲照顾家庭的角色。弟弟妹妹在弄堂里被别的孩子歧视追打的时候，她是冲出家门替他们“出头”的人。王选的个头非常矮小，但“打架，我总不会输的，就算打不过，也要冲上去拼命打”。

王选去崇山村下乡时，父亲被隔离审查还没放出来。母亲去送衣服，看到父亲在里面扫厕所。“新中国第一个刑事法庭的庭长在扫厕所，还被他们掴耳光打聋了一只耳朵！”说起父亲，王选总是怒目圆睁，这是她心中的最痛。在她的卧室床头边，始终摆着父亲抱着她的一张照片，这是父亲留下来的不多的照片，也是她和父亲的一份只能留存于记忆中的亲昵。改革开放后，父亲夜以继日地复查上海高院的冤假错案，身体很快垮下来，不久就去世了。

她学会了记仇，并对压迫她的东西进行反抗。她的性格里有了暴烈的成分，对爱恨情仇有强烈的敏感，变成了一个性格鲜明的人，爱就爱，不爱就恨；爱就全部地投入，恨也刻骨铭心地恨。她更加敏于行动，像一团跳跃的火。在她的世界里，只有两种状态：黑的和白的，对的和错的，坏的和好的。她穿衣服总是黑白两色，不喜欢中间状态，中间状态令她痛苦。日本一个人对她说："王选，你这人很聪明，但是会折断的。"

刚强的东西总是脆的、易折的，王选自己也明白这一点。但她没有办法让自己含糊起来，"不搞清楚就活不下去，"她说，"对的就是对的，错就是错，可能我们少数民族（母亲是回族）就是这样简单吧！"王选绝不会承认混沌的东西，她最喜欢的状态就是一尘不染、清冽。她说她的父亲就是这样的人，而刚硬、暴烈、疾恶如仇则来自母亲家族的血脉。

王选说，母亲 14 岁的时候就知道为自己找出路。因为战争突起，这个回民家族一路从北京逃难到上海，母亲寄人篱下为生。因为上不起学校，母亲考了上海国际红十字会的护士学校，念这个学校不要钱。"这是一个很厉害的学校，出来的人都是各大医院的护理部主任。他们受的是正规的美式训练，我妈经常说站的姿势、走路的姿势、帽子怎么戴、衣服怎么穿都有规矩，他们校长是美国人。"

"在不确定是不是被录取时，我母亲就去找学校。说如果不录取她，姑婆就不会再养她了，要把她卖了。因为我妈会唱歌，而且还很漂亮。"这样的争取让王选母亲如愿以偿。

几十年后，同样的事几乎复制般地发生在王选身上。1973 年 20 岁的王选，在崇山村天天盼着她的大学录取通知书，这张录取通知书无疑是改变她命运的"通关牒"。她已经在农村待了多年，既有青春前路迷茫的苦闷，也有知识枯涸、精神生活单调的绝望，从大上海到农村的落差，也始终难适应。

到县上去查看录取消息，得走十几里路，王选每天都满怀希望地走到县城，再失望而归。在确定基本无望时，她准备开始行动。

当时上大学是推荐加考试。整个江湾公社考试的前三甲，一个是国军军医的儿子，一个是乡绅的儿子，另外一个就是王选——摘帽"右派"的女儿。当时父亲刚刚放出来，政治问题还没有最终的说法，"政审"这一关挡住了王选。

凡是能找的人都去找了，最后王选通过新四军老干部找到了中共地下党南京市委宣传部部长林琼帮她说了话。林了解王选的父亲，她也曾是一名潜伏的地下党员。由此，前三甲只有王选一个人进了大学。

1973年到杭州大学报到时，学校都上课一个月了。为了庆祝这一得来不易的大学指标，全家人一起去照了张全家福。上大学无疑是王选命运的转折点，一如当年她的母亲。

王选有一头来自母亲回民家族的卷发，长到腰部，平时用一个发卡挽起来。每当疲倦的时候，她解开长长的头发甩一甩，再一把挽起，整个人立即焕然一新，精力又重新回到她的身上。

这种有点土壤就枝繁叶茂、有点机会就努力争取的个性，在后来的细菌战诉讼中被充分放大，成为王选的一个行为特征。对此她的解释是："我是一介草民，没有单位，没有名分，又没有社会地位，难道让别人把你当女王一样供着？你要自己往里面挤，像是挤公共汽车一样，拼命往上挤，还管什么呀！再说我一个女的，整个跟男人世界打交道，人家要么是官，要么是教授，要么有钱，我为七老八十的受害者说话，不挤不努力怎么发出声音？"

国际会议没有被邀请，王选不请自去。"我自己闯去了，我就是脸皮厚，听说了就去。"背着大包的资料，散发给开会的美国人、日本人。

双肩背包和旅行箱里装的，都是她从日本、美国搜罗回来的关于细菌战的书籍和资料。她要把它们带给中国的研究者和媒体记者，试图在国内引起对此事的关注。

只要是能鼓动裹挟的人，她都要去动员。在日本的留学生中，她拿近藤的731部队纪录片给他们看，动员他们关心细菌战诉讼，商量成立一个"细菌战研究会"。

"王选的个子很小，双肩背着差不多和人一样高的大包，见了人就说细菌战，不管别人爱不爱听。说完了就从她的大包里拿出材料分发，也不管别人要不要。材料是油印的，很简陋。她用英语、日语、中文在众多的陌生人里自己介绍自己，再介绍细菌战。"这是中国社会科学院近代史研究所研究员闻黎明看到的王选。

"每见一个人她都毫不吝惜地重新说一遍，每一次都讲得很激动，都充满激情。她的语言能力使她无论与哪国人都能搭上话。"

细菌战在战后50年依然没有形成历史共识，事实没有人去调查，受害情况不明，历史记忆根本没有成形，更不要说有纪念馆、纪念碑。

闻黎明说："细菌战开庭的1998年是中日关系的一个关键转折期。中国官方在处理中日关系的时候相当谨慎，政府对对日索赔这件事是不会表示支持的。我们觉得这是一场没有希望的诉讼。王选和中国的原告们走在一条没有底的路上，处于无依无靠孤军奋战的状态。但好像王选自己并不觉得。"

做一件事和投入地做一件事是不同的，将自己全部生命投入一件事中更不同。长期直视人性最丑陋的东西，王选常常处于极端情感冲撞撕扯中，精神每每处于崩溃的边缘。

战争的残酷毋庸置疑，而生物武器更是残酷之极。王选在调查世界上最肮脏的恶，这恶对她已然造成了伤害。"我整天看到的是世界上最丑、最脏的东西。我对日本人说，你们怎么会干出细菌战这样的事，这太不符合日本民族的性格了！"

王选至今都不愿意面对731部队的人体实验，但她又不能不听、不能不看。每一次面对，王选都会流泪，都会愤怒。看恶的东西久了，王选原本一双清亮的眼睛，有了一种阴冷。

"心很痛很痛，世间没有药可以治，痛极了，就会死。"她把手放在自己的心口上说。

她原本喜欢卡门，勇敢、热烈；喜欢李香君。她理解的是：女人一定要美，但这种美一定要有原则，有维护价值观的刚烈。细菌战的苦难让她柔肠百结。刚烈和柔肠相煎的结果，就是心碎。

另一方面，日本人也刺激着王选做得更努力。这群日本人做事极度认真，一丝不苟地完成他们的工作，而这一切都是免费付出的。日本人都这样，你一个中国人凭什么马马虎虎？你做不好或者不好好做不只是丢自己的脸，还丢中国人的脸。好胜心让王选不愿意在日本人面前示弱。日本是整体社会达到了那个程度，个体只需要做好自己的事就行。在中国，王选没有这个社会基础，只有自己做得好上加好才行，于是她拼命压榨自己。

作为中日之间桥梁的王选，还要时时面对两个国家之间的差异：一个发达，一个落后；一个是加害者，一个是受害者；一个高傲，一个卑微；一个是社会中的精英人群，一个是芸芸草民。

在干净而礼貌的日本，王选经常会暴怒起来，大声吼叫。这种讲话方式日本男人从来没有见过，在他们周围到处是细声低语的女人，王选则如一头怒兽。

王选后来反省，认为这是战争在她心里划出的伤口，是劳累、悲伤、仇恨、屈辱种种情绪积压下的失控。王选承认，面对这些日本精英，自己有时心情变得特别地复杂："凭什么你们想谢罪就可以来谢罪？谁给了你们这样的心理优势？我们为什么穷，为什么没文化，很大程度是因为战争，因为战争的创伤。"

赴美参加"731部队"细菌战等日军暴行图片展览——"被遗忘的浩劫"留影。图片来源：［美］谢尔顿·H.哈里斯著：《死亡工厂——美国掩盖的日本细菌战犯罪》，王选、徐兵、杨玉林、刘惠明译，上海人民出版社2000年版

她觉察出自己的心理失衡。这不仅是两个国家、文化和阶层的差异，还是战争划出的鸿沟，她和这些日本精英各在鸿沟的一边。

"没有想到的是，我心里的战争创伤是那么地深，虽然我没有亲身经历过战争。"王选说。

自从接触了细菌战，王选的容貌发生了巨大的变化，眼睛里难得再有快乐的神情。

在整个细菌战的诉讼中，王选时时沉浮于自尊与耻辱之间。中日两国隔绝太久，当共同面对那场曾经的战争的时候，感受必然会是不同的。

不从人性的角度反省这场战争是不行的，不揭露出战争的残酷性就没有正义和公道可言。中国人不依靠自己维护自己的权利就永远不能讨回尊严。日本人不赔偿不道歉，是日本自己在国际上丢人；中国人如果不追讨，就是对一个民族的犯罪。王选作为一个中国人，愤怒得像要爆炸，屈辱得难以自持，痛苦得泪流满面，但都得忍受。

善与恶如冰与火一般地交织在一起，每天锻打淬激着王选。"有一次，一个70多岁的日本老兵，面对众人，在越洋传输到美国的电视镜头前，坦白自己在中国强奸了一个抓来的少女，然后把她带到军营里做慰安妇。我感到有一种力量击中了我的心，从始至终我的眼泪就没有断过。这个老人已经中过风，忏悔过去的时候，老泪纵横。一个风烛残年的老人，能这样面对自己的罪恶，得有多大的勇气。"王选说。

调查细菌战历史事实，揭露细菌战是为了什么？是为了引发更大的恨吗？是为不断升级的中日摩擦和反日游行再添加一把干柴吗？

王选开始一丝丝地剔除深入到自己骨髓里的恨。

王选记得洛杉矶“纳粹屠杀犹太人纪念馆”对她的冲击，这个展出无数悲惨大屠杀史实的地方，有一个“宽容中心”。“宽容”二字让王选一震，心灵里似有甘泉涌出。仇恨是一剂毒药：“如果不宽容，中日之间难道再打一仗吗？培养历史共识，是和解的起点，而共识来自对历史事实的确认。”

“我们揭露是为了记忆，但记忆并不是为了恨。”王选开始在受害者中讲这个道理，她避免把她的诉讼团带向反日洪流，并开始小心地与所谓“爱国势力”保持距离。

“我知道当我站在法庭上发言时，王选这个名字已经没有意义，我也不仅仅是一个原告，是代表人类的正义向邪恶发出声音。”

王选的生日是1952年的8月6日。8月6日是人类第一颗原子弹爆炸的日子，王选觉得她的生日和原子弹爆炸日同一天，是一种冥冥中的安排。做细菌战诉讼与调查越久越深入，王选越是在她的生命里搜寻这样的偶合；比如她原本想申请留学美国而不得，偏偏去了日本；比如她学业完成正迷茫于自己的前路，恰恰知道了细菌战并和日本人森正孝、松井英介相遇；比如告日本的诉求恰恰始发于她的家乡崇山村；比如第一个向她发出请求的王焕斌叔叔，不是因为和这个叔叔纤细而深厚的缘自父辈的情感，她也不会那么义不容辞；比如父亲和家乡的情感，她在崇山村下乡的经历……不断做这种“命中注定如此”的联想，实际上是为自己织茧，牢牢地用责任和道义将自己缠绞，并着魔似的沉陷于此。

“在我每年过生日的时候，日本都在举行盛大的纪念活动，日本人在向世界宣讲，自己受到了怎样的战争创伤。”

“有一次我在广岛的纪念聚会上讲：8月6日对日本来说是一个特殊的日子，但是你们只知道在这一天原子弹爆炸，灾难降临到日本民众的头上，你们不知道对中国人来说，这也是一个黑色受难日。1940年8月6日，日军开始了对中国的浙江进行细菌战攻击。中国受细菌战之害的人远远多于广岛、长崎的原子弹。”

8月6日，出生于这一天，王选觉得一定是上天选择了她，她的名字“选”也是一种天意。

在王选的家里，有一盆花开得很盛。是一种并不名贵的草花，开出白色和淡紫色的喇叭，花开得满满一盆。王选很爱惜地把它摆在家里客厅的中央。

王选的丈夫用一句话来形容这盆花："她总是开得很努力，很努力。"这是一句双关语，说的其实是站在花旁的人。一句轻描淡写的话却说尽王选，这样的话，可能只有熟悉的人才说得出来。

2002年除夕，记者在义乌火车站抓拍到的王选。邵全海摄

"我想到宇宙上去，"王选常常有这种狂想，"我是宇宙人！"

"每当我烦得不得了的时候，我就想我是一个宇宙人，我就想别的星球的事。一想宇宙我就好了，就解脱了。"

"我喜欢挑战，总是捡最难的事来做；抗争，与一切阻力抗争。"

王选把她喜欢的一句话写在作者的采访本上：

As strong as a man

As simple as a child

强壮如一个男人

简单如一个孩童

这是她内心的写照——不能调和的东西并放在一起，意味着激烈的冲撞和冲突。只有内心强大的人，才能把打击变成淬火。

王选恰是把自己变成一团火，不仅燃烧自己，还裹挟他人。

刘惠明在日本留学，王选看他懂中国法，又懂日本法律，"这个人太难得了，正是我们需要的"。

"你一定要加入我们"，1998年下半年，王选和刘偶然相遇，开口第一句话就这样说，并且马上把他拉来一起翻译《死亡工厂》，并介绍给土屋、一濑认识。

"王选提出要求，你不能拒绝。"随着加入律师团的工作和对王选性情人格的进一步了解，刘惠明在原来的说法上又加上了一层——"王选提出的任何要求，你都无法拒绝，也不能拒绝。”

“事实上要让日本政府赔偿是有很多法律障碍的，并不是那么简单的事。王选开始只是从感性出发，但做了这么多年，她完全由感性达到了理性的高度，否则，只有热情是做不下去的。”刘惠明说。

刘惠明成为参加律师团会议的唯一中国律师，1999 年到 2001 年在日本从事律师工作的他，坚持参加每月一次的律师团工作会议。王选只要在日本，也一定要赶来东京参加律师团的工作会议。

细菌战的事实是随着诉讼而逐步被揭露、被剥开的，它让人们逐渐认识到其中的残酷和非人道；原告诉讼团也是随着历史的黑幕一层层揭开、与日本政府的一次次较量而成熟，王选也一步步成长起来。

一审开了 20 多次庭，在每次的开庭之前都要准备向法庭提出意见陈述，每一次都要进行精心准备安排的证言，要有详细的意见书。这时候律师团就要开数次会，来准备相应的法律依据，讨论应对的方式。

日本政府在应对诉讼方面，也做了大量的准备。律师团要考虑到对方所提出的法律依据，及应对策略。

律师作为诉讼代理人，是在合法的、可能的范围内听从当事人的意见，但并不从属于当事人。当事人和律师的看法有分歧，或者双方所要达到的诉讼目的有分歧，是常有的事，更不要说是跨国诉讼。“中国和日本的社会、法律、文化等存在很大的差异，中国的原告的一些要求在一些日本律师看来是不现实的；加上日本人行事比较谨慎，王选在其间不仅使沟通很充分，而且还对日本律师起到了促进和推动作用，王选会用王选的方式让他们放下包袱。”刘惠明说。

原告诉讼团里，一濑敬一郎是有名的“臭脾气”，执拗、认真、固执。一濑经常会为某事“咆哮”起来，一濑一“咆哮”，一般来讲全场都会鸦雀无声。但如果遇到王选，局面就不一定了。

“和王选吵架已经有 100 回了，这个女人早生出来了 50 年，在现在的日本没有这样的女人。”一濑嘿嘿一笑说，露出一副憨态。而王选则说一濑“坏脾气”“大熊猫”，只有她王选才可以忍受。

意见的达成，有时候常常是争吵出来的。一濑的声音高，王选的声音会更高。情绪激动，脖子上的血管暴出来，眼睛直视对方，日语如爆豆子般地迸出来，就算是用母语的一濑，说话的速度也比不过王选。其他日本律师通常是点头谦让，外表客气，但想让他认同却非常难，除非你用事实说服他。

王选和一濑敬一郎都是极度认真的人，都是要绝对贯彻自己想法的人，都是不会迂回的人。这样的人通过吵架的方式达到磨合，也不失为一种办法。

大家被王选的直率语言推搡捶打，闹得尴尬脸红，但人们往往也不记她的仇。时间久了，大家都知道她是透明的玻璃人，无私心，无顾忌，执着而充满热情，这样的人你就不能按世俗人事要求她。

“有时候你翻译得不好，她会心直口快地批评你，让你下不来台。但你要是和她计较，就是你自己没意思了。”刘惠明说。

王选是律师团律师的好帮手，也是律师团的精神鼓舞者。到中国取证调查，王选又是他们的服务员——接机，安排中国的行程，翻译，联络人，让律师们到更多的中国民众中演讲，让他们在中国找到自己所从事的工作的成就感，让他们感受到中国受害者对他们的感激之情和殷切期望。王选早已成为律师和中国民众之间交流沟通的桥梁。

现行的日本法律框架下，胜诉的可能性几乎为零，这某种程度上影响了一些日本律师的信心。不仅仅是日本律师团，还有原告团、广大的中国民众、日本民众，许多人都在问一个问题：一审败诉，二审可能还要败诉，三审的结果可能还是败诉，为什么还要告？再告下去有什么意义？

“我们为什么屡败屡战？我们就是要让历史事实得到确认，让更多的人知道天下有这样的罪恶！”

“我们就是要通过诉讼，让更多的受害者在离开这个世界的时候，得到宽解和抚慰，恢复被践踏的尊严；我们也是为了让更多的加害者走出黑暗的记忆，和受害者一样得到宽解和抚慰。”

土屋公献说，看着王选这样的原告，作为担当辩护的律师再难也没有理由退却。但王选却说，是土屋、一濑这样的日本人逼着她不敢懈怠。日本律师自己掏着钱，一丝不苟、兢兢业业地工作，作为中国人不好好做，日本人会怎么笑话我们？面对这样的日本律师，中国人有什么理由偷懒耍滑？

五

在中国，你不能没有工作、没有单位、没有收入，王选恰恰什么都没有。王选的朋友，关心细菌战诉讼的中国律师楼献戏称王选为“三无人员”。

王选是灰色的存在：说是原告团团长，但原告团并不是合法的民间组织，没有合法的地位。2007年诉讼终结，王选的存在就更尴尬了，介绍的时候，要在原告团前面再加一个“原”字。

私下里，王选自我嘲讽：“我算什么？草民一个！”

1999年一审诉讼进程过半，一濑和王选想请日本学界、律师和民间社团来中国开一次细菌战诉讼研讨会，他们想拉动中国学术界和社会力量，一起关注细菌战诉讼。一伙人在日本官司打得热火朝天，在中国却没声没响，不说王选觉着后援空虚，就连一濑敬一郎也多次说：“这么大的问题，中国的学界介入和关心不够”“这么大的诉讼，中国人应该更关心才对啊”！

开会需要经费，王选四处找钱，最终会议经费由一位华人捐助。“然而当会议就要在上海社科院召开时，通知到了：上海社科院由于特殊原因不能承接会议。”

王选蒙了。

改变会议时间地点相当麻烦，日本律师和受邀人员机票、行程、时间已定，改变就意味着一系列的调整。“王选，如果他们不让你开，你千万不要开。有人警告我，但是我非要开。也有人让我挪到杭州去开，我不同意，杭州跟上海影响力不一样。我就憋着一口气硬扛。”王选说。

上海社科院、复旦大学，只要是王选有联系方式的或者拐着弯能联系到的，她就去找。她不知道因为这事，有的教授被半夜四点敲门叫去谈话。最终，三位大学教授，都是王选在东京认识的，出面以个人的名义召开了这次会议。会议地址改在了上海社科联。

3月21日会议如期进行，细菌战律师团团长土屋公献、一濑、丸山、西村等律师及日本学者松村高夫、上田信、记者近藤昭二、日本现代医疗思考会会长山口研一郎、中国留日学人聂莉莉、殷燕军、徐兵、中国学者丁晓强、袁成毅等参加会议，会议的大厅里，展出了中国第一次由浙江丽水民间志愿者整理自制的细菌战图片展板，王选请来的云南保山细菌战调查者介绍云南的调查情况。这让日本的来宾很高兴，他们看到了中国人的行动。

中国民间社会相比日本差距很大，这就是王选的孤独。一骑绝尘跑在一片静默的空寂里，跑得太急太快，一路没有呼应，没有支持，没有掌声，甚至没有人围观注目。

日本社会市民化程度高，很多事完全是民间做起来。包括对广岛、长崎原子弹伤亡的调查，民间调查得来的伤亡数据，最终得到联合国的认可。

日本民间推进细菌战调查诉讼，他们也渴望在中国找到接应，大家一起携手合力。然而日本人不了解中国国情，王选又不能和日本人明说，也说不明白。

成立一个全国性的细菌战受害者协会，以便联动各省的受害者一直是王选的打算。有了这个组织，就有到国际法庭进行诉讼的可能性，但这只能是个梦。努力到 2009 年“义乌市细菌战受害者协会”终获义乌市民政局批准成立，国内、国际媒体都已报道，该消息被收入日本国家图书馆供公开检索的信息库。风云突变，挂靠主管单位以难言之隐“撤”了，闪得王选和原告们难受。

2012 年中日民间人士在义乌崇山村召开“中日民间细菌战问题共同会议”，各地代表一致认为维权需要有一个平台，成立组织刻不容缓。在义乌锦江之星宾馆王选的房间里，一众老人商量成立“中国日军细菌战受害者联合会筹备会”，选举王选做会长，房门紧闭，十几个人挤在狭小的双人间里，开会的气氛仿佛地下党在召开秘密会议。王选的名头有了个联合会会长，不过要加一个“(筹)”字。

细菌战受害诉讼结束之后，受害者的呼声日渐寥落，根本的原因是找不到出路。义乌受害者民间组织一直找不到挂靠单位，各地代表聚在一起讨论如何找到一个挂靠单位。湖南常德日军细菌战受害者协会，2011 年 11 月 1 日得到社会团体法人登记，操办这件事的徐万智讲，光是找挂靠单位，他就跑了 3 个月。

看着中国人热烈地讨论，在场的日本人一头雾水，嘴里不停地重复“挂靠、挂靠”这个词的音节，不懂意思，请中国人翻译。在场的中国细菌战原告团律师顾问刘惠明一脸苦笑：挂靠一词怎么翻？没法翻！

王选愤而在邮件里写道：“搞不懂这样一件普通的事，民政还需要会同外事、国安部门研究后作出决定。不知是哪家的‘王法’。不成立，天下太平，也最符合各管理部门官僚的利益。”

同年，“NPO731部队细菌战资料中心”在石原慎太郎掌控下的东京都得以注册成功，王选是三名共同代表之一，其他两位为医生松井英介、记者近藤昭二。

“浙江省的细菌战受害者协会成立迟迟不得解决，看来希望不大。不能让其拖了后腿。今后国际维权，由常德细菌战受害者协会出面，本人可以以日本民间研究社团代表身份，支持并参与。”

“受害者必须要明白这个道理，你要等着精英来给你做，比如说政府、社会精英、学术精英来给你做，没门儿。我们浙江整个历史学界，几乎就没有人介入细菌战的调查和研究。”王选在给原告的邮件中写道。

2006年6月25日，义乌江湾王氏祠堂里，原告团律师一濑敬一郎向浙江、湖南的原告介绍10年诉讼情况，提出问题：官司打完了，虽然日本法院认定了细菌战事实，但日本政府不道歉不赔偿，未来路在何方？

王选提出三个目标：一、要建全国性的细菌战纪念馆，如同柏林市中心为犹太受害者建立的纪念馆；二、建立全国性的细菌战罪行研究中心，出版刊物，申报国家课题将细菌战的调查和研究进行下去，关于屠杀犹太人的著作有几千部之多，而中国细菌战受害的书却寥寥无几；三、成立全国性细菌战受害者联谊会，有了受害者非政府组织，就有了控告的主体，才可以向联合国人权委员会控告细菌战的反人类罪行。

倏忽之间，又十多年过去，三个目标没有一项达成。还会有80年纪念大会吗？王选自问自答：十年之后将不会有几个亲历者活在世上了。

“在上海犹太人还建了一个难民纪念馆，上面刻着受害者的口述。受害者发出的声音，容易被整个人类社会认可。中国就缺乏这样的纪念馆。中国的纪念碑，大都是以国家视野讲述战争。我们必须要有受害者的历史叙述，受害者的声音是有生命温度的，最能引起同振共感。”王选在邮件里写道。

刚刚给受害者打气，王选就接到云和细菌战受害者代表张益清邮件通报：云和细菌战原告柳岩生去世。年老的受害者来日不多，这是一个残酷的现实，每去世一个，对大家的情绪影响都很大。

王选在给细菌战受害者代表的邮件中写道：“多年来，我们在义乌崇山村、江湾镇义乌细菌战展览馆（原告自建，设在曲江王氏宗祠内）、衢州细菌战历史展览馆举行会议，老柳每次都和老张一起远道赶来参加，风雨无阻。今天上午为他举行追悼会，我已来不及赶去，老张代我和大家送花圈。宁波老何去年离开我们不久，老何、老柳，我们永远纪念着你们。”“生命不息，维权不止，绝不罢休。为了民族尊严和受害者的人权，这面旗帜要撑下去。”

王选被评上《南方周末》2002 年度人物后，《纽约时报》记者采访了她，并以一个整版的篇幅进行了报道。中央电视台也将王选评为“感动中国 2002 年度十大人物”。这些名头除了表扬王选做得不错之外，也没有什么实际的东西。但原告们都愿意用“感动中国”来介绍王选，王选也默认。

“感动中国”后，2003 年王选得到了来自江苏省一家企业的第一笔赞助，一共 20 万元。但王选没有地方放这笔钱，她没有组织、没有单位，个人账户不能接受捐款。于是，便将这笔钱放在南京师范大学“南京大屠杀研究中心”，作为日军南京 1644 细菌部队的调查费用。

2008 年“草民”王选当选浙江省政协委员，但因为担心这个身份不能出国活动，一直悄悄“蛰伏”了 3 年。2010 年王选宣布“本人开始公开以浙江省政协委员的身份，参加日本大规模的‘战后补偿’会议和集会”。

2005 年，在日本参加“战后 60 年清算日本过去国际会议”时，王选发现些熟悉的各个国家和地区的同人，成了议员，有的还当上了部长。后来成为日本首相、当时还是议员的鸠山由纪夫也在其中。日本的议员都有各自专门关注的公益、社会、民生领域，每个人周围都围绕着从事相关问题的民间团体，联系人里还有律师、研究人员或学者。议员们通过这些民间团体参与相关的社会工作，与民众保持联系；这些民间团体也通过议员，将社会、民众的要求反映到国会，推动政府政策的形成。

这个会议上，王选只有细菌战原告团团长的身份。

王选认识到身为“草民”，除了发出呼声外，不仅缺少政治解决问题的途径，也没有调动社会各界参与的正当性，更没有相应的资源。自个吼的声音再大、再勇猛，也不过是一个满身伤痕的独斗士。

“韩国慰安妇问题的运动者后来成为韩国妇女部的部长，我们却被赶得到处跑。”这不是王选的抱怨，是事实。

2010 年王选第一次以“浙江省政协委员”身份参加“考虑战后补偿、立法公开论坛——2010 年·战后补偿问题政治解决可能性”会议。会议在东京律师会馆召开，这里是日本律师的大本营，在此讨论战后补偿立法解决问题，有象征意义，规格也不低。日本参议员、众议员，为亚洲各国战争受害者打官司的律师，一起讨论如何在日本用立法的方式解决日本与亚洲各国的战后遗留问题。经过十几年的细菌战诉讼，王选与这些人大都认识。

“轮到我发言时，我看着底下一张张熟悉的面孔，眼睛里闪着光，略带欢喜，略带期待。我告诉他们，从 2008 年起，我成为浙江省政协委员。会场全体鼓掌向我表示祝贺。”

日本企业与强掳中国劳工受害者的“和解”先例，使这些议员和律师看到了中日两国走出战争阴影的希望。但王选认为在当下日本国内经济形势、民众社会意识的条件下，要推进“战后补偿”问题的解决，需要一步一步走，在通向目标的道路上还有很多障碍。王选在发言中阐述了她理解的“和解”，这种和解并不是赔多少钱的数额上的讨价还价，而是双方要达成历史共识，这是最最重要的。

这一年 11 月初再去日本，王选看到日本民间团体在公开发布的会议资料里，第一次将她“省政协委员”的身份列了上去。这一次是日本民间团体联络关注历史问题的日本议员，给他们上细菌战的历史课，他们私底下把这个叫“给议员洗脑”。王选带着义乌和常德受害者，来日本进行一系列证言会和报告会，好让议员们看到活生生的受害者。

“虽然中日两国有很多不同，但浙江省政协委员对应日本，勉强也算是一名众议院的议员吧。”王选觉得政协委员的身份用起来和气场相符。11 月 1 日傍晚，众议院第一议员会馆里因为人满而热气腾腾的，到场的议员及议员秘书有 20 多个。开场先放日本朝日电视台的纪录片《消失在黑暗中的屠杀——731 部队细菌战》10 分钟的节选版。很多议员看了，大为吃惊，表示从来没有看过相关的电影，也不知道历史上有这样的事。导演近藤昭二听了直摇头，说这部片子正式播出 13 年了，国会议员还第一次知道。13 年过去了，日本在这方面几乎没有任何进步，历史教育也实在是不像话。

接着，中国受害者现场给议员们讲述细菌战鼠疫给他们家族带来的灾难，并发出邀请，希望日本的议员们能到中国受害地去调查，听听更多受害者的声音。

声泪俱下的讲述之后，每一位日本议员都起身鞠躬，当场向受害者道歉。

很多人为第一次听说细菌战，感到羞愧难当，表示将认真拜读细菌战诉讼判决书，在任期内促成问题的政治解决。

2010 年，第三次去日本之前，王选在自家门口的小店里，做了一盒写有“浙江省政协委员”的名片。这一次参加的是“清算日本过去国际协议会·东京会议”。出席会议的有日本、韩国的全国律师协会会长、国会议员。两名韩国国会议员带领着一律身穿白色民族服装的 70 多名韩国受害者，排着整齐的队伍进入会场。两名韩国议员在本国的受害者面前，用毫不含糊的语气向日本议员们提出：要求日本解决对韩国受害者的战后补偿，并列举了一长串日本对韩国人、朝鲜人的人权侵害事实。参会的韩国受害者则跟着议员的发言，抢着站起来控诉。

现场除两名来自台湾“慰安妇”救援机构的代表，王选是唯一来自中国大陆的人。

王选深受刺激也深受鼓舞，更觉得国内各地受害者必须团结起来，继续调查，保存历史，同时必须要有以受害者为主体的合法民间团体，以便与日本、韩国和平运动联手共进，打开战后补偿的局面。日本众议院议长横路孝弘会见会议代表时，王选递上了自己的浙江省政协委员名片。议长认出了她，前年 10 月，他会见过王选带领的中国细菌战受害者一行。议长略带叹息地说，目前民主党政权面临的问题越来越多，年轻的议员也多起来。言下之意，不了解那段历史的人越来越多地登上了政治舞台。一届政协委员履职之后，王选的身份又回到“草民”。民间团体依然成立无期，对王选的介绍还是：中国细菌战受害者联合会（筹）会长。

“各位，细菌战受害者社团的成立，还有赖于受害者群体自身的不可动摇的信念，因为这归根结底是一个来自受害者群体的要求。合法成立是社会发展的方向，总有一天是要按照宪法规定，允许我们成立的。浙江的情况，说明该省在这个领域落在整个社会发展的后面，拖全国细菌战受害者维权的后腿。大家保重身体，等待着那一天的到来。”王选给垂垂暮年的受害者打气，更是给自己打气。

这是王选一天国内的行程：2005 年 5 月 16 日下午从南京赶到上海梅陇火车站，回家拿点衣服；再从上海坐火车到杭州，从杭州坐大巴到义乌。

这条路王选走了无数次。一天之内在这个长江下游的大三角区内完成城与城之间的转换，她知道这是最省时的一种走法。这一次她要到义乌去做二审判决前的情况汇报、动员和筹钱等一系列的事。

到了家，而没有家的实质生活。在家的时间远远少于在外面的奔波。王选的丈夫来梅陇火车站接她，两人一起在外面的小饭馆里吃了午饭，王选又走了。

这之前的三天，她在南京师范大学完成了《南京1644细菌部队调查报告》最后定稿，完成了译作《黄金武士》的最后校定。在这之后她还要去日本。

奔忙。这就是王选终年的生活状态。

在去往杭州的列车上，王选说，她的脚上有一双红舞鞋，这是一双魔鞋，穿了就要不停地跳、不停地舞，永远都不能停止，直到它的主人累死，也只有到死的时候，才能最终解脱红舞鞋的魔力。说这句话的时候，王选的眼圈红了。她不是没有想过自己的处境，王选是一个聪明而敏感的人，能够在一瞬间洞悉事情的本质。

红舞鞋，就是细菌战。

"但我爱这双舞鞋，它让我的生命从灰暗到明亮，从青涩到绽放。和世界上最优秀的人在一起，做一件重要的事，我需要做的，只是在这个过程中克服各种各样的困难。"

好强的性格，也让王选把内心的苦藏得很深。大家都觉得她天生精力充沛，其实她只是因为好强，在使出全部的能量，在透支自己的体力，将全部的生活和生命都押在这件事上。每当结束一段行程，在飞机或者火车上，困极酣睡的样子，才真正透露出她的疲倦和孤独。有一张照片记录了这一刻，原告们在日本举行演讲，在台上的王选竟然靠在旁边人身上睡着了……

"王选一个人抵100万的军队。王选是一个民族的潜意识，一个未觉醒的意识，这个民族还没有觉醒，留下一个火种，留下一种精神。"这是一个受王选感动的人对王选的评价。

《死亡工厂》的作者哈里斯也被王选感染。在一次街头散步时，哈里斯突然说："王选，像你这样的人在中国人中很少见。"

2013年9月2日20点，王选在拜访奈须重雄后返回东京的列车上睡着了。本书作者摄

“不，挺多的。”王选不假思索地说。

“No! Ow! Where’s the goverment? Where’s this woman from? Where’s the goverment?（中国政府在什么地方？哪里来了这么一个女的？中国政府在哪里？）”哈里斯反问。

“我写书的时候就没有感觉到一点中国受害者的存在，他们没有名字，没有一点声音，没有一点尊严，没有人权意识，那是一种让我们感到极度不安的寂静，现在我终于听见了。”

“有两个你这样的女人，日本就要沉没了。”身材高大的哈里斯对王选做着沉下去的动作。

“王选是一名真正的爱国的中国人，她将自己的全部生命为日本占领中国期间的暴行受害者的正义事业而战斗。她是正义的嘹亮的号角。”在《死亡工厂》中文版谢词里，哈里斯如此写道。

2011 年 3 月 12 日日本福岛的地震和海啸，让大家看到了一个风雨飘摇的日本，哈里斯对王选“让日本沉没的女人”的评价有了形象的注解。

“沉没”正中日本的命穴。

对于威胁到群体生存的大灾难，中国人最担心的是天塌下来。农业社会的中国灾难大都来自天，风雹雨雪，样样是灾，所以中国人需要女娲来补天。而日本人的灾难是“沉没”。日本人将自己的国家称为“日本丸”。在日语里，“丸”就是船，岛上民族在船上讨生活，但再坚实的船，也怕沉没。

“沉没”这个词，是嵌入日本人内心的焦虑和不安，成为这群人生命的底色。正是这种心理驱使他们不停地忙忙碌碌，永无休止地自我努力，吹毛求疵地趋向严丝合缝的完美。

但是中国只有一个王选。

第十八章　抬“舆”的人

一

法庭上，法官高坐正面，底下一侧是日本政府的代表，一侧是原告方。每当只有王选一个人出庭的时候，土屋公献和一濑敬一郎总是一左一右地陪着她坐，好像护持着她一样。土屋公献戴暗红边的大框眼镜，稀疏白发一丝不乱，发言时表情庄严，声音洪亮，气势逼人。

有土屋在身边，王选感觉有一个父亲一辈的人在那里顶着天。土屋对王选也格外关照，知道她喜欢西洋菜，每次开完会后，都会到土屋律所隔壁的那家店去吃牛肉汉堡。土屋每次都点一瓶特别好的葡萄酒。后来日本经济下滑，大家就只点一个汉堡，但买单时土屋都特别关照日本律师，你们各自买自己的，王选这份我来买。

诉讼进入二审后的一次开庭，王选突然发现，法庭发言的土屋公献扶着桌子的手在颤抖。“他眼睛余光注意到我看他，手就不抖了，但一会儿又抖”。

王选知道，每场开庭对土屋公献都是挑战，他在用意志力支撑自己。

开完庭后连续几个小时的游行、到政府抗议、会见记者都是以土屋公献为首；在中国原告的招待会上，也是他带头唱国际歌。

大家都忘记了他的年龄，其实土屋公献已经 79 岁了。

又一次开完原告诉讼团会议，土屋往外走，跟在后面的王选突然觉得土屋身上的西装空了，晃晃荡荡的，好像整个人不在里面了似的，王选心里一惊。

2008 年 2 月，传来土屋公献患癌症的消息。手术已经做过了，切除了一个肾脏。

一审判决之后，土屋认为必须要向中国原告们报告。他知道，败诉的结果中国原告们很难接受，很有挫败感。土屋心里忐忑："被害者诸位能够理解这次判决的意义吗？我要向他们怎么说？"

尽管年事已高，土屋还是决定要组织一个"大的"代表团前往中国，亲自向原告们讲一讲判决的意义，更重要的是，要向原告们表达自己和律师团在二审中进一步努力的决心。

王选陪同土屋前往中国，并担任翻译。同行的有律师一濑、西村、鬼束、荻野、萱野等 5 人，还有学者聂莉莉、中村明子、松井英介夫妇、ABC 企画委员会的三岛等。在常德的报告会上，土屋开头就说："我们律师团，成为败下阵来的律师团。大家一定对判决感到失望和气愤，不能够接受。作为一个日本人，对日本政府和日本国会及法院漠视细菌战受害者的要求，感到很耻辱。"[1]

常德人用盛大的热情欢迎土屋。举杯敬酒时，土屋感慨地说："我这个败下阵来的将军，还受到这样的款待，当之不起。"内疚之情溢于言表。

"下次起诉我还要做律师团的团长，在我的有生之年，一定和你们一起战

土屋公献在崇山村和诉讼原告见面。图片来源：细菌战诉讼团

[1]［日］土屋公献著：《律师之魂》，王希亮译，聂莉莉审校，社会科学文献出版社 2015 年版，第 148 页。

土屋公献（左二）和中国原告及声援团代表一起在东京街头游行抗议。图片来源：细菌战诉讼团

斗，不获全胜，绝不收兵。”在崇山村，土屋立下誓言。

果然，二审土屋继续担任律师团团长，接下来是三审。二审、三审一步步走下来，又是6年时光，土屋已经84岁了。

2007年5月，细菌战终审结束，土屋实现了自己的诺言：陪受害者把官司打到底，陪同中国细菌战受害者走完了10年诉讼之路。

这一年7月7日，细菌战问题研讨会在上海召开。这是细菌战终审后的一次重要会议，土屋没来参加。王选问起时，一濑言辞闪烁。不久，王选便得到了消息，土屋罹患了癌症。

早在3年前，土屋就被发现患了癌症，医生说他只能活几个月了。但他一边接受放射治疗，一边仍继续出庭，集会游行还是走在最前面。他命令一濑对他的病情保密，以免动摇原告团和律师团的军心，靠着毅力撑到诉讼最后一刻。

王选这才将土屋颤抖的双手、空掉的西装和癌症联系起来。

这么大的恶，一次次地向法庭陈述、辩护，对80多岁的土屋，该是怎样的损耗！二审开启，王选写了一篇文章《抬舆》，发表在2004年4月22日的《南方周末》上。

“舆”像中国的轿子，又和轿子不同。日本的“舆”抬的不是人而是神。某些传统节日，地方村社、街道，城镇的居民扛起“舆”，前呼后拥，游行祭神。

“舆”也叫“神舆”，供放神位的木架，上面装饰得像楼阁，有抬手。舆的大小不一。大的，气派堂皇，像一座小城阁，可数十人或百人以上抬。这么大的舆，就会让真人扮成“童男童女”或“神”，供在舆上。

这是庄严的仪式。为了表示对神的尊敬，舆下的人要把舆抬得高高的，抬得越高，大家越能看清楚神。抬舆的人，最要讲究配合一体。这有点像是元宵节晚上义乌农村里的龙灯，一村的人家一人扛一盏灯，这些灯前后相连，因为夜色隐去灯下的人和其他背景，只见被举在空中的灯像一条透亮的蛟龙翻舞奔腾。

20世纪90年代初以来，在日本法院起诉的78个战争受害者诉讼，每一个都有一小群日本市民组织起来在支撑着，说起来也像是抬舆，只不过，扛在肩头的不再是“神位”。

王选深深体会到，包括土屋在内的这些日本人一点一滴的努力，他们像隐藏在夜色灯下的抬舆人一般，抬着战争受害者诉讼的大舆默默前行。细菌战诉讼正是这些神舆中最大的一架，土屋公献无疑是最坚定有力的抬舆人。

国内媒体大都把关注的焦点放在王选或者中国原告的身上。王选告诉大家，细菌战官司之所以能打得起来，其实背后有一大批日本人，是他们抬起细菌战事实调查和诉讼的“大舆”，没有他们，官司不会一步步推动下去，细菌战事实不会得到确认，细菌战历史也不会引起世人注意。王选在文章里写道：

在日本，支持这些诉讼具体要做些什么呢？暂且无法展开说去，一下说不完。只能以开庭那一天为例，第一件事，也是最基本的，是开庭的时候，要四处联络到人，让旁听席尽量坐得满一些。一则不能让被告（大多数诉讼是日本政府，有些是企业）小看了，二则不要让法官觉得冷清。因为开庭都是上班的时间，所以这么一件简单的事，做起来也是不容易。细菌战诉讼一审时，用的是东京地方法院最大的一个法庭，有76个座位，按理每次至少需要有40—50人来参加旁听，有时就是没有来这么多，大伙儿就散开些坐，为了给法官留有印象。1998年11月，律师团把揭露日本细菌战的历史专著《死亡工厂》的作者，美国加州州立大学终身教授谢尔顿·哈里斯从美国请来参加旁听。2003年5月，二审第一次开庭，加拿大的日裔人权组织联合当地的华裔人权组织，派了代表、带上当地市议会的“洋人”议员，从温哥华飞来参加开庭。远居美国纽约的一位日本自由作家，前两年发表过关于日本细菌战战犯如何逃脱惩罚的文章，每次回到日本，只要时间凑得上，一定来参加旁听。“去年我在大连调查时，一位在当地的日本学者懂中文，看到报纸上的有关报道，就通过报社找到我，要参加调查。现在她也是一回到日本就来参加旁听。5年来，四五十人的座位大致上就是这么一个一个凑起来的。除去从湖南常德和浙江受害地特地来参加开庭的原告和声援团，国内来日本访问的有关专业学者也有来参加旁听的，平均每年有一位，这个比例占国内到日本访问交流人次的万分之一以下。”

一场场的开庭，平均每年只会来几个中国人旁听。而涌入日本留学、访问、旅游的中国人，以几十万计，这让王选常常感到心理不平衡，进而也格外珍视日本市民的努力。

开庭后（有时安排在开庭前），有人就把写着标语的一样式的厚纸牌子发给每个人，是两块标语牌用绳子连在一起，套在脖子上。身前垂一块身后垂一块，加倍宣传。于是大家按照事先向警察局申请批准的路线游行，带路维持秩序的几个警察也都已经面熟，看他们也表情轻松。国内常有人说我是“孤军奋战”。不然，我是在“抬舆”人的队伍里。[1]

日本关心战后遗留问题、关心细菌战诉讼的人，相对于日本的人口来说，也不过是万分之一。每一次聚会，每一次开庭，中国受害者到日本的每一次迎送，一些熟悉的面孔总是要出现的，在为中国战争受害者而举行的各种各样的支援会聚会上，常常会看到这些人。

聚会常常是放在晚上6点，这个时间方便大家下班后赶来。地点设在东

[1] 参见王选：《抬舆》，《南方周末》2004年4月22日。

2009年10月24日晚6时，日本学者、和平运动团体、市民志愿者和中国原告一起开会学习、研讨细菌战新发现和新问题。本书作者摄

京某个区的市民活动中心，都是市民团体成员联系的，地点每次都不一样，要视能够联系到哪一个场地而定。简易的小海报早早就发出了，这一天每个人都是下了班空着肚子、坐地铁匆匆而来。来了坐下就开会，有谁带来糖果、点心大家边开会边吃一点。散会后，租用开会的场地费每人分摊一份，大家会掏出自己的那一份，依次放在一个小盘子里。有时租用场地时间到了，但商量的事还没定下来，几个人再找一个小饭馆，边吃边讨论，饭钱AA制。

和平运动团体负责组织日本市民集会。集会现场，组织者早早就来了，在边上摆上许多印刷的小册子、宣传纸页，或者学者们研究的论著，再摆好盛放垃圾的袋子。这些材料都不是免费的，参加会议的人不仅要自己买材料，还要交2000—3000日元的会议费，这些钱会被集中起来用于下一次的活动。活动结束，垃圾袋子收走，几十人、上百人的活动，散场时干干净净。一整套程序都是约定俗成的，没有人提醒，大家都默默遵守。

王选多次经历这样的情景：一只大纸袋子，从集会的主席台一个人一个人有秩序地往后面传，传到最后一个人，再一个人一个人地往前传。这是在为受害者募资，没有人要求，捐多捐少自愿。传到你，可以往袋子里放一些，也可以不放，但最后袋子会传遍每一个人。这些钱就成了日本和平运动的经费。

中国人和日本人，就这样走到一起。对中国人来讲，需要日本政府的谢罪，来调和、化解60多年郁积的痛苦和仇恨，告慰已经离世和将要离世的亲人；对于日本人来说，需要得到中国人的原谅，放下内心沉重的“罪感”。持续20多年的战争受害诉讼，如一个滚动的雪球，使越来越多的人参与其中。诉讼本身已经远远不只是亚洲、中国受害者和日本政府、企业之间的双向关系，而变成了亚洲各国包括民间组织、法律界、学界的跨国界运动。

土屋站在傍晚的东京街头用电喇叭向日本民众宣讲细菌战。图片来源：细菌战诉讼日本律师团

细菌战这一人类历史上最恶劣的战争犯罪，没有被揭露、被调查清楚，但随着受害人年事渐高，留下的时间却不多了。一濑敬一郎律师提出，乘着土屋还能走动，以他的影响力去找民主党游说，推动战争问题一揽子政治解决的进程。

土屋的出现吓了王选一跳。多日不见，土屋已经瘦得惊人，走路很慢，金属边眼镜在脸上显得特别大。民主党出面的是一个总务部长，叫千叶景子（民主党执政后曾担任过法务大臣）。会议在民主党总部举行，土屋介绍细菌战的严重性和解决的必要性，王选从国内带了李晓方的摄影画册《泣血控诉》，送给民主党议员一人一本。听了情况的千叶景子也感到问题的严重性，接连问了两遍：“细菌战问题，中国政府有没有调查？”

王选后来才得知，千叶景子曾是土屋公献的学生，一濑敬一郎又一次巧妙地利用了土屋公献的“面子”。

二

战争遗留问题，从日本到亚洲都尚未解决。战争遗留问题这乘“大舆”，也更沉重，因此也需要更多的抬舆人。

2009年12月14日，日本东京高等法院门口，一群白发苍苍的老妪老翁在寒风中翘首等待，他们将红色的标语斜背在身上，向围拢来的媒体边诉说边流泪；他们将亲人的黑白遗像，紧紧地抱在胸前，神情凝重地伫立着。

这是曾经在东京高等法院门口上演过无数次的场景之一——二战中的受害者，向日本法院状告日本政府，追讨正义。但这一天特殊的是，这些老人不是中国人、韩国人、菲律宾人，而是日本人。日本人状告自己的政府，要求谢罪和赔偿。

起诉由131个东京大轰炸受害者发起。2006年3月9日，在东京遭受美国飞机空袭60周年纪念日的前一天，正式向法院提交诉状（10日是周六，法院休息）。

东京大空袭诉讼原告团团长、律师中山武敏告诉笔者：因为旧日本军在二战期间对中国重庆等城市实施“无差别轰炸”，才让美国有了对东京轰炸的理由，招致了世界上绝无仅有的对非军人实施的杀戮。日本国家对轰炸受害者有进行谢罪及救济的义务，但通过交涉并没有等来道歉和赔偿，因此受害者决定将政府告上法庭。

日本也有战后补偿问题，也有白发苍苍的老人等待着道歉和补偿。

1945年3月10日凌晨，东京人都在睡梦中，美军发动了大规模的空袭。东京数十万的人死于这次3个半小时的空袭，酿成人类历史上最惨烈的轰炸事件。而日本对这次突袭的报复，就是改变了浙赣作战方案，其中使用鼠疫、霍乱等生物武器在浙赣铁路沿线制造无人区。

日本茨城大学原教授、战争空爆问题研究会会长、日本战争责任资料中心共同代表荒井信一认为，东京大轰炸是对市民等非军事目标无差别的空袭，目的是迫使日本投降。美军在东京市民居住的区域使用了燃烧弹，燃烧弹被精确地投放在居住区的外围，烈火形成对内部居民的包围，使民众难以逃生。“这完全是以杀人为目的的，晚上大家都在睡觉，并且晚上可以低空飞行，900架飞机是在东京上空1500米投的弹，美国的飞行员说都能闻到人肉被烧焦的味道。而平常的轰炸高度一般是在5000米以上的。”[1]

---

[1] 2009年本书作者对荒井信一的采访。

2006年3月9日，二战时遭受美国飞机空袭的日本受害者在等待日本法院的宣判。本书作者摄

时至2009年，东京大轰炸幸存的131名受害者最大的91岁，平均年龄77岁。这年12月14日，一位拄着手杖的日本老妇人，向媒体讲着她从东京轰炸的火海中死里逃生的经历。当老人说到60多年来她一直不能安睡，耳朵里总是会出现飞机轰鸣的幻觉，还能听到人体燃烧的吱吱的响声、闻到人肉烧煳的味道时，所有在场的人无不戚然。

就在这一天，一个来自中国南京的老妇，独自垂首坐在东京中日友好会馆后乐宾馆的前厅里。她是85岁的南京大屠杀幸存者杨翠英，受日本和平运动团体的邀请，到日本向日本市民讲述自己和家人在南京大屠杀中的经历。“在东京、大阪等8个城市讲了8场，讲一场哭一场，再加上天天坐车，老人都要累死了！”杨的女儿说。

杨翠英不知道，在日本高等法院门口还有一些年龄和她相仿的人。一个是大轰炸，一个是大屠杀，虽然各自遇到的情境不同，但恐怖感是一模一样的。

85岁的杨翠英。本书作者摄

1937年12月13日的南京，灾难降临12岁的杨翠英和她一家

人。“我家在南京许府巷33号—1的房子被日本人扒了，大家都集中到傅佐路14号的难民营里，我眼睁睁地看着我家里的4个人被日本人杀了。”

日本军人冲进了难民营，用长枪上的刺刀戳杨翠英的父亲，12岁的杨翠英怀里抱着不到两岁的弟弟，她惊吓得跪下来，边哭边求饶，“那么长的枪，那么亮的刺刀，我喊‘不要刺我的爹啊’！”杨翠英的哭喊声反而引来了日本人，一个巴掌扇在她的脸上，怀里的小弟弟就是这一瞬间被抢走了。“他们把我的小弟弟摔在地上，活活地用皮鞋踩死了呀！”

杨翠英的舅舅和堂爷爷也被日本人杀了。“眼看着一家人被杀了4口，我母亲哭啊！当时她怀着孩子，父亲死后的第五天，孩子生了下来，是个小弟弟。但母亲太悲恸了，小弟弟完全没有奶吃，很快就饿死了。我母亲的眼睛也哭瞎了。以后就这样的一个瞎了眼的妈妈，带着我和我妹妹，还有一个弟弟过日子。”

老人的左耳朵是聋的，说话得对着她的右耳朵讲。她说，这就是当年被日本人一巴掌打的。

杨翠英认识的邻居家里也死了很多人。难民营后面有一个大鱼塘，每天用卡车拉来很多尸体，向里面填，填得满满的。“不会忘记的，永远都不会忘。只有死了就忘记了。”老人说。

东京和南京，中国的老妇和日本的老妇，战争的苦难将两个城市、两个国家的人连在一起。战胜国和战败国、受害方和加害方，这一刻并不容易分别，唯有苦难是相同、相通的。

日本在战后进入高速发展时期，日本政府希望战争这一页快快地翻过去，很多问题被搁置于一边。荒井信一说，1993年成立“日本战争责任资料中心”时，他虽为大学教授，但对战争中所发生的事并不是太了解。这一年吉见义明发现了《井本日记》，并写出“《井本日记》与细菌战”的论文。荒井信一在自己主办的《战争责任研究》杂志第2期上刊登了这篇论文。“这是全日本唯一能刊登这样的论文的地方，别的地方很难登出来。没有《井本日记》就没有细菌战的研究，也没有后来的诉讼和日本法庭对细菌战的认定。”荒井信一说。

荒井信一从此把全部精力投入日本战争责任问题研究，“本来和土屋是同学，毕业后大家各走各的路，没想到因为这件事，我们又成了战友”。

《战争责任研究》是严肃的学术性杂志，但对所有的作者都不付稿费，订阅也是全部靠会员费。经费虽然是个大问题，但荒井努力不让它成为日本的“3期杂志”（日本杂志创刊快停得也很快，一般出到第3期就没下一期了）。《战争责任研究》是季刊，一年出4期，3个编辑，都是志愿者。

荒井信一介绍说，战后日本政府公布过一个日本战争死亡者的数字——310万人，其中有80万平民。80万平民中有60万死于空袭。原子弹爆炸的死亡人数，日本政府1945年公布的数字是8万。对于这个数字日本社会是质疑的，但到底死亡多少，日本政府并不愿意重新调查。

1977年，荒井信一发起和参与一项民间调查，试图搞清楚“原爆”的真正死亡情况。当时参加的人来自各界，有搞社会科学研究的，有文化人类学者，有经济学者、历史学者，有新闻记者，有民间和平运动人士等，以1946年年底为统计截止日期。于是，原子弹爆炸的真实面目被还原了出来。

死于“原爆”的人数是13万—14万，仅长崎就有7万人，21个国家的人在“原爆”中死亡。而后来因为“原爆”引发的疾病死亡的是36万，两项相加，死于原子弹爆炸的人是50万！这和官方公布的数字相去甚远。之后，这些自发的市民志愿者将这个数字寄到联合国教科文组织，请他们对研究的方法和结果进行核查。联合国教科文组织经过多次核实，最后认为这个数字比较接近真实情况，于是从1978年开始在国际上采用这个数字。[1]

那么东京大轰炸的受害者，为什么到2006年才起诉日本政府要求赔偿？那是因为直到20世纪80年代人们才开始收集东京大轰炸的历史证据，才起步研究相关历史事实。

土屋公献、荒井信一这样一批人，从日本开始，将战争责任研究一点点地扩展到整个亚洲，不仅将战争的残酷性一点点还原出来，还将战争受害补偿问题摆在日本政府面前。

20世纪80年代，韩国的“慰安妇”在日本律师与和平运动人士的帮助下，到日本状告日本政府。接下来是90年代到日本要求清算战争责任的中国劳工、“慰安妇”、细菌战受害者。

战争索赔运动，如一波波的浪头叩击着日本法院和政府的大门，虽然没

[1] 2009年本书作者对荒井信一的采访。

有一例最终获得胜诉，但日本对亚洲各国的残酷加害事实，却在诉讼的推动下被调查了出来，最终成为被法院认定的事实。于是怎样对待战争、怎样对待亚洲的受害者，一直成为日本各届政府不能绕开的问题，也成为日本和亚洲各国政治、经济交往中最敏感的一根神经。

两位报信人手里各举着一面白底黑字的条幅，从东京高等法院法庭跑了出来，一幅写的是“请求弃却（驳回要求）”，一幅写的是“司法的责务（责任和义务）放弃”。伫立在寒风中的老人们的眼泪缓缓地流了下来，东京大轰炸受害者们并没有等来他们想要的结果，法庭的大门已彻底向他们关闭。

败诉，败诉，但努力却没有停止。从事战争遗留问题解决的民间 NGO、学者、律师们一直在积极行动，试图从更高层面上推动日本政府跨过这道老门槛。

2009 年 10 月 17 日，日本律师联合协会战后赔偿立法筹备会团长高木喜孝、战后赔偿联络网干事有光健，联名向鸠山首相提交请愿书，要求民主党新政权对战后补偿问题通过立法的方式进行解决。

请愿书指出：新政权以构建亚洲共同体为目标，建立包括与中国、韩国在内的亚洲各国的互相信赖关系，解决战后问题是符合并有利于日本国家利益的。

日本律师联合协会一直是支持战后补偿的。日本全国有七八十个律师分团体、数百名律师，自愿加入为亚洲战争受害者进行诉讼的法律援助。协会律师今村嗣夫等成立了“准备战后补偿立法的律师会”，向日本政府提出立法建议。

1995 年今村嗣夫等向日本国会提交《外国人战后补偿法草案》，提出日本政府不应该只是坐等依照诉讼程序被官司打上门，而应该通过立法来主动解决问题。此提议得到了日本律师联合协会全体律师的一致通过，此后又形成了《慰安妇立法案》及《强制押送及强迫劳动补偿金立法案》等。律协立法运动得到了日本民主党、社民党和共产党三党的支持。三党联合向国会提交了《促进解决战争时期强制受害者问题的法案》，希望能够在民主党这届政府得到通过。

细菌战方面，2009 年 10 月由日本学者和 NGO 共同成立了“究明 731 细菌战部队真相会”，向日本政府要求公开细菌战的全部资料，以使被掩盖了 60 多年的事实大白于天下，只有搞清细菌战史实，责任和补偿才有基础。

战后赔偿联络网，是向鸠山首相上书的有光健做的一个分享亚洲各国受害者信息的网站。借此网他联系起亚洲各个国家和地区的受害者组织，支持他们到日本诉讼。

有光健毕业于早稻田大学政法学部，每天为战后补偿出入于日本国会，周旋于议员之间，而他本人却无党派，也不参选议员。

早稻田大学以出日本政要闻名，多任日本首相毕业于此大学的政法学部。有人建议有光健出山，参选议员从政，他拒绝了。他说如果参选就只能从属于一个政党，而战后补偿需要联合各党的力量，所以他更愿意义务地做事。义务工作没有收入，甚至没有钱买养老保险，而退休年金是日本人年老之后的生活来源。

有光健让人联想到中国战国时代到处游说“合纵连横”的说客——出入于日本的内阁府和国会，游说日本各党派在解决战争遗留问题上达成共识。

“把要立的法律文件起草出来，然后去找对这事关心的议员。参众两院都有立法局，让议员提交法案，再去说服更多的议员附议，再去找日本 7 个政党的党首，去聊、去说服他们联署。比如我昨天就去找众议院议长，谈韩国 BC 级战犯的赔偿问题。”有光健解释他的工作。

这种游说有没有成功的例子？“有，最近就有一例，”有光健说，731 部队骨干战后在日本组建的“绿十字”造成 300 万日本民众感染 C 型肝炎，最近已经通过立法给受害者进行救助。

有光健每年把日本战争遗留问题涉及的国家（中国、韩国、朝鲜、荷兰、菲律宾、日本、印尼、美国）的相关人员，集中起来开一次国际性的交流会，以建立网络整合力量。但他心里明白，官司在日本的法院是打不胜的。近 30 年来，这些国家和地区向日本法院提起 70 多件索赔案，无一胜诉。这也包括日本人自己的诉讼。

但他认为通过政治运作，一揽子解决问题的一线机会是存在的。只要有一线机会，无论如何都要去争取。

“德国都付了 7 兆马克以上的赔偿，德国都能付出，日本为什么付不出来？关键是能不能面对历史，愿不愿意承担起自己的责任。”有光健说。

三

前呼后拥，扛“舆”而行。神高高在上，吸引着所有的目光，而那些抬

这些都是长期持续研究、关注、支持细菌战问题和细菌战诉讼的日本人，也就是王选所说的抬“舆”的人。
前排右起：新宿区议会议员川村之一、和平运动组织 ABC 企画委员会发起人和四野老兵山边悠喜子、日本民间细菌战研究者奈须重雄、中央电视台新闻纪录片厂导演郭岭梅；第二排右起：NPO 法人 731 部队·细菌战资料会理事和田千代子、一濑律师夫人一濑三和、王选；后排右起：日本京都大学教授江田宪治和江田泉夫妇、日本庆应大学教授松村高夫、一濑敬一郎、“铭心会”发起人谷川透、记者近藤昭二。本书作者摄

“舆”的人则面容模糊。行进的路上，有人抬不动了，“舆”马上换到另一个人的肩膀上。这样一轮又一轮，一个肩膀又一个肩膀，战后几十年，“舆”一程程地行进下去。

不知不觉中，大家都老了。

2011 年的一天，王选接到奈须重雄从日本打来的电话，让她尽快到日本一趟，他要把自己收集了 20 多年的细菌战研究资料全部送给她。奈须在电话里说，自己恐怕活不长了，“心脏的一半都坏死了”。不久前奈须感觉到一条腿不会走路了，突发心梗差点要了他的命。

王选急忙从上海赶到日本埼玉县越谷市，奈须重雄开着车到浦生站来接她。

奈须重雄比王选大一岁，属兔。话不多，一说话先露出羞涩的微笑。埼玉县越谷市，从东京坐火车要两个多小时才到。

奈须的房子是那种一排的平板房，有点像建筑工地的板房。他的家在一排的最头上。房子非常小，日本对这种房子有一个非常形象的称呼：一轩屋。里外两间，都是榻榻米式，一间房里只能放下一张一米见方的小桌，推开桌，就是晚上就寝的地方。

奈须在日本埼玉县越谷市的“一轩屋”。王选拜访之后不久，奈须退掉了房子，搬回母亲家。本书作者摄

一个60多岁的单身男人租住的地方，再简单不过，没有空调，几只锅灶，每天自己煮一点东西吃，这样可以省钱。房子冬天会比一般的房子温度低5℃，夏天会高5℃，因为建筑材料实在太薄了。这种房子一个月租金5.5万日元，加上一个停车位。

“一轩屋”的角角落落都塞满了书。这些书都与细菌战有关：有731部队3000人名册，有1942年日本相关的报纸原件，还有各种地图等。许多资料奈须已经装好箱了，就等着王选来取。

看到满屋的资料和虚弱的奈须，王选心里难过。资料实在是太多了，无法一次带回，王选决定先托运几箱回国。奈须想来帮忙搬箱子，王选立即制止了他。

得病后的奈须更不爱讲话了。大多数时间，他的眼睛都是闭着的，像是在沉思，又像是精神不济的假寐。整个后背一两秒钟会抽搐一次，抽搐发自身体内里，好像里面在发生地震。

20年前奈须辞掉了体面、稳定的工作，就是为了白天能去档案馆、图书馆查细菌战的资料，为此他找了一份晚上的工作——在医院里做夜晚的“守备”，也就是中国的“保安”。心梗之后医院守备不能做了，他得重新找工作。有一份白天的工作，要求一个星期去四次，这影响细菌战研究，也不做了。后来又在医院里做了一段时间的导医，每月可以有10万日元的收入，但因为查资料总得和别人换班，觉得太麻烦别人了，就又辞了。

现在没有工作的他，靠退休年金生活。日本是65岁才可以拿100%的年金，他还不到年龄，只能拿一部分，每月6万元。付了房租之后，就只剩下500日元了。所以就连“一轩屋”也租不起了，打算搬去与母亲、妹妹同住。

好在医疗费用日本有国民健康保险，但 30% 的部分自己负担。心梗之后他近三个月药费是 9000 日元，诊疗费是 5000 日元。

或许他最不愿意说这些，说的时候整个人是僵的，脸上的笑也是僵的。而当一说到细菌战研究，整个人就都活泛了起来。

王选说，她和奈须最相投，两个人在细菌战研究上互相启发、互相帮助。东京的旧书市场是两个人逛得最多的地方，奈须对那里熟门熟路，每一次都是他带着王选在里面淘资料。

奈须收集资料的能力和定力，王选深为感佩。他花了整整 8 年时间找到《金子顺一论文集》，这是细菌战研究近半个世纪最重要的两个发现之一，另一个发现是《井本日记》。

心梗就是在这 8 年艰苦的搜寻之后发生的。

“旧 731 部队队员的很多论文还保留着，那些论文现在收集在国会图书馆里。为了找到这些论文，我采取了将已掌握的旧 731 部队队员的姓名，在国会图书馆里一个一个地检索的方法，终于发现《金子顺一论文集》收藏在京都的国会图书馆关西馆里。从关西馆里一次只能借阅 5 本资料，我一共花了七八年的时间借阅，现在终于收全了《金子顺一论文集》。”

“这本论文集，是我在国立国会图书馆所藏的 50 万部博士论文中找到的。”奈须说话一板一眼，极为严谨。

奈须是以松村高夫为代表的“究明 731 细菌战部队真相会”的成员。该组织自 2010 年 2 月成立以来，一直与防卫厅交涉，要求防卫厅公开所藏的 731 部队的资料。奈须还是 2011 年 4 月成立的“NPO 法人 731 部队细菌战资料中心”（由记者近藤昭二、医生松井英介、教授小野坂弘成立）的代表。

2013 年身体稍稍恢复之后，奈须重雄决定再搞一次 731 部队罪行展，以纪念 1993 年风行全日本的那一次展览 20 周年。就是那一次展览改变了他的一生。

1992 年筹办 731 部队展时，他是一名志愿者，参与展板的制作。这是奈须第一次接触到细菌战，对他震动极大。他觉得不只是这件事非常大、非常重要，更重要的是有很多谜没有解开。

从那以后，奈须说自己“就再也不想往上爬了”，对挣钱、事业发展等再无兴趣，专心投入细菌战研究。从此这位明治大学农学系毕业的大学生，成为一个民间研究者，没有头衔，没有职位，没有长期稳定的工作，一生也没有婚娶。

20年前的展板大多已经损坏，再说还有许多新内容需要添加，于是他重新制作了展板，全部的工作都由他和几个志愿者完成。今天再做这件事已经没有了当日的势头，当年的人，包括他都已经老去。

首展放在明治大学的一间大教室里。这个教室可以向社会公开租借，用于展览等活动，只要有大学的老师推荐就可以。明治大学是奈须的母校，他找到了山田郎教授来做推荐人。8月23日展览顺利开展，王选带着中国的受害者前来参加开展活动，但现场参观者寥寥无几。

20年前的展板修旧如新，花了奈须不少工夫。光弄这个展板，“中国战争受害者支援会”“细菌战资料中心”等民间组织就已经赤字，全年的经费都花光了。240块展板全是奈须自己设计、制作、英文翻译。如果送出去给专业的公司做，就太贵了，民间组织没有那么多经费。

奈须说，731部队遗址已进入中国国家申请世界遗产项目。一旦申请下来，作为日本人，这会是一件很耻辱的事。很多日本人会惊讶这是怎么回事？日本军队干的坏事在中国成为世界遗产了。他要告知新一代日本人前因后果，这是他20年后再制作展板进行展览的动因。

20年，是对揭露细菌战行动的一个纪念，也是对他自己人生大转变的一个纪念。

谷川透和“铭心会”也老了。

已经是晚上11点，谷川透还一直坐在日本东京后乐宾馆的大堂里等人。

当叮哐的门响，一个女人响亮的声音传来时，他一下子跳起来，来了！

王选拖着行李，带着常德的细菌战受害者徐万智、高君业和常德师范学院的陈致远教授等人进来。谷川透对这些远道而来的中国人逐一深深地鞠躬，笑容满脸，然后给每人递上准备好的文件夹，里面是每个人的住宿安排，接下来几天的行程安排，要会见的人，参加活动的简报介绍等。日本的民间组织“刻骨铭心集会”负责此次的接待，谷川透是“铭心会”东京事务局局长。

谷川透两鬓微霜，将近70岁的年纪，除了参与“铭心会”的活动，他还是“明确731细菌战部队的实际本质会”的会员，也是“寻求731部队细菌战问题解决途径会”的理事。

“铭心会”是一个遍布日本全国的民间组织，常在日本各地发起集会，支持亚洲各国的战争受害者到日本诉讼。日本民间组织一般都是分项而立，各管自己关心的问题，只有“铭心会”对全部战争受害都关心和支持，“慰安妇”问题、劳工问题、遗留毒气弹的处理问题，还有细菌战。

“铭心会”成立缘于1985年日本首相中曾根参拜靖国神社。消息一出，很多日本国民反对，人们聚集在首相官邸前，要求首相无论如何也不要去参拜，不要开这个头。但中曾根还是去参拜了，于是就诞生了民间组织“铭心会”。谷川透说，日本对战争的态度一直是两副面孔，正反两种力量也在互相撕扯、交替。

“1985年刚好是战争结束40周年，而中曾根却要在这种时候参拜靖国神社，当时我们就在想，中曾根为什么要去参拜？为什么没有更多的日本人出来反对阻止？那是因为许多日本人不知道日军在其他国家做了什么坏事，而把他们作为英灵来参拜。那么好吧，我们就把日本军人干的坏事告诉更多的日本人，最好的办法就是把各国受害者接到日本来，开证言会，让他们亲自告诉日本人战争真相。正因为有了中曾根参拜靖国神社的事件，才有了反对参拜的铭心会。”谷川透说。

“历史的共有”是日本和平运动提出的一个思想，意思是日本人不应该封闭在自己的战争记忆中，只觉得自己是受害者，而更需要了解日本侵略战争给被侵略国家及其人民带来的灾难，与亚洲、太平洋地区日本侵略战争的受害者“共有历史”。

可他们面临的现实是，亚洲被侵略国家受害历史调查、保护和研究非常落后，日本人想要了解的历史往往需要自己去寻找、整理。有时为了搞清楚一项战争犯罪及其伤害，比如日军对东南亚华侨的大屠杀，他们长年累月数十次去当地调查。于是，他们调查的足迹遍及侵略军所到的国家与地区，韩国、朝鲜、菲律宾、印度尼西亚、巴布亚新几内亚、马来西亚、新加坡、缅甸、泰国、中国大陆、中国台湾等。回到日本后，他们把实地调查所得结合文档研究，著书、制成影片，尽可能地在日本社会进行传播。因为他们的作品要经受多方面的挑战：一般市民的怀疑，学术界的轻视，右翼的攻击，所以都是下大功夫的调查。

王选在日本书店里看到这样的情景：两个特设的书架上，满满陈列着的原日军官兵的个人“战记”回忆录一类的书——这是近年出现在日本书店里的风潮。这些“战记”绝大部分都是只讲当年如何英勇壮烈，不提军队做的坏事和当地老百姓的受害。王选数了数，两排书架上至少有300种以上这样的“战记”，其中只有 3 本是她熟悉的、揭露战争犯罪的战记，其中一本是《东史郎日记》。日本和平运动者们关于日本侵略战争的历史研究调查著作，一共 30 部左右（这个数字还是超过任何一个中国大书店里同类书籍的数目），一起陈列在另外一处比较僻静的历史专著类的书架上。

“这道书架上的风景，就是整个亚洲地区关于二战历史研究现状的缩影；也是‘穷人’和‘富人’、‘精英’与‘百姓’又称‘弱势群体’的‘共有历史’的现状。”王选感叹道。[1] 如果再没有这些和平人士的努力，就连这 300：30 的比率也不会有。在全面趋向保守和右倾的社会潮流中，他们的历史记录成为逆流中的砥柱。

接受害者到日本来进行诉讼，不仅花费大还非常烦琐。但谷川透他们蚂蚁啃骨头似的坚持，竟然也有 70 多起诉讼在日本开庭，这其中中国受害者提出的诉讼有 23 起。

谷川透说，自从 2007 年细菌战的诉讼被日本最高法院驳回以后，日本国内有关细菌战问题的研究处于停滞状态。他们就计划着把浙江和湖南常德的受害者及中国的研究者请来，给日本民间力量一个鼓舞和刺激。这一次他们不仅给中国受害者安排了赴日本各地的巡回证言，更着意安排受害者与日本议员互动，让议员们来听听受害者的讲述。

他一脸抱歉地向王选一个劲地解释：日本众议院议长和参议院议长接见中国受害者的具体时间还没有最终确定，这需要“铭心会”“托请”的议员去做工作。如果议长们出来接见中国的受害者，日本共同社就会来采访，这个已经确定了。

所谓“托请”就是谷川透这样的民间组织成员，在议员里进行游说，拜托他们把问题提交到国会里，使之成为一个政治议题而得到政治或法的层面上的关注。

比如“铭心会”一直试图在国会里推动设立“恒久和平调查局法案”，但法案提了十多年，一直被工党和自民党议员否定而没有获得通过。“我们想通过这个法案的设立，在国家图书馆里设立一个 30 人左右的机构，来研究和寻

[1] 王选：《历史的共有》，《南方周末》2016 年 3 月 9 日。

找解决细菌战、毒气弹和日本人在西伯利亚劳役等战争遗留问题的途径。”

法案没有获得通过，但并不是努力都为零。推动“恒久和平调查局法案”的议员，久而久之形成了一个议员联盟。鸠山由纪夫在出任首相前，就是这个联盟的会长，任首相之后退出。谷川透是这个议员联盟的运营委员之一。“现在我们考虑由谁来担任这个会长，来推动这个法案的设立进行下去。”他说。

法的废与立在国会是一件大事，它要经过民主投票与决策程序。参众两院的议长只是“组织者”并不是“决定者”，权力在议员们手上。

“谷川透”们的工作就来了。首先要做的是给议员们上历史课，上课的第一步是要将议员们拉在一起。议员们整天忙得满天飞，很难集中到一块。这就需要托请有交情的议员，请他们去约人约时间。

“我们会请来有关的研究者、专家介绍他们的研究，让议员通过这样的学习，了解这一段历史，认识其重要性。比如强制劳工的问题，我们就把市民和议员们安排在一起，让大学教授来上课。有些上过课的议员我们再去找他们时，他们的态度就会和完全不知道这回事时不一样了。如果你不去说，不去推动，就更没有人知道了。”

“效果最好的学习，就是让受害者直接来给议员们讲他们亲身经历的故事。”

谷川透来回在各个环节中疏通、游说，一天当中有几次会看见他匆匆的身影，带来一点讯息，交代几句，一边鞠躬一边告退而去。

王选和原告们边等待边商讨，如果会见议长要提什么要求？怎么来表达？要怎样写书面的诉求？交代两位年高的受害者，在议长面前如何讲好自家的故事，在简短的会见时间里让两院议长明白细菌战的影响，以及中国人的决心等。

先等来的是议员学习会的消息。参议院一号会议室里，开会之前，“恶魔的饱食”合唱团来了一段合唱，松村高夫是合唱团里的男高音。唱毕，为战争受难者默哀。然后是徐万智和高君业作为受害者作证言；之后是两国的学者，陈致远讲中国常德的受害情况，松村高夫讲731部队与细菌战；王选念了拟好的、给首相鸠山由纪夫的公开信。

来参加学习会的有众议院议员小林千代美、近藤昭一，不能来的议员派了秘书，有七八位。小林千代美议员讲话：“只来了两个议员，很遗憾。60年过去了，历史的责任还没有结束。日本应该加快努力，让它早点真正地

日本众议院议员今野东（左一）是日本议员中关注细菌战问题的人，也是被“托请”在议员中活动、介绍细菌战问题的人。图为王选、常德原告高君业（右二）、徐万智（右三）和今野东交流。本书作者摄

结束。”

就在议员们学习会之后两天，10月20日，靖国神社举行秋日大祭。日暮的荧荧火把和沉闷的鼓声里，呼唤亡灵的声音低沉地回响，风悄然掀动神社正门上印着白菊花的紫色旗幡，50名日本议员列着队，表情严肃地一一进入那神秘的门中，举行参拜。

这一天，日本右翼装了大喇叭的车，围着后乐宾馆喊叫了好一阵。这里虽然改名称为后乐宾馆，但谁都知道它的前身是中日友好会馆，如今接待的也主要是从中国来的客人。大喇叭以极高的分贝在嘶喊，声音在宾馆的大厅里来回冲撞。服务员叮嘱中国人，不要出门看热闹。在这样的氛围里，谷川透衰老、瘦小而弯曲的身影显得格外孤单。

“我们努力了23年了，大伙都老了。原来大家都是青壮年，你看，现在头发都白了。日本的和平运动也变老了。”谷川透用手撸着头发说。

“铭心会”最早在全国有15个分会，后来越来越弱，能组织的集会也越来越少。“但我们还在撑着，核心成员是固定的会员，集会的时候，我们努力把各种人都叫来。我们努力把各种研究者搞到一起，让研究者把平生研究出来的成果通过议员递交到国会。众议院没有决定权，但议员们提出动议，就得安排讨论，或者进入议会程序，或者投票来进行选择。如果议长认识到这是一个

2013年10月21日，王选向日本众议院议长横路孝弘介绍情况并递交中国细菌战受害者申诉书，表达中国受害者要求日本政府承认事实，道歉、赔偿心愿。之前，日本参议院议长江田五月也接见了王选一行。中国细菌战受害者的声音，第一次直接上达到日本政治高层。本书作者摄

重要的问题，就会对解决问题有好处。如果议员们真心对待这个问题，就会在议会上提这件事，使它成为讨论关注的问题。”谷川透说着他心中的理想。

在50名议员参拜靖国神社的第二天，谷川透托请议员申请参、众两院议长接见中国细菌战受害者获得成功。

21日下午2点和3点30分，日本参议院议长江田五月、众议院议长横路孝弘分别在参、众两院议长官邸安排接见。细菌战受害者徐万智和高君业走进古典式大屋顶建筑，踏上柔软无声的地毯，两侧站立着深鞠躬迎接的人员。这是以前中国受害者从来没有能够走进的地方——当然他们的声音也不可能传达到这里。

众议院议员今野东、小林千代美、藤田一枝，参议院议员神本美惠子等陪同。当日本众议院议长横路孝弘听完徐万智家悲惨的故事后，询问中国学者是否对此有调查研究，湖南文理学院细菌战罪行研究所所长陈致远立即向议长提供了调查的结论：湖南常德10个市区、486个自然村死亡人数达到7643人。

王选承认，在以往的14年里，中日双方的人士曾做过各种努力，但中国细菌战受害者从来没有接触到议长这样级别的人物。此外，细菌战是一个最为棘手的战争遗留问题，历任日本政府大多唯恐避之不及。此次两院议长的接见，可以理解为日本国会对此问题的一次非常正面的、积极的应对。

“知道了，他们就不那么好逃避了。”谷川透说。

谷川透大学毕业后在出版社工作，是一个编辑。说起身世，他竟然 1942 年出生在中国的海口市，当时他的父亲在海南岛工作，1945 年回到日本。战后的困苦给他留下深刻的记忆，没有房子，没有吃的，也没有工作，这成为他走向和平运动的动力。他的夫人也在做和平运动，支持在日本的朝鲜人。但他的孩子在大企业工作，根本不去想这件事。

四

王选心里知道，这也许是见土屋公献的最后一面了。

3 月，日本樱花盛开的时节，天地间不仅有生命经严冬再次萌发的欣喜，更有落樱满天的伤感。

土屋公献穿着和式便服，身上盖着毛毯，半躺在椅子上，瘦削的脸上已经没有一丝血色，脸上的眼镜又大了许多。

土屋说："我知道你们代表很多中国人来看我，我也想去中国。但身体再恢复到以前那样，是不可能的了。你们那么远来看我，我高兴得眼泪都要掉下

王选和土屋最后的见面。图前排右起：王选、土屋公献、陈江苹（金华电视台记者）、陈仲龙（义乌电视台记者）；后排右起：一濑三和、土屋夫人、楼献（中国律师）。图片来源：细菌战原告团

来了。”土屋的声音很微弱，但很清晰，“生命的最后几个月，希望能够平静地度过。”

听到土屋这么说，王选非常难过。面前这个骨瘦如柴的病人，还是那个怀着天真理想、为了保护妇幼而出征太平洋的学生兵吗？还是那个喜欢喝上一杯再唱一曲《和歌哥泽》的浪人吗？还是和酒馆“妈妈桑”说说笑笑风流倜傥的绅士吗？还是在法庭上义正词严地批判日本政府，斥责法官为了救济日本政府、厚着脸皮搬出陈腐的法理、逃脱司法责任的大律师吗？

看土屋精神尚好，人又高兴，王选提议唱一支歌。这是大家曾经的交流方式，共有的美好记忆：在细菌战诉讼开庭前后的游行中，大家语言不通，于是就轮流唱歌。土屋歌唱得很好，在需要调动气氛的时候，他会大声领唱《国际歌》，这是中国人和日本人都会唱的歌。在和中国原告们聚餐时，酒量很大的土屋，从来没有因中国人轮番的敬酒喝醉过。每当酒酣之时，土屋便会在众人的要求下整衣端坐，为大家唱一曲《和歌哥泽》。年轻时他专门拜师学过这种江户后期流行的吟唱游女忧伤、愚痴和相思的和歌。

土屋欣然答应王选的请求，说：“每个人都爱自己的祖国，我就唱一首日本民歌《故乡》吧！”

追兔子玩的那座山，
钓鱼玩的那条溪，
现在还是频频梦见，
啊，
我难以忘怀的故乡……

土屋轻轻吟唱，王选也轻轻和着。

从土屋家出来，一行人到了后乐宾馆后的樱花园。料峭春风劲吹，樱花雪花般飘落，王选突然失控，大放悲声，泪流满面。十多年的诉讼让王选对土屋有崇敬，有同一战壕的战友之感，更有一重如同对父亲一样的依靠，仿佛只要那个山一样的身躯在那儿，一切都不用慌张，不用担心。如今土屋生命将尽，又面对这满天飘散的樱花——这是王选在诉讼的十多年里第一次真正看樱花，不由想起那首她唯一能记住歌词的日本歌——《花》。这首歌在许多诉讼游行集会的场合唱过，它成了联络中日参加集会人们情感的桥梁，一唱这首歌，不只是气氛会活跃起来，更让人感觉彼此心联结在一起：

> 河流啊，流啊流，流到何方？
> 人啊，在随波逐流中漂泊向何方？
> 等到我们到了一个地方，
> 要让生命去盛开，
> 就像花那样……

日本人爱樱、惜樱、叹樱，樱花虽然灿烂但太易逝。“人总是要死的。在历史的长河里，人的存在是短暂的，但只要活着就要像樱花一样盛开，不顾一切地追求一瞬间的灿烂，这是日本的价值观、审美和哲学，也是土屋的。”王选哽咽着说。[1]

又快到中秋节了，每年王选都要买上海荣华楼的月饼寄往日本。去日本的时候，也会带一些围巾、衣服等送给土屋和一濑的夫人。2009 年中秋节前，王选又一次从上海寄月饼给土屋。王选从上海打去电话问候病情，土屋的妻子富美子对王选说：“月饼收到了。土屋非常喜欢吃月饼，特别是那种双黄莲蓉的。我会把月饼切下来薄薄的一片，放进土屋的嘴里的，他知道这是你寄来的。”

2009 年 9 月 25 日上午 7 时 50 分土屋公献去世，享年 86 岁。

2009 年 12 月 13 日，东京时间下午 1 点 30 分，东京四谷，一些人聚集在一起参加土屋公献的追思会。王选从中国赶来。

10 月 31 日，《朝日新闻》刊登原明治学院大学校长森井真悼念土屋的文章。文章中说土屋在战争期间“以学生身份上阵，亲身体验到了战争的愚昧和悲惨后，把余生都献给了和平。土屋曾说过，现在和过去不一样了，反战再不会被抓、被迫害了，而沉默却是大罪，和平要从正视历史开始”。

土屋的静冈高等学校同学、同是进行和平运动的荒井信一评价土屋：“他

[1] 参见陈仲龙、陈江苹、郭岭梅编导纪录片：《王选和她的日本友人》，2009 年义乌电视台。

不仅仅是一面旗帜，他总是走在最前面，帮助这个世界上最需要帮助的人。”这个评价正应和了《读卖新闻》晚刊里对土屋公献的评价：“一名律师、一名街头的律师、一名硬骨的汉子。”

对日本人来说，他曾经是日本律师协会会长，是解决战后补偿问题的带头人；对中国人来说，他是细菌战中国受害原告日本律师团团长、重庆大轰炸中国受害原告日本律师团团长；对于韩国人和朝鲜人来说，他是“慰安妇”问题解决立法委员会会长。

土屋曾经是日本国家功勋候选人，但他坚决地辞谢了。他的妻子说：“土屋说如果接受国家的勋章，就不好对国家进行批评了，所以土屋不要这个勋章。他是身上有在野者（非当权者）精神的律师，叫我们懂得了战争的恐怖，也让我们体会到了在野者的精神。”

2008 年 10 月，土屋的自传《律师之魂》首发。这本自传里他把自己的人生分了三段：第一段是自己的战争经历，第二段是律师生涯，第三段是从事战后赔偿事业。《律师之魂》发行时土屋的身体已经很差了，这也算是他对自己人生的最后总结——从战争的士兵到和平的卫士。

2009 年 12 月 13 日的追思会上，崔凤泰向土屋的遗像敬上一杯啤酒，然后跪下、全身匍匐行叩首大礼，现场的气氛为之肃穆。崔凤泰是一名从事战争索赔的韩国律师，他说他是用韩国人的最高礼仪来向土屋致敬的。土屋是日本战争期间“慰安妇”问题立法会的会长，他一边为韩国“慰安妇”出庭打官司，一边试图推动立法解决“慰安妇”问题。

“土屋已经超越了国界，成为东亚人权的维护者。人权没有和平就不能实现，他是最符合‘和平的使者’这个身份的律师。”德国电视台协会东京支局的西里扶甬子记者说。

土屋追思会并不只是土屋去世的一个特殊的纪念日，也是日本从事战后补偿运动的人借此进行的一个聚会。大家来自各行各业，有大学的学者、法律界人士、民间 NGO 召集者和社会活动家；所关注的战后补偿运动也不同，他们有的是为韩国“慰安妇”打官司，有的关注英国战俘问题，有的是为中国劳工或细菌战受害者打官司；再加上各自的政党不同、政治观点不同，平时各干各的，有时还会有争执和争吵，所以很少能聚到一起。但为了追思土屋，大家聚到了一起。

追思会还是依照每一次在一起集会的惯例，由每位参加者自己出会费，每人 5000 日元，学生、靠退休金生活的人和海外人士每人 3000 日元。

这是一群日本理想主义者的集会，一群对战争有反省的人的集会，是维护和平和正义的人的集会，也是一群多年来致力于日本与亚洲战争遗留问题解决者的集会。遗憾的是，这里面几乎没有年轻人的面孔，一眼看上去多是白发人。他们身上都有一个共同的特征：过去的那场战争离他们并不远。他们中的少数人有战争的直接记忆，更多的人是战后日本生育高峰时出生的，他们曾经从父辈的嘴里听到过战争二字，除了这群人以外，日本青年人很少关心发生在久远过去的战争中的事了，更不关心战争曾经给日本、给亚洲带来了什么样的灾难。

土屋的去世，代表着日本经历过战争的一代人渐渐走出历史，代表着一个时代的结束。这一代人对战争的反省，挑起了日本反思、诘问和追讨战争责任的思潮。在这种思潮的带动下，从 20 世纪战争结束后就在日本形成了规模宏大的民间和平运动，这最终促使日本市民社会的成长，从根本上改变了日本。

而如今，苍发满头，土屋一代的知识分子留给人们的，只是他们渐入历史暮色中的背影。

一片苍茫的暮色中，一群抬着和平之“舆”的人，渐行渐远。

第十九章　时壁

一

2007年4月11日至13日，中国国家总理温家宝访问日本。这次访问被媒体称为“融冰之旅”。

就在这个春天，中国民间对日诉讼处于最寒冷的时刻。

3月16日，日本最高法院就西松建设劳工案开庭审理，此案二审原告中国劳工胜诉，西松建设上诉到日本最高法院，提出中国劳工是否有请求权的问题，称：《旧金山和约》签署国已经代表个人放弃了请求权，1952年日本和台湾签订的《日华和约》，承认了《旧金山和约》的条款，《旧金山和约》因此适用于中国；1972年《中日联合声明》第5条“放弃战争赔偿”，据此可以认定中国人的战争赔偿请求权已经放弃。

王选特意到庭支持西松建设中国劳工。法庭辩论时间很短，只有一小时，但全部围绕中国原告是否有请求权而展开。在庭旁听的王选心里暗暗叫道：“不好！”

这是中国对日诉讼进行了十多年从来没有出现的情况。西松建设劳工案，是中国民间对日索赔案中唯一一起在二审中胜诉的案件。本来大家对这起案件寄予极大的希望，而这次日本最高法院讨论“赔偿请求权”问题，意味深长。最高法院法庭开庭辩论，往往意味着改判的可能性很大。庭下，王选与西松建设中国劳工律师团团长足立修一交换了看法：此举是日本最高法院试图判断“中国公民是否具有对日个人赔偿请求权”。

足立修一忧心忡忡地说：“一旦日本最高法院做出判决，其结果一般在十年左右的时间里都不会改变，而且会作为判例，成为其他同类案件判决的依据。”

3 月 20 日原本是北海道札幌劳工案宣判日，日本政府代理人在 2 月就给札幌法院去函，希望等到西松案判决之后再开庭。这显然是在等最高法院对西松建设案判例的出现。中国原告赴日本的机票、行程都定了，中方劳工代理律师与法庭交涉了一个多小时，无用。

这是要将中国民间对日诉讼的案子，全部逐出日本法院吗？对于不久将要判决的细菌战诉讼案，大家都担起心来。

“全部封杀！”日本二战强掳中国劳工国际研讨会事务局局长、多年从事日本侵华战争遗留问题调查研究的日本学者老田裕美，这样判断西松建设案的影响。

日本和平运动团体马上进行研究，认为民间对日诉讼到了生死关头。他们希望和中国政府取得联系，并通过可能的途径进行相关的运作，以对将要发生在法院的“坍塌式”局面产生影响。但当时的中日双方的主题是中国总理访日。

细菌战诉讼辩护律师一濑敬一郎认为，中日战争赔偿经过十多年的诉讼，又将回到原点。这个原点就是中国国民请求权是否已经被放弃。

日本《世界》杂志在刊出的一篇文章中提出了疑问：“现在，日本最高法院是否想以快刀斩乱麻的方式，了结来自中国民间的战争赔偿压力呢？”

从 1995 年 6 月 28 日花岗劳工案起，历时十多年之久的多种类对日战争赔偿诉讼，大都走完一审二审，向最高法院的最终裁决集中。虽然败多胜少，但一、二审法院基本上都做出承认加害事实的认定。

承认侵害事实，但却不能做出赔偿与道歉的判决，这是日本司法所面临的尴尬局面。虽然理论上讲日本三权分立，司法可以做出独立判断，但日本法官在面对一件件血淋淋的事实的时候，表现出来的摇摆、矛盾，正是日本在政治上不能面对过去侵略历史的集中反映。

包括细菌战诉讼在内的战争索赔诉讼，像是行驶在冰海中的航船，中国人、日本人及其他国际人士共同努力，一路破冰前进。十年后他们发现，航船并没有把他们带到终点，而是带到了一座巨大冰山的脚下。

现在案件集中于最高法院，等待最后的裁决。法律之外的一个大问题凸显出来——日本怎样面对侵略战争，怎样进行战争侵害的善后处理。并且，这不仅是只涉及中国，而是日本要怎样面对亚洲和整个世界。

一濑敬一郎认为：受害人法的权利是非常重要的，就此问题辩论清楚是解决一切问题的根本；如果这个权利被否定，就意味着十几年所有努力的基础被抽离了。

在十多年来几十起对日民间诉讼的案件中，西松建设案只能说是一个普通的劳工案，却被日本帮助中国受害者打官司的律师们称为“希望之星”。这是中国战争受害者唯一在二审中胜诉的案子，突破了多项法律障碍，为其他诉讼案确立了榜样。

从 1998 年正式提起诉讼至今，西松建设案已经历时 9 年。 5 名原告中的两人在等待的过程中去世，原告律师团团长新美隆也于 2006 年 12 月 20 日去世。

这是一场关于历史真相、关于人道良心的反复较量，在 9 年的较量中，一道道横亘在正义面前的障碍被洞穿、被突破。

在十多起中国劳工诉讼案中，为什么唯独这件案子在二审中会赢？接任新美隆任律师团团长的足立修一认为，这和律师团出色细致的工作分不开。

1998 年 4 月 21 日，原告吕学文、宋继尧向法庭陈述发生在 1944 年的悲惨往事：360 名被强掳到日本的中国劳工，在位于广岛县内的安野水力发电站“西松组”（现“西松建设”公司）的建设工地从事重体力劳动，历经苦难与折磨，很多人病死或在广岛核爆中丧生。

首先认定事实就是一个艰难的过程。一审开庭 17 次，历时 4 年，主要就是关于事实的认定。

战争已然过去了 60 多年。对二战出生的一代日本人来说，已经度过了一个甲子，而坐在法庭上的法官，已和战争隔着几代人了。时间本身就是一道“壁”——中国更习惯于用墙这个词，隔开了岁月，隔离了人世，阻挡了光的穿梭，造成了人与人的代沟，也带来了国与国的隔阂。

二审开庭之后的 2003 年 7 月，中方原告吕学文身体状况急剧恶化，于 8 月 11 日去世。

在二审第 4 次开庭辩论上，中方原告律师团团长新美隆淋漓尽致地展现了他的个人才华。他向法庭指出西松建设强制中国劳工劳动，属严重违反人道行为。按照国际惯例，人权侵犯案件没有时效限制，广岛高等法院如果再援引“时效”原则，那么法庭可能有涉“权力滥用”。

新美隆陈辩道："诉讼的原则和民法的规定，要求诉讼双方都要讲信义诚实。西松建设在整个诉讼中一直都是不诚实的，中国的原告的态度一直是真挚的，这和西松的态度形成鲜明的对比。"他提醒法官，就算是为了法庭的严肃性，也应该做出一个能够留给后人检验的判决！

时效问题终于被突破。二审法庭认可严重违反人道行为再援引"时效"原则是不恰当的，全部认定一审认定事实，并宣布中国原告胜诉，要求西松建设进行赔偿。

客观地说，在解决战后补偿等历史问题上，60年的时间是一个不可抗拒的现实，它错开了不同时间、不同空间中存在的人的意识和情感，形成了更广泛意义上的"壁"，影响着不同国家、民族、人群之间就战争遗留历史问题的沟通。

历史与现实交叠，从1952年的《旧金山和约》《日华和约》，到1972年的《中日联合声明》，期间经历了无数的风雨跌宕，沉积下来的砖石泥浆已然增加了"壁""墙"的高度和厚度；而将两国之间历史问题政治化，又使"旧壁"再增"新墙"，拆墙更加困难重重。

时间之壁并不是不可破，但破除的墙，总是又被添加上更坚固的材料，修得更高更坚固。日本法院一开始抬出"国家无答责"的法理，就算这条不管用，还有"除斥期间消灭时效"的法理，然后是"个人侵害不可援引国际法"。这些都被破墙者突破后，又拿出最后的一招，《中日联合声明》中的请求权放弃。

西松建设案上诉至日本最高院，中日原告、被告方走到最后一步。

实际上，同样的情况也出现在细菌战一审判决中。

2002年8月27日，日本东京地方法院对细菌战180名原告的诉讼请求做出判决，认定细菌战是根据原日本陆军中央的命令进行的这一事实，承认中方原告所提出的至少在中国8处发生了1万人以上的死亡，同时指出细菌战的"受害是极其悲惨和巨大的，原日本军的军国主义行为是非人道的"。明确判定细菌战诉讼案适用于《日内瓦议定书》中"细菌学性战争手段的使用"一条，根据海牙《陆战法规和惯例公约》第三条判断，被告日本国应承担国家责任。然而，在事实认定的前提下，法庭却驳回了原告的所有请求，宣判日本政府获得胜诉。

做出如此判决法庭给出的理由主要有三条：一是，国家无答责，即根据日本国家赔偿法施行（昭和 22 年 10 月）前的法令，由于国家的权力作用而导致的受害，受害者不能对国家提出赔偿要求；二是，法庭认为受害者不能依据相关国际法对加害国提出损害赔偿的请求，因为国际法是国家间的法，个人不是法律主体；三是，关于 1972 年的《日中共同声明》和 1978 年的《日中和平友好条约》中中国政府已放弃战争赔偿请求，以此断定在国际法上本案被告日本政府的国家责任问题已得到了解决。

认定受害者控诉的全部加害事实，承认细菌战受害的确悲惨且损失巨大，指责日军使用细菌战的行为是非人道的，但依然维持日本国胜诉，对如此相悖的判决，判决文给出如下"出路"："如若我国（日本）探讨对本案细菌战受害进行某种赔偿，本法庭认为当由国内法及国内措施加以解决，是否采取某种措施，如果采取某种措施的话采取何种措施，当由国会依据上述种种事实，做出高层次的裁量。"[1]

对一审判决提出的驳回理由，细菌战律师团积极应对，以备二审。准备过程中，律师团找到了中国法学博士、华东政法大学副教授管建强。

管建强于 1990—1995 年在日本自费留学攻读国际法，长期关注中国民间对日索赔活动，曾两次组织和筹办了在华东政法学院举办的对日民间索赔国际研讨会。

管建强认为，民间发起的对日索赔路途艰难，会遇到很多法律"障碍"，作为一名国际法学者就应该给中国受害者以"法理"上的支持。2000 年 12 月 8 日至 12 日，"女性国际战犯法庭"在东京开庭，审判昭和天皇和日本政府在制定、实施"慰安妇"制度、纵容日军凌辱和残害各国妇女等方面犯有战争罪和反人道罪，管建强作为民间检察官出席并在法庭上进行了法理陈述。

管建强作为细菌战专家证人出庭作证的申请得到法庭的批准，在 2004 年 12 月 7 日第 9 次开庭时出庭作证。

"下午，东京高等法院 103 号庭座无虚席，作为二审最后一次庭审，法庭上出现了细菌战诉讼开庭以来少有的针锋相对的辩论。"

---

[1] 参见土屋公献《关于 731 部队细菌战诉讼一审判决的批判探讨》一文，细菌战诉讼律师团提供。

“被告意识到了这个问题的重要性，他们一反常态，不仅来了三位辩护律师，而且还带来了三拖箱数十本文书和参阅书籍，在法庭上和原告方出庭作证的管建强教授就上述几个问题的细节进行反复纠问。”

同时出庭的湖南常德细菌战诉讼原告熊善初记述了当时的法庭情景。[1]

管建强首先论证了1952年缔结的《日华和约》是非法的，台湾当局无权代表中国人民与日本缔结和约并放弃战争赔款和民间对日索赔权。其次，他论证了1972年《中日联合声明》第五项“中华人民共和国政府宣布：为了中日两国人民的友好，放弃对日本国的战争赔偿要求”所表述的一定不包括放弃民间战争受害者的索赔权。

1978年的《中日和平友好条约》“确认应严格遵守（中日）联合声明中提出的各项原则”。事实上，《中日联合声明》中的条款，有的是政治性的表述，有的具有法律约束力，并非所有条款都可以视为原则。虽然，《中日和平友好条约》被日本国会批准，但是，《中日和平友好条约》并未被中国最高权力机构批准。而我国宪法明确规定，和平条约的问题只能由全国人民代表大会批准，管建强指出，《中日和平友好条约》只是由全国人大常委会作为一般的条约性质进行了批准。[2]

管建强在阐述上述法律条款时，法官听得很认真，并几次提出问题希望管建强进一步阐明。

管建强的证词令法庭出现静寂的场景。他进一步向法庭指出：“《中日联合声明》中，日方表示，‘痛感日本国过去由于战争给中国人民造成重大损害的责任，表示深刻的反省。’可是，迄今为止，日本反省的结果不仅未通报中国，并且至今未能给中国人民一个道歉。”

他最后说：“中国政府在《中日联合声明》中宣布的放弃对日本国的战争赔偿要求不可能包括民间战争受害者，因为，中国宪法并没有授权中国政府有权处分战争遗留及和平问题。中国政府不仅没有放弃过中国民间战争受害者的对日索赔权，就算在联合声明中，中国政府表达的放弃对日的国家战争赔偿要

[1] 参见常德市细菌战受害者接待处：《侵华日军细菌战十年诉讼记》，第154页。

[2] 参见管建强著《公平·正义·尊严：中国民间战争受害者对日索偿法律基础》上海人民出版社2006年7月版，第217页。

求，也是找不到法律授权的，这不是法律上的承诺，仅仅是政治立场的表达而已。”[1]

“管建强先生的法庭证言，是中国国际法学者第一次在法庭上从法的角度分析和论证了中国战争受害者个人当然地享有损害赔偿请求权，在论证和回答询问时管建强先生的言行和态度流溢着坚定和自信，他对于日本国方面的反方询问的回答也表现得相当出色。”细菌战律师团团长土屋公献评价说。[2]

转年到2005年7月19日，大家都在等待着二审判决的结果，对于管建强来说也是如此，他想知道法院将如何应答他的作证。

结果不出意料但又极其出乎意料，二审法院对受害方提出的历史事实，予以再次认定，并确定了细菌战的残酷性和违法性。

细菌战诉讼二审判决书相关内容如下：

该二审判决的结论是：“综上所述，有关本案细菌战被控诉人的责任，控诉人的各主张都是失当的，控诉人为本件细菌战引起鼠疫、霍乱的幸存者，或为本件细菌战引起鼠疫、霍乱感染死者的亲属。被控诉人所主张的根据《日华和平条约》及《日中共同声明》的战争赔偿请求权的放弃，根据民法724条后段，除斥期间的经过等的论点，无须判断。控诉人本案的主位请求及预备请求均无理由，因此驳回本案控诉。按主文予以判决。”[3]

“无须判断”，这是多么荒谬的判决！通常二审法院应当对原、被告间主要争议点进行判断，但法院却对本来需要判断的做出了无须判断的结论。对此管建强指出：法院对日本政府的一些显然荒谬的“抗辩理由”采取了回避判断。在二审判决书的主文第6、7、8页，法院阐述了“细菌战上诉人的主张失当”的理由是，目前受害者个人直接向加害国要求损害赔偿的国际惯例还未成立，有关受害者个人受到的损害，应该按所属国行使外交保护权为原则。也就

[1] 参见管建强给本书作者的《关于731细菌战受害者诉讼二审判决的评析》一文。

[2] 同上注，第5页。

[3] 参见《2005年7月19日东京高等法院对细菌战诉讼的判决书要旨》，细菌战原告团提供。参见http://www.anti731saikinsen.net/saiban/1shin/zenbun.html#1-5 细菌战律师团网站；https://www.courts.go.jp/app/hanrei_jp/ 日本司法网判例。

是说，受害者个人不能直接向加害国家提出损害赔偿，被告提出的应对主张也就“无需判断”。

管建强作为证人的细菌战诉讼法庭审理之后，2005 年 3 月 31 日、4 月 19 日、5 月 13 日、6 月 23 日、7 月 19 日共 5 起中国民间战争受害者上诉案的判决，全部回避了原本应当判断的国家间是否放弃了民间个人请求权的问题。

转眼已是西松建设劳工案日本最高法院的最后开庭日，中国受害者是否有请求权的问题又摆在眼前。日本和平运动团体要求细菌战中国原告团组织人去参加开庭，表达支持和抗议。西松建设案劳工到庭人数少，势单力薄，细菌战诉讼原告人多，如果等到判决之后再抗议、再游行就什么用都没有了。

接到来自日本的通知后，细菌战 5 名原告匆忙收拾行装，在王选的带领下，像是要赶赴一场战役，齐聚于东京最高法院门口。加上西松建设的原告方，一共 13 人。这场在“王选”们看来重大无比的判决只有这 13 个人，再也没有一个中国人去声援。

4 月 27 日，星期五，上午。

西松建设案开庭。中国原告败诉，日本最高法院判决：中国原告的索赔权已被冻结。附言中要求企业出于人道对劳工进行救济。

最高法院的法官们在宣判时，旁听席上从广岛赶来的日本诉讼支援团体发出一片斥责声。意外的是，法官们没有做出要求法庭肃静的命令，而是迅疾抽身离座，数秒间，法袍的背影就消失在砰然关闭的大门后。法警立即从周边的门进入法庭，排列站立在旁听席前。他们脸上生硬的表情，与一审、二审时上街游行带队的警察很不同。

中午，王选一行人在西松建设劳工诉讼判决新闻发布会现场，啃着各自带来的干粮，前来支援的日本朋友又从挎包里拿出为大家准备的几十个饭团。完后，早早回到最高法院门口，排在一手捧着“慰安妇”受害者照片、一手拉着横幅的日本支援团的后面，再次排队等候抽签入场，旁听中国山西“慰安妇”受害者诉讼的判决。这时，日本律师带来消息：下午 1 时左右，律师一连接到最高法院 3 个电话，通报驳回刘连仁劳工案、福冈劳工案和另一起中国“慰安妇”诉讼的上告。

下午，最高法院对中国山西“慰安妇”受害者诉讼的判决比上午的西松建设诉讼判决更短，只持续了数分钟。主法官宣布“驳回上告”的话音未落，法官们已经起立转身，遁入迅速开启又关闭的大门。大家还在惊讶之中时，法警已经排列在眼前，带着僵硬的表情。

日本最高法院一天连续驳回五个上告，这是在传达一个强硬的信号，“我们没有误读。最高法院的用意是想把中国受害者堵截在法庭门外，以杜绝他们对自己的权利产生要求。”王选说。

一天之内，日本最高法院连续驳回五个案子，创下日本司法史上的新纪录。这个判决日在日本被形容成“闭门羹”。日本共同社 4 月 27 日就此发表评论指出：终审裁决否认原告有权通过司法渠道索赔，意味着一系列战后索赔案件均宣告终结。

中国外交部新闻发言人刘建超在宣判当天答记者问时说：“中国政府在《中日联合声明》中宣布放弃对日本国的战争赔偿要求，是着眼于两国人民友好相处做出的政治决断。我们对日本最高法院不顾中方多次严正交涉，对这一条款任意进行解释的行为表示强烈反对。日本最高法院就《中日联合声明》做出的解释是非法的、无效的。我们已要求日本政府认真对待中方关切，妥善处理这一问题。”[1]

这是在安倍内阁时期的日本，这是在中国总理访问日本的两周之后。

二

日本最高法院的判决，遭到了支持中国细菌战受害者的律师、和平人士和学者的一致批评和声讨。

土屋公献认为：“最高法院露骨地表现出对于接连不断的中国人的诉讼，竭力想一推了之的态度”，是“政治性判决”，“屈服于政权的日本司法简直不堪正视”。土屋指出：“1972 年中日两国恢复邦交，日本政府是在承认“一个中国”的前提下与中国签署《中日联合声明》的。现日本政府又以其 1952 年与台湾当局签订的《日华和约》和《中日联合声明》来进行抗辩，这一做法明

[1] 参见中国外交部网站，网址链接：https://www.mfa.gov.cn/web/gjhdq_676201/gj_676203/yz_676205/1206_676836/fyrygth_676844/200704/t20070427_7992811.shtml。

显是想把皮球踢回到中国。”[1]管建强在其著作《中国民间战争受害者对日索赔的法律基础》中进行了详尽的辨析：1972年日本田中首相、大平外相与周恩来总理会谈时，是以“复交三原则”作为《中日联合声明》的前提和基础来达成共识的。中日复交三原则的内容是公开的，为世人所知的：一、中华人民共和国政府是代表中国人民的唯一合法政府；二、台湾是中华人民共和国领土不可分割的一部分，已经归还中国，台湾问题纯属中国内政；三、《日华和约》是非法的、无效的，必须废除。其中，第一条和第二条原则已经分别体现在《中日联合声明》中的第二项和第三项表述之中。

管建强进一步阐明，《日华和约》是一个无效条约，即从一开始就是无效的，其中第一条所谓“中华民国与日本国之间战争状态，自本约发生效力之日起，即告终止”的条款根本就无法适用于全中国。当年日本政府担心“国民政府”放弃赔偿的适用范围和效力，为此，在签约时，还相互交换了公文，约定：“本约各条款关于中华民国之一方，应适用于现在中华民国政府控制下或将来在其控制下之全部领土。”毋庸置疑，台湾当局根本就不具备缔结包括全中国在内的和平条约的主体资格。

管建强指出，如果中日之间的战争状态于1952年《日华和约》生效之日就业已结束，在这种背景条件下，《中日联合声明》序言的第四自然段中就不可能出现“两国人民切望结束迄今为止存在于两国间的不正常状态。战争状态的结束，中日两国的正常化，两国人民这种愿望的实现，将揭开两国关系史上新的一页”的表述。

由此可见，《中日联合声明》中第一项中关于“不正常状态”主要是指中日两国之间在公布《中日联合声明》前依然存在的战争状态，这是不容否认的事实。从这点来看，《中日联合声明》是中日两国政府共同对《日华和约》无效的认定。日本最高法院采纳了以浅田正彦为代表的学术主张“日华和约放弃论”，是对代表中国唯一合法的北京政府的冒犯，也是挑衅。[2]西松建设劳工

[1] [日] 土屋公献著：《律师之魂》，王希亮译，聂莉莉审校，社会科学文献出版社2015年版，第155页。

[2] 管建强著：《公平正义尊严——中国民间战争受害者对日索赔法律基础》，上海人民出版社2006年版，第174—217页。

案日本律师足立修一也认为，如果日本高院按《日华和约》判决的话，那么这个判决将成为一个“国际问题”。

那么，1972年中日会谈的情形到底是怎样的？时针拨回到1971年。

中国这一年发生两件大事，一是基辛格秘密访问北京，中美关系突然解冻；二是发生“9·13事件”。起于二战结束时的西方大国间的冷战，1971年到了关键时刻。美国面临苏联的牵制和威胁，又深陷于越南战争的泥潭，而中国被认为是对北越具有影响的力量。

战后日本外交的一个重要议题，就是如何和美国相处。20世纪60年代，日本就担心美国会先于日本同中国和解，当时的驻美大使朝海一郎就说过：“我梦见有一天早上醒来，打开《华盛顿邮报》，上面刊登着美国已经承认了北京，并正在与北京进行建交谈判。”这就是著名的朝海噩梦。[1]

这个噩梦，果然在几年后几乎原封不动地上演。

1971年7月15日，中美双方突然发布了美国总统尼克松将于1972年上半年访华的公告。这一消息发布的时间是日本时间16日上午11点半，美国将此决定通告日本政府是上午11点27分。也就是说，如此重大的消息，美国国务卿通告日本驻美大使仅提前了3分钟。

日本政府受到了巨大的冲击，称之为“越项外交”，感觉自己被美国抛弃了。[2]

美国以往一直要求日本遏制中国，充当在亚洲反共的堡垒。但美国为了自己的利益，瞬间改变政策，而事先严格对日本保密，这让日本非常“寒心”。

1971年联合国大会上，由中国人民的“老朋友”阿尔巴尼亚提出承认中华人民共和国是唯一合法代表和中国成为常任理事国，并将台湾当局的代表逐出联合国的提案获得了多数赞成票，美国和日本进行了最后的抵抗，但提案最终以压倒性多数得以通过。10月25日中华人民共和国正式恢复了在联合国的合法席位，台湾当局的代表被驱逐。

1972年2月21日，尼克松访华。毛泽东和尼克松的握手，标志着世界局

---

[1] 廉得瑰著：《美国与中日关系的演变》，世界知识出版社2006年版，第213页。

[2] 同上书，第109页。

势的改变已经不可逆转。毛泽东说：我们暂时没有台湾也可以，一百年后台湾会自己回来。为什么那么着急呢？现在这个问题并不重要，重要的是国际形势问题。台湾事小，世界事大。[1]

对于中国来说，在"9·13事件"后遗症、"文革"后的经济濒临崩溃、苏联威胁和台湾等几大棘手问题中，台湾问题显然排在最后。

中国和日本之间，需要解决的重大问题有两个：一是怎样对待台湾问题，二是战争赔偿问题。战后两个国家没有机缘坐下来谈一谈，实际上两国的战争状态并没有结束。

1972年7月，日本政治局势也发生了大变化，给中日关系的改善带来了机会。5日，田中角荣在自民党总裁竞选中获胜，6日被国会任命为首相，7日组阁，大平正芳担任外相。对此中方反应很快，9日在欢迎也门政府代表团的宴会上，周恩来说：长期对中国采取敌视政策的佐藤政府，没等到任期结束就下台了。田中内阁7日成立，对外交方面，明确表示要早日实现中日邦交正常化，这是值得欢迎的。[2]

7月27日，周恩来会见日本公明党委员长竹入义胜，他是中国和日本之间的牵线人和交流的通道。当时日本在野党有一股亲华的力量，他们代表了民间财界一些主流的、有影响的声音，希望更多地与中国接触，寻找商机，被喻为中日关系的挖井人。

竹入访华前曾与田中、大平会谈了四次，主要内容是结束战争状态、战争赔偿问题、"三原则"的具体实行办法、台湾问题特别是日美安保问题等，听取政府方面的态度，总结下来归纳为20条。

9月25—28日，日本田中角荣首相率代表团访华，中方安排了四天紧密的中日首相及外相级会谈，两国围绕《日华和约》的废弃问题、结束战争状态问题和台湾地位问题进行了谈判。

9月29日《中日联合声明》公布。其导言里写道："日本方面痛感日本国过去由于战争给中国人民造成的重大损害的责任，表示深刻的反省。"第五条

[1] 廉得瑰著：《美国与中日关系的演变》，世界知识出版社2006年版，第207页。

[2][日]纪念周恩来出版发行委员会：《日本人心目中的周恩来》，刘守序、沈迪中、宁新、王怡冰等译，中共中央党校出版社1991年版，第332页。

写道："中华人民共和国政府宣布：为了中日两国人民的友好，放弃对日本国的战争赔偿要求。"

田中首相在十年后接受采访，对中日建交仍发表了肯定而积极的看法。他认为中国八亿人口，加上日本一亿，是地球人口的四分之一，"如不解决中日关系，就不可能有日本的稳定。"[1]

三

苦难的战争被封入记忆，甜蜜的友好骤然而至。

1978 年中日重新开始《中日和平友好条约》的谈判，8 月 12 日完成多年悬置的条约缔结。10 月邓小平访日，这是战后中国政府高级领导人第一次踏上日本国土。10 月 23 日，在东京举行了两国互换中日和约批准书仪式。

中日和约的签订和生效，使中日两国在法律上最终结束战争状态，开启了中日关系的新时代。

在与天皇的会见中，天皇说："在两国悠久的历史中，虽然是有过不幸的事情，但像您所说的，过去的事情已经过去，我希望今后两国建立长久的和平关系，不断增进两国的友好。"[2]

访日期间在记者会上，邓小平说，我们向日本学习的地方很多，也会借助于日本的科学技术甚至资金。邓小平在新日铁稻山嘉宽会长的陪同下，视察了新日铁君津制铁所后，乘坐新干线去了京都。陪同的人问他的感受，他说："就感觉到快，有催人跑的意思，我们现在正适合坐这样的车。"[3]

访日归来后，邓小平于 11 月 23 日会见日本民主社会党委员长佐佐木更三。佐佐木问：日中两国政治体制不同，中国政府能接受日本政府的贷款吗？

---

[1] [日] 古川万太著：(朝日新闻社调研室主任研究员)《周恩来及其对日原则》，译文见 [日] 纪念周恩来出版发行委员会：《日本人心目中的周恩来》，刘守序、沈迪中、宁新、王怡冰等译，中共中央党校出版社，1991 年版，第 69 页。

[2] [日] 毛里和子著：《中日关系——从战后走向新时代》，徐显芬译，社会科学文献出版社 2009 年版，第 87 页。

[3] 同上注，第 88 页。

邓小平当即明确而肯定地答道：能。[1]

1978年，党的十一届三中全会决定把全党、全国的工作重点转移到经济建设上来，制定以经济建设为中心和改革开放的基本国策，同时打破“自力更生”“既无外债，又无内债”的社会主义建设的模式，中国开始真正向世界打开国门。

日本简直就是及时雨。第一笔政府贷款在1979年12月达成协议，这笔钱用在了钢铁上。双方就在上海宝山合作建设大型钢铁企业达成协议，设计年产量为铁650万吨，钢670万吨，总投资214亿日元，其中外汇48亿美元。日方向中方提供钢铁成套设备，使用日本进出口银行融资4200亿日元（约为37亿美元），其他渠道的民间融资20亿美元；5年之内分期付款，年利率7.25%。[2]

这对于停止政治运动、各行各业百废待兴的中国，无异于一针强心剂。

在那个年代，日本出现了一股中国热。对战争还有记忆的人们，对中国放弃战争赔偿心存感激。曾任日本日中友好协会会长的宇都宫德马曾经说过：“如果要日本拿出500亿美元的赔款，即使按日本当时的经济能力来说，也需要50年才能付清。那样将肯定会阻碍日本经济的成长，也不会有日本的今天。这一点是不应忘记的！新中国之所以放弃赔款要求，就是因为中国人民和中国政府珍视日中友好，诚心诚意希望两国子孙后代友好下去。”[3]

在中国，也出现了日本热。黑白松下电视进入家庭。这个神奇的小匣子里放出来的故事，引得街头巷尾的人涌入有电视的人家观看。《血疑》里的山口百惠成为中国大众的第一明星，此后还有“车到山前必有路，有路就有丰田车”的广告。日本，从“鬼子”变成了电视、电冰箱、录音机和汽车，大举开进中国。

特殊的历史语境，造就了特殊历史。

---

[1] 林晓光著：《日本政府开发援助与中日关系》，世界知识出版社2003年版，第194页。

[2] 同上注，第205页。

[3] [日] 岛田政雄：《对日中友好满腔热情的周总理》，收录于 [日] 纪念周恩来出版发行委员会：《日本人心目中的周恩来》，刘守序、沈迪中、宁新、王怡冰等译，中共中央党校出版社1991年版，第168页。

一条条高速公路、一座座钢铁厂在中国拔地而起。王选走在浙江的大地上调查细菌战，总是会想到：这一条高速公路是日本人贷款修建的，那一个机场航站楼，日本人不只提供了贷款，还提供了大量的技术人员。“但是，经济援助能够等同于战争赔偿吗？”王选还是要追问，她发现，在许多人那里，这个概念是模糊的。

日本对中国提供政府援助，有一些“替代赔偿”“忏悔与谢罪”“历史的负债”的意思在里面。[1]日本对华提供的援助以及日元贷款的优惠程度较高，的确有对于中国政府放弃战争赔款的宽宏大量，给予回报的性质和意义，一些日本人也是这样认为。王选常常听到，日本人批评中国人对日本提供的援助没有感谢之意。

战后日本，也曾借助外来资金使经济迅速复苏。美国以日本为太平洋上“不沉的航空母舰”构建亚太战略体系，为了让日本快速从战争废墟中站起来，美国对日本提供了大量经济、军事援助。1946—1951年，美国通过“占领地区政府救济资金”和“占领地区经济复兴资金”，向日本提供了20亿美元的援助；日本政府又从世界银行，得到了8.6亿美元低息长期贷款。日本把这些资金投放到恢复国家的基础工程上，如著名的东海道新干线、东名高速公路、名神高速公路，住友金属和日本钢管，八幡制铁和富士制铁，新小仓火力发电站等，奠定了日后飞速发展的基础。[2]

日本把同样的模式复制到亚洲，借东南亚国家拯疗战争创伤急需援助之机，把经济援助和“战后处理”重返亚洲市场结合起来，获得了向亚洲各国出口商品、劳务、技术和资金的机会。

日本政府着重向包括很多美国盟国的东南亚国家提供援助，在主观上试图通过支持美国的亚洲政策，来巩固日美同盟的政治外交；在客观上借助以“替代赔偿”作为形式的对外援助，与东南亚各国大体上完成了“战后处理”，恢复了外交关系，实现了迅速回归国际社会、提高国际地位的政治外交目的。[3]因此，日本的政府援助及其理念从一开始就是经济政治兼顾、战略目

[1]林晓光著：《日本政府开发援助与中日关系》，世界知识出版社2003年版，第194页。

[2]同上注，第32—33页。

[3]林晓光著：《日本政府开发援助与中日关系》，世界知识出版社2003年版，第36页。

标明确的多元化、复合型援助。

2005年反日游行打出的口号，与1919年“五四运动”的“抵制日货”的口号一样。仿佛历史从来就没有前进过。在度过了中日两国的“蜜月期”后，历史问题超越了经济上的需求而凸显出来。1978年双方签订友好条约之后仅仅7年，1985年“九一八”纪念日中国爆发了学生的反日游行，此后的每逢“5”的战争纪念日，中日之间总有一些骚动和摩擦。

实际上，历史的一页从来没有翻过去。在日本，1978年10月几乎与邓小平到访日本同时，甲级战犯被悄悄祭进了靖国神社。在中国，南京大屠杀、细菌战、“慰安妇”、劳工等战争受害者的心灵从来没有得到过抚慰。

亚太地区战争受害者诉讼日本律师代表高木喜孝指出，按国际法上有关规定，国家不能以国家权利放弃个人的请求权，何况细菌战严重违反国际法，是至今仍在隐瞒的政府行为，还涉嫌继续犯罪。

韩国在处理类同事件的做法，被王选注意到。2011年8月30日，韩国大法院就“原子弹爆炸”与“慰安妇”案件认定，如果日韩两国就日韩请求权协定的解释存在差异，韩国政府就有义务与日本政府进行协商。而韩国政府却没有行动，因此判决韩国政府的不作为违反了宪法，民众催促韩国政府做出外交谈判。

事件最后发展到对日韩条约及日韩请求权协定进行重新审视。2012年5月24日，韩国大法院（最高法院）就在日本一审、二审败诉的韩国新日铁、广岛三菱征用劳工案，判定违反国际人道主义法行为的受害问题，不包括在日韩请求权协定的范围内；日本法院提出的时壁（时效消灭）理由是违反了诚实信用原则，是属于权力的滥用；日本最高法院将战争动员合法化，违反了韩国宪法的精神，不得采用。

对于两国和约请求权的放弃条款，韩国大法院认定韩国民众的该请求权在韩国仍然存在，并可以向国内法院提出诉讼。

在对日诉讼遭到全面封杀之后，中国受害者也希望在国内法院开辟一条出路。中国人在本国法院对日本战争罪行的诉讼，是对日本政府的刺激，也是一个促使其考虑战争遗留问题的办法。2000年12月27日，强掳劳工案向河北省高院提起诉讼；2002年在上海高级法院，也有一起强掳劳工案提起诉讼，均未被受理。同年11月，56名受害劳工联名致信最高人民法院，希望中国法院尽快受理二战劳工索赔案。2003 年浙江丽水市、云和县细菌战受害者向当地法院提起细菌战诉讼，也没有被受理。

注意到中国受害者在国内起诉这一情况，2013 年 1 月 31 日，日本律师协会“考虑战后补偿问题的律师联络协议会”召开第 16 次“战后赔偿诉讼公开研讨会”。会议讨论了对日战争赔偿诉讼在受害国开展诉讼的法理依据和可行性问题，“考虑战后补偿问题的律师联络协议会”事务局主任律师高木喜孝撰写的通信录表明，日本律师在分析发生于希腊、意大利的判例，指出：对于严重违反国际人道主义法的行为，可排除有关外国主权豁免的主张，并认定和平条约对国民请求权的放弃是无效的。这是在国际人道主义法上将个人权利优先考虑的划时代的、开拓未来的判例。日本律师们指出，1949 年“日内瓦四公约”的共通条款，对于严重违反国际人道主义法的行为（对于酷刑或非人道待遇等严重违反国际人道主义法的行为），“缔约国不能免除本国应该承担的责任，也不得使其他的缔约国免除其应该承担的责任”。日本律师们认为，对于严重违反国际人道主义法的行为，法庭站在维护人权的立场审理案件，已经是被大多数国家和民族认可的潮流。

日本律师们注意到，2002 年中华全国律师协会成立了“对日民间索赔诉讼工作指导小组”，他们认为，中国法院目前的不受理，只是处于政治上的不受理状态。[1] 对于在中国进行相关的诉讼，与会日本律师将尽全力给予法理和道义上的支持。

果然，第二年即 2014 年 3 月 18 日，北京市第一中级法院正式受理了 37 名北京籍劳工（及其遗属）诉日本焦炭工业株式会社（原三井矿山）和三菱综合材料株式会社案。这是中国法院首次受理二战劳工诉日本企业案。

然而倏忽之间十年过去，没有人知道有多少受害者已然离世，但开庭的消息却一直没有到来。

其中的原因，没有人知道。

王选他们不可能等来什么说法，“壁”—“墙”沉默不语。中国细菌战受害者一腔愤懑无处发泄，时间却如一群快马，扬起的烟尘早已让历史模糊成一

[1]［日］高木喜孝“考虑战后补偿问题的律师联络协议会（律联协）事务局通信”第 121 号，第 16 次“战后赔偿诉讼公开研讨会”，2013 年 1 月 31 日。

片。再说此一时彼一时，历史的幕布与场景转换充满了偶然性和荒诞性。

细菌战提起诉讼时，中日自1972年开启的政治“蜜月期”已将近尾声。虽然反省和谢罪仍是主流声音，但日本对内换上“另一副面孔”，政治家积极地参拜靖国神社，日本学者毛里和子说：“日本表演着政治的‘双簧’。”

经济依赖加深，政治摩擦不断。1996年中美日关系因李登辉选举台湾地区领导人而触发“海峡危机”，日美两国时隔20年后重新调整了日美安保合作协议，美日联盟军事合作更加紧密。日本全面倒向美国，中日关系受到影响，“一是以此为契机，日本对中国的认识极端恶化了；二是使台湾问题以及相关的日美同盟问题，成为中日关系中的一个最重要的争论点”。[1]

1996年7月，日本右翼团体登上钓鱼岛修建简易灯塔，9月北京等地发生小规模的学生反日行动。日本政府为了平息事态，表示不正式承认灯塔，从而使双方从剑拔弩张中缓和了下来。之后香港活动家乘坐的抗议船登上钓鱼岛，发生了成员溺水事件，引发民众激愤。第二年的5月，日本议员西村真悟又登岛，中日冲突更加显性化，双方的民族主义情绪都前所未有地高涨。

来自日本政治高层的行动，也在响应着这种逆流。这一年由日本原法务大臣奥野诚亮担任会长的自民党国会议员“终战50周年国会议员联盟”，改组为“光明的日本国会议员联盟”，其活动方针为：“今日我国作为独立主权国家存在的这个事实，完全意味着关于上次大战的战争赔偿和战争谢罪问题已经结束，如果这时还表示谢罪的话，就等于践踏了先人的努力和名誉。”

“我们要修正我国的单方面的谢罪和自虐性的历史认识，基于公正的史实的验证来阐明历史的发展，以期恢复日本及日本人的名誉和骄傲。”另外新进党议员成立的“正确传授历史的国会议员联盟”，和“光明的日本国会议员联盟”联合，成为日本政坛一支不可忽视的力量，对历史教科书审定施加压力。1996年4月自民党的“大家都去参拜靖国神社国会议员之会”，会长小渊惠三等国会议员120人，在春季祭祀中大摇大摆地参拜了靖国神社；同年7月桥本

---

[1][日]毛里和子著：《中日关系——从战后走向新时代》，徐显芬译，社会科学文献出版社2009年版，第123页。

龙太郎参拜了靖国神社，这是自1986年以来中断了十年的首次首相参拜。[1]

1997年2月，自民党内当选5次以下的议员结成了“思考日本前途和历史教育的年轻议员会”，其事务局局长就是后来成为日本首相的安倍晋三。这个议员团体支持“新历史教科书编纂会”的“要制订和提供可以满怀自信地告诉下一代的有良知的历史教科书”的行动，要把日本的近代史写成可以“让后代感到骄傲的历史”，反对把日本近代史“全部认定为犯罪的历史”。[2]

恰在此时，王选和她带领的细菌战原告团“杀”到日本，把一段被反复掩盖、隐藏和涂改的历史抖了出来。这和日本政客们主导和推动的“终结50年，翻开新日本一页”正好是“调的反唱”——受害者还活着，他们的讲述血淋淋地鲜活，面对他们，日本的新一页并不那么容易翻开。

历史如沉眠的火山，突然从海底兀立起来，成了一块坚硬的无法绕过去的存在。

由小泉纯一郎参拜靖国神社、钓鱼岛等一系列摩擦而引发的社会情绪，积累到2005年，爆发了对双方都是极大伤害的“反日大游行”。中日关系降到冰点。

细菌战诉讼就是在这样的环境中，艰难地走过12年。

终审判决的消息毫无意外地到来：2007年5月9日，一濑敬一郎律师致电中国细菌战原告：上午10点接日本最高法院电话通知，最高法院第一小法庭以不开庭的方式判决，驳回细菌战诉讼上告，决定不予受理再次上告。理由：个人请求权放弃。

听到这个已经在意料中的消息，中国的原告们还是很激愤。王选说：“日本最高法院的这一决定，对于始终没有放弃对日本司法希望的这群中国老百姓，构成了伤害。”

以原告团为代表的中国细菌战受害者以及家属，从准备赴日本法庭进行诉讼，到听到最终败诉的消息的12年间，40多次、200多人次，千里迢迢，从中国到日本，参加法院开庭审理，或出庭作证，陈述意见，期待在日本法庭

[1][日]毛里和子著：《中日关系——从战后走向新时代》，徐显芬译，社会科学文献出版社2009年版，第149—150页。

[2]同上注。

实现个人权利和尊严的恢复。在这期间，细菌战诉讼原告团180名原告中，已有55人离开人世，生者也日渐年老体衰，但他们所有的努力和期望最终还是落空了。

日本最高法院作为国家最高执法机构作出的这一决定，在司法上，搁置了对日本政府细菌战战争责任的追究；事实上，回避了履行对以细菌战诉讼原告为代表的、日本细菌战中国受害者的司法救济权利；结果上，纵容了20世纪最为严重的、国家组织的、违反人道的战争犯罪之一——日本细菌战。

日本最高法院的决定，终止了细菌战受害者通过日本的司法制度取得救济的诉求，也堵绝了这条解决中日之间的细菌战遗留问题的途径。

但是，细菌战是违反迄今为止所有文化、宗教、法律规范的伦理、道德、人道的极恶之罪。到目前为止，日本政府还没有正式承认细菌战，也没有公开重要资料，更谈不上为之承担责任。日本细菌战责任必须要得到追究。这样一个性质的问题，任之持续遗留，将带来严重后果。

王选在《中国，我的祖国，你接受这个决定吗？》一文中愤然写道。[1]

听到消息的当日，王选即表示，原告团坚定如初，一如既往地与日本律师团、以支援团体为代表的日本人民一起，通过合法的、有效的途径，继续他们的诉求，直到日本政府承认细菌战事实，对细菌战承担责任，向中国的细菌战受害者谢罪赔偿。特别是将考虑向国际社会提出正当诉求。

然而到联合国提出诉求，需要具备一定的资格。王选呼吁允许他们成立民间组织——中国细菌战受害者协会，并吁请中国政府，以光明磊落的姿态，积极作为，及时地就两国间这一重大战争遗留问题，与日本政府开展正面对话，建立操作系统，公开资料，组织调查，补偿细菌战受害者。应该在细菌战受害者的有生之年，解决这一问题，让受害者看到正义和公道。

“我们志愿参加这一工作，贡献我们的经验和智慧。”

“我想知道我们的索偿权利还有没有，谁能给我们说说清楚？！”王选疲惫已极，嘶哑着嗓音喊道。

---

[1] 王选：《中国，我的祖国，你接受这个决定吗？》，刊登于《南方周末》2007年5月17日。

无边的空旷里，这声音像一支折羽的箭，很快疲软着坠落下去，变得无影无踪。

“好吧，先请允许我以细菌战受害者的名义，也问一个问题：中国，我的祖国，你接受这个决定吗？”

然而这孤独的声音，也注定没有回响。

第五部　历史的伤口

第二十章　黑洞

一

2000年王选在上海买了一所房子，一直没有钱装修。后来丈夫经营的公司生意不顺利，把房子抵押给了银行。2003年起，江苏苏州的一家企业启动对王选在国内的全部活动经费的赞助，王选可以把自己贴到细菌战调查诉讼里的钱省下来，攒起来，装修这个房子。

"王选终于有了一个自己的地方了。"央视编导郭岭梅感叹道。

这8年多时间里，王选更多的时候是一个人，在日本和中国的调查和诉讼之旅结束后，回到上海，在妈妈那里落脚，睡在弟弟成家时买的那张三人沙发上。两三天里，处理一些事务，准备行装，再一次出发。

2005年新居基本安顿完毕，装修按照王选喜欢的样式——窗帘是淡蓝色的，窗纱是纯白色的，地板是浅黄色的——洁净、简单。太阳能热水器开始使用，洗衣机的说明书找到了，半地下的书库里装上了除湿机，书和资料不用担心长霉，人也可以在里头工作了。

因为有了这个地方，出差完了可以回家，工作完了就可以休息，又安静又放松。

到中国工作旅行的国际友人，也陆续到我的新居逗留。2月里，"清算日本过去国际协议会"的日本和平活动家有光健，美国的"谋求历史正义会"的美籍韩裔和平活动家简（Jean）；3月里，细菌战诉讼一审出庭证人、世界著名的日本731部队研究者近藤昭二携他的夫人；5月里，细菌战诉讼原告团一审出庭证人、日本著名历史学者、原南京大学留学生、立教大学（日本东京）教授上田信，他8月中旬还要来，和我一起到诉讼受害地之一，我的老家浙江义乌崇山村调查，帮助村民细菌战调查会的细菌战纪念馆建设；6月里，德国汉堡大学生物武器控制中心主任、原联合国生物武器督察员杨·阿肯博士和他的照相摄影师。杨说秋天还要带他全家一起来。近藤昭二先生随时可以来。[1]

这里成了国际人士细菌战诉讼、调查、研讨、交流的中国活动中心。

新家可以安放作为一个女性对生活的渴望了。这种渴望其实很强烈，只是这些年一直顾不上，完全被压抑了。现在，她乐意向别人展示她的生活情调和品位：餐桌玻璃瓶里插着蓝色玫瑰干花，是她自制的；门厅桌上的盆景，她常常更换，红彤彤的山楂果，金灿灿的小南瓜，白胖胖的大蒜，黄黄的柑橘，这些常见的果实，都被她拿来做制作盆景的材料。

"花店师傅把三株爬藤的月季送来了，三种颜色。一株是玫瑰红的，他建议我种在屋后。还有一株是淡肉米色的香槟月季，另一株是淡淡的粉色，纯白的没有，他说这两株种在屋前。"

对花花草草的热爱，让王选显示出了她的另一面：一个内心丰富、热爱生活的女人。但王选又和上海女人大有区别：这是一个不喜欢首饰的女人，几十年来，没有人看见她戴过一件饰品。她也是一个不喜欢脂粉的女人，有一年到北京因为要出台电视节目，被朋友撺掇着买了一瓶粉底液，胡乱擦在脸上，一道道白的，根本就不会使用。知道什么衣服是名牌，但不舍得买，常穿的是家门口外贸小店里的便宜货，和小店老板娘搞得很熟，有新款了就通知她。

王选至爱的东西有两样：一是书，二是花。

王选花园里最惹眼的是一丛种在门边的小草，春天时开出一种耀眼的深蓝色花朵，那种蓝像天空一样寥远，可以深入人的心灵，让人过目不忘。

这是近藤昭二从日本带来的种子，随便一撒，就活了。

王选的屋后，是一棵樟树。房子完工后种下去，随着王选的老去，它已经茁壮地越过了二楼的窗户，有碗口般粗了。"我最喜欢樟树了，在南方到处

---

[1] 王选：《上海的家》，《现代快报》2006年7月24日。

都是，不生虫不生病，生命力可顽强了。下乡的时候，崇山村最多的也是这种树。”

叶片细密，质朴无华，枝叶可以伸展成巨伞状，一如北方的国槐。

抗战时关于樟树还有一段传奇。当时浙江丽水等机场缺乏燃油，飞机无法起飞，人们就将巨大的樟树伐倒，提炼樟油，加到飞机里充当燃油。

这些又让她的花园有了别样的意义。

王选的藏书最多的是关于历史、战争、细菌战的，这些书大都是她日积月累淘来的。一套日文《战史丛书》103 册，占据了两个书架，是她花费 70 万日元买下，又从日本海运来的。

从日本回国，王选总是要拖着两个巨大的箱子，背上再背一个大包。这些行李里装的不是日本商品，而是书、资料、地图。后来经济条件稍宽裕一些，她才舍得办理邮寄。

只要有时间，王选大都和奈须一起逛东京旧书市场，从里面淘货；或者从各个方面搜罗，像得了宝似的，想尽办法带回国内，赠给从事近代史研究的专家们，希望更多的人参与细菌战研究。

国内细菌战研究寂寥，书和资料也少。诉讼调查开始时，王选发现日本人手里的一本重要参考书，是中央档案馆、中国第二历史档案馆、吉林省社会科学院合编的《日本帝国主义侵华档案资料选编》第 5 卷《细菌战与毒气战》，但只是将其中的细菌战部分翻译成日文，日本同文馆出版了 3 册。1995 年王选出差到北京，在王府井大街中华书局门市部里看到了《细菌战与毒气战》中文全本，兴奋异常，17.7 元一本，一下买了一箱子，几乎把门市库房里的存货全买下来，托书店寄到上海。这些书王选自留了 3 本，其余全部分发给了各地的民间调查者和报道细菌战的记者。

她将日本研究者找到的北京 1855 细菌战部队的资料，交给北大历史系教授徐勇。在此之前，关于日军设立在北京的 1855 细菌部队情况，人们只是根据所有的中文档案进行研究，因资料所限，对这个部队的基本情况所知甚少。王选带回来的是 1855 部队史，徐勇借此对 1855 部队的编制、组织、战斗计划、细菌战活动情况等进行挖掘，“冰山一角出现了”，以这份资料为基础，写出了 1855 部队在北京的分布情况。

细菌战诉讼走完了全部的过程，随着时间的流逝，原告们、日本律师们、日本和平运动人士，或者去世，或者老去，所剩寥寥。每每回望，王选心中都颇多感慨，“若干年以后再看，这将是一场伟大的判决”，她说。

官司虽然败诉，但她希望国人能够注意到日本法院全面认定了原告举证的细菌战受害事实这一点，因为这是历史上日本法庭首次认定细菌战加害事实。

在写给《南方周末》的文章《胜乎，败乎？》里，王选写道：“所谓细菌战的受害，大致就是人为地用细菌（或病毒）造成疾病在某区域的发生和流行，引起群体的大规模受害。日本法庭在没有原告方受害的直接医学鉴定、间接法律公证的情况下，对如此纷繁复杂且年代久远的事实做出全面认定，使之成为不争的事实，从法的角度来说是大胆的义举。可以说，法官们最终作为人，听取了被强权出卖和压抑的弱者的呼喊，站到了原告一边。”

在日本，日军曾经在中国战场上使用过细菌武器这一重大历史事实是从不入史的，历史教科书中更无记载，连文部省审查制度的“删改”都挨不上，老百姓几乎不知道有细菌战这样的事。细菌战诉讼打破了强权的封锁，法庭判决被日本各大报社报道，将这一段历史广为传播。事实上，之后在日本出版的一些相关书籍中，已有专家学者在引用细菌战诉讼判决中关于细菌战的内容陈述。

王选告诉国人，诉讼中 180 名原告列举的受害，只是细菌战受害的极小一部分。广大的中国受细菌武器攻击地的历史事实，还远没有搞清楚。日本没有公开资料，中国也没有开展调查，这个历史的黑洞需要补上。下一步要做的：一是采取一切手段要求日本政府公开相关资料，以便全面搞清细菌战历史事实；二是要抢救受害人口述历史，在受害者全部离世之前，将这段历史保存下来。

除细菌战诉讼 180 名原告以外的、中国成千上万的受害者应该怎么办？这个问题不是这么一个诉讼可以回答的，也不能等着这个诉讼来给答案。日复一日，越来越多的人，带着他们看得见和看不见的战争创伤悄然逝去。“我们需要回到原点，这场诉讼的目的，也就是为了从‘受害者的权利和尊严’这一起点上来，重新思考许多问题。”王选写道。

王选这样想，也这样做，她没有一天停下自己的脚步。

细菌战的资料，相当一部分是到了 20 世纪 90 年代才披露出来。中、日、美相继出了一些研究专著，文献史料、实物史料、口述史料等方面的搜集也开始有所启动。但整体而言，与二战史中其他研究课题相比，细菌战研究相当薄弱。

只有找到更多的档案、资料，才能推动调查深入。在得知美国档案解密之后，王选便和近藤昭二策划去美国查档。

战后日美交易，细菌战资料一部分移到了美国。美国已经将这些资料分别于20世纪50年代、70年代还给了日本。

1994年，位于首都华盛顿宾夕法尼亚大街的美国国家档案馆，因空间狭小无法再容纳新资料进馆，于是在马里兰大学提供的土地上建起新的现代化档案馆，建筑面积16万平方米，是目前世界上最大的档案馆。美国政府和美军保存的细菌战资料，大多收藏在马里兰州的国家档案馆新馆里。

“其实，中国的学者是可以通过向国家申请经费立项去查的，再不调查亲历的老人都要死光了，晚了。”王选为此着急上火。

2003年8月，利用诉讼休庭的间隙，王选和近藤赴美查档。

“史维会”资助了这次查档的费用，并以便宜的价格，租下一个老人之家空着的套间，但房间里没有床。近藤睡在里间，有一张吹气的床垫，王选睡在外间的地上，两个房间的门没有锁。白天去档案馆，晚上草草睡一会儿，就这样将就了一个月。

“当然要让近藤睡气垫了，他在研究方面是我的老师嘛！第一次，如果让我一个人去，我不知该怎么查。”王选说。

每天进馆，先申请要查的档案。档案会用比单人床稍窄的平板车从库里推出来，王选要迅速翻检，找到需要的，拿去复印。王选的英文比近藤好，负责阅读查找。这种查找是概略式的，既要快又要准确，这就需要高度集中注意力。很多档案当年的英文打字很模糊，加大了辨识困难。每天一板车一板车地批阅，从档案馆里出来，都头昏脑涨的。

档案馆的大门一打开，早早候在门口的王选又是第一个进入。此时已是查档的扫尾阶段，近藤已经先回日本，只有王选一个人继续。一大平板车档案推出来，只瞄了几眼，王选就感觉到这些档案非比寻常。再看里面的内容，有一些基本可以判断是医学数据，“我凭感觉判断很重要，是日本医学方面的论文，被翻译成了英文”。王选当即决定复印这一板车的档案。档案量太大，幸好此时两个在美华人工程师来帮忙，几个人一起才复印了一半，共20箱。

这次查档的资料目录全部复印。第一套复印件是给近藤的，王选再复印出一套，装了整整三大箱。从美国发快件寄回国太贵，算算账没舍得，全部装箱自带。

王选从美国档案馆找到并复印出来的那一大套档案，正是日本《陆军军医学校防疫研究报告》第二部的论文英文翻译版，之后日本细菌战研究者常石敬一又在美国国会图书馆找到了日文原版。现在已知日本陆军防疫研究报告分为第一、第二部，全部是有关细菌战研究的论文和报告。其中第一部为极密级，有上百部论文，但只披露出来数篇；第二部有论文800篇，是731部队和日本陆军军医学校，在日本医学界寻找有研究能力的人，委托他们进行的项目研究。细菌武器开发研究几乎把整个日本医学科学界都卷了进去。

奈须介绍，发现其中大多数论文都与跳蚤研究有关。跳蚤正是日本细菌战开发的核心生物武器。

一趟美国之行，像打了一场仗。时间紧，翻阅量大。与日本人一起工作，王选已经习惯了，一定要做得更多更好，比日本人还要精细。没有谁要求，王选自己心里拧着一股劲。

二

第一次看到烂脚是在江西玉山岩瑞乡，那是1996年，王选和日本律师在中国进行细菌战受害调查。

“突然，一个烂得失去双脚的村民，坐在一块装着小轮子的木板上，手上绑着轮胎橡胶块，以手划地代步，爬到我面前。苍蝇‘嗡嗡’地跟着他飞。我整个人都惊呆了，我从来没有见过一个人的腿脚会烂成这样，眼泪止不住唰唰地往下流……”

岩瑞乡离当年玉山军用机场两三公里，是1942年日军浙赣会战细菌战重点攻击地。这个烂脚的村民是从机场边上的村子爬过来的。他告诉王选，他那个村庄，当时有很多人烂脚，都烂死了，只有他一个人还活着。

当时，日本的律师正协助中国的细菌战受害者，到日本法院状告日本政府和军队在战争中使用细菌武器。但是烂脚是否和细菌战有关，调查研究还未开展。

1998年11月日本律师在王选的家乡崇山村与村民开诉讼会议时，金华汤溪镇的程景荣听说了，特意赶来，将他的烂脚"砰"的一下架在桌子上，摆在日本人眼前。

烂脚不在细菌战诉讼调查的范围之内，当时主要调查的是鼠疫。参加细菌战诉讼的180名原告，除了浙江江山的细菌战霍乱受害者以外，都是细菌战鼠疫的受害者。

王选把细菌战称为"历史的黑洞"，战争过去了半个多世纪，关于细菌战的田野调查基本上等于零。这是一个巨大的工程，是需要用脚"走出来"的历史，一家一户，一个个的受害人。当一个地区的调查展开的时候，缺失的历史细节就会显露出来；而当一个地区完全没有调查时，就处于茫然的黑暗中。

日军侵华期间，中国除了青海、西藏、新疆等西北省区没有受到生化武器攻击，大多数国土均被攻击或被波及。但用的是什么细菌、多大范围、伤亡情况都不详，《井本日记》《金子顺一论文集》中记载的地区很多都没有详细调查被细菌污染的地区现在的状况如何、细菌是否还在为害？更没有调查摸底。

一切都沉陷在黑暗的深渊里，默然无声。

但细菌战遗留至今的残酷事实，会时不时地冒出来，扎中王选的心；一双双腐烂的脚，总是在她眼前晃动。

1998年与1999年，王选到浙江省金华市近郊上天师村调查，看到一双双的烂脚，因为当地烂脚人太多而被称为"烂脚村"。烂脚的人亲戚朋友不来往走动，路人过往，见到村里人，都避之不及。上天师村位于通往武义县的交通要道上，武义有氟石矿，为飞机外壳的材料，被日军独占开采。村民们说，驻扎在上天师村的日军从来不用当地的水。村里有300多口人，当年有三分之一的人因烂脚烂死。村子周围同一水域的村庄，也发生了烂脚病。[1]

2001年9月，在旧金山中日关系国际会议上，王选出示了金华烂脚病例的照片。这是烂脚第一次出现在国际视野中。

她利用一切机会呼吁国际社会关心这些"烂脚"，希望微生物学、病理学

[1] 王选：《见证历史》，参见李晓方著：《泣血控诉——侵华日军细菌战炭疽、鼻疽受害幸存者实录》，中央文献出版社2005年版，第12页。

的有关专家能够到中国进行调研。当王选不遗余力呼吁时，一条信息也向她汇拢而来：美国加利福尼亚大学医学院皮肤病学临床教授、世界医生协会会员迈克尔·J. 法兰兹布劳博士，曾于1996年10月向世界医学协会提出《关于要求日本医学协会谴责731部队医生的提案》（草案）：

1. 鉴于日本帝国军队中的日本医生在1932—1945年间所犯的罪行已经证据确凿；

2. 鉴于日本医学协会并没有正式谴责731部队医生野蛮暴行的记录；

3. 鉴于成立世界医学协会的基础是记录医生的行为（曾记录纳粹德国的医生在1933—1945年间的兽行）；

4. 鉴于世界医学协会的存在有赖于提高世界各地医生的伦理道德水平，杜绝上述事件的再次发生；

5. 我们决议，世界医学协会要求日本医学协会正式谴责1932—1945年间的日本帝国陆军731部队，并且进一步要求日本医学协会承认这一罪行并向受害的平民谢罪；

6. 决议日本医学协会要求日本政府解释清楚，为什么从未就谋杀和反人类罪起诉731部队雇用的医生。

由于出席的是世界医学会的德国和日本代表团的活动，决议案只有一票赞成——是他自己投的。[1]

在王选的组织和安排下，2002年3月，谢尔顿·H. 哈里斯、迈克尔·J. 法兰兹布劳博士与马丁·弗曼斯基博士（微生物学家和病理学家、国际监督生物武器组织成员）三人一起从美国飞来，在王选的带领下去浙江金华和衢州看烂脚。

王选和医生们所到之处，村民都围上来。“一堆一堆的烂脚人，真是太多

[1] 迈克尔·J. 法兰兹布劳博士2002年3月来中国看过烂脚病之后，更坚定地每年在世界医学大会上提《关于要求日本医学协会谴责731部队医生的提案》。被否决了11次后，教授高兴地给王选来信说：“我的决议案得到12票赞成，25票反对。这是一个进步，比以往每次多了7票赞成。如果我活到100岁（不大可能），我兴许会看到这个决议案成功通过。”

了，现在这些人差不多都死了。”王选说，村民诉说自己的经历，几乎都用了一句话：自从日本人来了之后，脚就开始烂起来。

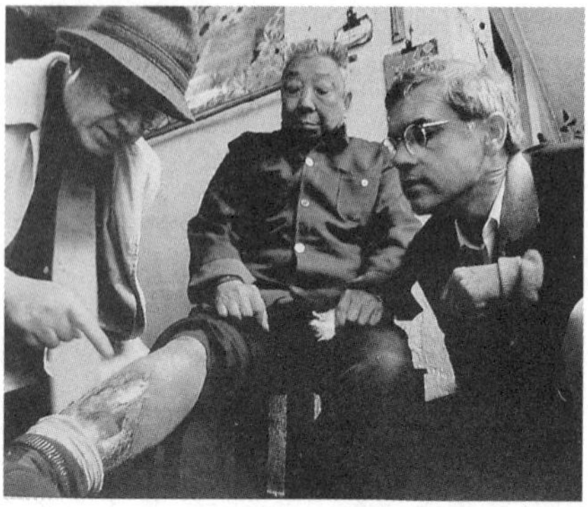

美国加利福尼亚大学医学院皮肤病学临床教授、世界医学协会会员迈克尔·J. 法兰兹布劳博士（左）、马丁·弗曼斯基（右）在中国浙江进行烂脚调查。李晓方摄

金华潭头乡山脚下村94岁的潘春莲，向美国医学博士诉说当年的经历：1943年五六月间，“鬼子”来了，许多人都跑了。只有一个小青年不跑，结果被杀了。人们返回村子后，许多人都得了烂脚、烂嘴病。

这是个有100余人的村子，70多人都烂了，潘春莲是其中之一。当时她1岁的儿子陈有升正在哺乳期，因为喝了母亲的奶也感染了。孩子先是身上出现红点，接着耳朵、嘴唇都发生了溃烂，都是从里往外烂，后来越烂越深，越烂越厉害，牙床几乎要烂掉了。虽然陈有升后来被老中医救活，但在3岁时不会讲话了，耳朵溃烂得失去了听觉。

医生们戴上手套，轻轻触碰浓血肿胀的伤口，仔细询问得病时的情况：“接触了什么？初起时的症状如何？”

“手上、胳膊上是否烂过？痛不痛？”

潘春莲：“耳朵烂，手上没有。从里向外烂，脓流了出来。”

“当时有种牛痘吗？”

“没有。”

迈克尔·J. 法兰兹布劳博士转身对王选说：“像这种病菌，自然引起的都是个例，不会成群地发生。”

3月4日下午在达雅畈镇书房巷上街121号，生于1920年1月8日的84岁的程崇文，亮开了他溃烂的伤口。哈里斯的眼睛一下子就湿润了。

这是调查中遇到的烂得最深的伤口，血和脓还在往外流，肌肉坏死，腐肉一小块一小块地掉下来，溃疡处烂到只剩下了骨头与筋头。结痂、流脓、溃烂反复发作，他被伤病痛苦折磨逾60年，晚景非常凄凉。

他说，日本人来后第二个月，他和母亲就得了病。家里把房子、地都卖了给他打针。母亲不舍得打，脚跟都烂没了，5个月后母亲就烂死了。后来他曾在金华中心医院开过刀。伤口愈合过，不过又很快烂出来。

我们不断听到同样的描述。日本人来的时候，绝大部分村落的人都逃到乡下或者山里躲藏起来，他们知道如果留下，会遭遇日军的暴行。他们躲避时的生活非常艰苦，但大规模流行病的暴发是在日本人离开村子、他们返回村落之后。各种各样凶恶的疾病发生了：高烧、腹泻、出疹和开始出现一批烂腿。死亡率很高，很多家庭至少失去一个成员，有的全家死绝，整个村子人口剧减。[1]

马丁·弗曼斯基博士后来又来中国进行调查和研究，从医学史研究领域来讲，他非常重视流行病发病时的细节收集。

需要着重指出的是，疾病是在中国人返回村子后才发生的。我们可以想象，当村民作为难民躲在乡下的时候，那里的水源不行，卫生差，烧水和煮饭的燃料缺乏，但疾病没有发生。直到村民返回条件应该更好的村子的时候，开始生病死人。我们从日军的供词中了解到，撤退时他们有意污染了食品，让饿着肚子的村民返村后吃。[2]

金华、汤溪，一个村一个村走访。三个学者的年龄，加起来超过200岁。而王选不知道的是，哈里斯已经身患癌症，到了生命的最后阶段，他是拼着全力来的。王选租的一辆破面包车颠簸在乡间的路上，大家一下车就集中调研，尽可能地和更多的人交谈，看更多的烂脚。

---

[1][美]马丁·弗曼斯基著：《侵华日军浙赣细菌战炭疽、鼻疽攻击受害地调查报告》，收录于李晓方：《泣血控诉——侵华日军细菌战炭疽、鼻疽受害幸存者实录》，中央文献出版社2005年版，第30页。

[2][美]马丁·弗曼斯基著：《侵华日军浙赣细菌战炭疽、鼻疽攻击受害地调查报告》，收录于李晓方：《泣血控诉——侵华日军细菌战炭疽、鼻疽受害幸存者实录》，中央文献出版社2005年版，第34页。

后来王选把她和她的学生们调查的数据给我，让我来进行研究和分析。这个数据有 87 个幸存者。这 87 位幸存者，被多次访问，有些多达两三次。

汤溪 80 例烂脚病的数据是：63 名男，17 名女。这 80 个人中，有 45 例痊愈了，13 例未知，22 例伤口还一直开放着。在发病的时间上，（19）42 年发病的将近 35 人，（19）43 年发病的超过 25 人，（19）44 年发病的在 5 到 10 人之间。在发病年龄分布上，0—5 岁是少量的，6—10 岁将近 20 人；11 到 20 岁最多，达到 45 人；21—30 岁在 15 到 20 人之间。这里要说明的是，这是 2007—2008 年采访的幸存者，这些活着的人当年都是小孩子或者青年。并不是年纪大的人没有感染，而是这些人在王选调查的时候早都已经去世了。

这些数据说明烂脚病是于 1942 年突然、集中出现的，感染的人大都是少年、青壮年，这一点很重要。因为糖尿病和循环系统障碍也会造成这种腿部的溃疡，但是只会在老年开始发生，而不会出现在青少年当中。

那么作为一个医生，我就要问自己，是什么造成皮肤和腿部溃疡在所有年龄段（包括儿童和青少年）的突然暴发呢？

他们每人都呈现相同的慢性病症状，皮肤上患了疽病。尽管他们的住处相距遥远，相互不认识，但每个日本生物战受害者的叙述都大同小异。[1]

面对两位医学博士，乡民们诉说着得病时的症状：一开始是皮肤上出现一个小点，会发痒但不痛，像被蚊子咬一样，但没几天就会从里面发出来，像皮肤底下有东西一样，形成一个黑点。然后从这黑色的中心，爆裂成为无痛感的溃疡，溃疡再向下、向里烂，腿或者其他烂的部位就大范围地肿胀变形。

有人的腐烂疼痛难忍，“疼得在地上打滚”，一位脸烂掉一半的妇女说。皮肤突然之间肿胀，然后从里面烂出来，就像皮肤下有很多座小火山一样，这一处、那一处地往外冒，喷出脓血。“好好的一个人，很快就全身烂死了。”

---

[1] 本书作者 2015 年 5 月对马丁・弗曼斯基博士的采访。是年，马丁・弗曼斯基博士再次到中国调查，并在常德细菌战国际研讨会上发布他关于炭疽、鼻疽的调查和认识。

我们从受害者的描述中判断出，带来烂脚村名字的两种疾病是皮肤炭疽和鼻疽。这两种疾病的发生，都无疑是由细菌武器攻击造成的。[1]

两位医学博士做出了非常肯定的判断。

马丁·弗曼斯基博士说，自从2001年美国遭遇“9·11”后的邮政炭疽袭击后，炭疽这种病才更为人知。1942年在浙江引起的疾病是皮肤炭疽，2001年美国邮政职工则死于呼吸道感染的肺炭疽。

炭疽孢子通过皮肤破口或擦伤处侵入人体内后，引起皮肤炭疽。得病时，入侵局部形成小丘疹或水疱，迅速破裂并变成黑色的溃疡。黑色溃疡不断扩散，通常周围的组织会肿胀得厉害、变形。特别是如此大面积的溃疡和肿胀，病人却几乎没有痛感。溃疡主要在皮肤，皮下肌肉和骨头一般没有影响。如果感染在脸部，主要症状是肿大。

在抗生素提供快速、有效治疗前，炭疽向血液系统扩散，引起大范围炎症，死亡率大约为50%。50%的感染者幸存下来，肿块消退，溃疡痊愈，通常没有疤痕。[2]

炭疽的特征是黑色溃疡，英语里“炭”（anthrax）意为“黑”。

鼻疽死亡更快，致死率也更高，死亡率达到50%—80%。鼻疽很疼，肿胀在皮肤底下会像“一朵花开放”一样，“自下而上”烂出来，造成大片深度溃疡，这一点和炭疽很不同。鼻疽的伤口愈合更慢，并会转移。细菌随着血液循环而移动，会在四肢、躯干、头和面部产生新的溃疡，也可以蔓延至骨骼和关节。

如果鼻疽没有在几天之内致人死亡的话，会使人身上长出很深的、流到哪里哪里就会溃烂的疮，极其疼痛，持续数月、数年不愈，最后形成一些明显的星状疤痕。

马丁·弗曼斯基说，在接触到浙江的患者之前，他甚至都没有听说过鼻

[1] 本书作者2015年5月对马丁·弗曼斯基博士的采访。

[2] 同上注。

疽，因为这种细菌就算在1942年也早已经像天花一样灭绝了。19世纪20年代，人们发明了一种检验马匹是否感染鼻疽的办法，所有的病马都被清除。至20世纪30年代，鼻疽在欧洲和北美灭绝了。标准的教科书里传染性疾病不再有鼻疽的内容，最近的一本鼻疽专著出版于1906年。马丁·弗曼斯基认定：中国浙江出现的鼻疽症状，毫无疑问是细菌武器攻击带来的，因为世界上的鼻疽菌只存活于作为战争手段使用的细菌武器中。

鼻疽作为生物武器的可怕之处，是因为这是一种非常难缠的细菌。鼻疽原是马的疾病，传染非常快。一支军队一匹马感染，就只能把所有的军马全杀掉。这还没完，鼻疽会在水中或在干燥马具和马厩上附着。即使你把马槽洗干净了，也还是不行，唯一办法是把马槽用火烧了。

“我这里有一个慢性鼻疽患者的案例，Dr Gaider。他是一个长期的鼻疽患者，身上各处发生溃疡。最严重的溃疡最初出现在手指上，医生不得不截掉左手食指；但是病变进一步扩散发展，医生不得不截掉整个左手臂。他的身上出现多处流脓溃疡，经过很长时间才最终痊愈。Dr Gaider写有日记，他说这种病是他和他周围的医生所见过的、最痛苦的疾病，疼痛使他每次换药时都得用吗啡。”[1]

历史上人类鼻疽通常是由马传染马厩工人，大部分为个例。从来没有出现过大型公共性的、人与人传播的疫情暴发，也从未出现过多个受害者的疫情暴发。像浙江这种一个村庄多数人的感染极为罕见。

在极痛苦的折磨下，50%—80%的感染者会在几天之内死亡。剩下的只有5%—10%的人可以治愈，还往往需要用截肢手术，把很深的流脓的伤口切除根治。

马丁·弗曼斯基走的村庄越多，就看到越多的带着星状疤痕的人。这是鼻疽溃疡的典型特征，有的人伤口还在流脓水。

我不确定他们是否仍然携带鼻疽菌，或是早已被其他细菌感染了。有几个通过截肢才活下来。我们遇见很多这样的受害者，他们四六成群地出现在我们面前。单这点就说明，1942年烂腿病患者的人数至少有数百，或者说

[1] 本书作者2015年5月对马丁·弗曼斯基博士的采访。

数千。[1]

浙江丽水市莲都区碧湖镇87岁的徐丙翠，嘴的部位就是个圆洞，完全没有嘴唇；两颗残缺的牙齿歪栽在那里，感觉随时都会掉下来。这个个子矮小的老人，说话会发出呼呼声，像漏气的风箱。

“我11岁那年，日本鬼子撤走后，村子里一夜之间家家都有死人的。”她说。她的父亲暴病死亡，很多人烂手烂脚。

“一天我外出时嘴被山坡上的树枝碰了一下，当时就起了一个红疹子，感觉有点火辣辣的，有点痒。没有几个小时工夫，整个嘴就肿起来，长了很多水泡，水泡变黑，就开始烂。”

腐烂以惊人的速度发展，到第四天，她的嘴唇就全部没有了，连带着牙齿也往下掉。“我痛得死去活来，在地上打滚，都不知道是怎么活下来的。一口牙就剩三颗。”

马丁·弗曼斯基见到这个半个脸部肌肉全无、露着衰老牙床的妇女时，内心像刮过一场飓风。他知道，坐在他面前的这个人，是通过极高的死亡率而活了下来，又通过了更小的痊愈率，再穿过60年漫长岁月出现在他的面前，简直就是活着的历史。

这种撒播不是简单的控制范围内的田野实验，而是以一个省的人口为目标的、大规模杀伤性武器的攻击。事实上，烂脚村说明这种攻击是成功的，造成了成千上万严重的病例，也引起成千甚至成万人的死亡。[2]

“How Many?”“许多许多”人烂脚，“到底有多少？”美国医学博士问王选。你们不能总说有“许多”，必须给出“多少”，需要拿出数据：在中国，多大范围、多少人受到了伤害？

茫茫如烟海，谁也不知道到底有多少。

尽管王选已经进行了相关调查，但要说清楚到底有多少人受害，依然是

[1] 本书作者2015年5月对马丁·弗曼斯基博士的采访。
[2] 同上注。

一件难事。在南京师范大学张连红教授举办的历史学界座谈会上，三位美国学者呼吁对日本在华细菌战历史进行调查。王选决心去把一个个活着的烂脚病人找出来，为他们建立基本的数据库，留下他们的口述历史。

区域性的、覆盖性的调查，仅凭几个人是无法完成的。一次王选到宁波大学演讲，产生了成立学生细菌战调查社团的想法，经与学校协商，最终成立宁波大学细菌战调查会，达成成立学生细菌战调查社团的共识。

2004 年起，沿着浙赣铁路——当年日军发动浙赣细菌战的路线，王选带着宁波大学细菌战调查会的学生，利用寒暑假期，五一、十一假期，翻山越岭，在当年浙赣细菌战作战地，一个村一个村地跑，寻找烂脚老人。

田野调查是一个苦差事。大规模的细菌战调查不仅涉及人力物力，更需要专业的调查手段和相关的知识。大学生们都是第一次参与，跑过一遍路之后，回来发现调查不规范，不得不全部推倒重来。又一地一地、一村一村、一户一户地重新寻找，录音、照相、核实身份信息、详细询问得病前后情况。

2008 年，浙江工商大学也成立了细菌战调查会，开始介入调查。学生们参加社团活动一般只能在大一、大二期间，之后他们要毕业实习和找工作，王选又要对新一届学生进行培训，亲自带领着去调查。

这一调查，便是 14 年。

2018 年烂脚田野调查基本完成。两个大学学生协会一届届毕业，一拨又一拨年轻人轮换，只有王选铁打不动。

王选和大学生调查者晚上汇总情况，过度疲劳的她竟然在学生的注目下睡着了。本书作者摄

14 年间烂脚幸存者名单，从第一个增长到 900 个。而每个名单后面，还有一串已经死亡了的烂脚人的名字：他们的父母、兄妹，他们的亲戚，他们同村的伙伴。每一个烂脚幸存者周围都有数十个已经烂死的亲人、邻居。这些悄无声息死亡的人，可以使这个名单扩大数倍。他们的死亡都可以归

结为一个词——个乡民嘴里最简单的词——“活活烂死”。

然而这份幸存者名单，某种意义上是另一份死亡名单。名单上多是八九十岁的老人，有的刚刚做完口述便去世了；有的才被找到，还没来得及拍照和记录，下次再去时，已经阴阳两隔。名单虽在，老人们却一个个从现实中消失。还有多少活在世上，14 年后王选仍无法确知，“大概还有一半吧，随时都在死去”。

在一份王选和学生绘制的地图上，显示了一条烂脚分布的地带。这个狭长的地带，夹着浙赣铁路从浙江省一直延伸到江西，发病的地区包括浙江的富阳、萧山、诸暨、义乌、东阳、金华、汤溪、兰溪、龙游、衢州、江山、遂昌、松阳、丽水……

金华、丽水、衢州三个地级市，呈三角状坐落于浙江省的中西部。这里是浙赣会战的中心区，三个地方都有机场，是日军重点攻击地。这里也是烂脚病最多的地区。金华汤溪，自古是兵家必争之地，更是典型的烂脚镇。2009 年王选带领宁波大学的学生来调查，有 380 名烂脚人活着。金华汤溪镇，几乎村村有烂脚，有的村因为烂脚多，被人称为“烂脚村”。

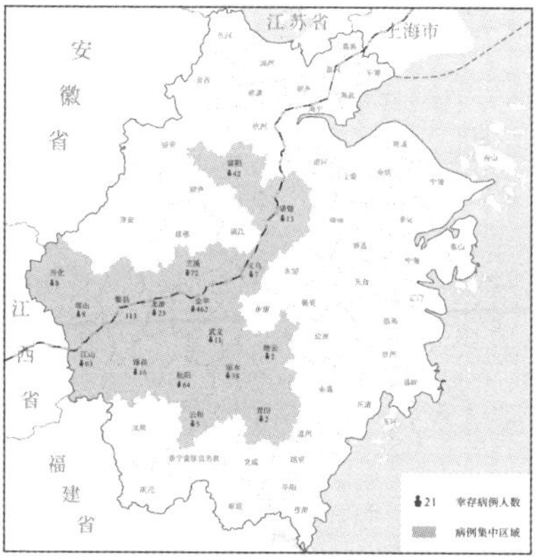

浙江省战时烂脚病调查示意图

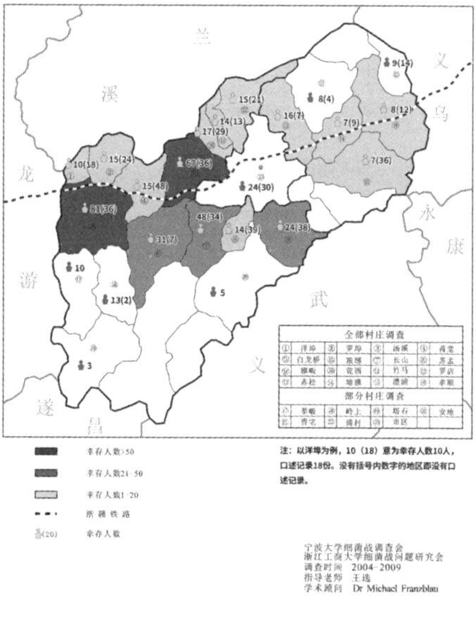

浙江省金华市“烂脚病”幸存者分布图

“从 1940 年到 1945 年间，这么集中的、广泛地区的发病，无论如何都不是正常现象。而作为当时的战场，这些烂脚都是伴随着战争而发生的。”王选说。

三

压在王选肩头的，还有山东鲁西霍乱调查。

随着细菌战诉讼的深入，王选越来越意识到诉讼揭开的只是细菌战冰山的一角，相关的历史调查基本是空白。1999 年冬天，王选萌生了抢救性开展日军在华细菌战田野调查的想法。

山东鲁西是中国被细菌战攻击受害严重的地区之一，在这里，日军使用的是霍乱。

王选读《细菌战与毒气战》一书时，书中收集的 14 名当年关押在抚顺战犯管理所的日军战俘供述，让她极为震惊。这些供述均指向 1943 年 8 月下旬至 10 月下旬，日军在鲁西进行“撒播霍乱菌”的作战。作战主力为日军华北方面军第 12 军，日方资料将此称为“十二军十八秋鲁西作战”。战俘们供述中提到卫河沿岸被细菌战霍乱攻击之后，造成的死亡数以万计。这个数字远远大于当时细菌战诉讼挖掘出的浙江、湖南常德的死亡人数，其情景应该相当惨烈。

这成为压在王选心里的一件大事。

鲁西流淌着一条大河叫卫河。卫河流经河南、山东、河北，自天津入海。沿卫河向北，是京杭大运河的一段，当地老百姓还一直把这里叫“御河”，这是来自宋代的称呼。

1943 年夏，卫河两岸大雨连天。日军趁着卫河涨水扒开河口，撒播霍乱菌，造成霍乱在卫河沿岸 10 县区大面积流行。其中卫河西岸 8 县以及东岸 1 县全部乡镇，都有霍乱发生。东岸东昌府区乡镇中，75% 的居民被发现有霍乱。

《细菌战与毒气战》中战犯们供述：1943 年 8 月上旬，撒播霍乱菌的行动就悄悄地开始进行。

细菌是由我交给第 44 大队军医中尉柿添忍，再派人散布的。

将两管霍乱原菌让细菌室加藤兵长包装起来，用红笔写上危险，和 100 管蛋白质水溶液，一起交给独立兵团第44大队军医中尉柿添忍和与他同行的1名卫生兵。

——林茂美，第12军第59师团防疫给水班细菌室检查助手、书记、卫生曹长

伴随着细菌战的实施，是趁着卫河涨水扒开河口的行动，这是为了让霍乱菌随着河水的泛滥而流行到更广大的区域。

于临清县小焦家庄，受日军第44大队大队长、中佐广濑利善的命令，破坏卫河河堤，淹没解放区和散布霍乱细菌，用铁锹挖开了50米长的河堤。选定在水流最急的弯曲处，用铁锹拨开堤身，我亲自动手决堤，另外40多名士兵散在周围警戒，阻止前来反抗决堤的群众。

——金子安次，第59师团第53旅团独立步兵第44大队重机枪分队上等兵

以小队长的身份，率部下25名，参加大队在临清、馆陶、堂邑等地区进行的“霍乱作战”，以锻炼日军士兵在霍乱流行地区进行作战的能力。在攻击村庄时，迫使患霍乱病的人四处奔逃，引起霍乱传播蔓延。这次行动，后来由于日军内部染上霍乱，暂时停止。

——小岛隆男，第59师团第53旅团第44大队重机枪小队队长、少尉

1943年8月至9月，扒河口、撒细菌等行动在不同地区相继进行。更惨的是，日军侵入疫病流行的村庄和农户家，驱赶得病的农民外出逃亡，以使霍乱快速传播。

第59师团长中将细川忠康，命令我前去调查霍乱初发地南馆陶驻地及附近中国居民情况。我带领防疫给水班的3名卫生兵和另1小队赴军内最早发现患者的南馆陶，侵入10户居民家检查，发现有20名中年男女完全呈现霍乱症状，惨不忍睹。得不到任何治疗的这些中国人无疑将全部死去。在该地，我对疑似霍乱患者进行了直接采便，并从吐泻物中取出10件可检物，当日返回临清驻地，经黑川检查班检验结果，证明全部为霍乱阳性菌。

——林茂美，第12军第59师团防疫给水班细菌室检查助手、书记、卫生

曹长

奉中队长中野登之命，率部下30名参加“讨伐”，每天步行16公里到20公里，驱使中国的和平农民中的霍乱患者迁往他处逃难，以便使霍乱在中国人中间进一步蔓延。大队军医柿添忍身穿便衣，与尖兵共同行动，调查霍乱蔓延情况。在向师团军医部提供资料时，我积极协助其行动。

——矢崎贤三，日军第12军第59师团第53旅独立步兵第44大队步兵炮中队军官值班士官、见习士官[1]

日军鲁西细菌战霍乱攻击到底造成了多少人死亡，涉及范围有多大，却处于一种模糊状态。有人说，鲁西细菌战造成临清等20个县20万民众死亡；也有说法是卫河决堤后又造成沿河8个县22万多民众死亡。两项相加，鲁西细菌战共造成死亡40多万人。更有学者指出，鲁西细菌战的死亡人数应该在50万—60万。另外，鲁西发生霍乱前后，天津、河南、河北等更大范围之内也曾霍乱流行，它们与细菌战的关联如何，更是难解之谜。

1999年，王选得以认识中国抗日战争史学会会长白介夫，向他介绍崇山村鼠疫受害和发自崇山村的细菌战诉讼情况。白介夫说，可以借抗日战争纪念馆的名义，来推动细菌战调查工作。

于是，第一次全国性的、关于细菌战调查的会议召开。王选带领的那些“老兵”——浙江义乌、湖南常德的受害者，登台介绍民间自己开展的调查。

这次会议会务费3万元，是王选向义乌市的市长申请来的。

2000年冬天，王选结识了临沂地方抗战史研究专家崔维志。当时的情景依然鲜活，中国社科院近代史研究所研究员荣维木大声向王选喊道：“王选，我给你找到一个做鲁西调查的合作伙伴了，你看看，棒不棒！”随着喊声，一个黑不溜秋、高高大大的山东大汉站在面前。虽然人高马大，但还没开口，就满脸通红了。

崔维志对鲁西细菌战进行了一些研究，收集了部分资料，编辑成了一本资料集《鲁西细菌战大揭秘》。王选对他说，不能停留在日军供述内容和资料

[1] 以上引文出自中央档案馆、中国第二历史档案馆、吉林省社会科学院合编：《日本帝国主义侵华档案资料选编：细菌战与毒气战》，中华书局1989年版，第308—496页。

的整理上，要下去实地调查，采集亲历者口述。

2002 年 12 月 19 日，王选与南京大学博士张启祥、中央电视台新闻纪录电影制片厂编导郭岭梅、新华社浙江分社记者谭进一起到济南，会合崔维志夫妇等人到临清、临西、馆陶一带调查。

鲜活的历史细节扑面而来："饿，肚里没有东西，拉肚、肚子疼。"卫河决堤处，霍乱流行村，老人的记忆依然活灵活现。对霍乱毫无知识和防疫办法的农民，对感染者只能用农村的土方，扎针放血。大雨连天，加上日军决堤，农民屋倒房塌，都生活在水里。

4 月，山东大学请王选去演讲。她说："那些普通的农民没有能力把他们的经历记录下来，这里是山东最高的学府，你们是国家培养的未来人才，你们不去记录谁去？你们应该有舍我其谁的担当，把普通农民的历史保存记录下来，做他们的口述历史，是为了维护他们的生命尊严。"她号召大学生参与调查。

在日本友人山边悠喜子的帮助下，王选找到了当年供述山东霍乱作战的老兵，还在世的林茂美、菊池义邦、金子安次三位。王选和郭岭梅立即自费去日本采访摄像。

2004 年，忙过日本高等法院的细菌战二审之后，9 月，王选拉上一濑敬一郎到山东、河北现场考察鲁西霍乱作战，一行人到受害的村庄去找见证的老人。

此后，记者近藤昭二夫妇，也应王选之邀来到山东临清。近藤采访了临清县城附近的亲历者，确认了《天皇的军队》（讲谈社）中日军人员描述的当年决堤卫河的方位、附近日军炮楼的位置等。

1942—1943 年山东鲁西政权结构复杂。王选找到的"日本华北方面军'肃正建设三年计划'目标"图显示[1]，日本北支那方面军占据地域大约 10%，伪政权协助的准治安区占 60%，另有 30% 中共控制的"未治安区"。日本华北方面军建立了"肃正建设三年计划"目标，力图完全拿下这块区域，因而扫荡破坏不断。鲁西天灾，加上兵匪、卫河决堤与莫名的流行传染病，使这一地区深陷战争苦难。活着的老人，至今还把当年叫作"大贱年"。

[1] 该图出自日本防卫厅防卫研究所战史室著：《战史丛书·北支那的治安战》（1），朝云新闻社，1971 年。

香港启志教育基金会从媒体的报道里知道了此事，联系王选，愿意资助鲁西细菌战的调查。王选向山东大学历史文化学院教授徐畅提议，参考宁波大学细菌战学生志愿调查社团的经验，在山东大学成立学生社团，指导组织学生参与调查。

2006年11月，“鲁西细菌战历史真相调查会”正式成立。王选、启志教育基金会总干事李诚辉、山东大学历史文化学院教授徐畅担任指导；山东聊城大学和山东艺术学院的学生也加入了调查。

王选参加了协会所有的重要会议，以及每一次调查计划的制订、调查培训工作，向学生们强调对历史、社会的责任，强调调查的客观性科学性，以及口述历史应该注意的方法和事项。

细菌战诉讼2007年终审判决。日本最高法院认定中国180名原告举证的细菌战全部事实，但驳回了赔偿请求。诉讼的大门彻底关闭，但事实不容辩驳。原告团和律师团扎实的调查，将部分细菌战史实以法律的形式固定下来。

随着时间的流逝，在战争结束70年之际，中国、日本方面研究者均认为，再过5年左右，亲历者纷纷谢世，历史的窗口期将关闭。

王选更加了然调查历史事实的重要性和紧迫性。

“经过我们的手，用文字、录音把老人们亲历的战争灾难记录下来。老人们才是述说历史的主体，他们也许只有这一次机会，留下的也许是唯一一份他们亲述的苦难经历记录，我们甚至都没有纠正我们记录错误的机会，他们活着的时间真不多了。”王选向学生们反复强调。

香港启志教育基金会寄来20多台二手采访机，磁带是中央电视台新闻纪录电影制片厂的郭岭梅导演找熟人用批发价格买来的。相机从学校对面的相机租赁店里租用，一天15元，像素很低，但能用。来自不同年级不同专业的学生，开始对卫河流域10个县区、106个乡镇进行调查采访，做文字、录音和影像的记录。

暑假、寒假、“五一”、“十一”这些假期全部都用上；一大早出发，下午五六点回来，晚上再聚在一起交流信息，安排第二天的行程，一般都要忙到深夜一两点才能睡下。大家过集体生活，同吃同住。

经费有限，只能住便宜的小旅馆。农村的孩子还好，但城里的孩子就觉得太苦了。有一次会长张伟和常晓龙住的是10元一晚的旅馆，常晓龙说以后再也没有见过这么便宜、条件那么简陋的旅馆了。

学生 3 人一组，一个问问题采访，一个做笔录，一个负责拍照，一天走 3 个村。2008 年冬天特别冷，张琪去的村是清河——武大郎的家乡。“河北（卫河北）的 2 月，走在冻硬的路上，大家凑在一块，胳膊挨着胳膊，好歹挡住侧面吹来的风。回去之后不少同学冻伤，有的女生直接就被家长禁止再来调查。”

方言难懂，学生缺乏与老乡交流的能力。比如一上来就问：“大爷，1943 年你们村有没有霍乱？”老人一下子就蒙了，他不知道 1943 年是哪一年，也不知道什么叫霍乱。

调查持续了近 6 年，400 多名学生持续接力，记录了 3000 多名老人的口述。每年都有一批会员毕业走向社会，新的一批会员加入进来。协会的会长公开选举，会长换了三届，为山东大学物理系的姚一村、新闻系的张伟、药学系的薛伟。

学生轮流来去，只有王选铁打不动，保障调查持续稳定进行。

2011 年田野调查结束，一大堆的录音、文字、影像资料汇集到一起。这些资料不加以整理，一切等于白费。而整理资料要耗费的精力和时间，完全不亚于田野调查，后期整理又历时 5 年。

2008 年 9 月 1 日，山东大学“鲁西细菌战历史真相调查会”调查小组在馆陶县进行口述历史访谈。手握采访机者为刘欢。图片来源：王选主编：《大贱年：1943 年卫河流域战争灾难口述史（全 12 册）》，中国文史出版社，2017 年 9 月 1 日版。

王选再一次进行组织动员，已经进入到研究生和博士生的部分调查会会员被召集起来，利用假期到王选上海的家里，整理调查资料。这些或在读或工作的年轻人放弃休假，集中在王选家的半地下室，除了受到历史责任感的召唤，更多的是受到王选精神的激励。在中国很少有人像王选这样，经年累月地，搭上全部生活，义务做最基础的战争历史和社会学调查研究。

“每年寒暑假，大家就到上海王选的家里去整理资料。几个人拖着王选巨大无比的箱子，里面装满摸底调查搜集来的文献资料，在上海火车站满头大汗地爬楼梯，然后在王选家的地下室一动不动、一天到晚地整理十多天的资料。2009届资料部部长王晓娟长得很清瘦，她真能一天坐到晚不动弹，王老师看着心疼，老是说：‘小姑娘，你不要紧吧？’”常晓龙在他的文章里写道。

常晓龙是山东大学社会学系社会学专业2006级学生，2007—2008年担任协会秘书处处长、资料部部长，他是所有学生中坚持时间最长的人。他大学毕业后，2013年起又到上海担任王选的专职助手，继续整理调查资料。

中国文史出版社准备出版山东鲁西细菌战调查口述，王选和学生们又将所有的口述材料重新过一遍。所有资料按照受害地区临西、馆陶、曲周等，加上周边地区情况分为12卷，每个地区再到镇、村、个人；把老人说的重复的部分进行删减，所有的地名全部核查一遍，方言进行统一，修订错别字；所有口述老人的照片一一对应，插进文字中去。为了防止民间口述历史时间、年龄记忆的模糊性，每个老人除了核对出生年月之外，特地加上生肖属相，因为属相是中国人年龄记忆的最准确方式。另外每一个老人的采访，还要标出采访时间、地点和采访人。

这项烦琐的工作，消耗了王选和几个学生骨干大量的时间和精力，以至于坐的时间太久了，王选的腰病频繁发作。

有时候宁波大学细菌战调查会、浙江工商大学细菌战问题研究会的同学，也一齐集中在王选家整理资料。一个房间里常常有二十几个学生，王选光给他们准备拖鞋就是几大箱子。烂脚调查、鼠疫调查、霍乱调查挤在一起，又各干各的。

“那时候，王选老师还会给大家做她拿手的牛肉蔬菜咖喱饭，真是香，把我们都吃撑了。夏天，我们都喜欢喝王老师煮的冰糖绿豆百合汤，她用的是她家乡产的上好的黄冰糖。所以，张琪说王老师家好福利，把我们都养得白白胖胖的。”常晓龙说。

山东鲁西的调查最后成书《大贱年：1943年卫河流域战争灾难口述史》，共对卫河东西沿岸10个县区、106个乡镇的2957位老人进行了采访，做了文字、录音、摄影的记录；对周边山东、河北、河南的30余县进行了摸底调查，采访了113名亲历者和知情者；形成口述文字资料约300万字，并配有照片和录音。每个县绘制一张1943年雨、洪水、霍乱的乡镇分布图。

这是一份沉甸甸的关于普通老百姓的战争灾难的记录，其内容远远超过细菌战本身。

我叫田镇海，今年76岁了，属蛇的，一直住在这个村。民国三十二年，我也几乎饿死。俺娘说："小，你不能光躺着。"我说赶明要饭去，上河东。

东边有条河，开口子了（日军扒河口——作者注），水出来，淹了。春天旱，8月13日开口子了。那年春天没下雨，耩的春谷子，半熟带着皮，磨成面人再吃。拉不出屎来，疼得叫，用锁带钩往外扒粪。

决口，开两回，8月13日一回，是日本（人）用炮炸开的。没开很大，叫皇协堵住了，说在这里开口子不行，得淹到天津。日本（人）真孬！

——临西县黄庄村，田镇海，男，2008年采访时80岁，属蛇

人有得霍乱转筋的。在民国三十二年，8月下雨之后，我也得过病。得这病的都放血，我没扎过针，咱村连个扎针的老先生都找不到。……咱村死了12个，那时死得多，一天死好几个。……那会儿没医生，才一得了就上吐下泻，手伸不开，抖得厉害，那会儿病得迷迷糊糊的。

——临西县常圈村，邢子春，男，2008年采访时80岁，属蛇

日本人7月走的，8月我嫁过来。日本离北馆陶近，不打人，日本人进了马兰，不打人，抓鸡，烧着吃。日本人没几个，皇协军多，抢东西，抓人，问你要粮食，要钱，拿钱回人。土匪要钱，没钱，把人抬到火里烧死。八撇子太孬了，当土匪是黑了来，成皇协军后白天来。

民国三十二年灾荒年，快饿死了，地里啥也不长，人瘦得都不会走路了。屋里、天上整（全都的意思）蚂蚱，用锅焙焙就吃，庄稼被蚂蚱吃光了。

——馆陶县柴堡乡前罗头村，张秀芳，女，2006年采访时80岁，属龙

那时候日本（人）在高桃园没杀人，那时候（为对付）日本鬼子，咱们

区成立了游击队，30来个人，八路军上张官寨了，得死了百八十的，八路军一锅熟（煮？）了，都死完了。村里人是为了保护区里的负责人，没力量扛日本人，日本鬼子大扫荡，为了多活几个都跑散了……那时候有铁壁合围，好几个县城的人都集中，区里也有个小分队三四个人，也被日本人打花了，让我把枪藏起来，打得过就打，打不过就跑。

——馆陶县路桥乡高桃园村，高振湖，男，采访时84岁，属猪[1]

常规战、细菌战、霍乱横行；旱灾、水灾、虫灾，日军、伪军、土匪轮番抢劫；政权混乱，逃荒、饥饿，命贱如土……战争的图景，因为这些老人的讲述而清晰生动。

“100年以后，有人想做灾荒年和鲁西细菌战的研究，这份记录老人们的口述历史，将成为了解亲历者的唯一参考。”王选在日本筑波大学硕士专业是测试计量，这些多年不用的专业知识在这次田野调查设计、执行和后期数据整理中都用上了，她对调查很有信心。

[1] 以上引文出自王选主编：《大贱年——1943年卫河流域战争灾难口述史》（全12册），中国文史出版社2017年版。

第二十一章　一个人的纪念碑

一

“11 月 18 日义乌崇山村。天气冷，衣穿暖，房费、路费自理。”2012 年，崇山村决定纪念自己村庄细菌战蒙难 70 周年，王选将通知通过电子邮件发出。

来自美国的独立纪录片制作人，来自日本的记者、律师和研究者，湖南、浙江的乡民市民，江西、吉林、四川的研究者，从四面八方向义乌崇山村汇集。崇山村瞬间成为一个特殊的“场”，有了一种号召的力量。

中、日、美一行人齐聚于曲江祠的叙伦堂下，讨论细菌战问题。曲江祠是在细菌战诉讼推动下修复的，并设为侵华日军细菌战义乌展览馆。本书作者摄

白发苍苍的老人，衣着朴素的乡民，来自远方的客人。互相间的问候，英语转日语，日语转汉语普通话，普通话再转崇山村方言。一行人抬着花圈，穿过崇山村，穿过雨雪泥泞的田野，去“劫波亭”进行慰灵纪念。

像是一场离乱久别后的重逢，问候之后忽觉身边少了故人。有人在查点人数，看哪一位老人在不知不觉中已悄然离世。

崇山村 31 名原告，已经死亡 20 人，活着的只有 11 人，分别是王选、王晋华、王基月、王兴钱、王桂春、王福元、王明光、王基旭（煜）、王丽君、王新林、王基木。活着的也不是全部都能到场，80 多岁的年纪，经不起风寒。

崇山村的70周年纪念日当天，大家正吃着饭，饭堂电视上央视播出的是日本民主党首相野田佳彦宣布解散众议院的新闻。律师一濑敬一郎，记者西里扶甬子、近藤昭二等日本人全部站立起来，默默地看着电视。

大木桶蒸出的米饭放在曲江祠的院子当中。一濑律师等日本朋友称赞崇山村村妇烧的红烧肉香。本书作者摄

如果民主党落败、自民党执政，最让人担心的是日本政坛将继续右倾化，那么中日之间关于历史问题的解决将更加困难重重。所有的人都为日本未来的政局担心。

资深记者西里扶甬子，从1997年开始来中国进行战争受害问题调查。她认为，未来的日本，将是一个对战争记忆更加淡化的日本。日本右翼对历史的认识是粗浅的，并一直想忘记它。一般的日本人对战争历史了解不多，“他们不理解中日摩擦中国人为什么那么愤怒，因为将现实和历史问题联系起来看的日本市民非常少”。

来自美国的国际独立纪录片制片人洪子健（James Hong）说：“中国没有人管这些受害者，日本也不管。实际上中日两国都在等这些人死去，那一段历史就被翻过去了。”

但生命与记忆的历史之山，正被王选和崇山村的细菌战受害者们一砖一瓦堆积起来。“历史被记录下来，它矗立在那儿了，就算老人都不在世了，也不容易翻过去。”王选自从1998年年初细菌战诉讼第一次开庭起，就提出赔偿不是目的，把历史搞清楚并记录下来才是细菌战诉讼的最终目标。崇山村就紧锣密鼓地开展受害调查，王焕斌、王锦悌、王培根、王晋华等一伙子人聚在一起，挨家挨户地把崇山村死亡和被烧房子的情况搞清楚。

很自然地，家和族成了他们调查的线索。一个家庭死了多少人，与这个家相关的旁支亲戚死了多少，嫁到外村的或者嫁进崇山村的姻亲关系的受害情况，像是一团白纸上的墨黑，慢慢向外晕染开去，调查扩展到崇山村周边各村庄，再扩展到整个义乌地区。鼠疫往来流行，崇山村既受其他地区的传染，又成为疫源传染别人。

裂锦般断掉的族源关系，被一根丝线一根丝线地重新织接起来。崇山村村民一股冲动油然而生：重修断掉80多年的王氏宗谱，修葺供奉祖先的曲江祠。

曲江祠坐落在崇山村的邻村上田村。偌大的院子里堆满瓦砾木料，散发着刺鼻的桐油味。皮肤泛着古铜色的老人们在这里各自忙碌着，他们有的高高盘坐于祠堂的屋梁之上，进行木梁的精雕细刻；有的在为木柱漆刷桐油；有的在堆泥砌砖。

王锦悌对着笔者笑，嘴里黑洞洞没有一颗牙的样子，让他显得更加苍老。他已经忙得一脸汗水，双手黑乎乎的看不出肤色，还跛着一条在朝鲜战争中受伤的腿。一早起来他先去照料了地里的庄稼，然后回家给老伴和儿子做饭。老伴是残疾，40多岁的儿子是智障。曲江祠里王锦悌算是一个能人，当过兵，有素质，通事理；加上曾经是炮兵的距离测量员，会画图、能测算。祠堂大修里的画图、测算、布置都少不了他。

曲江祠并非崇山村一个村的祠堂，供奉的是崇山村周边60多个村落、2万王氏人的祖先。这座修建于明永乐年间，经清康熙年间重修扩大，同治、咸丰年间的太平天国之乱焚毁，光绪年间再次重修为四进的祠堂，后又被义和团所烧，四进院子侥幸留下两进。

曲江祠所在的上田村是一个很大的村庄，大到“三个摇着拨浪鼓的货郎，在村庄里转一天也不会碰到”。

祠堂前是一方形池塘，寓意聚水聚财。堂内粗大的雕饰梁柱，重重叠叠撑起高大的屋架，折返着幽暗的历史光影。进得门来是方形的天井，雨水内流，这是族人们聚会的地方。过去祠堂里每年的春节、清明、冬至三个节令，都要举行祭祀，各村的人都到这里来祭拜祖先。祠堂里会提前蒸好馒头，分发给前来祭祀的王氏子孙，意为分享祖宗的福气，发面的馒头意寓为“发”。

曲江祠得名于祠前的一条江。据雍正《义乌县志·水利篇》记载，这条江源出东阳大盘山，滔滔直奔西南大海而去。但遇到崇山岩头岭的正面阻挡，在曲江祠门前，一江澎湃突然拐向，形成了一个直角的大湾流。岩头岭因此被冲刷成断崖赤壁（崇山赤壁），下沉一湾碧翠龙潭，深奥莫测。据说当年朱元璋路过这里看到一江春水向西流，很是称奇。通文墨的王氏先祖，借用美景，称此水为曲江。“曲水一泓可灌可饮，江村数处相爱相关”，曲江祠的木柱上还留着这副楹联。

王氏族人享受着祖宗的荫庇。曲江祠节日祭祀祖宗，平日开办公学。曲江祠里办学始于 1904 年，一个大地主拿出了部分钱粮，加上祠堂土地的租金，办起了学堂。王氏子弟收半费，非王姓子弟收全费。这是方圆 5 公里内唯一一个新式学堂，教授物理、数学、化学知识，远近学龄儿童都到这里上学，每年祠堂的土地租金用来支付老师的工资。

解放后曲江祠还是学校，它被纳入国家教育体系，成为江湾人民公社学校，有两个初中班，祠堂建筑承担着基本的校舍功能。从第一次开办学堂，到最终停止，这里办学达 95 年之久。无数的王氏子孙在这里启蒙、受教。王选的父亲就是在这里读的书。

1999 年学校搬出去之后，宗祠就空在那里。原来的宗族体系，经过解放后的改造早已铲除，宗祠成了生产队的集体财产。于是这里被租给了一个石材加工厂。“每年的租金只有 2000 元，这么大一个祠堂，白捡的一样。而且搞得到处都是石灰，祠堂一下子就破败得不行了。”王锦悌说。

祠堂的偏房里，一位面容清癯的老人端坐其中，埋头于堆积如山的书册，手持毛笔抄录。他是祖谱修撰委员会副组长王晞琦，修谱的主要执行者之一。宗族社会消散了半个多世纪的崇山村开始寻找祖宗，宗姓之间开始凝结力量。

王晞琦拿出几本泛黄的手抄本族谱。“文化大革命”时期族谱被当作封建罪证收缴焚烧，有人将自己的祖先部分偷偷拆下并保存起来。这几年他们寻找拼凑，先是在上崇山村找到一套有 35 部的残本；后王化贤在开长途车时无意在东阳的王岑村看到比较全的版本，自己花了 3000 元借出来复印，补齐了以前的缺失。

王晞琦对失而复得的族谱极为珍视，说一定是祖宗暗中保佑才得以保全。几十年间扫除封建余孽不知道毁掉了多少族谱，这么完整的非常少见。王氏一族人，侥幸又找到了自己的根。

这本族谱上记载，宋淳祐己酉年，王氏第十二代孙王迈第一次开始修谱，对应公历的时间是 1249 年。王迈修谱之前，王氏已经繁衍了十一代人。自此之后，王氏子孙保持着对族谱 10 年一小修，每 20 年或 25 年一大修的传统。如一本编年史，一代代王氏子孙接力记载自己的历史，一直到民国十五年（1926）。

民国十五年，王氏族谱进行第 23 次大修。至 20 世纪 40 年代又到大修年时，这种记载家族历史的行为便不得不中断，战争烽火正炽，日本军队攻陷了义乌，整个族的人不得不面对战争。“抗战”胜利之后的1949年再准备修时，“土改”来了，修谱再一次被搁置。

王晞琦。作者摄

“纸都准备好了，堆了满满一屋子，一直堆到屋顶。当时正在“土改”，要用纸做田地登记，就动用了一部分纸。“土改”以后祠堂的土地财产没有了，不能收租了，祠堂里办学的老师工钱没办法付，就把这些纸全部分给老师抵工钱了。”王晞琦说。一向由祠堂公产支付族人子弟教育支出的传承被打断，十多个老师没有了工钱，修谱的纸抵给了老师，谱也没修成。

幸存下来的王氏族谱。本书作者摄

“整整断了78年！几代人的生生死死都没有记载了！”王晞琦深深叹一口气。“细菌战调查以来，发现有那么多的王氏族人死于非命，这一次修谱要重点记载下来。这是全体王氏经历的一次残酷的战争。”

祠堂的东墙上，贴着大红色的纸，上面是崇山村王氏子孙为重修祠堂和重修宗谱而进行的捐款：2元，5元，20元，100元，500元，10000元……名字密密排列，捐款数额相差巨大；祠堂的西墙上，贴的则是白色的纸，细菌战死亡者名单，一个又一个名字，一个又一个村落，白纸黑字。

发起于崇山村的细菌战诉讼，让周边60多个村子的记忆苏醒，瓦解了多年的宗族社会重新聚拢，祖宗又回来了。王氏的后代，几十年间都没有这么清晰地认识到，他们是一族人。

此次重新修谱，是历史上第24次大修，需要补上近80年的断档。这期间经历了中国帝制崩解之后的混乱、共和北伐、抗日战争、解放战争、抗美援朝、“土改”、反右、“文化大革命”、改革开放等重大历史事件。

修谱让离散的王氏子孙重聚。60多个村各自选出代表，所需资金公开募款。子孙踊跃，捐款的捐款，当义工的当义工，送饭送水的不断，祠堂的大灶蒸出大桶的白米饭、大笼的白馒头给做工的人吃。各村公举出修谱理事会，一切公共事务，公开透明，民主商议。

王培根在义乌各乡镇里做了一生的党委书记，乡民们对“官”是敬畏的，这源自中国的历史传统。加上王培根本是崇山村人，德高望重有号召力，被推为修祠修谱委员会理事长，内外协调；王晞琦兼任出纳，每一笔捐款收支都从他手里过。

王氏族谱包括江湾、上田、新元、新屋、东畈、诸宅、官塘下、下畈、上下崇山、新店、佛堂等周围68个王氏村庄的血脉，王晞琦称之为“凤林王氏”。

他们认为自己的祖先，是北宋初年的重臣王彦超。尽管从严格的史学考据来说，不能将之定为信史，但凤林王氏的人都相信他们的血脉就是来源于此。

崇山村人爱讲那个“杯酒释兵权”的故事，他们的祖宗就是其中被召进皇宫、被文雅地夺去了兵权的五个节度使之一。据说，王彦超是五个人当中第一个领会赵家天子的弦外之音的，立即表态，年事已高，希望告老还乡。宋太祖亲自扶起且嘉慰道：“卿可谓谦谦君子矣。”

历史记载王彦超字德升，大名府临清县（今河北临西）人，为五代及北宋初年的著名将领，屡建战功，声名显赫。官至右金吾卫上将军，封邠国公。公元983年王彦超举家向南迁徙。在此之前，他已经派出儿子为家族选一块栖息之地。“一族人先到了临沂，山东河北交界的地方，安居不下嘛，凌乱不太平；后来又到浙江会稽，还是不平复，不能安居；再向南迁，到义乌尚阳，看好了，就定居下来。”

“尚阳古代称凤林，离现在的崇山村有40多里地。所以我们这一支就叫凤林王氏。”

“王彦超有三个儿子，大儿子棣，去了浦江；二儿子标，到了义乌；三儿子槐，去了金华。这就是王氏松、梅、竹三支，义乌的是梅派，也叫凤林王氏。我们修的族谱，就是凤林梅派。”王晞琦说。

王晞琦讲了一个当年祖先的故事：“一路南下的族人寻找安居之地，遇到了当地人的阻挠。一支王氏先人在一个叫岩头岭的地方，准备安家埋锅造饭，当地的人说祖先占了他们的地方，用了他们的东西。祖宗说没有，当地人就问，你们做炉灶的泥是从哪里来的？祖宗说，是在田里挖的。当地人就说，田不是你的，泥也不是你的，要我祖宗把做炉灶的泥放回田里去。初到一个陌生的地方，能不难吗？但我的祖先是这样的人，越难的地方越要住下来，越强的人越要战胜他。祖先的个性是非常强的。”

从这个传说色彩浓重的故事里，隐约可以感到，王氏族人一路南迁与当地的土著经过争夺，才最终定居下来。

祖先的故事在崇山村口口相传，你不能对此有所质疑，那会伤害他们的感情。王晞琦说到祖先，表情和语调都充满了崇敬，仿佛不是在说一个 1000 多年前带有传说性质的故事，而是在说一个亲人，爷爷或者父亲。

定居义乌 3 年后，王彦超便去世了，而他的子孙就在这方土地上扎下了根，开始生息繁衍。

为纪念王彦超，1990 年 10 月，经义乌市有关部门批准，在塔山乡石壁将军殿为王彦超塑像纪念，并勒刻碑文，供后人瞻仰。

凤林，是凤凰栖住的地方，“凤凰于飞，翙翙其羽，亦集爰止”（《诗经·大雅》），有凤凰的地方一定是一个好地方，是有灵性的地方。

随着人口的增加，王氏子孙向外扩张。到了第十五代，叫良桂的，在他 40 多岁的时候迁到了江湾；他的第六个孙子，也就是第十七代叫道铭的，迁到了崇山村；第十八代叫永招的，在崇山村定居下来。

崇山村人与南方人格格不入或者不同之处，都来自那个古老的祖先。王选认为她的祖先就是北方人，而且说不定还有少数民族血统。这神秘的血脉来源，让崇山村的男人骨骼粗大，还有一些人头发是卷曲的。崇山村人在那一带是有名的暴烈性格，村民们会告诉你崇山村做土匪的三兄弟的故事：王荣、王臣、王虎，兄弟三人使双枪，和日本人斗也和共产党干，后来被共产党枪毙了。

他们是农民，又不完全拴牢在土地上；他们不是商人，却有经营头脑，特别能吃苦，见缝能扎根，再小的生意也愿意做，再小的利也去赚取。当人口繁衍土地不能养活时，崇山村人便在农闲时外出务工，做小商贩。他们闯荡得最多的地方是金华、兰溪。

民国时期，兰溪江边乌篷船停泊常有数千，码头上的苦力、撑篙背纤之人，金华的各种商号、火腿作坊的“火头”（炊事员）、工匠都多是崇山村人。乌篷船、脚夫、饭店菜馆、牵索业、麻袋业、柴炭业，都是辛苦劳务、利润微薄的行当，但崇山村人不嫌弃。有一句顺口溜，在崇山几乎家喻户晓：“妈，妈不要帮我愁，长大了到兰溪当火头。”

“鸡毛换糖”的小贩，成了这群人的典型形象。以自己地里出产的红糖、南枣、草纸，去换人家的鸡毛等废品，再加工成成品以获得微利。这种有一点蝇头小利都勤勉去赚取的传统，成为崇山村人深入血脉的品格。改革开放后成就义乌小商品遍及世界的盛况，正是这种“鸡毛换糖”的精神。

祖先以他们的全部才智，为后人选择了一块栖息地，选择了崇山村。

族谱是一族人的编年史，以血脉为索，以时代为纬，简略记载一个个生命的出生和死亡。写不进谱里的，是更丰满和让人唏嘘的故事。

沉默谦卑的王晞琦，有一天悠悠地说：“我母亲是典妻。典妻你懂吧，就是我父亲想娶一个妾生孩子，但又太贵，娶不起，就典一个来。按照双方的约定，生了孩子，孩子留下，女人还回去。”

王晞琦的母亲出生于1910年农历六月初三，叫龚海光。小时家里非常贫穷，自小为人家当童养媳。18岁的时候，生了个儿子，但那户人家也实在是太穷了，穷到要把老婆典出去换米续命的地步。

她带着在那户人家生的儿子典过来，这样两口人都有饭吃。26岁那年，生下了王晞琦。之后又生了两个儿子、一个女儿。王晞琦把父亲的正妻叫妈妈或大妈。生母在王家的地位无异于奴仆，除了哺乳不准接近自己的孩子，也不准孩子叫她妈妈。“生了我之后才稍微好一点，我是男孩，母因子贵嘛！”王晞琦说。

王晞琦的爷爷在崇山村有8个儿子、3个女儿。爷爷30岁的时候，自己造了两间房子。到了生第五个孩子的时候，爷爷在崇山村松树厅东边造了7间房，在西面有5间房，这些房是为8个儿子成家用的。

作为二儿子的王晞琦的父亲，30岁分出来学习做生意。第一次做南枣生意，让人带到广州去卖，那人回来时只带回来一个扫把，说是生意亏了。如此三番生意失败，父亲穷得过不下去。吃亏多了，积了点经验，开始自己在兰溪卖枣，挣钱盈利慢慢起家，后来在江湾开一个小小的南枣店。1940年有了一点资产积累，想买地置业，但回崇山村的可能性太小，那里人多地少，于是就在相邻的上田村买了一块地造房子。房子就造在离曲江祠不远的地方，相隔着一方池塘。

现在王晞琦每天都到设在祠堂里的细菌战纪念馆值班，坐在祠堂的偏房里。从背后的窗户里望出去，是连幢起伏的大屋屋脊，房子很高大，那就是王晞琦曾经的家。

王晞琦5岁时，随父亲搬进这个新造的大房子。接着日本人就来了，家里的鸡蛋、南枣、花生等全部被抢走。晚上不准关门睡觉，如果谁家关了门，他们就会从炮楼里出来，烧了谁家的房子。父亲在一次次日军的焚烧劫波中很走运，房子完好无损。但没想到的是解放后因为这些房产，父亲被定为地主，房子全部被没收，做了人民公社的粮仓。

细菌战鼠疫时王晞琦的妹妹发烧，淋巴肿起来，医生都不敢去看。家里人把她放在柴房里，一天隔着门送进去一餐饭，一个多星期时间，她才慢慢死掉。

财富的积累是缓慢而艰难的，不然王晞琦的父亲也不会用典妻这种方式替自己生孩子延续血脉。当年的房子并没有都造好，一部分只是立起了框架，里面就没有再进行。因为没有钱，要边挣钱边来继续工程。

1949年8月，王晞琦的父亲受了减租减息的刺激，突然倒地，几天后就去世了。大妈在农历十二月二十五也去世了。父亲没有赶上土改，但接下来的事都得由母亲来承担了，她顺理成章地成了一个地主婆。

“批斗地主时，有一次有人说到地主家的生活如何如何，母亲从来没有听到过这样的事，就笑起来。人家说她不老实，就把她吊起来。她一双小脚离开地晃来晃去，我、弟弟、妹妹都哇哇大哭，村干部最后把人放下来。我母亲在家里只是个佣人，大妈看不起她，不让我们到她跟前，我们也只能是吃她几口奶，家里的事她实际上是什么都不知道的。

“我家的房子被国家拿去做了仓库，楼上楼下都存着国家的公粮。我家住在里面还要负责防火防匪，而我只有14岁，母亲怕担不了这样的责任，就到我叔叔那里，请求允许住到崇山村的祖祠里去。但他们不肯，后来找到始祖祠，才在那里住下来。我们一家被扫地出门，什么都没有拿出来。

“生母是典租来的，当时约定给这个人家生个儿子就回自己的夫家，但有了孩子母亲就不舍得走了。解放后她的丈夫家划为贫农，日子好过一些，就找来要她回去。她说，不想再回去了。她生了四个孩子，还有大妈生的一个女孩，都要她一个人照顾，她走了这个家里就没有大人了。她说，这边比那边还要难。

“土改的时候，邻村枪毙了一个大地主，叫王老虎，他是江湾镇的副镇长；崇山村的王文格，被评上地主，也枪毙了，他曾是乡长。崇山村的鼠疫他是最了解情况的，防疫也出过力，如果他活着会说出很多关于鼠疫的情况。如果我老爸不死也是要被枪毙的，他死了，所有的罪都给我妈受了。

“父亲的土地其实是很少的，不到十亩。其他的土地都是租祠堂的公田来种的，秋天要交租子给祠堂。“土改”时村里人不相信父亲只有这么点土地，要让把地契拿出来，母亲用信封把土地地契一个个套起来的，码起来有两麻袋，果然都是祠堂的地契。”

为了让王睎琦读书，当他考入了义乌中学时，母亲把父亲当年做南枣的工具变卖了。当时学校要每个学生交 5 担大米，作为伙食，但家里没有吃的，拿不出来，王睎琦不得不停学在家和母亲一起劳动。后来不甘心又考入义乌城里的树国中学，读了 3 年的初中。毕业后还是不想停止读书，白天劳动，晚上复习，蚊子很多，就躲在蚊帐里复习。1956 年考入湘湖师范，第二年开始大炼钢铁，便被分配到江山教书。

“一工作有 29.5 元的工资，我把 20 元拿回家给母亲，转正后 37 元，我还拿 20 块给妈妈。因为我有了自己的小家，把 10 元给自己家。

“母亲 99 岁的时候，我给她做了一百大寿，我们兄弟三个在村里请了戏班子，唱了 3 天 4 夜的大戏，特意买了红双喜烟。去年母亲 105 岁，我们兄弟请了腰鼓队来跳舞。母亲穷了一辈子，苦了一辈子，受了一辈子的委屈，我们得给她好好祝个寿。”

母亲始终住在祖祠里，没有自己的房子。三间小屋，兄弟几个住在一起，终日不见阳光。王睎琦几次去要自己家的房子，1968 年要不给，改革开放后去要也不给。直到母亲 100 岁时，又去要，才要回了一部分。“几十年过去了，房子都朽了啊，柱子、柱头都虫蛀烂掉了，我只好又加盖了三间，把我母亲从祖祠里搬回来，让她回到自己的家里。”

王睎琦这样苦难的故事，在崇山村并不稀奇。在将近一个世纪的动荡岁月里，每一个家族都经历了多重生死磨难，每个家庭能血脉延续都不容易，每个人都过得不好，心里都满是沧桑。

当年森正孝见到崇山村人王培根时提了一个问题：“崇山村鼠疫两年左右死了几百人，一定有很多坟吧？它们在哪里，能给我一张照片吗？”

哪里有什么坟！当年各家自顾不暇，死者都是草草而葬。又怕日军发现坟茔挖出来解剖，都把坟头拉平。后来政府怕鼠疫再发，又重新埋葬死者。解放后又地改田，坟地都拉平种了田，什么都没有了。

口口相传的东西，也会因为讲述者的死去而消散。战后将近50年的沉默，苦难经历只在家族里以非正式的方式流传。有的因为苦难太深，长辈甚至无法向晚辈启口。

“总得有个什么东西让人能看得见，立个碑什么的，把死亡的人名字都刻在上面。”王焕斌萌生了一个想法，就像是当年修建祠堂安放祖先的灵魂，崇山村应该把细菌战死难者的名字雕刻下来，成为永久的纪念。

王焕斌、王锦悌、王培根开始跑腿找人筹建纪念碑，再给碑加盖一个亭。王培根想给它取名“悲哀亭”，但思量之后还是去找了义乌中学的校长。说你们都是知识分子，站得高看得远，为了让后人记住这段历史，为了不再发生这么惨的事，帮我们取个更好的名字吧！义乌中学的校长给了“劫波亭”三个字。王培根又去找义乌大成中学的校长，他是书法家，求了他的墨宝；又找红木家具厂的工艺师，将三个字雕在红木上，挂在亭子上。

劫波亭，亭后石碑为义乌细菌战死亡者名单。这份1315人的死亡名单是在细菌战诉讼推动下，义乌原告和受害者逐村、逐户调查出来的。本书作者摄

让这段被冰冻并逐渐失散的历史，固定成为信史永久保留。2000年清明节，在当年村民被日军1644部队做鼠疫人体实验的林山寺旁，凌然架起一座飞檐重叠的亭子，黑底烫金三个大字“劫波亭”刻挂于枋额上，两边柱子上书“林山宝地建碑亭国耻毋忘，东京法庭诉奇冤举世共愤”。“劫波亭”下一块尺

幅巨大的黑色花岗岩石碑三面环抱，碑上密密镌刻着崇山村和义乌细菌战鼠疫遇难者名单——1315人。

王基旭手指处，是他死于鼠疫并被日军在林山寺解剖了的奶奶的名字。本书作者摄

崇山村人可以在上面找到自己亲人的名字，苦难的、半个世纪以来无处诉说的记忆，终于找到了一个盛放的容器。

这是几个70多岁的老人，一个村又一个村，靠两条腿跑完整个义乌几十个村镇，记录下来的义乌鼠疫死亡者名单。

路走得多，王锦悌那条伤腿就更疼。有一次他对王选说，自己跑义乌那份千人名单时腿疼一直不好，“身体‘摆歇’了（跑垮了），就是感觉没有力气了”。在送王选走的时候，王锦悌怎么也不肯进屋，要一直看着王选走，看着看着眼泪就流了下来。王选知道他已经生癌了，但又不能明说。回头之间看到王锦悌的样子，像一只疲惫的老狗，整个人充满了哀伤。

王锦悌和他的纪念碑。作者摄于2005年5月

在村庄的最高位置，一片青黑色的飞檐下，刷出鲜红的一块，上面写着九个黑色的大字：没有正义，就没有和平。这些字是王锦悌刷上去的，那么高，不知道那么大年纪的他是怎样爬上去的。在他空荡荡的堂屋里抬头，一眼就看见了那块鲜红的标语。他制作的崇山村受害图，嵌在崇山村头奎祠的山墙上：红色琉璃瓦的牌坊，黑色的碑，上面雕刻着被日军烧毁的祠堂、民居，死难者的名单和死难者的家庭。这张图也曾作为证据递交到日本法院。

这是王选最后一次看到他。

2009年8月6日，王锦悌在贫困孤独中死去，享年75岁。这一天是日本广岛遭受原子弹轰炸64周年纪念日，上万民众及世界各国政要举行纪念集会，悼念死难者，祈求和平。这一天也是王选的生日，在经过14年的对日细菌战诉讼，在向世界反复控诉日军在战争中使用细菌生物武器罪行之后，王锦悌在生命的最后一刻还是什么也没有得到：正义、道歉、赔偿、抚慰。他的死使崇山村31名状告日军用鼠疫作为战争武器的原告减少到13人。他们中的17人都在漫长的诉讼和等待中无望地离开了这个世界。

然而他和像他一样的受害者调查、整理、书写出来的历史，却被雕刻于崇山村的村头上、屋檐下，遍及这个村的角角落落。

崇山村的民间调查模式，一波波向外扩展，金华、丽水、衢州、宁波、江山，一个地区又一个地区，一个村庄又一个村庄。

个人记忆是多种历史载体中的一种，缺少了对战争破坏后果特别是受害者的记忆，战争的历史就是不完整的。战争记忆，不应该是抽象的数字、刻板的条文，也不是没有情感的资料，而是作为一个人的生命、身体、亲人、情感、尊严等遭到摧残的活生生的历史。在中国的历史书写中，缺少的恰恰是这一块，个体的、家族的生命的历史。

劫波亭下，纪念碑前，在这些普通乡民悲惨死去57年之后，第一次慰灵仪式在清明节的细雨中开始。

“这是中国第一块镌刻记载普通战争受害者名字的纪念碑。如果死者在天有灵的话，他们一定会感到安慰。”王选说。

“一群普通农民的名字刻在公共纪念物上，作为历史人物受到纪念，在中国也许还不多。许多受害者原来没有坟墓，这座简朴的建筑物，成为当地人追忆共同的过往、凭吊逝者、寄托哀思的公共文化场所。清明、冬至，灾难中失去双亲、沦为孤儿的幸存者，在碑前亭下的人群中寻得归属。这里是他们在阳光下敞开心怀、仰望蓝天白云的地方。”

“这场战争对于中国来说，是国家的、民族的灾难，也是构成这个国家的许许多多家庭的灾难，构成这个民族的许许多多个人的灾难。中国和日本之间是否能解决各种战争遗留下来的问题，很大程度上取决于我们自己怎么看待这段历史，又怎么对待这段历史。这个历史是亿万中国人共有的历史，也是亿万中国人个人的历史。中日间的历史问题归根结底是人的问题。”[1]王选在纪念集会上说。

自此以后，每年的清明节，成了崇山村整个村子的祭奠日。他们有了自己的“哭墙”，有了摆放纪念死去亲人香烛供品的地方。他们会向全中国与日本、美国关心这一历史事件的人发出邀请，一起进行清明祭扫，崇山村也因此有了自己的战争受难纪念日。

变化在崇山村的村民身上悄然发生。十几年来，崇山村的村民知道了日本，知道了飞机、护照和签证；他们可以洗罢脚上的田泥，就站在日本的法庭上；他们不再发抖害怕，坦然用崇山方言讲自己家族的故事。崇山村 5 名原告到日本出庭 10 次以上，义乌有 20 名原告到日本出庭，路费自付自筹；他们在日本国会前游行，学会了不丢下垃圾；他们花自己的钱印好材料和名片，学会了使用电子邮件，甚至学会了制作 PPT 文件，有记者来采访时就递上一张名片，上面大大方方地写着：崇山村侵华日军细菌战受害者。

细菌战原告团日本法法律顾问律师刘惠明说，这是一场发生在中国乡间的公民运动。

体形硕大的白鹅，在曲江祠堂前的池塘里高叫不止。祠堂内已经布置成了义乌细菌战展览。叙伦堂的匾额之下，又挂上了一块牌子：侵华日军细菌战义乌展览馆。

每当清明、崇山村蒙难纪念日，白发的、黑发的乡民，清晨出门，赶十几里的路，早早地来到叙伦堂前，在签到本上写下自己的名字，齐整整地坐在硬木板凳上。无论是大雨倾盆还是寒气逼人，这样的情景从未间断过。只是今年坐在板凳上的人，也许第二年再也来不了了，是岁月凋零了他们。

这是一个有历史记忆、有尊严的村庄。崇山村人修复了自己村庄的历史。

二

常德原告张礼忠萌发了两个想法：为母亲做一次道场，既然不能带给母亲

---

[1] 参见王选：《百年伤痕》，刊载于《南方周末》2004 年 3 月 18 日。

胜诉的消息，就用这种方式告慰她苦难的 生；写一本张家家史，给儿孙们看。

道场好做，80 岁的张礼忠守着七天七夜没睡，一遍遍跪拜叩首，认认真真地走了每一个程序。道场做完，张礼忠觉得心里畅快了一大截。这种仪式对于死者的作用未知，但对于生者却是安慰。

然而写一部家史，对只上过两年私塾的他来说却是难事。“想了好多年不敢写，对我来说就是白日梦。”

他找人代笔，一个记者说可以，但要 30 万元。“记者说，一般都要几块钱一个字，我给你优惠，一个字一块钱。我连说，不贵，不贵，哈哈。”再也没有找他。

张礼忠开始讲述自己家的遭遇，是在细菌战诉讼期间。作为诉讼的原告，为了向日本法官提供更直观的材料，让战后的一代人能明白当年常德城发生了什么，学过一点水利测绘的张礼忠，试着用笔把他家的故事画下来。这是一些很像“儿童画”的画，它们被画在积攒下来的广告纸、复印纸的背面。

“全家福”花费了很长时间才画完。老张边哭边画，画画停停。尽管那张老照片还在，但张礼忠还是想亲自用笔，把这个十个人的大家庭画下来。不，是十一个人，母亲的肚子是大着的。

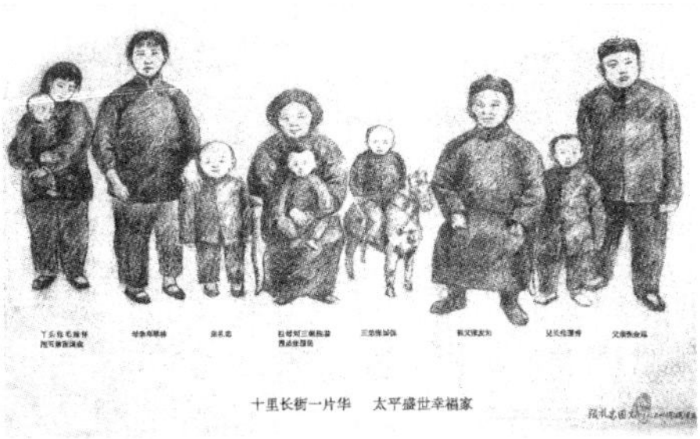

张礼忠手绘全家福。资料来源：常德细菌战受害者协会

1938 年农历三月二十七，这个家庭为他们的幸福生活留下合影：36 岁的母亲将为张家添丁，住在乡下的爷爷来常德，于是一家人穿新衣服到照相馆照全家福。照相在当年是稀奇事，常德有两家照相馆，“明星照相馆”是最好的，于是父亲选了这家。祖父祖母端坐中间，父母分立两边，大哥和张礼忠站着，三弟骑在木马上，祖母抱着四弟国民，五弟国成抱在丫头的怀里。

1942 年的细菌战鼠疫夺去了四弟国民、五弟国成的生命。

父亲为了躲避常德防疫的焚尸炉，天不亮挑着担子装成挑夫，一前一后挑着两个儿子的尸体，从常德城西门混出城，将两个儿子悄悄葬在荒郊。当年，张礼忠就跟在父亲的身后。这一幕永远印在心里，现在把它画出来，就如把心里的话讲出来一样。

张礼忠手绘图：父亲挑着两个儿子悄悄出城埋葬

鼠疫带来的死亡在这个家庭里延续，照片上的人一个个死去。抱着弟弟的丫头死于鼠疫，祖父、祖母、父亲、兄长相继去世，母亲肚里的孩子生下来也没能活下来。十一个人的大家庭，只剩下母亲和张礼忠兄弟两人。

日本东京女子大学教授聂莉莉，是细菌战诉讼原告团、律师团请来的人类学、社会学学者。她在对常德细菌战进行田野调查研究后，最深的印象是：整个常德关于细菌战的战争受害记忆是封藏着的，基本上是作为个人记忆、私人记忆而存在的，或者说，就是“一个人、一个人的记忆”，它们彼此孤立。

“从在常德所接触的受害者们来看，细菌战受害记忆往往是被埋藏在各个人的内心里。在长达数十年之久的时间里，多数人对这段惨痛的经历缄口不言，其本人是受害者或是受害者亲属一事，甚至连其配偶、子女们都全然不知。终于有人开口在公众场合说出自己及家人的受害实情的，是在赔偿诉讼开始之后、在当地受害调查逐步展开之时，这些藏于心底的伤疤终于被重新揭开，他们所道出的惨烈的受害经历，不禁使其家人、亲属、晚辈为之震惊。”[1]

若是没有这场跨越国界的细菌战诉讼，深埋于个人内心的记忆未必会在公共场合被提起。直到细菌战诉讼之前，基于个人、家庭的受害从来没有言说的机会和空间，没有被自下而上整理过，更不用说被提到公共话语的地位，被记录、研究。像犹太人受害那样，从个人的述说，到个人记忆成为社会公众共享、共知的历史，从而进入国家历史记叙，聂莉莉认为，对“那场战争的政治性的表述，与民众的活生生的记忆之间，有着巨大的鸿沟”。

细菌战诉讼触动了张礼忠的记忆开关，赋予他将记忆讲出来、画下来的正当性。实际上个人记忆只有讲出来，被记录下来，被当事人以外的更多的人共有，才能成为“历史”。细菌战诉讼营造出一个将个人遭遇讲述出来的“场

[1] 参见聂莉莉著：《伤痕——中国常德民众的细菌战记忆》，刘云、金菁琳译，中国社会科学出版社 2015 年版，第 9 页。

域”，张礼忠感到一种内心的冲动。

日军对常德的大轰炸、鼠疫的收尸山、防疫的焚尸炉、石公桥镇“时闻死尸臭，目睹无人舟”的情景，被鼠疫围困的城市的一幕幕场景，变成一张又一张画。画有着语言文字无法比拟的直观性，历史的一幕幕仿佛就在眼前。

然而张礼忠觉得，这个家庭还有很多故事、很多内伤无法用画面表达，比如，自己的祖先怎么来到常德，自己的父亲如何创业，自己的家庭如何败亡，作为战争难民如何漂泊求生。

张礼忠的儿子在常德是有名的“老板”，有时作为奖励带员工去日本旅游，孙子每天准时盯着电视看日本动画片。老张叹息对年轻人的生活管不了，都兴这个。战争是上一辈人的事，他希望把家族故事写下来，让后代能够“去思考、去认识、去做人”。

80 岁的时候，他意识到再不动笔或许就来不及了。青光眼越来越严重，看书几乎要贴在纸面上了，记忆也随着年龄老去而衰退。对着那张残旧的全家合影，他开始了家史写作。

老张的写作没有什么章法，就是每天像是对着亲人说话。

张家谱系上的老祖宗张学岚，于明朝永乐二年（1404），从江西省吉安府吉安县拖船埠大樟树，迁来湖南常德府武陵县后乡土桥定居为农，繁衍成一个张氏大家族。这次迁移正应了明清以来“江西填湖广”的移民历史。

沅、澧多水灾，加上军阀混战，到了张礼忠祖父张友元时，生活很贫困。几度水灾后，张友元的一个小茅草屋被冲走，自己只得到地主家打长工，一住 20 年；妻子三寸小脚到常德大户人家去做女佣，也一做 12 年。张友元一生有两个孩子：长子张诗得，字金辉，也就是张礼忠的父亲；次子生下后无力养活，送给了张氏同族兄弟，7 岁时病亡。

张家的独苗张金辉在乡下放牛种地到 16 岁。“荒年饿不死手艺人”，在常德城里做女佣的母亲，求人给找了个学雕刻印章手艺的机会。只有两年私塾文化的这个 16 岁青年刻苦努力，加上聪明，最后写得篆、隶、行、楷一手好毛笔字，19 岁出徒自立门户。

从鲜有顾客光临的小作坊，到成为常德小有名气的店铺，张金辉在 1937 年 36 岁时迎来事业的顶峰。这一年他接触到了橡皮图章压制工艺，这种新技术将影响到刻字行业，但学习时间长，还要投入压制机、铅字、橡皮等工具材料，成本大，常德无人有力量学习。张金辉参加了在南昌举办的培训班，当时南方各省都有人参加，湖南只有长沙、常德的两人。张文化刻字社的橡皮图章一上市就引起了轰动，周边各省市银行机关纷纷定制。因为技术垄断，周边独此一家，张家的月收入达到了 300 块光洋。这一年他开始筹划建自己的住房。

新楼房经过五个多月的紧张施工，努力赶工，终于在新年前全部完工。一栋高质量、高标准，美观、新颖、大方的两层新楼屹立在众人眼前。这是多少人向往、多少人羡慕的事啊！爷爷、奶奶看后非常高兴，笑得嘴都合不拢。喜的是儿子有出息，修这么大的新房子，又生了四个孙子，该有多高兴！老人们一想起往事又伤心落泪，祖辈们想住一栋一般的瓦木房都是一个梦，湖区人只能住茅草屋、住窝棚。竹篱茅舍风光好，就是怕水泡。

搬家了，搬到属于我们自己的新家。搬家前我家已有八口人吃饭了，不包括爷爷、徒弟、刻师在内，即奶奶、父母亲、四兄弟、丫头。奶奶名义上享受晚年，而实际上操持一家人吃饭的活就够她忙的，丫头也只能协助奶奶做事，还要带老三、老四。所以为了减轻奶奶的负担，又新请来一位奶妈，大家叫她严妈。[1]

父亲是常德成功的老板，身体开始发福。家里请了用人，孩子们开始被人们称为“少爷”。

美满的生活戛然而止。1939 年 7 月，日军大轰炸中，张家新盖的楼房中弹化为灰烬。

下午解除警报，一家人回到大庆街时，不见店铺，不见住房，只见一大块火场冒着青烟。父母亲见状呼天号地，欲哭无泪地喊着、跳着，这下完了，全部家产烧光了。最后，父亲跟两个徒弟讲“情况你们都看到了，你俩各自回家吧”，随手在警报袋里拿出四块银圆，每人两块。[2]

大庆街是常德最繁华的大街，日军对这里的轰炸也最凶猛。20 多年努力的财产一朝损失殆尽，父亲悲伤不已。亲人们纷纷劝说，好在人都在。现在已

---

[1] 参见张礼忠著：《张氏家史》。

[2] 同上注。

有五个儿子，将来会五子登科的。留得青山在，不怕没柴烧。

然而两年后日军的细菌战，让张家人开始性命不保了。

张礼忠四弟张国民、五弟张国成，死于1942年4月的常德鼠疫大流行。当兄弟俩高烧不退、神志不清时，心疼孙儿的奶奶催促父亲赶快将孩子送到广德医院就诊。但父亲压低声音说："去医院不但诊不好，还要破肚开刀、挖心挖肝做解剖，最后丢到火葬炉里烧成灰"，奶奶顿时不敢作声了。

奶奶、父母亲、我和大哥五人守护着四弟、五弟，我们悲痛欲绝地眼睁睁地看着四弟、五弟双目紧闭，全身手脚抽搐不止，最后悲惨地死去。一家人只能偷偷流泪，小声痛哭！奶奶叫着两人的名字轻轻摇着他俩的身体，"醒来呀，昨天还好好的呀，我的心肝宝贝，好孙儿"。奶奶用毛巾捂住嘴，不敢哭出声，嘴角都咬出了血。当年秋天奶奶便因伤心过度而病倒，不久就去世了。死的时候才61岁。[1]

一家人转瞬阴阳两隔。奶奶的丧事是在乡下办的，做了三天的道场。出葬时张礼忠坐在寿木上压丧。几十年后，张礼忠写下记忆中的"哭酒词"：

一杯酒，倚灵前，追思音容儿惨然，案上空酌崔婆酒，一滴何时到酒泉。二杯酒，次第排，老母直达仙瑶台，跪拜阴灵哭哀哀，儿思娘亲泪满腮。三杯酒，敬亲人，痛我骨肉两离分，阴阳相思难会面，魂飞九霄梦里寻。[2]

奶奶丧事不久，爷爷又染鼠疫，暴毙而死。

常德会战之后，一家人结束逃难回到常德，常德已经完全变成了废墟。美国记者爱泼斯坦的报道中写道："这一座古老的城镇，这曾经有十六万居民的城市，中国伟大洞庭湖西岸的粮米丰富中心，现在仅存两所有屋顶的建筑，那是属于西班牙的天主教堂。"

张礼忠家所在的大庆街，在中央社记者胡定芬笔下惨不忍睹："进了东门以后，这个汉唐以来即居重镇的名城，尽是满目疮痍，一片废墟，昔日灯光辉煌的大庆街已成瓦砾之场！历史上有名的春君之墓，变为一沟血水！……我们看到成千累万归还城区的同胞，从废墟上辨不出自己故居的位置，找不到自己亲人的骨肉，而在瓦砾中仰天徘徊，一种无家可归、孑然一身的惨痛情景，更

[1] 参见张礼忠著：《张氏家史》。

[2] 同上注。

为之潸然泪下。”

大庆街已然是瓦砾场，张礼忠父亲勉强修复常清街的一处房子，开门营业。为了救急，将一块100多平方米的房屋地基出售，这时他才发现，这块地产，只值5块光洋了。

张金辉拿着5块光洋，想到几年之间自己四栋房子被烧被炸、6位亲人相继毙命，一时积愤上涌，仰天哈哈大笑，人疯了。在接下来的逃难中，只能由母亲拖着丧失自我意识的父亲和3个未成年的孩子，一家人跌到了最深的苦难中。

接下来的故事有些难以启齿，是只有张礼忠兄弟俩才知道的隐私内容，写还是不写？写，可能关系到母亲和家族的名誉，不写会影响家史的诚实与客观。再三考量之后，张礼忠将它写了下来。

个人记忆因为有极强的隐私性，而使当事者进行趋利避害的选择；也会因为强烈的爱、恨等个人情感，使讲述的客观性受到干扰。个人在遭遇极端悲痛事件时，会将最痛、最尖锐、影响最大的情景、细节铭记在心，甚至会因为记住一个最痛的点而忽略全貌，心理学将之称作“闪光灯式记忆”。而之后人们又将痛苦记忆反复咀嚼，并在这种回味加工中，更加强化某些场景细节，使记忆再次“被加工失真”。这就是个人记忆天然的误差性和模糊性，这也是导致个人记忆长期以来不被正统历史学派重视的原因。但个人记忆恰恰因为有极强的个人情感体验而鲜活生动，构成历史最基本的元素。[1]

张礼忠的家史，是战火下的百姓生活的典型遭遇，除此之外更加上细菌战伤害。但细菌战到底是一种怎样的打击，战争难民的生活会是怎样的，细菌战会给人带来怎样长久的伤害和影响，这些必须经过一个个故事、一段段遭遇、一个个细节来展现。

父亲去世，家里失去顶梁柱后，母亲带着张礼忠和弟弟上了表叔的船。表叔刘善臣是奶奶的叔伯侄儿，有田地房屋，自己又造了一条大船，在外面跑运输。他看到母亲丧夫，托亲戚劝母亲上他的船。表叔是个有妻室的人，上船意味着什么大家都懂，只是不会说出来。母亲起初不愿意，但托请的人劝母亲

[1] 参见聂莉莉著：《伤痕——中国常德民众的细菌战记忆》，刘云、金菁琳译，中国社会科学出版社2015年版，第207页。

委曲求全，在船上，大人孩子不至于饿死。

这是母亲的委屈，也是做儿子的委屈。年少时还不太懂得，越到年老，心里越是塞满闷痛。

上船时张礼忠才12岁，弟弟10岁。两人逆水行舟时是纤夫，拉着约有十吨的船；顺水时兄弟俩幼稚的身躯得死力撑篙，才能避开险滩礁石。

最繁重、最危险的是纤夫、船工、船拐拐。满装货物的船，吃水深，阻力大，尤其是涨水时逆水上行，河水疯狂咆哮，我们兄弟俩都满脸涨得血红地拉纤，纤绳子勒进了肩胛骨，猫背弓腰伏地拉，赤脚、短裤，头上太阳暴晒，汗流如雨。在寒冬腊月行船时，有时船搁浅，冰雪季节寒风刺骨，兄弟俩要脱光下身裤子下水推船，又是何等难熬。有时手脚稍慢或做错事，表叔就横眉怒目，破口大骂，甚至暴跳如雷。[1]

一次，乌云忽至，表叔让张礼忠加固雨棚，一根长棕索不慎落入水中，又捞不起来，表叔破口大骂，操起撑船的竹篙打在张礼忠的额头上，张礼忠顿时血流如注，昏死在甲板上。尽管母亲奋力护着两个幼儿，但寄人篱下，能起的作用有限。

每当船行经过表叔的家乡时，表叔都要让大家划快桨快跑，因为岸上有表叔家人和妻子娘家人追赶，要捉这个不忠不孝、不敬父母、不要妻子的人回去受家法处置。母亲的处境就是这样为难，和表叔过着夫妻的生活，并在船上生下一个女孩儿，但没有名分；既是船工又是厨娘，自己的儿子挨打挨骂，心疼又保护不了。

漂泊于沅湘洞庭，处处无家处处家。除了和大自然的风浪搏斗，战争年代又军匪横行，军队征船不敢不给，土匪抢劫只求保命，一次次逃过生死之劫。1948年腊月的年关，一家人还是没有渡过去。

一天风和日丽，我们告别船友，起锚开船赶潮尾，把船扯起满帆。兄弟

[1] 参见张礼忠著：《张氏家史》。

俩坐在桅杆旁，有时逗幺妹玩，有时看湖光风景，看水中江猪在船两旁翻滚打跟头，或者哼哼龙女牧羊小调，或者背靠桅杆睡着了。[1]

就在这难得的放松时刻，洞庭湖的浪突然将空船抛起来又摔下，船破进水了。表叔急忙抢救他的财产，哥儿俩奋力从水中爬出自救，又赶忙到船尾把母亲救上岸。

母亲突然惊叫：拐哒，幺妹、幺妹子，快找幺妹子啊！兄弟上船一看，幺妹漂浮在中舱里淹死了。……我的家在这荒滩上再次“家破人亡”，这个家最低的希望都破灭了。[2]

母亲抱着幺妹不肯放手，表叔做了个木匣子给幺妹，遭到母亲的痛骂，只顾自己抢钱财，不顾自己女儿的死活，畜生都不如。自此母亲的精神状态几近于癫狂，整日咒骂表叔不止。表叔把破船上所有的木板都拆了当木柴卖了，租了一小船，将母子三人送到汉寿县城，自己则不知去向。

5年的水上漂泊结束了。上船时，母亲将一只皮箱寄放在亲戚家里。1956年房子稍微宽敞一些，母亲把皮箱从亲戚家取回来，一个富足之家经过战争留下的财产，就剩这只皮箱，里面是一副旧麻将和那张全家福。只是照片上的人，只剩下娘儿仨了。

花了10个月，张礼忠写完了10万字的《张氏家史》，自己花钱将它印刷了出来。书的封面，用的是他和弟弟张礼乐的一张合影，这是张家7个孩子经历战争、鼠疫仅活下来的两个。书的封二，用了一张1969年春节拍摄的全家福。母亲端坐于中间，兄弟俩和各自的妻子立于母亲身后，张礼忠和妻子笑得最开心。周围或站或抱已有5个孩子。张家的生命之树又发出了新枝丫。对应

本书作者2015年见到张礼忠时，他的视力相当差，书写几乎要贴近纸面，他就是在这种情况下完成家史写作的。本书作者摄

[1] 参见张礼忠著：《张氏家史》。

[2] 同上注。

那个时代，照片中的每个人胸前都戴着毛主席像章。

张礼忠觉得他完成了心愿，将自己小家的历史，诚实地写下来，放在那里。

常德，这样一个深受细菌战戕害的城市，终于有人写出了自己家族的细菌战受害历史。一位80岁的老人，将自己深藏于内心的记忆一层层剥开来，让它成为民族历史的一粒原子。

2015年春天，86岁的李宏华，在常德桃源县马鬃岭李家湾自己家屋后的山上平了一块地，插上一杆红旗。春风吹拂着红旗，让山梁充满生机。

李宏华在他新翻出来的土地上巡视，他要在这里建一座纪念碑。作者摄

李宏华说要在这里建一个纪念碑。

为了平整这块地，及开条通到这里的简易路，花了5000多元。这些钱大部分是他逐年积累起来的自己的军人退养费，再加上他从亲戚处筹集的部分。当然，他也跑了无数趟乡政府，申请同意开这片地来建一个纪念碑。

新翻出来的泥土是红色的，在一大片丘陵的顶部，和周围被绿色植物覆盖的土地形成对比。李宏华虽然已经老得腰快弯成了90度，但人还挺精神。他背着手用脚将新泥土踩平，矮小弯曲的身体站在那杆被风吹得猎猎舞动的红旗下，感觉像一个将军新占领了一块高地。

他说，自己这么大岁数了，死之前一定要把这块碑给建起来。建碑至少再要一万元，他想在村里找亲戚筹集，这对他来说是难的。村里的后辈对这事感兴趣的不多，像他这样的老人没有多少偿还能力。

李宏华的家就在这块丘陵下的低洼处。一排几间平房，门前是一方池塘。池塘再前面的低洼处，是他的水稻田。春天，幼黄的油菜花一片片散漫地开在田埂间、山坡上。

李宏华爷爷的墓碑就在他的地里。在他屋子的正前方，坐在自家的屋前就能看到，越过一片池塘、一片水田，位于一块隆起的高坡上。

李宏华穿过稻田、花丛，去看他爷爷的坟。荒草几乎没过了坟头，土丘前面一块泛红的石质碑，上书：祖考李公佑生老……后面字迹模糊了。李宏华想把坟头的草除掉，好让碑文露出来。但他的背驼得太厉害，还有哮喘，努力了几次还是爬不上爷爷的坟头。

爷爷李佑生，就是1942年5月那个偷偷翻过鼠疫之城常德城墙连夜赶回桃源县马鬃岭李家湾的农民。他把肺鼠疫带到了乡下，造成李家一族和李家的邻居暴死16人（见第十三章）。

爷爷的碑只是一块普通的墓碑。一个家族纪念一个成员的死亡，有生卒年月，却没有死亡原因，不能作为那场劫难的纪念，也很难成为历史的证据。

李宏华萌发建纪念碑的想法，源自他的日本之行。2013年9月3日，他与王选、常德细菌战原告易友喜一起，到日本内阁府请愿，要求日本政府调查历史，公开资料，对受害者进行谢罪赔偿。2011年，一份新的细菌战证据——《金子顺一论文集》被发现，再次证实了日军在常德使用鼠疫菌进行攻击，84岁的李宏华作为代表被选出来远赴日本。

2013年的情形，已经大不如2009年。2009年日本民主党重新执政，大家感觉到解决战争遗留问题的曙光到来了。但随着安倍的上台，这一希望化作了泡影。

王选、一濑敬一郎、李宏华、易友喜等一行人拜见民主党爱知县第三区总支部支部长、众议院议员近藤昭一。挂在办公室门廊上的竞选广告，是四幅漫画，其中介绍近藤昭一会讲汉语，在中国曾经留学一年。议员不在，秘书出面接待。也会讲一口流利中文的秘书说，近藤议员把解决细菌战问题看作日本摆脱过去历史和与中国人民和解的机会。

但是随着民主党的下台，原来支持过中国受害者的议员大都落选了，形势不利。

细菌战诉讼李家原来有5个原告，李宏华是老大，弟弟李安谷、李安江都去世了，堂兄弟李安清和姑姑李玉仙也去世了。5个原告只剩下李宏华一个，也84岁了。2013年李宏华是坐着轮椅来日本的，年轻的易友喜负责拿行李、推轮椅，搀扶着老李走路。两人坐了一夜的火车，从常德到上海，然后再从上海飞往日本。来一趟不容易，这么大岁数了还能来几趟？但事情给人远没有看到希望的一天。

在明治大学参观731部队及细菌战展览，坐在轮椅上的李宏华表情严肃，这是他第一次看完整、详细的细菌战展览。在常德细菌战的图片面前，他一动不动看了很久。

“我也是兵，也打过仗。1950年参军，1952年去朝鲜，当通信员，保护首长。首长是一个东北人，大个子。后来我当班长，叫机枪手打飞机。一开始美国飞机飞得很低，我们就用手榴弹打它，它就不敢低飞了。手榴弹打坦克很有效，坦克来了不用急，等它过来，手榴弹塞进轮子里，‘嘭’！我不想干的，死的人太多了。我也打过上甘岭，守无名高地。有一次在无名高地埋伏，我是小组长，带着两个兵，小张是武陵人，小王是陬市人。当时不能发出一点声响，但不知怎么小张身上的水壶和小锹碰在一起响了，一发炮弹打来，把小张的脑壳揭了去。

2013年8月28日，常德鼠疫幸存者李宏华在日本东京观看细菌战展览。本书作者摄

“我当时想下一发炮弹就会打我这个位置，但不会再打小张的位置，便一个滚翻到炸死小张的炮弹坑里，果然下一发炮就打在我埋伏的位置。后来我才发现，我穿的皮鞋后跟被削掉了，当时我翻到坑里，一只脚还在外面。

“打仗嘛，军人对军人，老百姓不参与，枪对枪，炮对炮，实在不行还可以拼刺刀，肉搏。这叫什么？躲在暗处，没动枪也没动炮，一死死一片，都是无辜的老百姓。”

李宏华参观之后发表看法，作为一个老军人，他对细菌战充满鄙夷和不屑。

这次日本之行后，他也知道了日本靖国神社。靖国神社游就馆里有个抬灵车，八抬大轿式的，放置在一个高的展台上，示意死于战争的军人的灵魂会用这庄严的轿子抬回来祭祀。每个人还都有一张照片一个灵位。李宏华不服气，就你们的命值钱，中国人的命贱，死了白死了？！他手里有日本律师给他的一本册子，是详细调查李家湾的死亡情况，竖排的日文。别的字他不认识，上面的名字是汉字写出的，一个个都是他的亲人、邻居，他认得。这一册复印的资料，被他用布一层层包裹起来仔细收藏。

建一个纪念碑，把因爷爷李佑生引发的李家湾鼠疫记录下来，把死去的人的名字一个个都刻在上面，就算是自己也死了，所有的细菌战原告都去世了，这件事仍然不会被忘记。

2016年3月20日，李宏华的纪念碑已经立好，黑色的大理石基座，安放着一块天然巨石，石上三个大字“劫难碑”。[1]

虽然李家湾的事，早已超越了个人和家族记忆的范畴，但在战争结束后的半个多世纪里，记忆一直在消逝，在被岁月漂白淡忘。一个家庭的受难也需要建立一块纪念碑，这种认识，不管是在东方还是在西方，是20世纪后建立的。在此之前，历史在人们的意识里、行动中，不断竖立的是国家纪念碑、英雄纪念碑。而一个人一个人的生命记录，唯有慢慢消散在风里。

李宏华在生命的暮年，倔强地竖起了自己的纪念碑。

李宏华坐在爷爷李佑生的墓前，这里可以遥遥看到“劫难碑”；在“劫难碑”前，也可以看到爷爷的墓。它们几乎在同一水平高度，两者之间的低洼处是李宏华的房屋、鱼塘、稻田和油菜地以及岁月留下的长达70年的空隙。

如今，历史、现在和未来，时间的三个维度终于汇集于一个空间。

李宏华25岁复员回到乡里，和一个17岁的姑娘结婚，生了4个儿女。他在种地务农的同时，在人民公社当民兵营长，管治安。公社里每天给他两个工分，民兵营长一月给15元，是国家发的。1959年开始的三年严重困难，饿死了3岁的儿子和2岁的女儿。如今的打工潮之下，孩子们又带另外的孩子去了异乡。一排空房子里，只有迟暮之年的他和守了一辈子的老妻。

特殊的日子里，李宏华会让妻子拿出仔细保存的军装，一枚枚地挂上军功章，穿上，扣起风纪扣，搬一个小板凳，以军人的姿态坐在自家屋前，兀自凝视着天空和土地。

三

作为新中国第一代空军飞行员，直到参加细菌战诉讼，杨大方才知道，他第一次起飞的地方是731部队的机场，从这个跑道上起飞的日军飞机，载着

---

[1] 李宏华想建碑没钱的事被常德媒体报道后，引起社会关注。在各方支持下，2016年清明之前纪念碑揭幕。常德细菌战受害者协会会长高峰在微信中写道：“修建好劫难碑，特别感谢外事办陈玉芳主任，幼专郭立纯院长、报社刘雅玲社长，大江装饰邓大江董事长、桃源县马鬃岭政府。”

细菌武器，毁了他的家。

这难道就是命运的某种安排？

浙江衢州杨大方被鼠疫击碎的家庭，以小脚母亲的身体健康为代价，度过了战争中艰难的时期（见第十二章）。失去家长的杨家，全部的重担都落在了母亲身上。“我母亲小脚，路都走不动，而6个孩子还需要她养活。当时我家最大的孩子是我大哥，但他也只有15岁。”

日子靠姥爷接济。他在乡下种地，经点商，有一个小食品店。但日军飞机不断地轰炸，让生活无法正常进行，逃飞机是日常生活的一部分。

“生活极其艰苦，在乡下我和二哥满身疥疮，母亲也患上肺病。她一双小脚，为了我们能吃上饭，整天不停地忙啊忙。各种农活，以前她从来不会做的，后来都要她去做。

“15岁的大哥刚读完初中，为了减轻家里的负担，也为了给父亲报仇，和舅舅一起报名参军。他投考了民国空军，他这一走，我们谁都没有想到，竟然是和母亲的永别。”

和大哥杨寅生的家书来往，都是杨大方来写的。大哥因为有文化，又从小跟父亲摆弄钟表机械，从衢州到南宁到重庆，一路成为民国空军的机械师，飞美国的C47飞机，最后升为少校空中机械师。此后大哥可以每月寄些钱来，接济母亲和弟弟妹妹的生活。

生活虽然艰苦，但母亲绝不肯放弃孩子们的教育。“再难也坚持让我们上学，一直供我读到高中。我母亲太苦了，这也是她解放后不久就去世的原因。”

1949年杨大方读到高中二年级，考上了二野军政大学，参加了解放军。8月学校里贴出中央军委决定组建空军、招聘新中国第一批飞行员的消息，杨大方报名并入选。一个战争破亡的家庭，一个寡母，却为中国贡献了2名空军战士。杨大方的二哥考入了鲁迅艺术文学院，大妹妹也参加了解放军。

杨大方。图片来源：杨大方

1949年8月，杨大方被调往哈尔滨第一航空学校，跟苏联人学习驾驶苏式飞机，从这里的跑道上他第一次飞上了蓝天，成为新中国年龄最小的飞行员，而哈尔滨第一航空学校之前的秘密及和他的家庭的联系，要等半个世纪后才会显现。

杨大方参加的第一场战斗便是志愿军解放朝鲜大小和岛之战。

“一闭上眼睛就是那场战斗，编队、飞行的姿势、速度、飞机下面的大海……”杨大方说。

大小和岛位于西朝鲜湾，距离鸭绿江口70公里，是美军和南朝鲜军的一个重要前哨据点。这里有美朝情报人员1200多人，装有大功率雷达，对空指控台，是美国空军轰炸志愿军和朝鲜的重要指控系统。1951年志愿军总部决定，以空军2、3、8、10师各一部，空中配合志愿军50军所属部队，攻占大小和岛各岛屿。

空军的任务是轰炸大小和岛和附近海面上的美国和南朝鲜军舰，使地面部队进攻时免遭美军空袭。

这是新中国空军的第一次大战，而这支空中部队还很稚嫩。杨大方所在的航空兵第8师（驻沈阳于洪屯机场），以苏式杜-2活塞式螺旋桨飞机9架编队迎战。杨大方刚满19岁，作为刚毕业的学生兵，飞行时间不到160个小时。而编队中最老的飞行员、大队长高月明也只有24岁，他1946年开始飞，全部飞行时间也不过500小时。这支队伍中的大多数人，只经过简单气象条件下的空中编队训练，没有经过跳伞训练，也没有经过海上飞行，并且还是第一次荷弹飞行。

飞机是苏联在二战中用过的小座舱、三叶螺旋桨活塞式老杜-2，机内有驾驶员、领航员、通信员、射击手四人，机枪需要手动瞄准操作。编队9架飞机里，只有大队长驾驶的是新式杜-2，大座舱、四叶螺旋桨和电动机枪。

“飞机的座舱很窄小，噪音很大，就算穿了皮棉飞行服，也很冷很冷。”杨大方说。

编队里有3个学生兵：杨大方、毕武斌、张孚琰。三人情谊深厚，虽然第一次参加实战，但都发誓要接受住生死考验，绝不当孬种。11月29日，战斗来临。三人交换了脸盆和围巾，相约如果谁死了，就以此物为纪念。

每架轰炸机携带100公斤的爆破弹7枚、100公斤的燃烧弹2枚，目标距离纵深50米、宽约100米，要求在1600米高度以时速360公里进行轰炸。杨大方在这个“品”字编队里飞第二组左僚机，张孚琰和他在同一组是右僚机。毕武斌在第一组大队长的品型方阵中飞右僚机，在杨大方的右前方。

作战计划另外安排歼击航空兵第2师（驻凤城机场），以“拉-11”16架，进行全程护航；再加上歼击航空兵第3师（驻浪头机场），以“米格-15”飞机两个团的兵力担任战场空中掩护。

出发前编队所有成员熟背了18组联络暗号，杨大方的飞机代号是“劳动”，指挥所代号是“三角”，护航歼击机代号是“提琴”。杨大方的飞机除担任轰炸任务外，还安装了拍摄照相仪器，以收集战场轰炸效果。

“战前的动员是要不惜牺牲生命去完成轰炸任务。出发前每个人都向党组织写了保证书，并写下了遗书。我们三个青年学生兵都表示要争取火线入党。”

直到临行前才发了海上跳伞装备，简单介绍了一下使用方法，也就是说跳伞逃生基本不被考虑。飞行员不携带任何东西，口袋里只一纸飞行员证，上面用中、英、朝语写着姓名和编号。

9架飞机，大队长首先起飞，作为第二个“品”字的左僚机的杨大方驾07号战机第5个滑上跑道。他说当时感觉很好，升空平稳，一会儿就跟上了编队。

从机场起飞比预计时间早了20秒。14点41分，编队到达航线起点奉集堡上空，但此时比预定时间早到了1分钟。接着编队右转弯169度直飞凤城，原计划在凤城前与从凤城机场起飞的护航机会合。因为早到，轰炸机飞到凤城上空才与护航的16架拉-11会合，拉-11追着9架轰炸机身后形成混合编队，然后左向取航道148度飞向轰炸目标。

“就是这个转弯转小了，长机的时间观念不强，转弯早了，造成飞行半径小了，提前了3分钟。”杨大方摇着头遗憾地叹息。

“当时是顺风，我们努力放慢速度，但太慢飞机就往下掉，控制不了高度，我们早到了4分钟。那时候飞行员都没有手表，直到天津制表厂生产出国产表后我们才有了手表，而老苏式飞机上的表不准。再加上指挥者当年对空军作战时间的重要性也认识不足。早到4分钟有多致命，当时我们哪知道啊！”[1]

敌机是远远地贴着苍茫的海面出现的，先是4个黑点，接着是8个、16个……大家一开始以为是担负空中拦截任务的米格-15跟上来了，通信联络里

---

[1] 2015年本书作者对杨大方的采访。

没有任何警告。当认出是敌机时，已经近在眼前！

这是美军 36 架 F-86 战斗机群，他们采用的是超低空飞行，从而避开了雷达，以四机或者双机从后方或侧方快速接近并发起攻击。

F-86 是喷气式战斗机，其俯冲时的速度超过了音速，是当时世界上最先进的喷气机，号称“佩刀”，它的速度几乎是拉-11 的 2 倍。拉-11 歼击机是活塞式发动机，速度只有每小时 674 公里，高度 6000 米，通常是不能用来和喷气式战斗机作战的，一般只承担为轰炸机护航和侦察的任务。可以迎战“佩刀”的是米格-15，它们速度、高度相当，彼此在空战时都没有绝对的优势。但是，现在，米格-15 并不知道这里提前到达了，它还在按计划起飞中。

没有喷气式战斗机的保护，轰炸机带着沉重的炸弹，就算是有歼击机护航，也相当于裸奔。

“他们来得气势汹汹，30 多架飞机黑压压一片。美军截获了我们的行动计划，早有准备，派出了第二次世界大战的王牌飞行员、空中飞行超过 2000 个小时的第 334 中队长戴维斯来拦截。”

敌机的进攻是从后面来的，所以第三个“品”字中队左、右僚机首先中弹受伤。接着受到攻击的是杨大方所在的“品”字编队。

“这种情况下，我们耳机里响的还是保持队形，坚决回击，勇敢前进，绝不后退的指令。你只能向前，死都要往前飞。

“我至今清晰地记得，右侧张孚琰驾驶的 06 号机两个发动机和机身中段中弹，着起火向我左下方坠落。浓烟钻进座舱，张孚琰让机组人员跳伞，自己不跳，拉起来跟上编队飞，直到和飞机一起坠没入海。

“那是和我最要好的张孚琰啊！我真想打开我身旁的二门机关炮与他们干，但我的前方有编队飞机，不能贸然开炮。再说我必须保证把炸弹投下去，还要拍照，这是首要任务。我含着眼泪猛叫后舱战友用他的机枪‘狠狠地打他妈的 F-86’，一边喊一边努力往目标飞。”

此时，对于杨大方来说，目标马上就要在机腹下了，但 F-86 以速度冲击着轰炸机编队，阻止其下降高度去投弹。“它们在编队里飞来窜去，有时候飞行员的徽章和脸都看得清清楚楚。我们仍保持密集投弹队形，不能散，一散就完了。没有其他选择，只有组织火力且打且飞。有一架 F-86 从我左前方迎面飞来，我明白他是要逼我离开编队，从我这里撕开一道口子，我横下心决不躲闪，心想你想来撞就撞吧，结果在接触的一刹那，它转弯闪了。”

俯冲，下降，感觉大地迎面扑来。

正当投下炸弹轰炸目标时，杨大方看到前方一中队右僚机毕武斌驾驶的03号机受伤起火。耳机里大队长在叫：“跳伞，跳伞！”但毕武斌仍驾着熊熊燃烧的飞机，把9枚炸弹全部投向岛上目标，最后飞机烈焰满身，撞向大和岛目标。

“毕武斌的飞机成了一个大火球，他把自己也变成了一颗炸弹。我参军就认识毕武斌了，平时他是一个沉默寡言的人，在学习上特别努力勤奋。我们3个青年学生兵，就剩下我一个了，当时真是心如刀绞啊！

1951年11月30日轰炸大和岛归来的飞行员。左起：柳文瑞、邢高科、高月明、李源一、杨大方。图片来源：杨大方

“他俩的脸盆和围巾到现在我还保留着，没想到这真是成了我们生离死别的纪念物了。”

这就是中国空军战史上的生死11分钟。9架轰炸机损失4架，受伤4架，牺牲空中人员15人。出征前9架飞机36人，回来只有5架21人。追悼会上，牺牲战友的照片排了两排。

杨大方后来听说，有的牺牲战友遗体漂在海上，被丹东烈士陵园收了，建了纪念碑，但15名烈士的名字错了一半。杨大方拿出一张战友的合影，仔细地在后面写上每一个人的名字，一个一个指出，哪一个人被搞错了。

仿佛神佑，杨大方的飞机奇迹般地没有受到什么损伤。时隔64年后，杨大方告诉笔者，参加那次战斗的机组，只有他这架飞机上的人全部都健康地活着。他细数着老伙伴的名字：前舱领航员陈修礼、后舱通信员侯重建、射击员邝锦章。“我真想和几个老家伙再聚聚，但大家都太老了，离得太远了，他们有一个在美国呢！”

在战后的表彰中，杨大方编队获集体三等功，杨大方获二等功。大队长高月明和毕武斌被评为二级战斗英雄、一等功臣。驾着火龙飞机撞向目标的毕武斌一度被赞誉为“空中的董存瑞”，但后来，“空中的董存瑞”并没有成为全国学习的典型，包括这场战斗渐渐不被提及了。

这场有英雄可赞誉、有经验教训可总结的中国空军“雏鹰”之战变得神秘起来，不仅没有公开宣传，即便是空军战史、教材中提及，也是匆匆带过。而这一切缘于这是一次损失惨重的战斗，尤其是那关键的 4 分钟早到，更是不愿被提及的缘由。

杨大方叹息着说，一切其实是时代的错误。那个年代谁都没有选择，只能赢，不能输，地面指挥没有选择，天上的飞行员也没有，个人生命是放在最低位置的，不值什么。再说轰炸机速度慢，就算是跑也跑不了。

接下来到来的政治运动，杨大方更加被冷冻了。在他技术成熟、正当盛年时，突然就被停止了空中飞行，改做地面工作，这是因为他的哥哥是一名国民党空军少校机械师。然而一家人根本就没有哥哥和舅舅的音信，也不知道他们是死是活。

1971 年杨大方复员到衢州，一枚飞行员的徽章，他一直保留着。那是一只展翅的金色雄鹰，鹰首上是一颗五角星，是他翱翔蓝天的见证。

20 世纪 80 年代大陆开放之后，杨大方终于和大哥取得了联系。1983 年他带着家人到台湾看望大哥，带给他的消息是，他们的母亲拉扯着一家人度过了战乱，得下肺病，50 年代就去世了。哥哥闻此消息，大哭不止。此时杨大方才知道，哥哥也因为有他这样一位飞行员弟弟，而被国民党方面停飞。

杨大方人生的上半场就此匆匆结束，下半场开启于王选和日本律师的到来。空投下来的鼠疫、父亲的死、家族的败亡，他明白了他和自己的亲人为什么活成这样。在东京，他把父亲的遗像抱在胸前，并立下誓言 :“杀父之仇，永不能忘，一定要讨回公道。”一次杨大方去靖国神社，游就馆里播放的战歌、摆放的军旗，尤其是陈列的零式战斗机，气得 60 多岁的他热血上冲，跳着脚说恨不能开着轰炸机炸了它，冷静下来也不得不服日本人的宣传手段。诉讼未必能赢，就算无法讨回了公道，也要留下这段历史。自己终将老去，怎么能把历史子子孙孙传下去？一个想法萌生了出来 :“我不能炸了你，但我也可以建立一座纪念馆，把历史留下来给后人看，给世界看。”

杨大方从日本回来就开始实施自己的想法，年纪越来越大了，要趁着还能动、还活着，快做。1942 年、1944 年两次战役衢县城都沦入敌手，一个城市两年间被两度攻陷，烧杀抢掠自不待说，更主要的是其背后都配合有隐秘的细菌战。明地里双方枪对枪、炮对炮地交战，暗地里进行的是另一场战争——细菌战恶疫的进攻。

比明处战争更险恶、死亡平民更多、损失更惨重的细菌战无论是在战时还是解放后，都被国人忽略了。日军所进攻的金华、义乌、龙游、衢州、江山、丽水、玉山、广信、广丰等主要城市，都经过了恶疫多年的反复流行。细菌战对于社会经济、军心民心、战斗力及战后恢复重建的综合影响到底有多大，到目前为止仍然不详。

建立一座细菌战纪念馆，把衢州这座城市经历的战争苦难记录下来、保存下来。杨大方、邱明轩、吴世根三个老伙伴一商量，发起了建立侵华日军细菌战衢州展览馆的动议。在他们的号召下，叶赛舟等一群受害者加入了进来，调查、走访、记录、照相……他们首先要整理起来一份“细菌战死难民众名单”，并为死难者竖立起一块纪念碑。

从 60 多岁开始，投入到修补历史黑洞中去，复原被有意掩盖和忽略的历史，杨大方开始了他人生后半程的“战斗”。他们调查的一些关键当事人的口述历史，如今已经成为绝版。记录担任过浙江省医疗防疫大队第二队队长和副大队长、兼任过衢县临时防疫处副处长的朱学忠口述时，杨大方和邱明轩都接近 70 岁，而朱学忠已年届九十。两代人坐下来谈“当年”的时候，就是“最后的对话”，和死亡赛跑，人死了，记忆就消失了。这些国民政府的工作人员、防疫的亲历者能活着，已经是奇迹。

“据我了解 1940—1948 年间，衢州地区每年各种传染病的发病总人数大约 6 万人到 8 万人，其中鼠疫、霍乱、伤寒、副伤寒、痢疾、疟疾、炭疽等传染病，每年发病人数大约有 3 万—5 万人。当时对鼠疫、霍乱、伤寒、副伤寒、炭疽等传染病没有特效药，加上医务人员少、医疗条件差，误诊现象很普遍，所以病死率相当高，平均每年病死人数均在 1 万人以上。”[1] 1948 年衢州 5 县防疫委员会的调查统计，1940—1948 年间，患上述传染病者达 30 万，病死者在 5 万人以上，与朱学忠的口述正好互相印证。

他们选择了衢州市区罗汉井 5 号建纪念馆。过去这里的大宅院高大醒目，因此而成为鼠疫空投的目标。杨大方凭着他老飞行员、老革命的面子，去和有

[1] 邱明轩著：《罪证——侵华日军衢州细菌战史实》，中国三峡出版社 1999 年版，第 15 页。

关部门要这所院子，跑了很多路，磨了不少嘴皮，才把占用这所院子的单位请了出去。

修复的罗汉井5号故居。本书作者摄

房子多年失修，已经相当破败了。老人们自己动手，保留这所房子白墙、黑瓦、红木柱的风格，把柱子加固，用深红色漆重新刷了。黑色的行书“侵华日军细菌战衢州展览馆”12个大字镶嵌在白墙上。

黑、白、红，这所饱受苦难的房子在失去家人管护的半个多世纪后，显露出了它原本的尊严。细细看，会察觉它曾经寄托了主人很多美好的愿望，房子的十多根柱子的柱头都饰有木雕，松鹤梅、福禄寿、文房四宝、瑞兽花鸟，几十个主题被精雕细刻。

2005年清明节，细菌战展览馆建成开馆。门口黑色的死亡者石碑上，排在第二位的，就是这所房子的女主人：黄廖氏。石碑上还有杨大方的父亲杨惠风。

虽然展览馆的设施相当简陋，展板都是由老人们手工制作的，却再现了衢州这个城市在抗战中的苦难，饱受轰炸，两次失城，多次秘密细菌战，国民政府在明暗两条战线上苦战，顾此失彼。这段历史曾经由于政治原因而被忽略。

作为军人对军人的致敬，他们还原了守城的国民政府军人英勇的故事。

1944年6月25日保卫衢州的战役中，激烈的战斗就发生在老衢州机场的跑道上。第21军第145师435团上校团长刘一，率军在这里阻击敌人向衢州城的进攻。

国民革命军第21军第145师435团上校团长刘一。资料来源：衢州细菌战纪念馆

刘一，1904年生，旧制中学毕业后考入四川军官学校，投笔从戎。衢州细菌战展览馆里挂上了刘一的照片，一身戎装，方脸剑眉，眼中的目光肃穆而坚定。

作为衢州城外围的防线，机场四面一马平川，无险可守。刘一带约一个营的兵力，利用当年日军占领时破坏机场所挖掘出的大坑堑作掩护，阻挡日军的前进。这些大坑是1942年日军关押3000名国军俘虏挖成的，每沟深1.5米、宽约2米，间隔50米一个大坑，为的是阻止国军使用机场。

这一天，早晨敌人发起4次进攻。到了下午，日军在飞机反复扫射轰炸的配合下攻入机场。刘一身中两弹，但仍一跃出堑以白刃迎敌。当日军发现刘一是指挥官时，将他团团围住，与之车轮战刺杀格斗。刘一遍体洞穿，眼睛被头上流下的鲜血糊住，握枪的手也开始松弛。最后日军一大佐大叫一声，举起战刀劈下来，寒光闪过，战刀从刘一左肩挥过右腰。

“被战刀从肩部劈到腰部，尸体剖为两段，壮烈殉国。”146师工兵营营长黄士伟回忆道。[1]

刘一牺牲时只有27岁。衢州城陷落，阵亡将士无人收尸，刘一尸骨不存。刘一留下一张1937年5月和妻儿的合影，刘一戎装站立，妻子怀抱幼儿。黑白照片用染色法让夫妻二人的脸颊落着桃红，平添生命的朝气。但让人唏嘘的是，刘一的妻儿日后都死于日军的大轰炸，刘一血脉无续。半个多世纪后去台湾忠烈祠寻找和祭奠的，是他战时收养的一个侄儿。[2]

衢州城被日军攻破时已经千疮百孔，厚实的、带着岁月尘迹的黑墙砖几无一块完整，大南门被完全轰塌，北门也摇摇欲坠。

日军河野旅团国井部队，首先从城墙缺口架云梯攀入城内，国民政府守军与敌巷战。第49军第26师78团团长于丕富率众边战边退，最后到了衢江边，无路可退的兵士只得纵身衢江。日军的飞机沿江来回逡巡，只要看到有黑色的头颅露出水面，便瞄准点射。江中士兵几乎无人能够泅渡过江，一时间衢江血满尸满。于丕富也被敌机射中，尸体沿江漂浮而下，搁浅后被农民发现掩埋。他的身份是从他的军衣胸牌上认出的。

江南旧式房屋阴暗潮湿的气味，配合着混着鲜血的悲壮历史，让细菌战展览馆有一种攫住人心的氛围。一间屋一间屋之间，都有老式的高门槛，需要抬腿才能迈过，每迈过一个，仿佛就迈入历史的某个片段、某个篇章、某个场景之中，历史由黑白转为彩色，鲜活起来。

从家族个人的仇恨，到整理城市的历史，杨大方、邱明轩、吴世根等人，将他们收集来的资料，法庭上的诉讼材料，还有他们寻访到的烂脚老人的影像

---

[1] 衢州市政协文史资料委员会编：《衢州抗战》，中国文史出版社2015年版，第244页。

[2] 同上注，第316页。

资料放入展览馆里。

为了还原这段历史，三位老人费尽心思。展览馆里有一枚石井四郎研制的陶瓷细菌弹，是他们按照一比一的比例仿制出来的，30 公分的直径，闪着棕色的釉彩。

一个城市没有历史和记忆，就会没有灵魂和精气。杨大方和他的老伙伴们修复了衢州的历史，把他们追求和平、反对战争的理想安放在展览馆里。

衢州在浙江省经济并不发达，但仍是少数有机场的地级市，只是城市的发展已经将机场包在了市里。夜航降落衢州，从繁星般的市井灯火中飞过，看到航站楼顶上鲜红的行书大字："衢州"，就会感到巍巍古城风韵。

老城当年被日军火炮轰塌并攻入城的大南门，城墙和城门得到了修复。从此门沿衢江北上，一路便是遭受细菌战攻击染疫炽烈的街巷：美俗坊、县西街、上营街、柴家巷、罗汉井、水亭街……从"文革"中的拆毁，到城市扩建拆除，再到旅游业兴起的复古再建，衢州老城已面目全非。但细菌战展览馆坐落在老城中间，巍然如一名老者当街挺立，任时间光影变幻而成为这座城市不变的历史基色。

20 多年，杨大方们耗尽了他们生命中的最后时光。2009 年 11 月，先是吴世根身体出了状况。参加志愿军时，他在工兵团里打洞开路，得了尘肺病，参加细菌战调查时已经喘息不止。去世时他拉着儿子吴建平的手不放开。"父亲临死时不瞑目，我问父亲有什么事放不下，父亲说细菌战和日本人的官司没有打完，一定要我接班继续打。我点头答应，他才松开手，之后就再也不说话了。"吴建平说，一族人都失去了原本的姓，是父亲永远的痛。

2015 年 4 月，在衢州中医院的病床上，邱明轩也到了生命的最后一刻。因为肝癌，他整个身体已经薄得像一张纸一样。他说他用尽了最后的力气，完成了衢州细菌战调查的 5 本书。书中的资料，都已交给衢州细菌战展览馆，人们可以在那里查阅。而他收集的资料，交给了他的外甥，一个对这段历史感兴趣的年轻人，希望他能够继续研究。

第二战场的战斗，最后又只剩下杨大方一人。杨大方的身体佝偻 90 度，背后隆起一个大包，这可是曾经的空军轰炸机飞行员的身体。

2014 年 10 月，已经中过风的杨大方找到吴世根的儿子吴建平，希望把自己担任多年的衢州细菌战受害者协会会长职务交给他。这是一个几经申请始终没有获得批准的协会，还挂着“筹备会”的名头。实际上没有吴建平接班，杨大方真不知道应该把它交给谁。衢州各乡都有疑似细菌战炭疽感染的“老烂脚”，这些人也是风烛残年，急需救助，需要抚慰，需要有人去做些什么。

面对着衢州细菌战的死难者名单，杨大方总是心潮难平。韩强摄

2015年6月，在中国医师协会创伤外科医师分会的专家志愿团队的技术支持下，王选联合上海王正国创伤医学发展基金会，在腾讯网公益频道发起善款公募行动，全面启动对衢州、金华、丽水地区细菌战烂脚病人的医疗救助。衢化医院副院长、烧伤科主任张元海领衔的团队，为烂脚病人进行手术治疗。吴建平承担了志愿者的工作，跑乡间，找老人，做工作，接他们到医院。

生命之叶悄然凋零。杨大方心脏闹罢工，胸膛里装上了起搏器；脑溢血、中风，一度失去记忆与语言；漫长的、一次一次的生死关渡过之后，嘴边多了一句话：“不死，是使命未尽。”

“好好活着就是最好的抗争。只要活着，我们就能把发生的一切亲口告诉更多的人。”

这一年10月的一个黄昏，在长期护养的病房里，他拿出一沓手稿说，要写下他的一生。

这是王选最后一次见他。送王选出来，在电梯即将关门的一刻，他突然直起腰，“啪”的一下立正，行了一个军礼。

这是一个老军人最后的军礼。

2017年2月10日晚，85岁的他在最后的搏击中没能赢。作为一个细菌战的受难者，一个老兵，一名战斗机飞行员，一名日本政府的控告者，这是他一生唯一一场没有赢的战争。

2016年年底，也许是冥冥中感到自己生命将尽，杨大方穿好军装，把他一生的军功章，满满地在左胸边排了3排，右胸边排了两排，到照相馆照了一张正装相。84岁的他双唇紧闭，白发苍然，一双眼睛光华闪耀，一如当年他的父亲。和父亲不同的是，他那双眼睛里更有军人的坚毅、老者的睿智，也有阅尽世事的慈祥。

杨大方最后的正装照

这成了他最后的遗照。

在衢州三位老人都去世后，吴建平接任细菌战受害者协会筹备会会长，只是这个会不知何时能获得合法身份。

“杨大方的逝去是一个象征，一代有战争经历和记忆的人正在成为历史。”王选说。

一代人逝去，但他们留下了纪念碑，留下了纪念馆，整理出了个人史、家族史、村庄史。原本他们是一群悄没声息的人，世人都不知道他们的存在，现在他们聚在一起，发出了自己的声音。因为他们的努力，中国的历史书写中有了细菌战的“记忆场”。

他们有了自己的纪念日，虽然现在还没有广岛核爆纪念日那么声势浩大，但更多的人因此可以加入他们的悲伤，为他们的亲人祭奠、默哀，也为世界和平祈祷。

他们有了自己的纪念碑，虽然现在没有犹太人的大屠杀纪念碑那样世人皆知，但已把容易飘散的记忆，永远固定在大地上，固定在未来的时空中。

他们汇集个人记忆，渐成民族共有记忆。战争受害的抽象、宏大数字，因为他们而变成一个个有血有肉的生命故事。这些鲜活的故事，可以让时光止步，可以阻挠忘却，可以让已经消逝的历史再一次变得可以触摸感知。

王选那上百人的邮件通信录，现在变成了微信群。在智能手机普及之后，各地的老人基本每人都有了智能手机，学会了看微信和发微信，这种通信方式更便捷及时。曾经相当长的一段时间，王选的邮件得不到及时回应，老人们没有电脑，也不会发邮件，不得不求助于儿孙辈。

浙江义乌、丽水、衢州、松阳、云和、金华等都有细菌战调查的骨干，常德也是如此。他们用经年累月的执着，填补了一个民族的历史空白。

第二十二章　疗愈

一

在浙江江山大陈乡，看见姜春根的一双烂脚，王选眼泪止不住奔流而下。

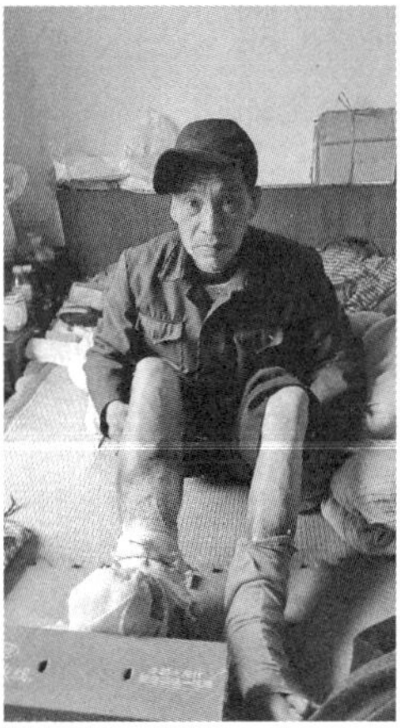

以破布裹脚的姜春根。2015年拍照片时，脚烂得已经不能下地行走。本书作者摄

“太烂了，一双脚都看不出模样了，肿得像大象腿一样。我见到过那么多烂脚人，他是最烂最烂的那一个。”

姜春根住在儿子家。脚烂成那样，还是要下田劳动。春天的大陈乡丘陵起伏、碧水淙淙，姜春根在葱绿的田野里养鸡放鸭，挑担劳作，干不动了会坐下来休息。血水渗出破布的包裹，染红半个鞋子，臭气隔着好远都能闻到。

姜春根大多数时间都是沉默的，只有问到了，才会轻轻地吭一声。王选看过他之后几年，他的右脚更烂了，变得有正常脚的三四倍大，浓血淋漓，已经没有了脚的模样。再后来他就不能下地了，只能半躺在床上，脚下垫着塑料泡沫块，承接脓血。他的左脚也是烂的，糜烂在两只脚上轮番发作。

除了定期从上海给他邮寄药品、纱布外，若有空到江山，王选一定会去看看他，去不了，就派助手常晓龙去看。每次去，都带一些纱布、药品和钱。王选还在姜春根家的村医那里放一些钱，让他定期去为他清洗换药，但那个医生拿了钱却没按约定去看他。问起原因，医生面露难色说：太烂太臭了，且每次去要爬山，把一部摩托车都骑坏了。

江山大陈乡是烂脚发生的重点地区，姜春根只是这个乡里脚最烂的人。

姜春根出生在1945年的大陈乡乌龙村。他听父亲讲，1942年7月，有一队日军从这里经过后不久，妈妈带着姐姐到山上去采茶籽后，妈妈、姐姐、姑姑的脚相继都烂了。为了给姐姐医脚，家里卖了所有家当，而妈妈却从来不医。他自己的脚是五六岁开始烂的，后来出生的弟弟也烂脚，一家人只有父亲没有烂。妈妈、姑姑、弟弟都先后烂死。

王选遍寻中国历史档案，有关记录留下来的极少。战时国民政府档案留下了各地鼠疫受害情况，国民政府为了向国际社会控告日本细菌战的罪行，准备了一些受害地的疫病检验报告书和防疫报告书，使鼠疫受害得到记载。但是更多的细菌武器受害，却被认为是卫生条件、生活条件的"战时疫病"，比如伤寒、副伤寒、痢疾、霍乱等，当年就没有被确认为是细菌战所致，炭疽、鼻疽更是如此。

一个悖论出现了，如此多的烂脚出现在现实当中，但翻阅当年的档案资料，却发现没有什么记载。在战火纷飞、疫病横行、人的生命如蝼蚁的乱世，各地国民政府"防疫委员会"疲于应付，再加上细菌战是隐秘进行的，烂脚也就没有被列入防疫之中。

日本学者江田宪治在他的《中国政府的防疫战——1938—1945年》论文里引用了一份资料：1939年12月，国民政府军医署驻桂林办事处医学专家，向军政部提交的《防治敌机撒播鼠疫菌、脾脱疽菌、马鼻疽菌办法》的报告，其中提到的脾脱疽菌、马鼻疽菌正是炭疽、鼻疽的另一种称法。这份档案说明，当时国民政府的医学专家，已经警觉到敌人用炭疽、鼻疽细菌的可能性。[1]

或许是上天不负苦心寻找，还是在大陈乡，一份手填的"浙赣会战损失调查表"让王选如获至宝。1942年10月，国民政府浙江省江山县，在敌人退出后进行了作战损失调查。大陈乡政府的调查员手工填写了一份本乡损失，在"奸杀情形""房屋损失""交通损失"等各项下面，有一项"流行疫病"，其中列出了痢、虐、毒疮、烂脚、其他等5项内容。在"毒疮"一栏里列有3711

[1] 解学诗、[日]松村高夫等著：《战争与恶疫——日军对华细菌战》，人民出版社2014年版，第198页。

人，在“烂脚”一项里列出 2130 人，王选为之震惊。战时的大陈乡，1941 年人口约 12000 人，2130 人发生烂脚，这个比率实在是太高了！

这份调查表，是对当时可能遭细菌武器攻击的历史记录，也是给姜春根的烂脚一个交代。在一片被细菌污染了的山水田野里，特别是被能长期存活的炭疽菌污染的地方，上一辈一家人烂脚，后一辈再发生烂脚的概率一定是很高的。

大陈乡所在的江山，是当年通往江西、福建的唯一通道。浙赣铁路经过金华、龙游、衢州相对平阔地区后，至此进入中国东南丘陵地带。高山峻岭给当年进犯日军留下的可通行到江西、福建的路只有江山。日军进犯福建，在仙霞岭被国民政府军阻挡而裹步不前，最终没能进入福建。但进犯江西得以成功。于是从北部的大陈乡穿江山全境，到峡口镇，再通往福建方向仙霞岭，从大陈乡经淤头、八都至西南部江西玉山方向的沿路，被日军烧杀抢掠的村庄，多有烂脚病例分布。

如今穿大陈乡境而过的 320 国道，是当年日军进犯江山行军的路线。大陈乡向南几公里，就是浙赣铁路通往江西段。江山下镇下仓村 93 岁的徐炳林老人回忆：“站在他的家的‘大社山’顶部，眼前可见呼啸而过的火车，可听到隆隆的火车声。”[1]

这条路正是日军进攻和撤退两次经过的路。和《井本日记》第十九卷 8 月 28 日记载的，日军细菌部队从江西广信（上饶）、广丰、玉山，到浙江的江山、常山、衢县（衢州）、丽水，边撤退边撒细菌的行动完全相符。

据江山抗战研究者祝王飞所收集的经历战争老人的口述，在这条路上的广渡村当时有 300 人烂脚，当年就死去的有 30 人；棠坂村村民毛渭滨被染上即逝，毛省甫、毛兆成两人烂脚病至今未愈；垣塘坂村，日军撤退后各种疫病大流行，全村原有 500 多口人，疫死剩 300 多口人。

但是江山所有的受害乡村，只有大陈乡留下了一纸如此具体的手写档案。

解放后细菌战受害地，对疫病流行情况和影响没有进行系统、科学的调查。衢州市前卫生防疫站站长邱明轩，在 1997 年主编《衢州市卫生志》时开始关注这一问题。据他调查，衢州除了衢县、常山县在 1942 年以前曾发现个

[1] 祝王飞著：《抗战记忆——铁蹄下的新塘边》，五洲传播出版社 2016 年版，第 52 页。

例牛炭疽外，其他各县均未发生过人、畜炭疽病，因此衢州的人、畜都没有炭疽免疫力，1940—1945 年疫病集中暴发。当年的衢县卫生院院长潘振回忆，每天接诊的疑似炭疽病人有 40—50 名，但因为没有把炭疽列入疫病报告，所以没有记载。

解放后的 1950 年，江山首次发生牛炭疽流行。为了控制疫情，江山给两万头牛注射了牛炭疽疫苗；1956 年衢州开化县报告发现 4 例人炭疽感染；1962 年，江山再次出现牛炭疽流行；1963 年衢县发现炭疽人感染 4 例。之后对于炭疽疫情的报告渐少。[1]

姜春根这样的感染者，并不是孤例。但由于时间的阻隔，让姜春根们很难和细菌战直接联系起来。最早调查烂脚的记者李晓方说，他曾遇到很多像姜春根这样的烂脚，因为无法解释为什么是在战后才发生烂脚，他就放弃了对这部分人的采访。李晓方提供的 10 位战争后烂脚人，最早发生于 1949 年，最晚的在 1982 年。他们所在的衢州、江山都是被炭疽、鼻疽污染过的地方，而且之前家人都有烂脚。[2]

不只是江山，沿浙赣线的衢州、金华、丽水、云和等地都有烂脚。青山绿水的乡村，到处都有一幕幕令人震惊的烂脚人生。

江山："烂拷佬"毛水达

4 月飘散如霰的烟雨中，江山真配得上它的名字，水清山秀油菜花黄，江郎山隐隐地藏在云雾之中。

上余镇敬老院，一座学生宿舍式的楼房，一溜过道，两两相对的房间；每个房间住两个人，20 平方米左右，不带卫生间。

毛水达不在房间，同住的吴国兴在过道里高声喊："毛水达，毛水达——"

他出现了，身材非常矮小，头发全白。看见我们，他甚至快跑了几步，没什么异常。

他在自己的床上坐下来，一阵腼腆之后，拉起裤管，露出腿上污脏的纱

---

[1] 邱明轩著：《菌战与隐患——对侵华日军衢州细菌战危害及后果的调查研究》，香港天马图书出版有限公司 2004 年版，第 69 页。

[2] 参见李晓方编著：《泣血控诉——侵华日军细菌战炭疽、鼻疽受害幸存者实录》，中央文献出版社 2005 年版。

布。一切都显露了出来：双腿都是烂的，臭气一下就充满了整个房间。

毛水达。本书作者摄

江山是国家民政部分散养老的试点，所以这里的乡镇都建有敬老院。老人们不用集中到中心城市里，而是在乡里的养老院养老。

但是能够住敬老院的，必须是无儿无女的孤寡老人。毛水达能够住在这里，是他一辈子没有结过婚，亲人只有一个侄儿，过节过年时会偶尔来看他。

毛水达 1938 年 1 月 26 日出生，在敬老院里住了 12 年。同屋的吴国兴比他小 7 岁。这个 20 来平方米的房间，摆着他俩的所有“私人财产”：几把使用过度的农具立在墙角；大大小小的塑料袋、包裹、尿素口袋，里面是些破棉絮旧衣服之类。他们没有一件家具，所有的东西都堆在地下。以床为界，一分为二，谁的床边堆的东西，就是谁的。

毛水达从胸口的口袋里掏出身份证和一张名片，名片上印着“李晓方，调查烂脚的记者”。名片已经很破了，显示了它的主人在久远的时候来到过这里，但它被透明胶带重新粘好。毛水达脸上带着笑，把名片拿出来，看过之后收好，再小心翼翼地放进贴胸的口袋里。

“人家笑我烂脚，到现在还在笑，说我的烂脚到火葬场才会好。”毛水达说。

说起一辈子没有娶到女人，他有些羞涩，声音大起来：“‘烂拷偒’嘛，谁要嫁你！”“烂拷偒”是当地人给烂脚人的外号，或者叫“大脚疯”。烂，气味又臭，普遍受到歧视。

毛水达说，他以前以为自己生的是怪病，抬不起头来，不知道是日本细菌战的受害者，后来李晓方来了才知道。他说四五个日本人来到他家，把一根麦秆去掉两头，让他一口气把一个壶里的水吸完，之后他就发烧，病了。脚是七八岁放牛时，追牛被树枝剐破，就开始烂起来。哥哥也是烂脚，活到 78 岁时死的。

父亲是在他 6 岁时病死的（因为小，不知道是怎么病死的），他依靠一个伯父长大，家里非常穷。虽然烂脚，但毛水达说他一辈子一直像个壮劳力一样劳动。

吴国兴和毛水达一起住了6年。他说毛水达的烂脚实在是怪，原来自己被蚂蟥咬过，也曾烂脚，搞点土药（一种当地植物的根）洗洗，三年就好了。同样的方法给他搞，他不好。吴国兴说本来是想搬走的，毕竟毛水达又烂又臭。一直住下来，是因为他“做人好，别人的钱放在地下也不会要的；勤快，到现在还帮人养猪”。

敬老院有人承包了养猪场，他就去帮人家养猪，常常打着赤脚在猪圈里淘粪，干了一年得到700块钱，合下来一个月连60块钱都不到。吴国兴劝他不要再淘猪圈了，对烂脚的伤口不好，但他一直在干。毛水达是劳动了一辈子的人，已经不会闲着了。

江山：柴长庚——我们结婚了

下雨天在满眼都是绿色的山间路上走，很难辨识方向。山都是一峰一峰的，很像。

峡口镇，柴长庚是个烂脚人。

峡口在江山的南部。峡口再向南，便是与福建相通的仙霞古道。1942年7月底，日军曾力图突破仙霞关进犯福建，被国民政府军队阻挡于山下。峡口一带，因为日军的进犯，老年人多是日军烧杀抢掠的记忆。

峡口广渡村，93岁的毛文亨老人是乡里的秀才，当了一辈子乡村老师。在他的记忆里，充满了各种日军暴行的鲜活的细节：毛双善老婆，当年40多岁，鬼子放火，她去扑灭火时被抓。鬼子将大门关上，把她四肢捆扎在大门框门环上。鬼子突然猛推大门、破门而入，人体瞬间“五马纷飞”，被撕成多块。[1]

毛文亨不仅是亲历者，也是后来广渡村战争受损的调查者。他记录下的老人的口述：当年鬼子从广渡撤退时，全村患伤寒、烂脚、赤痢……各种毛病都有。当时患烂脚病者有数百人，烂死的有20—30人。当年因病死亡者太多，有的人家在厅堂摆有六七口棺材。

峡口镇养老院的一间宿舍，柴长庚和他的老伴周秀菊住在一起。

与毛水达比起来，柴长庚的房间整齐多了，也多一些家的感觉。同样是

[1] 来自本书作者的采访。

旧衣服、破棉絮之类的大包小包，在这里都被整齐地码在一张单人床上。对面一张双人床铺着凉席，是他们俩的睡床。

柴长庚的老伴对来人没有反应，只是双手搭在腿上安静地坐着。柴长庚说她已经94岁了，比他大10岁。去年摔倒过一次，现在都是他照顾她，帮她打饭、洗衣服。

柴长庚烂在右腿，整条腿又细又瘦，伤口不是很大。“肌肉都烂没有了，烂时会一块块掉下来。下水田就更烂，整夜疼得睡不成。”柴长庚说。

因为腿腐烂变形，在公社里劳动时，别人劳动一天记10分，他只有7分，天天吃不饱。土地承包后，他有8分地，拖着烂脚一直种田到72岁，而且一直打着光棍。

比他大10岁的老伴周秀菊是在养老院认识的。9年前，他俩住在了一起。“原来是她照顾我，现在她摔了是我照顾她。”说到老伴，柴长庚满脸都笑开了。

“我们结婚了！”他转身去一个柜子里，拿出一个小匣子，里面是大红的结婚证。上面两个人，一个生于1922年，一个生于1932年，但登记日却是2006年，中间相隔着70多年的岁月。大红底的结婚照合影，老伴周秀菊满头的白发，柴长庚那含笑注视镜头的眼神，满满是清亮的幸福。

柴长庚和周秀菊。尽管是一段暮年的婚姻，但对柴长庚来说一定是非常意外和珍贵的。本书作者摄

战争的损伤不只在烂脚上，还有内心无法弥补的伤害。柴长庚原本有两个姐姐、两个弟弟，但两个弟弟都死于日军走后发生的痢疾，当时一个5岁、一个7岁。父亲在他9岁时去世，那时还没有发生战争；但母亲却是死于1943年的鼠疫，当地人把这个病叫作“老鼠瘟”。两个姐姐，也在1962年死于当地流行的脑膜炎。一家7口最后只留下他一个人在世上。现在，只有一个外甥会在年节的时候来看他。

柴长庚的身体看起来还行，但他的老伴状况并不好，去年摔过之后，行动不便，基本上要靠柴长庚照顾，还显示出老年痴呆的样子，不知道这对晚年的伴儿，还能互相陪伴多久。

丽水：冯欢喜——靠骗娶到了媳妇

冯欢喜。本书作者摄

"今年84岁（2015年，虚岁），这只脚整整烂了70年！"冯欢喜说。腐烂让整只腿变得细而扭曲，腿是麻木的，不疼。"要是被田里的杂草树枝扎了，会疼死，越下水田会越烂。"

冯欢喜家门前，起伏的山峦夹着一条很深的溪谷，名字叫小安溪。溪中布满了大小卵石，没有太多的水。这条溪水开出的路是一条古道，北通金华，南通温州、福建。1942年日军从金华武义县向南进攻温州，就是沿小安溪古道行军的。

"日本人来过两次，上千人在溪边烧饭。排队等飞机扔下来东西，那飞机飞得很低，但日本人的马不会惊，都排起队来。有两匹马的脚被烧饭的火烫伤了，没有带走。他们走后，丢下吃不完的东西牛肉干、罐头等老百姓就去捡。"冯欢喜说。

零星的抵抗也在溪谷里发生过。"一个国军的士兵被击中，逃到村里的祠堂里，躲在香案下面。日本人追来割下了他的头，用血涂满祠堂的四壁。很多国军士兵被打死，没人掩埋，我的田里就有好几个，烂在里面。耕田的时候捡到帽徽，是瓷制的，烂不掉。"冯欢喜说。

1942年，冯欢喜的父亲被日本抓去做挑夫，回来不久腿就烂了，1947年死亡时只有49岁。"当时我15岁，父亲不只烂脚，印象中他的屁股也是烂的。"冯欢喜说。

大哥冯欢莲的双腿也是烂的，1984年烂死，死时两只脚都是黑的。冯欢喜的弟弟谢龙根（过继给别人家改姓）也烂脚。加上他，一家有4个男人烂脚。

而整个小安溪两侧的村庄，烂脚的人更多。对自己所在的长濑村，冯欢喜还能准确说出5个烂脚人的名字，只是这些人都已经过世了。

15岁丧父，哥哥和他又都烂脚，对于家族的打击巨大，种水田下水，脚烂得更厉害。冯欢喜就学习做泥瓦匠，到周边的云和、龙泉去给人盖房子。冯欢喜右手的大拇指缺失了，是干活被石头压掉的。

媳妇也是他靠"骗"娶到的：到离自己村子28里地的村庄去相亲，那里没有人知道他烂脚。夏天穿着长裤，走近村庄的时候就放下来盖住烂处，媳妇直到娶回来才知道嫁了个烂脚。他一生绕开人群走，自己知道别人的嫌弃——怕传染、怕臭气。

23岁（1954年）的时候他盖起了自己的房子——一座中间四方天井、四边各有一个房间、石砖墙茅屋顶的房子。“当时只是搭了架子，后来用了10年，才慢慢完善。”他说。

最困难的时候，人民公社不准他再外出打工，只能在家下水田。穷困，吃不饱，流血、腐烂、疼痛，还有他的三个孩子的降生，都发生在这座他拼一生之力盖起来的房子里。

现在两个儿子都在老屋的边上盖起了楼房，很漂亮，但空着，他们一年四季在外打工。但冯欢喜却坚持住在老屋里，并准备在这里度完他的一生。

二

12年的调查，烂脚时时折磨着王选的神经。

面对姜春根的一双烂脚，所有抚慰的话都显得不恰当。在他的一双眼睛里，王选能够看出来那种说不出的无奈。自从不能劳动之后，整天躺在床上面对着一台旧电视机，他觉得自己已经成为儿女的负担，活着了然无趣。每一次看望之后，王选都会给他留下一些钱。“为的是能让他的日子好过一些，至少让儿女们看到有人还在关心他，而不至于太轻待他。”王选说。

王选和大学生在调查烂脚。王选供图

自从入选金华市政协常委，再到浙江省政协委员，王选年年提案，年年为烂脚呼吁，希望政府能够制定有关政策，救助烂脚老人。

烂脚老人基本都在农村，开始是没有基本的医疗保险，没钱治疗；等农村医保建立之后，又因为报销比例和报销程序等一系列问题，使实际操作变得很难。

“抗战胜利50周年我们喊，60周年我们喊，现在都70周年了，世界上哪有烂这么久的伤口？再过几年这些人就都死光了，战后70年，还让它烂着，也实在是说不过去，而且是在中国最富的省份，却任由这样的战争创伤裸露。”王选每当说到这些，就变得暴躁、愤怒。

2008年浙江省民政厅、财政厅联合发文，提出将二战细菌战受害者的治疗费用纳入医疗救助范围。这一政策给细菌战受害者治疗开了一条绿色通道。

2009年，邱明轩（衢州市防疫站原站长）主持对衢州市柯城区范围内的烂脚病人进行了普查。随后浙江省以财政拨款的方式，在衢州市柯城区人民医院设立了救治试点，从柯城区的普查到的80多名烂脚人当中，选出39名烂脚病人。省民政厅在柯城区举办全省民政部门培训班，由邱明轩介绍柯城区试点经验。

邱明轩20世纪50年代进入衢州市防疫部门工作，接触到大量国民政府时期的疫情记录。退休后的他，推动并主持了衢州市卫生局在衢州40个乡镇、277个村庄的细菌战受害调查，以流行病学的方式，对包括炭疽病在内的5种传染病进行排查，确认了200多名炭疽病死亡者名单。这是在浙江省内政府所做的唯一调查。

柯城区是衢州市的中心城区。这里能够设救助点，其中原因除了有邱明轩的调查基础外，还有一层关系是邱明轩的女儿当时是柯城区民政局局长、女婿是衢州市卫生局副局长。救助站设立的6年中，39名老人中的17人去世，而柯城区的试点经验最终也没有在浙江省内推广开来，甚至连隔壁的衢江区都没有推开。浙江省这个2008年下发的文件，一直悬在纸上。

邱明轩于2015年5月12日因肝癌去世。去世之前两周，邱明轩用微弱到几乎听不见的声音说：“我做不动了，所有的力气已经用尽了。”

柯城区救助站的工作，在柯城区人民医院的志愿者们的支持下仍在运转。一辆面包车、两个医生、一个护士，利用休息日和假期为老人们上门换药。

但问题是，医生对烂脚老人的治疗束手无策，“医不好的老烂脚”，几乎是一个定论。好了又烂，伤口几十年不愈合，那些条件好的家庭为老人出钱治疗，结果也是白花钱。“这哪里是烂脚，简直是‘黄金脚’，几十年医烂脚不知道花了多少钱”，烂脚得了另一个名字：“黄金脚”。

烂脚老人都散居在柯城区偏远的乡村，一天跑下来，只能走四五户人家。一个老人一个月，甚至几个月才能轮到一次。

2015年4月的一个周日，衢州柯城区人民医院的丰青龙、余志斌医生和护士姜好，去为华墅乡三官岭村垄平岗的朱土文换药，“我们在平常的外科创伤中，很少能看到这么奇怪的伤口”，丰青龙医生说。

80岁的朱土文因为烂脚，再加上前几年的一次摔倒，基本上不能走路了。她的老伴和医生们架着她从阴暗的老房子里出来，坐在门口的阳光下。溃烂部在右腿，张开的伤口是艳红的，伤口周围的皮肤是星星状的黑色。

“什么药都不管用，使用抗生素有时候会短时间好起来，但不久又会烂，我们没有任何办法。”丰青龙将清创药水涂抹在她的整个伤部，然后涂上一层曲安奈德软膏，伤口就用纱布包扎起来，整个过程不到十分钟，这是最基本的外科创伤换药。

柯城区人民医院的细菌战烂脚救治小组，已经免费上门为患者换药6年。据说回收的医疗垃圾达一吨多，但病人没有一个得到治愈。

“烂得太厉害的，有癌变可能的或者是危及生命的，只有一个选择，就是截肢。”丰医生举了截腿的例子：衢州市的退休教师许家燮，他的腿被截了两次，后来基本上是躺在床上，不能下地行走。

衢州柯城区新铺村黄家街道83岁（2015年）的崔菊英独自住在一间小偏房里，阴暗、潮湿、终年不见阳光。目光呆滞的老人脚上是巨大的流脓的伤口，整个换药过程她一直垂首不言不语，似乎丧失了交流能力。令人意外的是，当医生们工作完毕要走时，老人突然抬起头，现出一个灿烂的笑容。那笑容有一种穿透的力量，让人心情久久难以平静。

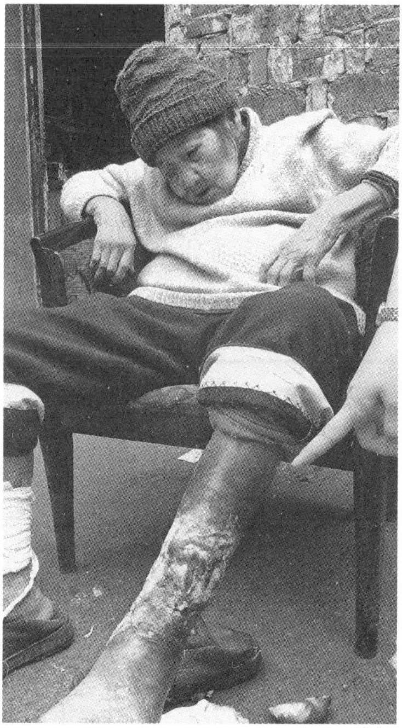
衢州柯城区新铺村黄家街道83岁（2015）的烂脚老人崔菊英。本书作者摄

“一整天只能走访五六个，还是要

马不停蹄。按说应该每天换药，但我们每月上门一次都是排除万难。”医生们常常是刚结束手术，便往乡下赶。但因为医疗技术的限制，他们能做的只是为老人清理伤口，减轻痛苦。

转机出现于2014年。

王选持续不断的呼吁得到了媒体的关注。《新民晚报》《南方都市报》等媒体，报道了王选的调查和烂脚老人的情况。上海电视台的记者，见了烂脚老人坐在那里不会动了，说一生从来没有见过这样的伤口。报道刊发后先是深圳安多福消毒高科技有限公司向丽水、汤溪、兰溪的烂脚老人捐药、捐纱布，后有无锡国嬴科技有限公司捐助微氧治疗仪。

上海浦南医院每年有10个免费治疗的名额，医院决定把10个名额全拿出来给烂脚老人。浦南医院院长是日本大阪医科大学留学回来的，用国嬴捐助的微氧治疗仪给老人治疗。浦南医院意识到烂脚治疗需要更专业的团队加入，就去找中华医师协会创伤外科医学分会，找上海瑞金医院、第九人民医院、上海中西医结合医院，找这个领域里最好的医生过来。

董桂娣的女儿第一次听到免费到上海治疗的消息，第一反应就是遇到了骗子：先说不要钱，骗到上海，开始治疗就跑不了了。在她的经验里，烂了几十年，从来没人管过，去医院一般都是向外推的。

丽水太平乡木后村的何有武，一听到治疗就怕起来。六七年前在丽水中心医院抽筋拆骨的经历，让他对治疗充满恐惧。丽水细菌战受害者史料研究会会长庄启俭拿出1000元，奖励第一个去上海治的人。何有武、何仪祥、冯欢喜被动员了多次，谁都没敢去。

王选与上海的专家们建立了联系。专家们感佩于王选坚持不懈的精神，震惊于几十年不愈的烂脚事实，决心做一些事。一些医生站了出来，他们是中国科学院院士、北京301医院生命科学院院长付小兵，上海瑞金医院烧伤科老主任肖玉瑞，中国医师学会中国创伤外科医师分会会长、上海瑞金医院主任医师陆树良和他的博士谢挺等。王选带着他们，坐高铁去金华为烂脚老人会诊。

尽管事先已经向他们提供了“烂脚病人”的创面照片，但是大家见到李仲明时，还是震惊得说不出话来。

“李仲明的伤口是用纸板盖起来的，直接裹在伤口上的是旧报纸，伤口发霉，长着两厘米长的毛，臭气熏天。在场的人，第二天鼻子里还都是臭烘烘的。”王选说。

已经82岁高龄的瑞金医院著名烧伤科专家肖玉瑞，戴上手套蹲下身来，用手仔细触摸李仲明的伤口，然后转过身来说："这些病人，原则上来讲，都是可以治好的。"

“我当时以为自己的耳朵听错了。”王选说。眼睛直直地看着白发的“肖老”（王选对肖玉瑞的敬称），王选又问了一遍，得到的是肯定的回答。“当时一种幸福感电流一样通过全身，真的是幸福感。细菌战诉讼调查20多年，从来，从来没有感觉幸福过！”王选说，与学生一起进行了十几年的烂脚调查，越调查越抑郁。看着腐烂的伤口，一点办法都没有，那种感觉让人绝望。

李仲明是被哄进上海交通大学医学院附属第九人民医院的。他把10件衣服一层层地穿在身上，为了把他的裤子脱掉，医生们费尽周折。李仲明像小孩子一样哭闹，或者和人吵架。

出生于1950年的李仲明，是汤溪镇派溪李村人。他被称为金华市“脚最烂的人”——左腿从膝盖往下，像是被开水煮过一样，没有完整的皮；大大小小的烂坑脓血模糊，深浅不一，有的烂到露出骨膜；揭开创面上随便捡来的包装广告纸，就会看到烂坑里绿色的霉毛。

李仲明6岁左腿开始烂，一烂就是50多年。因为烂脚，跛得不能走路，一辈子也没娶上老婆，自己远离人群独居。李仲明的父亲曾是国民政府军队的军医，从部队回乡后就烂脚，烂了一辈子。

这一次来医院，是王选动员了志愿者去做他的工作。他没有妻儿照顾，只能做他侄孙的工作，让他陪同到上海治疗。下火车后，李仲明由侄孙一路背到医院。

“这个李仲明太可怜了，如果不及时进行救助，他就可能活活烂死。”王选说。

一个又一个的病人，被动员、被“哄骗”到上海来治疗。面对这批高龄的特殊病人，上海第九医院创面修复科主任医师谢挺思忖良久，用在电脑上为病例文件命名“浙江省抗战时期遗留创面患者”。

老人们得到了此生从来没有过的优待。医生吴敏洁就下手给他洗脚。“这一幕我看得都惊住了，在浙江我带着他们去换过药，有的医生戴着4只口罩出诊，还怕感染，碰都不敢碰。”王选说。吴敏洁医生却平静地说，慢性细菌伤口需要大量流水清创，为后续治疗打基础，这是医生应该做的。

上海浦南医院治疗了10个，上海中西医结合医院治疗了4个，上海第九医院里还住了6个。王选在各家医院里走动，看望老人。

“现在，我可以把他们交给医生了，而且是中国最好的医生。”王选开心极了。

一开始，她并不知道她汇集的这帮医生有多厉害。原则上可以治好，和真正治好之间到底有多大的距离，陆树良医生的一番解释让她渐渐明白了一些。

伤口是人类一个古老的问题。人类劳动就会有伤口，但人类最大的、最复杂的伤口是战争创伤。

20世纪90年代国家设立重点基础研究发展计划“973计划”研究创伤愈合，付小兵院士是首席科学家。2008年起，付小兵又集28家医院、多中心研究力量将研究更推进一步，国家的投入将一个学科的水平带到一个新高度，培养了一支队伍。

自2014年上海浦南医院，将全年的10个免费医疗名额全部给细菌战烂脚病人，并邀请上海创伤修复研究中心的专家参加会诊后，越来越多的创伤修复专科专家聚拢在一起。而付小兵、陆树良等教授的响应，带动了中国医师协会创伤外科医师分会和全国创面修复专科联盟及其相关专家的联合行动。

中国从20世纪开始，用10年时间完成创伤修复的基础研究，又用10年时间使创伤修复成为一门独立的学科。

“现在中国在这方面的研究，在国际上是在站在第一梯队的。曾经有报道说伤口愈合看西方，但现在可以说看东方了。这个基础的治疗团队就在中国上海。”

“过去理解是显微镜下看到的细胞，现在理解是分子生物学和细胞工程学，皮肤愈合是一个复杂的生物学过程，不同的阶段不同的细胞执行不同的功能，像交响乐一样此起彼伏。中国创伤修复学科10多年的努力和发展，正好配合了王选烂脚调查10多年的节奏。”陆树良说。[1]

大专家的背后，是整个中国创伤修复科学在背书。2015年8月9日下午，

[1] 来自本书作者的采访。

三大中国科学院院士付小兵、王正国、夏照帆齐聚金华。引人注目的是，除了三位的头衔，还有他们的学科背景：付小兵除担任国家“973 创伤和组织修复与再生项目”首席科学家外，还是全军“十二五”战创伤重大项目首席科学家；王正国是中国冲击伤、创伤弹道学的主要创始人；夏照帆为第二军医大学长海医院烧伤外科（国家重点学科、211 工程重点建设学科、上海市烧伤急救中心、上海市医学领先专业重点学科）主任，领衔军队“十一五”优化皮肤组织工程产品及特种烧伤救治技术研究的专项课题。

“这是一场医生对医生的战争，虽然相隔了 70 年。……这不是为了揭开战争疮疤，而是为了抚平战争疮疤，挣回中国人的面子，中国医生的面子。”陆树良说。

医生们制订了医疗方案：第一阶段主要接老人到上海治疗；摸索经验后，对烂脚当地的医生进行辅助与培训，治疗转移到地方，方便老人就医；在治疗方面使用去除纤维化组织和植皮的办法。

陆树良解释，由于这群伤者的伤口几十年不愈，皮肤及肌肉组织开始纤维化，形成一层厚厚的纤维板，更严重的已经钙化，敲击有金属声。

李仲明一共接受 3 次手术：第一次去腐肉，削纤维疤；第二次施行负压引流新技术，控制感染，促进新鲜肉芽生长；第三次施行植皮手术。“植皮取自头皮，这是一次大胆的尝试。”陆树良介绍，一般的植皮往往取自臀部、大腿，这些地方的皮本身很薄，同时手术后还易留下疤痕，而头皮则是个天然皮库，皮层厚，又容易成活。

李仲明的手术，排出了豪华阵容。主刀肖玉瑞，因年事已高和正在进行的癌症化疗，让他的出场显得更加庄重。他的学生、上海创面修复研究中心主任、瑞金医院的陆树良教授做副手，陆树良教授的博士、上海第九医院创伤修复科主任谢挺做助手。也就是说，这是一个专业领域师徒三代人共同执行的一台手术。

对此，陆树良解释说，并不是手术技术上有多难，主要是体现主观重视。这些老人好不容易来治疗，一生经历太多的苦难，不能再有闪失，伤了他们的期望。

“道理很简单，操作起来就复杂了。手术剥离纤维板，深了会引发大出血，轻了达不到需要的效果，必然会阻止新肉长出来。再加上这些病人年事已高，多有高血压和并发症。”

李仲明手术后，王选到病房看他。问李仲明认得她不？他说认得，像孩子似的难为情地摸着脑袋说：“头发剃了不好看。”王选安慰说：“好看，好看，脚不烂、不臭了比什么都好。”

李仲明的治疗非常成功，95% 的创面长好后，出院回了家，但王选和医生们悬着的心并没有放下。

烂得最厉害的人治愈是一个喜讯，但皮肤病愈后护理是一个大问题。谁来帮助孤身一人的李仲明做术后护理？如果护理不当再烂了怎么办？

长期的失群独居，李仲明的精神和心理都有问题。他不愿意见人，也不愿意说话，把所有的衣服都穿在身上。当医生想脱掉它们时，他像个孩子一样地哭啊哭。而当手术后需要安静时，他却不停地动，以致伤口反复难愈。

李仲明的情况并非烂脚老人中的孤例。风烛残年、体弱多病、贫穷、孤独、有失关照是这群人的常态。

一个现实的问题摆在医学专家面前：医治长久裸露的战争伤口，仅仅有医术是不够的！

王选打电话给金华婺城区第一人民医院医生叶建华，询问李仲明回家以后的情况，得到的消息是术后只来医院换过一次药，之后就再也不见踪影了。

王选又开始发愁起来。

三

李仲明极不情愿地把左腿架在椅子上，交给一群穿白大褂的医生。自己用帽衫紧紧裹住头，身体缩成一团。

他再一次用一层又一层的衣服，把自己包裹得像只粽子。医生们小心翼翼地打开层层叠叠的裤子，以便让腿露出来。

裤子里面又是花花绿绿的铜板广告纸，一层又一层；广告纸里面，是一层又一层的塑料薄膜；薄膜里面，一坨红烂的肉发出奇异的恶臭。

正在操作的上海交通大学医学院附属第九人民医院创面修复科主治医师吴敏洁愣了一下：是不是又烂了？

2015 年 3 月 30 日，坐落在汤溪镇的金华市婺城区第一人民医院五楼大会议室，十几扇窗子一齐开敞，还是散不出李仲明烂腿的臭气，又黏又腻，让人恶心欲吐的味道。

王选会同付小兵、陆树良、吴敏洁等医生再一次来金华会诊，一是看看在上海治疗的首批烂脚老人的康复情况，二是商议如何将治疗在烂脚集中的地方医院推广。

现场的医生们头戴“谷歌眼镜”，在给李仲明清洗伤口的时候，这双腿的图像通过4G网络传给上海的专家。医生们希望尝试建立远程医疗系统，在浙江省金华市、丽水市、衢州市设立3个医疗点，就近解决当地烂脚病人的诊治和换药护理，上海和北京的专家只需要对疑难病症巡诊和会诊，进行技术指导。

原本通知了6个治疗过烂脚的病人前来复诊，结果一下子来了19个，他们由晚辈搀扶、背着，赶到医院。人太多原来的场地不够用，只能开启五楼的大会议室，老人们能自己爬楼的一步步爬，爬不动的由晚辈背上楼。一群白发苍苍的老妪老翁，安安静静地坐成一圈，眼睛一刻不离地盯着忙碌的医生转。

老人愈后情况各不相同。金华的王竹花和吕妹妹的伤口是干爽的，术后情况不错；但有些人还是又烂了，包括李仲明。“就算是好的皮肤，在潮湿的南方，不透气、不卫生地捂着，也会烂。”付小兵院士检查了他的伤口，对情况还满意，伤口烂得不深，面积有红枣大小。几个月不换药又不卫生地捂着，还算没有出现更不好的情况。

董桂娣的脚也有些烂。她2014年在上海浦南医院接受了3个月的免费治疗，但因为害怕而不同意植皮，留下了后患。此次老人表示愿意配合医生彻底医好。为了来看医生，特意穿了一身紫红缎面的棉袄。董桂娣的身体状况非常不好，长年烂脚带来的贫血等并发症，让治疗变得困难和复杂。

陪着来的儿媳妇，听说婆婆的脚需要再治疗，而接下来的治疗没有免费了，眼神里就有些犹豫，嘴里说回家找婆婆的几个子女商量。董桂娣有5个女儿，只有这一个儿子，农村习俗老人跟着儿子过。

年前上海几家医院，各医院都尽了最大的努力为老人免费。“还有一些费用，是由王正国创伤医学发展基金会垫付的。接下来的治疗将是大范围多人次的，靠医院免费是支撑不下去的。”

“医生们都是志愿者，免费出诊，来去金华自己掏钱买高铁票。病人去不了上海，他们可以下来手术，但这并不是长久之计。”王选说。

一些农村病人生活贫困，治不起。另外还有不愿意给老人医的，在农村，人们舍得在孩子身上花钱，却不愿意给老人花，反正快死了。老人在家里的地位往往只是有口饭吃。

病情不同，费用也会不一样，“医一个病人的费用平均是两万元左右，但如果有其他的病就会更高。”陆医生告诉董桂娣的儿媳妇。

“如果我们自己出钱是医不起的。”董桂娣的儿媳妇避开婆婆说。他们一家人是九峰水库失去土地的移民，丈夫做临时工，她给别人做饭，移民的赔偿款都盖了房子。

有一个媒体曾经问王选，如果你有很多的钱，你会怎么花？王选毫不犹豫地回答：“我要把这些老人全部养起来，包养。”

王选没有钱。

政府出面进行体制化救助，一直是王选所希望的。王选在浙江省第十届政协会议上将其作为提案，提出对烂脚进行医疗救助。“浙江是中国的经济大省，GDP 已经超越了法国，怎么就不能救助这几个老人？没有几个了，再不救都快死光了！”王选大着嗓门喊。

病人报销问题再次摆在眼前。上海的免费治疗名额是有限的，如果不用免费名额，到上海医治的老人，因为跨省治疗，报下来的医药费只有 10% 左右；本省制度规定异地治疗，需要市级的转院证明，否则报不了。后来浙江省实现了本省一卡通，但实际能报下来的也只有 40% 左右。

会诊之后，老人们散去，付小兵、陆树良、王选及丽水、衢州各地的代表在会议室开了一个碰头会。

大家首先讨论的就是李仲明的问题，他的身上集中体现了烂脚老人的所有情况。

李仲明在上海治疗时出现的羞涩笑容又没了，志愿者曾上门动员换药也拉不动他。下一步治疗所涉及的费用、陪护、术后日常护理、生活照顾等，都是这一群体面临的问题。他们贫困、孤独、年龄又大，是历史问题，又是现实问题，绝非一次手术就能解决。

之前的治疗费用是医院拿出免费名额或由王正国基金会垫付，答应救助的公益基金尚未实质性介入，后续的治疗费用是一个大问题。

“政府是应该出面的时候了。”付小兵院士说，政府需要研究病人治疗的钱应该谁出、怎么出，如果病人确实没钱治的话怎么解决。他说将用学会的名义和院士建议的渠道，再向浙江省政府和金华市政府提出建议。

还有就是就近治疗的问题。让病人去上海显然成本太高，理想的状态是建立 3—4 个点，金华、丽水、衢州这个三角形的地带各设一个点，病人可以就近治疗，上海的医生三地巡回出诊，复杂的病人再去上海。

“我们原本想抗战胜利 70 周年时抚平这些战争创伤的，没想到卡在那里。像我这样的年龄，我去出义诊都没有问题，但我们需要有地方收留这些病人，有地方放下一张手术台。”肖玉瑞教授很着急地说。

除政府政策的应对外，社会力量的动员显然也没有到位。

李仲明这样的病人，需要更多的关爱和照顾，甚至有人常和他说说话都会好很多。那些住在偏远山区的病人，怎么出来医治；住院期间没儿没女的孤寡老人，谁来护送、陪护；怎样保证能够按医生的要求换药，进行术后的休养护理等问题都亟待解决。

几天之后，王选收到留在金华的两名陆医生的研究生发来的电子邮件，说他们前往李仲明家里给他换药，但他怎么也不肯让医生打开他层层包裹的腿，药没有换成。

迫在眉睫的问题是：钱、医疗点和志愿者队伍。

“哪里有志愿者？还不都是细菌战受害者在管？丽水的庄启俭 67 岁了，衢州的邱明轩医生生了癌住院快不行了，衢州的原告代表杨大方也生病住院。江山靠 69 岁的志愿者祝王飞自己开车去给烂脚病人送药，这些人自己也是需要照顾的老人了。”抱怨完了，王选还得重新整顿跟着她打了十年诉讼的老“兵”队伍。

丽水的庄启俭大王选几岁，老高中生，年轻时响应号召上山下乡，后来娶了近郊农村的妻子，过起农夫生活。日本律师到丽水调查细菌战时，庄启俭正和妻子在村头卖一块钱一碗的酒酿。听说了这个事，扔下摊子不管了，托了熟人关系到丽水档案馆查档案，从自己村里的受害调查起，等日本人再来，拿出一份丽水细菌战受害初步调查，哪个村、谁家鼠疫死了人，哪个人烂脚、烂嘴。

老庄的祖母、姑母、堂兄、表兄死于鼠疫，但老庄不是原告，他是一个纯粹的志愿者。几十年来自己出钱去乡下调查，去日本打官司，全部的精力都投入到这上面。王选对他的评价是，因为是高中生，有文化，历史责任感就比一般人强，原告团聘请他做副秘书长。

傅君华（1932 年 9 月 25 日生），是丽水第一批到上海治疗的烂脚老人，与李仲明一样，也是肖玉瑞、陆树良、谢挺师徒三代同台进行的手术。医生打碎傅君华创面的纤维板后，挖出一块石头一样的钙化物，“放到盆子里当啷一声”。植的皮，从头皮取来，分成小块布放在新肉上。人头有三层皮，生长能力强。三天后，傅君华头上取皮处就长出了头发，腿上的植皮也成活了。

2014 年年底，庄启俭为丽水争取到一个去上海免费治疗的名额，找了三个烂脚老人傅君华、冯欢喜、夏德连，问他们谁去。冯欢喜说：“我的烂脚也只能由神仙才能医得好。”草药试过，也被地摊过路郎中骗过；到大医院又抽筋又剥皮，动则几万元，也没有治好。他们对治疗早都失望了。再加上年龄大了，子女都在外面打工不能陪护，不想到外面去。

眼看一个名额要过期，庄启俭有些急。放话出来，谁去上海治疗，他自掏腰包，奖励 1000 元，就这样冯欢喜、夏德连也不去，只有傅君华有些犹豫。傅君华烂脚创面面积达 20 厘米 ×20 厘米，深度可见脚筋，时有脓水流出来。虽然经过深圳安多福公司所捐药品的治疗有所收敛，但伤口中心的烂洞始终不愈合。2014 年 12 月 25 日，庄启俭再次到老竹麻铺村，找傅君华做工作：“29 日，上海方面都已经做好床铺准备，你人去就行了。希望你给丽水开个头，下面还有许多人要去治疗。治好脚，干干净净安度晚年。27 日前一定要给我答复。”

28 日夜里两点，庄启俭家的电话铃响起，一个陌生孩子急促地说：“外公和舅舅要打起来了。外公要拿茶杯打舅舅了。”原来是傅君华想去治疗，孩子不同意，家庭会一直开到夜里仍不决。儿女们说过年忙没时间陪护，又怕上当受骗。老傅发脾气说儿女推三阻四不孝顺，要动手打儿子。庄启俭不得已在电话里壮胆保证：三个星期送你父亲回家过年，儿子才声音低低地答应：“好的，我把他送去上海，我去陪他。”

2015 年 1 月 24 日，傅君华治愈返回丽水。下车后，老人迫不及待地打开腿上纱布，让众人看他干燥了的腿，又用手指着头皮说，“植皮像插田（稻田插秧）一样。”

10 岁烂脚，83 岁才治好腐烂的伤口，整整 73 年。老人说：“70 多年，从来没有穿过袜子，冬天也只能穿塑料凉鞋。现在可以穿上袜子去走亲戚了。”

傅君华治好腿的消息在丽水一下传开。冯欢喜听说后，带了同乡木后村的何仪祥、何有武，要求去上海治疗；遂昌叶阿庭老人，在儿子陪送下也赶过来了；云和兰昌礼女儿揽下了买车票的活儿。第二批6位老人，1月9日晚6时出发到上海，都在春节前医好回到家中。

听到80多岁的傅君华在上海治好了烂脚，住在丽水高山地区的一个老人一路打听，走了一天一夜找到傅君华家，他说也想治，他都烂了一辈子了。

“以前我们从来都不知道他的存在，我们的名单上没有他，”庄启俭说，“看样子还会有烂脚冒出来，找上门来。”

一个地区因为一个热心肠的人坚持，才打开局面。

看到傅君华一双干净的脚，王选高兴极了。2015年10月14日，在丽水市中心医院，她和肖玉瑞、吴敏洁、庄启俭一起，与11位治好脚的老人合影。前排一排白发老人，拉起裤腿，露出治疗后的腿。尽管这些腿有变形，有棕黑色的疤痕，但都不再腐烂了。

衢州虽然老一代细菌战诉讼志愿者、受害者病故老去，但还有吴建平——细菌战受害者吴世根的儿子。父亲去世时，拉着他的手让他把官司打下去；杨大方把细菌战受害者协会（筹备，尚未获得注册）会长传给他。上一代人与王选的友谊传下来，吴建平管王选叫“王姐”，对她言听计从。金华这一块怎么办？这是烂脚的重点区域，但却无人可托付。

王选在微信群里发帖：

各位志愿者：汤溪有位叫李仲明的患者，到上海九院治疗的时候，已经极其严重，他的创面修复手术几乎是个奇迹。但是因为他孤寡一人，性格古怪，轻度痴呆，生活无人照顾；创面又有破损，需要叶医师打（电话）催他来换药。是否能组织志愿者去探望他一下，每次提醒他去换药；或者帮助用车把他接到汤溪医院叶医师那里换药。

谢挺：李仲明的关键不在于治疗，在于治疗后的护理。否则再次治疗可能只是浪费财力和家人的精力。有无可行的渠道为他提供基本的护理？

王选：李仲明吃饭都是别人送的，没有餐具，自己不会烧饭，都是亲兄弟姐妹给他送饭。时有胃部不适会胀痛。@李英、李艳　是否有人可以出来做志愿者照顾他？

李英原是婺城区宣传部常务副部长、婺城区新闻中心主任，退休了，是细菌战诉讼的热心支持者。李艳是《金华日报》的记者，长年跟踪报道王选和细菌战。王选向二人寻求支援。李英答应王选出来做金华市志愿者团队队长，答复王选说会想法安排志愿者给李仲明打扫卫生，或者给他安排入住敬老院。王选又担心他这样的人在敬老院里会被人欺负……

一段时间过去，李英在微信群里发来照片：李仲明已经能自己主动来换药了，样子挺开心，衣服也比以前包粽子式的穿法少多了，人也干净了许多。

金华和衢州的治疗点建立了起来。为了推动衢州建立治疗点，2015 年 9 月 2 日，王选和专家们赴衢州现场会诊。衢化医院副院长张元海，正好是浙江医学会烧伤外科学分会的副主任委员，一名创面修复专家，他愿意腾出医院最好的床位，调配周到的护理人员，全力接治烂脚病人。

这次衢州之行，是王选最后一次见杨大方。两位奋战 20 年的“战友”，见面谈了一个多小时。杨大方说，每年 9 月都纪念抗日战争胜利，但最好的纪念就是医治好这些战争中的创伤。

半年之后，杨大方离开人世。

王选呼吁衢州新闻媒体加入救治活动。衢州报业集团“周到工作室”，与吴建平的侵华日军细菌战衢州受害者协会（筹），一起推出“橙色接力第四季·关注日军细菌战幸存者”公益活动，传播救治信息，到衢州各地偏远山区寻找烂脚老人，再接他们到衢化医院来医治，做好治疗期间的服务。若遇到老人和家庭有困难的，他们帮助解决。

衢州王选最挂心的还是江山的姜春根，这个她看到的脚最烂的人。

王选从来都没有见过一个人过着如此无望的生活。所有的悲哀都装在姜春根的眼睛里，王选来了他也很少说话，只是默默盯着王选看，并配合似的挤出一点笑容。这时候，王选的眼泪就会掉下来。

姜春根的妻子并不和他一起过，可能是因为他脚太臭、太烂了。他躺在儿子家的床上，等着媳妇送一口饭吃。同一个房间里，还躺着他的两个孙子，一个患有软骨病，另一个有痴呆症。两个有着成人样貌的孙子，不声不响地躺在那里，偶尔翻动的眼皮让人看出他们是活着的。

美籍华人独立纪录片导演洪子健，在 2012 年陪伴了姜春根两个星期，拍摄他的生活。当时姜春根还能走路，儿子儿媳外出打工，他要种田，照顾两个孙儿。

十分钟的影片没有一句对白。片中的姜春根早上都要花一定的时间打理烂腿烂脚，用能够找到的材料——破布、报纸、包装纸、卫生纸缠裹伤口，有时候甚至用一些树叶；清洗晾晒这些破布，以备第二天再用；然后一瘸一拐地去种田、喂鸡、出门劳作，一天下来，因脚肿而只能趿着的鞋子上，泥土和血迹混在一起。2014 年姜春根的脚恶化，肿得看不出脚的形状，到医院做了短暂的治疗。医生建议截肢，但姜春根坚决不肯，他惊恐地说："截了，我下辈子也没有脚了。"

洪子健难以相信世间还有人这样生活。第一天拍摄下来，他使劲地洗自己的脚，总觉得自己的脚也会烂。

影片后来入围 2013 年柏林电影节青年导演论坛演展单元并获得釜山电影节金奖，在国际上引起了关注。关注细菌战以来，出生于南京的他才知道死于细菌战的人远远多于南京大屠杀。对于这部没有一句语言的片子，洪子健说，面对这样流着历史血痕的伤口，任何语言都是多余的。

他也曾和王选无数次交流过姜春根的情况，他知道姜春根多次想要轻生。

姜春根不愿意去医院治疗，王选是知道的。所以她叮嘱吴建平，一定要多去大陈乡几趟，做通他的工作，说什么也要把他接到衢化医院。

2015 年 9 月 22 日下午，吴建平发微信告诉王选，他和衢化医院副院长张元海专程去江山将姜春根、周文清两位患者接进了医院。周文清是江山达坝淤村的、一辈子没讨上老婆的孤身烂脚人，住在露天的破屋子里，鸡养在自己的床底下；姜春根是被强拉上车的，他晕车，见了汽车就怕。

9 月 27 日，中秋节，王选到衢化医院看望姜春根。他得到了很好的照顾，拉着王选的手不放，一个劲儿地说，没有王选他活不到今天。医生们也正在为他进行初步的伤口清理，并积极寻找治疗方案。

四

2010 年王选在接受媒体采访时，曾自问自答一个问题："我们为什么要治疗历史的伤口？"

"他们是沉默的一群，是丧失了声音的一群，他们活在世上但面目模糊。战争过去 70 多年，时代与岁月的风霜刀剑，已经使他们成为另一层意义的幸存者，孑遗于世。战争的创伤，不仅仅是外在的一个伤口，而是内里的，常常深嵌进一个民族的记忆。一场战争结束，总得给民众留下舔伤的时间和机会，不能任由伤口开敞。细菌战调查诉讼20年，让闷着几十年的事实和情绪得到了张扬和宣泄，本身就是一个疗伤的过程，但还只是初步的。伤，是心理的，也是身体的；伤，是历史的，也是现实不停地累加的。一个个家庭，一个个个体的生命境遇，心理和身体的伤口，应该从生命意义上受到关注。只有抚平了这些创伤，真正意义上的战争才能被翻过去。而在一个没有个人历史书写角度的国家，真正做到这一点还有很远的路程。”[1]

2015年6月，王选以腾讯公益为平台进行公益筹款，以解决烂脚老人的医疗费用问题。这是她第一次向社会募捐，首期以100万元为目标，但能筹到多少心中很忐忑。为了拉动捐款，她自己捐，动员家人捐，还动员她在义乌教过的学生捐。学生们现大都已四五十岁，经商有成。

一天晚上9点多，捐赠出现暴增，王选激动得跳将起来，盯着捐赠数的跳动翻新，用微信不断将消息告诉笔者：9万！ 10万！

治一个烂脚差不多3万，农村医保报销40%多，捐助负担剩下的，我们可以治五六个烂脚了，多治一个是一个！

12万了，12万了！

最少的捐1块钱，都是互不相识的网友啊！

又涨了！ 30万了！ 40万了！

王选激动地数着钱数和数着能救助的人数，像一个地主婆数着她的金币。

曾和她一起参加烂脚病调查的宁波大学学生骆洲尽管早已毕业，但一直志愿充当王选的助手。他将烂脚老人的信息发布到募捐后台，以供捐款人和网友查阅。王选对可接受捐助的对象进行了严格规定：必须是战争期间的烂脚，或者战争期间烂脚的后代，身份证号、病情等信息全部公开。金华、丽水、衢州等地主管志愿者，将烂脚人信息发给王选，由王选审核后方可决定是否动用捐款。

2014年年底学会使用微信后，王选充分挖掘了这一社交方式的功能。她

[1] 王选新浪博客文章，2010年12月30日。

在自己的手机上建立了若干个工作群，有公益捐助工作群“腾讯中华”，有和医生们讨论烂脚老人治疗的群，还有各地志愿者团队群四五个。每天晚上就寝前最后一件事、早上起床第一件事，就是回复各群里的消息，发布各地信息，督促指导进展，布置志愿者团队去做一件件具体的事。为了到点到位，一个一个 @ 相关的人。尽管戴上花镜，手机里的文字还是太小，她得眯起眼睛，才能把文字一个字一个字手写进去。就算这样她也觉得实在是太方便了，过去教细菌战诉讼的老人发电子邮件，怎么教都学不会，现在一个手机什么都解决了，文字、照片、音频、视频，“统领”这些“老兵”有效率多了。

手机震动，来自金华救助群里的消息：董某某老人的病状加剧（原创面长度近似李仲明）。在浦南医院治疗时，不肯手术植皮。回家后，又开始大面积腐烂，组织增生。比上次看到增生更严重。病人及家属经说服，已经同意住院接受手术治疗。王选和医生们微信的讨论持续到夜里 11:50。

10 月 27 日　下午 22:19

叶建华：董某某入院时血红蛋白 4.4 克，白蛋白 2.0 克，全身状况差，气急不能平卧，全身浮肿，胸腹腔积液，考虑：低蛋白血症，重度贫血，心衰，胸腹腔积液，右小腿慢性溃疡。家中患者感觉病情严重，急来治疗，经输血营养利尿稍有好转。家中不愿去金华就诊。

晚 23:50

叶建华：全身状况不好，检查结果也不理想。

手机又不停地在桌子上跳动，嗡嗡响，来自衢州救助群的消息：

11 月 10 日　15:18

吴哥（吴建平）：

今天上午在衢化医院烧伤科，由省级专家张元海院长亲自为第三批细菌战烂脚老人会诊。经上海专家组、王正国基金会的要求，收治了来自江山、龙游、衢江的五位重症老人。衢江区高家中心卫生院派出医护人员专程护送涂成江老人到衢化医院治疗，他们表示等老涂出院后将继续为他提供康复服务。

吴哥：看到老人们开心的笑容，我也开心极了。

吴哥：第三批比第二批严重得多了。

王选：@ 吴哥 @ 张元海　功德无量！

吴哥：大姐，今天的五位老人创面太深。

王选：@ 吴哥　我知道，衢州的烂脚最严重，而且贫困。

王选：@ 吴哥　太可怜了，总算活到今天，有人来救他们了！

王选：@ 吴哥　张院长照片会发来的吧。

吴哥：他们在病房里拍照的。

王选：@luozhou（骆洲）以下信息请上帖项目进展：11 月 10 日上午，浙江省衢化医院又收治了来自江山市、龙游县、衢州市衢江区的五位历史遗留烂脚病患者，分别为：……五位老人均病症严重。衢江区高家中心卫生院派出医护人员专程护送涂戍江老人到衢化医院接受治疗。他们表示：等涂老出院后，将为他康复提供免费就地医疗服务。

手机再响起，是疑难且急需处理的医疗问题：

11 月 5 日　上午

陈洪义（医生）：徐某某，男，74 岁，金华市婺城区人（琅琊镇妙康村人），右小腿溃烂伴胫骨骨髓炎 50 余年，现局部胫骨坏死缺损约 4cm × 5cm，创面大量渗出液，腥臭味，足背动脉搏动存在。

占卫兵（金华市中心医院）：发上来照片，问大家有什么好办法。

张元海（衢州衢化医院副院长）：彻底清创，凿除坏死骨质至少量渗血，负压封闭引流，一段时间后应该能受皮。血管条件好吗？这是前提。

占卫兵：下肢动脉斑块，足背动脉搏动存在。

占卫兵：病人主诉疼痛明显，接受截肢，主要是截还是不截？

曹烨民—脉管医生（上海医生）：足背动脉存在，我感觉 @ 张元海　院长方案可行……

叶建华：@ 谢挺　谢谢谢主任：该患者家属对老人不关心，上次住院医院都没来，电话征询意见：已烂这么多年，不要手术治疗，要保证成功。所以大家包括仇旭光主任很为难。

谢挺：@叶建华　你们辛苦了。所以我建议要考虑患者及家属意愿之类的非医学因素。把握不大，家属再不配合，有时会把你们这些在一线辛苦奉献的人害苦。

叶建华：@谢挺　是的，谢谢主任指导！

王选：各位医师：我已将各位微信中的处理意见在电话中转告陆医师，他目前的意见是，走一步看一步。和谢挺医师的意见相同。

王选：感谢各位医师对病人的关心！这里的医疗方案的讨论应该是中国目前第一流的专业水平。

王选有两大愿望：经历细菌战的老人们在离开这个世界的时候，能获得真正的内心平静，把所有的苦难和伤痛都放在此世，不带到来世；愿烂脚的老人，在去世的时候有一双干干净净的脚。

“你从姜春根担心下一辈子有没有脚就能够知道，今生的痛苦、屈辱，给他带来多大的精神困扰。”王选说。

然而姜春根的治疗并不顺利，是否截肢的问题，摆在医生们面前。

9月28日　下午19:26

张元海：（图片）这是患者姜春根的烂脚。

张元海：非常好的消息，病理活检是慢性炎症，不是恶性的！当然最终术后还要病理。

张元海：今天全院相关科室讨论，认为还是应该截肢，患者本人也基本同意截肢，如无特别情况，后天手术。

张元海：各位大家，有无更好建议？

王选看到这个消息，心里一惊，立即联系上海的医生，一个多小时后，她在微信上回复：

9月28日　下午20:47

王选：@元海　我刚才电话上海中西医结合医院的曹烨民医师，让他看一下你发来的姜的腿部照片，然后反馈。谢挺没人接（电话）。陆树良估计不看微信。肖老没有微信。

张元海：好的。

曹烨民—脉管医生：@元海　张院长好！刚接到王老师电话，看到了这只烂脚，非常严重。第一印象还像一个恶变的烂脚，可否再做做不同部位的病理检查。没有恶变，也是病毒感染的疣性溃疡，治疗也很麻烦。患者还有什么症状吗？

张元海：渗出很多（液体）。

曹烨民—脉管医生：不知动脉血管怎样？该患者年纪多大，全身情况好吗？

曹烨民—脉管医生：有恶臭吗？

张元海：病理当然还要做，B 超显示咽静脉有栓塞，胫前、后动脉通畅。

张元海：70 岁，全身情况尚可，来的时候有恶臭，无远处转移证据。

曹烨民—脉管医生：那还可以，如果没有恶变，我感觉还是可以试试。

张元海：怎么试？

曹烨民—脉管医生：主要以中医治疗为主，经过治疗，即使截肢也可以位置低一些。

张元海：那请赐教，具体与王选大姐商量后再说。

曹烨民—脉管医生：好的。要内治与外治相结合。排除肿瘤后，即使是疣性溃疡，还是有长好的可能，就是时间比较长。当然，50% 可能吧！

50% 的可能！王选想到一直以来姜春根对截肢的恐惧，立即发消息：

王选：如果病人同意，可送上海中西医结合医院治疗。

张元海：好！

曹烨民—脉管医生：好的。可以试试。努力一把吧！

曹烨民—脉管医生：如果是肿瘤，最好截肢，早些为好！

张元海：截肢手术可在小腿上段，胫骨结节下方，装假肢应该可以行走的。

张元海：我认为保肢与截肢要权衡利弊，评估哪一个更好。

曹烨民—脉管医生：是的。动脉好的，截肢平面低一点为好。装义肢功能恢复好又便宜。

张元海：我明天征求一下患者及家属意见。

王选：@曹烨民—脉管医生　病人长年以来就是不愿意截肢。如果能够试试，就试一把。

王选：@元海　致敬！

张元海：好的。

曹烨民—脉管医生：是的。我也觉得由病人决定吧。关键是有无恶变。

21:51

Dr.lu：各位：我是陆树良医生，原来我没有微信，这几天张院长那里很热闹，忍不住也加了微信。就上述病例我提几点想法：1. 多取几个位置的病理，以确定有否恶变。2. 能否更彻底地清洗创面，祛除污垢和渗出物残留以及游离的坏死组织，尽可能显露创面本来面目，以利判断。3. 如能排除恶变，我偏向曹烨民主任的建议。4. 患足可能水肿和过度纤维化并存，建议患足正斜位摄片，了解有无跖趾关节脱位。5. 可通过负压，切除并松解纤维组织甚至关节融合综合处理解决，不妨一试，当然必须是在排除恶变的前提下。

曹烨民—脉管医生：@Dr.lu　大拇指

28 日下午 23:08

张元海：@Dr.Lu　遵照指导，我们再完善病理等检查，清理创面，然后再拿来讨论，争取给患者最好的治疗。

保守治疗或许有 50% 的可能性，医生们话也不能说满，但肯定是一个漫长的过程。赌一把还是截肢？这是两难的选择，保守治疗只是有一线机会，截肢以目前的假肢技术和姜春根的年龄完全可以自如行走，恢复生活。王选在医生们之间协调，希望能够保住姜春根的腿。她提出把姜春根接到上海治疗的方案，但姜本人不同意。

10月8日晚上11点王选仍在和医生们进行着讨论：

王选：@曹烨民—脉管医生　感谢中西医结合医院给予的治疗机会，姜春根本人不愿赴上海治疗。他性格很执拗，家人努力劝说了，也慎重向我解释了。我说：尊重他本人的选择。听张院长的。

曹烨民—脉管医生：@themis（王选）　王老师好！忙到现在才有空回微信。我们尊重病人的决定，为我们这个群体为了这些烂脚老人的安危而不言放弃的精神点赞；为王选老师、为张院长、为吴会长、为陆树良教授点赞，当然也为我的团队点赞。总之，我们仍时刻等待着召唤，准备着为这些烂脚老人尽一份心力！谢谢王老师。

10月9日，衢化医院骨科、烧伤科合作，对姜春根进行截肢手术。王选得知消息，无比怅然。

很长一段时间，姜春根的截肢都在王选心里盘桓不去，她自责没有再多花一些时间和姜春根当面聊聊："也许可以再做一把努力的。"

姜春根截肢后，衢化医院、王正国基金会决定一起资助姜春根安装义肢，民政部国家康复辅具研究所杭州精博康复辅助有限公司也加入进来。安装义肢需两万多元，衢化医院出资7000元，王正国基金会出资6000元，剩下的费用由杭州精博康复辅助有限公司承担。公司还帮姜春根免去了在杭州住院的费用。

姜春根卧床多年，腿部变形，膝盖也无法承受重量。装上义肢并不能一下实现行走，杭州精博公司的康复师帮助他进行康复训练。

2017年春节前，洪子健再度前往大陈乡看望姜春根，带给王选一条消息：他已经能熟练地使用假肢行走，神情和气色也比以前好了很多。洪子健说："当年拍摄烂脚病人时，表情大多是悲苦的，现在笑容又回到了他们的脸上。"

听洪子健这样说，王选一下子释然了。她说，后来经过反复思量，理解了姜春根的决定："有的时候，看到彼岸就在不远处，但就是游不过去，心里先放弃了，那是因为实在是疲累至极了呀！几十年下来，一家人贫病交加，内心里早已没有坚持的力气了，就是想快快结束这一切吧。"

或许王选20多年来常常面临着这样的处境，极为困难，几乎放弃，只有她才能真正理解姜春根吧！

2016年7月30日，王选接到消息：李仲明因为中暑去世了，照顾他的侄孙当兵去了，这一段时间又没人照顾他了。去世前，王选去看过他一次。“他一见我就一瘸一拐地笑着跑过来，大声喊着‘医生、医生’，他总以为我也是为他治病的医生。我常常一想到那情景，眼泪就要掉下来。”王选说。

不过，李仲明是带着一双干干净净的腿脚离开人世的，这让王选感到些许的欣慰。

截至2017年年底，王选发起的社会募捐共收到社会捐款1708226.05元，加上王正国基金会拨付108329.47元，共有138人（次）烂脚老人得到了治疗。

这不能不说是迟来的、久违的抚慰，这带来的不仅是看得见的身体伤口的愈合，更是对苦难的心灵的疗愈。

就在此时，王选的腰塌陷式地坏掉了。疼痛骤袭，她只能脸朝下趴在地上或沙发上，不能劳累，不能久坐，医院、烤电、理疗。腰一坏，她再也没有以前的精力了，并且白发陡生，好像一夜之间两鬓和前额的头发全白了。

跋　一部属于我们的书

王　选

南香红的这部书，我们大家已经盼望很久了。所谓“我们大家”就是她书里写的这些人。从 90 年代中期起，我们先后陆续参与日本细菌战调查和诉讼的中国人，还有日本人，还有往来于中国和日本之间的人，比如中国到日本留学的，日本到中国留学的，我就是其中的一个。关于细菌战诉讼日本的这一半，国内媒体报道比较少，国内读者了解欠缺，所以有像隔岸观看“西洋镜”的现象。诉讼涉及国内受害地的地方媒体记者也有随我们去日本参加个别相关的诉讼开庭，或者判决，去了跟着我们奔忙一阵，也是吃方便面，都是他们自己带的，然后就回国，不再跟踪报道。但是南香红作为国内大报记者，随我们去日本的次数要超过国内任何一家媒体，是做深度报道的。她抓住现场能抓住的采访对象，如日本的律师、学者、研究者、社会活动家、普通市民等，详细采访，在报道中把他们放到日本的社会背景中去定位、观察分析。所以后来凡是日本有重大的活动，我都要叫上她。有她在，我至少心理上轻松一半，向国内传达这一摊子事，就放手了。

她让我给她审核书稿时，我发现有些我熟识了 20 多年的日本人，居然她的了解比我还多，许多事情我还是从她的书稿里头一回听说。

她在一篇被广泛阅读的文章《细菌战、王选和我》中写道：“但王选不会放过我，无论什么时候，电话都会打进来，特别是晚上 11 点以后。有时候是一大早，家人都还没有起来，不用猜，一准是王选。而我每每也心里惭愧，王选在战斗，我在睡觉。十几年不断写细菌战，某种程度上也是被王选追的。她会把这件事的重要性一遍遍地讲，常常是刚放下电话，我赶紧去上趟厕所，还没完事，电话又响了。”她就这么写我们，写了 20 多年。从报社分配的任务，到撰稿说服报社刊登，再到决定写一部书，写完一部不满意，于是就有了这一部。

可是我们中的战争亲历者们都没能等到这部书问世，原告团干事会的成员里现在只剩浙江丽水的老庄和我，我们两个是老三届下乡知青那一代的，算是接上斌叔叔、培根叔、老杨这一代了。国内媒体关于细菌战诉讼的关注历来倾向于集中投射到个别的参与者身上，其实原动力还是来自于那一代亲历者的战争体验，是那份沉重的苦难记忆在不断地推动着他们，也拽上我们，往前走。

我和日本律师团的主要律师们、日本民间诉讼支援团体的日本人，以及参与诉讼的两国间的留学生，大多属于战后一代，是为了追寻历史的真相走到一起。我们受的是现代的高等教育，一边思考一边行动。可以说，我们是在不断向战争亲历者学习，为他们而服务。知道我的人，应该会相信我说的这些话。大型文献纪录片《常德细菌战》的编导曾海波有一次说："王选这个人有时候实在是令人难以忍受，但是看她每次只要一见到受害者，听他们说，尽管已经听了多少遍了，她还是会像第一次才听到那样，聚精会神的，听得很投入。只有她一个人能做到那样。看她那样子，心里也就原谅她了。"这样的话，要是周围的人不说，我还真就不自知。

想想，等我们把这部书送到在世的原告、亲历者的家属们手里，他们不知会有多高兴啊！书里不但记述了我们一起奋斗的令人难忘的时光，而且还完整地记录下我们这些民间草根的活动，我们有了一部属于我们的书！

北京东厂胡同招待所遇《南方周末》记者

2002 年 9 月 4 日，我第一次接受《南方周末》记者南香红的采访。当时我住东厂胡同一家民主党派招待所，邻近中国社会科学院近代史研究所，是《抗日战争研究》编辑部荣维木（已故）帮我订的房间。那几年，我上北京，都住那里，僻静，价格还实惠。那时去北京主要是见荣维木、北大历史学者徐勇等京城几位研究抗日战争史、中日关系的学者，都是我们老三届下乡知青那一代，向他们通报诉讼的具体进展，请他们帮我分析判断在我周围出现的人和事。他们会给我很多指点。没有他们的支持，我一个人真是很难扛过来。细菌战的诉讼，从中国乡村到东京法庭、国际社会，要与各个层面打交道，这是我最不擅长的。

荣维木与编辑部同人还给了我许多参考书籍。近代史所的抗战史研究者卞修月还帮忙在我的手提电脑上打过原告团的文件，比如工作纲要等。那时候，因为我常年在国外用外语，基本不用汉语，汉语打字不行。记得有一次他一边帮我打字一边说："王选还挺有个道道的。"回想起来，当时有一件事情我算是对了，就是坚持原告团是诉讼的主体，我们责任重大。

作为诉讼的主体，原告团自 1998 年 2 月、5 月、7 月第一、二、三次开庭后，赴日经费就自理了。比如，1999 年 5 月，湖南常德原告向道仁（已故）、浙江衢州原告吴方根（已故）到东京参加证言集会，30 万日元的费用是律师团借给我们的。这笔借款一直到 2003 年年初我评上央视 2002 年度"感动中国"十大人物之后，山东省莱阳旅游局的一位邱先生捐了我 30 万日元，才还上。当时国内银行无法汇外币，邱先生利用出差的机会送到上海我母亲家。因为非典事件还耽误了一段时间。

起诉之后，中日民间联合受害调查的任务很重。我们平均一个月要去中国调查一次，继续取证。所到之处，都会有战争亲历者前来申诉，要求参加细菌战诉讼，有些诉讼还涉及受害以外的区域。我们感到压力很大，亲历者年事已高，希望能够尽快推动调查。于是我向荣维木求助，他带我去见中国抗日战争史研究会会长白介夫（已故）。白老是延安抗大出身，曾任北京市常务副市长，具有一定的社会影响力，抗日战争纪念馆就是在他手里建起来的。小老百姓怎么能见到大领导呢？那时候，刚好村子里我叔叔王培根（已故、原告团秘书长）请了他熟悉的浙江师范学院（现浙江师范大学）义乌籍历史学者张世欣教授，写了一部题为《浙江省崇山村侵华日军细菌战罪行史实——受害索赔，崇山人的正当权利》（浙江教育出版社，1999 年 2 月出版）的书。书里有时任义乌市委书记、政协主席题词照片，时任金华市市长、义乌市市长分别作序。题词刻在几位叔叔带领义乌的原告和受害者建的遇难同胞纪念碑上。此碑就在日军 1644 细菌部队调查班做细菌实验的寺庙——林山寺的边上。那块碑是一面墙形，上面刻着他们调查发现的义乌鼠疫遇难者的姓名，按村庄名来排列，里头有我叔叔的名字。碑的前面是一个亭，叫劫波亭。诉讼开始后，国际媒体也开始不断关注中国民间细菌战受害者在日本法院的诉讼，时常有到村里来拍摄采访。村里发起诉讼的王焕斌叔叔（已故）一再跟我说，要建点（纪念物）起来，不然外面人来村里看，什么也没有。于是他们就建起了这个碑亭，经费除了民间集资，市长还批了 15 万。

我就是带着这部关于崇山受害历史的书上京去见的白会长。他一看到这本书，就厉声质问边上的秘书要秋霞：为什么北京没有这样的书？

后来荣维木向我确认，白老让抗日战争史研究会在抗战纪念馆为我们办一次细菌战调查学术报告会。抗战馆馆长说，会场没问题，会议经费 3 万元，其中包括各地报告者的差旅费、住宿，要我们自己想办法。我回义乌找老同学，他是义乌市的一位局级干部，他带我去找市长，最终批了 3 万元，装在一个黑色的塑料袋里递给我。我这辈子还没拿过这么大数额的人民币现金，我都没打开看一眼，就塞进了双肩包，一路抱在胸前到了北京，原封不动地递给了要秋霞。

1999 年 11 月 11 日，细菌战调查专题学术报告会在北京的抗战馆召开，北京研究抗战史的学者差不多都来了。作报告的主要还是我们这批细菌战诉讼受害地的调查者群体。浙江衢州报告人为卫生防疫站站长邱明轩（已故）、原告代表杨大方（已故）。邱医生把他刚出的历史专著《罪证——侵华日军衢州细菌战史实》直接从印刷厂运到会场。这是首部由防疫第一线的流行病防治医学者梳理的 1940 年 10 月 4 日衢县遭鼠疫跳蚤攻击后，当地鼠疫暴发流行，中国军政、地方各级卫生部门协同盟国防疫专家，与社会各界奋力防疫的经过。由于出版经费不够，纽约华侨陈宪中、陈威资助了 3000 美元。湖南常德来报告的是负责常德市 731 部队细菌战调查委员会的市外办副主任陈玉芳和《常德晚报》记者刘雅玲，他们带来了调查委员会的最新鼠疫遇难者名单。这份增加中的名单最后提交了法庭，一审判决的事实认定中也采用了这份名单的数字。这些民间志愿者走村串户摸来的鼠疫遇难者数字应该说是大略的，但为此后的学术研究提供了基本的参考。

抗战馆订购了 140 册《战争与恶疫——七三一部队罪行考》（人民出版社，1998 年版）赠送与会者。这是吉林省社会科学院解学诗和日本庆应义塾大学历史学者松村高夫等中日历史学者团队的共同研究成果。此书日文版的出版赶上了 1997 年 8 月 11 日起诉日，也是出版社直接送到起诉国际新闻发布会的会场。日方团队也是本诉讼原告方的学术团队，参加了与诉讼相关的各受害地的社会调查。日方团队成员还是《细菌战与毒气战》细菌战部分日文版的主要编译者。

抗战馆的会议以后，我们发现细菌战受害调查工作还得我们自己来。在我们调查的基础上，1999 年 12 月 6 日，细菌战诉讼第二次起诉，72 名原告，加上第一次起诉的 108 名，合并成一个诉讼案，一共 180 名原告。72 名原告均来自于第一次起诉涉及的鼠疫受害关联地，比如崇山村鼠疫蔓延而至的塔下洲村，义乌县城鼠疫蔓延而至的东阳县歌山村。

到东京和我一起参加第二次起诉和开庭的是湖南常德原告张礼忠（已故）、浙江江山原告郑科位。那几天，东京正在召开追究日本战争责任的国际会议，他们在会场遇到《死亡工厂：1932—1945 年日本细菌战与美国的掩盖》的作者，美国历史学者谢尔顿 · H. 哈里斯教授，还接受了他的采访。这部著作的修订版中增补了对他们的采访内容。

2002 年 8 月 27 日，东京地方法院的判决驳回了中国原告方要求赔偿的要求，但是作为日本的司法机构，在历史上首次认定：根据日本陆军中央的命令，日军在中国战场大规模地使用了细菌武器，给中国平民百姓造成了莫大的灾难，并指出日军细菌战违反国际法，日本国家对此负有责任。有关事实认定中引用的是常德细菌战原告方提供的鼠疫死难者名册的总人数，举此一例，应该说，一审判决做出的历史首次细菌战的事实认定，是建立在对于我们原告方充分信任和理解的基础上，向着中日和解迈出积极的一步。

可那时候，“败诉”这一词让中国人如何咽得下去。判决当天下午议员会馆内的集会上，常德诉讼声援团团长、人大新闻系出身的原宣传部长蒯正勋（已故），拿着话筒，愤怒地咆哮着；浙江省律师协会副会长带领的律师声援团成员楼献挥着胳臂、大着嗓门吼道：“你们不是败诉，你们三个诉求赢了两个半，法院认定了日本细菌战历史，认定了与你们受害的因果关系，认定了日本有赔偿的责任，就剩赔偿那半个。往下，你们就继续上诉追究剩下的那半个。”

此后二审的核心诉争，就是有关中国战争受害者民间索赔权。

一直关注此事的《浙江法制报》记者傅剑锋，西南政法大学法学专业出身，那时候已经去了《南方都市报》，他跟我直接用国际长途电话联系，在国内媒体铺天盖地的“败诉”报道中，他发的文章提到了法院判决首次认定日本细菌战历史事实的积极意义。《南方周末》也就因此事，派记者南香红来采访我。她虽然知晓得晚，但设想到的是，从此她一直持续关注跟踪细菌战问题。这一做就已 20 多年。

一审判决后的二天，日本各大报全部用头版，有的用头条报道：日本的法院历史上首次认定在日军中央的命令下，在中国战场各地实施了大规模的细菌武器攻击，给中国平民造成了莫大的灾难。日军细菌战违反国际法，日本国家对此负有责任。这些报纸我都存了。

待一切尘埃落定，国内近百人的声援团队离去，我拖着行李，一路辗转回到关西的家里，刚打开电脑，又被一噩耗击倒：哈里斯教授由于癌症于 8 月 31 日在医院去世。这才知道，哈里斯先生 3 月到浙江来跟着我们到处调查的时候，已经身患绝症。

哈里斯先生临终前获知东京地方法院的判决全面认定了原告方提出的关于细菌战的历史事实，非常高兴，还接受了英国 BBC 的采访。美国历史学者琳达·斯泰因霍夫（Linda Goetz Holmoes）如此评论："那些在中国、日本和美国与哈里斯教授一起工作的人，都庆幸他终于在有生之年看到他的研究被一个日本的地方法庭所证实。虽然判决结果对于原告，向日本要求赔偿的中国受害者们来说是甘苦参半，法庭判决战后的条约阻止了赔偿，但是哈里斯提出的论点得到了一个日本法庭的认可。"（摘引自译者序，《死亡工厂》修订版中文版）

虽然"败诉"，北京的抗战馆和白老还是惦记着我们，把我和老杨叫到北京去报告判决结果了。

一位读过加缪《鼠疫》的记者

南香红属于那种云淡风轻的知识女性吧，凡事从她口里吐出，总是以一种平稳的带低音的语调，至多有时嘿嘿几下，算是笑，还略带讥讽。北方文化圈里兴许比较多这类性格的人。可读了她写的文章，感受到的是她平静语调下的翻江倒海。

她第一次采访我的头天，我和衢州原告代表杨大方（已故）在北京中国人民抗日战争纪念馆报告东京地方法院一审判决结果。如果从 1995 年末中日民间联手开始细菌战受害调查起算，到 2002 年 8 月 27 日东京地方法院判决，已达 7 年。这 7 年是细菌战诉讼最关键的阶段。

那天南香红踏进北京东厂胡同招待所时，撞见的是一个"疲累已极，嗓子因说话过多而喑哑的我"。用原告团日本律师团团长土屋公献（已故）在东京一审判决公开报告会上的一句话来说："（我们）万里长征走完了第一步。"那年土屋先生80虚岁，我也50岁了。

南香红毫不留情地一遍遍地问我细菌战鼠疫疫情的具体细节，令我备感疲劳。我太累了，问她能不能躺在床上。而她眼里的我却是"情绪一直很亢奋，在床上躺不了三分钟就会蹦起来，要不就从床的这头掉转到那一头"。我急切地要向她介绍的是我们7年来的努力的总结，以及诉讼的目的和判决的意义等。而她却觉得我的"叙述是零散的，仿佛七八年的事一下子涌到眼前，不知道先说那一件好"。我们隔着不同的时间和空间，隔着完全不同的经历。事实上，那篇报道出来后，也令我有点意外，她再现的是细菌战鼠疫的惨状，以她强大的叙事力量传送了一个来自历史暗部的痛苦的长啸，发出了令人无法充耳不闻的声音。

这篇报道出来不久，《纽约时报》上海记者站突然联系我，让我去延安西路波特曼大酒店他们的办公室接受采访。结束离开时，我瞥了一眼堆在过道地板上的一大沓《南方周末》，最上面的那期封面上醒目的标题果然是南香红的报道——《她让世界知道731》。

后来记者约瑟夫·卡安（Joseph Kahn）还随我去了义乌崇山村，见了村子里的原告们。他给我个人做的专访，刊登在《纽约时报》2002年11月23日Saturday Profile（星期六人物专栏）上，题目是*Shouting the Pain from Japan's Germ Attacks*（《来自日本细菌攻击的痛苦呼叫》）。

这是《纽约时报》第二次报道崇山村细菌战鼠疫，第一次是1997年2月4日刊登的驻中国记者Patrick E. Tyler的文章*Germ War, a Current World Threat, is a Remembered Nightmare in China*（《细菌战，当今世界的威胁，在中国仍是噩梦般的记忆》）。

《纽约时报》在二战后对于日本细菌战有持续的关注。他们在一审判决之前的1999年3月4日、7日对细菌战做了连续整版的特辑报道，揭露731部队细菌战和战后的掩盖，提及中国受害者在日本的诉讼，指出日本面临着如何对待过去战争中的罪恶问题。3月9日，美国历史频道播出纪录片《731部队：满洲的噩梦》。该片后来获得纽约纪录片国际电影节金奖。美国书店里原本滞销的《死亡工厂》一夜售罄。

2001年1月24日，浙江省衢州防疫站防疫医生邱明轩、宁波防疫站防疫医师黄可泰的出庭作证更是引起轰动，国际大媒体平台均以“中国科学家第一次出庭作证”“细菌战仍然在危害中国”为头条，加以报道。

2002 年 2 月 4 日，BBC 国际台全球播放了纪录片《731 部队》，这是首部国际媒体做的关于我们诉讼的专题报道，并以多种欧洲国家的语言在欧洲播放，反响巨大。该片中国部分编导为中央新闻纪录电影制片厂编导郭岭梅，诗人郭小川的长女；日本部分编导为原告方日本专家证人近藤昭二。

国际媒体的报道引来的舆情关注对日本形成了一定的压力。当时国内的全国性报纸中，唯有《南方周末》对 1997 年 8 月起诉、1998 年 2 月第一次开庭做了整版的大幅报道。

最近南香红说，第一次采访我之前曾读过《鼠疫》，所以第一次从我这里得知恐怖的“黑死病”还能用来作为武器，在战争中杀伤无数人，惊惧不已。并问我还记不记得，她当年采访时使劲地问我那些鼠疫疫情的具体细节。原来是这样！从她以后的报道里，我读出了她的震怒，像是掠过荒原的骤雨，拍打着被人们疏忽的记忆。此后她接着撰写的《极罪》，据说是《南方周末》有史以来最长篇幅的报道。

2007 年 5 月，日本最高法院判决下来后，各方媒体对我们的关注淡出，但南香红依然持续跟踪报道中日民间推动两国间细菌战问题解决的各种努力。本书中展开的场景，从中国农村宗族祠堂里的全国原告团代表会议，到日本国会众、参院议长与受害者方中日代表的会见；从偏僻山间孤寡老人床下养鸡的破屋到院士带领全国名医走村到户会诊的义诊。那是她在一场场错开的时空中来回奔跑，穿越到历史的原点，追溯到诉讼的源头，回归到人物的起点，再把笔端拉回到现在的努力。

她的这部书提醒我去写一篇介绍日本、国际媒体关于我们诉讼的报道，我们需要打破自筑的信息茧房，去了解世界。

心头的刺

常德原告徐万智对我说过一句话：“怎么会败诉的呢？明明是他们日本人做下的坏事。”这句话像一根刺一样扎在我的心头上，常常想起来，让我难过。但是应该说，我们细菌战受害者在日本发起诉讼维权，获得日本法院历史上首次对于日军在中国战场的细菌战的认定，确定其违反国际法的性质及日本国家对此负有的责任，是一个历史性的成果，基于以下三个时代的条件：

“一是改革开放，经济发展，细菌战受害者作为普通老百姓有条件走出国门，发出了自己的声音；二是中日两国关系友好，互相信任，日本法院向中国的战争受害者开门，受理他们的诉求；三是日本社会和平力量对于细菌战中国受害者诉求的全面支持——律师志愿代理、731 部队老兵出庭作证、学界向法院提交数十年学术研究发现（包括日军方面证据材料）、市民团体各种参与，从受害田野调查、发掘史料到组织诉讼活动等。”（摘引自王选：《苏联在押日军 731 部队战犯供词与伯力审判：远东国际军事法庭国际检察局备案证据材料分析》）

这是在二战后的和平时代里，中日两国民间共同努力所取得的成果。这也正是南香红此部书的主题。

（王选：民间抗战史研究者，浙江省历史学会抗日战争史研究会会长，义乌市生化武器研究中心法定代表人、主任）

后记

疫情最后一年，特别难过，接连不断收到我采访的老人去世的消息，特别是湖南常德的张礼忠，当年采访的时候，他赠我他写的《张氏家史》，说等我的书出来一定要送他一本，算是“以书易书”。现在这部书付梓了，他却看不见了。他的《张氏家史》如一声孤独的悲苦长啸，讲出了张家1940年代遭受日军细菌战家破人亡的故事，是一部家族苦难史。我的这部书从日本谋划细菌战、在中国东北进行人体实验获得细菌武器、对中国进行实战攻击、战后的掩盖、中国细菌战受害者到日本诉讼及对战争期间烂脚的医疗救助，时间跨度将近一个世纪，也算是对老张的一个应和吧。

从2002年写第一篇相关的报道起，2005年，我在《南方周末》发出据称是此家报纸史上最长的报道《极罪：没有结束的细菌战》，同年出版了《王选的八年抗战》一书。2015年我又开始了本书的采访和写作。原计划3年可以完成本书的采写工作，没料到又花去了9年时间。

做记者的时候，我一次次报题，希望编辑部能够理解，为什么此时此刻要再一次写细菌战，有什么理由让细菌战再一次占据版面进入读者的视野。而这个问题也是我时时拿来拷问自己的，为什么要写，为什么这个时候写，为什么是我写？这个新闻学上的老问题，是每一个写作者都必须面临的问题。

2009年王选带我去了日本记者近藤昭二的家，这是远离东京的川崎市的一幢三层小楼，三楼加上阁楼间，是近藤的书房，一进去我就知道日本记者的功夫了。

整个书房四壁皆是顶到房顶的书，阁楼里每一个缝隙里也都是书，甚至门框边都立着薄薄的小书架，更重要的是每一本书都摆放得很整齐，包了一种白色的半透明的书皮，书脊上整齐地写着书名，八成以上，是有关细菌战的书和资料。近藤像一个将军检阅士兵般用手一本本划过这些书。我一边给近藤拍照，一边在心里大叫：惭愧啊，惭愧！

近藤是28岁时知道细菌战的，参与调查是1980年代中后期。当时他是TBS的记者，因为参与了前辈的一个纪录片，开始关注细菌战，从此一发不可收拾，40年来，他做了11部（独立和与人合作）关于细菌战的纪录片。他又和王选一起赴美国查档，2019年出版了《日本生物武器作战调查资料（全6册）》，这些已成为中外细菌战研究者的必用资料。

一个记者研究问题做到这种程度不多见。我看到了近藤走过的路，明白了自己要走的路有多长。媒体要求记者不断推出新鲜新闻，因此记者很少有条件就一个题目深入研究到底，但一个庞大的题目，往往需要投入巨大的精力，把一件事当作一生的事来做。近藤是有使命感的人，但使命感并不会一日而成，只有在自觉自为不折不挠不离不弃的追求中，使命感才会悄然生长。

与其说细菌战这个题目让我体会到日复一日的采访、整理档案材料的辛苦，不如说它给了我更多学习、思考的机会。不只是关于细菌战，也不只是关于采访和写作，它让我有机会思考人类更形而上的问题，有机会回溯并辨析历史，有机会观察现实社会，有机会体尝我的采访对象的人生悲喜，这些都让我的生命更加充盈。

最后，我要感谢我的家人；感谢所有支持帮助我完成这部书的人，接受我采访的人；感谢细菌战幸存者和遗属；感谢为我提供支持的学者专家；感谢日本友人；感谢帮我校阅此书搞的两位高级编辑朋友，在我最没有信心的时候，给了我确信。感谢我的老同事老领导，你们给了我真切的意见和支持。感谢千禾基金会，这部书算是对你们支持长篇写作计划的一个回应。感谢腾讯“谷雨计划”项目提供的支持。

是以为记。

南香红

2024年7月23日